ちくま学芸文庫

ベンヤミン・コレクション4

批評の瞬間

ヴァルター・ベンヤミン
浅井健二郎 編訳
土合文夫 久保哲司 岡本和子 訳

カバー装画
パウル・クレー「黒い領主」1927年
33×29 cm
デュッセルドルフ
ノルトライン＝ヴェストファーレン美術館所蔵

目次

III

V

ベンヤミン・コレクション4

批評の瞬間

凡例

一、本書は、「ちくま学芸文庫」のために新たに編まれたうえ、訳出されたものである。

二、「 」は著者による引用、もしくは論文や作品の章などを表わし、『 』は作品や著書の表題、雑誌名、および引用文中の引用を、〈 〉は著者の特筆した概念や語句を、( )は著者による補足、もしくは訳者による原語の補いを、( ) および〔 〕は訳者による補足を、それぞれ表わす。

三、**原注について。**( )をつけて本文中に挿入したもの以外は、通し番号を付して各作品の末尾にまとめた。

四、**訳注について。**人名注、語句注、引用出典表示などのうち簡単なものは、( )または〔 〕を付して本文中に挿入し、説明が長くなるものについては、＊を付して段落の切れ目に後注のかたちで置いた。訳注はできるだけ簡潔に記し、また、複数回言及される人名や文献表題については、二回目以降は省略もしくは略記したものがある。

I

雑誌『新しい天使』の予告

Ankündigung der Zeitschrift : Angelus Novus〔一九二二／二二年成立〕

以下の予告で構想を提示するこの雑誌は、みずからの形式についての弁明に努めることによって、みずからの内容への信頼を伝えようと望んでいる。その形式は、雑誌というものの本質への自覚から生じきたるのであって、綱領を不要にしたいというわけではなく、どのような綱領であれ見せかけだけの生産性の唆《そその》かしとして避けたいのだ。綱領というものは、個々人の、あるいは連帯した人びとの、目的意識のはっきりとした活動にのみ、妥当する。それに対して雑誌は、ある特定の精神様態の生表出として、どのような意志表出よりも、つねに、はるかに予測不能かつ無意識的であり、しかしまたはるかに未来性に富み、はるかに豊かな展開性をもってもいる。そして、そのようなものである雑誌は、いかなる綱領的命題でみずからを認識するにせよ、己れ自身を理解することが容易ではない。それゆえ、雑誌に〔己れ自身の本質への〕自覚が要求されうる――そして、この自覚は正《まさ》しく無制限に要求されうる――という限りにおいて、この自覚は、みずからの思想や志操よりも、みずからが拠って立つ基盤や法則に関係づけられねばならない。それはちょうど、人間についても、その最も内的な諸傾向の意識を期待することは決してできないが、しかしその使命の意識は絶えず期待されてしかるべきだ、というのと同じことである。

雑誌の真の使命は、みずからの時代の精神を顕《あら》わにすることである。時代精神の統一性あるいは明晰ささえよりも、時代精神のアクチュアリティこそが、雑誌にとっては大切なのだ。したがって雑誌は――新聞と同様に――、その内部にひとつの生が形成されないならば、それも、疑わしいものであっても――それをこの雑誌が是認する限り――救出するほどに、強力に形成されないならば、本質を欠いたものとなる定めにあるだろう。実際、ある雑誌のアクチュアリティが歴史的《ヒストーリシュ》要求を宿していないなら、その雑誌は不当に存在していることになる。ロマン主義の『アテネーウム』誌*が範例性をもつのは、この雑誌が右の歴史的要求を、比類のないほど力強く掲げえたからである。そして同時にこの雑誌は、――こう言っておく必要があればの話だが――真のアクチュアリティを測る尺度が読者《プーブリクム》〔公衆〕のもとにあるわけではまったくないことを示す、一例証でもあるだろう。雑誌《ツァイトシュリフト》〔時代の文字・著作〕はどれも、この『アテネーウム』誌のように、思考において仮借なく、発言において惑わず、そうすべき場合には読者〔公衆〕をまったく度外視して、新しいものないし最も新しいもの――その活用は新聞《ツァイトゥング》〔知らせ〕に任せておけばよい――の不毛な表層に被われたその下で形成される真にアクチュアルなものを、拠り所としなければならないだろう。

＊　シュレーゲル兄弟が創刊した、初期ロマン主義の拠点となった雑誌（一七九八―一八〇〇年）。

加えて、みずからをそのように理解するすべての雑誌にとっては、批評が、〔真にアクチュアルなものへの〕入口の番人であり続けた。しかし批評は、その初期においては、陳腐で低劣な作品や作者ばかりにかかずらっていたとすれば、今日では――作品のなかでは古くさい気の抜けたものは、作者たちのなかでは拙劣で単純愚鈍な才能は、もはや幅を利かせてはいないので――至る所で、悪達者な紛い物と対峙させられる羽目になっている。そのうえ、ほとんど百年来というもの、どんな薄汚い文芸娯楽欄向き雑文でも、ドイツでは批評と自称してよいことになっているものだから、批評の《クリーティシュ》〔批判的な〕言葉にその力を取り戻すことが、二重に必要とされている。〔真にアクチュアルなものを〕言う言葉（Diktum〔言われたること〕）が、そして〔紛い物を〕裁断する言葉（Verdikt〔真なる言われたること〕）が、新たにされねばならないのだ。文学における表現主義の特徴をなしているのは、絵画における偉大《グロース》な創作〔美術における表現主義を指す〕の猿まねにほかならないのだが、この猿まねに打ち克つのは、ただテロルだけであろう。そうした無効宣言をなす批評においては、大きな《グロース》諸連関の叙述が必要である――というのも、批評はいったいどのようにして、別のやり方で事に対処しようというのか？――とすれば、肯定的《ポジティーフ》〔積極的〕批評[*1]の要諦は、これまで以上に、またロマン主義者たちが成功した以上に、〔批評対象を〕個別の芸術作品に限定する[*2]ことである。というのも、大いなる《グロース》（つまり、大きな諸連関の叙述をなす）批評は、ひとがともすれば考えがちなところとはちがって、歴史的《ゲシヒトリヒ》な叙述（文学史的方法による叙述を指す）を通して教授したり、さまざまの比較を通して教育したりすべきだというのではなく、沈潜を通して認識しなければならないからだ。大いなる批評は、それぞれの作品の真理についてかの弁明を、芸術が哲学に劣らず要求している弁明を、なさねばならないのである。義務上埋められるべき紙幅枠のためといった風に、巻末の数段を批評のために取っておくことは、このような大いなる批評のもつ意味とは、うまく折り合わない。本誌は、いかなる「批評欄」も設けないだろうし、いかなる印刷上の代用措置（活字のポイントを落としたり、組み方を変えたりするやり方）によっても、寄稿された批評文にカインのしるしを押し付けたりはしないだろう。

＊1 「肯定的（積極的）批評」については、『ドイツ・ロマン主義における芸術批評の概念』（以下、『ドイツ・ロマン主義……』と略記）九八および一三四―一三六ページ参照。また、これと対立する「現代の《モデルン》批評概念」への批判については、同書一三六および一四四―一四五ページ参照。

＊2 『ドイツ・ロマン主義……』一四五ページ参照。なお、この批評観の具体的モデルとしては、シュレーゲルの「マイスターについて」、およびベンヤミンの「ゲーテの『親和力』」（『ベンヤミン・コレクション1』所収）を参照。

本誌は、哲学と批評[*1]にみずからを捧げるのと同じ程度に、文学創作にもみずからを捧げるつもりであるが、まさにそれゆえに、哲学／批評は、文学創作〔のあり方〕について言うべきことを、何ひとつ黙っていてはならない。何もかもが〔文学上の表現主義のように〕人を欺くものであるわけではないとすれば、世紀の変わり目以来、ドイツ文学にとってひとつの危険な時代、あらゆる意味で決定的な時代が始まっている。時代についての、そしてその時代を生きる喜びについての、フッテン（一四八八—一五二三年。ドイツの人文主義者）の言葉[*2]は、諸雑誌の綱領になくてはならないような調子で語られているが、今日のドイツの文学芸術や他の事柄については、フッテンと同じように語るわけにはゆかないのだ。ドイツの言語遺産〔語彙や語法など〕を豊かにした最新の文学活動であるゲオルゲ（一八六八—一九三三年。ドイツの詩人）の活動が歴史的《ヒストーリシュ》なものとなりはじめて以来、ドイツの詩的言語の新たな宝庫が、より若い作者たちそれぞれの処女作を生み出しつつあるように思われる。そして、ひとりの偉大な巨匠〔ゲオルゲを暗示〕の限界を執拗に示してみせたことが、その最も持続性をもった作用であるとやがては見なされるだろう、そのような流派〔ゲオルゲ派を暗示〕に、ほとんど何も期待してはならず、またこれと同様に、最新の創作作品のあからさまなメカニズムは、それを書いた詩人たちの言語に対する信頼を、ほとんど抱かせてはくれない。クロプシュトック（一七二四—一八〇三年。ドイツ近代詩の先駆者）——彼の詩の少なからぬものは、今日求められている詩であるかのように響くのだが——の時代よりもずっと明らかに、ここ数世紀来よりもずっと余すところなく、ドイツ文学の危機は、ドイツ語そのものについての命運決定《エントシャイドゥング》と重なり合っている。このドイツ語の命運決定を考量するにあたっては、知識も教養も趣味も決定権をもたず、それどころか、この命運決定の根本的究明は、ある意味では、思い切った決定《シュプルッフ》〔判断〕がなされたのちにはじめて可能になるのだ。したがって、この点についてのさしあたりの弁明が、越えゆくことのできない限界に達してしまったとなると、ここで確認すべきこととしてまだ残されているのは、次の点——すなわち、本誌が掲載するであろう詩作品と散文作品は、すべて、右に述べたことを心に銘記して公にされるということ、および、とりわけ創刊号に掲載される諸作品は[*3]、すでに、前述の意味での〔ドイツ語そのものについての〕命運決定をなすものとして理解されねばならないということ、である。これらの作品とならんで、のちの号では、他の作者たちの作品も目に触れることになるだろう。それらの作品は、創刊号に掲載される諸作品の影、いや庇護のなかにみずからの場所を求めながら、しかしそれでも我々の高名な讃歌詩人たちのもつ幻影じみた暴力性は免れつつ、己れみずからが燃え立たせたわけではないひとつの火を守ることに努めるのである。

*1 ベンヤミンにおける「哲学と批評」は、方法上の同義性に基づき、「哲学的批評」と言い換えうる。

*2 一五一八年一二月二五日付、ヴィリバルト・ピルクハイマー宛ての手紙を参照。

*3 ベンヤミンはこの創刊号に、とりわけ、大学での親友だった詩人フリッツ・ハインレ（一九一四年八月八日、戦争の勃発に未来を絶望して自殺）の遺稿詩篇を載せるつもりでいたし、のちにはそれを出版しようともした。二人はともに、青年運動の潮流のなかで、深くゲオルゲの影響を受けていた。

ドイツ語による著作《シュリフトトゥーム》〔物〕の現状況は、昔からその〔ドイツ語による著作〔物〕の〕大きな危機に救済的な力を発揮しつつ随伴してきたひとつの形式を、新たに呼び起こしている——つまり、翻訳を。[*1] ただし、本誌に掲載される翻訳は、これまでの慣わしとはちがって、模範〔ここでは、優れた外国文学、の意〕を媒介するものとしてではなく、むしろ、生成しつつある言語[*2]そのもののなくてはならぬ厳格な修練課程として、理解されねばならない。すなわち、この生成しつつある言語にとって、その根柢をなす固有の内容がまだ現前してはいないので、他の諸言語〔翻訳の言語にとっての、原作の言語〕のもつ、この言語〔生成しつつある、翻訳の言語〕にふさわしい、〔この生成しつつある、翻訳の言語の内容と〕親縁関係にある内容が、——この〔生成しつつある、翻訳の〕言語の〔現前してくるべき〕内容のために、〔翻訳の言語の〕死滅してしまった言語遺産を放棄し、新鮮な〔つまり、翻訳を通して新たに獲得される〕言語遺産を育成する、という課題と同時に——提示されるのだ。真の翻訳のもつ、この、形式に関わる価値をよりいっそう明確にするために、〔本誌に掲載する〕どの翻訳にも原文が添えられことになろう。それらの翻訳は、何よりもまず、右のような考えに即して評価されねばならないからである。ちなみに、この翻訳の問題についても、創刊号はより詳細に弁明をなすであろう。[*3]

*1　この段落で述べられる考え方の根柢をなしているのは、「翻訳者の使命」(『ベンヤミン・コレクション2』所収)である。この翻訳論を、ベンヤミンは、雑誌『新しい天使』の創刊号に掲載するつもり

だった。

＊2　翻訳のなかで、そして翻訳を通して、「純粋言語」の（再）形成をめざしたえず生成し続ける――つまり、外国語（翻訳の言語にとっての原作の言語）により揺さぶられ、拡大され、深められ続ける――言語（「翻訳者の使命」参照）としての、ドイツ語。

＊3　「翻訳者の使命」を指す（右の訳注＊1を参照）。

本誌は、その構想に存している事柄の本質に即した《ザッハリヒ》普遍性を、なんらかの素材的な《シュトッフリヒ》普遍性と取り違えるようなことはしない。そして、本誌は一方において、哲学的な取り扱い《ベハンドル》〔論述《ング》〕があらゆる学問的あるいは実践的な対象に、数学的な思考の歩みにも政治的な思考の歩みにも同じように、普遍的な意味を付与するものであることを、念頭に留《とど》めおいている。そうであるからには、本誌は他方において、その最も手近な対象である文学的もしくは哲学的な対象もまた、まさにこの〔哲学的な〕取り扱い方〔論述の仕方〕の条件をめぐってのみ、そしてこの取り扱い方がなされることを条件としてのみ、本誌にとって歓迎すべきものであることを、忘れはしないだろう。この哲学的普遍性とは、次のような形式、すなわち、それの展開〔説明、解釈〕《アウスレーグング》を通して本誌が真のアクチュアリティに対する感覚《ジ》〔感官《ン》〕[*1]を最も厳密に証明しうるであろう、まさにそのような形式なのだ。本誌にとって、精神的な諸生表出の普遍的妥当性は、それらの生表出が、生成しつつある宗教的諸秩序のなかにひとつの場を要求しうるか、という問いに結びつけられていなければならない。[*2]そうした

〔宗教的〕諸秩序が見極め可能になっている、というわけではない。とはいえ、ひとつの時代の最初の日々としてのこの日々のなかで、生を得ようとして呻吟しているものは、そうした〔宗教的〕諸秩序なしには出現してこないであろう、ということは充分に見極め可能である。しかしまさにそれゆえに、秘密《アルカーヌム》〔隠れたること〕そのものを見出したと思っている人びとによりも、最も事柄の本質に即して、最も平静に、そして最も控え目に、苦悩と困窮を語る人びとにこそ、耳を貸すべきときであるように思われる。たとえその理由が、雑誌というものは最も偉大な人びとのための場ではないから、ということだけだとしても。ましてや、最も卑小な人びとのための場などであってはならず、それゆえ雑誌は、次のような人びとのために留保されている。すなわち、魂の探求〔つまり、宗教的な取り扱い〕においてのみならず同時に思考〔つまり、哲学的な取り扱い〕においても、もろもろの物《ディング》〔事〕が〔思考する者のなす、それらの物〔事〕への〕是認《ベケントニス》〔信仰〕告白のなかでのみみずからを新たにするであろうことを、それらの物〔事〕に見てとる、そのような人びとのために。しかしこの是認〔信仰〕告白は、詐取されてはならない。つまり、本誌で唯心論的オカルト主義、政治的反動《オプスクランティスムス》〔反啓蒙〕主義、カトリック的表現主義といったものに出会うのは、ただ容赦なき批判の対象としてのみ、であろう。したがって、本誌は秘儀《エゾテーリク》の安易な曖昧さを断念するのではあるが、[*3] だからといって本誌はやはり、論述に関して、この断念以上の優美さと親しみ易さを約束する必要はない。本誌でなされる論述は、むしろ逆に、それだけいっそう厳しくかつ冷徹に振舞わねばならないだろう。銀の皿に盛られた金の果実など期待しないように願いたい。その代わりに、合理性がどこまでも追求されるだろう。[*4]そしてほかならぬ宗教については、ここでは自由な精神の持ち主だけが扱うべきであるから、その意味で本誌は、みずからの言語圏からその外へ、それどころかヨーロッパ圏からその外へ歩み出て、他の諸宗教に目を向けてしかるべきである。原則として、本誌はただ創作作品に関してのみ、ドイツ語文に拘束される。

*1 『ドイツ・ロマン主義……』でベンヤミンは、Fr・シュレーゲルの言う「感覚〔感官〕」の概念を、「〔絶対的な連関へと高まってゆく〕反省が発生するその源となる原細胞」（同書、六一ページ）と呼んでいる。ここで「哲学的普遍性」と呼ばれる「形式」は、同書で言われる「絶対的な形式」（同書、一七八ページ）に一致すると思われる。

*2 「哲学」と「宗教」の関係については、「来たるべき哲学のプログラムについて」（『ドイツ・ロマン主義……』の「参考資料1」所収）の「補遺」の部分を参照。

*3 ただし、『ドイツ悲劇の根源』（ちくま学芸文庫）の「認識批判的序章」冒頭部分で、「哲学的構想にはある秘儀《エソテーリク》が特有のものとしてあり……」と言われていることに注意。

*4 旧約聖書『箴言』二五—11を、また、ゲーテ『ヴィルヘルム・マイスターの修業時代』の第五巻第四章、およびエッカーマン『ゲーテとの対話』一八二五年一二月二五日の記述を参照。

自明のことながら、ここで追求されている普遍性の十全たる自己表出《アウスドゥルック》〔表現〕を保証するものは、何もない。というのも、本誌がその外的形式により、造形芸術を直接的に明示することはできないのとまったく同様に——もっとも、それほど明白にではないが——、本誌はその本質に従って、科学的なものに対して距離を保つからである。それは、科学的なものの諸現象においては、芸術や哲学におけるよりもずっとはなはだしく、アクチュアルなものと本質的なものがほとんどつねに離ればなれになるように思われる、という理由による。このことにより科学は、雑誌の一連の対象のなかで、実践的な生の諸対象への移行領域をなしている。実践的な生の諸対象においては、〔それらの対象に〕きわめて類《たぐい》まれなる哲学的凝縮を施すときにのみ、真にアクチュアルなものが、一見アクチュアルに見えるその外観の背後に姿を現わすのである。

　とはいえこれらの制約も、編集者の側にある避けることのできない制約に比べればやはり、さほど重大なものではない。この点についてなおひとこと付言することを、お許し願いたい。つまり、編集者がみずからの視野の限界を、どの程度まで意識しており、かつどの程度まで是認告白《ベケネン》するのか、を述べておかねばならない。〔本誌の〕編集者は、事実、高楼から彼の時代の精神的地平を見おろしていると自負するものではない。そして、比喩的な話を続けてもよいなら、当編集者は次のような男の比喩を選ぶだろう——すなわち、夕方仕事を終えたあと、また朝仕事に出かけるまえに、門口に足を運びながら、眼前の風景のなかの、彼に挨拶を送ってよこす新しいものを心に留《とど》めておくために、その見慣れた地平を目で、探索するというよりも抱擁《ウムファッセン》〔包括〕する男。当編集者は哲学的な仕事を自分自身の仕事と見なしており、右の比喩で言おうとしたのは、〔当編集者にとって〕まったく疎遠な事柄は、本誌においては尺度性をもたない刺激として、読者の目に何ひとつ触れないようにするつもりであること、本誌に掲載されるものに、当編集者は、なんらかの意味で自分との親縁性を感じているだろうということ、である。しかし、これよりもさらに重要なこととして、右の比喩から読み取っていただきたいのは、いま言った〈親縁性〉の性質と程度についての見極めが、読者〔公衆〕に委ねられているわけではないということ、および、寄稿者たちを彼らそれぞれの意志と意識のかなたで互いに結びつけうるであろうものは、この親縁性の感情のなかには何ひとつないということ、である。というのも、読者〔公衆〕の愛顧を得ようとするあらゆる媚《こび》へつらいも、これと同じように不誠実な、寄稿者たちの、互いの意思疎通や引き立て合いや共同性を得ようとする媚へつらいも、本誌からは遠ざけられてあるべきだからだ。当編集者にとって何よりも重要であると思われるのは、このようにいかなる見せかけもなく、本誌が実際に在るところのものを語るということ、である。すなわち、このような考え方を持った者たちのあいだでは、最も純粋な意志でさえ、最も忍耐強い努力でさえ、いかなる統一的一致をも、ましてやいかなる共同性をももたらすことはできないということ、それゆえ、本誌に寄せられる諸論考・作品相互のよそよそしさにおいて、本誌が、この時代にはどのような共同的連帯も——本誌の場も、究極的にはやはり、この共同的連帯を指向しているのだが——いかに語りがたいかを、そして、この結びつきがいかに重く試《ため》され続けているかを、はっきりと示すものであるということ。この結びつきの証《あかし》は、結局のところ、当編集者にかかっている。

以上により、本誌のはかなさに触れたことになるのだが、本誌はそのはかなさを初めから意識している。というのもこのはかなさは、本誌が真のアクチュアリティを求めるがゆえに強いられる、正当な報いなのだ。それどころかタルムード〔ユダヤ教の教典〕のある伝説によれば、天使たちは、——毎瞬ごとに新たな天使たちが、無数の群れとなって——生み出され、神の前で讃歌を歌っては鎮まり、無のなかへ消え去ってゆくというのだから。*このようなアクチュアリティだけが真のアクチュアリティなのであり、このようなアクチュアリティが本誌に与えられんことを、本誌の名が意味していてほしいと思う。

＊　以下、「……というのだから」までの一文は、「カール・クラウス」（一九三〇／三一年——『ベンヤミン・コレクション2』所収）の結び直前の文と、ほぼ同文である。

【訳者付記】

「新しい天使」という雑誌名は、クレーの絵の表題から採られている（『ベンヤミン・コレクション1』所収の「歴史の概念について」第九テーゼ参照）。この雑誌は「予告」まで書かれながら、実現しなかった。一九三〇年にブレヒトおよびブレンターノとの共同編集というかたちで発行しようとした雑誌『危機と批評』も、企画途中で挫折した。

II

バルザック

Balzac〔一九一六／一七年頃成立〕

バルザック（一七九九—一八五〇年。フランスの作家）の（そしておそらく、偉大な近代フランス長篇小説一般の）普遍性《ウニヴェルザリテート》〔広範性、包括性〕のある部分は、フランス精神が形而上学的な問題においていわば一種の分析的な生空間測量（Geometrie〔幾何学〕）[*1]のやり方に従って振舞う、ということに基づいている。すなわちフランス精神は、ある方法に依拠したもろもろの物《ディンゲ》〔事〕の原理的な解決可能性[*2]という圏域を知っており、その方法とは、個々の所与の事柄《ゲゲーベンハイテン》の個人的な[*3]（いわば直観的な）深みをめざす[*4]のではなく、所与の事柄を、それらの解決可能性がすでに確定している方法的なやり方で解決するものである。生空間測量的《ゲオメートリシュ》〔幾何学的〕な課題は、その生空間測量的《ゲオメートリシュ》〔幾何学的〕な解決のためには天才を、その分析的な解決のためにはただ方法だけを、必要とする。解決されるという点では、どちらの場合も同様に、この課題は〔未来完了的に〕解決されている。バルザックの作品〔『人間喜劇』全体を指す〕は、その普遍性を、大きな形而上学的諸現実の考察におけるこの方法的な振舞いに負うている。そしてこの普遍性は、他の（いわば生空間測量的《ゲオメートリシュ》（幾何学的）な）諸尺度で測った場合には、非‐深み（これは、浅薄さあるいは皮相さを謂うものではない）として立ち現われる、ということがありうるのだ。

＊1　語源的に „geo“ は「土地」を、„metrie“ は「測量」を、したがって „Geometrie“ は「土地測量」を意味する。ちなみに、カフカ『城』の主人公Kが「土地測量師（Landvermesser）」とされているのも、まさに、ここでベンヤミンが „Geometrie“ に含意させている「生空間測量」の意味においてである。

＊2　ここで「解決」は、真の生連関のなかに組み入れる、あるいは位置づけること、をいう。

＊3　この「個人的な」は、個的人間の認識的知覚能力によって得られる、の意。

＊4　これは、ゲーテの認識的知覚のあり方を念頭においたものと思われる。

シュティフター

Stifter〔一九一七／一八年成立〕

I

シュティフター（一八〇五―六八年。オーストリアの作家）についてのある錯覚が、私には、きわめて危険であるように思われる。なぜならこの錯覚は、人間が世界との関係において必要とするものに関する、誤った形而上学的根本確信の道に流れ込んでしまうからである。シュティフターが実にすばらしい自然描写をおこなっていることは、そして彼が、まだ運命として展開することなく安らっている人間の生についても、とはつまり子供たちについても、『水晶』〔短篇連作集『石さまざま』一八五三年、所収〕におけるように見事な語り口をみせていることは、疑いえない。しかし彼は、自身の途方もない誤謬を、それを誤謬として認識することのないままに、みずから一度口にしているのだ。すなわち『石さまざま』の「序文」で、彼は、世界における大きさ《グレーセ》〔偉大さ〕と小ささ《クラインハイト》〔卑小さ〕について書き、この関係を、ひとを惑わす非本質的な関係として、いやそれどころか相対的な関係として叙述しようと努めている。実際は、人間が世界に対してもつ根元的な諸関係をその純化された正当性においてとらえる感覚が、別様に言えば、最高次の意味での〈正義《ゲレヒティヒカイト》〉をとらえる感覚が、彼には欠けているのである。彼がそのさまざまな作品において、彼が描く人間たちの運命をどのように展開してみせるかを追ってゆくと、その都度私は、『アプディアス』〔一八四二年、のちに改稿されて『習作集』第四巻、一八四七年、に収録〕において、『電気石』〔『石さまざま』に収録〕において、『ブリギッタ』〔一八四四年、のちに改稿され『習作集』第四巻に収録〕において、『曾祖父の紙挟みから』〔一八四二年、のちに改稿されて『習作集』第三巻、一八四七年、に収録〕のあるエピソード〔第三章「心優しい大佐」に語られる、山での大佐夫人の遭難死を指す〕において、〔表現を〕生の小さな〔卑小な〕関係に制限しようとするのとは逆の側面、影の、夜の側面を見出した。つまり、彼はまさに、生の小さな〔卑小な〕関係を描くことに決して満足せず、もしくは甘んじえず、そこで無理にもあの単純素朴さを、運命の大きな〔偉大な〕諸関係のなかに持ち込もうとしているのだ。運命のこの大きな〔偉大な〕諸関係は、しかし必然的に、まったく別の種類の単純素朴さと純粋さを、すなわち、大きさ〔偉大さ〕あるいは——より適切に言い換えるなら——正義と連立する単純素朴さと純粋さを、具えているのである。そのためシュティフターにおいては、自然のいわば反乱、暗黒化が生じることになる。自然は最高度に恐ろしいもの、デモーニシュなもの*へと反転して、彼が描く女性形姿（ブリギッタ、大佐夫人）のなかに入り込んでくる。そこではこの〔反転した〕自然が、まさに倒錯的かつ巧みに隠蔽された悪魔的《デモーニー》な力として、単純素朴さという無垢の外見をまとうのだ。シュティフターは自然を知ってはいる。がしかし、たとえば『アプディアス』の終結部で実に痛々しく明らかになるように、彼は、自然と運命を分け隔てるものをまったく朧《おぼろ》げにしか知らず、それを覚つかない手つきで描いている。この自然と運命を分け隔てるものに関する判断の確かさを与えうるのは、ただ、最高次の内的正義だけなのである。ところが、シュティフターのうちにはある痙攣めいた衝動があって、この衝動が〔内的正義によるのとは〕別のやり方で、とはつまり、より単純素朴に見えはするが実は非人間的にデモーニシュで不気味なやり方で、倫理的世界と運命を自然に結びつけようとするのだ。実際、〔シュティフターにおいては〕ある密かな交配が問題となる。この恐ろしい特徴は、厳密に見てゆくと、シュティフター〔の作品〕が特異な意味で〈興味深く〉なるところではいつも見出されるだろう。――シュティフターは二重の本性《ナトゥーア》〔自然〕をもっている。彼には二つの顔がある。彼の内部では、純粋さへの衝動がときとして正義への憧憬から切り離され、小さな〔卑小な〕もののなかに姿を消し、然るのちに大きな〔偉大な〕もののなかに、肥大して（そういうことがありうるのだ！）純粋さと不純さの区別のつかぬものとなって、不気味に姿を現わすのである。

最高次の極限的な法則性を見てとろうとする戦いなしには、形而上学的に永続性をもったいかなる究極の純粋さも存在しないのであり、私たちは、シュティフターはこの戦いを知らなかった、ということを忘れてはならない。

＊本章での、シュティフターにおける「デモーニシュなもの」への批判は、「ゲーテの『親和力』」での、ゲーテにおける「デモーニシュなもの」への批判――および、その根幹をなすゲーテの自然概念に対する批判――の先駆けをなすものである（『ベンヤミン・コレクション1』八三―八九ページ参照）。（加えて、ここでのシュティフター批判は、間接的に、シュティフターがどのような意味で晩年のゲーテのエピゴーネンであるのかを示してもいる。）

II

シュティフターは、視覚的なものに基づいてのみ、創作することができる。このことはしかし、彼が目に見えるものだけを描写している、ということを意味するのではない。というのも、芸術家として彼は様式《シュティール》〔文体〕をもっているからだ。そこで、彼の様式〔文体〕が孕んでいる問題とは、万事においてどのように彼が形而上学的に視覚的な領域を把握するのか、ということである。この根本的特質に関連しているのは、何よりもまず、彼には啓示＊に対する感覚がまったく欠けている、という点である。啓示は、聴き取られねばならない。すなわち啓示は、形而上学的に聴覚的な領域に存している。この意味において、さらに、彼の著作の根本的特徴が明らかになる。それは静けさ《ルーエ》である。静けさとはつまり、何よりもまず、一切の聴覚的な感覚印象の不在ということにほかならない。

＊　本章で言及される「啓示」と「（音声）言語」の関係については、「言語一般および人間の言語について」（『ベンヤミン・コレクション1』所収）を参照。（なお、「カール・クラウス」第I章でも、ベンヤミンはシュティフターにかなり詳しく言及しているほか、本書所収の「ゴットフリート・ケラー」冒頭部分でも、シュティフターに触れている。）

シュティフターにおいて登場人物たちが話す言語は、これ見よがし《オステンタティーフ》である。この言語は諸々の感情や考えを、聴覚の麻痺した空間のなかで、視覚的に呈示する《ツーア・シャウ・シュテレン》ものなのだ。人間は心を震撼させられると、それをまず第一に言語において〔……を媒質として〕表現しようとするが、シュティフターには、どのようにであれこの震撼を表現する能力が絶対的に欠けているのである。デモーニシュなものは、かなりの程度において彼の著作に特有であり、彼がこっそり〔内的正義の道を避け、デモーニシュなものと戦うことなしに、の意〕手探りしつつ書き進めてゆく——それは、すぐそこにある救　済《エアレーズング》を彼が、解放《ベフライエント》をもたらす言語表出のうちに見出すことができないからだ——ところでまぎれもない頂点に達するのだが、このデモーニシュなものは、右の、震撼を表現する能力の欠如に起因している。彼は魂的に唖である。すなわち彼の本質には、言語という世界本質、つまり、そこから発語が成り来たるところの世界本質、との繋がりが欠けているのである。

シェイクスピア『お気に召すまま』

Shakespeare : Wie es euch gefällt〔一九一八年成立〕

ルネサンスの時代に生きたシェイクスピア[*1]（一五六四—一六一六年。イギリスの劇作家、抒情詩人）は、一種のロマン主義的詩人[*2]だった。ルネサンスが精神生活において贏《か》ち得た最も偉大なもののひとつが、無限（das Unendliche）の発見である。哲学では、ニコラウス・クザーヌス（一四〇一—六四年。ドイツの神秘主義哲学者、教会政治家）が、無限を発見した。造形芸術では、この発見は偉大な画家たち、少なくともレオナルド〔・ダ・ヴィンチ〕（一四五二—一五一九年。イタリアの画家、建築家、彫刻家）とミケランジェロ（一四七五—一五六四年。イタリアの彫刻家、画家、建築家）に、多かれ少なかれ決定的なものとして、またさまざまな形式において、見て取ることができる。ポエジーの領域でこの発見をなすのが、シェイクスピアである。無限性（Unendlichkeit〔概念としての無限〕）は非常に多様な意味をもっており、すべての無限性がロマン主義的であるわけではない。シェイクスピアにおける無限性は、しかし、ロマン主義的である。つまり、狭義でのポエジー的無限性がロマン主義的なのである。シェイクスピアが見出した無限性は、彼の喜劇のなかに、それが最も純粋に現われるかたちで含まれている。ロマン主義における無限性は、それを担ういかなる具体物をもってはいない。ロマン主義者たちは、無限であるような具体物を何ひとつ知らず、ただ無限そのもの〔つまり、理念的無限〕だけを知っている。〔そこで捉えられている〕無限とはウニヴェルズム（Universum〔宇宙、万有、無限な多様性〕）であり、この無限が一切の物《ディング》〔事〕の本質なのである。文学の一類型はそのようなロマン主義的理念〈無限〉に依拠している。この文学類型に注意が払われることはほとんどないのだが、しかしこの文学類型に基づいてこそはじめて、ドイツのロマン主義者たちに対する理解を、またとりわけシェイクスピアに対する理解を得ることができる。というのも、シェイクスピアこそ最も偉大なロマン主義者だからである——たとえ、彼がそれだけにとどまる者ではないとしても。通常はただ形姿[*3]（Gestalt）だけが文学の課題と見なされるが、無限性が世界の真の本質をなす場合には、文学の課題となるのは形姿ではない。形姿に相応するのは見ること（Schau）である。ロマン主義者とは見る詩人ではなく、シェイクスピアもまた、少なくとも彼の喜劇においては、見る詩人ではなかった。ロマン主義の文学芸術とは、あらゆる現象が無限のなかへと、絶対的に自由で宗教的なもののなかへと解消してゆく運動なのである。まさにこの点で、シェイクスピアの偉大さは、実に多様に把握されうるし、実にさまざまに変化したかたちで認識されうる。彼は、すべてのロマン主義的詩人たちのなかで、最も大きな《グロース》〔偉大な〕自由を、それゆえにまた最も大きな〔偉大な〕範囲（Umfang〔（生の）広がり、外延〕）を見極めた。彼の諸喜劇は、コスモス（Kosmos〔宇宙、万有、秩序と調和のある体系としての世界〕）の、無限性への解消である。彼は〔すべてのロマン主義的詩人たちのなかで〕最も感性的な者であり、最も直接的な者である。すべての〔ロマン主義的詩人といえる〕者たちのなかで、彼は、この解消過程においていかなる剰余も残すことのない唯一の者である。彼は、他に並ぶ者のないほどに、比類なく現世的《ヴェルトリヒ》である。ロマン主義的ポエジーの範囲内で素朴さ*4（Naivität）に到達することが可能だとすれば、彼こそがこの素朴さに到達したのだ。それは、彼においてはすべてが孤独へと至りゆくからである。彼はもはや何ひとつ確保しはせず、最も偉大な夢想家となった。彼は、〈〔自然との全的な一致への〕憧憬をもたずに在る〉ということに到達した。そしてこの〈憧憬をもたずに在る〉ということが、素朴さの根柢なのであり、また、シェイクスピアの最も深遠な諸喜劇の根柢でもあるのだ。彼に比して、ドイツ・ロマン主義はすでに積極的に宗教的*5だった。ドイツ・ロマン主義は、彼の現世性に到達しはしなかったし、いかなる現世性に到達することもないのであろう。『お気に召すまま』〔一五九九年頃〕――つまり、詩人にとってこの〈お気に召すまま〉ということは、ひとつの絶対的な精神的夢想、ひとつの解消にほかならず、いかなる形姿でもないのである。彼の意図するところでは、ひとはこの劇作品を、青空のなかで〔形姿を〕解消してゆく夏の雲のように、そして、その雲の象徴的な形象すべての背後には、最も深遠なものであると同時に最も優美なもの*6として無限への解消がある、といった夏の雲のように、眺めるべきなのだ。

この劇作品は『テンペスト〔嵐〕』〔一六一一―一二年〕とひとまとめにして考えねばならない。（つまり、『お気に召すまま』は『テンペスト』の、いわば序幕と見なしうる。）すなわち、『テンペスト』においては無限がすでに現存在の近くにまでやって来ているので、人間は息が切れてしまうのだ。プロスペロー〔『テンペスト』の、魔法術を身につけた主人公〕は魔法の杖を手放す。嵐はもはや〈お気に召すまま〉には吹かない。あるいは、嵐はいま一度だけ〈お気に召すまま〉に吹くがゆえに、もうこれ以上何も耳にすることは許されない〔プロスペローが述べる「エピローグ」参照〕。シェイクスピアの創作は、不死性ゆえに死ぬ《シュテルベン》〔跡絶える〕のである。[*7]――シェイクスピアは、裸眼から発する裸のまなざしの詩人である。彼のまなざしは、精神的に高められたまなざしが空の無限の青に出会い、自由に漂いながらこの無限の青のなかに消え去るがごとくであった。彼は幻視者ではなかった。彼はイギリス人だったし、イギリス人であり続けた。ただし、冷徹さ[*8]を持たぬまでになるほど澄んだまなざしを具えた、最も偉大なイギリス人だった。イギリスの偉大な詩人たちは皆、シェイクスピア的なまなざしを具えているのだが、しかし、シェイクスピア以外には誰も、シェイクスピアのような裸眼を持ってはいない。スターン（一七一三―六八年。イギリスの作家）は顕微鏡を、スウィフト（一六六七―一七四五年。イギリスの作家）は望遠鏡を携えている。

*1　ベンヤミンは『ドイツ悲劇の根源』でも、独自のシェイクスピア論を展開している。その箇所については、同書上巻、七七ページの訳注*2を参照。

＊2　ここでの「ロマン主義的」については、『ドイツ・ロマン主義……』のほか、『ドイツ悲劇の根源 上』の「遊戯と反省」の節（とくに、一五九―一六〇ページ）を参照。

＊3　ベンヤミンの「形姿」概念については、とりわけ「フリードリヒ・ヘルダーリンの二つの詩作品」（右の＊2に挙げた『ドイツ・ロマン主義……』の「参考資料1」所収）を参照。

＊4　これは、シラーの「素朴」概念（「自然との全的な一致」をいう——『素朴文学と情感文学について』一七九五／九六年、参照）を念頭において言われていると思われる。

＊5　「積極的（肯定的）宗教（positive Religion）」とは、感情あるいは理性の所与に基礎をおく自然宗教に対して、神自身の啓示によって与えられる宗教を謂う。

＊6　これも、シラーの「優美」概念（『優美と尊厳について』一七九三年、参照）を念頭において言われていると思われる。

＊7　「不死性ゆえに死ぬ」という言い回しを、ベンヤミンは、「近代悲劇とギリシア悲劇」でも用いている（『ドイツ悲劇の根源 下』所収、一八八ページ参照）。因みに、『テンペスト』はシェイクスピアの最後の作品である。

＊8　「冷徹さ」については、前出『ドイツ・ロマン主義……』二二二ページの訳注＊5、および同書所収の前出「フリードリヒ・ヘルダーリンの二つの詩作品」二九六ページの訳注＊2を参照。——本シェイクスピア論では、「冷徹さ」は、自然との分裂の場における究極の反省（Reflexion）的態度を指し、シェイクスピアにおける「素朴さ」と対比されている。

モリエール『気で病む男』

Molière: Der eingebildete Kranke〔一九一八年成立〕

モリエール（一六二二―七三年。フランス古典主義の喜劇作家）の戯曲作品[*1]は、劇のあの最も偉大な伝統に属している。それはつまり、たぶんすでに古代ギリシア以前に根源を有し、古代ギリシアにおいてはじめて明確な姿を現わし、プラウトゥス（前二五四頃―前一八四年。古代ローマの喜劇作家）とテレンティウス（前一九五頃―前一五九年。古代ローマの喜劇作家）のラテン語劇に継承され、中世にガンデルスハイムのロスヴィータ（九三五頃―九七三年以後。ドイツの修道女で、詩人、劇作家。ラテン語で書いた[*2]）によって気高く受容されて、モリエールへと至る伝統、すなわち、仮面〔見せかけ〕の劇（das Drama der Maske）の伝統である（この伝統のなかでモリエールに後継者がいるかどうかは、疑わしい）。これは、喜劇の伝統であれ、悲劇の伝統であれ、同じことだ。劇の最も大きな問題は、すべて、仮面に関わっており、そして、劇の古典主義的精神――その対極をなす精神を、ロマン主義的シェイクスピア〔本書三三ページ以下を参照〕が体現している――が最後に高まりをみせるのが、モリエールにおいてなのである。そのうえさらに、劇に関わる仮面の本質は、ただ喜劇のなかにのみ、まったく純粋にかつ澄みきって立ち現われうるのだということさえ、また、ある限りなく逆説的な深みにおいて、〈古典古代的な晴れやかさ《ハイターカイト》〉という言葉の真実性が証明されうるだろうということさえ、たとえ明白だとは言えないにせよ、大いにありうることなのだ。すなわち、悲劇にとって倫理学が担っているところのものを、喜劇にとっては論理学が担っており、哲学的実体はこの両者〔悲劇と喜劇〕のどちらにもあるのだが、しかし喜劇のうちにこそ、絶対的で純化された哲学的実体がある。喜劇が真に表現をもたず[*3]偉大であるのは、とはつまり仮面になるのは、情熱の大きさ〔偉大さ〕によってではなく、思考の深さによってなのであり、そして喜劇は、思考が晴れやか《ハイター》になって哄笑へと反転するまで、思考を追い続ける。思考のこの反転が、どのように、人間たちのあいだで彼らの台詞（Rede〔言葉、発話、パロール〕）のかたちになりうるのか、いやそれどころかこの反転が、どのように、哲学の規範を根本的に凌駕している――そのために哲学は〔言語形式として〕決して喜劇的でも悲劇的でもありえない――のか、ということがそもそもの問題なのである。というのも我々が、悲劇のうちにある表現をもたぬものの深さを、喜劇のうちにある表現をもたぬものの知的純粋さを、そして、悲劇と喜劇における表現をもたぬものの深さと知的純粋さとの相互作用を、ひとたび認識したならば、我々はむろん、右の問題を哲学の側から立てるだろうからである。そしてそのとき、我々は、まさにプラトン的対話の稜線上に、つまり、そこから言語と認識のこれら二つの形式――悲劇と喜劇をそう捉えてもよいだろう――が鋭く切れ落ちている、あの稜線上にいることになる。

モリエールは、フランス精神が古代ギリシア精神に接する、最も精確な接線である。それゆえ彼の『気で病む男』〔一六七三年〕は、少なくともひとつの理想的な仮面、内面からも充分に規定されている仮面を、もたずにはいない。それがすなわち、自分は病気だと思い込んでいる人間、という仮面である。そのような人間もまた病気である、仮面的に病気なのだとしても、かえってそれだけより純粋に病気である、と知るなら、〔その観点からしたとき〕この人間は仮面をも具えているのである。劇のこの基盤となるところを、〔ベンヤミンが観た公演の〕役者はやりそこなった。彼が演じるアルガン〔『気で病む男』の主人公の名〕は〔純粋に〕病気ではなかった。それで、いくぶん無力な器用さで演じられたこのアルガンには、偉大さが欠けていた。アルガンは、死んだ振りをする際に、(仮にモリエールがそう指示していないとしても、) 頭部〔顔〕を被うべきだろう。

＊1　ベンヤミンは「運命と性格」において、「性格」概念に関係づけながらモリエールの喜劇を論じている(『ドイツ悲劇の根源 下』の「参考資料II」所収、とくに二一八―二二〇ページ参照)。

＊2　ここで論じられる「仮面」という概念は、「見せかけ」というニュアンスを通して、のちの――たとえば「ゲーテの『親和力』」第三部における――「仮象」概念と密接に関わるものと思われる。

＊3　「表現をもたぬもの」については、「ゲーテの『親和力』」の「表現をもたぬもの」の節(『ベンヤミン・コレクション1』一四五―一四九ページ)を参照。

ショー『ウォレン夫人の職業』

Shaw : Frau Warrens Gewebe〔一九一八年成立〕

金《かね》というものはすべて汚い。どの金《かね》も、いつか一度は売春宿〔ウォレン夫人はロンドンのスラム街の出身で、いまは売春宿を姉と共同経営している〕に、いつか一度は鉛白工場〔ウォレン夫人の妹は鉛白工場で働いている〕にやって来て、また出てゆく。つまり、金《かね》の罪とは〔この劇の〕登場人物たちが負っている永遠の罪の一形態なのであって、恐ろしいのは、資本主義の時代の人間たちはこの罪を贖う術《すべ》を知らない、ということだ。労働のなかにこの贖罪を見出すことは——畜殺の罪の贖いを菜食主義の生き方のなかに見出しえないのとまったく同様に——できない。というのも、究極的な意味では、なんらかのきわめて無差別的で包括的な形態をとった罪は、避けることができず、ただ贖うことができるだけだからである。罪を負うことをそもそも避けることができる、などという気違いじみた信仰から産み出されたものは、偽りの禁欲であって、どういうものであれ純化〔浄化〕と贖罪こそが真の禁欲なのである。現代という時代は偽りの消極的な禁欲に、衛生学のさまざまな名称を用いて、きわめて高慢な最上位の刻印を与えてきた。純化《ライニグング》〔浄化〕を清純《ラインハルテン》〔清潔〕に保つことに取り替える、というのが衛生学の手法であり、そして、自己充足的な、ただ維持だけが必要であるような純粋さ《ラインハイト》を、いつかどこかで前提としてしまっている、というのが衛生学の犯している誤りである。この衛生学があらゆる分野に広がっているのだ。ウォレン夫人の娘は、きびしい労働によって、幸福と結婚を断念することによって、母親の金《かね》およびこれに類似する一切のものとの接触からわが身を守ることができる、と信じている。おそらく彼女は、このやり方で、未来に関して身を守っているばかりでなく、過去に関しても贖罪していると信じているのだ。しかし、そうだとすると、彼女の罪の意識が正当で真実なものであるのに対して、それに劣らず、彼女の純化〔浄化〕は依然として、表面的なままであることになるだろう。この点で、シティの惨めな事務室へと生活の場を移しても、それで事足りはしないだろうし、それどころか、肝心なのはそういうことではあるまい。人間たちの内的世界（それを、人間たちの心理と混同してはならない）が、この健気《けなげ》な娘のうちでは、虚無にまで退化してしまっているのだ。

　それがために、ショーが明らかにこの劇作品の基盤としようとした、唯一の偉大な直覚〔資本主義社会における人間の罪と贖罪を扱おうとする問題意識を指す〕は、破綻をきたすことになる。つまり娘は、母親が売春宿の所有者とならざるをえなかった事情を理解するがゆえに、母親を非難しはしないのである。このやむをえぬ事情を、ウォレン夫人は娘に、次のように納得させる。すなわち、自分の労働力と美貌を飲食店経営者たちによって、たとえ性的にではないにせよ、ボロボロになるまで甘んじて搾取されるままになるか、それとも、囲われた女として多くの男たちから金《かね》を受け取り、自分の健康と容姿を維持するか、という選択の前に立たされて、ウォレン夫人は後者の方を選んだのだ、と。それというのも、どちらの生き方をしてもその生は同じように惨めであり、どちらの場合にも社会はまったく同じように暴力をふるう。がしかし、高級娼婦の方にはよりましな生活を手に入れるさまざまな可能性があり、貯蓄することができる——そして彼女は、すでにこの道を辿ってきている姉と協力して、売春宿に自分の金《かね》を投資するだけの蓄えができるまで、金《かね》を溜めるだろう。社会という観点からすれば、〈鉛白工場の女工は、売春宿の所有者よりも、娼婦よりも、ずっと惨めな生活を送る〉という命題は、たぶん、さまざまな理由により支持されうるだろう。人間という観点からは、ショーは語ってはおらず、しかも彼は、ウォレン夫人に娘の赦しが与えられるという結構を採ることによって、ヴィヴィー・ウォレン〔娘の名〕を、容易にそれと見抜ける詭弁の犠牲者にしてしまうのだ。その結果として、ウォレン夫人の職業について我々はその名以外にはほとんど何も知らされない、ということになる。この職業と結びついているであろう多大な不道徳性《シュレヒテイヒカイト》と下劣さは、この職業を営む人間の責任へとはね返ってくるのだ。娼婦についても同様である。つまり、娼婦は工場で働く娘よりも、社会的にはより富裕な、より自由な、より衛生的な存在であるかもしれない（これは逆説的だが、しかし真実でありうる）が、道徳的《モラーリシュ》には、彼女は娼婦として悪質《シュレヒト》な存在なのであり、売春宿の所有者として軽蔑すべき存在なのである。――それとも、ショーはこう言おうとしたのだろうか。すなわち、彼女は道徳的に悪質なのではない、娼婦だからといって、売春宿の所有者だからといって、必ずしも〔道徳的に〕悪質なわけではないのだ、と？　いかなる人間も、資本主義的な社会秩序におけるその身分に基づいて、ひとりだけ切り離して非難されてはならない。どんな職業も資本主義的な社会秩序のなかのひとつの身分であって、どんな職業も純化〔浄化〕されうる。なぜなら、資本とは、あらゆる職業から至るところで放射している永遠の諸力の、不純な、歪んだ精神にして肉体にすぎないのだから。ショーはそう言おうとしたのだ。少なくとも、彼のこの劇作品のなかにこれとは別の生を探し求めることはできない。どの娼婦もが〔道徳的に〕悪質であるとは限らない。娼婦というものが〔道徳的に〕悪質なのではない*、いかなる職業もそうではないように。だが、ウォレン夫人は〔道徳的に〕悪質な人間であり、〔道徳的に〕悪質な娼婦である。そしてもしショーが、ひょっとして、資本という瓦礫の下でさまざまな職業のうちにまどろんでいる永遠なるものの、この像を、今日の生の最も軽蔑されている姿において、我々に提示しようとしたのだとすれば――ウォレン夫人の職業においてそれを提示することは、彼にはできなかった。この市民〔女性形――ウォレン夫人を指す〕の職業の営みが惨めなものであることは、我々にも分かる。しかしそれ以外に、彼は何を欲したのか？　母親を嫌悪し、もっともなことにこの母親のもとを去るひとりの娘を、我々に提示したかったのか？　そんな結構に何の意味があるというのか？

＊「売春」あるいは「娼婦」についての青年期ベンヤミンの考え方に関しては、たとえば一九一三年六月二三日付、H・ベルモーレ宛ての手紙を参照。

ショーは指に火傷《やけど》を負ったの＊だが、しかし、彼の心は冷たいままだった。市民〔男性形——近代の市民一般を指す〕の偽善〔ベンヤミンが言う意味での「衛生」思想〕に対する洞察と、市民が否認すること〔贖罪による罪の浄化〕についての知は、別々の事柄である。後者をもたぬ者には、前者を表現する正当性はない。この詩人は、彼の若い女主人公〔娘ヴィヴィー〕と同じように、誠実であり紳士《ジェントルマン》である。だが、彼にその若い女主人公を超越させているところのものを、我々は、ただ厚顔にのみ負うているのだ。それは、まったく地上的な厚顔であって、決して神的な厚顔ではない。

＊　指に火傷を負うほど筆に熱をこめた（が、最も本質的な点を全うしえてはいない）、の意。

パウル・シェーアバルト『レザベンディオ』

Paul Scheerbart：Lesabendio〔一九一七―一九年の間に成立〕

長篇小説『レザベンディオ』〔一九一三年。本書所収の「〔シェーアバルトについて〕」参照〕は、大いなる純粋さと、自覚に満ちた精神的生の果実であり、「現実」および「外部」の何らかの根本要素に結びつけられているという意識が、この長篇小説に文体と呼ぶにふさわしい純粋さを与えている。この書物は畏敬の念と――眼に付きにくいのだが――何物かに満たされているという自覚によって考え出されている。この書物は普遍的でもなければ、それ自体に立脚しているわけでも、一切を汲み尽くすというものでもない。とはいえこの書物は、どの箇所においても、受胎の精神と理念に満ちている。この書物は、ある厳格な法則を満たしているということによって際立っており、この作品の価値にとって、また、その境界設定にとって決定的であるのは、この法則が芸術の法則というよりも、むしろ神話的諸形式のそれであるということである。〈真の解き明かし《ドイトゥング》は物事の最も外側の層を、物事の最も純粋な感覚性《ジンリヒカイト》を摑み取る。すなわち、解き明かしとは感覚《ジン》の克服である〉――

これがその法則である。それに従って、シェーアバルト（一八六三―一九一五年）は、ひとつの〔パラスという名の〕小惑星とそこでの生を構想した。錯綜した内面性へと、また解き明かしや説明へと誘いかねないものは、すべて遠ざけられた。そのように設定された厳格な即物性という枠のなかでシェーアバルトがこの書物を書きえたということは、彼の精神の一証左である。この星の住人たちは性を持っていない。（より正確に言えば、性のことは話題とされていないところを見ると、性は〔この星では〕おそらく知られていないのだろう。）新しいパラス星人たちは、星の地中深くで胡桃《くるみ》の殻に包まれている。この殻を割ることが、彼らの誕生ということになる。外の光を見て初めて発する片言がそのまま彼らの名前となる。つまり、ビバ、ボンビンバ、ラブ、ゾファンティ、ペカ、マネジ、等々。パラスは小さな星なので、その二つの漏斗《ろうと》のなかに暮らす住民の数は数十万に過ぎない。すなわち、パラスは樽のような形状をした星であり、すぼまったその両端の面はくりぬかれたように漏斗状の空間（「北漏斗」と「南漏斗」）になっており、この二つの漏斗は、真ん中に開いた穴によって互いに行き来ができる。パラスの人びとは芸術的な仕事に従事している。だが、そこにあるのは巨大な建築芸術のみであり、接合し、組み上げ、装飾を施すこの建築芸術の対象はと言えば、常に他ならぬこのパラスそれ自体である。人びとは皆、この星を作り上げることに従事しているのである。レザベンディオを除いて、人びとはこの星にさまざまな形を与えて、結晶形に加工しようと、あるいは岩にやすりをかけて丸い形にしようと試みている。多様な芸術家たちが、漏斗の窪みに設けられたアトリエで、それぞれの理念に従って働いているのだ。しかし、レザベンディオは、パラスの北端に塔を建てることを思いつく。彼はその建設をやり抜くのだが、その過程で、この塔が何の役に立つかが次第に明瞭になってくる。初めにそれに気づいたのはビバだったが、次いでレザベンディオ自身も、そしてずっと後になってからだが他のパラス人たちも、それを知るに至る。この塔は、小惑星パラスの頭部組織と胴部組織の合一に役立ち、一つになった二重星にレザベンディオが溶け込むことによって、この星に再び活気を与えることに寄与するのだ。というのも、これまでパラス人たちは、身体（人間の身体とは異なった、特殊な身体であることは言うまでもない）が衰弱してくると、健康で生き生きとした同胞の体のなかに少しの苦痛もなく溶け込んできたのだが、パラスに初めて苦痛をもたらし、しかもそれを耐え忍ぶ最初の者となるのが、他ならぬレザベンディオなのである。上へ上へと伸びてゆく塔が日に日に星々の関係を変えてゆくのと同様に、頭部星のなかにレザベンディオが溶け込んでゆくことは、パラスのそれまでの生のリズムをますます変化させる。パラスは、この星と一緒に太陽を巡る大きな小惑星環を成したいと切望している他の天体との合一に目覚め、パラス人たちは、より大きな存在のなかに自らを溶解させる苦痛と至福に目覚めるのである。

〔この物語における〕語りの構造の厳格な組み立ては、塔の建設だけを注視するものであるが、この厳格な組み立てによってこそ、構想の完遂が可能になった。そこでは、精神による技術の克服が、最も高い水準で実現している。なぜならば、技術的なプロセスに固有の冷徹さや無駄のなさが、現実的な理念の象徴となっているからである。技術が行なうことは、出来《しゅったい》する事象の無垢で厳格な解き明かし、すなわち、出来する事象の最も外側の、最も純粋な表面に結びつけられた解き明かしの、最も明瞭な表現なのである。愛の縺れや学問と芸術のさまざまな問題、それどころか倫理的な観点さえも、この作品からは完全に締め出されているが、それは、技術の純粋で曖昧さを含まないさまざまな現われから、ひとつの精神的な星辰世界のユートピア的イメージの展開を可能にするためである。その意味において、この星〔における生〕の内面を推し量り、それを記述することは、それがどのようなやり方にもせよ、本来の課題から逸脱させ、あらかじめ定められた境界限界を踏み越える一歩となる。芸術はさまざまなユートピアが寄り集う広場ではない。それにもかかわらず、この書物がフモールに満ちているがゆえに、芸術の側からこの書物についての決定的な言葉が語られうるように見えるなら、それだけいっそう確実な足取りで芸術の領域を乗り越え、この作品を一個の精神的な証言としているものこそ、やはりこのフモールにほかならない。この証言の存立は永遠的なものではなく、己れ自身のみの内に根拠づけられているわけでもない。だがこの証言は、それが証し立てているより大いなるもののなかで止揚されてあることだろう。このより大いなるもの——ユートピアの成就——については、人は語ることができない。できるのは、ただそれを証し立てることだけである。

ゴットフリート・ケラー
――その校訂版全集〔J・フレンケル／C・ヘルプリング編、一九二六―四九年〕に敬意を表して

Gottfried Keller—Zu Ehren einer kritischen Gesamtausgabe seiner Werke〔一九二七年『文学世界』誌に発表〕

いわゆる〈よいもの〉の愛好者たちに、我々はこのささやかな場で、ここには本当に何かそうしたものがあると、請け合うことができる。

ゴットフリート・ケラー
『ロイトホルト（一八二七―七九年。スイスの詩人）の詩について』

ハイドン（一七三二―一八〇九年。オーストリアの作曲家）について、こう伝えられている。あるとき彼は、交響曲を作曲するのに大変苦労した。そこで彼は、先へ進むために、ひとつの物語を心に思い浮かべた。つまり、資金繰りの心配を抱えた商人が血路を開こうと努めるが、それも空しく倒産し――歩く速さで《アンダンテ》――、アメリカへの移住を決断し――速く、しかし甚しくなく《アレグロ・マ・ノン・トロッポ》――、そのアメリカで成功を収め――諧謔的楽章《スケルツォ》――、そして、喜びにあふれて帰国の途につき

家族のもとへと向かう――終楽章《フィナーレ》――。ところでこの筋書は、おおよそ、『マルティン・ザランダー』〔ケラーの最後の作品となる長篇小説、一八八六年〕の前史および冒頭部分なのである。そして、ケラー（一八一九―九〇年。スイスの小説家、詩人）の文体がもつ名状しがたい甘美さと豊かな響きを表現するために、この物語の意味を裏返しにして、散文作品を書く際にケラーがどんな風にメロディに導いてもらったか、などと語りたくもなるだろう。しかし、そうしたものを聴き取るわけにはゆかないので、彼の散文作品について何かを述べるには、我々は相変わらず、もっと取っ付きにくいやり方をするように指示されているのだ。いまから十年前、ドイツ人たちの愛が聞き耳をたてながらやっとシュティフター（一八〇五―六八年。オーストリアの作家）に向けられたとき、*彼が描く風景の夏の静けさ〔たとえば『晩夏』参照〕や冬の静けさ〔たとえば『石さまざま』所収の「水晶」参照〕のなかには、ケラーの〔散文作品に響いている〕パン〔ギリシア神話の、牧人と家畜の神〕の笛の一音たりとも響き渡ってきてはいなかった。（ここは、このことを根拠づけるための場所ではないが、とはいえこのことは、実態として、ひどく目を瞠《みは》らせるにちがいない。）しかしドイツ人たちは――〔第一次世界大戦の〕終戦直後にあって――、ケラーではごくかすかながら〔そのパンの笛の〕リズムが共鳴している、まさにあの政治的な舞踊《タンツ》〔争い〕を、数年にわたって断念してしまっており、そしてシュティフターの高貴なる風景を、故郷としてよりもずっと、療養所として訪れたのだった。

* 「十年前」の一九一七年、ベンヤミンもまた集中的にシュティフターを読んで、本格的なシュティフ

ター批評を構想し、そのための覚書として本書所収の「シュティフターI・II」を書いた。以下の叙述もこれを念頭においている。なお、「カール・クラウス」第I章にも、シュティフターに触れた箇所がある（『ベンヤミン・コレクション2』四九六―四九八ページ参照）。

それはそれとして、ケラーを最も偉大なドイツ語散文作家三、四人のなかに受け入れる古くかつ新しい真理は、依然として困難な立場にある。この真理は、人びとに関心を持たせるにはあまりにも古く、人びとを〔この真理へと〕義務づけるにはあまりにも新しいのだ。その点でこの真理は、十九世紀と、つまり、その「夏のような盛期」〔ケラーの『日記』一八四八年五月一日の記述のなかの言葉〕にゼルトヴィーラ*――神のものなるヘルヴェチアの都市《キーウィタース・ディー・ヘルウェーティカ》――がいくつもの塔を建てている十九世紀と、まさに同じような状況にある。ケラーの作品への最初の妥当な洞察は、もうそろそろなされて然《しか》るべき十九世紀に対する評価の見直し《ウムヴェルトゥング》〔価値転換〕と、結びついているのだ。つまりこの、十九世紀に対する評価の見直しだけが、文学史家たちの困惑を一掃しうるだろう。十九世紀が市民的《ブルジョワ》文学において持っている価値の力点と、唯物主義的文学において持っているそれとが、根本的に異なっていることは、今日すでに、誰の目にも明らかなのではなかろうか？　そして、ケラーの作品の土台をなしている歴史的基盤を、みずからの相続遺産だと明言できるような考察にこそ、ケラーの作品がとっておかれてあるのだということは、誰の目にも確かなことではなかろうか？　ケラーの唯物主義と無神論に対して、それをみずからの相続遺産だと明言することが、市民的文学史《ブルジョワ》にはできない。もはやできない。というのも、たしかにケラーの無神論——それは、周知のように、ハイデルベルク時代〔一八四八年秋からの一年半——このときケラーは、キリスト教の本質についてのフォイエルバッハの講義を聴いた〕にフォイエルバッハ（一八〇四—七二年。ドイツの哲学者）から受け継がれた——は革命的なものではなく、むしろ、勝利をおさめた強力なブルジョワ階級のものの考え方のうちにとどまってはいたが、しかし、ブルジョワ階級が辿った帝国主義への道に位置するものではなかったからである。〔ドイツ〕帝国建設〔一八七一年〕は、イデオロギー的にも、ドイツ市民階級の歴史において、ひとつの断絶を意味しているのだ。唯物主義は——俗物的な唯物主義も文学的なそれも——姿を消す。スイスは、おそらく最も長い間、その社会の上層部において、帝国主義以前の市民階級の諸特徴を保持し続けた。（そしてスイスは、それを今日でもなお保持している。つまりそんな風に、スイスには、帝国主義諸国がソヴィエト政権を法的に承認した際の、相場師的な処生術《サヴォワール・ヴィヴル》が欠けているのだ。）またさらに、スイス的性格は他のどの国の性格よりも、おそらくより多くの郷土愛とより少ない国家主義的精神を、みずからのうちに育んできた。バーゼルからは、ケラーの生の終わり頃、新帝国の精神に対するニーチェ（一八四四—一九〇〇年。ドイツの哲学者）の鋭い警告が発せられた。そしてケラーは、すなわち、そのミュンヒェン時代〔一八四〇—四二年、風景画家の修業をした——『緑のハインリヒ』参照〕に、手仕事的副業をもつように——自分からそれが好きだった、という以上に——生まれつき求められていると思ったケラーは、ある階級を代表しているのだ。それはつまり、自分を手仕事的な生産過程と結びつけているものをまだ完全には断ち切っていなかった、そのような階級である。チューリヒの上層市民階級がこの男〔ケラー〕を、長年にわたって多大なる犠牲を払いながらどれほど辛抱強く、広く尊敬される同胞に、そして最後には最上級役人のひとり――チューリヒ州の州政府〔第二〕書記官〔一八六一―七六年、在職〕――にまで育て上げたかということは、驚くべきことである。何年にもわたって、ゴットフリート・ケラーを教育し一人前にするための、株式会社のようなものが存続した。そして彼の経歴の、何度も繰り返された実りなきスタート以来、その投資金は、彼がのちにたっぷりおまけをつけて投資者たちに返してくれるまで、実にしばしば増資されねばならなかった。彼がついに、突然、州政府書記官に任命されたとき、誰も予期していなかったこのニュースは、市の新聞において詳しく論評されたものだ。一八六一年九月二十日に『チューリヒ金曜新聞』はこう書いている。「つい先頃までケラー氏が、政治一般について、ましてや行政の細目についてはなおさら、習熟していなかったことは、広く知られている。……もっともそれ以来ケラー氏は、ときおりさまざまな新聞の通信員として、専門的知識をもって真面目に調査してというよりも、機智をもってペンを巧みに操りながら、チューリヒ州の政治状況を批判してやろう、嘲弄してやろうという欲求に取りつかれたらしい」。根本的な心理抑制をいっぱい抱え、何事につけ留保を付けずにはいられない彼の本性に、この高級官僚的な地位はふさわしかった。〔民族の〕教育者としての活動は、彼の民族のたいていの偉大な作家たち〔とりわけ、ゴットヘルフ〕にとってと同じく、彼の性分に合っていた。そしてこの活動を、その諸要素を媒介しつつ、と同時に全般的な視野に立って展開するという可能性は、彼の本質に最も適合した可能性だった。彼が公的に認《したた》めるものにおいては、彼は教師であることはできず、ただ立法者であることしかできなかった。〔彼はチューリヒ州の新しい憲法〔一八六三年制定〕の作成に加わっている。〕言い伝えられるところでは、彼は職務を大事に取り扱ったということである。比較的狭い制限のなかでの仕事は、彼自身を、この国の観念主義的な運動から、完全に遮断してしまわずにはいなかった。この点で彼の仕事は、彼の唯物主義に結びついたのだった。知られるように、ケラーは、この唯物主義の諸テーゼ、とくに人間全体が〔つまり、肉体も魂も〕完全に死ぬのだというテーゼを、独善的な合理主義者としてではなく、この〔地上の〕生とのランデヴーをいかなる第二の生によっても妨害されまいとする、情熱的な快楽主義者として信奉した。彼の作品は市民的精神運動の防波堤なのである。つまり、この運動が観念主義的津波となって、ヨーロッパをまさに荒廃させんとするその前に、この運動の潮はいま一度この防波堤に突き当たって引いてゆき、そのあとに、この運動の過去の宝物とあらゆる過去の宝物を残すのだ。すなわち、ケラーがすでに、死の手に落ちた荒廃したひとつの世代のいかに近くに立っているかということが、言い換えれば、言語的構成〔言葉の組み立てや彫琢〕をほとんどせず、強情で彼自身にさえ定かでない〔言葉の〕紡ぎ出しが、そもそもいかにして、彼の短篇小説を謎のように完成されたものとして、アウエルバッハ（一八一二—八二年。ドイツのユダヤ系作家）やハイゼ（一八三〇—一九一四年。ドイツの作家、翻訳家）といった作家たちの零落した短篇小説のかたわらに置いてしまうのか、ということが、是非とも明らかにされねばならない。トゥーマン（一八三四—一九〇八年。ドイツの風俗画家）、ヴォティエ（一八二九—九八年。スイス出身の風俗画家）、そしてこの類《たぐい》の他の画家たちが、『村のロメオとユーリア』〔『ゼルトヴィーラの人びと』第一巻所収の短篇小説〕の挿し絵を依頼される手筈になっていた、ということが、ここではすべてを語っている。厳格な現世性は、しかしケラーにとって、自由思想的な志操倫理の誘因にはならなかった。そのことから彼を守ったのが、彼のラディカリズムだった。このラディカリズムの最も驚くべき証拠記録は、ゴットヘルフ（一七九七—一八五四年。スイスの作家、牧師）に取り組んだ文章のなかに見出される。ゴットヘルフの著作を論評する際に、ケラーは本の値段のことから始めているのだが、そんなことにはほとんど何の意味もないとしか思わない者は、別の箇所にある次の文を読むがいい。「今日では一切が政治であり、一切が、我々の靴底の皮から屋根の一番上の瓦に至るまで、政治と繋がっている。煙突から立ち昇る煙は政治なのであり、それは油断ならぬ雲となって小屋や宮殿の上に垂れこめ、町や村の上をあちこち漂っている」〔『イェレミーアス・ゴットヘルフ』〕。彼は、とりわけ、ゴットヘルフの世故に通じた教化的なあり方を取り上げており、そこでは、次のような驚くべき言葉が発せられるのだ。「民衆、とくに農民は、ただ黒と白、夜と昼しか知らず、誰がコックで誰がボーイなのか分からない、涙と感情を孕んだ薄明については、何も知りたがらない。太古からの素朴な宗教にもはや飽き足りなくなると、民衆は、何の過渡的なものもなく直接の反対物へと転じてしまう。というのも民衆は、なかんずく人間であり続けようとするからであり、決して鳥や両棲動物などになろうとは思わないからである」(同前)。

＊ ケラーの物語集『ゼルトヴィーラの人びと』(全二巻、一八五六および七四年)の舞台となる架空の小都市。また、「ヘルヴェチア」はスイスのラテン語形古称。

ケラーのリベラリズムは——今日のリベラリズムは、むろん、このケラーのリベラリズムとも、そのほかの充分に考え抜かれた態度とも、ほとんど何の関わりもない——望ましいことと排すべきことを判断する最も厳密な尺度を保持していた。そして、その尺度は全体として見れば市民的法制の尺度であり続けた、と言えば、けしからぬことのように聞こえる。しかし、ただ成り行きを見てさえいればよい。(ゲーテの)『親和力』(一八〇九年)においては、婚姻の絆《きずな》が揺るがされたことから破壊的な運命が現われ出てくるが(ベンヤミン「ゲーテの『親和力』」、『ベンヤミン・コレクション1』所収、参照)、不朽の短篇小説『村のロメオとユーリア』において、畑地の所有権が侵されたことから破壊的な運命が現われ出てくるのも、『親和力』の場合と違いはしないのだ。老年期には、ケラーは『マルティン・ザランダー』という寓話において、市民的‐法的な生活形式と人間的‐倫理的な生活形式との最も厳密なる関係を追求している。そしてこうしたことにより、彼にはおそらく——たとえばダーン（一八三四―一九一二年。ドイツの法学者、歴史家、作家）とマルリット（一八二五―八七年。ドイツの女流の娯楽小説作家）とのあいだに――その席が確保されてあるのだろう。そのような席を、多くのドイツ人が――そうでないドイツ人が何人いようか――、その教育された心の内部で、彼に与えているのだ。その限りでは、すべてはまだ、どうということもない。だがまさしくここに、「〔市民的な目からすると〕怪しげな」洞窟／洞穴組織の入口がアーチをかけているのである。この洞窟／洞穴組織は、それがケラー自身のなかへ深く入り込んでゆけばゆくほど、それだけいっそう人に気づかれることもなく、市民的な声や意見の騒音のリズムを、この組織が大地《エールデ》〔現世〕の内部でキャッチする宇宙のさまざまなリズムと交錯させ、ついには、市民的な声や意見のリズムを宇宙のリズムでもって排除してしまうのだ。この洞窟／洞穴の奇蹟のための名を探し求めるなら、この奇蹟は〈フモール〉と呼ばれる。ホメロス（紀元前八世紀後半の古代ギリシアの叙事詩人）の笑いが天上の穹窿に棲まうものであるのと同じように、ケラーのよりかすかに、そしてよりメロディ豊かに調律された笑いは、地上の穹窿に棲まうものである。しかしながら、いつもいつも体験してきたことだが、ある偉大な作家について、〈彼はフモリストである〉ということから始めると、その作家に至る通路を塞いでしまうことになる。そのようにケラーのフモールもまた、表面の金ぴかのつや出しなどではなく、彼のメランコリー的‐胆汁質的な本質のなす、予測のつかない構成プラン《アンラーゲプラーン》〔原基分布図〕なのである。[*1] 彼は、自分の語彙を押し出しのいいアラベスク〔曲線の交錯した唐草模様〕に仕立て上げるとき、この構成プランに従っている。そして、彼は市民的法令に対して敬意を表するのだが、その敬意というものを彼は、内部の勝手気ままな世界のなかで習得したのであり、ケラーの最も激しい情動たる羞恥が、これら両者〔「内部の気ままな世界」のなかで習得した敬意と、外部の「市民的法令」に対して表される敬意〕の根柢をなしている。彼の流儀においては、フモールはひとつの法秩序なのだ。このフモールは、裁断する言葉（Verdikt〔真なる言われたること〕）と恩寵が哄笑のうちに漏れてくる、判決なき執行の世界である。[*2] これは途方もない留保であり、この留保ゆえに、ケラーの沈黙と詩作は雄弁になるのだ。論告、陪審判定、そして有罪宣告を、彼はほとんど重んじはしなかった。まして道徳的な有罪宣告となると、どれほどの重んじ方であったか——そのことは、あの愛の短篇小説〔『村のロメオとユーリア』〕の結びの言葉が語っている。[*3] そのような〔フモール的〕心情の記念碑として、彼は、丘陵と森林からなるあの地域の南斜面に、ゼルトヴィーラを建設したのだった。その地域の北斜面には〔「楽しくて陽当たりのよい」（『ゼルトヴィーラの人びと』「序文」）ゼルトヴィーラとは対照的な〕リュッヒエンシュタインの町があって、この町の住民たちは「死刑執行や火刑や水刑のために……風のない気持のよい日和を」好んだので、この町では、「まさによく晴れた夏の日にはいつも何かが行なわれていた」〔『ディーテゲン』——『ゼルトヴィーラの人びと』第二巻所収〕。たしかに、「心正しからぬ者たちや軽薄な者たちの町でも、全体としては、時代の転変のなかを、まあなんとかやってゆけるものだ」、がしかし、「心正しき者三人が長い間ひとつ屋根の下に暮らすとなると、摑みあいの喧嘩にならずにはいない」（『三人の心正しき櫛職人』──『ゼルトヴィーラの人びと』第一巻所収）ということは、ケラーにはまったく確かな事柄だった。切なる思いをこめて見ているうちに熟してきて、人間や事物の強いアロマのように、愛しつつ観察する者の心をとらえる、甘美で強心性をもった懐疑が、ケラーの場合ほどに散文のなかに入り込んだことは、かつて一度もない。この懐疑は、ケラーの散文が現実化している幸福のヴィジョンと不可分である。その幸福のヴィジョンのなかでは、――そしてこれが叙事詩人の、彼だけが幸福を伝達可能なものにする、その叙事詩人の、秘密の学なのだが――見つめられているのがどんなちっぽけな世界であれ、この小世界が、残りの全現実と同じ重みをもつのだ。居酒屋で轟くようにテーブルを叩く手が、どんなに繊細な事物の重さでも、量り誤ることは決してなかった。音声の重さと事柄の重さを、釣り合わせながら配分することは、まだ、ときおりくだくだしくのさばってくる官庁ドイツ語の業《わざ》のうちである。実直な男の手のなかのスプーン一杯のスープは、次第によっては、詐欺師が口にする食卓の祈りや魂の救済〔の祈り〕と釣り合うのだ。「マルティン・ザランダー」は、彼の人生でスープが出される場ではいつでも、皿に入ったスープが置かれるやいなや、直ちにそれを食し始めるという習慣に従っていた」（『マルティン・ザランダー』第一五章）。

＊1　「フモール（Humor）」の原義は「液体、体液」で、古代・中世の体液病理学では、「胆汁質」は「怒りっぽい気質」を意味した（『ドイツ悲劇の根源　上』三二四ページ以下の「メランコリー、身体的

および心的に」の節を参照)。

＊2 「J・P・ヘーベルの『ラインの家の友の小さな宝箱』」（一九三三年）と題する小文、および、「カール・クラウス」（一九三一年）のための覚書のひとつにも、同主旨の文がある。

＊3 『村のロメオとユーリア』は、主人公である若い恋人たちの死に関する新聞記事の引用で閉じられるが、とりわけその最後の一文はこうである。「若い二人はその舟を盗んで、その上で彼らの絶望的な、神に見放された結婚式を挙げたものと思われるが、これまた、近来蔓延している恋の情熱の道徳破壊と荒廃の、ひとつの現われである」。この引用に、ベンヤミンは、ケラーの痛烈なイロニーを見て取っている。

ケラーの作品が徹頭徹尾非ロマン主義的な基盤の上に構築されているということを、最もはっきりと示しているものは、彼の〔物語の〕舞台の非感傷的、叙事的な設《しつら》えである。コンラート・フェルディナント・マイアー（一八二五―九八年。スイスの詩人、小説家）は一八八九年七月、ケラー七十歳の誕生日に、ほとんど聖書風の言い回しで、「あなたが大地を愛しておられるので、大地の方でも、あなたをできるだけ長く引き留めておくことでしょう」と、ケラーに書き送っているが、そのときマイアーは〔この言葉でもって〕、右のこと〔ケラーの作品の非ロマン主義的、非感傷的、叙事的なあり方〕の感情を、見事に呼び起こしている。ケラーの快楽主義的無神論は、ゴットヘルフがしたような、〈自然をキリスト教的な信仰の蔓《つる》で〉飾ることを、彼〔ケラー〕に許さない。「彼に最も多く果実を与えてくれ、そして、彼の心を乱したり不安にしたりすることの最も少ない自然が、彼にとって最も美しい自然なのである」〔ヘーン

『イタリア』一八六七年〕、とヘーン（一八一三―九〇年。バルト地方出身の文化・文学史家）は、ラティウム〔イタリア中部の西海岸地方〕の老人について言っているのだが、この言葉はケラーのあり方を代弁している。〔シュティフターのように〕自然を解釈したり、〔ゴットヘルフのように〕日曜日の説教をしたりすることは、ケラーの柄ではない。〔ケラーにおいては〕風景は、その諸力でもって、ただ作用しつつ、人間存在の経済《エコノミー》〔配剤〕に介入してくるのだ。それが、〔ケラーが描く〕出来事に、何か古典古代的なものを与えている。初期ルネサンスにおいて、画家たちや詩人たちはしばしば、古典古代を描き出していると思ったのだったが、しかしただ、自分たちの時代の特徴を描き出しているにすぎない。ケラーにはほとんどその逆のことが当てはまる。彼はみずからの時代を表現していると思っていたが、その時代のなかに、彼は古典古代を表現したのだ。ところで、人類がなすもろもろの経験の成り行きは――そして古典古代は、人類の一経験である――個々人のなすもろもろの経験の成り行きと、違うものではない。個々人がなす経験〔としての、ケラーにおける古典古代〕の形式法則は収縮の法則であり、その簡潔さは、明敏さのもつそれではなく、古びた果実や年老いた人間の顔の、縮んで干からびてしまった状態のもつ簡潔さである。ケラーのある短篇小説に見られるように〔『村のロメオとユーリア』の、冒頭から少し進んだ場面を参照〕、予言をなすオルペウスの頭部は人形の空っぽの頭へと収縮してしまい、この頭からは、そのなかに捕えられた蝿のブンブンという羽音が響いてくるのだ。ケラーが書いたものは、欄外まで、この真正でしかも萎《しな》びてしまった古典古代でいっぱいである。彼の大地は〈ホメロス風スイス〉へと縮んでしまったのであり、その風景のなかから、彼はさまざまな比喩を取り出してくる。「彼女は、さしあたり自分にはもう教会というものがないのだ、ということに気づいた。そして、その女心のなかで、習慣の力によって、彼女は自分が、寒い秋の夜に果てしない海の波の上をふわふわ飛んでいる、道に迷った蜜蜂のような気持になった」〔『失われた笑い』第三章――『ゼルトヴィーラの人びと』第二巻所収〕。ケラーの、スイスの故郷への切実な思いのなかには、時間的はるけさへの憧憬が共に響いている。彼にとってスイスは、半生のあいだ、オデュッセウスにとってのイタカ〔イタケー〕のように、はるかな像だった。そして彼が故郷に帰ってきたとき、彼がまだ一度も訪れたことのないアルプスは、相変わらず、美しくはるかな像であり続けた。詩人ケラーにとっては、『オデュッセイア』が最も好きな作品だったのだが、かけ出しの画家ケラーにとっては、故郷の風景を想像によってパラフレーズすることが、再三再四、〔風景画の修練に際しての〕自然観察の邪魔をしている。

ケラーが古典古代の十九世紀というこの空間を支配している、その精神は、彼の言葉のなかに捉えることができる。たしかに、彼が言語形式に施した意識的彫琢はおずおずとしたものであるし、自作を読むとなると彼はびくびくしていた。彼が〔言語表現を〕改める気になったのは、たいていの場合、言語的に行儀のよいもの、正確なものへの配慮からであって、詩的造形への配慮からであることはごく稀《まれ》でしかなかった――このことは、本全集に付されている考証資料により跡付けられる。それだけに、いまや線を引いて消された部分が確認できるのは、いっそう本質的なことなのである。だが、そういうことがなくても、至るところで語彙と用語法が、彼の武骨な寓話世界のなかにバロック的本質の混入していることを、そっと漏らしているのだ。ケラーがグリンメルスハウゼン（一六二二頃―七六年。ドイツ・バロックの作家）以後のドイツ語作家の誰よりも、言語の縁《ふち》の部分に通じていて、最も根源的な言葉である方言と、最も遅れて入ってきた外来語とを自由に使いこなしているということ、まさにこのことに、ケラーはその散文の比類のない造形を負っている。さまざまな方言の語彙《シュプラーハ》〔言語の宝物《シャッツ》〕は、幾世紀にもわたって刻印を受けながら流通している小銭である。そしてこの詩人が、格別に親密なこのうえなく喜ばしい直観を手に入れ、それを言葉で支払おうとするときには、彼は本能的に、相続したこの宝物《シャッツ》の方に手を伸ばすのだ。この宝物を一つひとつ数えて差し出す際、彼は、妹――[*1]その妹とはつまり、「行かず後家トイウ点デ《イン・プンクト》ハ、〔遺憾ながら、〕この国民のより不運な側に立つことになった」〔一八八二年九月二二日付、ケラーのシュトルム宛ての手紙〕と言われている、あのレーグラのことだ――が金属製の宝物〔お金《かね》〕に関してけちだったのに反比例して、実に気前がよかった。それに対して、彼の散文において外来語は、いわば為替手形、遠くから送られてきたやっかいな証書であって、それを注意深く、緊張して用いている。因みに、そうした外来語を彼が最も好んで〔文章のなかに〕はめ込むのは、手紙においてである。それらの手紙から判断するなら、次のことはまったく疑いえない。それはつまり、最も美しいもの、[*2]最も本質的なものは、この作家の場合、ほかの誰の場合よりもずっと、書いている際に思い浮かんでくるということ、そして、ほかでもなくまさにそのために彼は自分の能力を、実際になしえたよりも、質的にはつねに過小評価し、量的にはつねに過大評価することになった、ということである。そのために彼はまた、実にしばしば、「怠惰閣下」（一八七四年一二月六日付の、ケラーのエーミール・ルー宛ての手紙）に従いもした。口に出して言うべき多くのことが存在するとは、彼はまったく信じていなかった。しかし、手紙を書く彼の手には、[*3]おそらく、口が知らない伝達欲求が潜んでいた。「今日は非常に寒い日です。窓のまえの小さな庭も、寒くてがたがた震えています。七百六十二個のばらの蕾《つぼみ》はほとんどもう、後戻りして、出てきた枝のなかへ這い込んでしまいそうです」（一八五九年五月一五日付、ルートミラ・アッシング宛ての手紙）。散文にナンセンスでほんのりと色付けしたこのような箇所は（韻文にはナンセンスによるこうした軽い色付けが不可欠であると、ゲーテは一度言明したことがある）、ケラーの（詩的）生産の、まったくの予測のつかなさ――それは、彼の諸作品の刊行史にとって決定的な役割を演じている――を、きわめて明白に証明するものである。

*1　以下のダーシ内の一文は、〔 〕内の言葉を加えたかたちで、『ドイツの人びと』に自己引用されている（『ベンヤミン・コレクション3』四四三ページ）。
*2　以下の一文も、『ドイツの人びと』に自己引用されている（同右、四四二ページ）。

＊3　以下、この段落の終わりまでも、少しかたちを変えて、『ドイツの人びと』に自己引用されている〔同右、四四二ページ〕。また、ケラーの「口が知らない」と、ゲーテの言葉については、『ドイツの人びと』の当該箇所に付した訳注を参照。

ケラーの本の隅々にまでいっぱいに漲《みなぎ》っているもの、それは、見ることの、ではなく、描写することの官能的な喜びである。すなわち、描写することのなかで対象が見る者のまなざしに応答するがゆえに、そして、あらゆるすぐれた描写のなかには、互いに見つめあう二つのまなざしが出会うときの喜びが包み込まれているがゆえに、描写することは官能的な喜びなのである。物語的なものと詩的なものの〔相互〕浸透——それは、ロマン主義以降の時代がドイツ語にもたらした、本質的な収穫である——が、ケラーの描写的な散文のなかで最も豊かに実現されている。ロマン派のほとんどすべての作品においては、これら二つの根本要素が乖離している。つまり、一方の側には『ゼラーピオン同人集』〔ホフマンの物語集、全四巻、一八一九—二一年〕のような作品があり、他方には『ゴドヴィ』〔ブレンターノの長篇小説、一八〇一年〕のような長篇小説がある。〔それに対して〕ケラーでは、これらの二つの力もまた平衡を保っている。そこから、彼が描く人間たちの最も日常的な営みにさえ、古代ローマ人の脳裡に思い浮かぶような人間たちが持っていたにちがいない、調和のとれた、規範的な明確さが具わることになるのだ。「これもまた同じ方向にあることだが」、とヴァルター・カレ〔一八八一—一九〇四年。若くして自殺した、ドイツの詩人〕——取り違えようのない強調点をもってケラーについて語ったことのある、実に数少ない著者のひとり――は言っている、「ケラーのさまざまな物語は、しばしば、その〈理念〉を示すことがまったくできない。というのも理念とは、ある規定を受けつつ展開されたひとつの象徴的な意味へと、局限されてあるものだろうから。しかし、……自然の真なる写し手《アプビルドナー》である彼は、この自然をそれがあるがままに、無限ナルモノヲ無限ニ多様ナ仕方デ《イーンフィーニータ・イーンフィニーティース・モディース》再現するのだ。そのように写し取られた自然は、至るところで不安を掻き立てながら、ほとんど芽生えてくると言えるような無数の意味性を帯びる。それらの意味性は、いかなる言葉のなかへも押し込むことができず、それゆえまさにすべてを、そして最も深淵なることを、言っているように見えるのである」〔出典未詳〕。現実を映《シュピーゲルン》すこと、それが芸術の内実であると証明することは、むろん、理論的には決してできない。とはいえそれは、〔現実を映すということが〕偉大な詩人たちの志向を言い表わす、ひとつの妥当な表現であることを妨げるものではない。それどころかこの映しだす《アプシュピーゲルン》ということは、まさに、叙事詩人[*1]に特有の態度なのだ。劇詩人にとっては出来事の構造の代表的断面《クヴェーアシュニット》〔ある瞬間における全局面の縮図〕を描くことが、また抒情詩人にとっては現存在を無限に凝縮することがそうであるように、叙事詩人にとっては、自然《ナトゥーア》の〔人間に対する〕プラン《プラーン》をその幅いっぱいに繰り広げることが、造形上の身ぶりとして根源的なものなのである。ケラーの著作のなかにある世界は鏡像の世界《シュピーゲルヴェルト》〔映しだされた世界〕である。むろん、その世界のなかでは何らかのものが根本から逆さまになっていて、右と左が入れ替わっている、という点でもそうである。この世界のなかの活動的なもの、重要なものは、一見したところ侵害されぬままその秩序を保持しているのだが、そのうちいつのまにか、男性的なものは女性的なものへと、女性的なものは男性的なものへと入れ替わってしまうのだ。ケラーのフモールが織りなす色のさめた映像のなかにひとつの仮象世界を密かに感じとり、それを不気味なものに思った読者たちが、すでにケラーの生前に存在した。シュトルム（一八一七―一八八八年。ドイツの詩人、小説家）は『貧しい男爵夫人』〔『寓意詩』一八八二年、の第九章〕の結末部の場面について、ケラーにこう書き送っている。「いったい何ということですか、ケラーさん、実に繊細で美しい感受性を具えた詩人であるあなたが、あのように残酷なことを――どうか我慢して聞いて下さい――、私たちに、何か楽しいこととして事細かに描いてみせるなんて、どうしておできになるのでしょうか。ひとりの男が愛する人の前に、自分たちの〔婚礼の〕祝宴の喜びを高めるためにですよ、彼女の前夫と兄弟たちを、まったくぞっとするような、茶番めいた、落ちぶれた姿で連れ出してくるのですから！」〔一八七八年二月の手紙〕。『グライフェンゼーの代官』〔『チューリヒ短篇集』一八七八年、の第二巻所収〕において、逸してしまった人生の幸福に、宥和をもたらしつつ降り注ぐはずの光のなかには、何かちらちらするものが、この老人の笑いのなかには、何か物狂おしいものがある。このくすんだ不安定な光を、少数の詩――だが、何と完成された詩であることか！――において濾過することは、ただ抒情詩人ケラーにのみ割り当てられた仕事だった。

ゆるやかに　ほのかに光りながら　雨はおち、
そのなかに　夕べの陽が射しこんでいた。
彷徨《さすらい》びとは　狭い道を下っていった、
暗い心を抱いて。

〔『夕べの雨』[*2]〕

＊1　「叙事詩人」の振舞い方については、「物語作者」（『ベンヤミン・コレクション2』所収）をも参照。
＊2　この四行のうちのはじめの二行を、ベンヤミンは、一九三六年一二月二四日付のホルクハイマー宛ての手紙にも引用している。

そのような夕日のなかに、あのはるかな像たちはじっと立っている。つまり、断念の皺の刻み込まれた微笑み――それと同様の微笑みは、〔ゲーテの〕『西東詩集』〔一八一九年〕のフーリー〔イスラム教で、天国の美しい永遠の処女をいい、そこへやって来た死者の伴侶となる〕の歌のなかにしかない――を浮かべて、詩人が、大鎌を持って近づいてくる死神を前にして呼び出してくる、あのはるかな像たちは。

だが　詩人の罪のなかでも最も愛らしい罪の償いを
その罪に耽ってきた私に　どうかさせないでくれ、

苦い大地が育むことのないような
甘美な女性像を作り出すという　愛らしい罪の！
〔『死神と詩人』〕

彼の作中人物のなかで、最も官能的欲望をそそる女性であるユーディト〔『緑のハインリヒ』の登場人物〕についてさえ、彼は、彼女が「いかなる現実によっても曇らされていない幻想像である」〔一八八〇年一〇月二一日付、W・ペーテルゼン宛ての手紙〕と述べている。加えて、ケラーが愛した数少ない女性たちのうち、ひとり〔ケラーがハイデルベルク時代に失恋した女性ヨハンナ・カップを指す〕は狂気のうちに亡くなり、いまひとり〔ケラーが四十七歳のときに婚約したルイーゼ・シャイデガーを指す〕は自殺によって死んだというのも、些細なことではない。そして最後に、他の何よりもケラーの幻視空間を特徴づけている、スイス国讃歌のあの二行——そこに歌われている、岸辺に咲くこのバラ、すなわちスイスは、視野の狭い衒学者〔つまり、幻視空間をもたぬ者〕には摘み取れぬものであるがゆえに、わびしい美辞麗句などでは決してないのである。

無上に美しいバラよ、ぼくにはすべてのバラが　色褪せてしまったというのに、
おまえは　なおも　ぼくのわびしい岸辺で薫っている！
〔『祖国に寄せて』〕

彼が告白している「ひっそりとした根本的な悲しみ」〔一八八一年四月二一日付、W・ペーテルゼン宛ての手紙〕とは、フモール（humor〔液体、体液〕）が繰り返し溜まってゆく泉の深みなのである。そして、このことを筆跡学風に言うならば[*1]、この〔humor の〕綴り文字の奇妙な洞穴形〔u〕と卵形〔o〕は、――一切の精神分析学的研究調査に関わりなく――彼の内面であったところの「悲嘆の洞穴」〔E・エルマティンガー『ゴットフリート・ケラーの生涯』一九二四年〕の像としての凹形なのであり〔uについて〕、彼のむら気や奇想の具象的等価物としての凸形なのである〔oについて〕。シュタウファー＝ベルン（一八五七―九一年。スイスの画家、腐食銅版画師、彫刻家）の手になる〔ケラーの〕肖像画〔同前、所収〕を、当の詩人は認めようとはしなかった。しかし、この腐食銅版画師が当人に見られていない瞬間にとらえた、疲れたケラーこそが、真のケラーであり、この疲れた男のよく響く、谺《こだま》を含んだ内面こそが、真のケラーの内面だった。「夜、こんな風に横たわっていると、しばしば」、とケラーは死の床でアードルフ・フライ（一八五五―一九二〇年。スイスの作家、文学史家）に語った、「私には、自分がすでに埋葬されてしまった者のように思われる。その私の上には高い建物が聳《そび》え立っており、するといつも、〈私には《イッヒ》借りがある《・シュルデ》、私は我慢している《イッヒ・ドゥルデ》[*2]〉という声が響くんだ」〔A・フライ『ゴットフリート・ケラーの思い出』一八九二年〕。しかし、作品自体のところどころでそうしたものが漏れ出てくる場合には、実に示唆的なことに、いつも女性像となって出てくる。〔たとえば『冬の夜』では、〕冬の夜、自分を閉じ込めている氷の覆いを空しく手探りする水の精、という形姿のもとに、彼はみずからを眺めている。『悲しみのなかで』では、彼は自分をダナイスたち[*3]のひとりとして識別している。

そして　疲れたダナイスが
篩《ふるい》を沈め　あたりに好奇の目をやるように
私はおまえたちを　訝《いぶか》りの目で追うのだ
おまえたちが黙々と従い順応する　その様《さま》を案じて

*1　ベンヤミンは筆跡学にも強い関心をもっていた。これについての著作は、『ベンヤミン・コレクション5』に収録の予定。

*2　この言葉はC・F・マイアーによっても伝えられている（J・ベーヒトルト『ゴットフリート・ケラーの生涯　彼の手紙と日記』一八五〇―六一年、の第三巻参照）。因みに、ケラーは遺言で、チューリヒ州を印税の第一相続人に指定した。

*3　アルゴスの王ダナオスの五十人の娘をいう。父の命により、結婚初夜に（一人を除いて）それぞれの夫を殺したため、死後地獄で、篩あるいは穴のあいた容器で永久に水を汲まされた。

だが冗談のなかでも、そしてときおりそれは悲しみのすぐそばにあるのだが、彼には同じような言い回しができる。「近々、思い切ってやってみようかと」、とベルリン時代（一ネ八五〇—五五年〕の手紙のひとつにはある、「つまり、私は幕間《まくあい》に、あらゆる種類のボンネットや襞襟を精密にスケッチするのですが、これを用いて見栄えのする御婦人用装身具店を、気品よく取り仕切ってやろうかと」〔一八五〇年九月一六日付、H・ヘットナー宛ての手紙〕。

さてそこで、このようなイメージを心に留めて、〈ケラーの悲しげな平静さは、女性的なものと男性的なものが彼のなかで保っている、ある深い平衡において調整されたのだ〉という命題をあえて唱える者は、それでもって同時に、この男の観相学的相貌にも触れていることになる。古典古代は、男女《マンヴァイプリヒ》的類型として、ヘルムアフロディート〔両性具有者〕しか知らなかったわけではないのだ。ヘルムアフロディートの好ましい容貌は、もっとのちの時代に由来し、古代ギリシア精神そのものよりも、古代ローマやアレクサンドリアの恣意に、より多くを負っているのである。そして、古典古代が何らかの成熟した男女的類型を観相学的な思弁から作り上げた、とは考えられず、アフロディートス〔髭《ひげ》のあるアフロディテー〔ギリシア神話の、美と愛の女神〕〕の像は——初夜に髭をつけて扮装するアルゴスの女たちの慣習が、祭式的慣習であるのと同じく——ひとつの祭式的な像であるとしても、そのような頭部のイメージは、他の何にもまして、この詩人の頭部をよりよく理解する手引きとなるのだ。

この観察者、スイスの市民にして政治家が、よきワインの流れに乗せて現実を流し込んだ、その内面世界は、陽当たりのよい聖ヒエロニムス〔三四七頃—四二〇年。キリスト教の教父〕の小部屋〔たとえばデューラーの木版画『書斎の聖ヒエロニムス』一五一一年、参照〕ではなく、ひとつの呪縛空間《バンラウム》だった。この空間のなかで、ゆるやかに流れゆく二つの生の流れ〔「ひっそりとした根本的悲しみ」に満たされた生の流れと、現実の生の流れ〕に取り囲まれて、繰り返し、さまざまな幻影が生じ来たったのだ。彼の『夢の本』〔一八四六―四八年〕は、そうした幻影の集成である。彼の著作のなかには、それらの幻影が、密に、紋章のような形に組み合わされて、[*1]嵌め込まれている。彼の著作の書き方には、何か紋章学的なものが内在している。その書き方は、紋章が〔二つの〕事物の半分ずつを組み合わせるように、言葉をしばしば、実にバロック的な反骨心と集《つど》わせるのだ。刺繡の飾りがつけられたクッションの礼を述べている、老年期のある手紙には、こうある。「貴方の器用なお手には、この二つのイニシャルにかくも美しい場所をしつらえるというお骨折りをいただいたわけですが、そのお骨折りに対して、私は……、この二つのイニシャルが一緒にいるのももう長くはないだろうということに鑑《かんが》みてどうやら、ほとんど責任を負いかねる次第です」〔一八八八年五月、リューディア・ヴェルティ＝エシャー宛ての手紙〕。彼のこの作品〔『夢の本』〕、この〔スイス〕諸州の紋章官の本において最後的に、市民的国家の数々の〔アレゴリー的〕意味像《ジンビルト》が、事細かに集められているのである。若い頃、彼は一度、次のような詩を作っている。

もう棄《す》て去るのだ、神話は、ニーベルンゲンは、聖書は！

古い夢は　充分に解かれてしまった、
古い竜は　充分に皮を剝がれてしまった……
だから今は自由のために　絵入り入門書を描くのだ！
〔『画家-ソネットV』の「ドイツの芸術家たちに　2」〕[*2]

＊1　『ドイツ悲劇の根源　下』四四、一三八ページ参照（とくに一三八ページで、ベンヤミンは、「エムブレム的分割」という術語を用いている）。
＊2　ベンヤミンの引用は、この詩の第一連のはじめの三行と、第二連の第一行とをモンタージュしたものである。

この絵入り入門書に、彼の諸著作はなった。それらの著作は、人びとが自由の言語を忘れはじめた時代に現われたのだった。そしてその時代は、また、彼があれほどしばしば、あれほど荒唐無稽に呼び出したそのアメリカから、彼のまなざしがヘレネー〔ギリシア神話の絶世の美女で、トロイア戦争の因となる〕ともルクレーティア〔古代ローマの伝説的な貞節婦人〕とも見ていたスイスの娘らが、簿記を習得しはじめた時代でもあった。

（本全集版の、これまでに刊行されている巻は、編集の仕方からしても収録内容からしても、同じように注目に値する。考証資料篇により、最終稿とその以前の諸稿との異同が、文体上の諸観点にしたがって項目別に分類されたかたちで、分かるようになっている。この——文献学的に見れば——大胆なやり方が、学問的慣習のなかで価値を認められうるか、という点については、何とも言い難い。ここに収録されている補遺の部分が、それを研究すること自体がひとつの楽しみであるような、そういう数少ない補遺に数えられるものだ、ということだけは確かである。そこには、事実に即して必要とされたものだけが収録されているのだが、この限定は、スノビズムへの譲歩とはまったく無縁であり、しかしまた一般読者への提供ということともまったく無縁であるこの全集版の、その厳格な顔つきに、非常によく合致している。こうしたことが言えるドイツ語全集版が、どれほど存在するだろうか？　活字および文配列という、ケラーにおいては特に困難な問題は、私には、解決されているように思われる。装丁は、割付同様、〔本の作り手の〕確かな趣味の証となっている。）

〔ヨーハン・ペーター・ヘーベル〈Ⅲ〉〕

〈Johann Peter Hebel. 3〉〔一九二九年成立〕

皆様が新聞をお読みになるとき、特別印象的なあるいは異常な記事、たとえば大火とか強盗殺人についての報告に呆然としたことがおありではないでしょうか。そのとき、事件をより近しく（näher〔より詳しく〕）想像してみようとして、皆様はきっと、ご自分では気づいていようがいまいが、とても奇妙なことをおやりになったに違いありません。すなわち、あなた方が漠然と思い浮かべる舞台――事件が起こったのはゴルダップ〔旧東プロイセンの都市、現ポーランド領〕とかティルジット〔旧東プロイセンの都市、現ロシア領ソヴィエツク〕とか、あなたがまったく知らない街ということもあるでしょう――のなかに、自分のよく知っている舞台の要素を、しかも初めから特定の舞台を、たとえばフランクフルトではなくて初めからフランクフルトのあなたの家やあなたの部屋をひそかに紛れ込ませることで、一種のフォトモンタージュを作ったことでしょう。家や部屋はそのとき忽然としてティルジットあるいはゴルダップへ連れ去られたかのように一見思えます。しかし実際には逆のことが起こったのです。ティルジットあるいはゴルダップがあなたの部屋のなかへ連れてこられたのです。そしてあなたはさらに一歩を進めました。〈ここ〉を手に入れたあとで、〈いま〉の実現に向かったのです。そのニュースは九月十一日のもので、あなたがそれを読んだのはようやく十五日になってからだったとしましょう。さて、事件を理解しよう、そこに参加しようとしてあなたは、四日前に立ち戻ることはしませんでした。そうではなくて逆に、いまあれが、この瞬間に、私の部屋のなかで起こるのだ、と想像してみたのでした。抽象的で任意のものであるセンセーショナルな事件に、あなたは一挙に〈いま－ここ〉を与えたのです。あなたはその事件を具体的なものにしました。このことがあなたをどこへ導きうるか、それは予測不可能です。

さて、任意のセンセーショナルな話にではなく、示唆的かつ重大な出来事に、こうした〈いま－ここ〉の明証性を与えるのに成功したなら、その効果は上のことよりももっと予測不可能でありましょう。さらに、この〈いま〉が歴史的に重要な〈いま〉であり、この〈ここ〉が花咲く充実した〈ここ〉であるならなおさらでしょう！　これらすべての前提が完璧に満たされた場合を考えてみましょう。私たちの目の前に浮かぶのは、ヨーハン・ペーター・ヘーベル（一七六〇―一八二六年。スイスに生まれ、ドイツで活動した聖職者、教育者にして作家）の散文文学であります。いまだ十分に評価されたことのないこの偉大な名匠と取り組むならば必ずや、比類なき現前化〔〈いま－ここ〉化〕を行なうこの人を、私たち自身に対して現前化することになります。――ただしヘーベルは、盗賊物語や家庭ドラマや海難事故やアメリカ西部物を現前化するのではなく（そういうこともときにはありますが）、自分の住む土地と自分の生きている時代がもつ至高の諸力を現前化する人です。こう言えば、もう次のことがはっきり語られたことになります。すなわち、この最も素朴で最も控えめな文学作品（これを文献学者たちは相変わらず、まさに「民衆芸術」というタイプに属するものだと思っているのですが、この場合の「民衆芸術」とは実は、彼ら文献学者たちの理解では、貧民向けに書かれたもののことなのです）、この文学作品は、言ってみれば無数の目立たない小さな飛翔の力で自分を持ち上げ、ある大きな深淵のうえに浮かんでいるのです。つまり、ヘーベルの時代と、彼の住む土地のあいだの深淵のうえにです。フランス大革命の同時代人であり、この時期のもろもろの精神の力にきわめて決定的かつ根柢的に心を揺さぶられつつも、しかしヘーベルは南ドイツの小都市の住民でありつづけました。独身のまま隠遁者のごとき生活を送り、バーデン大公の宮廷説教師を務めた彼は、まことに狭苦しい状況のなかに生きなければならなかっただけでなく、この状況を代表しなければならなかったのです。ヘーベルは大いなるもの、重要なものについて、比喩的にしか語り考えることができませんでした。このことは彼の物語の美点となりましたが、彼の実生活においては無計画さ、弱点となったのでした。なにしろ、『ライン地方の家の友』の暦《こよみ》に載せた文章の数々でさえ、外的なきっかけからやむなく書かれたもので、ヘーベルはこのことについてさんざんぶつくさ言っていたのですから。[*1]にもかかわらず、ヘーベルは大きなものと小さなものに対する正しい感覚をもちつづけました。そして、彼はいつも大きなものと小さなものとを、最も深いところで交差させ入れ子式にして、同時に語ることしかできなかったのではありますが、そこでの彼のリアリズムはつねに十分に力強く、そのため彼は、時としてシュティフター（一八〇五―六八年。オーストリアの作家）の危険となったあの小さいもの、ささやかなものの神秘主義[*2]に陥らずにすんだのでした。

＊1　南ドイツのバーデン大公国で発行されていた暦《こよみ》（教訓的な物語、実用的な助言、政治記事など多様な内容の読み物を載せた民衆向けの冊子で、十八、九世紀に数多く存在した）の編集にヘーベルは一八〇二年以来加わっていたが、一八〇七年から――意に反して――編集主幹およびほとんど唯一の執筆者となった。『ライン地方の家の友』という新しい題名のもと、内容も一新して刊行されはじめた暦（一八〇八―一五年、および一八一九年）は大好評であった。これに一八一一年までに載せた物語（暦話）のうちの大部分を加筆の上まとめたものが、『ラインの家の友の小さな宝箱』（一八一一年）である。

＊2　本書所収の「シュティフター」（二八ページ以下）参照。シュティフターは短篇集『石さまざま』序文（一八五三年）において、嵐や地震のような派手な現象よりも、水の流れや穀物の生長のような目立たないもののほうが偉大で普遍的であるとした。ベンヤミンは「カール・クラウス」（『ベンヤミン・コレクション2』四九六ページ以下）でも、シュティフターのこの考え方を批判している。

ヘーベルを神秘主義に陥ることから守ったもの、それは他でもなく、彼が神学の修練を積んだことでした。この修練は彼の作品全体にはっきり現われています。彼の作品は根本から教化的です。この点に関して、ヘーベルの作品ほど広い世界、広い精神を示しているものは、このジャンルには中世の終わり以来なかったでしょう。というのも、ヘーベルが自分を教化するよすがとしたものは何でしょうか？　啓蒙主義とフランス大革命です。それらのいわゆる理念ではなく、それらの状況と、さまざまな人間類型、たとえば世界市民とか、啓蒙的な思想をもったカトリック聖職者とか、浮浪者とか、博愛家です。神学者の姿勢と世界市民の姿勢がここでいかに浸透しあっているか、これこそが、彼の創作の核心である比類なき具体性の秘密なのです。たとえば、彼の作品に出てくる被造物たちにとっての現在は一七六〇年から一八二六年（ヘーベル自身が生きた年代）ではなく、彼らが生きる時代は年号という通し番号を振られてはいないのです。つまり、神学は歴史をつねに数世代の単位で考えますから、ヘーベルも自分の作品における庶民たちの行状のうちに、一七八九年の革命とともに出現したありとあらゆる危機のなかを数世代がさ迷う様子を見てとっているのです。「思いがけぬ再会」〔『ラインの家の友の小さな宝箱』所収〕のなかに、花嫁が坑夫として事故死した最愛の人を悼み続ける、その五十年という期間を満たす文章がありますが、そのリズムには、もろもろの世代の生と死が脈打っています。「そのあいだに、ポルトガルのリスボンの町が地震で破壊され、七年戦争が過ぎ去り、皇帝フランツ一世が死に、イエズス会が解散させられ、ポーランドが分割され、女帝マリア・テレジアが死に、シュトルーエンゼーが処刑され、アメリカが独立し、フランス・スペイン連合軍はジブラルタルを占領できなかった。トルコ軍がシュタイン将軍をハンガリーのヴェテラーニ洞窟に包囲し、皇帝ヨーゼフも死んだ。スウェーデン王グスタフがロシア領フィンランドを占領し、フランス革命とそれに続く長い戦争が始まり、皇帝レオポルト二世も墓穴に入った。ナポレオンがプロイセンを占領し、イギリス軍がコペンハーゲンを砲撃し、農夫たちは種を蒔き、そして刈り入れた。粉屋は粉を挽き、鍛冶屋はハンマーを振るい、坑夫たちは地下の仕事場で、鉱脈を求めて掘り進んだ。ところがファールンの坑夫たちが一八〇九年に……」——五十年という喪の歳月の移り行きをヘーベルがこのように描き出すとき、それはほとんど嘆きでさえあります。嘆きといってもこれは、中世の年代記作者たちがときどき著作の冒頭に置いたような、世の運行《ヴェルトラウフ》についての嘆きです。というのも、先の文章から私たちに対して立ち現われてくるのは実際のところ、歴史家の志操ではなく、年代記作者の志操なのです。歴史家は〈世界史《ヴェルトゲシヒテ》〉を、年代記作者は世の運行《ヴェルトラウフ》を、よりどころとします。* 前者は、原因と作用によって見極めがたく結び合わさった出来事の網を扱い、そして彼が研究もしくは経験したものはすべて、この網のなかではちっぽけな結節点にすぎません。後者は、自分の町あるいは土地の小さな、狭く限られた出来事を扱いますが、しかしそれは彼にとって、全世界的《ユニヴァーサル》なものの部分ないし要素ではなく、それとは別の、より以上のものです。というのも、真正な年代記作者は、年代記を書くことで同時に、世の運行に対して彼なりの喩《たと》えを書き記しているのです。町の歴史《シュタットゲシヒテ》と世の運行とに反映しているのは、昔ながらの小世界《ミクロコスモス》と大世界《マクロコスモス》の関係です。

＊　歴史家と年代記作者については、「物語作者」第一二章（『ベンヤミン・コレクション2』三〇八ページ以下）参照。

ヘーベルが、彼の話《ゲシヒテ》のひとつをこう始めるとき――「周知のように、ヴァッセルンハイムの老村長があるとき妻にむかって、わしは自分のフランス語のせいでほとんど死ぬほど痛い目にあっとる、と嘆いたことがあった」〔「道案内」、『ラインの家の友の小さな宝箱』所収。初出時（一八〇八年）の題名は「誤解」〕――このひとつの「周知のように」のなかに、世の運行と町の噂話とのあらゆる照応関係が、皮肉を含んで共振しています。ヘーベルの作品の舞台であるバーデン地方の狭さは、同様に皮肉を含み、同じく地方的な思い上がりから遠いのです。というのも、ヘーベルの世界の中心にはゼーグリンゲン、ブラッセンハイム、トゥットリンゲン〔いずれもヘーベルの作品に登場するドイツの小さな町の名、ただしブラッセンハイムは架空の地名〕がありますが、この世界の地平を形成するのはモスクワとアムステルダム、エルサレムとミラノなのです。真正な、生《き》のままの民衆芸術とはすべてそうしたものであって、この芸術は、エキゾティックなもの、怪異なものを、自分の家庭に関する事柄を語るときと同じ愛情をこめて、同じ舌によって語るのです。ヘーベルの作品の舞台の力強い〈ここ〉はそれに由来します。しかも、聖職者にして博愛家であるヘーベルの、大きく見開かれてものを見つめる目は、村落の経済機構にすらも宇宙世界を組み入れており、そして、惑星や衛星や彗星のことを扱うときのヘーベルの姿勢は、学究《マギスター》のそれではなく、年代記作者のそれです。たとえば月についてこういう文章があります。〔月は、このとき突然、シャガール（一八八七―一九八五年。ロシア出身のフランスの画家）の有名な絵にあるような風景となって、読む者の前に浮かびます。〕「あちらのある場所では、昼はおおよそ私たちの時間でいう二週間ほども続き、夜もちょうど同じ長さだけ続くのだ。そして夜警は当然、時刻を間違えないよう、よくよく注意していなければならない。時計が打ちはじめるのは二百二十三の刻だったり、三百九の刻だったりするのだから」〔「宇宙世界についての考察――月」、『ラインの家の友の小さな宝箱』所収〕。

　ヘーベルのお気に入りの作家がジャン・パウル（一七六三―一八二五年。ドイツの作家）であったことは、このような文章を読めば簡単に察知できます。ゲーテ（一七四九―一八三二年）の言葉を借りれば、繊細[*1]な経験主義者であるこうした人物たちにとって、すべての事実的なものがすでに理論[*2]であり、しかしとくに逸話や犯罪や茶番に見られる事実、あるいはローカル的事実は、それ自体すでに道徳上の定理だったのですから、彼らが現実的なものの広がり全体と、きわめて飛躍的で、奇抜で、説明のつかない接触の仕方をしていたのは当然です。ジャン・パウルは『レヴァーナ』〔『レヴァーナあるいは教育論』一八〇七年〕のなかで、乳児たちにブランデーを飲ませることを奨め、そして彼らにビールを与えるよう要求しています。これに比べれば異論の出る余地ははるかに少ないことですが、ヘーベルは犯罪や詐欺やいたずらを、彼の民衆暦の直観教材に採用しています。しかし同時に、彼の作品中の悪党やろくでなしのうちには、ヴォルテール（一六九四―一七七八年。フランスの作家、思想家で啓蒙主義の代表者）、コンドルセ（一七四三―九四年。フランスの啓蒙思想家）、ディドロ（一七一三―八四年。フランスの作家、思想家。啓蒙時代を代表する出版物『百科全書』を編纂）が生き続けていますし、彼の作品中のユダヤ人たちの、言いようもなく冷酷な利口さは、タルムード〔ユダヤの律法学者による旧約聖書注釈の集大成〕的なものよりも、むしろヘーベルよりも少し後の、社会主義者の草分けモーゼス・ヘス（一八一二―七五年。ユダヤ系ドイツ人で哲学的社会主義の代表者。マルクスとエンゲルスに影響を与えた）の精神に通ずるところがあります。ヘーベルは数多くの悪党物語を、すでにあった素材から汲みあげてきました。しかし、ツンデルフリーダーとハイナーと赤毛のディーター〔いずれも『ラインの家の友の小さな宝箱』のなかの「三人の泥棒」ほか多くの話に登場する人物〕の、詐欺師的、浮浪者的な気質は、ヘーベル自身のものでした。少年の頃の彼はいたずらで悪名高かったし、大人になってからの彼にもこういう話があります。骨相学を創始した人として有名なガル（一七五八―一八二八年。ドイツの医師）が、あるときバーデン地方にやって来ました。そのときヘーベルもこの学者に引き合わされ、彼の鑑定を受けることになりました。ところがガルは触診しながら、はっきりしないことを呟《つぶや》くばかりで、聞き取れたのは、「並はずれてたくましく発達している」という言葉だけでした。するとヘーベルのほうが自分から「盗っ人の器官《もの》ですかね」と尋ねたというのです。

*1 「自分を対象にきわめて親密に同化させ、このことを通して本来の理論となりうるような、繊細な経験《エムピリー》というものが存在する」（ゲーテ『箴言と省察』）。本書二一八ページ（「ボードレールにおける第

二帝政期のパリ」）の訳注＊参照。

＊2　同じくゲーテ『箴言と省察』にある言葉。「すべての事実的なものはすでに理論である、ということを理解するのが、最高の境地というものだろう」。

こうしたヘーベルの笑話好きな性格《シュヴァンクヴェーゼン》のうちに、どれほど多くの魔神的《デモーニシュ》なものが徘徊《はいかい》しているか、それを誰よりもよく理解したのはダムバッハー（一七九四―一八六八年。バーデン地方で教師、のち文書館員をつとめた）でした。この人は一八四二年に、『ラインの家の友の笑話集』という題の版に石版画を添えたのです。この非常に印象的な挿し絵は、いわば密輸用の間道、抜け道に付けておかれる目印のようなもので、この道のうえでヘーベルの、むしろ陽気な悪党たちが、ビューヒナー（一八一三―三七年。ドイツの作家）の『ヴォツェク』（一八三六年執筆の戯曲。題名は現在では『ヴォイツェク』が正しいとされている）に出てくる、陰気でおぞましい小市民たちと交渉を行なうのです。というのも、ドイツの作家のうちでほかの誰よりも商取引を描写するのがうまく、いちばん低級な悪徳行商から大盤振舞いの太っ腹に至るまで、どんな材料も思うがままに使うことのできたこの聖職者（ヘーベル）は、市民の職業生活に潜むデモーニシュなものを見過ごすような男ではなかったからです。彼は支配階級の最良の代表者たち、すなわち商人として最も堅実な小市民階級と気脈を通じていたかもしれません。まさにそれゆえにヘーベルは彼らに、正しい簿記、至福をもたらす唯一の簿記を教えようとしたのです。これは複式簿記で、その帳尻はつねに合っています。貸し方《ハーベン》は、農民および市民の日常であり、利子を生む分刻みの時間を所有していることであり、労働と抜け目なさという払い込み済の資本です。そして借り方は、教訓（Moral《ゾル》〔道徳〕）です。商売の教訓、私的な教訓、将軍と家父長の教訓、泥棒と盗まれた人の教訓、勝者と敗者の教訓です。美徳〔たとえば勇気や賢さ〕が足を踏み入れるのを厭うほど絶望的でいまわしい状況というものは存在しませんが、しかし美徳は、変装に窮することがあってはなりません。それゆえこの場合教訓は、人びとが習慣的にそれを期待するようなところには決して現われてこないのです。誰もが知っている話ですが、ゼーグリンゲンの床屋の小僧は大胆にも、「兵隊あがりの見知らぬ男」の髭《ひげ》を剃ることにしました。なにしろそんな勇気のある者がほかにいなかったのです。「だがな、もしわしの顔に傷をつけたら、お前さんを刺し殺すぞ」。そして、最後に小僧がこう言います。「旦那様、あんたはおいらを刺し殺すなんてできなかったでしょうよ。もしも旦那がピクリと動いて、おいらが旦那の顔を傷つけてしまったら、おいらのほうが先手を打って、すぐさま旦那の喉《のど》を掻き切って、とっとと逃げ出していたでしょうからね」〔「ゼーグリンゲンの床屋の小僧」、『ラインの家の友の小さな宝箱』所収〕。ヘーベルの話というのはこういう具合なのです。それらはすべて、二重の底をもっています。上にあるのが謀殺〔計画的殺人〕と故殺〔一時の激情による殺人〕、盗みと呪詛とすれば、下にあるのは忍耐、賢さ、人間性です。

こんな風にヘーベルは教訓を作り出します。教訓は、平均的な物語の書き手にあっては異物ですが、ヘーベルの場合は叙事的語り《エーピク》を別の手段で続けるためのものです。そしてヘーベルは倫理《エートス》を機転（Takt〔妥当な行為への感覚、作法〕）の問題に解消するのであり、それによって具体性はまさにここで最もエネルギッシュになります。美徳が〈いま－ここ〉に現われることはヘーベルにとって、もろもろの格率《マキシーメ》〔カントの用語で、行為の個人的・主観的原則をいう〕に則《のっと》った派生的〔抽象的〕行為ではなく、当意即妙（Geistesgegenwart〔精神が現前していること、機転がきくこと〕）なのです。道徳的（moralisch）といえるのは——ヘーベルならこう定義したことでしょう——格率が人の目から隠されている行為です。格率が、盗品のように秘匿あるいはしまい隠されているのではなく、地中の金《きん》のように人の目から隠されている、そういった行為です。ヘーベルの教訓はしたがって〔具体的な〕状況に結びついており、人びとはこれらの状況のなかにはじめて教訓を発見するのです。そしてそのことによって、教訓は敬虔さに似たものとなります。敬虔さもまた決して抽象的になることはありえず、敬虔さは人生全体を、おのれのためになる〔敬虔さがそこに現われうる〕諸状況に分割するのです。バイエルン地方や南イタリアの教会に掛かっている奉納された絵は、そうした危機的な状況に満ちています。それらの状況は、敬虔な者の体に消しがたく刻み込まれました。画の下のほうには現世の悲惨、そして危険、上のほうには雲のなかで玉座についている聖母《マドンナ》。ヘーベルにおいてもそうです。下のほうで起こっているのは自家製のもの、規則どおりのもの、明確にして正しいものと言ってもよいでしょう。しかしながら上のほうでは、超自然的な仕方で、聖母のごとく、フランス革命の神が天井から漂ってきます。そしてそれゆえに、ヘーベルの話はかくも不朽なのです。それらは、啓蒙主義が理性の女神の神殿に寄進した奉納画であります。

【訳者付記】　原文は講演用原稿で、標題はない。ヘーベル死後百年に当たっていた一九二六年にベンヤミンはふたつのヘーベル論、「ヨーハン・ペーター・ヘーベル〈I〉」（『ベンヤミン・コレクション2』所収）および「ヨーハン・ペーター・ヘーベル〈II〉」を発表したが、一九二九年にはふたたびヘーベルと取り組み、まず「新たな賛美者からヘーベルを守る」（本書所収）、そしてこの「ヨーハン・ペーター・ヘーベル〈III〉」を書いた。この原稿にもとづく講演は、ショーレムの回想録によれば一九二九年ベルリンで行なわれた。以上の四つの文章には当然ながら、重複や類似した箇所が見られる。

なお、ヘーベルは「物語作者」（『ベンヤミン・コレクション2』所収）および「カール・クラウス」（同前）でも重要な役割を演じている。

新たな賛美者からヘーベルを守る(1)

Hebel gegen einen neuen Bewunderer verteidigt〔一九二九年『フランクフルト新聞』に発表〕

またもやゼロに等しい者*がヘーベル（一七六〇―一八二六年。スイスに生まれ、ドイツで活動した聖職者、教育者にして作家）につきまとった。そんなことはこの作家の測り知れぬ価値にまったく関係ないのではあるが、この機会に、あらためてヘーベルとはおおよそどんな人だったのか思い描いてみてもよかろう。ただし、この作家に必要なのは、ゼロに等しい信奉者の群れではなく、明確な特徴を備えたその第一等の地位を決定的に確立してくれるような、ひとりの人物であろう。そうした評価に向けてこれまでなされてきた端緒的な試みの数々について、この新しい賛美者は知らぬままだった。この著者はまたしても、トーヴァルセン（一七七〇―一八四四年。デンマーク出身の彫刻家。ローマで新古典主義的作風を完成。著名人を理想化した肖像彫刻でも知られる）風に甘ったるい、〈ヘーベル〉という名の小さな飾り人形を作り上げる。一般教養というスポンジ生地の衣《ころも》をかけて。

＊　原注（1）に挙げられている本の著者ビュルギッサーのこと。ビュルギッサー（一九〇四―七二年）はスイス人でチューリヒ大学に学び、この研究で博士号を取ったのち、チューリヒの実科高等学校でドイ

ツ語と歴史の教師を長く務めた。

大衆化するというのは重要なことだ。それは少なからず、大衆化することに潜む二重の意味ゆえにである。というのも、被支配者の解放手段としての教養と、抑圧者のひとつの道具としての〈教養〉はどちらも、一般に理解できるもの、大衆的なものを強く求めるからである。さて、百年前に支配階級の文化スローガンとして登場した〈一般〉教養は、支配の道具であって、解放の道具ではなかった。解放は、まさに専門家性を源《みなもと》とし、先の文化綱領の仮面を剝ぐに至る。だが、大衆的な知がもちうるふたつの機能、すなわち抑圧機能と解放機能との対立が、ついにあまりに明確になると、この支配道具は価値を失う。そしてこのことこそ、目下の状況の特徴なのである。一般教養が真の権力者たちの手から似《え》非《せ》権力者たちの手に移るのを私たちは目にしている。似非権力者たちは、この道具自体にフェティシズム的な喜びを覚えていて、この道具が役に立たなくなりはじめていることに気がつかない。しかし真の権力者たちはそのことを明確に意識しており、ガタのきたこの道具を、似非権力者たちにあっさり委ねてしまう。この状況をやすやすと見抜くことができるのは、誰にもましてアカデミックなエリートであろう。それだけに、よりによってアカデミックな叢書のなかで、全面的な解体の段階にある一般教養に出くわすと、ますます気が滅入るというものだ。

この段階にあることの目印は、もろもろの対立を鵜呑みにしてしまう態度である。対立するもののあいだに黄金の中庸を求めるこの著者の理想主義的オプティミズムは、本人の教養俗物ぶりの直接的な現われなのかもしれないが、理論上はこのオプティミズムは間接的なものであって、救いがたい硬直の結果にすぎない。この哀れな男は、神様がお定めになった鉄のように堅固な諸対立に自分が包囲されていると思っているので、そうした硬直に陥ってしまうのだ。対立という偶像を信仰することにかけて、この新しいヘーベル解釈者ほど偏狭になれる者はいない。叙事詩人と抒情詩人、詩人的人間と理知的人間、多神論者と汎神論者――この研究は、そうした巨大なもの同士の闘争として進行する。そして著者はあいだに立って、それらの衝突から生じる轟音、いかなる弁証法的な分節によっても妨げられていない轟音を楽しんでいる。というのも、一般教養とは、事実と決まり文句の組み合わせ――ふつう一般教養の化けの皮が剝がされるときは、せいぜいそんなものとしてであるが――にとどまらない。一般教養とは何よりも、たえず「判定され」「計量され」、「評価され」たがっている「対立」「世界観」「問題」の数々と、大きな顔をして取り組むことなのである。この本のなかでヘーベルに捧げられている因襲的な賛嘆は、まったく高い代償と引き換えになっている。その代償とはすなわち、「啓蒙主義の平板な物分かりのよさ」だの「アナクレオン風文学*の因襲的な戯れ」だの「われわれがレーナウ（一八〇二―一八五〇年。オーストリアの詩人）、ハイネ（一七九七―一八五六年。ドイツの詩人）、リュッケルト（一七八八―一八六六年。ドイツの詩人）……においてしばしば見出す、人間の生と自然の生との無理やりのアナロジー」だの何だのについて耐え難いほど次々と述べられる、学校の成績評価めいた言葉である。無知と了見の狭さがあまりにも窮屈な家計を営んでいるため、貶《けな》し言葉というあからさまな補償金と引き換えにしか、褒《ほ》め言葉という小銭を財布から出すことができないのだ。

＊ アナクレオン（酒と恋を歌った古代ギリシアの抒情詩人）を範とした、十八世紀ドイツの文学運動。

この著作の誤りと脱線は、やや古いスタイルの文献学的研究に見られるそうしたものとは性格を異にしている。文学史記述における新しい綜合的方向[*1]が目下発言権をもっているが、この著作もまた、大いに期待を抱かせるそのプログラムによれば――ヘーベルにおける世界観、素材体験、内的ならびに外的形式を扱うつもりだというのだ――、この新しい方向に属する。しかしながら、この方向は、いたるところで自分の最も重要な対象のそばを素通りしてしまうような研究〔すなわちビュルギッサーのこの著作〕に対しては、当然ながら責任をとることを拒むだろう。この研究が、ヘーベルの敬虔さの分析を宗教史のあらゆるカテゴリーを使って実行するかわりに、むしろヘーベルにおける形式の豊かさを扱っていたなら、ふさわしい諸概念におのずから行き当たったであろうに。つまり宗教史的諸概念ではなく、神学的な諸概念に。すなわちヘーベルの作品は何にもまして教化的なのだ。この点に関して、ヘーベルの作品ほど広い世界、広い精神を示しているものは、このジャンルには中世の終わり以来なかっただろう。義人[*2]（der Gerechte）――この語は聖書の意味〔旧約では「神の契約に対して真実を貫く人」、新約では「信仰の人」〕で解していただきたい[*3]――がへーベルの世界劇場《テアトルム・ムンディ》の主役である。ところが、そもそもこの主役にふさわしい人物が誰もいないものだから、主役は次から次へと回されていき、この役を遂行するために代役をつとめるのは、あるときは悪徳ユダヤ商人であり、あるときは浮浪者であり、またあるときは偏屈男である、といった具合だ。つねにそれはその場その場の客演であり、道徳的な即興劇である。へーベルは、真のモラリストが皆そうであるように、決疑論者《カズイスト》[*4]なのである。彼はどんなことがあっても何かひとつの原理と連帯したりはしないが、しかしまた、どんな原理も拒否しはしない。というのは、どんな原理もいつか義人の道具となるからであり、へーベルにおける浮浪者やろくでなしたちの反抗的なずる賢さは最もしばしばそうした道具となるのだ。へーベルの日常の年代記は、彼が記述した最大の時空の年代記、すなわち「思いがけぬ再会」(『ラインの家の友の小さな宝箱』一八一一年、所収)における五十年と同様の性格をもつ。つまり日常の年代記も、最後の審判の記録の一部であるかのように読めるのだ。ただ終末論的なものがまったく欠けているだけである。地上全体はへーベルにあって、神的な正義(Gerechtigkeit)が現前すべきロドス島[*5]となった。

*1　一九二〇年代中頃における、形式分析、本質直観主義、精神史的方法を統合しようとした文学史家たち、エルマティンガー(ビュルギッサーの師)やヴァルツェルらの試みを指すのであろう。

*2　以下九行、「……道具となるからであり」までとほぼ同様の文章が、「物語作者」第一八章(『ベンヤミン・コレクション2』三二八ページ)にある。

*3　義人については、「物語作者」（『ベンヤミン・コレクション2』所収）をも参照。

*4　道徳上の一般的原理を個別事例（ラテン語で casus）にいかに適用すべきかについての議論が Kasuistik（決疑論）である。ベンヤミンのいう決疑論者とは、個別事例における実践的な判断を重んじる人のことであろう。

*5　イソップ寓話に、あるほら吹きが自分はロドス島でものすごい跳躍をしたと自慢したところ、聞いていた人に「ここがロドスだ、ここで跳んでみろ」と言われたという話がある。この文句はヘーゲル『法の哲学』序文やマルクス『資本論』第一巻の「一般的定式の矛盾」の節にも引用されている。

ヘーベルの与える教訓のうちには軍隊的な態度がある。この教訓の標語〔軍隊用語では、合言葉〕はいつも啞然とさせるものであり、あたかも敬虔な者たちが作る歩哨線を確保しようとするかのごとくである。それは、一例を挙げれば「試し」〔一八一三年〕において、読者のあらゆる予想といかに全面的に食い違うことだろう。自分は賄賂が利かない人間だと相手にはっきり示すべし、などということはもはやまるきり重要ではないらしい。[*1] なぜなら、相手が何者だか分かりはしないのだから、というのだ。その通り、まるでヘーベルは、尊敬すべき市民たちの領域とこれ以上関わり合いになるのを望まず（実際、市民のなかには密偵みたいな奴もやはりいるにちがいない）、そして「ご注意ください《メルケ》《イーテム》」[*2] が肝心かなめのものとして出てくる瞬間には、悪党たちの側に転じるかのようだ。「要するに、近衛兵がほかの近衛兵を信用してはならぬような場所では、悪党をやるのはうまくないかもしれません」〔「試し」〕。

＊1　この話の内容は以下の通り。かなり大きな町――そこでは皆が互いに顔見知りというわけではなく、すべての近衛兵が互いに顔見知りというわけではない――に最近やって来た若い近衛兵が、変装して酒場に入ってみると、ひとりの年寄りの市民がお上《かみ》の悪口を言っているので、自分の正体を現わし、老人を町の代官のところに連れていこうとする。老人はさまざまな賄賂を申し出るが、近衛兵は毅然とはねつける。ところが代官の前に出てみると、実は老人も変装した近衛兵で、若者が賄賂など受け取らない立派な近衛兵かどうか試してみたことが明らかになる。代官は感心して、両人にお金を与える。――以上の話のあとに、この段落の最後で引用される教訓めいた言葉が語られる。なお、このあとさらに締めくくりに置かれているのが、「ヨーハン・ペーター・ヘーベル〈I〉」（『ベンヤミン・コレクション2』二八一ページ）で引用されている、「〈牧師助手〉君」についての一節である。

＊2　ヘーベルの暦話には末尾に、「ご注意ください」という言葉で始まる、話の内容から引き出された教訓を述べる部分がついているものがある。「試し」においては「ご注意ください」ではなく、次の引用にあるように、「要するに」で始まる。

この詩人はまさに、山高帽よろしく帽子掛けにかかっている誠実な教訓を、そこからさっと取ろうとしているかのようだ。そしていま、彼はこの教訓を、信じがたいほど生意気なしぐさで頭のうえにあみだにかぶり、扉をばたんと閉めて店を出てゆく。こんな風に彼は教訓を作り出す。教訓は、平均的な物語の書き手にあっては異物だが、ヘーベルの場合は叙事的《エーピク》語りを別の手段で続けるためのものである。このことは、ユダヤ世界へのヘーベルの関係を考えれば理解できる。生気と深みの点で、この関係と比較しうるのは、リヒテンベルク〔一七四二―九九年。ドイツの物理学者、著述家〕のユダヤ世界への関係のみである。この世界へのヘーベルの関係は、ユダヤ人プロレタリアートへのきわめて親密な、暖かい関わりから、「ふたりの御者」〔『ラインの家の友の小さな宝箱』所収〕のような、ユダヤ人大迫害に通ずる雰囲気の恐ろしくありありとした描出にまで及ぶ。ユダヤ的なものへのこの親近性はまさに、ヘーベルの物語に含まれているハガダー〔ユダヤ教の伝承のうち教訓的なもの〕的要素において極まる。つまり彼の物語は、教訓を前にして降参するのではなく、教訓をも、力と策略《リスト》をもって、叙事的な財産へと繰り入れるのだ。

　ヘーベルの話が時計仕掛けだとしたら、「ご注意ください」は時計の針である。だが、この小さな宇宙時計を、まさに読みとることができなければならない。この時計に最近関心を示した者〔ビュルギッサー〕が、途方にくれてその前に立っている。その途方にくれたさまは、この者の言葉にも、彼の思考の貧しさにも露呈している。このふたつは根本のところでは同じものだ。このことを証明しているのは、ヘーベルの叙事的文体を扱っている一節である。そこでは二ページのうちに「くつろいだ《ベハークリヒ》」および「くつろぎ《ベハークリヒカイト》」という言葉が八回も繰り返されている。その類義語である「気持ちのよい《ゲミュートリヒ》」と「平穏な《ベシヤウリヒ》」については言うに及ばずである。こんな語彙から現われてくる見方が、この研究の頂点をなしているのだ。

　文学への道？[*1]　とんでもない！　演習町《ゼミナーリコン》から博士村《ドクトーアスヴュル》[*2]への埃《ほこり》っぽい街道。

＊1　原注（1）にあるようにこの著書は「文学への道」叢書の一冊として出された。
＊2　スイスの小さな町や村の名には、-ikon とか -wil（ベンヤミンは -wyl と書いているが）で終わるものがしばしば見られる。語源的には -ikon は「……の人びとの屋敷（農家）」、-wil は「農場」を意味する。-ikon に終わる地名はとくにチューリヒ州に多いので、著者がチューリヒ大学に学び、チューリヒの出版社からこの本を出していることにも引っ掛けているのかもしれない。いずれにせよベンヤミンは、この著作におけるアカデミズムと偏狭さの結合を揶揄しているわけである。

【原注】
（1）ハンス・ビュルギッサー『物語作者としてのヨーハン・ペーター・ヘーベル』ホルゲン＝チューリヒ／ライプツィヒ、一九二九年（「文学への道」叢書、第七巻）。

【訳者付記】

原注に挙げられた本の書評である。成立事情については、「〔ヨーハン・ペーター・ヘーベル〈III〉〕」の「訳者付記」（本書八九ページ）を参照されたい。

〔フォンターネの『マルク・ブランデンブルク紀行』〕

〈Fontanes »Wanderungen durch die Mark Brandenburg«〉〔一九二九／三〇年頃成立、ベルリン・ラジオ局の青少年向け番組『ベルリンの時間』のための放送用原稿と推定される〕

君たちのうちのかなりの人はすでに知っているかもしれないが、それでももし私が、マルク・ブランデンブルク〔ベルリンを囲む地域で、プロイセン王国の基礎となった州。州都はポツダム〕の数々の美しい場所を発見したのはベルリンの若者たちだった、と言ったら、多くの人がとても驚くことだろう。つまり、彼らの先遣部隊ワンダーフォーゲルが発見したのだ。ワンダーフォーゲル運動は現在およそ二十五歳で、ベルリン子たちが「神様の〔インク吸取り用の〕撒《ま》き砂箱*」――そんな風にマルクは呼ばれてきた――を恥じなくなってからも、それとちょうど同じ年月が経っている。しかし、ベルリン子たちが本当にマルクを愛し始めるまでには、それからまだしばらくの時間を要した。というのも、マルクが好きであるには、そのマルクをともかく知っていなければならないのだから。マルクを知っているということは、しかし、前世紀〔十九世紀〕においてはかなり稀なことだった。かつて徒歩で旅をするのは、手仕事職人たちだけ、あるいは、せいぜい上流階級の人びとがアルプスを旅するくらいなものだった。ところがドイツ国内を、それどころかマルクさえも、徒歩で旅しようと思いついた人たちが少数いたのだ。そしてちょうど一九〇〇年頃にベルリンの生徒たちのあいだで、ワンダーフォーゲルという、この偉大で重要な運動が始まった。彼ら生徒たちは、都市ばかりか、両親と一緒の儀式ばった日曜の散歩にも飽きあきしており、いつも同じ歩き尽くした地域ではなく、新しい地域に出かけて、戸外で自由に、仲間同士だけになりたかったのだ。お金はなく、どのみち周辺の比較的近い地域に留まらざるをえなかったし、しかも、そのために使えるのは日曜日しかなかった。だから、もしこの短い時間を本当に利用し尽くし、堪能したいと思ったら、ベルリンの小市民的俗物たちから逃れた、安全な場所を見つけることが肝要だった。それはつまり、鉄道もホテルもない地域だ。君たちも知っての通り、ローカル線が田舎の土地をますます密に走るようになっているにもかかわらず、マルクには今日でもなお、そのような人目につかない場所がいかに多いことか。しかし鉄道以前に、そして生徒たち以前に、すでにいつも幾人かの詩人や画家たちがマルクを愛してきたのだ。マルクの有名な画家といえば、前世紀では、カスパル・ダーフィト・フリードリヒ（一七七四—一八四〇年）とブレッヒェン（一七九八—一八四〇年）、それに対して詩人たちのなかでは、一八七〇年頃に『マルク・ブランデンブルク紀行』〔一八六二—八二年、四部から成る。これに、さらに別巻『五つの城』一八八九年、が数え入れられることもある〕を出版したベルリン子、テオドール・フォンターネ（一八一九—九八年、ドイツの作家。マルク・ブランデンブルク地方のノイルピーン出身）ほど、マルクの風景に愛着を寄せた人はいない。この本は、たんなる風景描写やお城についての退屈な記述といったものでは決してなく、物語や逸話や古い記録や注目すべき人物たちのポートレートがぎっしり詰まった本だ。フォンターネがこの紀行をどのように考えていたのか、そしてどのようにして彼がマルクをあんなによく知るようになったのか——それを、彼自身の口から聞いてもらおう。

＊　マルク・ブランデンブルク地方は砂が多くやせた荒地だったため、すでに中世の頃から揶揄《やゆ》的に、「ドイツの撒き砂箱」あるいは「神聖ローマ帝国の撒き砂箱」などと呼ばれていた。

「異郷が初めて、私たちの故郷には何があるかを教えてくれる」。これを私は自分自身で経験した。そして、私がこの〈マルク・ブランデンブルク紀行〉を試みようという気持を最初に抱いたのは、異郷を跋渉しているときだった。その気持は願望に、願望は決意になった。それはスコットランドの伯爵領キンロスでのことだったが、＊その伯爵領で最も美しい場所はリーヴェン湖である。湖の真ん中に島があり、島の真ん中には、トネリコやアカハリモミの木の陰に半ば隠れて、古めかしいダグラス城、すなわち、歌曲や伝説にしばしば登場するリーヴェン湖城《ロク・リーヴェン・キャッスル》が立っている。小舟で帰るとき、櫂《かい》は迅速に水をつかみ、その島は一筋の帯になって、終いにはすっかり消え去った。そしてわずかに、想像力の描く形象としてのみ、なおしばらく円い塔が、私たちの前方の水の上に浮かんでいたのだったが、そのとき突然、私たちの空想力がさらに遠くみずからの思い出にまで遡り、〔リーヴェン湖での〕このときのもろもろの像の前に、それよりも昔の像の数々を押し出してきた。それは故郷にまつわる思い出、ある忘れえぬ一日だった。蜃気楼のようにリーヴェン湖の上を移動して行ったのは、ラインスベルク城〔プロイセン王フリードリヒ二世（一七一二―八六年）が皇太子時代を過ごした城〕の像だった。そして、私たちの小舟がまだ岸の砂地に着かないうちに、次のような問いが私の心に浮かんできた――島とダグラス城のあるリーヴェン湖がお前の眼前に繰り広げたこの像がいかに美しいものであったとはいえ、お前が平底舟でラインスベルク湖を渡ったあの日の美しさは、それに劣るものだったのか、お前の周りの、ひとつの大いなる時が創り出したものたちと思い出の美しさは？　私は答えた――否、と。リーヴェン湖畔のあの日以来過ぎ去った年月が私を故郷へと導き戻し、そして当時の決意は、ずっと忘れられることはなかった。私はマルクを旅して回り、このマルクが、私が自分の心を強いて期待していたよりも豊かであることを知った。どの地も一歩ごとに生き生きとしてきて、さまざまな様相をくり広げた。そして、もし私の描写が満ち足りていないように見えるなら、その場合でも、私は貧しさを飾り立てたり金メッキしたりしなければならなかったのだ、といった弁解をする訳にはゆかないだろう。逆なのだ。私を迎えてくれたのは豊かさであり、この豊かさに対して私は、自分がそれを思いのままに活写することは近似的にでさえ決してできないのだ、という確かな感情をもっている。そして私は、鎌をもって収穫に向かう者のようにではなく、豊かに実った畑から二、三本の穂を引き抜く散策者のように気楽に、その豊かさを拾い集めた。〔第一部『伯爵領ルピーン』初版への序文。強調はフォンターネによる〕

＊ フォンターネは生涯に三度イギリスに行っているが、一八五五—五九年に新聞特派員として同地に滞在した際、一八五八年秋に、スコットランドを旅している。

フォンターネの序文はこれだけにしておく。さてそこで、これ以上何も言うべきことがないように見える実に取るに足りぬマルクの村里を、彼がどのように描写しているのかを追ってゆくことにしよう。もっとも、ただ見ているだけでそれについて何も知らないようなものを描写することは、そもそもできない。必ずしも、専門家が知っているようなことを知る必要があるというのではない。一本の林檎《りんご》の木を描く画家は、たとえば、その木にどんな品種の林檎がなるのかを知る必要はない。そのかわりに彼は、まさに、光がどんな風にさまざまな種類の葉をとおって洩れてくるか、ということを知っている。一本の木が一日のさまざまな時刻にどんな風にその相貌を変えるか、ということを。影がどれほど深く、あるいはどれほど透き通って、草地や岩地や森の地面に落ちるか、ということを。こうしたことは誰でも目にしてはいるが、しかし〔本当に〕見ている〔と言える〕のは、経験がある場合、つまり、以前すでにそのようなものを少なからず、しかも心して見たことがある場合に限る。フォンターネの場合がそうなのだ。そこにあるのは、あまり抒情的ではない自然記述であって、学校でいまだに君たちを時折ひどく苦しめている、月の光にうっとりしている表現も、森の孤独やそれと似た類《たぐい》のことについての美麗なる言葉もない。そのかわりにそこにはただ、フォンターネの知っていたことが書いてあるのだ。そして彼はたくさんのことを知っていた。王や城主たちのこと、森や湖のことだけでなく、まさに、最も単純素朴な人びとのことを知っていたのだ。彼らがどのように暮らしているのか、彼らがどのような心配事をもっているのか、そして、彼らの将来設計はどんなものなのか、を。君たちの大多数はカプート〔ポツダム近郊の村〕を知っている。君たちは、だから、私がこれから朗読する記述がどのようになされているかを、とても的確に評価できるだろう。

カプートはマルクで最も大きい村のひとつ、きっと最も長い村のひとつである。その長さはおそらく半マイルはあろう。カプートがヴェンド系*であったことは、その名が語っている。この名が何を意味するかについては、あまりにも多くの仮説があり、そのどれをとっても、大いに説得力を認めるというわけにはいかない。村の名の意味がこれほど不確かである一方で、その昔、この村の住民たちの貧しさはまったく確かなものだった。カプートには耕地がなかったし、村のすぐ前まで迫っている――シュヴィーロ湖も含めた――ハーフェル川の広大な水面は、ブランデンブルクまでのハーフェル川中流域全体におよぶ漁業権を古くより有していたポツダム地区の漁師たちによって、嫉妬深く見張られ、独占的に活用されていた。そのようなわけで、カプートの人びとは由々しい状況にあった。農業〔の可能性〕も漁業〔の可能性〕も、彼らには同じように閉ざされていた。しかし必要は発明の母というもので、岸辺に沿ったこの狭い帯状地の住民も、最後には自力で窮状を切り抜ける術《すべ》を心得ていた。二重の打開策が見出された。二方面から着手できるようにと、男と女が別々の分担を受け持ったのである。男たちは船乗りになり、女たちは新たに園芸に専念するようになった。

＊ドイツ東部のラウジッツ地方（ベルリン近郊からチェコ国境にかけて）に住む西スラヴ系の種族を指し、一般的にはソルブ人と呼ばれる。

ポツダムの近隣に位置しているということが、そして何よりもベルリンの急速な成長が、カプートの日雇い労働者を船乗りや船大工に転身させたこの変化には好都合だったし、ひょっとすると、この変化そのものを惹き起こしたのかもしれない。ハーフェル川およびシュヴィーロ湖の岸辺の至るところにレンガ工場が建ち、そうした湖や入江の岸辺で年がら年中焼かれた何百万というレンガは、やがて、それらをベルリンの市場へ運ぶための何百艘もの艀《はしけ》を必要とするようになった。この仕事を引き受けようと、カプートの人びとが手を差し出したのである。艀の一全船隊ができあがった。そして、六十艘以上の船が——それらはすべて村の造船所で造られた——、今この瞬間にシュヴィーロ湖、ハーフェル川、シュプレー川を航行している。通常の目的地は、すでに暗示したように、首都〔ベルリン〕である。しかし一部はハーフェル川を下ってエルベ川にも入り、ハンブルクとの交通を維持している。

カプート——シュヴィーロ湖のシカゴ——はしかし、たんにこの地域の大きな通商高廊、たんにツァウヘ‐ハーフェルラント地方におけるレンガ地帯の終点および始点であるだけではない。それだけではなく、ここはハーフェル川の全交通が経由しなければならない要港地でもあるのだ。シュヴィーロ湖を通ってゆく迂回路を避けることはできない。さしあたり航行可能なのは、このひとつの水路だけだからだ。北方運河による航路の短縮が計画されているが、まだ着工されていない。そのようなわけで、自前で艀の船隊を送り出しているカプートは、どうしてもそうしなければならないというのなら、自足してやってゆくことだろうが、〔実際は、自前で艀の船隊を送り出すだけではなく〕同時に、公共の湖畔行楽地かつ商業地にも、すなわち他地域の船のための港にもなる。そして、ラーテノやプラウエやブランデンブルクの小規模船隊は、事故に遭ったり暴風が接近中だったりすると、ここに寄港して錨を下ろすのだ。しかしカプートの港外投錨地が最も活気に満ちるのは、何か大きな祝祭日がやって来て、古きよき習慣により続航が禁じられるときである。とりわけ聖霊降臨祭の頃がそうだ。そのときには、何もかもがここに押し集まる。「合流点《ゲミユンデ》」の両側には百艘あるいはそれ以上の船が停泊し、三角旗がはためき、そしてずっと上方のマストからは、祝祭用に飾られた無数の新緑の若枝の束が、はるか彼方に挨拶を送っており、それはもう、うっとりするような眺めである。

これがカプートの生活の華やかな側面であるが、それと並んでつましい側面もある。男たちには船乗りに特有の無頓着さがあって、数カ月間かけて稼いだものが数時間のうちに再びどこかへ消えてしまう。すると女たちには、蜜蜂のような勤勉さとこまごまとした収入によって帳尻を合わせる、という課題が割り当てられる。

すでに述べたように、彼女たちは園芸家である。土地の手入れはきわめて行き届いており、個々の栽培がここでは熟練の手によって行なわれているので、「カプート産」は近隣の「ヴェルダー産」と競うことができる。そうした栽培のなかでは、イチゴ栽培が一番である。このイチゴ栽培にとっても、二つの首都〔ベルリンとポツダム〕に近いということが有利に働いている。そして、ここにはつましい人びとがおり、彼らは半モルゲン〔モルゲンは地積の単位で、約三十アール〕の菜園をもち、そこで栽培するオオイチゴによって、三ないし四週間で百二十ターラー稼ぐ。それでもやはり、つましい人びとはつましいままである。そこで私たちはカプートでもまたもや、よりいっそう繊細さを要求する栽培がカプート〔の人びと〕に〔何かを〕強いることはないのだと、そして、五十モルゲンの小麦畑が相も変わらず一番単純素朴で一番よいのだ、と気づくことができるわけである。〔第三部『ハーフェルラント』。強調はフォンターネによる〕

一冊の本のなかに、表題が約束しているものばかりでなく、それを読み始めたときには考えてもみなかったような、さまざまのすばらしいものを見出すのは、いつでも気持がよいものだ。この『〔マルク・ブランデンブルク〕紀行』についても、そう言える。フォンターネは、彼の時代のマルクやその住民について語っているだけではない。彼は、そこが昔はどんな風だったかを思い描こうともしている。そしてそのために彼は、ことのほか、昔のマルクの人びとの風変わりな癖や奇妙な点を調査している。彼がその際に出くわした最も不思議な話のなかに、一八〇〇年以前にこの地方で、それもとりわけポツダムの貴族社会において企てられた謀略についての話がいくつかある。しかしそれらの謀略は、本当のところは、人間に対する謀略、秘密同盟というよりも、むしろ自然に対する謀略、秘密同盟だった。つまり、自然から金《きん》の秘密を無理やり奪い取ろうとした。ともかく人工の金を造ることさえできれば、自然のあらゆる秘密を知ったことになる、と考えたのだ。当時、金を造る可能性を信じていたのは、とても空想力に富んだ人たちだけだった。しかし今日では、偉大な学者たちも、もはや、それがまったく不可能だとは見なしていない。ただ、もう誰も、そうすることによって全自然を手中に収めることになるのだ、などと勘違いしてはいない。というのも私たちは、不断に研究を進めるべき技術的課題を、その解決が私たちにとって金を造ることよりも実際的にずっと重要であるような技術的課題を、まさに無限に多く知っているからだ。しかし当時は誰も、エネルギー生産、交通体系、無線写真電送、化学薬品製造等に関連しているような課題のことは、何ひとつ夢想だにしなかった。それゆえ、当時の人びとはあんなにも金を造ることに関心を寄せていたのだ。そして、ほかでもなくポツダムに、賢者の石を探し求めていた団体がいくつかあった。魔法の物質、すなわち、その助けを借りれば金を造り出すことができ、それを持っていれば裕福になるばかりか、賢くなり、全能の力をも得ると言われていた魔法の物質が、そう〔つまり、賢者の石と〕呼ばれたのだった。

そうした団体のひとつについて、フォンターネは伝えている。それはひとつの結社で、そこで執り行なわれる儀式においてはハーモニカ*が重要な役割を果たすのだが、この結社のことがある古い本に見出される一通の手紙〔それをフォンターネは引用している〕から知られるのだ。その手紙を読んでみよう。

* 以下で言われるハーモニカは、グラス・ハーモニカを指す。ワイン・グラスなどの縁を濡れた指先で擦ると澄んだ音を発するという原理を用いた楽器で、静止しているグラスを発音させるものと、グラスの方を回転させて発音させるものとがある。後者は一七六三年にフランクリンによって発明された当時から持てはやされ、ドイツ、オーストリア、イギリスでは一八二〇年頃まで使用された。

「貴下に」、とハーモニカの名手であるこの話の主人公が書いている、「N氏宛ての上申書を書いていただいたおかげで、私は非常に興味深い知遇を得ることができました……。ハーモニカはN氏の絶賛を博しました。彼はまた、さまざまの風変わりな試みについても話しましたが、始め私はそれがよく理解できませんでした。ようやく昨日来、私には〔N氏から聞かされた風変わりな試みの〕多くのことが実際のことになっています。

昨日の夕方頃、私たちは馬車で彼の田舎の領地に向かいました。そこの設備、なかでもとりわけ庭園の設備は並はずれてすばらしいものでした。さまざまな園亭、人造洞窟、滝、迷路のように入りくんだ木陰道や地下の穴ぐらなどが、実に多様で変化に富む眺めを提供してくれるので、すっかりそれに魅了されてしまうほどです。ただ私には、これらすべてを取り囲む高い塀がどうも気に入りません。というのも、その塀はこの目からすばらしい眺望を奪ってしまうからです。

私はハーモニカを携えてゆくことになっていて、しかもN…z氏に、彼の合図に従ってある決まった場所でほんの短い間だけ演奏する、という約束をさせられていました。この瞬間を待ち受けるべく、彼は私を屋敷の前部側にある大きな部屋へ連れていきました。そして彼が言うには、舞踏会と照明の準備があり、どちらも彼がいないとどうしても始まらないということで、彼は私を残して行ってしまいました。すでに晩《おそ》い時間で、何台かの馬車の到着を耳障りに感じたときは、私は睡魔に襲われたところだったようです。私は窓を開けてみましたが、はっきりしたものは何も見分けられず、まして、到着した人びとの低い秘密めいた囁きを聞き取ることなどできませんでした。それからほどなくして私は再び睡魔に捕えられ、実際に眠りこんでしまいました。一時間ほど眠っていたのでしょうか、私は起こされ、するとひとりの召使いが私に、彼に同行するよう請うとともに、私の楽器は彼が運ぶと言うのです。彼はとても急いでいましたが、私はゆっくりとしか彼を追いませんでした。それで、好奇心に駆られて私が、どうやら地下室の深いところからやって来るらしい、二、三本のトロンボーンのくぐもった音がする方へ近づいていく機会が生じました。

しかし、地下室への階段を半分ほど降りて、いまや地下納骨所を目にしたときの私の驚きがいかなるものであったか、想像してみてください。そこでは、葬送曲が流れるなか、一体の屍《しかばね》が棺に納められ、その脇でひとりの白装束の、しかしその全面に血の飛び散った人間の腕の血管に、包帯が巻かれているところでした。処置を施している人たちのほかはみな、長い黒マントにすっぽり身を包み、抜き身の剣を手に下げていました。墓所の入口には投げ捨てられた骸骨が積み重なっていました。照明は、燃える酒精に似た炎を出す明かりによっていましたが、それにより、そこの光景はそれだけいっそうぞっとするものになっていました。案内人を見失わないために、私は急いで引き返しました。私が庭園へ通じる扉のところに着いたちょうどそのとき、案内人がもう一度庭園からこちらへ入ってきました。彼は苛々《いらいら》した様子で私の手を掴み、いわば攫《さら》うようにして私を引き連れていきました。

　私がこれまでに何か妖精メールヒェンめいたものを見たことがあるとすれば、それは、庭園に歩み入ったこの瞬間のことでした。すべてが緑色の火のなかにありました。炎をゆらめかせている無数のランプ、遠くにある滝のざわめき。ナイチンゲールの歌や花々の香り。要するに、すべてがこの世のものとは思われず、自然は魔法のなかに溶け去ったかのようでした。私にはある園亭の裏の場所があてがわれましたが、この園亭の内部は豪華な装飾が施されており、それからまもなく、そのなかにひとりの失神した男が運ばれてきました。おそらく、地下納骨所で血管を開かれた男でしょう。しかしはっきりとしたことは、私には分かりません。なぜなら、行動している人たち全員の服が今は、色といい形といい華麗で魅力的だったため、私にはこれまたまったく目新しいものだったからです。そこですぐに、私は演奏の合図をもらいました。

　そうなると私は他の人たちよりも自分に注意を向けることを余儀なくされたので、多くのものがたしかに、私には見えなくなってしまいました。がしかし、次のことにははっきりと気づきました。つまり、演奏が始まって一分経つか経たないうちに、あの失神していた男が意識を取り戻し、『私はどこにいるのですか？　誰の声がしているのですか？』とひどくいぶかしげに尋ねたことです。

　喜びに溢れた歓声とトランペットと太鼓が返答でした。それと同時に全員が剣に手を伸ばし、そして急いで庭園のもっと奥のほうへ行ってしまったのですが、庭園でのその先のことは、私にとっては消え失せてしまったかのごとくでした。

私は、短い不安な睡眠のあとで、貴下にこの手紙を書いています。もし私が昨日のうちに、ベッドに横になる前にこの光景を備忘録に書き留めておかなかったなら、私は必ずや、これらすべてを夢と見なしたい気持に、大いに傾いていたことでしょう。それでは、ごきげんよろしゅう」。〔同前。強調はフォンターネによる〕

さて今度は、この不気味な夜の祝祭から、大急ぎで再び明るい昼に目を転じることにしよう。私たちは、この幽霊物語が繰り広げられたのとほぼ同じ頃——正確には一七七九年七月二十三日——に、フリードリヒ大王〔一七一二—一七八六年。プロイセン王、在位一七四〇—一七八六年。啓蒙専制君主の典型と言われる〕がラーテノ地区で行なった視察の話に少し耳を傾けてみる。そこはドッセ川の水害地域だった。いわゆるドッセ沼沢地は、〔当時すでに〕長年の作業によって干拓されていた。千五百人の入植者がそこに移住させられ、二十五の新しい村が建設されていたのだ。そして私たちの手許には、王が郡長を——この郡長はフロムメという名だった——何時間も自分の馬車の脇に従わせてあらゆることを報告させたときの様子についての、非常に詳細な、実際の遣り取りどおりの報告がある。王に答えることは、時として、気楽なものではまったくなかったにちがいない、ということが分かる。

馬*が車に繋がれると旅は続けられた。そして、その直後に陛下が、フェールベリーンの沼沢地に王室費で造成された私の堀のそばを通りかかられたとき、私は馬車に馬を寄せて言った。「陛下、これが、陛下の恩寵により私たちの賜りました二つの新しい堀でございます。この二つの堀が、沼沢地を乾いた状態に保ってくれます。」〔……。〕

＊　以下四行は、フォンターネがフロムメに一人称で語らせている。

王「どうかね、沼沢地に堀を造って排水することはそちを大いに助けてくれたか？」
フロムメ「はい、もちろんでございます、陛下！」
王「そちは前任者よりも多くの家畜を飼っておるか？」
フロムメ「はい、陛下！　私は、この分農場では四十頭多くの、すべての分農場を合わせると七十頭多くの牝牛を飼っております！」
王「それは結構なことだ。この地域ではまさか家畜の伝染病が出てはおるまいな？」
フロムメ「いいえ、陛下。」
王「この地で家畜の伝染病が出たことはあるのか？」
フロムメ「はい！」
王「せっせと岩塩を使いさえすればよいのだ。そうすれば、そちのところでは二度と家畜の伝染病は出まい。」

フロムメ「はい、陛下、それも使用することにいたします。しかし、食塩もほとんど同じ働きをしますが。」
王「いや、そう考えてはならぬ！　岩塩を細かく砕くのではなく、家畜がなめられるように、家畜の目の前にぶら下げてやるのだ。」
フロムメ「はい、仰せの通りに！」
王「そのほかにまだ、ここで改善されるべきことはあるか？」
フロムメ「はい、もちろんございます、陛下。当地にはクレムメン湖がございます。もしこれに堀をつけて干拓すれば、そこに開拓民を入植させることができますので、陛下は千八百モルゲン分の牧草収穫高を挙げられ、またその堀によってこの地域全体が航行可能となり、それは、フェールベリーンやルピーンにとって、非常な助けとなりましょう。さらには、多くの物資をメークレンブルクからベルリンまで水路で運ぶことも可能となりましょう。」
王「それはもっともだな！　しかしそのようにした場合、そちたちにとっては大いに有益だとしても、その際多くの者が落ちぶれてしまうだろう、少なくともその土地の地主たちは。そうではないか？」
フロムメ「陛下、お赦しのほどを。その土地は王室領の森の一部でして、そこには白樺が生えているばかりでございます。」

王「なんと、白樺林以外に何もないのであれば、そのようにしてよかろう！　だが、見込み違いをしてもならぬぞ、出費が利益を上回らぬようにな。」

フロムメ「出費が利益を上回るなどということは、きっとございません！　なぜと申しますに、何よりもまず陛下は確実に、湖から千八百モルゲンの耕地が得られることを当てにされてよいからでございます。それは三十六人の開拓民、つまり一人当たり五十モルゲンの耕地、ということになりましょう。さらに、筏《いかだ》で流す材木と運河を通る船に、小額の、あまり負担にならない通行税をかけますれば、資本は充分に利子を生みましょう。」

王「まあよかろう！　そのことは、余の枢密顧問官ミヒャエリスに言うがよい！　この男はそのようなことについて心得がある。そして、そちに勧告しておくが、たとえそちが開拓民をどこに入植させるべきか知っているにせよ、何につけこの男に問い合わせるように。余は、すぐにも完全な集落を、と要求しているのではない。入植者がわずか二、三世帯でしかない場合でも、そちはつねに、この男と話をつければよいのだ！」

フロムメ「仰せの通りに、陛下。」

〔第一部『伯爵領ルピーン』〕

この会話を聞いた人はまさに、輝くばかりに新たに洗ったばかりのテーブルクロスのように新鮮にそこにひろがる風景の像をも得ることになる。マルクの風景のなかには、ずっとずっと遠くまで伸びる線のようなものが息づいている。それは、村々や入植地のこの果てしなく続く列に、非常によく現われている。険しく裂けて切り立った峡谷や急角度の断崖に驚かされることも当然時折あるとはいえ、あの砂や泥灰岩質の土壌は、〔この土地が〕力強い形をとることを許容しない。しかし、松林や広い農地のある小高い地点から地平線にまで、ひとつの洋々たる灰緑色の海のようにひろがる平野、これこそが、マルクの風景における最も美しいものなのだ。この平野はとても内気で穏やかで控えめなので、私たちは時折、松の幹のあいだの水面上に日が沈むときには日本へと、また、リューダースドルフの石灰岩採掘場では砂漠へと、夢想を馳せることもできるのだが、すると、マルクの村々の名が私たちを再び現実へと呼び戻すのだ。その村々の名をフォンターネは、数行の軽やかな、明るい詩行のなかに並べてみせた。その詩行でもって今日の話を閉じることにしよう。

そしてこの絨毯《じゅうたん》の　花咲ける緑の
笑みにほころぶあまたの村々、私には数え切れないほどの。
リーノ、リンド、
リーノ、グリンド、

ベーツとガート、
ドゥレーツとフラート、
バムメ、ダムメ、クリーレ、クリーロ、
ペッツォ、レッツォ、フェルヒ・アム・シュヴィーロ、
ツァッホ、ヴァッホとグロース・ベーニッツ、
ヴーブリッツ＝シュレーニッツ湖畔のマルクヴァルト＝ユッツ、
ゼンツケ、レンツケ、マルツァーネ、
リーツォ、ティーツォ、レッカーネ、
そしておしまいに　輝ける花輪となって、
ケツィーン、ケツュール、フェーレファンツ。
〔第三部『ハーフェルラント』の巻頭に置かれた詩の一部〕

E・T・A・ホフマンとオスカル・パニッツァ

E. T. A. Hoffmann und Oskar Panizza〔一九三〇年、フランクフルト・ラジオ局の番組『対比《パラレーレン》』のための放送用原稿〕

皆さんにすでに予告をお読みいただいた連続番組『対比《パラレーレン》』をこれから始めるわけですが、この番組〔のタイトル〕が皆さんのうちの幾人かに猜疑心を抱かせているとしたら、私にとっては喜ばしいことです。まさにその猜疑心があればこそ、私は、——こう私は思いたいのですが——これからの放送において理解される見込みがあるのです。つまり、この企画をさまざまな誤解から護ろうとする努力が理解される、その見込みがあるのです。旧来の文学考察は、いわゆる影響関係や素材上もしくは形式上の比較《パラレーレン》といった研究に勤《いそ》しみながら、そうした作業でもって、ある種の作品を前にしたときの無力さ、それらの作品の構造と意味に分け入る能力の欠如を、幾重にも包み隠してきたのですが、このうさんくさい勤勉さについては、皆さん全員がご存じです。そのような文学考察をここで問題にしているのではありません。とはいえ、いたずらに類似を追い求めたりすれば、そのような文学考察よりももっとひどいものになるでしょう。さまざまな詩人、さまざまな時代の創作になんらかの親縁性を指摘することは、場合によってはペダンチックな教養欲求を満たしはするでしょうが、しかしまったく何にもならず、ときたまそのような連関において最近の埋もれた詩人が、ある偉大な先駆者や精神的に似通った詩人の名において復権されることがあるとしても、そのときですら、そうした親縁性の指摘が充分に裏づけられたことにはならないのです。ところで、悪名高くもあり無名でもあるオスカル・パニッツァ（一八五三―一九二一年。ドイツの作家、精神科医）のそのような復権が以下の考察の副次的な目的であるということを、私たちはもちろん否定しないでおくことにしましょう。しかし、今回の考察の導入部であるばかりでなく、それ以上にひとつの連続番組の導入部でもあるこの場において重要なのは、とりわけ、主要傾向《ハウプトテンデンツ》を指摘するということなのですが、この目的のために私たちは早くも、あえてちょっとした余論的脱線をしなければなりません。人はよくさまざまな作品の永遠性について語り、そうした作品のなかでも最も偉大な諸作品には、何世紀にもわたる持続性と権威を付与しようと努めますが、その際、そのようにしてそれらの作品を、それらそのものの博物館用複製品へと硬直させてしまう危険を冒していることに気づかないのです。というのも、――ひと言で言えば――いわゆる作品の永遠性なるものは、作品の生き生きとした持続と同一では、まったくないからです。そして、この持続が本当はどういう状態にあるのかは、問題となる作品を私たち自身の時代の似通った作品と対峙させるときにこそ、最も鋭く浮かび上がってくるのです。その対峙によって明らかになるのが次のこと――すなわち、永遠と呼べるのは、本来ただ、形式を与えられていない一定の傾向だけ、茫漠とした構想だけなのであって、それに対して、形式を与えられて生き生きとした持続に与《あずか》る作品は、まさにあのしたたかで狡猾な力の所産、つまり、永遠なる契機がアクチュアルな契機のなかで己れを貫徹する際ばかりでなく、まったく同様に、アクチュアルな契機が永遠なる契機のなかで己れを貫徹する際にも拠り所とするあの力の所産である、ということです。それどころか、作品はそのような運動の、所産というよりもずっと、舞台《シャウプラッツ》〔現場〕なのです。そして、作品のいわゆる永遠性なるものがせいぜいのところ外部における硬直した存続《フォルトベシュテーエン》でしかないのに対して、作品の持続《ダウアー》は、作品内部における生き生きとした過程なのです。それゆえ、この番組で扱うさまざまな対比《パラレーレン》において私たちが問題にしなければならないのは、個々の作品相互の類似点や依存関係でも、また詩人たちについての研究でもなく、むしろ、時代から時代へときわめて内的に変化した意味において己れを貫徹しているような、詩作《ディヒトゥング》〔文学〕そのもののもろもろの原傾向《ウアテンデンツ》なのです。

私たちが今日話題にしようとしている幻想物語《ファンタスティシェ・エアツェールング》は、そのような原傾向のうちのひとつです。幻想物語は叙事文学そのものと同じくらい古いものです。もしも、人類最古のさまざまな物語に含まれていた魔法譚、寓話、変身や幽霊の業《わざ》といったものは、太古のもろもろの宗教的なイメージが沈殿したものにほかならない、と思ってしまうと、判断を誤ることになるでしょう。たしかに、『オデュッセイア』と『イーリアス』は、『千一夜物語』のメールヒェンは、いわば、たんに物語られただけの素材《シュトッフ》にすぎません。しかし、この『イーリアス』やこの『オデュッセイア』、『千一夜物語』のなかのこれらのメールヒエンといった素材《シュトッフ》〔織物〕は、物語るという行為において初めて織り成されたのだ、というのも、これとまったく同様に真なる命題なのです。物語は、人類最古の伝説群から、自身がそれに与えた以上のものを得てはいません。別の言い方をすれば、物語るということは、作り話をすることや演じること、また、責任という束縛を免れている空想《ファンタスティク》といった要素を含んでいますが、それにもかかわらず、根本的には決してたんにでっち上げることではなく、幻想《ファンタジー》という媒質における一種の保存《ベヴァーレン》、変化させつつさらに先へと送り渡してゆく保存だったのです。* 幻想というこの媒質は、一方ではホメロスやオリエントの叙事文学という最初の全盛期において、他方ではヨーロッパ・ロマン主義という最後の全盛期において、たしかに、密度が大いに異なっています。がしかし、真の物語るという行為は、最良の意味での保存《コンゼルヴァティーフ》的な性格をつねに保持し続けました。そして私たちは、偉大な物語作者たちの誰をも、人類の最も古い思念所産と切り離して考えることができないのです。

＊「物語」という文学形式については、「物語作者」（『ベンヤミン・コレクション2』所収）をも参照。

物語における永遠なる契機とアクチュアルな契機の相互浸透は、一見非常に恣意的であるように見えますが、この相互浸透がどういう状態にあるのかということは、おそらく、物語が幻想的であればあるほどいっそう鋭く浮かび上がってきます。そして、その相互浸透の状態は、ホフマン（一七七六―一八二二年。ロマン派の作家、裁判官、作曲家）においてもパニッツァにおいても同じように、手にとって見ることができるほど明白です。もちろん、両詩人のあいだに張り渡された緊張の糸も――それは、前世紀〔十九世紀〕のドイツにおけるロマン主義的精神運動の始まりと終わりを結ぶ弧を通ってゆくものですが――、やはり手にとって見ることができるほど明白です。E・T・A・ホフマンは、『牡猫ムル〔の人生観〕』〔一八二〇―二二年〕のクライスラーや、『黄金の壺』〔一八一四年〕のアンゼルムス、ドイツではひどく中傷されフランスでは大いに愛されている『ブラムビラ姫』〔一八二一年〕、そして最後に『蚤の親方』〔一八二二年〕といった彼の作中人物たちが、言いようのないほどもつれた運命のなかに巻き込まれるさまを描いていますが、これらの運命はたんに、この世のものではない力に操られたり影響されたりしているだけではなく、とりわけ、あの図形やアラベスクや文様を、つまり、古くからの幽霊たちや自然界のデーモンたちが、新しい世紀の昼の光のなかでの自分たちの活動をできるだけ目立たぬようにそこに刻み込もうとしている、その図形やアラベスクや文様を、記録しておくためにこそ創り出されているのです。ホフマンは、最も遠くはなれた太古の時代との、〔たえず〕作用しているさまざまな繋がりを信じていました。そして、彼のお気に入りの人物たちが辿る運命の図形が根本的に音楽的な図形であるように、彼にとってこの繋がりは、聞きとれるものによって、すなわち、アンゼルムスの前に立ち現われる小さな蛇たちの優美な歌や、クレスペルの娘アントーニエが歌う心を引きさらうような歌曲〔『クレスペル顧問官』一八一八年〕、あるいは、彼〔ルートヴィヒという登場人物を指す〕がクルシェ砂州〔バルト海沿岸にある砂州〕で聴いたと言い張った伝説的な響きや、セイロン島の悪魔の声〔『自動人形』一八一四年〕や、そのたぐいのものによって、まったく特別に保証されているのです。音楽、それは彼にとって、幽霊の世界《ガイスターヴェルト》が日常生活のなかに顕現する際に、その顕現の仕方を定めた規範《カーノン》〔カノン〕でした。少なくとも善き霊《ガイスター》たちの顕現に関する限りはそうだったのです。しかし、ホフマンによって描かれた人物たちの最高の魔的魅力は、なんといっても、まさにこの最も高貴で最も崇高な人物たち――ただし、たとえば幾人かの娘たちは除いて――のなかにこそ何か悪魔《サタン》的なものが出没する、ということにその根拠があります。れっきとした文書保管人、医学参事官、大学生、林檎《りんご》売りの女、音楽家、良家の子女といった人物たちはみな、――彼ホフマン自身が、生活の糧を得るために働く姿としてはたまたま、些事に拘泥する緻密な仕事ぶりの裁判所判事でしかなかったのと同様――たんに見かけどおりの人間ではないのだということを、この物語作者はある種の頑固さでもって主張します。並外れた観察の才が彼の本質に宿る悪魔《サタン》的な性向と結びついて、彼ホフマンの内部で、道徳的判断と観相学的な直観とのあいだに回路のショートのようなことを引き起こしたのです。かねてから彼の全憎悪の的となっていた日常的人間は、その徳につけ美しさにつけ、彼にはますます、最内奥部を悪魔に支配されたなんらかの不埒で人工的なメカニズムの産物のように思われたのでした。悪魔的なものをしかし彼は、自動機械的なものと同一視し、そして、彼の物語の根柢にあるこの才気に富んだ図式が、彼が生をまるまるそっくり純粋で混じりけのない幽霊サイドのために要求することを可能にし、そのようにして彼は、ユーリア〔『牡猫ムルの人生観』〕、ゼルペンティーナ〔『黄金の壺』〕、アントーニエといった形姿において、この生の栄光を讃えるのです。生と仮象〔見かけ〕のあいだに繰り広げられるこの道徳的な対決でもって、ホフマンは——もしすべてがまやかしだというのでなければ——幻想物語一般の根源的《ウア》モティーフを口にしたことになります。私たちはさしあたりホフマン、ポー（一八〇九—四九年。アメリカの詩人、小説家）、クビーン（一八七七—一九五九年。ボヘミア出身のドイツ語作家）、パニッツァといった、最も偉大な幻想物語作家の名を挙げるにとどめますが、幻想物語はきわめて断固とした宗教的二元論に基づいており、いうなればマニ教*的なのです。そして、ホフマンにとってこの二元性は、実際また、ホフマンの最も神聖なものである音楽を前にしても、機能停止することはありませんでした。私たちが先ほど話題にしたあの根源的な音《ウアラウテ》、すなわち、幽霊の世界からの最新の、そして最も確かな使者は、機械的な方法によっても生み出すことができたのではないでしょうか？　すでに風琴やクラヴィコードが、この方法での、うまく行った最初の一歩だったのではないでしょうか？　だとすれば、私たちが抱く最も深く最も神聖な憧憬において私たちを機械による芸当《クンストシュトウック》で欺くことはそもそも可能だったのであり、だとすれば、故郷を思わせる声音で私たちに語りかけてきた愛もすべてはまぼろしになりはてたのだ、ということになります。これらの問いが絶えずホフマンの詩作を揺り動かしています。そして、ここでパニッツァに目を向けてみると、私たちは、これらの問いを、もちろんまったくもって奇異の念を抱かせるようなすっかり変貌した雰囲気に包まれてではありますが、元のままの形でそこに見出すのです。

＊　マニ教は、善は光明、悪は暗黒という二元的自然観を教理の根本としている。

目下のところパニッツァの名と作品は、ホフマンにとって前世紀〔十九世紀〕の中頃に始まり世紀末まで続いたのとまさに同じ状態にあります。パニッツァは悪名高くもあり無名でもあります。しかしホフマンの記憶は、ドイツではすでに消えてしまっていたとしても、フランスではその賛美が途絶えたことは決してなく、それに対して、パニッツァの場合にそのような埋め合わせを期待することはできません。なにしろ、ドイツで今日彼の著書を、全部とは言わないまでもある程度網羅して集めようとするだけで、考えられないほど手こずらされるのですから。たしかに昨年〔一九二九年〕来パニッツァ協会が存在してはいますが、この協会はこれまでのところまだ、最重要の著作ですら新たに印刷する手だてを見出していません。そして、このような事態に至ったさまざまな理由のなかでも最も重大なものは、おそらく、これらの著作のうちのひとつは、今日でもまた三十五年前とまったく同じように、検察官の手に陥るだろう、という理由です。実際、パニッツァがわずかのあいだ保持していた高い知名度は、何よりもまず、スキャンダルとなったいくつかの裁判沙汰に結びついたものでした。一八九三年〔実際は九二年〕には、レオ十三世（一八一〇―一九〇三年。ローマ教皇、在位一八七八―一九〇三年）の司教就任五十周年記念祝典に合わせて『教皇たちの無垢受胎』が出版され、それには「オスカル・パニッツァ訳〔原典スペイン語〕」という偽作を装った注意書きが付されていました。その二年後〔九四年〕には、「五幕の天国悲劇」という副題をもつ『性愛公会議』が続きましたが、その刊行の代償として、彼は一年間アムベルクの監獄で過ごさねばなりませんでした。刑期を終えたあと彼はドイツを去りました。そして、財産差し押えによりやむなく、一九〇一年に帰国を余儀なくされたとき、六週間にわたって精神病院に勾留されたのち、帰責能力なしとの宣告を受け釈放されました。彼にこの最後の勾留をもたらしたのは、ヴィルヘルム二世（一八五九―一九四一年。ドイツ皇帝兼プロイセン王、在位一八八八―一九一八年）に対する激しい攻撃に貫かれた、「パリ発のドイツ詩」という副題をもつ『パリスヤーナ』〔一八九九年〕でした。以上で、彼の名が社会的に追放されていることや、彼の著作が消息不明になっていることの、いくつかの理由が挙げられたことになります。そして、より詳細な特性描写をすれば、それによって示されるあらゆる特徴がさらなる理由をいろいろと導き出し、そのぶん今述べた事態を説明する理由は増えるでしょう。場合によっては引き合いに出したくなるかもしれない精神病は、この特性描写に関しては、考慮の対象外とすることができます。彼が本当に精神病だったかどうかについては、疑いの余地はありません。パラノイアでした。しかし、そのパラノイア的な〔精神〕システムがどのみち神学的な性向を指し示しているのであれば、いまの場合この病気は、それが創作活動にその妨げとなる以外の影響を及ぼしたという限りにおいて、この男のもともとの素質と対立するものではなかった、と言えるでしょう。パニッツァは――彼がどれほど教会や教皇制度に対してラディカルな攻撃を行なったとしても、それがこの点について判断を惑わすことはありえません――ある種の神学者でした。神学者とはいっても、むろん、この神学者は正規の神学に対して、芸術家としてのE・T・A・ホフマンがその全嘲笑と全憤怒を浴びせかけたベルリン社交界の芸術愛好者サークルに対してそうだったように、宥和不可能な対立関係にありました。パニッツァは神学者でした。そしてそのことを、オットー・ユーリウス・ビーアバウム（一八六五―一九一〇年。ドイツの作家、批評家、ジャーナリスト）は、――破壊的な嘲罵にかけてはあらゆる反教会的な書物をはるかに凌駕している『性愛公会議』*の出版後に――「この本の著者は充分遠くまで見通してはいない」と書いたときに、彼の立場からまったく正しく感じ取っていたのです。「この書物において彼のうちで反乱を起こしているのは」、とビーアバウムは言っています、「本当はルター派の人間なのであって、完全に自由な人間ではないのだ」〔「オスカル・パニッツァ」、『ゲゼルシャフト』誌一八九三年、所収〕。そして、パニッツァに対して最も誠実だった友人たちのうちのひとりが、つまり、長い病気のあいだもなお彼と近しい関係にあり、彼の遺稿に――もちろんその処し方に問題がなくはなかったとはいえ――気を配った人物が、現在八十六歳〔実際は八十四歳〕の〔元〕首席司祭リッペルト（一八四六―一九四一年）というイエズス会士であったということは、同じようにたしかにひとつの逆説ではありますが、しかし正義の逆説なのです。

＊ビーアバウムが話題にしているのは、実際は『教皇たちの無垢受胎』である。なお、ベンヤミンの引用は原文と多少語句が異なる。

そのようなわけでパニッツァは神学者でした。けれども、彼が神学者だったのは、E・T・A・ホフマンが音楽家だったのと、まさに同じ意味においてなのです。ホフマンは、パニッツァが神学を理解していたのに劣らず、音楽を理解していました。しかし、彼の作ったものでいつまでも残るのは、楽曲ではなく、彼が音楽を人間の霊の故郷《ガイスターハイマート》としてパラフレーズしてみせる文学作品の方です。そしてまさにこの人間の霊の故郷が、パニッツァにとっては教理《ドグマ》なのです。この関係には、ドイツ・ロマン主義の始まりと終わりのあいだにある変化が反映しています。つまりパニッツァは、ホフマンとは違ってもはや、太古の時代、ポエジー、民族性および中世に対する熱狂という、あの大きなうねりに運ばれてはいませんでした。彼の精神上の親戚《ガイスターフェアヴァンテ》は、ヨーロッパのデカダンたちです。そして、彼らのなかで最もパニッツァに近かったのはユイスマンス（一八四八―一九〇七年。フランスの作家）で、彼の長篇小説《ローマン》は中世のカトリック教義を、とりわけその基盤である黒ミサ、魔女や悪魔《トイフエル》の組織といったものを、じつに執拗にパラフレーズしています。しかしそうだからといって、パニッツァをユイスマンスがそうであったような芸達者《アルティスト》、すなわち、芸術のための芸術《ラール・プール・ラール》の人物として思い描くのは、やはり大きな誤りでしょう。まずもって否定的なことを言えば、パニッツァほどまずい文章を書く人はいません。彼のドイツ語は、他に例を見ないほどに、うっちゃらかしのドイツ語です。彼の物語《エアツェールング》はほとんどすべて一人称形式で書かれており、その物語の多くを彼は、くたびれたみすぼらしい遍歴職人としてウンターフランケン地方のどこかの凍てついた街道を先へ先へと歩いていく、その心身状態の描写で始めています。そして、それに続くことはすべて、それが書かれているぞんざいな言葉遣いからすれば、本当に、ある旅の手仕事職人の手記だと見なすことができます。それにもかかわらず、またいかなる事情のもとでも、その物語は偉大な物語作者の手記とも見なせるのです。むろん、このことは先に述べたこととといささかも矛盾しません。すなわち、物語作者とは、書く人というよりもむしろ織る人なのです。物語る《エアツェーレン》ということは――この言葉でもって、私たちは冒頭で述べたことを暗に指し示しているのですが――長篇小説《ロマーン》を書くこととは異なり、教養《ビルドゥング》の問題ではなく民衆《フォルク》の問題なのです。そしてパニッツァの芸術《クンスト》〔技術〕は、また実際民衆に根ざしています。『ツィンスブレヒの教会』〔『ヴィジョン＝スケッチと物語』一八九三年、所収〕あるいは『三位一体亭』〔同前〕といった彼の天才的な作品を読みさえすれば、生粋のデカダンとはいかなるものであるかが理解できます。しばし後者の短篇《ノヴェレ》に立ち止まってみましょう。たとえそれが、この短篇の登場人物一覧を手がかりにしてパニッツァなる者を知るため、つまり、キリスト教の教理においてE・T・A・ホフマンの――受託者とは言わぬまでも――弟子のように振る舞うパニッツァなる物語作者を知るためにすぎないとしても、です。この短篇では、くたびれた旅人パニッツァ[*1]がようやく、街道から少し離れた、どんな地図にも載っていないある宿屋に辿り着き、そこに泊るのですが、すぐに彼は、この家の奇妙な住人たちの正体を明らかにしようという試みを、断念しなければならなくなります。この箇所ですでに充分、その家には年老いた癇癪もちのユダヤ人の男が、世事にうとくて熱に浮かされたような、神学研究に没頭している息子と一緒に住んでいるということ、そして、その息子の母と呼ばれているユダヤ人の女マリアが住んでいるということが分かります。語り手は、この奇異の念を起こさせる人びとのなかで陰気で会話もない夕食をすませると、二階の自分の部屋へ行き、夜になってから、夕方通りがかりに教示された禁制の部屋を一目見てやろうと、階下へそっと降りていきます。彼がドアを開けると、その部屋には月の光が満ちていて、半分開いたよろい戸のあいだに彼は、一羽の鳩が不安げにはばたいて逃げてゆくのを目にします。そして――全体のなかでこれこそまさにホフマン的着想というものなのですが――この家に隣接する小屋のなかにある生き物が監禁されており、それは馬の蹄をもった人間[*2]で、壁という壁が震えるほどのものすごい力でたえず囲い柵にぶつかり、ときおり、まるで何か合図の言葉を受け取ったかのように、いかようにか体の向きを変えながらいやらしい哄笑を発するのです。これが、パニッツァがホフマンとまったく軌を一にするところの二元論的形而上学、私たちがすでに触れたあの一種の内的な必然性に従って生と自動機械との対立という形姿をとる、二元論的形而上学にほかなりません。彼は、この対立の形姿から『人間工場』〔『黄昏作品集——四つの物語』一八九〇年、所収〕の物語を着想しましたが、そこでは、身体に癒合した服を着た人間が製造されます。この、生と自動機械との対立という形姿は、『教皇たちの無垢受胎』のなかの次の表現においては、見紛いようもなく神学的な方向に進んでいます。「教皇は……誰かが死ぬやいなや、その死んだ人間すべての口から、愚鈍な目つきをしたガラス状の人形を引っぱり出した。この人形は透明で、当該の人間の善いも悪いもひっくるめたすべての行ないを、いわばエッセンスのかたちで含んでいた。小さなミニ人間であったこの人形の背中には、澱粉で二つの翼が貼りつけられていて、この人形を走らせたり飛ばせたりするのに使われた。人形の行き先はまさにあの、教皇によってこの世の外に創始された新しい国だった。そこに着くと人形はすぐに迎え入れられ、二つの同じ秤皿をもった、大きくて光沢のある清潔な真鍮製の秤に載せられた。人形のもっている善い行ないは重く、悪い行ないは軽かった。もうひとつの秤皿には、善い行ないと悪い行ないがちょうどぴったり釣り合っている同じ大きさの標準人形が載せられていた。新しくやって来た人形がほんのちょっとでも向こうの標準人形よりも軽いと、その人形には悪い行ないの方が多いというわけだった」。この人形は地獄行きになりました。それに対して、「重さが足りていた人形は無事に秤から再び降ろしてもらい、天国のなかへ、すなわち不死《コエルム》のなかへと走っていった。この天国についての詳細は、このあとすぐに続ける」。

＊1　物語中では、主人公「私」がパニッツァであるとは明言されていない。
＊2　「馬の蹄をもった人間」は『三位一体亭』には登場しない。『ツィンスブレヒの教会』の登場人物との混同ではないかと思われる。

たしかにこの芸術《クンスト》〔技術〕は、もし多くの人が考えたようにたんに教皇制度に対する誹謗だけに終わるものだとすれば、時代錯誤ということになりましょう。しかし、この芸術〔技術〕が時代錯誤的だとしても、それは、ムルナウやコッヘル湖畔周辺でほんの数年前までまだ昔ながらの聖人画を鏡に描いていた、*あのバイエルンの画家たちがそうだったのと同じ意味においてにほかなりません。異端の聖人画家——これがオスカル・パニッツァにぴったりの、最も簡にして要を得た規定的表現です。彼の胆汁質の狂信は、神学的な思弁の高みにおいてさえも麻痺しはしませんでした。そしてこの狂信は、ホフマンが俗物的生活の聖なる規範《カーノン》に向けたような諷刺的な慧眼と結びついていました。この二人の異端者的な考え方は親縁関係にあります。ただし両者において、諷刺は、みずからの太古からの諸権利を保持し続けている詩的幻想の、その反映にすぎないのです。

＊　ガラス絵の一種。バイエルンやチロル地方では十九世紀の終わりごろまで聖書のモティーフを中心に盛んに描かれ、お守りとされた。

クリストフ・マルティン・ヴィーラント――その生誕二百年記念の日にあたって

Christoph Martin Wieland—Zum zweihundertsten Jahrestag seiner Geburt〔一九三三年『フランクフルト新聞』に発表〕

ヴィーラント（一七三三―一八一三年。ドイツの詩人、小説家）はもう読まれない。この事実を無視したり、〔彼の作品のなかの〕今日でもまだ読むにたえる「箇所」を指摘したりする――そういう指摘自体、価値の疑わしいものなのだ――ことは、ヴィーラントにとっても彼の記念日にとっても、ほとんど誉れとはならないだろう。そんなことをしても、必ずや、本質的なものには辿りつかない。本質的なのは、ヴィーラントが歴史的にバロックとロマン主義のあいだの時代に埋め込まれているということであり、これよりもさらに本質的なのは、彼の作品が時代状況ときわめて緊密に絡みあっているので、そうした彼の作品を、その最も価値のある部分を損なわずに〔歴史的連関から〕抜き出すことはできない、ということである。また逆に、ドイツのあの時代状況を扱う研究で、同時にヴィーラントという人物の最内奥にまで踏み込んでいないようなものは、誠実な研究ではありえない。テオドール・ホイス（一八八四―一九六三年。ドイツの政治家、評論家。ドイツ連邦共和国初代大統領）が次のように言うのは当然なのである。「ヴィーラントとの出会いによって人間的本質および創造的詩人精神との直接的な対決を迫られた、という人びとの数は今日では少なくなっていることだろう。しかし、ヴィーラントが重要だということに変わりはなく、彼は、彼が属した歴史空間のなかに置かれると、ますます興味深くなってゆく一方なのだ」（「わたしの父の部屋で」――ビーベラハ・（アン・デア・）リス市／ビーベラハ芸術・考古協会編『詩人クリストフ・マルティン・ヴィーラント生誕二百年記念論集』（以下『記念論集』と略記）一九三三年、所収）。もっとも、言うは易く行なうは難し、である。ヴィーラントの作品は、明らかに、ほとんど（精神的な）深みを自負するものではなかっただけに、それだけ、彼の叙述《ダールシュテルング》（表現）も深みへの自負など無用のものなのだ、という誤った推論が当然のことのようになされてきた。この推論を当然のことと見なすのは困難だろう。むしろ、ヴィーラントの表面性がもつ歴史的内実および歴史的意味は、今日でもなおほとんど吟味されておらず、「片を付けてしまえる文学史的な課題ばかりか、考えつくされねばならない真に精神的な諸問題を提示している」（エーミール・エルマティンガー「ヴィーラントとのわたしの出会い」――前出『記念論集』所収）。それらの問題自体が、細部への注意深い沈潜を大いに必要とするので、ヴィーラントが幅広い読者層によっては読まれなくなればなるほど、それだけいっそう、プロイセン学術アカデミーが一九〇九年から刊行している、約五十巻になる予定の大ヴィーラント全集への研究的関心が高まっている。いつの日か――願わくばあまり遅くなりすぎないうちに――ヴィーラントがこの全集において、彼自身がアリストファネス

（前四四五頃―前三八五年頃。古代ギリシアの喜劇詩人）やルキアノス（一二〇頃―一八〇年頃。古代ギリシアの諷刺詩人）、キケロ（前一〇六―前四三年。ローマの政治家、雄弁家、道徳哲学的エッセイスト）やホラティウス（前六五―前八年。ローマの詩人）といった作家たちに捧げたのと同様の、万全の敬意と入念さをもって明るみに出されるならば、それは充分に歴史的意味をもつことだと言えよう。*

＊　ヴィーラントは、ここで挙げられた作家たちのほかにも、古典古代作家の作品を多数翻訳している。

ヴィーラントは一七三三年九月五日、ビーベラハ近郊のオーバーホルツハイム〔南ドイツのシュヴァーベン地方〕という村で生まれた。ヴィーラントの先祖が二百年来住んでいたこのビーベラハは、自由帝国都市であった。同じような自由帝国都市のなかでもこの帝国都市は特別で、ひとつの特徴をもっていた。ウェストファリア条約〔三十年戦争の講和条約、一六四八年締結〕によって、この帝国都市には「宗派同権《パリテート》」〔あらゆる宗派が同等の権利を有すること〕が認められていたのだ。ただしそれは、あらゆる点で喜ばしいというわけではなかった。つまり、それ以来すべての役職に、相争う二つの宗派〔カトリックとプロテスタント〕に属する者が一人ずつ就き、二重に人員配置されることになってしまったのだ。市長から助産婦や墓掘り人夫に至るまで、事はそのように運ばれた。この特権は、経済的には市にとってたいそう重荷になったのだが、とはいえそれでもこの都市に、ある種の、世界に開かれた気風をもたらした。そしてともかく、ヴィーラントは、後年になってもなお振り返りつつ、この特殊性をひとつのチャンスと見ているのである。

ヴィーラントの父（プロテスタントの牧師だった）は、息子が十三歳になると、彼をマグデブルク近郊のクロスターベルゲにある修道院付属学校に入れた。この時期に——クロプシュトック（一七二四—一八〇三年。ドイツ詩に新風を吹き込んだ感性派の詩人）の『メシアス』（一七四八年に全二十歌のうち第一—三歌が発表された）の最初の部分が世に出たのもこの時期である——青春期ヴィーラントの人間形成における敬虔主義の影響が頂点に達するとともに、それに対する反動が準備されたようである。もっとも、この反動（文学への傾倒を指す）がはっきり現われたのはようやく三年後のことで、そのときヴィーラントは父によって、チューリヒ湖畔の別荘にいるボードマー（一六九八—一七八三年。スイスの文芸批評家、作家）の後見に委ねられることになった。*1「詩作が根絶しがたいのであれば」、とベルンハルト・ゾイフェルト（一八五三—一九三八年。ドイツの文学史家）は言っている、「息子はその詩作を、少なくとも正式に習得せよ、というのだった。その際この息子は、きわめて如才ないチューリヒの先生などよりも流麗な詩句を書いたものだ。まもなく彼は師の助手となり、判定《ウアタイレン》を下すことや排撃《フェアウアタイレン》*2することと、論難書を書くこと、文学的な機知や叙事文学のすばらしさを解する心*3を習得した」（「ヴィーラント」——前出『記念論集』所収）。しかし、スイスから帰国したのちに彼がこれらの技《わざ》をどう応用したかと言えば、それは明らかに、ボードマーの弟子に期待しうるところをはるかに超えていた。ヴィーラントは市参事会員という顕職に叙せられて（ビーベラハに）召還され、次いで、官房長に任命された。そして、ひとつの役職が別の役職を呼ぶようにして、一七六一年、彼は「プロテスタント市民劇団」（エアハルト・ブルーダー「演劇監督としてのヴィーラント」——前出『記念論集』所収）の監督になった。彼はこの身分を生かして、同じ年にシェイクスピア（一五六四－一六一六年）の『テンペスト〔嵐〕』（一六一一－一二年）を上演した。この上演は大成功をおさめ、しかも、上演プログラムにシェイクスピアという名が載せられても——かつての、イギリスの俳優たちによる上演[*4]の場合とは違って——不当ではない、ドイツで最初の上演だった。

*1　ヴィーラントがボードマーのもとに滞在したのは一七五二－五四年である。なお、クロプシュトックも一七五〇－五一年に、ボードマーのもとに身を寄せている。

*2　この当時はまだ「批評」という概念が成立しておらず、規則に則って〈芸術作品を裁く〉という意識が支配的で、芸術作品を評価する場合にも、urteilen（判決を下す）や verurteilen（有罪判決を下す）といった法的用語が用いられた。

*3　ヴィーラントはのちにいくつかの優れた叙事詩を書いている（とりわけ、『オーベロン』）。

*4　宮廷や都市をまわっていた巡回劇団によるもの。

『テンペスト』の翻訳に続いて、さらに二十一本のシェイクスピア劇が翻訳された。この翻訳への正しい展望——それは、現代人にはもう見通せなくなってしまっている——を得ようとするならば、ゲーテ（一七四九－一八三二年）が『詩と真実』（一八一一－一二年）のなかでこの翻訳について述べている言葉を思い出さなければならない。それは、ヴィーラントが尽力したあの時代の、水晶のように澄みきった冷徹な悟性の真っ只中にあり、その飾り気のなさとそっけなさにもかかわらず、文学に対する誠実な信頼に、純粋に美学的な考察によって生み出される信頼よりもはるかに誠実な信頼に満たされている、そんな言葉である。その言葉とは——「本当に深く根本的に作用するもの、真に育成し啓発するものは、詩人〔の作品〕が散文に翻訳されてもなお詩人の本質的部分として残るところのものなのである。その場合、純粋で完全な内実が消えてなくなることはない」〔『詩と真実』第三部第一一章——ヘルマン・ボングス「ヴィーラントとシェイクスピア」（前出『記念論集』所収）からの重引〕。ヴィーラントがドイツ語散文翻訳の際に捉えたようなシェイクスピアは、のちに〔シュトゥルム・ウント・ドラング期の〕ゲーテを感激させることになる、あの真性なる天才《オリギナールジェニー》ではなかった。真性なる天才としてのシェイクスピアに関して、ゲーテが、ヴィーラントに作用したもの、すなわち、「感情と道徳的行動における道徳的に美しいもの、……礼儀正しいもの、愛すべきもの」〔ヴィーラント『雄弁術および詩作術の理論と歴史』一七五七年——前出のブルーダーの論文からの重引〕を賛美することなど、決してなかっただろう。しかしながら、後世の人びとが、彼らをシェイクスピア崇拝者に仕立てあげる一方でヴィーラントを軽蔑するように仕向けた当のものを、どこに見出していたのかといえば、そのような心性をもったヴィーラントによるドイツ語〔翻訳の〕テクストの行間において、であったのだ。

実際また、ヴィーラントの名声と経歴にとっては、ビーベラハ時代に成立した『アーガトン〔物語〕』〔初稿一七六六—六七、最終稿九四年〕や『ムザーリオン〔、あるいは優美の女神たちの哲学」』〔叙事詩、一七六八年〕といった作品の方が、より重要だった。しかし、この〔名声と経歴という〕点に関して決定的だったのは——すでにずっと以前から、そして以後も長らくそうであったように——ドイツの詩人と封建制とのあいだに存立しえた結びつきであった。ヴィーラントの方向を決定づけたのは、約二百年来ビーベラハ近辺に住みついていた一族の出である、フリードリヒ・シュターディオン伯爵（一六九一—一七六八年。ドイツの政治家）との結びつきだった。

＊

「マインツ宮廷の宮内庁長官フォン・シュターディオン伯爵が八年前から隠棲している城館〔ビーベラハ近郊のヴァルトハウゼンにある〕は、アルキフとウルガンデ[*1]の特別な気まぐれによって、きわめて奇異なる人びとに宿を提供し、ひどく奇妙な冒険を惹き起こすようにと呪文をかけられたような、どこか魔法にかかったところのある城館なのですが、ここが、この数年間、私の定常的な滞在場所になっています」〔一七六八年八月一〇日付、ヴィーラントのリーデル宛ての手紙——ガブリエーレ・フォン・ケーニヒ＝ヴァルトハウゼン男爵夫人「フリードリヒ・フォン・シュターディオン伯爵」（前出『記念論集』所収）からの重引〕。そうした冒険のなかでも最も奇妙だったのは、この城館でヴィーラントを待ち受けていた、青春期の恋人との——ほぼ九年の別離の後の——再会であった。ゾフィー・グーターマン（一七三一—一八〇七年。ヴィーラントの母方の縁戚に当たる。ロマン派の作家クレメンスおよびベッティーナ・ブレンターノ兄妹の祖母）への愛が芽生えたのは、詩人の敬虔主義時代のことである。彼が勇気を出して行なった初めての愛の告白[*2]は、ある説教の解釈の装いをまとっていた。しかし、かの最初期の気分を実に完璧に表現しているこの〔二人の〕関係は、まさにこの気分が障害となって破綻すべく、あらかじめ定められていた。さまざまの小市民的な妖策や私的な誤解が愛する者たちを引き裂いた。それでもやはり、のちのいかなる恋愛経験も、詩人をこれほど深く捉えはしなかったようだ。この初めての愛の告白は、ヴィーラントの女性に対する関係の包括的な――時間的な意味においてばかりでなく、少なからず内的な意味において包括的な――表現となっており、その意味で、この最初の愛の告白は重要なのである。

*1　十六世紀のスペイン騎士物語、たとえば『アマディス・デ・ガウラ』にしばしば登場する、魔法使いとその妻の名。ヴィーラント自身も、この物語を素材として叙事詩『新アマディス』（一七七一年）を書いている。

*2　ゾフィーに宛てられた「頌歌」（一七五〇または五一年）を指すと思われる。

「時間的な意味で」包括的だというのは、ヴィーラントとゾフィーの友情がほとんど六十年間にわたっている、ということに拠る。「内的な意味で」包括的だというのは、この関係が――バロックの祭壇に見られる、近づきがたく熾天使のように気高い聖女像や女性殉教者像に多くの点で似ている女性像から、ロマン主義の誇り高く創造的な女性という、それとは非常に対照的な、しかしそれに劣らず代表的なタイプに至るまで――ヴィーラントに付き添っている、ということに拠る。ゾフィー〔・フォン〕・ラ・ロシュ——これが、シュターディオン伯爵の秘書だったラ・ロシュ（一七二〇―八九または八八年）と結婚した後の、彼女の名である——はヴィーラントの力添えにより、自分自身が作家になった。彼女の『フォン・シュテルンハイム嬢の物語』〔一七七一年〕*は、この時代に最もよく読まれた本のひとつである。しかしヴィーラントはさらに、彼の恋人の孫娘、すなわち、まもなく七十歳になろうかという彼の腕に抱かれて二十四歳で亡くなったゾフィー・ブレンターノ（一七七六―一八〇〇年）の姿において、ロマン主義的な女性の最も完璧な現われのひとつを抱き寄せることができたのだった。オースマンシュテット〔ヴァイマル郊外〕にある、ヴィーラントと彼の妻とゾフィー・ブレンターノ三人の共同の墓所を覆い包む《デッケン》墓石に彫られた墓碑銘は、彼の人生の周りに、最も美しいロココ調のアラベスクを描いている。

生きてあるときには　愛と友情が　親縁《ちか》しい魂たちを結びつけ、
そして　かの魂たちの死すべきもの〔肉体〕を　この共同墓石が守る《デッケン》。

〔ヴィーラント作の碑文——ヴェルナー・デートイェン「ヴァイマルのヴィーラント」
（前出『記念論集』所収）からの重引〕

* この小説に序文を付けて出版したのはヴィーラントである。この小説はゲーテに高く評価され、彼の『若きヴェルターの悩み』（一七七四年）に影響を与えた。

ヴィーラントがこの詩句を書いたのは、彼の青春期の恋人の最後の誕生日〔一八〇六年十二月六日〕だった。

ゲーテが『一八一八年の仮装行列』〔一八一八年〕のなかでヴィーラントのために建てた記念碑には、こう書かれている。

> 彼の名はヴィーラント！　彼の
> 発した言葉にみずから満たされて、
> 彼の幸いなる人生は
> 物静かで、もろもろの抑制の圏域をなしていた。〔前出のデートイェンの論文からの重引〕

ヴィーラントの恋愛生活を特徴づけるのに、これ以上に見事な言い回しはない。しかし、この抑制《メーシグング》のなかには、いかなる種類の中庸《ミッテルメーシヒカイト》も含まれてはいなかった。ヴィーラントについてきわめて注目に値する認識を語っているのは、またしてもゲーテである。ヴィーラントはどのような黄金の中庸《アウレア・メディオクリタース》〔ホラティウス『歌章《カルミナ》』第二巻第一〇歌〕も有してはいなかった、むしろ「自分の全人生を、死に臨んで《イン・エクストレーミース》」〔リーマーとの対話、一八〇七年二月一一日〕過ごしたのだ、とゲーテは語っている。ヴィーラントの人生を全局的に示している抑制を、彼は、その個々の時期をひとつの極限にまで向かわせた、あの決然とした態度に負うている。十九歳のときに、彼はこう書いている。「手の甲への口づけ以上のことを望む者は、〈わたしは愛している〉と言ってはならない」〔出典不詳――アドリアーノ・ベルリの無題の寄稿論文「印象は……」〔前出『記念論集』所収〕からの重引〕。このような文章から覗いて見える精神状態への反作用が、ヴィーラントののちの作品にいかに激しく現われたか、また、彼の猥雑浮薄な物語の数々、なかでも「王子ビリビンカーの物語」〔『熱狂に対する自然の勝利、あるいはロサルヴァのドン・シルヴィオの冒険』一七六四年、第六巻第一章の表題〕のような作品が、出版されたときになんという顰蹙《ひんしゅく》を買ったか、ということはよく知られている。そうした物語の執筆の際には、そのようなテクストを通してドイツ貴族階級のあいだに、自国の文学に対するより近しい関心を呼び覚まそうとする意図も働いていた、などということは、ドイツ貴族階級に敬意を表して、信用するに足るとは見なさないようにしたいものだ。

　その辺の事情がどうであれ、ヴィーラントは、唯物論的な時期と変わらず熱狂的な時期にも、フィールディング（一七〇七―五四年。イギリスの小説家）の次の言葉を拠り所としていた。「こと人生に関しては、古《いにしえ》の快楽主義者《エピキュリアン》たちの説以上に正しい説があったためしはなく、彼らの正反対である現代の快楽主義者たちは、あらゆる官能的欲望を無制限に充足させることに至福を求めているが、彼らの説ほどばかげた説もない」〔『捨て児トム・ジョーンズの物語』一七四九年、第一五巻第一章〕。成熟した詩人は、古の哲学流派〔エピクロス学派〕の名において天上的な愛を避け、みずからの時代の哲学流派とは対照的に地上の愛を避けた——彼の最も好きな言葉のひとつを使って言えば、「悔いることなく」死んでゆけるために。

＊

ヴィーラントは合理主義的啓蒙主義者のサークルではなく、感覚主義的啓蒙主義者のサークルに属していたと言われているが、これはまことに当を得ている。イギリス人ばかりか、モンテスキュー（一六八九—一七五五年。フランスの哲学者、政治学者）、ボネ（一七二〇—九三年。フランス系のスイスの博物学者、哲学者、心理学者）、エルヴェシウス（一七一五—七一年。フランスの哲学者）といったフランス人も、彼の師だった。しかしそれらの師からも、彼は、革命に捧げられた、破砕力をもった危険な思想要素よりも、むしろ、彼がみずからの懐疑主義的な態度を世間に行き渡った形式で打ち出すことを可能にしてくれる素材を、学び取ったのだった。彼がそれをきわめて上首尾な形に結実させたのが、大部の国家小説*1『黄金の鏡*2、あるいはシェシアンの王たち』（一七七二年、最終稿九四年）である。

＊1　国家の理想的なありようを主題とする政治小説、社会小説、経済小説等をいい、いわゆるユートピア小説の多くもこれに入る。

＊2　「鏡《シュピーゲル》（鑑）」という語は中世において、『ザクセン法鑑《シュピーゲル》』、『救済の手引書《シュピーゲル》』、『騎士道の書《シュピーゲル》』のように、法令集や、道徳的、神学的、身分的な教育に用いられる規範集の題名として用いられた。なかでも「騎士道の書《リッターシュピーゲル》」や「帝王学の書《フュルステンシュピーゲル》」は、身分教育的な要素と諷刺的な要素を併せもつ文学形式とし

て、中世から十七世紀にかけて流行した。『黄金の鏡』は、国家小説の先駆的形式とされる中世の「帝王学の書」に連なっている。

「わたくしが思い違いをしているのではないといたしますれば、ここに謹んで陛下に捧げたてまつりますシェシアンの王たちの物語は、陛下の決してたゆむことなき精神が高貴なるお仕事の疲れをお癒《いや》しになる、常日頃のまじめなお楽しみのなかに加えていただくのに、まったくふさわしくないわけではございません」〔『黄金の鏡』献辞〕[*1]。中国の〔皇帝〕タイツゥの仮面を被ってはいるが、『黄金の鏡』のこの献辞において照準を合わされている実際の皇帝は、ヨーゼフ二世（一七四一―九〇年。在位一七六五―九〇年。マリア・テレジアの長子で、神聖ローマ帝国皇帝、フランス啓蒙主義の影響を受けた啓蒙専制君主）だった。この作品は、バロック国家小説の後裔であるとはいえ、〔バロックのモデルからは〕著しくくずれてしまっており、筋そのものは、会話[*2]によって形成される、あの豊かな装飾をほどこされた彩《いろど》り華やかな枠《ラーメン》〔額縁〕に囲まれて、かろうじて色褪せた生を繰り広げるにすぎない。

＊1　『黄金の鏡』は、インドスタンという架空の国の王宮で語られた、同じく架空の隣国シェシアンの王たちの、シェシアン語で書かれた年代記が、まず中国語に翻訳されて中国皇帝タイツゥに献呈され、それを入手した神父がラテン語に翻訳し、さらにそれがドイツ語に翻訳された、という設定のもとに書かれている。したがって、この献辞もフィクションである。

＊2　『千一夜物語』の結構を模した『黄金の鏡』の筋は、シャハ＝ゲバル王をうまく眠りこませるために夜な夜な語られる物語（シェシアン国の年代記）から成るが、それらの物語は、その語りの場に居合わせる登場人物たちの発言や会話によって、たびたび中断される。

シェシアンの王たちの物語は、シャハ＝ゲバルの宮廷で読み上げられる。彼は、側室のひとりヌルマハルと哲学者ダニシュメント博士という、二人の屁理屈屋を侍《はべ》らせている。彼がこの二人を必要とするのは、この架空の歴史書〔つまり、そこで読み上げられるシェシアン国の年代記〕からあらんかぎりの教訓を引き出すためである。ヴィーラントはこの作品のなかでみずからの政治的信条を叙述しているのだが、彼の信条が十八世紀の啓蒙化された宮廷でなら理解を得られる種類のものだったので、それだけいっそうその叙述は押しつけがましいものでなくてもよかった。まさにこの啓蒙化された国家絶対主義に、ヴィーラントの共感は向けられていた。もっとも彼は、啓蒙化された国家絶対主義を理論的に根拠づけようなどとは、試みさえしなかった。〔叙述の試みの〕すべてが、むしろ、多少なりとも愛すべき〈人に訴える論証《アルグーメンターツィオー・アド・ホミネム》〉[*1]、あるいは――ここでは次の言い方のほうが適切だろうが――〈衆人に訴える論証《アルグーメンターツィオー・アド・ポプルム》〉[*2]だけで事足れりとしている。ヴィーラントには、民主主義のもとでは民衆の利益が、のちのアブデラの人びとの利益[*3]とまったく同じようにひどく粗末に扱われるように思われた。このアブデラの人びとは、彼らの「国家制度において民主的に見えたものは、たんなる幻影、たんなる政治的ぺてんでしかなかった」〔『アブデラの人びとの物語』[*4]一七八一年、第二部第四巻第九章〕、とヴィーラントに言われるがままになっているほかないのだ。そもそも彼の時代批判が独創性によって抜きん出るということはないにせよ、――ベルンハルト・ルター（詳未）の言葉を借りるなら――ヴィーラントは、「生き生きとした政治的関心をもった」〔「ヴィーラントからハインリヒ・フォン・クライストへ」——前出『記念論集』所収〕十八世紀唯一の偉大な（ドイツ）詩人である、とは言えるのだ。実際また、ヴィーラントがエアフルトに招聘された〔一七六九年〕のは、おそらくこの生き生きとした政治的関心のおかげなのである。エアフルトでは、カトリックの内部にガリカニズム[*5]的でローマ〔教皇〕に対抗的な国家主義的党派があり、この党派が、その正統固守《オルトドクシー》的態度ゆえに彼らに欠けていた名声と威信をもたらしてくれるような大学教員を探していた。ヴィーラントは、シュターディオン伯爵を通じてエアフルトですでに注目されるようになっていたが、いまや彼は、『黄金の鏡』と歴史哲学の講義によって、自分の地位の正当性を証明することに面目をかけたのだった。この長篇国家小説〔『黄金の鏡』〕によって、実際に彼は、ハプスブルク家の皇帝〔ヨーゼフ二世〕の関心を呼び起こすことができた。だが、この本がある程度決定的な成果をあげたのは、ヴィーンの宮廷よりも、むしろヴァイマルの宮廷においてだった。この本によって詩人は——当面は一時的な——ヴァイマルへの招聘を手にしたのである。この招聘はヴィーラントに、さらに、アンナ・アマーリア（一七三九—一八〇七年。ザクセン＝ヴァイマル公爵夫人。夫の早世後、摂政として政治に携わり〔一七五九—一七五年〕、七二年に息子カール・アウグストらの教育係としてヴィーラントを招いた）の宮廷、すなわち、のちのカール・アウグスト（一七五七—一八二八年。ザクセン＝ヴァイマル公爵、のちに大公、啓蒙君主。ゲーテと親交を結んで大臣に任用し、また、シラーをイェーナ大学に招いた。これらの交友を通じて学芸の振興に力を注いだ結果、ヴァイマルは当時の文化的中心となった）の宮廷との、定常的な結びつきをもたらすこととなった。

＊1　相手の議論を論破するかわりに、相手の人柄や品行などを非難ないし賞賛することによって、議論

をそらせること。

＊2　多くの人びとの感情を扇動し、正当な論証を無視して、自己の主張を貫こうとすること。

＊3　「アブデラの人びと」は、小市民的愚民の代名詞のように用いられる。アブデラはエーゲ海北岸にあった古代ギリシアの町で、その市民は偏狭さで知られた。

＊4　初稿は一七七四年で、表題は『アブデラの人びと』となっている。最終稿は一七九六年。

＊5　本来は、フランス国家教会主義をいう。カトリックを守りながら、教皇権の支配外にフランスの司教権を独立させようとする立場（中世末期―一八〇一年）。

＊

ヴィーラントは、一七七九年六月〔実際は八月一日付、メルク宛て〕の一通の手紙に、彼がヴァイマルでゲーテとともに暮らした最初のこのうえなく幸福な数年間に二人を包んでいた雰囲気を、ひとつの魅力的な光景とともに書き留めている。「先週、私はゲーテとともに、ほんとうにすばらしい一日を過ごしました。彼と私は、絵のモデルとなる決心をしなければなりませんでした。顧問官マイ（一七三八―一八一六年。ドイツの画家）がヴュルテムベルク公爵夫人から、妃殿下〔アンナ・アマーリア〕のために私たちそれぞれの肖像画を描くよう依頼されたのです。ゲーテは午前も午後もモデルになっていましたが、殿下〔カール・アウグスト〕が御不在だったので私に、ずっと座り続けているのは煩わしいからそのあいだ彼の相手をして、二人で楽しむために『オーベロン』〔ヴィーラントの英雄叙事詩、一七八〇年〕を朗読してほしい、と頼んできました。ほとんどいつも苛々《いらいら》しているこの人が、幸運なことにたまたま、この日はちょうど彼なりに最も包容力に富んだ最良の気分になっていて、まるで十六の娘のようによく面白がったのです。私はこれまでの人生で、『オーベロン』、とりわけその第五歌を前にしたゲーテほどに、他人の作品ですっかり楽しんでいる人を見たことがありません」*。われわれは、当時マイが描いたヴィーラントの肖像画を知っている。この絵では、詩人は四十六歳には見えない。とはいえ、その並外れて繊細で感性的な、イロニーが浸透した容貌には、すでに諦《レジグナツィオーン》めの表情が窺える。すでに当時、彼はヴァイマルで「老ヴィーラント」と呼ばれており、「ほとんど四十年間、良い意味でも悪い意味でも口にされたその呼び名を……甘受しなければならなかった」（ハンス・ヴァール「ヴィーラントとゲーテ」——前出『記念論集』所収）。

* 『オーベロン』が出版されたのは一七八〇年なので、ここではヴィーラントは手書きの原稿を朗読したものと思われる。

ヴィーラントは他人の目に映る自分の姿に非常に敏感だった。それゆえの、たぐい稀なる外交的才能、しかしまたそれゆえの、早い時期からの諦念《エントザーグング》なのである。「不幸にも私は」、と彼は、一七七六年九月（二九日付）にクリスティアン・カイザー（詳未）に宛てて書いている、「熱い者たちにも冷たい者たちにも吐き出されてしまう、なまぬるい者たちに入れられて然《しか》るべきなのです」*1。熱い者たちのうちにはゲーテも含まれていて、笑劇

『神々、英雄たち、そしてヴィーラント』〔ゲーテのシュトゥルム・ウント・ドラング期の小品、一七七三年〕で彼は、年長の詩人を露骨に「吐き出していた」。ゲーテがこの誹謗を企てたとき、彼は人生行路の出発点にいたのに対して、ヴィーラントはその頂点にいた。それにもかかわらず、また、大天才《クラフトジエニース》たち*2に与《くみ》するゲーテのやり方はヴィーラントに対する暴風警報になったのにもかかわらず、この年長者は、このうえなく慎重な控えめな態度を放棄しはしなかった。この自制がまったく説明しがたいものであればこそ、それだけ、あの四十年という歳月――その歳月のなかでのちに、最も緊密なる隣人関係がゲーテとヴィーラントを結び合わせたのだ――を鑑《かんが》みるに、この自制のほとんど炯眼《けいがん》ともいえる如才なさ（Takt〔礼儀感覚、妥当なものや正しいものに対する感覚、機転〕）は、なんとも桁外れのものに見えてくるのである。

*1　この文章は新約聖書の次の箇所を踏まえている。「わたしはあなたの行ないを知っている。あなたは、冷たくもなく熱くもない。むしろ、冷たいか熱いか、どちらかであってほしい。熱くもなく冷たくもなく、なまぬるいので、わたしはあなたを口から吐き出そうとしている」（『ヨハネの黙示録』三―15～16）。

*2　シュトゥルム・ウント・ドラングの劇作家たちと、彼らの作品の主人公たちを表わす名称。

そしてこの関係は、たんに隣人関係であったばかりではない。この関係は――詩的な意味においてではないまでも、少なくとも政治的な意味において――ヴィーラントが一七七六年〔二月五日付の手紙〕にラーヴァーター（一七四一―一八〇一年。スイスの哲学者、プロテスタント牧師、人相学者。ゲーテとも親交）に宛てて非常に美しく表現しているように、一種の継承でもあった。彼はこう書いている。「しかし、です――私がさらに、魔術のように抗しがたい自惚《うぬぼ》れと、それよりももっと強い魔術、多くの善きことを、大々的に、何世紀をも視野に入れてなすのだ、という魅惑的な考えの及ぼす魔術とによって、この宮廷に引き寄せられ、危険に満ち深淵に取り囲まれた――しかし白日のもとで見ればとうてい不可能でしかない冒険に、みずから進んで巻き込まれたとき、私はもう三十八歳ではなかったでしょうか？　ゲーテは今ようやく二十六歳なのです」。もちろんヴィーラントは、この企て〔冒険〕の不可能性から、ゲーテほど多くをかち得ることは決してできなかった。というのも、ゲーテにとっては、彼がその不可能性をうまくこなせるようになればなるほど、内面においてはこの不可能性がたえず不適合なものになってゆくばかりだったのに対して、ヴィーラントは、宮廷での自分の地位やカール・アウグストの母アンナ・アマーリアとの友好関係に、ますますそこだけに、みずからの境位〔本領を発揮する場〕を見出すようになったからである。そのようなわけで、ヴァイマル期のヴィーラントは――いくつかの翻訳を別にすれば――わずかに二つの比較的大きな作品しか発表しなかった。すなわち、『アブデラの人びと』と『オーベロン』である。

　ゲーテはたえず新たに力をこめて『オーベロン』に言及しているが、そのような強調は、この作品が個々の点でどれほど優美であるにせよ、必ずしも完全に納得できるものではない。ただし、ヴィーラントが〔古代〕ギリシア的なものの領域――ゲーテにとってはこの領域こそが〔ヴィーラントの作品よりも〕ずっと切実な問題だったのであり、この領域が漠然とした無責任な空想が駆け巡る場になっているのを見つけると、彼は気分を害した――を手放して古ドイツ的なものの領域に乗り替えるのを見て覚えた静かな満足感が、この強調には一枚かんでいる、と見なすのなら話は別である。「ヴィーラントは誰に対しても責任を負わなくてすむように振舞った」〔フォン・ミュラーとの対話、一八二四年六月六日〕、とゲーテはヴィーラントの死の十年後に、法務長官フォン・ミュラー〔一七七九―一八四九年〕に語っている。そしてゲーテにとって、ヴィーラントが〔古代〕ギリシアの素材および人物形象に対してそのように振舞ったときほど、その態度が赦しがたいものに思われたことはなかっただろう。そのためゲーテの『オーベロン』賛美からは、彼がかつて〔『神々、英雄たち、そしてヴィーラント』で〕あのお上品につくられた『アルツェステ』〔一七七三年。ヴィーラントの歌唱《ジングシュピ》劇《ール》で、ドイツ最初のオペラ台本と見なされる〕の作者を論難したときとは正反対の、好意的な態度が感じ取れるのだ。* しかしそれに加えて、この賞賛からは、ヴィーラントの名声を広める機会はもらさず利用したい、という欲求もまた覗いて見える。この年少者〔ゲーテ〕は、ヴィーラントが年長者として彼よりも先に跨《また》いだ敷居の上で、年少者である彼自身をどのように温かく迎えてくれたかを、決して忘れはしなかった。『ゲーテの対話』の、ヴァイマル時代最初の数年間に関わるページを読み返す者は、誰よりもヴィーラントの名にこそ、最も頻繁に出会うのである。また、シュトゥルム・ウント・ドラング時代の同志たちの誰ひとりとして、ヴィーラントがゲーテに向けて謳った次の詩句においてなしえたほどに、青年期ゲーテの抒情詩がもつ甘美さに近づきはしなかった。

そのようにして　彼はわれわれのもとに歩み出た、堂々として気高く、
ひとりの本物の精神の王が、そこから。
そして誰も　これはいったい誰だ、と尋ねはしなかった。
われわれは一目で感じたのだ、それは彼だ！　と。
われわれはもてるすべての感覚で感じたのだ、その思いが
われわれの血管という血管を　駆けめぐるのを。
神の世界で　そのようには一度たりとも
人の子がわれわれに立ち現われたことはなかった、
人類のもつあらゆる善良さとあらゆる力を
そのように己れのうちに一体化させている　人の子が！

〔「魂《プシュケー》に寄せて」一七七六年――前出のデートイェンの論文からの重引〕

＊　ヴィーラントの『アルツェステ』はエウリピデスの『アルケースティス』の翻案である。これに対して『オーベロン』は中世伝説に登場する妖精王を主人公とし、シェイクスピア『真夏の夜の夢』やチョ

ーサー『カンタベリー物語』のなかの「貿易商人の話」などから直接的な素材を得ている。すなわち、古代ギリシアを舞台とする『アルツェステ』に対するゲーテの評価基準が相当厳しかったのに比して、そうではない『オーベロン』に対する評価基準はかなり寛大だった、とベンヤミンは見ていることになろう。

このように歓迎された者こそ、『アブデラの人びと』のなかでヴィーラントが「この物語がもはや誰にも関わらず、もはや誰をも楽しませず、もはや誰をも不愉快にせず、もはや誰をも怒らせない〔ヴィーラントの原文では「陽気にしない」〕」〔第五巻第一〇章〕瞬間〔ヴィーラントの原文では「時点」〕と規定した瞬間を、ヴィーラントの全作品に及ぶものとして招来せしめた、まさにその当人だった。*

* この一文は、本論考冒頭の「ヴィーラントはもう読まれない」と呼応しつつ、ヴィーラントとゲーテの関係に孕まれている痛烈なイロニーをえぐり出すものである。

＊

ヴィーラントの表面性がもつ歴史的内実および歴史的意味は、冒頭で述べたとおり、今日でもなおほとんど吟味されていないと言えるのだが、その理由のひとつは、ゲーテのフリーメイソン支部集会での演説[*1]〔『同志ヴィーラントの思い出のために』一八一三年〕がヴィーラントの死後の名声への入口に有無を言わさぬ力で聳え立っており、そうした力に包まれたこの演説が、同趣旨の試みを鼓舞することはほとんどありえなかった、ということにある。このことよりも理解しがたいのは、ゲーテが——フリーメイソン支部集会での演説ではなく、それよりももっと人目に触れない箇所で——ヴィーラントについて述べたなにがしかの事柄が、ほとんどその痕跡を留《とど》めていない、[*2] ということである。たしかに、エッカーマン（一七九二—一八五四年）を相手に回顧しつつ語られた、「ドイツの上流階級全体が様式《シュティール》を得ることができたのは、ヴィーラントのおかげだ」〔エッカーマンとの対話、一八二五年一月一八日〕、という言葉はよく知られている。がしかし、なぜそのような〔ヴィーラントへのなにがしかの言及がほとんど痕跡を留めていないという〕事態になったのかについて、ゲーテはいくつかの非常に意味深長な暗示を与えており、それらの暗示を解読することによって、ヴィーラント研究はまだ相当な成果を収めることができる。

＊1　イギリスからフランスを経由して十八世紀前半にドイツに入ってきたフリーメイソンは、ドイツではほぼ啓蒙思想と同義のものと理解されて、当時の啓蒙専制君主や知識人たちがこぞって入会した。ゲーテやヴィーラントもヴァイマル支部の会員になっている。

＊2　『ゲーテの対話』はさまざまな編集により数種類刊行されているが、ベンヤミンがこの論考を執筆する際に用いたのは、フォン・ビーダーマン編の一九〇九年版である。

ところで、もう一度比較的よく知られた事柄に話を戻せば、ゲーテがヴィーラントの

『ムザーリオン』について述べた、「古典古代が生き生きと新たに蘇ってくるのを見るように思ったのは、ここ〔ゲーテが見本刷で見た箇所〕である」〔『詩と真実』第二部第七章〕という文章以上に、根本的に奇妙で腑に落ちないものがあろうか。なにしろ、今日の読者が『ムザーリオン』のなかに見出すのは、〔古代〕ギリシア人《グリーヒェン》の現存在《ダーザイン》のまったくの、現前化〔ありありと描き出すこと〕の力を一切欠いた、ロココ風ビネット[*1]以外の何ものでもないのだ。しかし、個別に切り離して見ると理解しがたく思われることも、同じ方向性をもった考察のなかに並べ置いてみると、また別の様相を呈してくる。『西東詩集』〔一八一九年〕についての〔ゲーテ自身の〕注解〔「翻訳」の項〕に、こうある。「彼〔ヴィーラント〕は、自分に感興を覚えさせたもの、それをまずわがものとし、それからあらためて分かち与えるよう彼の心を動かしたもの、まさにそういうものが、彼の同時代人にも、好ましく鑑賞に堪えうるものとして迎えられたのだが、それにより彼は、非常な影響を及ぼすことになった」。ゲーテは、ヴィーラントについて話す場合つねに、ヴィーラントが同時代人――自分自身と他の人びと――に与えた影響こそを問題としているように見える。このことは大いに啓発的である。というのも、まさにこの同時代人への影響というあり方でヴィーラントは、彼以前にはまだ誰も与えることができなかったもの、そして彼以後はもはや誰も与える必要があるとは見なしえなかったもの、を与えた《ゲーベン》からである。そしてこの贈り物《ガーベ》とは、ひとつの理想的な、古《いにしえ》から伝わる――とりわけ古典古代の――教養世界と、一方ではアクチュアリティに立脚した文学的生との、他方では幅広い読者層に向けられた文学的生との融合、であった。『デア・トイチェ〔ドイツの〕・メルクーア』〔ヴィーラントが創刊した文芸雑誌、一七七三―一八一〇年〕が八十三巻も数えたのは、偶然ではない。ヴィーラントは、アクチュアルなものに対するその並外れて鋭敏な感覚によって、完璧な編集長だった。彼は古典古代を、みずからの時代の教養市民階級のために編集したのである。そして、このことが何を意味するかは、クロプシュトックに目を向けると明らかになる。クロプシュトックが行なっている古典古代の呪力による呼び出し《ベシュヴェールング》*2は、『メシアス』のなかの最も奔放な部分と同じ距離のパトスに満たされている。それに対して、ヴィーラントのキケロ翻訳〔『キケロ書簡集』、一八〇八年に着手、死後、二一年に刊行〕について、ゲーテがこう述べている。「この翻訳は、カエサル〔前一〇二―前四四〕の支持者たちとブルートゥス〔前八五―前四二年〕の支持者たちのあいだで二分されてしまっていた世界の当時の状況を、きわめて明確に伝えてくれる。この翻訳は、そもそも何が肝心なことなのか、という主要点に関しては、はっきりしたことをわれわれにまったく知らせてはくれないが、しかし他方、ローマから来た知らせ《ツァイトゥング》〔新聞〕と同じように新鮮さを感じつつ読めるのだ」〔ファルクとの対話、一八一三年一月二五日〕。

*1　フランス語の「ブドウ（vigne）」から派生した語。書物の扉や章頭、章尾を飾るブドウ葉模様や唐草模様ないしは中世のミニアチュールや版画等の額飾り、縁飾りを指す。

*2　ベンヤミンはゲーテにおける「神話的なもの」の表現のあり方を「呪力による呼び出し」と呼んで

いる。「ゲーテの『親和力』」第Ⅲ部の「美」に関する節（『ベンヤミン・コレクション1』一四一—一五一ページ）参照。

一八一三年一月二十六日〔実際は、一月二十日〕に、ヴィーラントは亡くなった。オースマンシュテット〔ヴィーラントが最晩年に住んだ彼の所領地〕の彼の墓所にまつわる、デモーニシュなアレゴリーがある。それは、ゲーテが〔ずっとのちになって〕この墓の囲い柵の見取図を見たときに、彼の心に思い浮かんだものである。そのアレゴリーは、ゲーテがこのように亡くなった人に捧げようと思った最も深い想念のみならず、最も正当な想念をも秘めている。「『わたしは何千年ものにわたる時空のなかに生きているので』、と彼〔ゲーテ〕はわたし〔エッカーマン〕に言った、『立像や記念碑のことを聞くと、いつも奇妙な気がする。功労者のために立てられる立像のことを考えると、どうしても、それがすでに未来の戦士たちによってなぎ倒され粉々に破壊されるのが、心のなかに見えてしまうのだ。ヴィーラントの墓を囲むクドゥレ（一七七五—一八四五年。ドイツの建築家）の鉄柵も、わたしにとってはもう、未来の騎兵を乗せた馬の脚に付けられた蹄鉄となって、ぴかぴか光っているように見える』」〔エッカーマンとの対話、一八二七年七月五日〕。ある作家の死後の生にとって、また新たに読まれるようになる可能性というものがもつ意味は、ひとつの立像がもつ意味以上ではない、そのような作家たちが存在する。[1] 彼らの酵素は、母なる大地のなかに、彼らの母語のなかに、永遠に溶け込んでいる。クリストフ・マルティン・ヴィーラントはそのような作家であった。

【原注】

(1) ビーベラハ(・〔アン・デア・〕リス)市とビーベラハ芸術・考古協会は、ヴィーラントの生誕二百年に寄せて、詩人の著作から精選されたもの、ビーベラハおよびそこでのヴィーラントの生活の叙述、シュヴァーベン地方の作家たちによるこの同郷人についての発言集、そして学者たちによる一連の寄稿論文、という四部仕立ての記念論集を出版した。ヴィーラント研究の最新状況を伝えているこの最後の部分に、右の叙述は、少なからぬ引用において恩恵をこうむっている。*

* しかし実際には、第二部、第三部からも多くの引用がなされている。

『初期ロマン派の危機の時代——シュレーゲル・サークルの人びとの手紙』〔ヨーゼフ・ケルナー編、一九三六—三七年〕
»Krisenjahre der Frühromantik—Briefe aus dem Schlegel-Kreis«〔一九三八年『尺度と価値』誌に発表〕

約六百通の手紙を収めるこの二巻本は、初期ロマン主義運動の結末と、その運動に巻き込まれた人びとのその後の人生を明らかにしてくれる。ヨーゼフ・ケルナー（一八八八—一九五〇年。オーストリアのドイツ文学史家）によって刊行されたこの書簡集の根幹部分を成しているのは、A・W・シュレーゲル（一七六七—一八四五年。ドイツ・ロマン派の詩人、批評家、文芸学者）が一八〇四年から一八一二年にかけての時期に受け取った手紙である。このたびの公刊は、完全にではないがこの時期を越えて、一八四五年に訪れた彼の死という境目にまで及んでいる。因みに、この書物にはA・W・シュレーゲル自身が書いた手紙も多数収録されている。

全体としては三巻になる予定である。事実、今回出版された二巻に収められているのはドキュメントだけである。これらのドキュメントに関する註釈と索引が、第三巻〔一九五八年刊〕のために残されている。ここにいまある原資料を解明するのに、一巻でも多すぎるということは、決してないだろう。その一巻が未刊である限り、〔現段階での〕紹介批評は暫定的な性格のものにすぎない。因みに、仮にその紹介批評が、来たるべき人名索引あるいは事項索引から任意に抽出した見本を示そうとすれば、それがどのように限られたものであっても、かなりの紙数のものになることだろう。[*1] 本書には書簡資料が並はずれてぎっしりと詰め込まれており、たいていが私的な性質のものとはいえ、きわめて多層的である。大きな——ときには厭《いと》わしい[*2]——部分を、あのゾフィー・ベルンハルディ（一七七五—一八三三年。ドイツ・ロマン派の作家。ロマン派の詩人、作家ティークの妹）、旧姓ティーク、の手紙が占めている。彼女の手紙の主題は、同時代の少なからぬ著名人が関わらせられた、あの長年にわたる離婚訴訟[*3]である。フィヒテ（一六二—一八一四年。七ドイツの哲学者）の宣誓陳述によって裁判に巻き込まれたA・W・シュレーゲルは、ある書状のなかでこの哲学者に対して自己防禦を行なっているのだが、この書状は、ドイツ書簡文学の最も絵のように美しい《ピトレスク》ドキュメントのひとつとなっている。

＊1　それでもベンヤミンは、わずか数ページのこの書評で、事項（つまり、問題の種類）を選びかつその軽重を量りながら、解説と人名付きのミニチュア見本を示そうとしてもいる、と言えるだろう。

＊2　ドイツ・ロマン主義の詩人や哲学者たち、およびその近くにいた人びとのあいだでの男女関係は、数多くの離婚や再婚を含んで、非常に込み入っている。

＊3　ゾフィーの夫A・F・ベルンハルディ（一七六九—一八二〇年。ドイツの教育学者、作家）は、シュレーゲル兄弟が創刊した雑誌『アテネーウム』（一七九八—一八〇〇年）の仕事にも携わった。離婚は一八〇七年に成立している。

そのようなアラベスク模様の跡を辿ること、すなわち、フリードリヒ・シュレーゲル（一七七二—一八二九年。ドイツ・ロマン派の詩人、批評家。A・W・シュレーゲルの弟）の〔カトリックへの〕改宗〔一八〇八年〕やスタール夫人（一七六六—一八一七年。フランスの文筆家、作家）の息子たちの教育[*1]といった、〔右の離婚訴訟問題に〕劣らず錯綜したアラベスク模様を跡づけることが、さしあたり編者に残されている課題であろう。このサークルの文通者たちは、当時のドイツにおける他の文学グループ内での出来事——『〔ヴィルヘルム・〕テル』〔シラーの戯曲、一八〇四年成立、同年ヴァイマルで初演〕の上演、『親和力』〔ゲーテの長篇小説、一八〇九年〕の刊行、ゲーテ（一七四九—一八三二年）の芸術理論の動向、最後に、シラー（一七五九—一八〇五年）、クライスト（一七七七—一八一一年。ドイツの、およそ古典主義とロマン主義の間に位置する作家）、ゲーテといった偉大な作家たちの死——を、夥しい数の、おどけた、稀ならず意地の悪い欄外注で論評しているが、この厖大な欄外注はやがて、いくつもの博士論文で取り上げられるだろう。[*2] このサークルの後年の、密封状態のような閉鎖性が、抑圧的に作用している。そのような閉鎖性が、時折、次のごとき突拍子もない表現に行きつくことになる。「詩作なさってください、お書きになってください、親愛なるお義兄《にい》様」、とアウグスト・ヴィルヘルム〔・シュレーゲル〕に、その義妹であるドロテーア（一七六三／六四—一八三九年。モーゼス・メンデルスゾーンの娘、フリードリヒ・シュレーゲルの妻、作家）は頼んでいる、「あなたたち〔シュレーゲル兄弟を指す〕の作品は、この時代の瓦礫のなかから孤高に立ち残るピラミッドであることでしょう。そして後世に、〈ここに高貴な民《フォルク》ありき〉と示すものとなるでしょう」〔一八〇九年七月二三日付の手紙〕。この閉鎖性は、後続の世代に対して、ことのほか不幸なものとしてその姿を現わす。フリードリヒ・シュレーゲルはドイツ古代に対して真正なる情熱をもっていたが、その情熱でさえ、彼がグリム兄弟（兄ヤーコプ、一七八五―一八六三年。弟ヴィルヘルム、一七八六―一八五九年。両者ともドイツの言語学者で、共同で童話・伝説の収集、編集や、『ドイツ語辞典』の編纂をした）について支離滅裂かつ軽蔑的に語るのを、妨げはしなかった。

＊1　A・W・シュレーゲルは、一八〇四年以降スタール夫人と行動をともにし、文学上の助言をするかたわら、彼女の息子たちの家庭教師も務めている。

＊2　ベンヤミン自身も、かつて、博士論文として『ドイツ・ロマン主義における芸術批評の概念』（一九一九年成立、二〇年刊）を書いている。

右に引用したドロテーアの言葉から感じ取れるように、これらのドキュメントの大部分は、ナポレオン（一七六九―一八二一年。フランス第一帝政の皇帝、在位一八〇四―一五年）支配の時代のものである。このことは、決して誰も見逃しはしないだろう。この、ドイツ民族《フォルク》の無力化という時期は、まなざしの焦点を〔ゲーテがいた〕ヴァイマルにのみ合わせた場合には、ドイツの精神の力《ガイステスマハト》が放射する光によって完全にかすんでしまうことだろうが、その場合とはちがってこれらのドキュメントは、ドイツ民族の無力化という時期を、それほど完全にはかすんでいない状態で示している。数多くの手紙で触れられている、ドイツ国内での郵便通信事情の悪さは、〔まず第一に〕それだけで見れば、市民生活の混乱についてのひとつのイメージを与えるものである。そこにはさらに〔第二に〕、専制政治に対する直接的な反応がある。この反応は、誰よりもフリードリヒ・シュレーゲル〔の手紙〕に、最も内発的に現われている。クラウゼヴィッツ（一七八〇―一八三一年。ドイツの軍人。『戦争論』一八三二年）の一通の美しい手紙は、これと同じ連関のなかに置かれるべきである。最後に〔第三に〕、この郵便通信事情の悪さとは、とりわけ政治的な事態なのであって、それが、初期ロマン派のディアスポラ〔離散〕*1のなかにくっきりと浮かび上がるのだ――すなわち、この〔初期ロマン派の危機の〕時代を、ロマン派がイェーナで閲兵式を行なっていた時代*2に対して著しいコントラストをなすものにならしめた、そのようなひとつのディアスポラのなかに。彫刻家のフリードリヒ・ティーク（一七七六―一八五一年。前出ゾフィーの弟）はローマで飢えに苦しみ、フリードリヒ・シュレーゲルは、ヴィーンのメッテルニヒ（一七七三―一八五九年。オーストリアの政治家）のもとで職にありつく〔一八〇九年〕までは、ケルンで死活をかけた絶望的な戦いをしている。彼の兄がスタール夫人のコペ〔スイスのジュネーヴ近郊、レマン湖畔にある町で、スタール夫人はここに文学サロンを開いた〕の城館で送っていたような、コスモポリタン的な生活は、ゲーテの呪縛圏の外部では、異郷の地でのみ可能だった。

*1　ギリシア語の *διασπορά*（離散）を語源とし、ヘレニズム時代以後ユダヤ人がパレスチナ以外の世界各地に離散、移住したこと、および、そのユダヤ人を指す。広義には、宗教的あるいは民族的な少数派、および、その居住地区を意味する。

*2　初期ロマン派の活動拠点となった町で、一七九九―一八〇〇年、初期ロマン派のほとんどの人びとがここに勢揃いした。

書簡集全体の比重がそのそれぞれの部分の比重とめったに一致していないのは、このような書簡集の本質上仕方のないことである。それにもかかわらず、これらの手紙のなかのいくつかは特別な人間的意味を、別のものは特別な歴史的意味をもっている。アウグスト・ルートヴィヒ・ヒュルゼン（一七六五―一八〇九年、ドイツの哲学者）――フィヒテの弟子、フケー（一七七七―一八四三年。プロイセンの軍人で、ロマン派の作家。多くの騎士小説を書いた）の友人――のある手紙は、この双方の意味を併せもっているが、これに比肩しうる手紙はわずかである。一八〇三年に、ヒュルゼンはその手紙〔A・W・シュレーゲル宛て〕でもって、ちょうどその頃明確になりつつあったシュレーゲル兄弟の反動的な変化に反応している。彼の手紙が問題としているのは、シュレーゲル兄弟の騎士道についての研究のことである。「神よ、お守りください」、とヒュルゼンは警告を発しながら書いている、「古い城塞が再び築き上げられることのないように！　友たちよ、私はこのことに関して君たちをどのように理解すればよいのか、言ってくれたまえ。私にはわからない。……君たちは騎士制度の最も輝かしい側面なるものを、かってに探し出すがいい。〔そんなことをしたところで、〕われわれが騎士制度を全体において考察しさえすれば、その最も輝かしい側面も、実に幾重にもまた曇らされてしまうのだ。フリードリヒはスイスへ、それもとくにヴァリス〔スイスの一州〕へ、かってに旅行するがいい。子どもたちがいまでもまだ、誇るに足る城塞の名を挙げながら、彼に昔の暴君のことを話してくれ、そして、彼らの暴君にまつわる思い出が、瓦礫のなかに、破壊されぬままの姿で立ち現われるというわけだ。だが、こんな考察など、まったく必要ない。この〔騎士〕制度は生に対する神的な指示とともには存立しえない、ということだけで充分だ。むしろ、われわれが民族《フォルク》と呼ぶあの大衆が、われわれ学者や騎士全員の頭を殴ってくれるように、とさえ望みたいくらいだ。なぜなら、われわれが手にしている地位や特典は、ひとえに彼らの悲惨さのうえにのみ、成り立ちうるのだから。救貧院、刑務所、兵器庫、そして孤児院が、われわれが神を崇めようとする場である聖堂のかたわらに立っている。……さまざまな社会的形式を根源的で永遠に存続する形式へと還元すること、それゆえまた、さまざまな社会的形式のなかで必然的なものと偶然的なものとを……区別すること、そういったことが、君の研究の第一にあったわけでは、もちろんない。しかし、君ほどの批評精神の持ち主にとって、こんな考察は、一冊の文学の本と同じくらい容易に理解されることだ。……われわれが〈人間〉について語る場合、哲学者や芸術家である限りでのわれわれ皆の語ることが重要であるわけでは、まったくない。というのも、たった一人の人間の生でさえ——たとえその人間が最も悲惨な者だとしても——、その生が社会に対する要求をもつ限り、われわれが学者や騎士として自分に鳴り響かせたり勝ち取ったりするかもしれない最高の名声よりも、はるかに高い価値をもつからだ。……自由の子が自由のための犠牲となったときにこそ、観察力をもつ知性には、最も無教養な社会のなかに、われわれが最高度に洗練されたもろもろの芸術や学問によってそもそも表現しうる以上に、いよいよますます神的なものが目に見えるようになるだろう」*（一八〇三年一二月一八日付の手紙。強調はヒュルゼンによる）。

＊　この手紙は「カール・グスタフ・ヨッホマン『詩の退歩』への序論」にも引用されている（『ベンヤミン・コレクション2』二五七―二五八ページ）。

啓蒙主義の根本モティーフが、ロマン主義という共鳴板の上で帯びるあの比類ない響きをともなって振動しているドキュメントは、めったにないが、この手紙はそのようなドキュメントのひとつである。この「危機の時代」に初期ロマン派の命取りとなるに至ったドイツ市民階級の未成年性《ウンミュンディヒカイト》*を、この手紙は弾劾している。アウグスト・ヴィルヘルム・シュレーゲルの、無理をしたヴォルテール（一六九四―一七七八年。フランス啓蒙思想の哲学者、著述家）的な態度のなかに、フリードリヒ・シュレーゲルの教皇権至上主義的な末路においてと同じく、この未成年性が露わになっている。ただ、それぞれ違った風に露わになっているにすぎない。ドイツの読者が、これらの手紙のなかで出会う文学史上の情報、風景の像や日常生活の像、美しい言語表現、自画像といったものにかまけて、それらの手紙が含んでいる歴史的な証言のことを忘れてもよいような時代は、まだ来ていない。読者は、それだけいっそう深く感謝しつつ、コペの城館から出てきたこのきわめて重要な発見物を受け取ることだろう。

＊　カント『啓蒙とは何か』（一七八四年）の冒頭部分参照。

III

ボードレールにおける第二帝政期のパリ

Das Paris des Second Empire bei Baudelaire〔一九三七―三八年成立〕

首都は人間にとって絶対に不可欠なものではない。

セナンクール[*1]

I ボエーム[*2]

マルクス（一八一八―八三年。ドイツの哲学者、経済学者）の著作のなかでボエーム[*3]は、示唆に富んだ関連において出てくる。マルクスは警察のスパイだったド・ラ・オッド（一八〇八―六五年。フランスの政論家、復古王政および七月王政の時期に革命的結社のメンバー）の回想録の詳細な紹介文を一八五〇年に『新ライン新聞』に発表し、そのなかで職業的策謀家《フェアシュヴェーラー》たちについて論じているが、マルクスは彼らをボエームに数えいれているのである。ボードレール（一八二一―六七年。フランスの詩人）の相貌をまざまざと思い描くということは、ボードレールとこの〔職業的策謀家という〕政治的人間類型《タイプ》とのあいだに見られる相似について語ることにほかならない。この類型を、マルクスは次のように素描している。「プロレタリアの共謀が育ってくるにつれて、分業の必要が出てきた。メンバーは、臨時の策謀家(フランス語でコンスピラトゥール・ドカズィオン)、すなわち他の仕事のかたわら策謀を行ない集会に出るだけで、首領の命令が下れば集合地点に現われる心構えをしている労働者たちと、おのれの活動すべてを策謀に捧げ、それによって飯を食っているプロフェッショナルな策謀《コンスピラトゥール》家たちに分かれたのである。……このプロフェッショナルな策謀家の階級の、実生活における地位が、はじめからすでに彼らの全性格を規定している。……個々の点では自分の活動よりも偶然に左右される、彼らのふらふらした存在のありよう、不規則な生活(唯一行きつけの場所といえば、葡萄酒販売業者のやっている居酒屋で、これが策謀を行なう者たちの会合場所だ)、あらゆる種類の怪しげな人びとといやおうなく知り合いになること、これらのことによってプロフェッショナルな策謀家たちは、パリでラ・ボエームと呼ばれているあの生活圏に属することになる」(カール・マルクス/フリードリヒ・エンゲルス「アドルフ・シュニュ『策謀家たち』パリ、一八五〇年、およびリュシアン・ド・ラ・オッド『一八四八年二月における共和国の誕生』パリ、一八五〇年、書評」〔一八五〇年〕、『ディー・ノイエ・ツァイト』第四巻、一八八六年、からの引用)。(1)

*1 一七七〇—一八四六年。フランスの作家、思想家。ルソーの影響を受ける。引用は書簡体による思想的小説『オーベルマン』(一八〇四年)から。主人公はジュネーヴ、パリ、リヨンなどの都市を転々

としたのち、スイスの山中に住む。なお、「不可欠な《ネセセル》」はセナンクールの原文（定本である第三版、一八四〇年）では「自然な《ナテュレル》」となっている。

＊2　ベンヤミンは原稿に添えた書簡（ホルクハイマー宛て、一九三八年九月二八日）のなかで、「第一章は、冒頭の数ページが欠けている」と述べている。原稿には次のようなメモが付されていた。「〔一〕ここには、約九ページの一節が欠けている。この節で叙述されるのは、パリの建築の規格化が進展してゆくことと、オスマン（二二三ページ参照）の仕事と、ボナパルト独裁〔ナポレオン三世の政治のこと。一七三ページ参照〕との関連である。都市生活という荒地のなかで、もろもろの幻像《ファンタスマゴリー》によって気晴らしを生み出そうとする学芸欄《フユトン》の試みが描写される」。「〔二〕ここには、約六ページの一節が欠けている。この節はボエームの諸世代の歴史を略述する。そこに描かれるのはゴーティエ（三〇三ページ参照）やネルヴァル（一八〇八―五五年。フランスの作家）らの黄金のボエーム《ボエーム・ドレ》（一九三ページの訳注＊1参照）、ボードレールとアスリノー（一八二〇―七四年。フランスの批評家。ボードレールの親友）とデルヴォー（二二七ページ参照）の世代のボエーム、そしておしまいに最も若い世代のプロレタリア化したボエーム――その代弁者だったのがジュール・ヴァレス（一八三二―八五年。フランスのジャーナリスト、作家。社会主義者）――である。以下は、最後まで完全原稿である」。これらのふたつの節は結局書かれなかったものと推測されている。三三四ページ以下の「訳者付記」も参照。

＊3　「ボエーム（Bohème）」という語は、ボヘミアの住民を意味する中世ラテン語 bohemus に由来する。ロマ、いわゆる「ジプシー」の人々が、ボヘミアからやって来たと考えられたため、「ボヘミアン」（フランス語では「ボエミアン」）とも呼ばれることになり、さらに一八三〇年代のフランスで、反ブルジョワ的な生活をモットーとする若い作家や芸術家が、「ジプシー」の人々にたとえられて「ボエーム」と呼ばれるようになった（個々人を指す場合もあれば、集合的概念として用いられる場合もあり、また彼らの自由気ままな生活ぶりをいうこともある）。以下に述べられるようにマルクスは「ボエーム」を

非常に広い概念として用いている。

ついでに言えば、ナポレオン三世（一八〇八―七三年。フランス第二帝政の皇帝。在位一八五二―七〇年）自身が出世してゆく出発点となった生活環境《ミリュー》も、先に描かれた生活環境とつながりがある。周知のようにナポレオン三世の大統領時代（一八四八―五二年）の道具のひとつは「十二月十日会」*であって、この会にその中核体を供給していたのはマルクスによると「フランス人がラ・ボエームと呼ぶ、無性格で、ばらばらで、あちらと思えばまたこちらに引きまわされる大衆全体」（マルクス『ルイ・ボナパルトのブリュメール十八日』）なのである。皇帝時代のナポレオン三世は、策謀めいた慣習をさらに育てた。不意打ちの布告と秘密好み、急な攻勢と真意の測りがたい皮肉《イロニー》、これらは第二帝政の国是に属している。こうした特徴は、ボードレールの理論的著作にも見出される。ボードレールは自分の見解をたいてい、有無を言わさぬ口調で語る。議論など知ったことではない。いくつもの命題を次々と自分の見解として提出し、それらがまったく相矛盾することになり、きびしく検討することが必要なはずのときでも、議論を避けてしまうのだ。『一八四六年のサロン』（一八四六年）をボードレールは「ブルジョワたち」に捧げた。つまり彼はブルジョワたちの代弁者として登場しており、彼の身振りはけなし屋《アドウオカートウス・ディアーボリ》（元来はカトリック用語で「列聖調査審問検事」、文字通りには「悪魔の代弁人」）のそれではない。ところがのちに彼は、たとえば良識《ボン・サンス》派に対する攻撃文において、「〈道義的な《オネット》〉ブルジョワジー」および彼らのうちの名士である公証人に対し、とびきりのボエーム口調を用いる〔「道義派のドラマと小説」一八五一年〕。一八五〇年前後にボードレールは、芸術は有用性と切り離せない、と宣言しているが、数年後には〈芸術のための芸術《ラール・プール・ラール》〉を主張する。こうしたすべてにおいてボードレールは読者公衆に対して、食い違いを媒介するという努力をほとんどしていない。それはナポレオン三世がほとんど一夜にして、フランス議会のあずかり知らぬうちに、保護関税から自由通商へと政策変更してしまうのと同様なのだ。ともかくボードレールのこうした特徴にかんがみれば、ジュール・ルメートル（一八五三―一九一四年。フランスの批評家）をはじめとする公認の批評が、ボードレールの散文のうちに潜んでいる理論的なエネルギーをほとんど感じとれなかったことも理解できる。

＊　ルイ・ナポレオン（のちのナポレオン三世）の後援団体で、名称は大統領当選の日にちなむ。マルクスは、以下にもその一節が引用される『ルイ・ボナパルトのブリュメール十八日』（一八五二年）において、この会が怪しげなルンペン・プロレタリアートを集めて作られたとしているが、そこにはルイ・ナポレオン（マルクスは彼をルイ・ボナパルトと呼ぶ）およびルンペン・プロレタリアートに対するマルクスの嫌悪感が反映しているようである。

マルクスは職業策謀家《コンスピラトゥール・ド・プロフェッシオン》についての叙述を、こう続けている。「彼らにとって革命の唯一の条件は、自分たちの策謀の十分な組織化である。……革命的な奇跡を引きおこすべき発明に彼らは熱中する。すなわち焼夷弾や、魔術のような効力をもつ破壊機械や、合理的な理由があることが少なければ少ないほどいっそう奇跡的で意表をつく効果をもつはずの暴動である。そうした計画をたてることにふけっている彼らは、現在の政府を倒すという眼前の目標以外のいかなる目標ももたず、もっと理論的な事柄すなわち労働者たちに労働者階級の利害について啓蒙してやるということなど腹の底から軽蔑している。それゆえ彼らは黒服《アビ・ノワール》たちに対して、プロレタリアの立場からではなく庶民の立場から憤懣を持っている。黒服たちは多かれ少なかれ教養ある人士で、運動のそうした啓蒙的な面を代表しているからである。しかし策謀家連中は、党の公的な代表としての黒服たちから完全に独立することは決してできない」(マルクス/エンゲルス、前掲書評)。ボードレールの政治観は基本的に、こうした職業策謀家たちのそれを超えるものではない。カトリック教会の反動行為に共感を抱くにせよ、一八四八年の蜂起に共感を寄せるにせよ、つねに共感の表現はだしぬけで、その根拠は薄弱である。〔一八四八年〕二月の日々にボードレールが示した姿――パリのどこかの街頭で銃を振りまわしながら「オーピック将軍(一七八九―一八五七年。一八二七年にボードレールの母と再婚。ボードレールは彼を憎んでいた)をやっつけろ!」[2]と叫んだ〔友人ジュール・ビュイッソンの回想による〕――は上述のことのよい例証である。いずれにせよ、「およそ政治に関することで私が理解できるのはただひとつ、すなわち反乱」というフロベール(一八二一―八〇年。フランスの作家)の言葉をもしもボードレールが聞いたら、これぞわが言葉と思ったことであろう。その場合この言葉はどういう意味に理解すべきものであったか、それを示すのが、ボードレールのベルギー論草案とともに保存されているメモの最後の箇所である――「〈革命万歳!〉と私が言うとき、それは〈破壊万歳！　懺悔万歳！　懲罰万歳！　死万歳！〉と言うのと同じことだ。私が幸福を感じるのは、犠牲者になるときだけではないだろう。処刑吏の役を演じることも私の気に入るだろう。革命を両方の側から感得することができるのだから！　私たちはみな、共和主義の精神を血のなかにもち、梅毒を骨のなかにもっている。私たちは民主主義と梅毒の両方に感染しているのだ」〔「哀れなベルギー！」一八六四―六六年成立〕。

ボードレールがこのように記しているものを、挑発家の形而上学と呼ぶことができよう。このメモが書かれたベルギーでボードレールは一時、フランス警察の回し者と見なされていた。そういう扱われ方自体は意外でも何でもなく、だからこそ彼が一八五四年十二月二十日付の母宛ての手紙で、警察から給費を受けている文士たちに触れて、「あの連中の汚らわしい名簿に僕の名前は決して載らないでしょう」と書くといったこともありえたのである。ベルギーで彼がこうした評判をこうむった理由が、追放されてきてこの地で名士であったユゴー（一八〇二―八五年。フランスの作家。ルイ・ナポレオン、のちのナポレオン三世の独裁願望を批判し、帝政成立後ベルギーに逃亡した）に対して彼が公然と敵意を示したことにだけあるとは考えにくい。あのような噂が生まれたのには、ボードレールの破壊的な皮肉《イロニー》が関係していた。つまり自分で噂を広めて得意がったということも十分ありうるのである。のちにジョルジュ・ソレル（一八四七―一九二二年。フランスの社会主義者、ジャーナリストでサンディカリズムの代表者。ベンヤミン「暴力批判論」参照）に見られ、さらにファシズムのプロパガンダに欠かせない構成要素となった、ほら崇拝《キュルト・ド・ラ・ブラグ》が最初に胚胎したのはボードレールにおいてだった。セリーヌ（一八九四―一九六一年。フランスの作家）の『皆殺しのための戯言《たわごと》』（一九三七年、反ユダヤ主義の立場からの社会批判的著作）というタイトル、セリーヌがこれを書いた精神は、ボードレールの日記のなかの記述に直接さかのぼる――「ユダヤ人種を根こそぎにするための素晴らしい策謀が組織されよう」（「赤裸の心」四五）。ブランキ主義者のリゴー*（一八四六―七一年。パリ・コミューン代表のひとり。ヴェルサイユ軍に捕らえられ銃殺された）は、策謀家の経歴をパリ・コミューンの警視総監として終えたのだが、ボードレールに関する証言のなかでよく話題になっているのと同様のブラックユーモアを有していたように思われる。C・プロレス著『一八七一年革命の人びと』にはこうある。「リゴーは万事において、非常に冷静沈着でありながらも、悪い冗談好きの面があった。これは彼にとってどうしても必要なもので、彼の狂信的性格のなかにまで入り込んでいた」（シャルル・プロレス『ラウル・リゴー　コミューン下の警視庁　人質たち』、『一八七一年革命の人びと』一八九八年）。ボードレールのうちには、マルクスが策謀家《コンスピラトゥール》たちに見出しているテロリスト的な願望夢に対応するものすらある。ボードレールは一八六五年十二月二十三日、母に宛ててこう書く。「もし仮に僕が、時として享受したことのある若々しさと精力《エネルギー》とを取り戻すことができたならば、人が肝をつぶすような本を何冊も書いて怒りを発散させることでしょう。僕は人類全体を敵に廻したいのです。僕はそこに、万事に対して慰めてくれるような楽しみを見るのです」。この抑えた怒り――不機嫌《ラ・ロニュ》――は、半世紀にわたるバリケード闘争が、パリの職業策謀家たちのうちに養ってきていた心身状態だったのである。

＊ ブランキ主義は、フランスの革命家ブランキ（後出）が唱えた、少数精鋭の蜂起によって政権を奪取しようとする革命思想。

マルクスはこの策謀家たちについて言う。「彼らこそは、最初のバリケードを築き、指揮する人びとである」（マルクス／エンゲルス、前掲書評）。事実、共謀運動の定点にはバリケードが立っている。バリケードは独自の革命的伝統を有している。七月革命（一八三〇年）のときには四千以上のバリケードが街を縦横に貫いていた（アジャソン・ド・グランサーニュ／モーリス・プロー『一八三〇年の革命』発行年記載なし、参照）。フーリエ（一七七二―一八三七年。フランスの空想的社会主義者）が「賃金は払われないが情熱的な労働」の例を探したとき、彼はバリケード構築ほどそれに近いものを見出さなかった。ユゴーは『レ・ミゼラブル』（一八六二年）において、かのバリケードの網を、守備兵を暗闇のなかに置いておくことによって印象深く言葉に捉えている。「いたるところ反乱という目に見えない警察が見張っていて、秩序を、つまり夜を維持していた。……この築き上げられた暗闇を上から見下ろす眼があったとしたら、あちこちの場所にぼんやりした光がともっているのに気付いたかもしれない。その光は、ところどころ破れており好き勝手に走っている線を、奇妙な構築物の輪郭を、見てとらせた。この廃墟には、何か明かりのようなものが動いていた。そうした箇所にバリケードがあったのだ」（第四部第一三章）。『悪の華』の最後に置かれるはずだったが断片にとどまった、パリへの語りかけのなかで、ボードレールはこの街に別れを告げるにあたって、そのバリケードを呼びださずにはいられない。彼はバリケードの「積み上げられて城砦となる、魔術的な舗石」（『悪の華』第二版のためのエピローグ草稿、一八六〇年）に思いを馳せる。ただし、この石が「魔術的」なのは、それを動かした手をボードレールの詩が知らないことによってなのだ。だがこのパトスこそは、ブランキ主義のおかげなのかもしれない。というのも、ブランキ主義者のトリドン（一八四一―七一年。フランスの弁護士、著述家。パリ・コミューン代表のひとり）が、似たような呼びかけを行なっているのである。「おお力よ、バリケードの女王よ、……電光と暴動のなかで輝くあなた……囚人たちが鎖でつながれた手を差し伸べるのは、あなたのほうへなのだ」（シャルル・ブノワ「近代国家の危機」一九一四年、からの引用）。コミューンの終焉においてプロレタリアートは、撃たれて致命的な傷を負った獣が巣穴のなかへ戻るように、バリケードのうしろへ手探りで戻っていった。バリケード闘争で修練を積んでいた労働者たちが、野戦――これによってティエール（一七九七―一八七七年。フランスの政治家。コミューンを鎮圧し、第三共和政初代大統領となる）の行く手を阻むべきだったのだが――を嫌ったことが、敗北の一因であった。コミューンの歴史についての最近の研究者のひとりが書いているように、この労働者たちは、「広い野原での会戦よりも、自分たちの街区での戦いを、そしてやむをえなければ、パリの街路の舗石を積み上げたバリケードのうしろで死ぬことを、好んだのである」（ジョルジュ・ラロンズ『未公刊の資料と回想録による一八七一年のコミューンの歴史』一九二八年）。

パリのバリケードの最も重要な指揮者であったブランキ（一八〇五―八一年。フランスの革命家。蜂起して逮捕されることを繰り返し、生涯のうち三十三年以上を獄中に過ごした）は当時、彼の最後の牢獄[*1]となったトーロー要塞にいた。マルクスはその六月蜂起（一八四八年、パリにおけるプロレタリアートの蜂起）の回顧のなかで、ブランキとその同志たちのうちに「プロレタリア党の真の指導者」（マルクス『ルイ・ボナパルトのブリュメール十八日』）を見た。ブランキが当時持っておりそして死に至るまで保ち続けていた革命家としての威信については、どんなに重大視してもしすぎることはない。レーニン（一八七〇―一九二四年。ロシアの革命家、政治家）が出現するまで、プロレタリアートのなかに、ブランキ以上に鮮明な特徴をもっていた人物はいなかった。こうした特徴は、ボードレールにも強い印象を与えた。ボードレールの手になる一枚の紙片には、他の即興的なスケッチとともに、ブランキの頭部が見られる。――マルクスがパリの策謀家たちの生活環境《ミリュー》を描写するさいに導入している諸概念は、ブランキがこの生活環境において占めていたぬえ的な立場をいっそうはっきり認識させる。一面において、ブランキが反乱扇動者《プッチスト》として語り伝えられてきたのには十分なわけがある。この伝承におけるブランキは、マルクスが言うように、「革命の発展過程を先取りし、この過程を人工的に危機へと駆り立て、革命の条件が整っていないのに革命を即興で作り出してしまう」（マルクス／エンゲルス、前掲書評）ことをみずからの使命と見なす、そうしたタイプの政治家なのである。他面、ブランキについて残されているいくつかの叙述を、先のマルクスの言葉に対照させてみると、ブランキはむしろ、かの職業策謀家連中が嫌な競争相手と見なしていた黒服《アビ・ノワール》たちのひとりのように思える。ある目撃者は、ブランキの〈中央市場クラブ〉を次のように描いている。「秩序党〔正統王朝派とオルレアン派が合同した党〕が当時……所有していた二つのクラブと比べて、ブランキの革命クラブが、そこに足を踏み入れた者に最初の瞬間からどのような印象を与えたか、それを正確に理解したければ、ラシーヌ〔一六三九―九九年。フランス古典主義を代表する劇作家〕やコルネイユ〔一六〇六―八四年。モリエール、ラシーヌとともに三大古典劇作家といわれる〕が上演される日のコメディ・フランセーズ〔フランスを代表する国立劇場で、古典の伝統の保持を使命とする〕の観客たちを、曲芸師たちが荒業を披露するサーカス小屋を満たしている民衆の群れと並べて思い浮かべてみるのが一番よい。ブランキのクラブでは、いわば共謀の正統的儀式に捧げられた礼拝堂にいるようなものだった。扉は誰にも開かれていたが、しかし奥義を窮めた者以外は二度とやって来なかった。虐げられた人間たちが、次から次へと不機嫌に登場した後、……この場所の祭司が立ち上がった。その口実は、クリアン〔顧客、支持者。二五六ページの訳注＊参照〕のもろもろの苦情を要約するということだったが、そのクリアンつまり民衆を代表するのが、いましがた喋った半ダースの不遜で興奮した馬鹿者どもというわけだった。実際にこの祭司がしたのは、状況を説明することだった。彼の外見は際立って上品で、身なりは非の打ち所がなかった。顔立ちは端正で、表情は穏やかだった。ただときおり両眼に禍々《まがまが》しく凶暴な光が走った。その眼は細く、小さく、突き通すようで、ふだんは峻厳というよりむしろ善意に満ちたまなざしだった。話しぶりは控えめで、親しげで、明快だった。ティエールのそれと並んで、私がかつて聞いたうちで最も演説調から遠い話しぶりだった」（J＝J・ヴェスの報告。ジェフロワ、前掲書からの引用）。ブランキはここでは原則主義者として現われている。黒服《アビ・ノワール》たちの人相書《にんそうがき》に記されるようなことが、細部に至るまで確認できる。〈おやじ〉〔ブランキのこと〕が常に黒い手袋をはめて演説するのは有名であった。[3] だが、ブランキに特有の威厳のある真摯さ、どこに本心があるのやら分からない態度は、マルクスのある言葉によって光を当てられると、別な風に見えてくる。すなわちマルクスはこうした職業策謀家について書いている――「彼らは革命の錬金術師であって、昔の錬金術師たちの固定観念における思想の混乱や偏狭固陋をそのまま引き継いでいる」（マルクス／エンゲルス、前掲書評）。こうして、ボードレールのイメージは自ずからのように浮き上がってくる。すなわち、一方においてアレゴリーの謎をこまごまと並べてみせる趣味、[*2] 他方において策謀家の秘密好み。

＊1　これはベンヤミンの思い違いで、ブランキはその後さらに二カ所の監獄に入れられている。

＊2　本論文は「ボードレール論第二部」であり、この前に「第一部　アレゴリー詩人としてのボードレール」が置かれるはずだった。「訳者付記」（三三四ページ以下）参照。

下っぱの共謀家がわが家のように感じていた居酒屋についてマルクスは、当然予想されることだが、軽蔑的に語っている。そこによどんでいた濛々たる空気にボードレールも馴《な》染《じ》んでいた。この空気のなかで、「屑屋たちの葡萄《ぶどう》酒」と題する偉大な詩が生まれ育った。成立時期は世紀の半ばと考えてよいだろう。[*] 当時、この作品のなかにそっと響いているいくつかのモティーフが世間で論じられていたのである。ひとつには葡萄酒税である。共和国の憲法制定議会（一八四八年五月―一八四九年五月）は、その廃止を承認していた（すでに一八三〇年にも廃止の承認がなされていた）。『フランスにおける階級闘争』（一八五〇年）のなかでマルクスは、この税をなくすという点で都市部プロレタリアートの要求が農民の要求といかに一致していたかを示している。この税――大衆葡萄酒にも最高級葡萄酒と同率の負担をかける――は、葡萄酒の消費量を減少させたが、それは「この税のために人口四千以上のすべての町の市門に入市税関が設けられ、あらゆる町が、フランス産葡萄酒に保護関税を課する外国になってしまった」（『フランスにおける階級闘争』）からであった。マルクスが言うには、「葡萄酒税において農民は、政府の芳香《ブーケ》を試す」。しかしこの税は都市住民にも損害をもたらし、安い葡萄酒にありつくために町の外側の飲食店へ行くことを余儀なくさせた。そこでは税のかからない葡萄酒が飲め、〈市門税関の葡萄酒《ヴァン・ド・ラ・バリエール》〉と呼ばれた。労働者はこの楽しみを――警察局長H＝A・フレジエ（一七八九―一八六〇年。フランスの高級官僚）の言うことを信じてよいとすれば――自分に恵まれた唯一の楽しみとして、誇りと反抗心にみちた態度で見せびらかした。「女たちのうちには、もう働いているのかもしれない子どもたちと一緒に、夫にくっついて市門税関《バリエール》へ行くのをためらわない者もいる。……人びとはそのあと、半分酔っ払って家路につくのだが、実際よりももっと酔っているようなふりをする。酒を飲んだ、しかも少々でなく、ということが誰の眼にも明らかなようにである。その際、子どもたちが両親のまねをすることもある」（フレジエ『大都市住民の危険な諸階級、およびこれらの階級を善導する手段』第一巻、一八四〇年）。同時代のある観察者は書いている――「市門税関《バリエール》の葡萄酒のおかげで、政府がその屋台骨を揺るがすような打撃を少なからず免れたのは確かである」（エドゥアール・フーコー『発明家パリ――フランス産業の生理学』一八四四年）。葡萄酒は無産者たちに、未来の復讐と未来の栄光の夢を開示する。「屑屋たちの葡萄酒」にそうある。

ひとりの屑屋がやって来るのが見える、詩人のように
首を振ったり、つまずいたり、壁にぶつかったりしながら、
密偵《いぬ》どもなどは、家来と思って、気にすることもなく、
心の底までぶちまけて、光輝ある計画を述べ立てる。

おごそかに宣誓したり、崇高な法律を発布したり、
悪者どもを打ち倒したり、犠牲者たちを助け起こしたり、
頭上に懸る大空を、玉座の上の天蓋とも思いながら、
われとわが身の美徳の、輝かしさに酔う。

＊「屑屋たちの葡萄酒」には、第一稿（成立年代不明、一八四三年というのが現在の定説）、一八五一―

五二年稿、「アランソン新聞」稿（一八五七年）、『悪の華』初版稿（一八五七年）、『悪の華』第二版稿（一八六一年）など、多くのヴァージョンがある。

新しい工業的処理によって、屑が一定の価値をもつようになって以来、都市にかなりの数の屑屋が出現した。彼らは中間商人のために働き、一種の家内工業（ただし路上で営まれる）を形成した。屑屋は同時代をとりこにした。社会的貧困を最初に研究した人びとの視線は、〈人間の困窮はどこまで達してしまっているのか〉という沈黙の問いを抱きつつ、呪縛されたように屑屋に注がれていた。フレジエはその著『大都市住民の危険な諸階級』のなかで、屑屋に六ページを割いている。ル・プレー（一八〇六―八二年。フランスの社会学者、経済学者）は一八四九年から一八五〇年の時期――おそらくボードレールの屑屋の詩が成立した時期――における、パリのある屑屋とその家族の生活費予定表を示している。[4]

屑屋はもちろんボエームに含めることはできない。だが、文士から職業策謀家に至るまで、ボエームに属する誰もが、屑屋のうちに自分自身の一片を見出すことができた。誰もが、社会に対する多少とも漠とした反抗心を持って、多少とも不安定な朝をまえにしていた。誰もがそれぞれの時に、この社会の基盤を揺るがす者たちへの共感をもつことができた。屑屋はその夢において孤立してはいない。*仲間たちがつき従っていて、彼らのまわりにも酒樽の香りがあり、彼らの髪も戦いのなかで白くなった。屑屋の口ひげは古ぼけた軍旗のように垂れ下がっている。街をひとまわりしていると、密偵《いぬ》どもに出会うが、屑屋の夢は彼に、密偵どもにたいする支配権を与える。(5) パリの日常に由来する社会的な諸モティーフは、すでにサント＝ブーヴ（一八〇四―六九年。フランスの詩人、批評家。ロマン主義運動を推進した）に見られる。それらのモティーフはそこで抒情詩を征服した。しかしだからといって洞察を征服したことにはならない。困窮とアルコールは、この教養ある金利生活者《プリヴァティエー》の精神においては、ボードレールのような人の精神におけるのとは本質的に異なる結合をする――

この辻馬車のなかで私は観察する、
私を運ぶ、もはや機械に過ぎない男、
ひげの濃い、長髪のへばりついた、醜い男を。
悪徳と葡萄酒と眠りが、彼の酔眼に重くのしかかる。
いかにして人間がこのように堕ちうるのか、と私は考え、
そして後ずさりし、座席の反対の隅に移った。

（『慰め・八月の思い・覚書とソネット――ある最後の夢』
〔サント＝ブーヴ詩集　第二部〕一八六三年〔「この辻馬車のなかで」〕）

＊　以下、二行後の「垂れ下がっている」までについては「屑屋たちの葡萄酒」（一八五七年以降のヴァージョン）の第五連参照。

詩の冒頭はここまでである。あとには教化的な解釈が続く。サント＝ブーヴは、自分の魂も、この辻馬車御者の魂と同様に荒れているのではないかと自問している。

ボードレールは無産者たちについて、より自由でより思慮深い理解をもっていたが、それがいかなる基礎のうえに立っていたかを示すのは、「アベルとカイン」（『悪の華』）と題された連禱〔カトリックの祈りの形式で、先唱者の章句ごとに会衆が応答する〕である。そこでは、聖書にある兄弟の争い〔人類の祖アダムの長子カインは、神の寵愛を受けた弟アベルをねたんで殺した。『創世記』四〕が、永遠に宥和しない二つの種族の争いに変えられている——

アベルの種族よ、眠れ、飲め、そして食べよ。
神は汝に親しげに微笑む。

カインの種族よ、泥のなかを
這い回り、そして惨めに死ね。

この詩は十六の二行詩句からなっていて、それらの冒頭はかわるがわる、右に挙げた詩句の冒頭〔「アベルの種族よ」「カインの種族よ」〕を繰り返す。無産者たちの始祖であるカインは、そこではひとつの種族の創始者として現われており、この種族は、プロレタリア種族以外ではありえない。一八三八年にグラニエ・ド・カサニャック（一八〇六―八〇年。フランスのジャーナリスト、政治家。オルレアン派からボナパルト派へと転じた）は、『労働者階級とブルジョワ階級の歴史』を公刊した。この著作は、プロレタリアたちの起源なるものについて語っている。プロレタリアたちは、盗賊と売春婦の混交から生まれた、非人間の階級を形成するのだそうである。ボードレールはこの思弁を知っていただろうか。それは大いにありうる。確かなのは、グラニエ・ド・カサニャックをボナパルト派反動の「思想家」と見なしたマルクスが、この思弁を知っていたことだ〔マルクス『ルイ・ボナパルトのブリュメール十八日』参照〕。グラニエ・ド・カサニャックの種族理論に対して、『資本論』は「独特な商品所有者の種族」〔第一巻第一部第四章第三節「労働力の売買」〕という概念をもって答えるのであり、この種族とはプロレタリアートのことである。カインに由来する種族は、まさにこの意味でボードレールの作品に現われる。もっとも、ボードレールはこの意味を定義することはできなかっただろう。それは、自分の労働力以外に商品を所有していない者たちの種族、ということなのである。

　ボードレールのこの詩は、「反逆《レヴォルト》」と題された詩群《チクルス》に含まれる(6)。これを構成する三つの詩は、瀆神的な基調を堅持している。ボードレールの悪魔主義《サタニズム》を、あまりに重大に取ってはならない。それにいくらかの意味があるとすれば、ボードレールが非順応主義的な立場を長きにわたってとることができた、唯一の態度としてである。チクルスの最後の詩、

「悪魔《サタン》への連禱」は、その神学的内容からすれば、蛇崇拝の典礼[*1]における〈憐れみたまえ《ミゼレーレ》〉をなす。[*2]悪魔《サタン》は、そのルシフェル（「光をもたらす者」の意で悪魔《サタン》の別名、また明けの明星（金星）をも意味する）的な光輪に包まれて現われる。すなわち深き知見の保管者[*3]として、プロメーテウス（ギリシア神話に登場する巨人で、ゼウスの意に逆らって人間に火を与えた。人間に技芸を教えたともいわれる）的技能の教授者[*4]として、頑固で不屈な者たちの守護者としてである。行間に、ブランキの暗鬱な頭が一瞬ひらめく。

断頭台をとり囲む諸人《もろびと》を裁き罰する、
あの静かに超然たる眼差しを、重罪人に授ける、御身。

＊1　エヴァに知恵の木の果実を食べるようにそそのかした蛇（『創世記』三）は、悪魔《サタン》が化けたものとされるが、グノーシス派（キリスト教と同時期に発生した宗教運動で、霊肉二元論を唱える）のなかに「蛇崇拝者」と呼ばれる集団があった。

＊2　カトリックの連禱においては、「イエスよ、われらを憐れみたまえ」「主よ、憐れみたまえ」などといった、旧約聖書『詩編』五一冒頭に由来する句が繰り返されるが、「悪魔《サタン》の連禱」では、「おお〈悪魔《サタン》〉よ、私の長い悲惨を憐れみたまえ」という句が三行ごとに繰り返される。

＊3　「悪魔《サタン》への連禱」では、悪魔《サタン》は「〈天使〉のなかで最も博識な」者、「すべてを知る」者といわれている。なおベンヤミン『ドイツ悲劇の根源』の「悪魔《サタン》の恐怖と約束」の節（『ベンヤミン・コレクション1』三〇五―三一三ページ、または『ドイツ悲劇の根源 下』一五九―一六八ページ）参照。

＊4　「悪魔《サタン》への連禱」では、悪魔《サタン》は人間に火薬の製造法を教えたといわれている。

この悪魔《サタン》は、〔この詩における悪魔《サタン》への〕呼びかけの連鎖のなかで、「策謀家たちの懺悔の聞き役」ともいわれているが、これとは別人であるのが、他の詩で〈サタン・トリスメギストス〉、〈デーモン〉という名で呼ばれ[＊1]、散文作品では大通り《ブルヴァール》の近くに地下の住居をもつ〈殿下〉といわれている[＊2]、地獄のような陰謀家《イントリガント》[＊3]である。ルメートルは、悪魔を「あるときはあらゆる悪の張本人とし、またあるときは大いなる敗者、大いなる犠牲者」（ジュール・ルメートル『同時代人たち』第一四版、一八九七年）とする不一致を指摘したことがある。支配者たちに対するラディカルな拒絶に、ラディカルに神学的な形式を与えることをボードレールに強いたものは何であったか、という問いを発することもできるが、これは問題をたんに別様に言っただけである。

＊1　「読者に」（『悪の華』冒頭の詩）参照。「トリスメギストス」とは「三倍も偉大なる者」の意で、本来はギリシア神話のヘルメス神の称号。
＊2　『パリの憂鬱』第二九章「気前のよい賭博者」参照。
＊3　『ベンヤミン・コレクション1』三〇七ページ、または『ドイツ悲劇の根源 下』一六一ページ参照。

秩序と実直というブルジョワ的概念に対するプロテストは、六月蜂起でのプロレタリアートの敗北以後、被抑圧者たちよりもむしろ支配者たちのもとで、よりよく保存された。

自由と権利を奉じることを公言した人びとは、ナポレオン三世を軍人皇帝——ナポレオン三世は伯父〔ナポレオン一世、一七六九—一八二一年〕にならってそうであろうとした——ではなく、幸運に恵まれた紳士詐欺師と見なした。『懲罰詩集《シャティマン》』〔ユゴー、一八五三年〕はナポレオン三世の姿をそのように定着している。黄金のボエーム《ボエーム・ドレ》[*1]のほうは、ナポレオン三世のさんざめく祝宴、彼が周りに侍らせた廷臣のうちに、彼らが夢見た〈自由〉な生活の実現を見た。ヴィエル＝カステル伯[*2]〔一八〇二—六四年。フランスの著述家。ルーブル美術館の管理責任者を務めた〕が皇帝の周囲を描いている回想録は、ミミやショナールめいた人物を、まことに実直で偏狭固陋な感じで登場させている。上流階級においてはシニカルな態度が、下層階級においては反抗的な屁理屈が、作法にかなったことと見なされた。ヴィニー〔一七九七—一八六三年。フランス・ロマン主義の作家〕は『エロア』〔詩、一八二四年〕において、堕天使すなわちルシフェル〔ルシフェルは天上から追い落とされた大天使であるという伝説がある〕に、バイロン[*3]〔一七八八—一八二四年。イギリスの詩人〕のひそみに倣って、グノーシス派的な意味で敬意を表していた。他方、バルテレミー〔一七九六—一八六七年。フランスの作家〕は、『ネメシス』[*4]において、悪魔主義《サタニズム》を支配者たちに付随するものとしていた。すなわち株式プレミアムのミサを執り行なわせ、金利の賛美歌を一曲歌わせたのである〔オーギュスト＝マルセイユ・バルテレミー「大司教館と証券取引所」、『ネメシス』所収〕。こうした悪魔《サタン》の二面性[*5]に、ボードレールは十分に馴染んでいた。彼にとって悪魔《サタン》は、下層民たちの代弁をするだけでなく、上層の人びとの代弁もするのである。マルクスは次の文章の読者として、ボードレールよりも適した人を望むことはできなかっただろう。『〔ルイ・ボナパルトの〕ブリュメール十八日』には次のようにある――「コンスタンツの公会議〔一四一四―一八年〕で厳格主義者たちが、歴代の教皇の不品行な生活について訴え……たとき、枢機卿ピエール・ダイイ（一三五〇―一四二〇年。フランスの神学者。コンスタンツ公会議で教会改革の必要性を説いた）は、彼らに割れんばかりの大声で怒鳴った。『いまや悪魔その人だけがカトリック教会を救えるというのに、お前たちは天使を望んでいる』。これと同じようにフランスのブルジョワジーは、〔一八五二年十二月の〕クーデターのあとで叫んだ――いまや十二月十日会の首領〔ルイ・ナポレオン〕だけがブルジョワ社会を救うことができる！　いまや泥棒だけが財産を、偽誓だけが宗教を、庶出だけが家庭を、無秩序だけが秩序を救うことができる」。イエズス会を賛嘆していたボードレールは、反抗を志したときも、この救済者と完全に縁を切りはしなかったし、永遠に縁を切ることはなかった。彼の散文作品がみずからに禁じていなかったこと〔たとえば一九六ページで触れられている「革命的宣言」〕を、彼の詩はみずからに対して保留した。それゆえに悪魔《サタン》が詩のなかに現われるのである。絶望的な激昂においても、分別と人間性が抵抗するようなものへの服従をすっかりやめはしないという微妙な力を、彼の詩は悪魔のおかげで得ている。敬虔さの告白はボードレールの口から、ほとんどいつも雄たけびのように出てくる。彼は自分の悪魔を奪われまいとする。ボードレールが切り抜けなければならなかった、おのれの不信心との葛藤において、悪魔は真の賭金である。問題は秘蹟でもなければ祈りでもない。自分がその手に落ちてしまった悪魔を冒瀆する余地を、ルシフェル的に残しておくことが大事なのである。

＊1　ヴィクトール・ユゴーの次男（長男レオポルが早世したので「長男」とされることもある）シャルル＝ヴィクトール・ユゴー（一八二六―七一年）は長篇小説『黄金のボエーム』（一八五九年）において、金持ちの遊び人たちを「黄金のボエーム」と名づけた。一七二ページの訳注＊2参照。

＊2　ミミとショナールは、アンリ・ミュルジェール（一八二二―六一年、フランスの作家）の自伝的小説『ボエーム暮らし情景』（『ボエーム情景』の題で一八四五―四九年発表、一八五二年の第三版からこの題名となる。一八四九年に戯曲化もされた）、およびそれに基づくプッチーニのオペラ『ラ・ボエーム』（一八九六年初演）の登場人物。ミミはお針子、ショナールは音楽家で、貧しいボエーム世界に生きている。

＊3　グノーシス派と悪魔的なものの関係については『ベンヤミン・コレクション1』三〇六―三〇七ページ、または『ドイツ悲劇の根源 下』一六〇ページ参照。

＊4　バルテレミーが詩人メリーと共同で一八三一年から刊行しはじめた風刺週刊誌で、ブルボン家とルイ＝フィリップ（二三一ページの訳注＊1参照）を攻撃の的にした。ネメシスはギリシア神話に登場する、人間の傲慢に対する神の怒りと懲罰を擬人化した女神。

＊5　『ドイツ悲劇の根源』の「滑稽な人物としての陰謀家」（『ドイツ悲劇の根源 上』二七一―二七八ページ）および「悪魔《サタン》の恐怖と約束」の節を参照。

ピエール・デュポン（一八二一―七〇年。フランスの詩人。初めは田園調の作品を書いていたが、二月革命のとき社会主義者となり、政治的な詩を書くようになった）との交友によって、ボードレールは自分が社会的詩人であることを公言しようとした。〔バルベ＝〕ドールヴィイ（一八〇八―八九年。フランスの作家、批評家）の批評的著作は、このデュポンという作家のスケッチを描いてくれている。「この才能、この頭脳をもっている点でカインは、穏やかなアベルに勝《まさ》っている。――粗野で、飢えきっていて、妬みに満ち、荒々しいカイン。彼は町々を旅しては、そこに集まっている怨恨の酵母を啜り、そこで勝利しているもろもろの誤った理念に関与する」(ジュール＝アメデ・バルベ＝ドールヴィイ『作品と人間(十九世紀)』第三部『詩人たち』一八六二年)。この特性描写は、ボードレールをデュポンと連帯させたものを、非常に正確に言い当てている。カインのようにデュポンは「町々を旅し」、田園牧歌から離れた。「私たちの父親世代に理解されていたような歌……、それどころか素朴な物語詩すら、彼にはまったく疎遠である」(ピエール・ラルース『十九世紀万有大事典』第六巻、一八七〇年、「デュポン」の項)。デュポンは抒情文学の危機が、都市と地方(田園)の分裂の進展とともにやって来るのを感じていた。彼の詩行のひとつは、このことを不器用に認めている。詩人は「森と大衆にかわるがわる耳を貸す」とデュポンは言っているのである。デュポンが大衆に注意を払ったことに、大衆は報いてくれた。すなわちデュポンは一八四八年前後、万人の口の端に上っていたのである。〔一八四八年の〕革命によって獲得されたものがひとつまたひとつと失われていったころ、デュポンは『投票の歌』(一八五〇年)を書いた。この時代の政治詩のうちで、そのリフレインに比肩しうるものはわずかしかない。このリフレインは、カール・マルクスが当時、六月蜂起の戦闘者たちの「人を脅すように陰鬱な額《ひたい》」(マルクス「六月の戦闘者たちの思い出に」、リャザノフ編『思想家・人間・革命家としてのマルクス』一九二八年、からの引用）を飾るべきだとした月桂冠の一葉である。

見せてやれ、計略の裏をかき、
おお、共和国よ！　悪人どもに
お前の巨大なメドゥーサの顔を、
赤い稲妻のひらめくなかで。*
（デュポン『投票の歌』）

* この詩句はベンヤミン「パリ――十九世紀の首都」のなかで「一八五〇年ごろの労働者の歌」として引用されている。『ベンヤミン・コレクション1』三五三―三五四ページ参照。メドゥーサはギリシア神話に登場する怪女。

ボードレールが一八五一年、デュポンの詩集成の一分冊に寄せた序文は、文学的戦略の一行為である。そこには以下のような奇妙な発言が見られる。「芸術のための《ラール・プール・ラール》芸術派のたわいない理論は、* 道徳を、いやしばしば情熱をすら排除することによって、必然的に不毛となった」。さらに、明らかにオーギュスト・バルビエ（一八〇五―八二年。フランスの詩人。七月革命直後に風刺詩「猟官運動」によって有名になった）を指してこう言われている。「時として不器用だが、ほとんどつねに偉大であるひとりの詩人が現われ、七月革命の神聖さを宣言し、それから同じく燃え上がる言葉でイギリスとアイルランドの困窮を歌ったとき、……問題は片付いたのであり、芸術は今や道徳および有用性と切り離せないものとなった」〔「ピエール・デュポン著『歌と歌謡』への序文」一八五一年〕。ここには、ボードレール自身の詩《ディヒトゥング》に翼を与えているあの深い二重性はかけらもない。ボードレールの詩は被抑圧者たちのことを心にかけていたが、彼らの関心事と同じくらい、彼らの幻想を心にかけていた。彼の詩は革命の歌を聞く耳をもっていたが、しかしまた、死刑執行のときの太鼓連打から語り出す「より高いところからの声」を聞く耳をもっていた。ボナパルト〔ルイ・ナポレオン〕がクーデターによって権力の座についたとき、ボードレールは一瞬憤激した。「それから彼は出来事を、〈摂理の見地〉から眺め、そして修道僧のごとく服従する」〔ポール・デジャルダン「現代の詩人たち シャルル・ボードレール」一八八七年〕。「神権政治と共産主義」〔ボードレール「赤裸の心」三二〕はボードレールにとって信念ではなく、外からの囁きかけであり、それらは彼の耳を求めて相争ったのである。その一方は彼が思ったであろうほど熾天使的《してんし》ではなかったし、もう一方は彼が思ったであろうほどルシフェル的ではなかった。ほどなくボードレールは彼の革命的宣言を放棄してしまった。数年後に彼は書いている――「デュポンはその初期の歌を、彼生来の優雅さおよび女性的な繊細さに負っている。幸いなことに、あの時代ほとんどすべての人の心を駆り立てた革命活動も、彼をその生来の道から完全に逸《そ》らしてしまいはしなかった」〔「わが同時代人の数人についての省察」Ⅷ「ピエール・デュポン」一八六一年〕。芸術のための芸術《ラール・プール・ラール》とのあのすげない決別は、ボードレールにとって、態度としてのみ価値があった。この決別によって彼は、文士としての彼が使いうる自由な行動の余地《シュピールラウム》を公に知らしめることができたのである。この余地を彼は、同時代の作家たちよりも多くもっていた——彼らのうちで最大の者たちをも例外とせずに。ここから分かるのは、どのような点で彼が、周囲の文学的営為から抜きん出ていたかということである。

＊「理論」はボードレールの原文では「理想論《ユートピア》」となっている。

日々の文学的営為は、百五十年のあいだ、雑誌を中心に動いていた。〔十九〕世紀の最初の三分の一の終わりごろ、そのことに変化が生じはじめた。純文学は、学芸欄《フユトン》をつうじて、日刊紙のなかに販路を獲得した。七月革命がジャーナリズムにもたらしていたさまざまな変化は、学芸欄《フユトン》の導入ということに要約できる。新聞を一号ずつ売ることは、王政復古〔一八一四―三〇年〕のもとでは許されていなかった。ある新聞を購読するには予約しなければならなかった。年間予約購読料は八十フランという高額で、これを払うことのできない者はカフェに行くしかなく、そこではしばしば一部の新聞を何人もが取り巻いていた。一八二四年、パリには四万七千人の新聞購読者がいたが、一八三六年には七万人、一八四六年には二十万人となった。この興隆において決定的な役割を演じたのが、ジラルダン〔一八〇六―八一年。フランスのジャーナリスト〕の新聞『プレス』〔一八三六年創刊〕であった。この新聞は三つの重要な革新をもたらした。予約購読料を四十フランに引き下げたこと、広告欄、そして学芸欄《フユトン》の長篇小説である。同時に、短い切れ切れの情報《インフォメーション》が、腰のすわった報告《ベリヒト》と競いはじめた。＊

そうした情報は商業的に利用できることが売りである。いわゆる〈備忘録《レクラム》〉が情報に道を開いた。当時にいう〈備忘録〉とは、一見自立したものだが、実は出版者が報酬を支払っている注記《メモ》のことである。これは編集者が担当する部分にあり、ある本を参照指示しているのだが、その新聞の前日号、あるいは当日号にも、その本の広告を載せるスペースがとってあった。サント゠ブーヴはすでに一八三九年に、こうした注記のモラル破壊作用を嘆いている。「当代の奇跡的作品であると指二本の幅だけ下に書いてある作物《さくぶつ》を、どうやって」批評欄で「酷評することができただろう。広告欄のますます大きくなってゆく活字の引力が優勢になった。広告欄は、羅針盤を狂わせる磁石の山であった」(「産業的文学について」、『両世界評論』所収)。〈備忘録〉はひとつの発展の始まりに位置しており、この発展の終わりは、新聞・雑誌に載っている、利害関係者によって報酬を支払われる株式市況メモである。情報の歴史を、ジャーナリズムの腐敗の歴史と切り離して書くことは難しい。

＊〈情報〉については、ベンヤミン「物語作者」(『ベンヤミン・コレクション2』)二九四ページ以下所収および「ボードレールのいくつかのモティーフについて」(『ベンヤミン・コレクション1』)四二四ページ以下所収参照。

情報はスペースをあまり必要としなかった。政治的な社説でも、学芸欄の長篇小説でもなく、情報こそが、新聞に日々新しい、版面に巧妙な変化のある外見を与えたのであり、新聞の魅力の一部はそうした外見に存していた。情報はつねに更新されなければならなかった。街の噂話、劇場の陰謀、そしてまた〈知る価値のあること〉が、最も人気のある情報源であった。情報に固有の安っぽいエレガンス――これは学芸欄に非常に特徴的なものとなる――は情報に、そもそものはじめから見て取れる。ジラルダン夫人（一八〇四―五五年。フランスの作家）はその「パリ書簡」のなかで、写真を歓迎する次のような言葉を述べている。「ダゲール氏（一七八七―一八五一年。フランス人で一八三七年に銀板写真術（ダゲレオタイプ）を発明した）の発明は近頃、大いに話題を呼んでいるが、それについて我らのサロン学者たちが与えてくださる生真面目な解説ほどこっけいなものはない。ダゲール氏は何の心配もしなくてよい。氏が秘密を盗まれることはないだろう。……本当に彼の発見は素晴らしい。だが人々はそれについて何も理解していない。あまりにも説明されすぎたのだ」（エミール・ド・ジラルダン夫人『全集』第四巻『パリ書簡一八三六―一八四〇年』一八六〇年）。学芸欄のスタイルが受け入れられるようになったのは、それほど早いことではなく、またあらゆる場所で、というわけでもなかった。一八六〇年と六八年にマルセイユとパリで、ガストン・ド・フロット男爵（一八〇五―八二年。フランスの作家）の二巻からなる『パリ誤謬集』が刊行された。この書物の狙いは、とりわけパリのジャーナリズムの学芸欄における、歴史記述のいい加減さと戦うことにあった。――情報の埋め草は、カフェで、食前酒を飲みながら出来上がった。「食前酒の習慣*は、……大通り《ブルヴァール》ジャーナリズム〈大衆的小新聞〉の登場とともに生じた。以前、まじめな大新聞だけが存在したころには、……食前酒の時間というものはなかった。そうした時間は、『パリ通信』紙や〈街のゴシップ〉の論理的結果である」（ガブリエル・ギュモ『ボエーム』一八六八年）。コーヒー店の賑わいは編集者たちを、報道サービスのテンポに——まだ報道機構が発達する前に——習熟させた。第二帝政の終わりごろに電信機が使用されはじめたとき、大通り《ブルヴァール》は独占的な地位を失っていた。事故や犯罪は、いまや全世界から集められることが可能になったのである。

＊「食前酒」はギュモの原文では「アブサン」となっている（以下同様）。

文士の、自分が現にいる社会への同化は、そのようにして大通り《ブルヴァール》で行なわれた。大通りで文士はエピソードや、ウイットのある言葉や、噂話を手当たりしだい摑まえようと待機していた。大通りで文士は、同僚たちや上流社会の遊蕩児たちとの、さまざまに飾り立てられた関係を繰り広げた。文士がそうした関係の効果に頼っていたのは、高級娼婦が扮装の技術に頼るのと同様である。(7) 大通りで文士は閑《ひま》な時間を過ごすのだが、彼はこの時間を自分の労働時間の一部として、人びとのまえに展示するのである。彼の振舞いはあたかも、彼がマルクスから、あらゆる商品の価値はそれを生産するために社会的に必要な労働時間によって規定されることを学んだかのようである。そのようにして文士自身の労働力の価値は、引き伸ばされた無為——これは公衆の目には、その労働力が完全なものとなるために必要と映る——のせいで、ほとんど空想的な性格を帯びる。文士の労働力をそのように評価したのは公衆だけではなかった。当時の学芸欄の高額な原稿料は、そうした評価が社会状況に根拠をもっていたことを示している。事実、予約購読料の低下と、新聞広告の興隆と、学芸欄の重要性の増大とのあいだには関連があった。「新しい取り決め」――予約購読料の引き下げ――「のせいで、新聞は広告で生きていかざるをえない……。たくさんの広告を獲得するために、すでにポスターと化していた第四面*は、できるだけ多くの予約購読者の目に触れねばならなかった。さまざまな個人的意見をもっている人びと全員にいっぺんにまくことのできる餌《えさ》、政治的関心のかわりに好奇心をかきたてることのできる餌が必要となった……。予約購読料四十フラン、という出発点がひとたび与えられたとき、広告を経て学芸欄小説に至ったのは、ほとんど不可避のなりゆきだった」(アルフレッド・ネットマン『七月王政下におけるフランス文学の歴史(第二版)』第一巻、一八五九年)。まさにこのことが、なぜ学芸欄小説の稿料が高かったかを説明する。一八四五年にデュマ(アレクサンドル・デュマ(父)、一八〇二―七〇年。フランスの作家)は、『コンスティテュシオネル』紙および『プレス』紙と契約を結んだが、この契約は向こう五年間、毎年少なくとも十八冊執筆する条件で、毎年少なくとも六万三千フランの報酬を定めていた(S・シャルルティ『七月王政』、エルネスト・ラヴィス編『現代フランス史』第五巻、一九二一年、参照)。ウージェーヌ・シュー(一八〇四―五七年。フランスの作家)は『パリの秘密』(長篇小説、一八四二―四三年)のために、十万フランの前金をもらった。ラマルティーヌ(一七九〇―一八六九年。フランスの作家)の一八三八年から一八五一年までの原稿料収入は五百万フランと計算されている。はじめ学芸欄に発表された『ジロンド党の歴史』(一八四七年)でラマルティーヌは六十万フランを得ていた。日用品的な文学作品にたっぷりと稿料が支払われたことは、必然的に弊害をもたらした。出版者が原稿を買い上げる際に、任意の著者名をその原稿につける権利を保留しておくということが生じた。これには前提があって、何人かの成功した小説家は、自分たちの署名の使われ方について、うるさいことを言わなかったのである。このことについて詳しく説明しているのは、『小説工場 アレクサンドル・デュマ・アンド・カンパニー』という小冊子である（ウージェーヌ・ド・ミルクール『小説工場 アレクサンドル・デュマ・アンド・カンパニー』一八四五年、参照）。『両世界評論』誌は当時こう書いた。「デュマ氏が署名した全部の本のタイトルを知っている人がいるだろうか。氏自身が知っているだろうか。氏が〈借方〉と〈貸方〉を記入した日記をつけていないとすれば、きっと氏は……自分の嫡出子、私生児、養子のうち、ひとり以上忘れているにちがいない」（ポーラン・リメラック「現代の小説とわが国の小説家について」、『両世界評論』一八四五年、所収）。デュマは自宅の地下室に貧しい文士たちの一中隊《カンパニー》を働かせている、という伝説が流れた。『両世界評論』という大雑誌による断定の十年後、一八五五年にもまだ、ボエームたちのある小さな発表機関誌には、成功した小説家の生活を描いた以下のような風情《ふぜい》ある記述が見られる。著者はこの小説家をド・サンティスと呼んでいる。「家に帰るとド・サンティス氏は注意深く鍵を閉め……書棚の裏に隠された小さなドアを開ける。――そうすると、かなり汚れた、照明の暗い小部屋に入ることになる。そこには、長い鵞ペンを持ち、髪はぼさぼさ、陰気だがへつらうような目つきをしたひとりの男が座っている。彼が生まれつき真の小説家であることは、遠くからでも見てとれる。もっともこの男、かつてはどこかの省の職員で、『コンスティテュシオネル』紙を読んでバルザック（一七九九―一八五〇年。フランスの作家）の技法を習い覚えたにすぎないのだが。『頭蓋骨の小部屋』の本当の著者はこの男なのである。彼こそ小説家なのだ」（ポール・ソーニエ「小説一般、そしてとくに近代の小説家について」、『ボエーム 非政治的雑誌』一八五五年、所収）(8)。第二共和政〔一八四八―五二年〕のもとで、議会は学芸欄〔しばしば政治的、反体制的な小説を載せた〕の急速な発展と戦おうとした。連載小説には、一回につき一サンチームの税金がかけられた〔一八五〇年七月に議会で可決された新出版法による〕。〔ところが〕反動的な出版諸法〔一八五二年二月の政令〕は、言論の自由を制限することによって〔非政治的な〕学芸欄の価値を高め、これらの法律によって、先の税金規定は早くも廃止された。

＊ ベンヤミンは「紙面の四分の一」と訳しているが、誤訳であろう。当時の新聞、たとえば『プレス』では、第四面の下半分強が広告欄で、ときには全面広告になることもあった。

学芸欄の高い稿料設定は、新聞の売れ行きがよかったこととあいまって、学芸欄に原稿を供給する作家たちが読者公衆のあいだで名をなす一助となった。作家たちのうちには、自分の名声と自分の財力とを結びつけて投資することをすぐに思いついた者もいた。そうした者には、政治的キャリアがほとんどおのずから開けてきた。それとともに、腐敗の新たな形がいろいろと生じた。それらは、有名な著者の名前の乱用よりも影響の大きいものだった。文士の政治的野心がいったん目覚めた以上、文士に正しい道を教示してやろうと政府が考えたのは当然であった。一八四六年に植民大臣サルヴァンディ（一七九五―一八五六年。フランスの政治家）はアレクサンドル・デュマに、政府の費用で――この企画には一万フランの予算がつけられていた――植民地の宣伝のためにチュニスへ旅行しないかと提案した。この派遣は失敗に終わり、多くの金を浪費したあげく、最後に議会で小さな質問の対象となった。もっと幸運だったのはシューで、『パリの秘密』の成功のおかげで『コンスティテュシオネル』紙の予約購読者数を三千六百から二万に増やしただけでなく、[*1] 一八五〇年にはパリの労働者の十三万の票をもって、代議士に選ばれた。プロレタリアの有権者がそれによって得たものは多くなかった。マルクスはこの選挙を、それに先立つ議席増を「感傷的に弱めてしまった注釈」（『ルイ・ボナパルトのブリュメール十八日』）と呼んでいる。[*2] このように文学が、その寵児たちに政治的経歴を開くことがありえたとすれば、こうした経歴のほうは、彼らの著作を批判的に考察するのに役立つ。ラマルティーヌがその一例を提供する。

＊1　『パリの秘密』が連載されたのは『公論新聞《ジュルナル・デ・デバ》』。『コンスティテュシオネル』紙に連載されたのは、次の長篇小説『さまよえるユダヤ人』（一八四四―四五年）である。

＊2　一八五〇年三月に補欠選挙があり、左翼が勝利した。ところがパリとストラスブールの両方で当選した者がパリでの議席を辞退したため、四月にさらに追加の選挙が行なわれ、シューが当選した。

ラマルティーヌの決定的な成功作、『瞑想詩集』〔一八二〇年〕と『諧調詩集』〔一八三〇年〕

が書かれたのは、フランスの農民がまだ獲得した土地を享受していた時期にさかのぼる。アルフォンス・カール（一八〇八―一八九〇年。フランスのジャーナリスト、小説家。晩年は花栽培を営んだ）に寄せた素朴な詩句においてラマルティーヌは、自分の創作を葡萄栽培農民の仕事と同列に置いている。

あらゆる人間は自分の汗を誇りとともに売ることができる！
私は葡萄の房を売る、君が花を売るように。
何と幸せなことか、葡萄の房を踏む私の足のしたでその美酒が
琥珀色の小川となって私のたくさんの樽のなかに流れこみ、
その高価さに陶然としている主人に
多くの自由をあがなうための多くの黄金をつくりだしてくれるとき。

〔「アルフォンス・カールへの手紙」一八五七年〕

ここでラマルティーヌはおのが繁栄を農民的繁栄として讃え、自分の作ったものが市場で彼にもたらしてくれる報酬を自慢しているが、これらの詩行は、モラル(9)の面からよりもむしろラマルティーヌの階級感情の表現として見ると示唆的である。それは分割地農民の階級感情であった。そのなかにはラマルティーヌのポエジーの歴史の一端がある。分割地農民の状況は、一八四〇年代には危機的になっていた。分割地農民は借金を背負っていた。分割地

その分割地は、「もはやいわゆる祖国のなかにではなく、抵当登記簿のなかに」〔マルクス『ルイ・ボナパルトのブリュメール十八日』〕あった。それによって、農民的な楽観主義は滅びてしまっていた。この楽観主義こそ、ラマルティーヌの抒情詩に特有の、自然を美化する見方の基盤であったのだが。「新しく生まれたころの分割地は、社会と調和し、自然の力に依存し、自分を上から守ってくれる権威に服従しており、当然ながら信心深かったが、いまや分割地は借金に押しつぶされ、社会および権威と仲たがいし、おのれの限界を超えて追い立てられており、当然ながら不信心になる。天は、手に入れたばかりの狭い土地への素敵なおまけだった。とくに天は、天候を作り出すものだから。しかし天は、分割地の代用物として押し付けられるやいなや、侮辱となる」〔同前〕。まさにこの天において、かつてラマルティーヌの詩は雲の形姿であり、実際すでに一八三〇年にサント＝ブーヴが以下のように述べていた。「アンドレ・シェニエ〔一七六二―九四年。フランスの詩人。古代ギリシア風の典雅な抒情詩を書いた〕の文学は……いわば風景で、そのうえにラマルティーヌが天を張ったのだった」〔『ジョセフ・ドロルムの生涯と詩と思想（新版）』〔創作〕一八六三年〕。この天が永久に崩落したのは、フランスの農民が一八四九年〔ベンヤミンの思い違いで、正しくは一八四八年十二月〕、大統領選でボナパルトに投票したときである。ラマルティーヌも彼らのこの投票行為の下準備をしたのだった。[*10]革命におけるラマルティーヌの役割について、サント＝ブーヴは書いている。「本人には思いもよらなかっただろうが、ラマルティーヌはオルフェウス〔古代ギリシアの伝説的な歌びと」となる定めだった。つまりその黄金の弓でもって野蛮人たちの侵入を誘導し、その勢いを弱めるべきオルフェウスに」（『慰め・八月の思い・覚書とソネット——ある最後の夢』）。ボードレールはラマルティーヌのことをそっけなく「少しばかり売女《ばいた》的、少しばかり売春婦的」（フランソワ・ポルシェ『シャルル・ボードレールの苦悩の生涯』一九二六年、からの引用〔ボードレール、一八六一年一二月二五日付、母宛ての手紙〕）と呼んでいる。

＊ラマルティーヌは二月革命後、臨時政府で外務大臣、実質上の首班をつとめ、そして憲法制定国民議会の議員になった。

このラマルティーヌという栄光にみちた人物の問題的な側面について、ボードレール以上に鋭い眼をもっていた人はほとんどいない。それは、ボードレールが久しく自分にはほとんど栄光がさしていないと感じていたことと関連があるかもしれない。ボードレールは自分の原稿をどこに載せることができるかに関して、どうやら選択の余地がなかったようである、とポルシェ（一八七一—一九四四年。フランスの作家）は言っている（ポルシェ、前掲書）。エルネスト・レノー（一八六四—一九三六年。フランスの詩人、作家）はこう書いている。「ボードレールは……詐欺師のしきたりを計算に入れなければならなかった。彼が相手にしていた編集者たちは、社交界人士やアマチュアや新人作家の虚栄心をあてこんでいて、予約のサインと引き換えにのみ原稿を受けとった」（『Ch・ボードレール』一九二二年）。ボードレール独特の振舞いは、この状況に対応したものである。彼は同じ原稿をいくつもの編集部に提供し、再版と表示していない再版を許す。彼は文学市場をすでに早くから、まったく幻想を抱くことなく観察していた。一八四六年に彼はこう書いている。「一軒の家がいかに美しかろうと、家はなによりまず——その美しさをどうこう言うより先に——何メートルかの高さと、何メートルかの幅をもっている。同様に、最も測りがたい実体である文学も、なによりもまず行を埋めることなのである。そして自分の名だけで利得が期待できるわけではない文学の建築家は、どんな値段ででも売らなくてはならない」〔「若い文学者たちへの忠告」〕。ボードレールの文学市場での地位は最後まで低かった。彼がその全作品をもって稼いだ金額は一万五千フラン以下と計算されている。

「バルザックはコーヒーで体を損ない、ミュッセ（一八一〇—五七年。フランスの詩人）はアブサン酒のせいで神経が鈍磨し……、ミュルジェール（一九三ページの訳注＊2参照）は……まさに今ボードレールがそうであるように、療養所で死にます。そして、この作家たちのうち誰一人として社会主義者ではなかったのです！」（ウージェーヌ・クレペ『シャルル・ボードレール』一九〇六年、からの引用）とサント＝ブーヴの私設秘書であったジュール・トルーバ（一八三六—一九一四年。フランスの批評家）は書いている。上の最後の文がボードレールに捧げようとした敬意は、たしかに彼にふさわしいものだった。しかしだからといって彼は、文士の現実の状況を洞察していなかったわけではない。文士を——そしてまず何より自分自身を——娼婦と較べることは、彼にとってなじみの考えだった。「金で買えるミューズ」に寄せるソネット〔『悪の華』所収〕は、それについて語っている。『悪の華』の大きな序詩、「読者に」は、告白をしたお代にチャリンと鳴る硬貨をもらう者のみっともないポーズをとる詩人を描く。『悪の華』に採用されなかった最初期の詩のひとつは、街娼に向けられている。その第二連はこうである。

靴がほしさに魂を売った娘だ。
だがこの穢《けが》らわしい娘をかえりみて、私が似非《えせ》信心家ぶったり
高潔がったりするなら、神様はお笑いだろう、
この私だって自分の思想を売っていて、作家になりたいのだから。

〔「私の情婦は名の通った花形ではない……」成立年未詳〕

「この浮浪の女《ボエーム》こそ、私のすべて」に始まる最終節は、この娘をためらうことなくボエームの仲間に入れている。文士が実はどんな状況にいるか、ボードレールは知っていた。つまり、文士は遊歩者《フラヌール》として市場《しじょう》へ赴くのだ。本人は市場を見物するためだと言っているが、実はもう買い手を見つけるためなのである。

II 遊歩者《フラヌール》

市場にひとたび足を踏み入れた作家は、そこでパノラマ館のなかにいるように周囲を見回す。* ひとつの独特な文学ジャンルが、進むべき方向を模索するそうした作家の最初の足跡を保存した。すなわちパノラマ的文学である。『百と一の書』〔一八三一―三四年〕、『フランス人の自画像』〔一八四〇―四二年〕、『パリの悪魔』〔一八四五―四六年〕、『大都会』〔一八四二―四三年〕がパノラマ館と同じ時期に首都で好評を博したのは偶然ではない。これらの書物はひとつひとつ独立した短章から成っていて、その逸話風の外見はあのパノラマの立体的に作られた前景を、基底にある情報の部分はパノラマの広々とめぐらされた背景を、いわば模造している。数多くの著者がそこに文章を寄せた。したがってこの文集は、文学の集団製作の結果である。ジラルダンはまさにそうした集団製作のための場所として新聞の学芸欄を創始していたのだった。それらの文集〔多くは大判の立派な本〕は、もともと路上で消費されるべき著作物が、サロン用にまとった衣服であった。路上向けの著作物のうちでは、「生理学《フイジオロジー》」と銘打ったポケット版の地味な小冊子が愛好された。それらは、市場を観察する者が出会うさまざまな人物類型を追跡した。大通りの行商人からオペラ座のロビーに集う洒落者《しゃれもの》に至るまで、パリの生活を構成する人物像のうち、〈生理学者《フイジオログ》〉がスケッチしなかったものはなかった。このジャンルは一八四〇年代初めに大いなる瞬間を迎えた。このジャンルは学芸欄ジャーナリズムの高等課程であり、ボードレールの世代の人びとはそれを了《お》えた。ボードレール自身にとってこのジャンルはあまり意味をもたなかったが、それはボードレールがいかに早くから独自の道を歩んだかということを示している。

＊　初期のパノラマは、中央の見晴台から周囲の景観を眺める形のものであった。のちには半透明の画布に描かれた風景に各種の照明を当てて多彩な変化を見せるもの（ディオラマ）や、円形の装置の周囲に座席があり、小窓を覗きこむと立体風景写真が見えるもの（『一九〇〇年頃のベルリンの幼年時代』の「皇帝パノラマ館」、『ベンヤミン・コレクション3』四七七ページ以下参照）などが登場した。

一八四一年には七十六冊の生理学ものが新しく刊行された（シャルル・ルアンドル「文学統計――過去十五年間におけるフランスの知的生産について（最終回）」、『両世界評論』一八四七年、参照）。この年からこのジャンルは衰退に向かった。市民王政（ルイ＝フィリップの治世、一八三〇―四八年）の終わりとともにこのジャンルも消滅したのであった。それは根っから小市民的なジャンルだった。このジャンルの巨匠モニエ（一七九九―一八七七年。フランスの風刺画家、劇作家）は、尋常ならざる自己観察の能力を備えたプチブル俗物であった。これらの生理学ものが、そのきわめて限定された地平を突破することは決してなかった。さまざまな人物類型を描く生理学ものが出たあと、今度は都市の生理学が現われた。『夜のパリ』『食卓のパリ』『水辺のパリ』『馬に乗るパリ』『パリの風情』『結婚したパリ』が出版された。この鉱脈も尽きてしまったとき、諸国民の〈生理学〉という大胆な試みがなされた。動物の〈生理学〉も忘れられていなかった。動物は昔から無難な主題として推奨されてきた。無難であることが重要だったのだ。エードゥアルト・フックス（一八七〇―一九四〇年。ドイツの文化史家。とりわけ風俗美術史・文化史研究の先駆者）が、カリカチュアの歴史研究のなかで注意を喚起していることだが、生理学もののはじまりにあるのは、いわゆる「九月の諸法」、すなわち一八三六年〔ベンヤミンの思い違いで、正しくは一八三五年〕制定の、強化された検閲措置なのである。この措置によって、風刺の修練を積んだ有能な芸術家たちの一隊が、一挙に政治から押しのけられてしまった。このことがグラフィックの分野で成功したとすれば、政府の策動が文学においていよいよもってうまくいったのは当然だった。というのも文学には、ドーミエ（一八〇八―七九年。フランスの画家。政治の腐敗を風刺する作品で有名になったが、九月の諸法によって政治的作品の発表が困難になったのちは日常生活を題材にした絵を描いた）のような人の政治的エネルギーに比較しうるものは存在しなかったのだ。つまりこの反動は、「フランスで始まった、ブルジョワ生活の巨大なレビューを生み出した前提だったと考えられる。……あらゆるものが分列行進していった。……喜びの日々と悲しみの日々、労働とリクリエーション、結婚生活のしきたりと独身男の習慣、家族、家、子ども、学校、社交、劇場、もろもろの人物類型、さまざまな職業」（フックス『ヨーロッパ諸民族のカリカチュア』第一巻『古代から一八四八年まで』第四版、一九二一年）。

生理学もののこうした叙述ののんびりした調子は、アスファルトの上で植物を採集して歩く遊歩者《フラヌール》の挙措《ハビトゥス》に相応する。しかし当時すでに、街中どこでもぶらぶら歩き回るというわけにはいかなかった。オスマン（一八〇九―九一年。フランスの政治家。第二帝政下に、セーヌ県知事としてパリの都市改造を行なった）の登場以前、広い歩道はめったになかった。狭い歩道は、交通機関から人をほとんど守ってくれなかった。パサージュが存在しなかったら、遊歩《フラヌリー》があれほど意義深いものとなることはまずありえなかっただろう。一八五二年刊のイラスト入りパリ案内書は書いている。「パサージュは、産業による贅沢《ぜいたく》が近ごろ発明したもののひとつであるが、ガラス屋根に被われ、壁に大理石を貼った通路になっていて、建物ブロックをまるまる貫いている。建物の所有者たちが、このような冒険的な企てをすることに合意したのである。天井から光を受けるこれらの通路の両側には、まことにエレガントな店が並んでいて、その結果そういうひとつのパサージュは、ひとつの都市、いやそれどころかひとつの世界の縮図である」。この世界を遊歩者はわが家とする。「散策者や喫煙者の溜まり場、ありとあらゆる小さな手仕事が繰り広げられる場」（フェルディナント・フォン・ガル『パリとそのサロン』第二巻、一八四五年）であるパサージュに、その年代記作者、その哲学者を与えるのが遊歩者である。だが遊歩者はそこで自分自身には、退屈に対する特効薬を与える。すなわち、満足しきった反動勢力のバジリスク〔人をにらみ殺すという怪物〕のようなまなざし〔検閲のこと〕のもとでたやすくはびこるような退屈に対する特効薬を、である。ボードレールが伝えているギース（一八〇二―九二年。フランスのデッサン・水彩画家。ボードレールの友人）の言葉にこういうものがある。「群衆のさなかにいて退屈するような人間は馬鹿だ。繰り返して言うが馬鹿だ。軽蔑すべき馬鹿だ」〔ボードレール「現代生活の画家」三「世界人、群衆の人、そして子どもである芸術家」一八六三年」。パサージュは街路と室内の中間物である。生理学ものの技巧ということをいうなら、それはあの学芸欄の定評ある手法、すなわち大通りを室内と化す手法にほかならない。街路は遊歩者にとって住居となる。市民が自宅の四方の壁に囲まれて住んでいるように、遊歩者は建物の正面壁のあいだをわが家とする。遊歩者にとって、ほうろう引きのぴかぴか光る商会の看板は、市民にとっての客間にかかっている油絵と同じように、いやそれ以上に立派な壁面装飾である。建物の外壁は書き物台で、遊歩者はメモ帳をそれに押し当てる。新聞のキオスクは彼の図書館であり、カフェのテラスは出窓で、そこから彼は仕事を終えた後、自分の世帯を見下ろすのである。灰色の舗石のあいだ、そして専制政治という灰色の背景のまえではじめて、生はそのあらゆる多様性において、ヴァリエーションの無尽蔵の豊かさにおいて栄えるのだ——これこそ、生理学もののたぐいの著作物がひそかに抱いていた政治的な考えだった。

これらの著作物は、社会的にも危うげなものだった。生理学ものが読者に紹介する、変人や単純素朴な者、魅力的な人間や厳格な人物などの特徴ある風貌には、ひとつの共通点があった。すなわちそれらはみな人畜無害で、完璧なひとの良さを示していた。隣人に対するこのような見方は日常経験からあまりにもかけ離れているので、それを生じさせたきわめて確実な原因があったと考えられる。つまりこの見方は、特殊な不安感から来ていたのだ。人びとは大都市に独特の、ある新しい、かなり奇妙な状況と折り合ってゆかねばならなかった。ここで問題となっていることを、ジンメル（一八五八―一九一八年。ドイツの哲学者、社会学者）はうまい表現でとらえている。「見るだけで音が聞こえない者は、音が聞こえるだけで見えない者よりも、はるかに……不安な気持になる。ここには大都市の社会学に特有のものがある。大都市における人間相互の関係は、……視覚活動が聴覚活動に比べてあきらかに優勢であることを特徴とする。その第一の原因は、公共交通機関にある。十九世紀におけるバス、鉄道、路面電車の発達以前には、人びとが何十分、それどころか何時間も、お互いに一言も交わすことなしに見つめあっていなければならない状態に置かれることはなかった」（『社会学』第九章付説「感覚の社会学について」一九〇八年。ベンヤミンはフランス語訳から重訳している）。この新しい状態は、ジンメルが気づいているように、気楽なものではなかった。すでにブルワー＝リットン（一八〇三―七三年。イギリスの小説家）がその『ユージン・アラム』（長篇小説、一八三二年。主人公は犯罪者）における大都市住民の描写を裏書するものとして、次のようなゲーテ（一七四九―一八三二年）の発言を引き合いに出している。すなわち、ひとは誰でも、最も恵まれた人間でも最も惨めな人間でも、もしばれたら皆の嫌われ者になってしまうような秘密をもっているものだ、という発言である（『ユージン・アラム』第四部第五章参照）。こうしたたぐいの、不安感をかきたてる考えを些細なものとして脇に押しやってしまうことに、生理学ものはまさに長《た》けていた。生理学ものは、こう言ってよければ、マルクスがあるとき話題にしている「偏狭な都会動物」（マルクス／エンゲルス『ドイツ・イデオロギー』第一部「フォイエルバッハ」、リャザーノフ編、一九二六年）のための目隠し革であった。この目隠し革が、必要とあらば視野をどれほど徹底的に制限したかを示しているのは、フーコー（一八一三―没年未詳。フランスの歴史家）の『発明家パリ――フランス産業の生理学』におけるプロレタリアートについての記述である。「何もしないでのんびりするのは、労働者にとってまさに骨の折れることなのだ。雲ひとつない空の下、彼の住む家が豊かな緑に包まれ、花の香りに満ち、鳥たちのさえずりに賑わっていようと、何もすることがないとき、孤独の魅力などといったものが心に訴えかけることはついぞない。だがたまたま、遠くの工場からの鋭い音や甲高い音が耳を襲うとき、あるいは小さな作業所の粉ひき機が発する単調なゴトゴトという音を聞いただけでも、たちまち彼の表情は晴れやかになる。……上品な花の香りを彼はもはや感じない。工場の高い煙突から出る煙、鉄床を打つ轟音は、労働者を喜びに震えさせる。創意工夫の精神によって導かれていた自分の労働の、あの至福の日々を彼は思い出す」（フーコー、前掲書）。この記述を読んだ企業家は、普段よりも心安らかに就寝したかもしれない。

事実、生理学ものの著者たちがすぐに思いついたのは、人びとにお互いが友好的な人間だというイメージを与えることだった。このことによって生理学ものはそれなりに、パリの生活の幻像《ファンタスマゴリー》の一端を担った。だがこのやり方は、大した成果をもたらすことはできなかった。人びとはお互いを、債務者と債権者、売り手と顧客、雇用者と被雇用者として知っていた。そして何より競争相手として知っていたのだ。人びとに、自分の相手は人畜無害な変人なのだというイメージを呼び覚ますことは、長い目で見ればうまくいかないだろうと思われた。それゆえに生理学ものにおいては早くから、事柄の別の見方が形成されたのだが、これは先のものよりはるかに強壮作用があった。この見方は十八世紀の観相学者に由来する。しかし観相学者たちはもっと堅実な努力をしていたのであり、先の見方はそうした努力とはほとんど無縁である。ラーヴァーター（一七四一—一八〇一年。スイスの牧師、観相学者）あるいはガル（一七五八—一八二八年。ドイツの医師。頭骨の形から性向を推しはかる骨相学を創始）にあっては、思弁や夢想とならんで、真の経験《エムピリー》*も働いていた。彼らの信用を生理学ものは食いつぶし、独自のものを付け加えることはなかった。生理学ものが断言したところによれば、誰でも、専門的知識に目を曇らされていなければ、通行人の職業や性格や出身や生活ぶりを読み取ることができるという。生理学ものではこの才能は、仙女が大都市住民のために揺籃《ゆりかご》に入れてくれた能力として述べられている〔ボードレール「パリの憂鬱」一二「群衆」および二〇「仙女たちの贈り物」参照〕。そうした確信を展開することにかけては、誰にもましてバルザックが本領を発揮した。際限なき描写へのバルザックの偏愛は、そうした確信とうまく連れだっていた。たとえば彼はこう書いている。「天才というものは人間においてはっきり目に見えるから、どんなに無教養な者であれパリをぶらついていて大芸術家とすれ違えば、すぐにそれと分かるだろう」（『従兄ポンス』〔一八四七年〕）。ボードレールの友人で、学芸欄の小巨匠たちのうちで最も興味深い存在であるデルヴォー（一八二五—六七年。フランスの作家）は、自分はパリの公衆のさまざまな層を、地質学者が岩石のなかの層を区別することができるのと同じくらい容易に区別することができる、と主張する。ただし、そんなことができたなら、その場合には大都市の生活は、人びとがおそらく思っていたほど不安感をかきたてるものではまったくなかったことになる。その場合には、ボードレールの次のような問いは、たんなる言葉のあやに過ぎなかったことになる。「文明世界における日常のショックや葛藤に比べれば、森や大草原の危険が何であろう。大通り《ブルヴァール》で犠牲《かも》を引っ掛けようと、人知れぬ森のなかで獲物を刺し貫こうと、——人間はどこでも同じもの、つまりあらゆる猛獣のなかで最も完全な猛獣なのではないか」〔「火箭」一四〕。

* ここでの経験《エムピリー》という概念は、ゲーテの次の言葉を踏まえていると思われる。「自分を対象にきわめて親密に同化させ、このことを通じて本来の理論となりうるような、繊細な経験《エムピリー》というものが存在する」(ゲーテ『箴言と省察』)。本書八五ページ(「ヨーハン・ペーター・ヘーベル〈III〉」)の訳注＊1参照。

ボードレールはこの犠牲《かも》にたいして「デュプ(dupe)」という表現を用いている。この語は、だまされる者、いいように引き回される者を意味する。これと対照をなすのが人間通である。大都市が安全でなくなるにつれて、人間通であることは、大都市のなかで行動するのにますます必要になる、と考えられた。しかし実際には、個人間の競争が激化すると、各人は自分の関心を断固たる口調で公言するようになる。ある人の振舞いを品定めしなければならない場合、そうした関心を正確に知ることは、その人の本質を知ることよりも、しばしばはるかに役に立つであろう。それゆえ、遊歩者が好んで自慢するこの才能〔他人の本質を見抜く才能〕はむしろ、もろもろの幻影《イドラ》――すでにベーコン（一五六一―一六二六年。イギリスの哲学者）はそれらを市場に属するものとしている*――のひとつである。ボードレールはこの幻影をほとんど信奉しなかった。彼は原罪を信じていたがゆえに、人間通への信仰に陥ることがなかった。彼はド・メーストル（一七五三―一八二一年。フランスの哲学者。カトリシズムに基づき個人主義と合理主義を批判した）の肩をもったが、ド・メーストルは〔カトリックの〕教義《ドグマ》の研究とベーコン研究を結合させていたのだった。

* ベーコンによれば、人間は四つの幻影《イドラ》（正しい知識獲得の妨げとなる偏見や先入見）にとらわれている。すなわち人間の本性に基づく人類共通の〈種の幻影〉、各人に固有の〈洞窟の幻影〉、人間相互の関係から生じる〈市場の幻影〉、哲学の伝統的な独断などに由来する〈劇場の幻影〉である。したがってベンヤミンが述べているのとは異なり、〈市場の幻影〉は四つの幻影のうちのひとつである。

生理学ものの著者たちが売り出した、安心感を与えるけちな手段は、まもなく時代遅れになった。それに対し、都市生活のもつ、不安感をかきたて脅威を与える諸側面と取り組んだ文学には、大いなる未来が与えられることになった。この文学も大衆《マッセ》とかかわる。しかしそのやり方は、生理学ものとは異なっている。この文学は、さまざまな人物類型を規定することにさほど重きをおかない。それが追求するのはむしろ、大都市の大衆に固有の諸機能である。それらのうちで非常に目立つ一機能を、すでに十八世紀から十九世紀への転換期に、ある警察報告書が強調している。一七九八年に、あるパリの秘密諜報員がこう書いている。「密に集結した《マッスィールト》〔大衆化した〕人口のなかでよき生活ぶりを守ることは、ほとんど不可能である。そこではあらゆる個人が、万人にとっていわば見ず知らずの人であり、それゆえ誰に対しても赤面する必要がない」（アドルフ・シュミット『フランス革命の風景』第三巻、一八七〇年、からの引用）。ここで大衆は、反社会的な人間を迫害者たちから守る避難所として現われている。大衆のもつ、脅威を与える諸側面のうちで、この面は最も早い時期に兆してきた。それは探偵物語《デテクティーフゲシヒテ》の根源に位置する。

　誰もがいくらか策謀家めいたところをもっているテロルの時代には、また誰もが探偵を演じる立場になるであろう。そのことへの期待を最もよく膨らませるのは遊歩である。ボードレールは言う。「観察者とは、いたるところでお忍び《インコグニト》〔匿名性〕を楽しむ王侯である」〔「現代生活の画家」三〕。かくして遊歩者が、思いもかけず探偵となるとき、このことは彼にとって社会的にまことに好都合だった。それは彼の有閑生活を正当化したのだ。彼の無頓着《インドレンツ》は、たんに見かけ上のものにすぎない。その裏には、犯罪者を見失うことのない観察者の注意深さが隠れている。こうして探偵は、自分の自信にかなり広大な領域が開けているのに気づく。探偵は、大都市のテンポにふさわしいような種々の反応形式を育ててあげる。彼は事物をさっと捉える。それによって、自分は芸術家に近い存在だと夢想することができるのだ。スケッチをする画家の迅速な筆は、誰もが賞賛するところである。バルザックの主張によれば、一般に芸術家の資質は、迅速な把握と結びついている(11)。――刑事の嗅覚と、遊歩者の人好きのする無頓着《ノンシャランス》との結びつき、これがデュマの『パリのモヒカン族』（一八五四年）の骨子である。主人公《ヘルト》は、風の戯れに任せた一枚の紙切れの後を追ってゆくことで冒険に出発しようと決心する。どんな痕跡を追求しても、必ず遊歩者はある犯罪へと導かれるだろう。このことが暗示しているように、探偵物語もまた、その冷静な計算にもかかわらず、パリの生活の幻像《ファンタスマゴリー》の形成に大いに与《あずか》っているのだ。探偵物語は犯罪者をまだ美化してはいない。しかし、犯罪者と渡りあう者たちを美化し、そしてとりわけ、この者たちが犯罪者を追いかける場所、その猟場を美化している。作家たちがその際、クーパー（一七八九―一八五一年。アメリカの作家。代表作『モヒカン族の最後』一八二六年、『大草原』一八二七年）の作品を連想させるものを入れようといかに努めているかは、メサック（一八九三―一九四三または四五年。フランスの作家、評論家。探偵小説論の先駆者）が示したとおりである（レジス・メサック『〈探偵小説〉と科学的思考の影響』一九二九年、参照）。クーパーの影響で興味深い点は、それが隠されないこと、むしろあからさまに見せつけられるということである。先に言及した『パリのモヒカン族』ではタイトルからしてそうであって、作者は読者に、パリのなかに原始林と大草原を繰り広げてご覧に入れましょう、と約束している。第三巻の口絵の木版画には、藪に覆われた、当時は人通りの少なかった道が見られる。この絵の説明《ベシュリフトゥング》は「地獄《アンフェール》通りの原始林」となっている。この関連について、出版社による内容見本におおよそのところが述べられているが、その大掛かりな美辞麗句は、自分自身に感激した著者自らの手になるものと考えてよいだろう。「パリ――モヒカン族。

……この二つの名は、初めて出会った二人の巨人が『誰だ』と尋ねあう言葉のように、ぶつかりあう。この二つは、深淵によって隔てられている。この深淵を、アレクサンドル・デュマという炉から発する電光の火花がひらめき過ぎるのだ」。フェヴァル〔一八一六／一八八七年。フランスの作家。その小説はデュマと並ぶ大衆的人気を得た〕はすでにこれより早く、ひとりのアメリカ・インディアンを世界都市の冒険に投げ込んでいた。この者はトヴァーという名で、辻馬車に乗っているあいだに同乗者である白人四人の頭の皮を、御者にまったく悟られずに、まんまと剝ぎ取ってしまう〔長篇小説『黄金のナイフ』一八五六年〕。『パリの秘密』〔二〇一ページ参照〕は開巻まもなくクーパーを引き合いに出すが、それはパリの地下世界に出自をもつこの小説の主人公《ヘルト》たちが、「クーパーがあのように見事に描いている未開人に劣らず、文明から遠く離れている」ことをあらかじめ述べておくためである。だが自分の模範としてクーパーの名を挙げて倦むことがなかったのは、とくにバルザックである。「アメリカの森林、敵対する部族が出陣してぶつかり合うそこは、戦慄のポエジーにみちている。クーパーが存分に利用したこのポエジーは、パリの生活のどんな細部にも、まったく同様にふさわしい。通行人、商店、貸馬車、窓枠に寄りかかっている男、それらすべてがペラード〔『娼婦の栄光と悲惨』の登場人物。元警察署長で密偵〕の護衛役の者たちの興味を大いにそそった。木の切り株や、ビーバーの巣や、岩や、アメリカ野牛の皮や、じっと動かぬカヌーや、舞い飛ぶ木の葉が、クーパーの小説の読者の興味をそそるのと同じくらいに」〔バルザック『娼婦の栄光と悲惨』第二部、一八四六年〕。バルザックの陰謀《イントリーゲ》（フランス語「アントリグ」には「（小説・劇の）筋」という意味もある）は、インディアン物語と探偵物語の中間にあって、多くのヴァリエーションを見せる。かつて、バルザックが描いているのは「スペンサー（十九世紀初期の短い外套ないし上着）を着たモヒカン族」「フロックコートをまとったヒューロン族（北米インディアン）」だという非難の声が上がったものである（アンドレ・ル＝ブルトン『バルザック』一九〇五年、参照）。他方、ボードレールと親しかったイポリット・バブー（一八二四―七八年。フランスの批評家）は一八五七年に、バルザックを回顧しつつこう書く。「バルザックが、自由に観察できるように、壁をぶち抜くのに対し、……この人はドアのところで耳をすます。……要するに、われらの隣人であるイギリス人のもったいぶった言い方を使うなら、ポリス・ディテクティヴ（刑事）として……振舞うのだ」（『シャンフルーリ氏の事例についての真相』）。

論理的構成（これ自体は、犯罪奇譚《ノヴェル》にどうしても必要というわけではない）に関心を寄せる探偵物語がフランスに初めて現われたのは、ポー（一八〇九―四九年。アメリカの詩人、作家。探偵物語というジャンルをひらいた）の短篇「マリー・ロジェの謎」（一八四二年）、「モルグ街の殺人」（一八四一年）、「盗まれた手紙」（一八四五年）の翻訳によってである。[*1] これらの模範的作品を翻訳することで、ボードレールはこのジャンルをわがものにした。ポーの作品は、ボードレールの作品のなかに完全に入り込んだのであり、この事情をボードレールは、ポーが手を染めたさまざまなジャンルに共通する方法に賛同することによって強調している。ポーは近代文学における最大の技術者《テヒニカー》のひとりであった。ヴァレリー（一八七一―一九四五年。フランスの詩人、評論家）が言うように、ポーは科学的な物語を、近代的な宇宙生成論を、病理学的な現象の記述を試みた最初の人であった〔ヴァレリー「ボードレールの位置」一九二八年、参照〕。これらのジャンルは、あるひとつの方法の正確な産物であるとポーは考え、この方法が一般に妥当することを要求した。まさにこの点においてボードレールはポーに加勢し、ポーの考えと同じ意味で次のように書く。「科学と親密に結合し哲学と連れ立って歩むのを拒否するような文学は、人殺しの文学、自殺する文学である。そのことが理解されるであろう時は、遠くない」〔「異教派」一八五二年〕。ポーによる技術的成果のうち最も影響力が大きかったものである探偵物語は、このボードレールの要請を満足させる文学に属していた。探偵物語を分析することは、ボードレール自身の作品を分析する作業の一環となる。ボードレールがこの種の物語をひとつも書かなかった事実にもかかわらずである。『悪の華』には、探偵物語の決定的な要素《エレメント》のうちの三つが、断片[*2]（disiecta membra〔裂かれた四肢〕）のかたちで出てくる。犠牲者と犯行現場（「殉教の女」）、殺人者（「人殺しの葡萄酒」）、そして大衆（「夕べの薄明」）である。激情を孕《はら》んだこの雰囲気を見通すことを知性に可能にしてくれる第四の要素は欠けている。ボードレールが探偵物語を執筆しなかったのは、自己を探偵に同一化させることが、彼の性向（Triebstruktur〔衝動構造〕）からして不可能だったためである。〔探偵物語の〕構成的契機である計算は、ボードレールにおいては反社会的な人間の側に属していた。この契機は完全に残酷さの一部となっている。ボードレールはサド（一七四〇―一八一四年。フランスの作家）のよい読者でありすぎたため、ポーと競争することができなかった。(12)

＊1　ボードレールの訳になる「マリー・ロジェの謎」は一八六五年、同じく「モルグ街の殺人」と「盗まれた手紙」は一八五五年に発表された。

＊2　この表現は、ベンヤミン『ドイツ悲劇の根源』の「隠喩法」の節に出てくる。『ベンヤミン・コレクション1』二五六ページ、または『ドイツ悲劇の根源 下』九七ページ参照。

探偵物語の根源的な社会的内容は、大都市群衆のなかで個人の痕跡が消されることである。ポーはこのモティーフを、彼の犯罪短篇小説《ノヴェレ》のなかでは一番長い「マリー・ロジェの謎」で詳細に扱っている。同時にこの短篇小説は、犯罪を暴くさいにジャーナリズム情報を利用することの原型《プロトタイプ》である。ポーの探偵、勲爵士デュパンはここで、実地検証ではなく日刊紙の報道にもとづいて仕事をする。報道の批判的分析が、物語の骨組みをなしている。とりわけ、犯行日時が突きとめられねばならない。ある新聞、『コメルシエル』が主張する見方によれば、殺されたマリー・ロジェは、母親の住居を出たすぐあとに始末された。「新聞にはこうあるね。『何千もの人に知られている若い女性ならば、顔見知りの通行人にひとりも会わないで、街角を三つ先へ行くことすら不可能である……』。これは、公人であってパリに長い間住んでいる者、ふだんこの都市で、ほとんど官庁街だけを歩き回っている者の考え方だ。……こういう人は限られた区域を、一定の間隔の時間をおいて、行ったり来たりする。この区域を歩いているのは、この人と似たりよったりの仕事をしている連中だ。だからこの連中はこの人に関心をもち、この人がどんな人かに注意を向ける。それに対し、マリーの行動が通常この町のなかで描いていたような軌跡は、不規則だと考えていいだろう。いま扱っている特別な場合には、彼女の歩いた軌跡はふだんのそれとはおそらく違っていたと考えなければならない。『コメルシエル』は明らかに、先の人物とマリーとを類比させることから出発しているが、この類比は、両者がパリ中をくまなく歩いたときだけ成り立つだろう。この場合には、二人が同じ数の知人を持っていたと仮定すれば、同じ数の知人に出会うチャンスは両者等しい。僕としては、マリーが任意の時刻に、自分の住居から叔母の住居へと任意の道をとって、自分が知っている、あるいは自分を知っている通行人にひとりも会わないで行くことは、たんに可能であるだけじゃなくて、きわめてありそうなことだと思う。この問題で正しい判断に至り、事実にふさわしい答えを出すためには、パリで一番ひとに見られている有名人の知り合いの数だって、パリの全人口には比べるべくもないということを、しっかり念頭に置いておかなくちゃいけない」(「マリー・ロジェの謎」)。ポーの小説でこうした考察が出てくる脈絡をここでは度外視することにすると、探偵は出る幕がなくなるが、しかし問題が重要性を失うわけではない。この問題は形を変えて、『悪の華』の最も有名な詩のひとつであるソネット「通りすがりの女《ひと》に」の根底に存在している。

街路は私のまわりで、耳を聾《ろう》するばかり、喚《わめ》いていた。
丈高く、細《ほっ》そりと、正式の喪の装いに、厳かな苦痛を包み、
ひとりの女が通りすぎた、褄《つま》とる片手も堂々と、
裳裾《もすそ》の縁飾り、花模様をゆるやかに打ちふりながら、

軽やかにも気高く、彫像のような脚をして。
私はといえば、気のふれた男のように身をひきつらせ、
嵐が芽生える鉛いろの空、彼女の眼の中に飲んだ、
金縛りにする優しさと、命をうばう快楽とを。

きらめく光……それから夜！——はかなく消えた美しい女《ひと》、
その眼差しが、私をたちまち蘇らせた女《ひと》よ、
私はもはや、永遠の中でしか、きみに会わないのだろうか？

違う場所で、ここから遥か遠く！　もうおそい！　おそらくは、もう決して！
なぜなら、きみの遁《のが》れゆく先を私は知らず、私のゆく先をきみは知らぬ、

おお、私が愛したであろうきみ、おお、そうと知っていたきみよ！

ソネット「通りすがりの女《ひと》に」は群衆を、犯罪者の避難所〔二二〇ページ参照〕としてではなく、詩人から遁れてゆく愛の避難所として描いている。このソネットは、市民の生活ではなく恋愛人（Erotiker〔エロスの人、恋愛詩人〕）の生活における群衆の機能を扱っていると言ってよい。この機能は、一見するとネガティヴなもののように思える。だがそうではない。恋愛人を魅惑するあの女の形姿は、群衆のなかで彼から逃げてゆくだけ、というのでは決してなく、それはこの群衆によってはじめて彼のもとへ運ばれてくるのである。都市住民の恍惚は、最初のひと目による恋というよりは、最後のひと目による恋である。「もう決《ジャ》して《メ》」が出会いの頂点であり、このとき情熱は、見かけ上は挫折するが、実ははじめて炎となって詩人から噴出する。この炎のなかで詩人は燃えつきて死ぬ。だがそこから不死鳥は飛び立たない。第一の三行連に言われている新生がひらく出来事の展望は、それに先行する連にてらしてみれば、非常に問題的であるように思われる。肉体を痙攣《けいれん》させるものは、自分の存在のすみずみまでをひとつのイメージに占有されている人がもつ惑乱状態ではない。それはむしろ、命令的な欲望が孤独な者をいきなり襲うときに与えるショックである。「身をひきつらせ」に付け加えられた「気のふれた男のように」という表現は、そのことをほとんどはっきり言ってしまっている。女が喪の装いをしていることを詩人は強調するが、この強調も先のことを隠しおおせてはいないようである。実は、出来事を描写する二つの四行連と、出来事を浄化する二つの三行連のあいだには、深い断絶がある。チボーデ（一八七四―一九三六年。フランスの批評家）はこの詩について、「それは大都市でのみ成立しえた」（アルベール・チボーデ『内面の作家』一九二四年）と言ったが、彼は詩の表面にとどまっている。この詩においては愛それ自体が大都市によって傷痕をつけられたものとして認識されるという点に、この詩の内的な姿がはっきりと打ち出されているのだ。*(13)

＊ 以上の「通りすがりの女《ひと》に」についての解釈、および原注（13）については、「ボードレールにおけるいくつかのモティーフについて」（『ベンヤミン・コレクション1』四三九ページ以下および四八二ページ）参照。

ルイ＝フィリップ*1以降、市民階級のうちには、大都市のなかで私生活の痕跡が失われてしまうことの埋め合わせをしようという試みが見られる。市民階級はこのことを、自宅の四つの壁のなかでやろうとする。まるで、自分のこの世における日々の痕跡を、というのではないにしても、自分が日々使っている品々や小道具の痕跡を、未来永劫にわたって滅亡させないことに、自分の名誉を賭けていたかのようである。彼らは倦むことなく、山のような品々の押型をとる。スリッパや懐中時計、温度計やゆで卵用カップ、ナイフ・フォーク類や雨傘のための袋や容器を求める。触れればつねに押型が残るような、ビロードやフラシテン製のカバーが好まれる。第二帝政末期の様式であるマカルト様式*2にとって、住居というものは一種の保護ケースになる。この様式は住居を人間の容れ物と捉え、人間をそのあらゆる付属物もろとも住居のなかに埋め込む。そうして、自然が死んだ動物相を花崗岩のなかに保存するように、人間の痕跡を保存するのである。そのさい見誤ってはならないのは、この過程が二つの面をもつことである。一方でそのようにして保管される品々の現実的ないし感傷的な価値が強調され、他方これらの品々は、非所有者の世俗的なまなざしには見えないようにされ、そしてとくにそれらの輪郭が特徴的な仕方で消し去られるのである。反社会的な者たちにとって第二の自然となるような管理拒否が、所有階級である市民において回帰するのはなんら不思議ではない。——こうした習慣のうちに、『官報《ジュルナル・オフィシエル》』*3に長期間連載されたある文章の弁証法的な説明を見ることができる。すでに一八三六年にバルザックは『モデスト・ミニョン』のなかでこう書いていたのだ。*4「フランスの哀れな女たちよ！　お前たちは、自分の小さな恋愛小説を紡ぐために、無名のままでいたいのだろう。だがそんなことが、この文明のなかで、どうやってお前たちにうまくゆくというのか——公共の広場で馬車の出発と到着の記録をつけさせ、手紙の数を数えて集配のときに一度、配達のときにもう一度消印を押し、家屋に番号を振るような文明のなかで。この文明はやがては国全体を、どんな小さな分割地にいたるまで……土地台帳に記載するだろう」〔第八章〕。拡張された管理網がフランス革命以来、市民生活をますます強固にその網の目のなかに縛りつけていた。標準化の進展のためには、大都市では家屋に番号を振ることが、有用な支えをなす。ナポレオンの行政はそれを一八〇五年にパリで義務化していた。しかしながらプロレタリア地区では、この単純な警察措置は抵抗にあった。家具職人たちの住む地区であるサン゠タントワーヌについて、一八六四年になってもなおこう言われている。「この周辺地区の住民に住所を尋ねたら、その人は必ず自分の住んでいる建物の名前を挙げるだろう。冷たい公の番号ではなくて」〔ジークムント・エングレンダー『フランスの労働者協会の歴史』第三部、一八六四年〕。大都市大衆のなかに人間が消えることに伴う痕跡の欠落を、登録の多様な織物で埋め合わせる企てに対する、このような抵抗は、長い目で見ればもちろん無力であった。ボードレールは、そうした企てによって自分が、どこかの犯罪者に劣らず被害を受けていると感じた。債権者たちから逃れて、彼はカフェや読書クラブへ赴いた。同時に二つの住居に住んでいることもあった。――だが家賃の支払日には、三つ目の住居である友人たちのところに泊まることもよくあった。そんな風に彼は、遊歩者にとってはとっくに故郷ではなくなっていた都市のなかを、さまよい歩いた。彼が身を横たえたベッドはすべて、彼にとって「ゆき当たりばったりの臥床《ふしど》」〔『悪の華』所収「霧と雨」〕となっていた。〔ウージェーヌ・〕クレペ〔一八二七―九二年。フランスのボードレール研究者。その仕事は息子ジャック・クレペ（一八七四―一九五二年）によって引き継がれた〕はボードレールが一八四二年から一八五八年までにパリで住んだ場所を十四挙げている〔クレペ、前掲書参照〕。

＊1　一七七三―一八五〇年。フランス最後の国王〔在位一八三〇―四八年〕。その治世において富裕な

市民階級が以下に述べられるように室内装飾に熱中したことについては、「パリ――十九世紀の首都」IV「ルイ＝フィリップあるいは室内」（『ベンヤミン・コレクション1』三四二ページ以下）参照。

＊2　オーストリアの画家マカルト（一八四〇―八四年）は、歴史的・アレゴリー的内容を大画面に豊かな色彩と装飾を用いて描くマカルト様式を確立した。その影響はモード、室内装飾、工芸にも及んだ。

＊3　ナポレオン三世の側近だった政治家ルエールによって一八六九年に創刊された新聞で、半独立だったが完全に政府寄りの立場をとった。公報以外にもさまざまな記事を載せた。

＊4　これはベンヤミンの誤りで、この長篇小説は一八四四年に『官報』ではなく『公論新聞《ジュルナル・デ・デバ》』に掲載された。

行政による管理手続きのためには、技術的な諸手段が援用される必要があった。人間を同定する方式（現在標準的となっているのはベルティヨン式＊であるが）のはじまりは、署名による個人鑑別である。同定方式の歴史において、写真の発明は画期的であった。それが犯罪捜査学にとってもった意味は、印刷術の発明が書物にとってもった意味に劣らない。写真は史上初めて、ある人間の痕跡を持続的に、曖昧さの余地なく定着することを可能にした。人間の匿名性《インコグニート》を征服する手段のうちで最も徹底的なこの手段が確保されたのと同時に、探偵物語が生まれる。それ以来、人間の発言と行為を把捉しようとする努力は尽きるところを知らない。

＊　ベルティヨン（一八五三―一九一四年）はフランス人でパリ警視庁鑑識局長をつとめた。人体測定を研究し、最初の科学的な犯人鑑識法を考案した。

ポーの有名な短篇小説《ノヴェレ》「群衆の人」は、探偵物語のレントゲン写真のようなものである。探偵物語を包む衣服、すなわち犯罪が、この短篇では欠落している。残っているのは道具立てだけ、すなわち追跡する者と、群衆と、ひとりの見知らぬ男であり、この男は、つねに群衆のただなかにいるように道を選んでロンドン中を歩き回る。この見知らぬ男は、遊歩者そのものである。ボードレールもこの男をそのように理解していたのであって、ギースについてのエッセイのなかで、遊歩者を「群衆の人」《ロム・デ・フール》〔「現代生活の画家」の第三章は「世界人、群衆の人、そして子供である芸術家」と題されている〕と呼んでいる。ただし、ボードレールは遊歩者に対して、まあ大目に見てやろうというような態度をとっているが、ポーによる描写にはそうした感じはまったくない。遊歩者はポーにとって何よりも、自分の属する社会のなかで安心していられない人間なのだ。だから遊歩者は群衆を求めるのであり、この点から遠くないところに、遊歩者が群衆のなかに隠れる理由も求められるだろう。反社会的な者と遊歩者との相違を、ポーは意図的に消し去っている。ある人を見つけ出すのが難しければ難しいほど、その人はますます不審な感じがする。かなり長く追いかけたあげくに尾行を切り上げた語り手は、自分が認識したことを心のなかでこう要約する。「『この老人は犯罪の化身、犯罪の霊なのだ』と私は独りごちた。『この老人は独りでいることができない。群衆の人なのだ』」〔「群衆の人」〕。

作者は、読者がこの男だけに興味をもつようにはしていない。少なくとも同じくらい群衆の描写が読者の興味をそそってやまないだろう。歴史資料としても芸術上の理由からもそうなのである。両方の点でこの描写は出色である。まず驚かされるのは、語り手がいかに恍惚として群衆の劇《シャウシュピール》〔光景〕を追いかけているかということだ。E・T・A・ホフマン（一七七六―一八二二年。ドイツ後期ロマン主義の作家）のよく知られた短篇〔「従兄《いとこ》の隅窓《ぐうそう》」一八二二年〕でも、隅窓に座った従兄が、この劇を追いかける。だが自分の家にいて動けないこの人物のまなざしは、いかにおずおずと群衆を眺めわたすことか。それに対し、コーヒー店の窓ガラスごしに凝視する男のまなざしは、いかに鋭いことか。観察する位置の違いのうちには、ベルリンとロンドンの違いが隠れている。一方は金利生活者《プリヴァティエー》であって、隅窓に、まるで上階の桟敷席にいるように座っている。市場《いちば》をもっとよく見回そうとするときにはオペラグラスを手にする。他方は消費者、名をもたない消費者である。彼はコーヒー店に入るが、彼のそばを絶えず掠《かす》め過ぎてゆく大衆という磁石に引きつけられ、やがてそこを出る。一方は小さな風俗画の数々であり、全部集めると一冊の着色版画アルバムができあがる。他方は、偉大な版画家に霊感を与えることができるだろうような見取り図、すなわち果てしない群衆であり、そのなかでは誰も他人の目にははっきりとは見えないけれども、誰も他人によってまったく見抜かれえないわけではない。ドイツの小市民にとって、自分の限界は狭く定められていた。しかしそれでもホフマンは彼の資質によってポーとボードレールの同類であった。ホフマンの晩年の作品を収めた最初の版に付されている伝記的解説には以下のようにある。

「ホフマンは野外の自然をあまり好まなかった。人間が、人との交流、人についての観察、人をただ見ることが、ホフマンにとってはあらゆることにまして大事だった。夏、天気がよいと毎日夕方ごろに散歩に出かけたが、……ワイン酒場や菓子店があると必ずといっていいほど立ち寄り、誰かいるか、どんな人がいるかと覗いてみるのだった」(ユーリウス・エードゥアルト・ヒッツィヒ『ホフマンの生涯と遺稿』第三巻〔『ホフマン選集』第一五巻〕第三版、一八三九年)。のちにディケンズ(一八一二—七〇年。イギリスの小説家)のような人は旅に出ると、創作に不可欠な街のざわめきがない、とくりかえし不平を言ったものだ。「私がどれほど街をなつかしがっているか、とても言葉には言い尽くせません」と一八四六年、『ドンビー父子』〔長篇小説、一八四六—四八年〕を執筆中だったディケンズはローザンヌからの手紙に書いている。「私の脳みそが働くためには欠くことのできない何かを、街路は与えてくれるようなのです。一週間や二週間なら、辺鄙《へんぴ》な場所でもすばらしく執筆ができるし、一日ロンドンに行きさえすれば、もう一度自分にネジを巻くことができます。……しかし、あの魔術的な街灯がないところで毎日毎日、ものを書くにはひどく苦労します。……私の登場人物たちは、まわりに群衆がいないと、どうしても動こうとしないようです」(無署名〔フランツ・メーリング〕「チャールズ・ディケンズ」、『新時代』第三〇巻、一九一一/一二年、所収、からの引用)。ボードレールは大嫌いなブリュッセルに、たくさん文句をつけるのだが、なかでもとくに憤っているのは次の一点である。「店に陳列窓がない。想像力にめぐまれた諸国民が愛する遊歩は、ブリュッセルでは不可能だ。何も見るものがないし、街路は歩けたものではない」〔「哀れなベルギー!」〕。ボードレールは孤独を愛した。ただし、群衆のなかでの孤独を欲したのだ。

ポーの作品では物語が進むうちに日が暮れる。ガス灯に照らされた街の描写をポーは長々と行なう。遊歩者が抱くもろもろの幻像《ファンタスマゴリー》は、街路が室内として現われることに要約されるが、このことはガス照明と切り離しがたく結びついている。最初のガス灯はパサージュに点《とも》った。ガス灯を屋外で使用する試みがなされたのはボードレールが子どもだったころで、ヴァンドーム広場〔パリの中心部にある〕に灯柱が立てられた。ナポレオン三世の治下、パリのガス灯の数は急速に増える〔マルセル・ポエト他〕『第二帝政下のパリの変貌』一九一〇年、参照〕。このことは都市の安全性を高めた。そして公道上の群衆に夜でもここはわが家のようだと感じさせた。そして高い建物よりも確実に、大都市のイメージから星空を駆逐した。「私は太陽の背後のカーテンを閉めてやる。いまや太陽は行儀よくベッドに寝かされている。これ以後私の目に見える光といえば、ガスの炎の光だけだ」（ジュリアン・ルメール「ガス灯のパリ」一八六一年）(14)。月と星はもはや言及に値しない。

第二帝政華やかなりしころ、主要な通りの商店が夜十時前に閉まることはなかった。夜歩《ノクタンビュリスム》きの栄えた時代だった。当時デルヴォーは、『パリのさまざまな時間』〔一八六六年〕のなかの、真夜中過ぎの二時間目に捧げた章で、こう書いている。「時々休息するのはかまわない。自分で停留所や停車駅を作るのは許されている。だが人間には眠る権利はない」。レマン湖のほとりでディケンズはジェノヴァを思い出し憂愁にふける。ジェノヴァでは二マイルある通りを夜な夜な、照明の光のなかさ迷い歩くことができたのだった。のちにパサージュが死に絶えるとともに遊歩が流行遅れとなり、ガス灯ももはや高級なものと思われなくなったころ、人気《ひとけ》のないパサージュ・コルベールを悲しい気持ちでぶらついていた最後の遊歩者は思う――街灯のちらつきは、月末にもう料金を払ってもらえないのでは、と炎が不安がっているのを示しているだけなのかもしれない（ルイ・ヴイヨ『パリのにおい』一九一四年）。当時スティーヴンソン（一八五〇―九四年。イギリスの小説家）は、ガス街灯の消滅に寄せる嘆きを書いた。そこで愛惜をこめて語られるのは何より、点灯夫が通りに沿って街灯のひとつひとつに火を点してゆく、そのリズムである。はじめこのリズムは、たそがれの均等な調子から際立つ。しかしいまや、あらゆる都市が突然電気の光に照らされるときの野蛮なショックと対照をなす。「このような電気の光は、殺人者や国事犯のうえにだけ注ぐか、精神病院の廊下を照明するべきものだろう――恐怖を高める恐怖といった感じだ」（「ガス灯のための嘆願」、『若い人々のために、その他』一八八一年、所収）。スティーヴンソンはガス灯への哀悼の辞を書いているわけだが、このようにガス灯が牧歌的に感じられるようになったのは、かなり時代が下ってからのことであって、このことを証明する資料はいくつかある。何よりも、いま問題にしているポーのテクストがそれを証拠立てている。この光の効果を、以下の文章よりも不気味に描くことはほとんどできない。「ガス灯の光線は、夕暮れの残照と争っていたはじめのうちは弱々しかった。しかしいまやついに打ち勝って、あたりにぎらぎらとまたたく光を投げかけていた。あたりは暗かったが、それでいて、かつてテルトゥリアーヌス（一六〇頃―二三〇年頃。カルタゴ生まれのキリスト教神学者）の文体がたとえられた黒檀《こくたん》のような輝きを帯びていた」〔「群衆の人」〕。ポーは別の場所でこう述べている。「家のなかではガスは許しがたい。そのまたたく硬質な光は目を害する」〔「室内装飾の哲学」一八四〇年〕。

ロンドンの群衆が街灯の光のなかを歩いてゆくとき、彼ら自体がその光と同じく陰鬱でぼんやりしている。夜とともに「洞窟から」〔「群衆の人」〕這い出てくる無頼漢たちだけがそうなのではない。上級ホワイトカラー階級をポーは次のように描写している。「彼らの髪はたいていもうかなり薄くなっていて、右の耳はペンを挟むのに使っている結果、きまってこころもち頭から横に飛び出ていた。みんな帽子をとるとき両手を使う癖があり、みんな時計には古風な型の短い金鎖をつけていた」〔同前〕。ポーは叙述において、直接の観察を意図していたわけではない。小市民たちは群衆のなかにいるために一様にならざるをえないとされているが、この一様性は誇張されている。彼らのいでたちは、制服とさほど違わないものになっている。さらに驚くべきは、群衆の歩き方の描写である。「通りすぎる人の大半は、自分に満足し、人生の道を堂々と歩いている人びとのように見えた。群衆を押しわけてゆくことしか考えていないようだった。眉根を寄せ、眼を四方八方に配っていた。隣の通行人にぶつかられても、別に腹を立てる様子も見せず、服を直して、また先を急ぐのだった。また別の人びとは、これもまたかなり大きなグループだが、ひどくそわそわした連中で、顔は上気して赤く、まるで大量の群衆に囲まれているのでかえって自分ひとりでいるような気がするとでもいうように、独り言を呟《つぶや》いたり、一人芝居をやっているのだった。もし行手を阻《はば》まれると、急に独り言はやめるが、一人芝居はいっそう激しくなって、放心したような作り笑いを浮べながら、立ちふさがった人びとが通り過ぎるのを待っていた。誰かにぶつかられると、ペコペコとぶつかってきた相手に頭を下げ、それからひどくまごついた様子を見せた」(15)(同前)。ここに述べられているのは半分酔っ払いの、落ちぶれた人びとのことだと思えるかもしれない。しかし実際は「上流階級の人びと、商人、弁護士、株式仲買人」(同前)なのである。ここには、階級の心理学とは別のものが一枚かんでいるのだ。(16)

ゼーネフェルダー(一七七一―一八三四年。オーストリア人で石版印刷の発明者)に賭博クラブを描いた石版画がある。そこに描かれた人物たちのうち誰ひとりとして、普通に賭博に興じてはいない。誰もが自分の興奮に憑かれている。ひとりは手放しの喜びに、別のひとりはパートナーへの不信に、三人目は重苦しい絶望に、四番目の人は闘争欲に。ある者はこの世を去る用意をしている。この版画はその奇矯さにおいてポーを思い出させる。ただしポーの主題はより大きく、手法もそれに対応したものになっている。この叙述におけるポーの名人芸は以下の点にある。

すなわちポーは、人びとが私的関心にとじこもって絶望的に孤立していることを、ゼーネフェルダーとは違って彼らの身振りがそれぞれ異なっているというかたちでではなく、彼らの衣服にせよ挙措にせよ、つじつまの合わない一様性があるというかたちで表現しているのである。小突かれても我慢して、おまけに謝りさえする者たちの卑屈さからは、ポーがここで投入している表現手段の由来が見て取れる。それらは道化《クラウン》のレパートリーに由来するのだ。そしてポーがこの諸手段を用いるやり方は、のちの曲芸芸人たちのやり方と似ている。曲芸芸人の業《わざ》には明らかに、経済とある種の関連がある。曲芸芸人はその唐突な動きにおいて、物質を突き動かす機械装置を真似しているのと同様、商品を突き動かす景気をも真似している。似たような模倣《ミメーシス》を、ポーが描く群衆の小部分たちは行なっている。彼らは「物質的生産の熱狂的……運動」ならびにこの生産に属するさまざまな商業形態を模倣しているのだ。のちに遊園地――そこで庶民は曲芸芸人となる――の揺れるカップやそれに似た娯楽がもたらしたもの、それがポーの描写において先取りされている。彼の描く人びとは、もはや反射的にしか自分を表現できないかのように振舞う。この行動は、ポーにおいては人間だけが話題になっていることによって、なおさら非人間的な印象を与える。群衆の流れが滞るとき、それは車両交通――それには一言も触れられていない――のせいではなく、ほかの群衆によってブロックされるためである。そうした性質をもつ大衆のなかで遊歩が花開くことはありえなかった。

ボードレールのパリにおいては、まだそうではなかった。まだ渡し舟があって、セーヌ川の、のちに橋ができるところを横断していた。ボードレールが死んだ年〔一八六七年〕にはまだ、ある企業家が富裕な市民の便宜のために、五百台の駕籠《かご》を運行をさせることを思いつくという具合であった。まだパサージュは人気があって、そこでは遊歩者は、歩行者など競争相手と認めない交通機関、つまり馬車を見なくてすんだ。群衆のなかに無理に割って入る通行人もいたが、しかし自由な活動の空間を必要とし、この空間の私有化《プリヴァティズィーレン》を手放そうとしない遊歩者もまだいた。遊歩者は、ひとりの個性として、有閑生活を送る。そうすることで遊歩者は、人びとを専門家にしてしまう分業というものに抗議する。同様に遊歩者は、人びとのあくせくぶりに抗議する。一八四〇年頃には一時、亀をパサージュでの散歩に連れてゆくのが作法にかなったこととされた。遊歩者は自分のテンポを亀に決めさせるのを好んだ。ものごとが遊歩者のテンポで進んだとしたら、進歩はこの歩調を学ばねばならなかったことだろう。だが、最後に決定権を握ったのは遊歩者ではなく、「遊歩を撲滅せよ」というスローガンを掲げたテーラー（一八五六―一九一五年。米国の技術者。工場で労働の能率を増進させるための「科学的管理法」を提唱した）だった（ジョルジュ・フリードマン『進歩の危機』第二版、一九三六年）。今後どうなるかということを早めにイメージしてみようとした者たちもいた。ラティエ（生没年未詳。フランスの作家）は一八五七年に、そのユートピア的著作『パリは存在しない』のなかでこう書いている。「舗石のうえや陳列窓のまえで見かけた遊歩者、このつまらない、取るに足らない、永遠の野次馬的タイプ、いつも安っぽい情緒を追いかけ、石材と辻馬車とガス灯以外に何も知らなかった者……、それがいまでは農夫、葡萄栽培家、亜麻布工場主、砂糖精製業者、鉄工業経営者になっている」。

さ迷い歩くうちに群衆の人は夜遅くになって、まだ客で賑わっている百貨店にたどり着く。そのなかで男は、勝手を知っている者のように行動する。ポーの時代には、数階もあるデパートは存在しただろうか？　それはともかく、ポーはこの休みなく動く男を「約一時間半」この百貨店のなかで過ごさせる。「彼は売り場から売り場へと歩いていったが、何も買わず、口を利くこともなかった。ただ放心したように、品物をじっと見つめているのだった」〔「群衆の人」〕。街路は遊歩者にとって室内として現われるのであり、そうした室内の古典的形式がパサージュだが、そうした室内の堕落形態がデパートである。デパートは遊歩者のための最後の領域である。＊遊歩者にとってはじめ街路が室内になったとすれば、彼にとってこの室内はいまや街路になったのであり、彼は商品の迷宮のなかをさ迷い歩いたのだ。かつて都市の迷宮をさ迷い歩いたようにである。ポーの物語の見事な点のひとつは、遊歩者の最も早い叙述のなかに、遊歩者の末路の姿を描き入れている点にある。

＊　この一文は「パリ——十九世紀の首都」の第Ⅴ章「ボードレールあるいはパリの街路」にも見出される（『ベンヤミン・コレクション1』三四七ページ）。

ジュール・ラフォルグ（一八六〇—八七年。ウルグアイ生まれのフランスの詩人）はボードレールについて、「首都で生活するという劫罰を日々受けている人間」としてパリのことを語った最初の人である、と言っている（『遺稿集』一九〇三年）。ラフォルグは次のように言うこともできたであろう。ボードレールは、この劫罰を受けた者たちに――彼らだけに――苦しみを軽減するべく与えられている阿片剤についても語った最初の人である、と。群衆は、追放された者（法の保護を奪われた者、犯罪者）にとっての最新の避難所であるのみならず、見捨てられた者にとっての最新の麻酔剤《ラウシュミッテル》でもある。遊歩者は、群衆のなかに見捨てられた者である。そのことによって、遊歩者は商品と状況を共有している。この特性を遊歩者は自覚していない。しかしだからといって、この特性が遊歩者に及ぼす影響が少なくなるわけではない。それは遊歩者のなかに浸透して恍惚とさせる――数々の屈辱の埋め合わせをしてくれる麻薬《ラウシュギフト》のように。遊歩する人が身をゆだねる陶酔《ラウシュ》は、顧客の轟々たる流れに取り巻かれて商品が感じる陶酔と同じものである。

マルクスがときおり、冗談で語っているあの〈商品の魂〉というものがほんとうにあるとすれば（『資本論』第一巻第一部第二章「交換過程」参照）、それは魂の国にかつて現われたうちで、最も感情移入の能力に富んだ魂であろう。というのもこの魂は、あらゆる人を顧客と見なさなければならないだろうからであり、そうした顧客の手《ハント》と家《ハウス》にこの魂は自分をぴったり合わせようとするのだ。しかしながら感情移入は、遊歩者が群衆のなかで身をゆだねる陶酔の本性である。「詩人は、思いのままに自分自身でもあり他者でもあることができるという、この比類のない特権を享《う》けている。一個の身体を求めてさ迷うあれらの霊魂たちと同じように、詩人は、欲するときに、どんな人物のなかへでも入ってゆく。彼にとってだけは、すべてが空席なのだ。そして、ある種の場所が彼に閉ざされているように見えるとすれば、とりもなおさず、彼の目から見て訪れるに値しないものであるからだ」〔「パリの憂鬱」一二「群衆」〕。ここで語っているのは、商品自身である。最後のほうの言葉はまさに、美しく高価な品々の並べられた陳列窓のそばを通り過ぎる哀れな貧乏人に商品がどんなことをつぶやきかけるかを、かなり正確に理解させてくれる。美しく高価な品々は貧乏人のことなど関知しようとしない。それらは貧乏人に感情移入しないのだ。この「群衆《レ・フール》」という意味深い一篇の文章のなかで語っているのは、換言すれば物神《フェーティシュ》自身なのであり、ボードレールの敏感な素質はそれときわめて激しく共振する。その程度たるや、無機的なものへの感情移入がボードレールの霊感の一源泉であったほどなのである(17)。

ボードレールはもろもろの麻酔剤《ラウシュミッテル》〔陶酔の手段、麻薬〕の通であった。しかしながら、その社会的に最も重大な作用のうちのひとつを見のがしたようである。この作用は、中毒者たちが薬の影響下にあるときに見せる魅力ということにある。これと同じ効果を商品も持つのだが、商品の場合はそれを、商品を陶酔《ベラウシェン》させ商品のまわりでどよめく《ウムラウシェン》群衆から獲得する。商品を商品にするのは市場であり、市場を形成するのは本来、顧客の集結《マッスィールング》〔大衆化〕であるが、これは平均的な購買者にとって商品の魅惑を高める。ボードレールが「大都市の宗教的な陶酔状態」〔「火箭」一二〕について語るとき、名指されないままであるその主体は、商品かもしれない。そして「魂の神聖な売春」〔「パリの憂鬱」一二〕――これに比べれば、「人間が愛と名づけるものは、まことに小さく、まことに限られており、まことに弱い」〔同前〕とされる――は、それと愛との対置が意味をもつのなら、じっさい商品の魂の売春以外のなにものでもありえない。「詩《ポエジー》となり隣人愛となって、目の前に現われる思いがけない者、通りかかる未知の者に、己をすべて与えつくす、この魂の神聖な売春」〔同前〕とボードレールは言っている。まさにこの詩《ポエジー》、まさにこの隣人愛こそ、売春婦たちが自分らの持ち前だと主張するものである。彼女たちは公開市場のもろもろの秘密を試し尽くしており、商品はその点において彼女らに何ら先んじてはいなかった。売春婦たちの魅力のいくつかは市場に基づいていたし、それらは同じ数の権力手段《マハトミッテル》となった。ボードレールは「夕べの薄明」において、それらの魅力をそうした権力手段として記録している。

風に揺り動かされる微かな明りの間を縫って、
〈売春〉が、方々の街路に灯《ひ》と点《とも》る。
それは、蟻の巣のようにたくさんの出口をひらく。
まるで不意打ちを試みる敵軍のように、
いたるところ、目に見えぬ通路をつける。

〈売春〉が泥濘《どろ》の都会のただなかにうごめくさまは、
〈人間〉から食い物をかすめとる、蛆のようだ。

住民が大衆《マッセ》〔集結した多数〕をなすことによってはじめて、売春はこのように都会の広い部分に散らばることができる。そして大衆がはじめて、性的対象〔売春婦〕が幾多の刺激作用を及ぼしながら同時にみずからそれに陶酔する、ということを可能にするのである。大都市の街頭の公衆が見せる劇〔光景〕が、誰にでも陶酔的な作用を及ぼしたわけではない。ボードレールが散文詩「群衆」を書くよりもずっと前に、フリードリヒ・エンゲルス（一八二〇―一八九五年）はロンドンの街路の雑踏を描き取ろうと試みていた。「ロンドンのように、数時間歩きまわっても町が尽きかける気配すらなく、平らな土地が近くにあることを推測させるようなしるしには少しも出会わないような都市は、やはり独特なものである。このような巨大な集中、このような二百五十万人もの人間の一つの地点への集積は、この二百五十万人の力を百倍にした。……しかし、……そのために払われた犠牲は、あとになってはじめて発見される。数日間大通りの舗道をうろついたとき……、そのときはじめて気づくのは、これらロンドンの住民が、彼らの都市にあふれているあらゆる文明の驚異を実現するために、みずからの人間性の最良の部分を犠牲にしなければならなかったということ、……彼らのなかに眠っていた何百もの力が無為に放置され、抑圧されたということである。

すでに街路の雑踏からしてなにか嫌悪を催させるもの、なんとなく人間の本性に逆らうものをもっている。そのなかをひしめきあいながらすれ違ってゆくこれら数十万ものあらゆる階級およびあらゆる身分の人たち、彼らはみな同じ特性と能力をもち、幸福になりたいという同じ関心をもっている人間ではないのか。……それなのに彼らは、まるでお互いになんの共通点もなく、お互いになんの関係もないかのように、肩を触れあわせながら走り過ぎてゆく。彼らのあいだにある唯一の合意といえば、急いですれ違ってゆく群衆の二つの流れがお互いに邪魔しないように、それぞれ歩道の右側を通行するという暗黙の合意しかない。誰も他人に対しては目もくれようとしない。この残酷な無関心、各個人が自分の私的関心にとらわれて無感情に孤立しているさまは、これらの個人が狭いところに押しこまれていればいるほど、ますます不快な、ますます気にさわるものに思えてくる」〔強調はエンゲルスによる〕(『イギリスにおける労働者階級の状態』〔一八四五年〕)。

この「各個人が自分の私的関心にとらわれて無感情に孤立しているさま」を、遊歩者はたんに見かけ上打破するのだが、これは遊歩者自身の孤立が彼のなかに作り出した空洞を、他者から借りてきたうえに捏造までした私的関心で満たすことによって行なわれるのだ。エンゲルスの明快な叙述と並べてみると、次のボードレールの文は晦渋に響く。「群衆のなかに在ることの快楽は、数の増加を楽しむ気持の不可思議な表現である」(「火箭」二)。しかしこの文は、人間の立場からではなく商品の立場から語られたものと考えれば明快になる。人間が、労働力として、商品である限りにおいては、なるほどことさら商品の身になってみる必要はない。こうした〔労働力としての〕自分自身のあり方を、生産秩序によって自分に定められたものとして意識するようになればなるほど——つまり、その人がプロレタリア化すればするほど——、商品経済の寒気がますます身にしみてきて、商品に感情移入することはその人の場合ますます生じにくくなるだろう。しかしボードレールが属していた小市民階級に関しては、事態はまだそこまで至っていなかった。いま問題にしている事柄の段階において、この階級はようやく下降の始まりのところにいた。彼らのうちの多くがいつの日か、自分の労働力の商品性格に気づくのは不可避であった。しかしその日はまだ来ていなかった。それまで彼らは、こう言ってよければ、自分に与えられた時を過ごすことが許されていた。その間の彼らの分け前がせいぜいのところ享楽であって、けっして支配ではありえなかったこと、まさにこのことが、歴史によって彼らに与えられていた猶予期間を、暇つぶしの対象にしたのである。暇つぶしをしようとする者は享楽を求める。しかし、この階級がこの社会のなかで享楽にふけろうとすればするほど、この享楽にそれだけ狭い限界が引かれていたのは自明のことだった。この階級がこの社会に享楽を見出せたかぎりでは、この享楽は当初それほど制限されていなかった。この階級が、こうした享楽の仕方において名人芸に達しようと欲したとき、商品への感情移入を馬鹿にすることは許されなかった。彼らはこの感情移入を、快感と不安をもって味わい尽くさざるをえなかった。この快感と不安は、階級としての彼ら自身の定めへの予感から来ていた。しまいには彼らは、傷ものや腐りつつあるものからも魅力を看て取るような感受性を、この感情移入にたいして示さざるをえなかった。ある遊女にあてた詩のなかで、「桃のように傷んだ彼女の心」が「肉体ともども、巧者な愛へと熟している」〔『悪の華』所収「嘘への愛」〕と言うボードレールは、この感受性を有していた。そのおかげで彼は、この社会からすでに半ば除外された者として、この社会に享楽を見出すことができたのである。

そのように享楽を味わう者の姿勢でボードレールは、群衆の劇〔光景〕の効果をわが身に受け入れた。しかしこの劇のもっとも深い魅惑は、この劇が彼を陶酔させつつも、恐ろしい社会的現実を忘れさせなかった、という点にあった。彼は社会的現実への意識を保った――陶酔した者が現実の状況を〈まだ〉意識しつづけている程度には。それゆえボードレールにおいて大都市は、その住民たちを直接描くというかたちで表現されることはほとんどない。シェリー（一七九二―一八二二年。イギリスの詩人でロマン主義の代表者のひとり）のような人が、彼が描写する人間たちのイメージのかたちでロンドンを捉えたときの直接さや仮借のなさは、ボードレールのパリには役立たぬものであった。

地獄はひとつの都市、ロンドンにとてもよく似た――
人の多い、煙でいっぱいの都市。

そこにはあらゆる種類の駄目になった人びとがいて
そしてそこには楽しみはほとんどない、あるいはまったくないし
正義は少なく、同情はもっと少ない。

〔シェリー「ピーター・ベル三世　第三部　地獄」一八一九年。
ベンヤミンはブレヒトによるドイツ語訳を引用している〕

遊歩者の眼には、このイメージのうえにヴェールがかかっている。このヴェールとは大衆にほかならない。大衆は「古い首都《みやこ》のうねりくねった襞」〔『悪の華』所収「小さな老婆たち」〕のなかで波打つ。大衆のせいで、ぞっとするようなものが遊歩者に魅惑的な作用を及ぼすのである*〔「小さな老婆たち」参照〕。このヴェールが引きちぎれ、「人の多い広場のひとつ」が「市街戦のために人気《ひとけ》なく横たわっている」〔ボードレール「フランスの風刺画家たち数人」一八五七年〕のが遊歩者のまなざしに見えるようになるときはじめて、遊歩者もまた、大都市をありのままの姿で眼にする。

＊「小さな老婆たち」の最初の詩の第一連全体はこうである。「古い首都《みやこ》のうねりくねった襞の中、／すべて、おぞましい物までが、魅惑と化する所で、／わが宿命的な性分に駆り立てられて、私は待ち伏せる、／老いぼれながら可愛らしい、奇妙な生き物たちを」。

群衆の経験がどんなに激しい力をもってボードレールをつき動かしたか、そのことの証

拠が必要であるなら、ボードレールがこの経験を取り上げてユゴーと張り合おうとした事実がその証拠となろう。ユゴーの強みがどこかにあるとしたらまさにこの経験にあるということは、ボードレールにとって明白であった。彼はユゴーにおける「疑問を発することを好む……詩的性格」〔「わが同時代人の数人についての省察」I「ヴィクトール・ユゴー」一八六一年〕を称揚しつつ、ユゴーは明確なものを鋭く明確に再現することを心得ているだけでなく、晦渋・不明確にしか啓示されなかったものは、不可欠な晦渋さをもって再現する、と悪口めいたことも言っている。「パリ情景」〔『悪の華』の第二版から設けられた章〕のなかのユゴーに捧げられた三つの詩のうち、ひとつは人間でいっぱいの都市への呼びかけ——「蟻のように人間のうごめく都市、夢に満ちた都市」〔「七人の老人」〕——で始まり、もうひとつは都市の「蟻のように人のうごめく画面」〔「小さな老婆たち」〕のなかに、群衆をかきわけて、老婆たちの姿を追ってゆく。(18) 群衆は抒情詩においては新しい対象である。革新者サント＝ブーヴに対してなお、「群衆は彼にとって耐え難い」（サント＝ブーヴ、前掲書。この発言は〔ジャン・ジョルジュ・〕ファルシ（一八〇〇—三〇年、フランスの詩人、哲学者）のもので、手稿からサント＝ブーヴが公表した）ことが、詩人にふさわしい適切なこととして、賞賛のたねになったのである。ユゴーはジャージー島に亡命中、この群衆という対象をポエジーのために開拓した。海岸を孤独に散歩するとき、彼はこの対象に向けて気持ちを整えることができたが、それはひとつの巨大な対立物《アンチテーゼ》〔都市に対立する自然〕がそこにあったおかげである。そうした対立物の存在は、彼の霊感にとって欠くべからざるものだった。群衆はユゴーにおいて、観想《コンテンプラツィオーン》の対象として文学のなかに入ってくる。波が砕け散る大洋はそうした群衆のモデルであり、この永遠の劇〔光景〕に沈潜する思索者は、群衆の真の探求者であって、海のどよめきに我を忘れるごとくに群衆に我を忘れるのだ。「ユゴーが孤独な絶壁のうえから、追放された人間として、運命をはらんだ大きな国々のほうを見はるかすとき、彼は諸民族の過去を見下ろしているのだ。……ユゴーは自分を、そして自分の宿命を、たくさんの出来事のなかに移し入れる。すると出来事は彼にとって生き生きとしはじめ、自然の諸力の営みと交じり合う。すなわち海、風化しつつある岩、流れゆく雲など、自然と交流する孤独で静かな生活が含むもろもろの崇高なものと、交じり合うのである」（フーゴ・フォン・ホーフマンスタール『ヴィクトール・ユゴー試論』一九二五年）。「大洋自身が、彼にうんざりしたのです」〔一八六五年二月一二日、アンセル宛ての手紙〕とボードレールはユゴーについて、絶壁のうえを持ち場としてじっと考えにふけるこの男に皮肉の光束をちらりと当てつつ書いたことがある。ボードレールは、自然の劇〔光景〕に見とれる気にはなれなかった。通行人が都市の雑踏のなかで蒙る〈不当な仕打ちや、さんざん小突きまわされること〉〔ポー「群衆の人」（本書二三九ページ）、ボードレール「雨の一日」（原注15）、また「火箭」一五参照〕――これによって当人の自我意識はいっそうはっきり保たれる――の痕跡をボードレールの群衆経験は帯びていた。（ボードレールが遊歩する商品に与えているのは、基本的に、まさにこの自我意識である。）群衆はボードレールにとって、思索の測鉛を世界の深みへ下ろすための刺激には決してならなかった。それに対しユゴーは「深いものは群衆だ」（ガブリエル・ブヌール「ヴィクトール・ユゴーの深淵」一九三六年、からの引用）と書き、それによって自分の思念に測り知れぬほど広い活動の余地を与える。群衆というかたちでユゴーを捉えた自然的‐超自然的なものは、森のなかにも、動物界のなかにも、砕け散る波のなかにも同じように現われる。これらのどれにも、大都市の相貌が、数瞬のあいだひらめきうるのだ。「夢想の坂」（詩集『秋の木の葉』一八三一年、所収）は、生あるものすべてのあいだに支配している混交作用について、壮大な観念を与える。

この醜悪な夢のなかで、群衆とともに
夜が到来し、両方とも濃密になってゆき、
そして、いかなるまなざしにも探りえぬこれらの部分では
人の数が増すにつれて、闇もますます深くなった。

また、

名なき群衆！　混沌！　声、眼、足音。

会ったこともない人びと、見ず知らずの人びと。
すべての生者たち！――耳のなかでざわめく町、
アメリカの森よりも、蜜蜂の巣箱よりも大きな音で。

自然はその根元的な権利を、群衆によって都市に対して行使する。ただし、そのように己が権利を利用するのは、自然だけではない。『レ・ミゼラブル』のなかには驚くべき箇所があって、そこでは森の営みが、大衆という《マッセンダーザイン》あり方の原型として現われる。「いましがたこの通りで起こったことに、森なら驚きはしなかっただろう。太い幹や下生え、雑草、ごちゃごちゃに絡み合った枝、丈高い草が、暗いあり方をしている。見極めもつかぬ群生を通して、不可視のものがさっと掠める。人間の下にあるものが、靄《もや》を通して、人間の上方にあるものを知覚する」〔第四部第八章〕。この記述のなかに、ユゴーの群衆経験に独特だったものが埋め込まれている。群衆のなかで、人間の下にあるものが、人間の上方で支配しているものと交流する。この混交こそが、ほかのすべての混交を包含するのである。群衆はユゴーにおいて、異形の、超人間的な諸力が人間の下にある諸力とのあいだに生んだ雑種の子として現われる。ユゴーの群衆概念に見られるこうした幻視的な要素において、彼が政治において群衆を〈現実的〉に扱ったとき以上に、社会的存在が正当に遇されるのだ。というのも、群衆とは実際、自然の戯れ（Naturspiel〔奇形〕）――この表現を社会的関係に転用してよいとすれば――なのだから。一本の通りが、ひとつの火事が、ある交通事故が集める人びとは、それ自体としては階級によって規定されていない。彼らは具体的な人の集まりとして出現するが、しかし社会的にはあくまで抽象的である。すなわち、おのおのの孤立した私的関心の枠内にとどまっている。こうした集まりのモデルは、各人が私的関心の枠内にとどまりつつも、市場で〈共通の事柄〉のまわりに集まる顧客たちである。こうした集まりはしばしば、たんなる統計上の存在でしかない。こうした扱われかたをするとき覆い隠されているのが、彼らにおける真に怪物的なところをなすものである。つまり、私人が私人として、彼らの私的関心の偶然によって、集結《マッスイールング》〔大衆化〕していることである。しかし、こうした集まりが目につくとき――全体主義国家は、そのクリエント*〔顧客、被保護民〕の集結を恒常的なものとし、あらゆる企てに関して義務とすることで、人の集まりが目につく機会を作っている――、この集まりの雑種的性格が判然としてくる。とりわけ当事者たち自身にとってそうである。こんなふうに自分たちを集合させる市場経済の偶然を、彼らは〈運命〉として合理化するのであり、この運命のなかに〈人種〉が再発見される。彼らはそれによって、群集欲動《ヘールデントリーブ》と反射行動とを同時に自由に活動させる。西ヨーロッパの表舞台に出ている諸国民は、群衆としてユゴーに向かいあった超自然的なものと知己になっている。この大きなものの歴史的前兆を、ユゴーはなるほど読み取ることはできなかった。しかしながらそれはユゴーの作品のなかに、奇妙な歪みとなって跡を残している。すなわち、交霊会の記録というかたちで。

＊「（弁護士や医者などの）顧客」を意味する「クリエント」（英語「クライアント」、フランス語「クリアン」）は、古代ローマで貴族に保護される平民を指す「クリエーンス」に由来する。

霊界との接触は、周知のようにジャージー島においてユゴーの生活のあり方にも創作にもひとしく深い影響を及ぼしたが、この接触は何よりも——どれほど奇妙に思えようと——亡命中の詩人にはもとより欠けているような、もろもろの大衆《マッセ》との接触なのだった。というのも、群衆《メンゲ》[*1]こそは霊界の存在様式なのだから。かくしてユゴーはまず第一に自分自身をゲーニウス（Genius）として、自分の祖先であるゲーニウスたちの大きな集会のなかに見た。『ウィリアム・シェイクスピア』（エッセイ、一八六四年）においては一ページまた一ページと、雄大な吟唱叙事詩《ラプソディー》というかたちで、モーセに始まりユゴーに終わるこれら霊の王侯貴族たちの列が辿られる。しかしこの列は、亡き人びとの巨大な群衆のなかでは、小さな一団にすぎない。古代ローマ人の言う〈より多数のほうへ行く《アド・プルーレース・イーレ》〉[*2]は、ユゴーの地下的《ヒトーニシュ》（冥府的）な天分にとっては、空疎な言葉ではなかった。——死者たちの心霊《スピリット》は遅い時間に、夜の使者として、最終の会のときに来るのだった。それらのメッセージをジャージー島の記録は保存している。「すべての偉人は二つの作品において影響を及ぼす。生きているあいだに創る作品において、そしてその霊の作品においてである。……生者は最初のほうの作品に身を捧げる。だが夜、深い静寂のなか——おお恐ろしい！——霊創造者が、この生者のうちに目覚めるのだ。何だって、と人間は尋ねる、あれでまだ全部ではないのか。――いいや、と霊は答える、目覚めて身を起こせ、嵐が起こった、犬や狐が吠えている、あらゆるところには闇、自然は戦慄し、神の鞭のもとで身をすくませている。……霊創造者は亡霊《ファントーム》観念を見る。言葉が逆立ち、文は慄然とし……窓ガラスはうっすらと曇り、不安がランプを襲う。……気をつけよ、生ある者よ、気をつけよ、俗世の人間よ、地上に由来する思想の臣下であるお前よ。というのも、ここにあるこれは狂気であり、ここにあるこれは墓であり、ここにあるこれは無限なものであり、ここにあるこれは亡霊観念だからだ」(ギュスターヴ・シモン『ヴィクトール・ユゴーの家にて――ジャージー島のこっくりテーブル　交霊会の記録』一九二三年)。ユゴーがこの箇所で定着している、不可視のものの体験における宇宙的な戦慄は、憂鬱《スプリーン》の状態においてボードレールを圧倒した剝き出しの恐怖とはまるで類似点をもたない。そしてまたボードレールはユゴーの企てにほとんど理解を示さなかった。「真の文明は、こっくりテーブルにはない」(「赤裸の心」三二参照)とボードレールは言った。しかしユゴーの関心事は文明ではなかった。彼は霊界こそ本当のわが家と感じていた。それは家庭を宇宙的に補うものであったといえよう。家庭でも恐怖なしにはすまなかったのである。お化けたちとのユゴーの親密さは、それらから恐ろしさを大いに取り去っている。霊界もまた忙しく活動せねばならず、すり切れてぼろぼろになっていることがお化けたちの様子に露見しているのである。夜の幽霊と対になるのは、とるにたりない抽象名詞たちであるが、当時もろもろの記念碑に住みついていたような多少とも含蓄ある具象化として登場する。「ドラマ」「抒情詩」「ポエジー」「思想」その他似たような多くの抽象名詞が、ジャージー島の記録のなかで、混沌の合唱とならんで無邪気に声をあげている。

＊1 「精霊、守護神」、また「創造的精神」、さらには「天才」を意味する。『ドイツ悲劇の根源 上』二三〇―二三一ページ、および二三三ページの訳注＊12参照。

＊2 「死ぬ」を意味する表現。「ボードレールのいくつかのモティーフについて」（『ベンヤミン・コレクション1』四八六ページ）参照。

霊界の見渡しきれないほどの諸集団――これが謎〔霊界と大衆とがどう関連するか〕を解答に近づけるかもしれない――は、ユゴーにとっては何よりも、読者公衆なのだ。彼の作品が〈話すテーブル〉のモティーフを取り上げていることは、彼がいつもそうしたテーブルで作品を書いていたことに比べれば、奇妙ではない。彼岸がユゴーに惜しまなかった喝采は、亡命中の彼に、高齢になったとき故郷で自分を待ち受けているはずの測り知れぬ喝采についての予感を与えてくれた。彼の七十歳の誕生日、首都の民衆がエロー街の彼の家に押し寄せてきたとき、絶壁に砕け散る波のイメージが、そしてまた霊界のメッセージが、現実になったのであった。

大衆というあり方《マッセンダーザイン》の究めがたい暗さは、最後にまた、ヴィクトール・ユゴーの革命的思弁の源泉でもあった。『懲罰詩集』において解放の日は次のように言われている。

われわれを略奪する者たち、われわれの無数の暴君たちが
闇の底で何者かが動き回っていることを理解するであろう、その日。〔「隊商 IV」〕

〈群衆〉を徴《しるし》とする被抑圧者大衆のイメージは、信頼すべき革命的判断につながりえただろうか。このイメージは、革命的判断の――何に由来するのであれ――偏狭さが明白なかたちをとったものではなかったか。一八四八年十一月二十五日の議会での論争においてユゴーは、カヴェニャック（一八〇二―五七年。フランスの将軍、政治家。一八四八年の二月革命後、陸相となる）が六月蜂起を野蛮に弾圧したことを罵っていた。だが六月二十日には、〔二月革命後、失業者救済のために設けられた〕国立作業場《アトリエ・ナショノー》に関する討議の際、次のような言葉を吐いていた。「君主政には有閑生活者がいたが、共和政には怠け者がいる」(19)。ユゴーには、日常の浅薄な見解および未来についてのきわめて軽信的な見解といえるような反応が、自然と民衆のふところで形成される生についての深い予感とならんで見出される。この反応と予感を媒介することに、ユゴーはついに成功しなかった。媒介の必要性を感じなかったからこそ、生涯にわたる作品の巨大な自負、巨大な量、そしておそらくはまた同時代人への巨大な影響が出てきたのだ。『レ・ミゼラブル』の「隠語」と題された章〔第四部第七章〕においては、ユゴーの本性の相争うふたつの

面が、感嘆するほどけわしく対立している。下層民の言葉が作られる仕事場を大胆に眺めわたした後で、作家はこう結論する。「一七八九年以来、全国民は純化した個人となって伸展している。貧しい者がいるとしても自己の権利をもち、それによって光を浴びている。食うや食わずの人間でも、内面にフランスの名誉を担っている。公民の尊厳は内心の武器である。自由な者は良心的であり、投票する者が支配する」。ヴィクトール・ユゴーが見ていたのは、成功にこの上なく恵まれた作家としての経歴と輝かしい政治家としての経歴がもたらした経験が、彼の眼前に提示するものごとのありようだった。彼は作品に集団的な題名をつけた最初の大作家だった――『悲惨な人びと《レ・ミゼラブル》』『海の労働者たち』。群衆《メンゲ》とは彼にとって、ほとんど古代的な意味で、クリエント〔被保護者、弁護依頼人、顧客（二五六ページの訳注＊参照）〕の群れ《メンゲ》を意味していた――これはすなわち彼の読者大衆および彼に投票する大衆であった。ユゴーは、ひとことで言えば、遊歩者ではなかった。

　ユゴーとともに歩み、ユゴーがともに歩んだ群衆にとって、ボードレールに相当する人はいなかった。しかしボードレールにとって彼ら、この群衆は実在していた。彼らを眺めることが日々、ボードレールに自分の失敗の深さを測る機会となった。これは、彼が群衆を眺めたがったさまざまな理由のうちでも、おそらく相当に重要な理由であった。あのように、いわば間歇的にかたまりをなして彼に取りついた絶望的な己惚《うぬぼ》れは、彼がヴィクトール・ユゴーの名声をたねに養ったものだった。さらに激しくボードレールを刺激したのは、ユゴーの政治的な信仰告白であったにちがいない。これは市民《シトワイヤン》の信仰告白であった。大都市の大衆がユゴーの心を迷わせることはありえなかった。彼は大都市大衆のなかに、民衆の群れ《ファルクスメンゲ》を再認した。彼はこの者たちと同質でありたいと願った。世俗主義〔国家と教会の分離を主張してカトリック教会の干渉に反対した自由主義運動〕、進歩、民主主義が、ユゴーが人びとの頭上で振った旗印であった。この旗印は、大衆というあり方《マッセンダーザイン》を美化した。それは、個人を群衆から分け隔てる敷居を影で覆い隠した。この敷居をボードレールは守った。それが彼とヴィクトル・ユゴーの違いであった。しかしボードレールは次の点でユゴーと似ていた。すなわち彼もまた群衆というかたちで現われる社会的仮象を、仮象だと見抜くことができなかったのである。それゆえに、ボードレールが群衆に対してつきつけた指導的イメージは、群衆についてのユゴーの観念と同じく無批判的であった。このイメージとは英雄《ヘーロス》〔ギリシア神話の半神、古代英雄〕である。ヴィクトール・ユゴーが大衆を近代的叙事詩のなかで〔近代〕英雄《ヘルト》〔ドイツ語 Held には「主人公」の意味もある――二二一ページ以下参照〕として祝う、その同じ瞬間に、ボードレールは大都市の大衆のなかに〔近代〕英雄《ヘルト》の避難場所を探し求める。市民《シトワイヤン》としてユゴーは自分を群衆のなかへ移し入れ、英雄《ヘーロス》としてボードレールは自分を群衆から隔てる。

III　近代《モデルネ》

ボードレールは芸術家についての彼のイメージを、〔近代〕英雄《ヘルト》のイメージに基づいて作り上げた。二つのイメージは、そもそもの始めから支えあっている。「意志の力というのは、とても貴重な、つねに実りをもたらす才能であるにちがいない。というのもそれは、……二級の作品にすら、かけがえのない特徴を与えるに十分であるのだから。……眺める者は努力を享受し、その眼は汗を飲む」と「一八四五年のサロン」〔「ロベール・フルーリ」の節〕にある。その翌年に書かれた「若い文学者たちへの忠告」には、「明日の作品を執拗に観想すること」が霊感の保証である、という見事な定式化が見られる。ボードレールは「霊感を受けた人びとの身にそなわる無頓着さ《アンドランス》」〔「わが同時代人の数人についての省察」II「オーギュスト・バルビエ」一八六一年〕を知っている。「夢想から芸術作品を生じさせる」（チボーデ『内面の作家たち』一九二四年、からの引用）にはどれほどの仕事が必要であるかを、ミュッセのような人は決して理解しなかったという。それに対しボードレールは最初の瞬間から、自前の規範集、自前の諸規約とタブーをもって、読者公衆のまえに登場する。バレス（一八六二ー一九二三年。フランスの作家）は「ボードレールのどんなささいな語彙のなかにも、彼をかくも偉大なものへと至らしめた数々の努力の痕跡が認められる」（アンドレ・ジッド「ボードレールとファゲ氏」一九一〇年、からの引用）と主張する。グールモン（一八五八―一九一五年。フランスの批評家、作家）は「ボードレールは神経の危機のなかにまで、なにか健全なものを維持している」（レミ・ド・グールモン『文学散歩』第二巻、一九〇六年）と書いている。最もうまい言い方をしているのは象徴《サンボ》主義者《リスト》のギュスターヴ・カーン（一八五九―一九三六年。フランスの詩人）であって、「詩の仕事はボードレールにあっては、肉体的な骨折りのごとくであった」（ボードレール『赤裸の心・火箭』ギュスターヴ・カーン序文、一九〇九年）と述べている。このことの証拠は作品中に見出される――ひとつの隠喩《メタファー》においてであって、これは詳しく考察するに値する。

それは剣士の隠喩である。ボードレールはこの隠喩を用いて、戦闘者の諸特徴をアルティスト〔職人的芸術家、技巧家〕のものとして提示することを好んだ。彼は愛する友コンスタンタン・ギースを描写しようと、世の人が寝ている時刻にギースを訪れる。「この男はテーブルの上に身をかがめて、昼間自分の周囲の事物の上に注いでいたのと同じ鋭い視線を紙の上に投げ、鉛筆、ペン、あるいは絵筆を剣のように振るい、グラスの水を天井に迸《ほとばし》らせ、シャツでペンをぬぐいながら、まるでイメージが自分から逃げていくのを恐れているかのように、大急ぎで、勢い激しく仕事を追い、ひとりでいながら喧嘩腰で、われとわが身を小突きまわしている」（「現代生活の画家」三）。このような「気まぐれな撃剣《ファンタスク・エスクリム》」を行なっている自分の姿を、ボードレールは「太陽」の第一連で描いている。そしてこれは『悪の華』のなかで、詩の作業に従事している彼を示しているおそらく唯一の箇所である。あらゆる芸術家が行ない、そして「敗北する前に、驚愕のあまり絶叫する」（エルネスト・レノー、前掲書からの引用〔『パリの憂鬱』第三章「芸術家の〈告白の祈り〉」参照〕）決闘は、この詩では牧歌の枠にはめ込まれている。決闘の暴力的なところは後景に退き、決闘はその魅惑を感じさせる。

古い場末町《フォーブール》、そこでは陋屋《ろうおく》の窓々に、
ひそかな淫蕩を隠す鎧戸《よろいど》が垂れているのに沿って、
折しも残酷な太陽が、光の箭《や》の数を倍にして、
都市にも野や畑にも、屋根にも麦にも、照りつける時、
私は一人、わが気まぐれな撃剣の稽古に出かける、
あらゆる街角に偶然のもたらす韻を嗅ぎつけ、
語に躓《つまず》くことあたかも舗石《しきいし》に躓くがごとく、
時には、久しく夢みてきた詩句に突き当たりつつ。

この韻律法的経験に、散文のなかでもしかるべき表現を与えること、ボードレールが散文詩集『パリの憂鬱』で追究した意図のひとつはこれであった。『プレス』紙の編集長アルセーヌ・ウーセ（一八一五—一九六年。フランスの作家）に捧げられた序文には、この意図とならんで、あの経験

の底には本当は何があったかということが述べられている。「われわれのうちのいったい誰が、野心にあふれた日々に、詩的散文の奇蹟というものを、夢みなかったでありましょうか。それは律動《リズム》も脚韻も欠きながら音楽的で、魂の抒情的な動きや夢想の波のようなうねりや意識のショックにぴったりと合うほど、十分しなやかでかつ十分にぎくしゃくとしていなければならないのです。一つの固定観念にもなりうるこの理想は、わけても、もろもろの巨大な都市と、そこに交錯する数知れぬ関係になじんでいる人の心を捉えるのでしょう」。*

* 「それは剣士の隠喩である」からここまでの三十二行に関しては、「ボードレールにおけるいくつかのモティーフについて」第Ⅳ章も参照。

この律動《リズム》を実感し、こうした仕事のやり方を追究してみる気があれば、ボードレールの遊歩者が、そう思われるほどには詩人の自画像ではない、ということが分かってくる。現実のボードレール、すなわち自らの作品に没頭するボードレールの、ひとつの重要な特徴が、この像には入っていないのだ。この特徴とは、放心状態である。——遊歩者にあっては、物見高さが勝利を祝う。物見高さは観察において精神集中することがありうる。これはアマチュア探偵を生む。物見高さは、ぽかんと口をあけて見とれている人の状態にとどまることもありうる。その場合、遊歩者は野次馬《バドー》と化している。[20] 大都市についての示唆に富んだ描写は、アマチュア探偵によるものでもなければ野次馬によるものでもない。示唆に富んだ描写は、都市をいわば放心状態で、考えごとあるいは悩みごとに没入して、横切っていった者たちによって書かれたのである。「気まぐれな撃剣《ファンタスク・エスクリム》」というイメージは彼らにふさわしい。観察者の心身状態とはまったく異なる、この者たちの心身状態に、ボードレールは狙いをつけていた。チェスタトン（一八七四―一九三六年。イギリスの評論家、小説家）はディケンズに関する著書において、考えごとに没入して大都市を歩き回る人びとの姿を、見事に捉えている。チャールズ・ディケンズの恒常的な彷徨は、すでに子供時代に始まっていた。「仕事が終わると、うろつきまわる以外にすることがなかった。ロンドンの半分ほどもうろついたのだ。夢想がちな子供だった。自分の悲しい運命が、ほかの何よりも思いわずらいの種だった。……暗くなるとホルボーン区の街灯のもとに立ち、そしてチャリングクロス〔ロンドン中心部にある繁華な広場〕では殉教の苦しみを味わった」。「まじめくさった連中とちがい、彼は観察することを目指していたわけではなかった。チャリングクロスを眺めたのは、自己修養のためではなかった。ホルボーンの街灯を数えたのは、算術の勉強のためではなかった。……ディケンズは自分の心にそれらのものを刻みつけたのではない。むしろ、自分の心をそれらのものに刻みつけたのだ」（G・K・チェスタトン『チャールズ・ディケンズ』、ロラン／マルタン＝デュポン仏訳〔一九二七年、原著は一九〇六年〕）。

晩年のボードレールは、パリの街路をひんぱんに逍遥者として歩き回るわけにはいかなかった。債権者に追いかけられ、病気の兆候が現われ、さらには愛人との不和が加わった。

心配事が彼を苦しめたときのショックを、そしてそれらを受け流すためのたくさんの思いつきを、詩を書くときのボードレールは、彼の韻律法における牽制動作《フェイント》のなかに写し取っている。ボードレールが詩のために費やした労働を撃剣というイメージのもとに認識することは、この労働を、ごく小さな即興の切れ目ない連続として捉える見方に習熟することにほかならない。彼の詩のさまざまな異稿は、いかに彼がたえまなく仕事し、その際きわめてささやかなことにどれほど気を使ったかということを証明している。この探索行——その途上、パリのあちこちの街角でボードレールは、詩という世話の焼ける子供たちに出くわすのだが——は必ずしも自発的なものではなかった。ピモダン館〔パリ市内のサン＝ルイ島にある〕に住んでいた文士生活の最初の年月〔一八四三—四五年〕、彼は仕事のあらゆる痕跡を——書き物机をはじめとして——自分の部屋から追放してしまっており、この秘密厳守ぶりは友人たちを驚嘆させたものだった[21]。当時彼は、比喩的にいえば、街路の征服を目指していたのだ。後年、市民的生活をなし崩しに放棄していったとき、街路はますます彼にとって避難場所となった。だが、市民的生活の脆弱《ぜいじゃく》さの意識は、遊歩のうちに初めからあった。遊歩はこの禍《わざわい》を転じて福となすのであり、そこに示されるのは、ボードレールにおける英雄《ヘーロス》の概念をすみずみまで特徴づけている構造である。

ここで仮装をまとわされる〔粉飾・美化される〕禍《ノート》は、物質的な貧しさ《ノート》だけではない。それは詩の生産に関係する。ボードレールの経験の千篇一律さ、彼の諸観念のあいだに媒介が欠如していること、彼の筆致に見られる凝固した動揺、*それらが暗示するのは、豊富な知識と広い歴史的展望が人間に与えてくれるような余裕をボードレールはもっていなかった、ということである。「ボードレールには作家として、ある大きな欠陥があったが、それに彼自身はまったく気づいていなかった。彼は無知だったのだ。知っていることは徹底的に知っていた。だが知っていることはわずかだった。歴史、生理学、考古学、哲学は、彼には疎遠なままだった。……外界は彼の関心をほとんど引かなかった。外界を感じ取ったことはあるかもしれないが、いずれにせよ研究したことはなかった」（マキシム・デュ・カン『文学的回想』第二巻、一九〇六年）。こうしたたぐいの批評（ジョルジュ・ランシー『文学者たちの表情』一九〇七年、参照）に対する反論として、仕事をする人間には無愛想さが必要であり有用なのだ、特異体質めいたところがなければどんな生産〔創作〕も不可能だ、と指摘することがすぐに考えられるし、これは正当な反論である。しかし反面、そのような指摘は、生産〔創作〕する者がある原理、すなわち〈創造的なもの〉の名のもとに過大な評価を要求するのを助長してしまう。この要求は、生産する者の自尊心をくすぐりつつ、この者とは敵対する社会秩序の利益をものの見事に守るがゆえに、ますます危険である。ボエームたちの生活ぶりは、創造的なものへの迷信を世に広めるのに貢献した。この迷信に対しマルクスは以下のような確認をしているが、これは手仕事とまったく同様に精神労働にも当てはまるのだ。すなわち、ゴータ綱領草案〔一八七五年にドイツの都市ゴータで開かれたドイツ労働運動の大会に提出するために作られた〕の最初の文、「労働はすべての富とすべての文化の源泉である」について、マルクスはこう批判的な注釈を加えている――「ブルジョワたちが、労働には超自然的な創造力がそなわっているかのような作りごとを言うのは、はなはだもっともである。というのも、労働は自然によって制約されているというまさにそのことの結果として、自分の労働力以外にいかなる財産ももたない人間はあらゆる社会状態・文化状態において、物的労働条件の所有者となっている他の人間たちの奴隷たらざるをえないのであるから」（『ドイツ労働者党綱領評注』、コルシュ編、一九二二年）。精神労働の物的条件に属するものを、ボードレールはほとんど所有していなかった。蔵書から住居にいたるまで、パリのなかでも外でもつねに不安定な生活を送るあいだに彼が断念せずにすんだものはなかった。一八五三年十二月二十六日の母親宛ての手紙にはこう書かれている。「僕は肉体的苦痛には慣れていて、破れて風の通るズボンと上着のしたに、二枚のシャツをかくも上手に着込むすべを心得ているほどですし、穴のあいた靴に藁《わら》で、それどころか紙で底をつけることに熟練しているので、もうほとんど精神的苦痛しか感じません。けれども告白しなければなりませんが、これ以上服が破けるのではないかという恐れから、急な動きをしないように、あまり歩かないようにするところまで、いまや来てしまっています」。ボードレールが英雄《ヘーロス》のイメージのうちに美化《フエアクレーレン》した〔浄化・変容させた〕諸経験のうち最も曖昧ならざる経験は、かくのごときものだった。

＊　この表現は、ドイツの作家ケラーの詩「失われた正しさ、失われた幸福」（一八五二年成立）のなかの「凝固した動揺の姿は／メドゥーサの盾のようだった」という箇所から取られたもの。

〈所有物を奪われた者〉はこの時期にまた別の場所でも英雄《ヘーロス》のイメージのもとに、しかも皮肉な形で登場する。マルクスの著作においてである。マルクスは、もろもろの（初代）ナポレオン的観念[*1]について語り、こう言う。「〈ナポレオン的観念《イデー・ナポレオニエンヌ》〉の頂点は、軍隊の優位である。軍隊は、分割地農民の名誉《ポワン・ドヌール》にかかわる事柄であり、……英雄《ヘーロス》になった分割地農民自身であった」。しかしいまや、三代目ナポレオン[*2]のもとで、軍隊は「もはや農民青年の精華ではなく、農民ルンペン・プロレタリアートの泥沼の花である。軍隊は大部分、ランプラサン〔徴集された兵に代わる身代わり兵〕……からなっていて、二代目ボナパルト自身がナポレオンのランプラサンつまり身代わりにすぎないのと同じだ」（『ルイ・ボナパルトのブリュメール十八日』）。この光景から、撃剣を行なう詩人のイメージに視線を戻すと、後者のイメージは数秒間、略奪兵のイメージにオーバーラップされて見える。すなわち、詩人とは別なふうに〈撃剣を行ない〉ながら、あたりをさ迷う傭兵のイメージにである。(22)しかし何よりもボードレールの、目立たない抑格脱落《ジュンコペ》〔以下の引用の最終行、quelque と héroïsme のあいだが詰まった感じになっていることを指すのであろう〕をもつ有名な二行が、マルクスの語っている社会的空洞の上方に、よりはっきりと反響する。その二行とは、「小さな老婆たち」の第三の詩の第二連を締めくくるものである。この二行にプルースト（一八七一—

九二二年。フランスの作家）は、「これを凌駕することは不可能に思えます」（「ボードレールについて」一九二一年）という評言を与えている。

ああ！　あれらの小さな老婆たち、幾度私はその後をつけたことか！
なかでも、あるひとり、沈む陽が紅《くれない》の傷口を
いくつもつけて天を血まみれにする時刻、
想いに沈みながら、ひとり離れてベンチに坐り、
聴こうとしていたのは、兵士たちが、時おり、われらの公園に
波とあふれさせる、金管《ブラス》の音も高らかな、ああした野外演奏会《コンサート》、
それは、生命《いのち》よみがえる心地のする、あれら黄金《こがね》の夕べに、
若干の英雄的な気分（quelque héroïsme）を、都市に住む者の心に注ぐ音楽。

窮乏化した農民の子息たちからなる吹奏楽団は、その旋律を貧しい都市住民のために響きわたらせる――彼らが与える英雄的《ヘロイスムス》な気分は、その薄っぺらさを「若干の（quelque）」という語のなかに恥ずかしそうに隠しており、まさにこの身振りにおいて真正である。それは、この社会からなおも生み出されうる唯一の英雄的《ヘロイスムス》な気分なのだ。この社会

ないのである。
の英雄《ヘーロス》たちの胸には、軍楽のまわりに集まる細民の胸に場所をもたないような感情は宿ら

*1　ルイ・ナポレオン（マルクスは彼をルイ・ボナパルト、二代目ボナパルトと呼んでいる）は一八三九年に著書『ナポレオン的観念』を出しており、マルクスは、彼の政治を論ずるにあたり、この題名をあてこすっているのである。

*2　ルイ・ナポレオンが皇帝となりナポレオン三世と称するのは一八五二年十二月で、マルクスのこの著作が発表されたのちのことである。

この詩で「われらの」と言われている公園は、都市居住者――彼が非公開の大庭園に憧れても、その憧れはむなしくその周囲をかすめるのみである――に開かれている。公園にいる公衆は、遊歩者の周囲に波打つ人びとと、完全に同じではない。ボードレールは一八五一年にこう書いている。「この病める住民たち――仕事場の埃《ほこり》を吸いこみ、綿毛を呑みこみ、鉛白や水銀や、優秀な製作物の生産に必要なありとあらゆる毒物を身にしみこませている……住民たち――の劇〔光景〕に心動かされずにいることは、いかなる党派に属する者であろうと、不可能だ。この溜息をつき憔悴している住民たち、だが地上にもろもろの驚嘆すべきものがあるのは彼らのおかげだ。彼らは真紅の血が血管のなかで波立つのを感じ、そして太陽や大庭園の日陰に、悲しみに重くなった長きまなざしを投げる」〔「ピエール・デュポン著『歌と歌謡』への序文」〕。この住民を背景として、英雄《ヘーロス》の輪郭が浮かび上がる。

そのようにして現われる画面に、ボードレールは自分の流儀で題名をつけた。この絵のしたに、「近代性《ラ・モデルニテ》」という言葉を記したのである。

英雄《ヘーロス》こそが近代性《モデルニテ》の真の主体である。すなわち、近代を生きるためには、英雄的《ヘローイシュ》な心身状態が必要だということである。これはバルザックの意見でもあった。バルザックとボードレールはこの意見をもって、ロマン主義に対立する。二人は情熱と決断力を、ロマン主義は断念と献身を美　化《フェアクレーレン》して描く。ただし、抒情詩人ボードレールにおいて、新しいものの見方は、小説家バルザックにおけるより、はるかにきめ細かく、はるかに留保に富む。それがどのようにであるかということを示すのは、二つの修辞的形象である。バルザックもボードレールも、英雄《ヘーロス》を近代的な姿で読者に紹介する。バルザックにおいては、古代ローマの剣士《グラディアートル》変じて出張セールスマン《コミ・ヴォワイヤジュール》となる。大商用旅行者ゴディサールは、トゥーレーヌ地方を担当するための準備を整える。バルザックはそのさまざまな作業を描写してから、中断してこう叫ぶ。「何という競技者！　何という闘技場！　そして何という武器！　つまり彼と、世界と、彼の弁舌！」（「名うてのゴディサール」（中篇小説、一八三三年））。それに対してボードレールは、剣士奴隷をプロレタリアのうちに再認する。葡萄酒が無産者に与えるべき約束のうち、詩「葡萄酒の魂」の第五連は以下のものを挙げる——

きみの細君をうっとりさせて、その眼に火を点《とも》そう。

きみの息子には、力と色艶をとり戻してやり、
人生のかよわい競技者である彼のために
闘士の筋肉を強くする油ともなってやろう。

賃労働者が日々の労働においてなすことは、古代ローマの剣士に喝采と名声を得させたものに少しも劣らない。このイメージは、ボードレールが得た最良の認識と同質であって、彼自身の状況についての熟考に由来する。「一八五九年のサロン」の一節は、彼がこの状況をどのように見てほしかったかを示している。「ラファエロ（一四八三―一五二〇年。イタリアの画家）やヴェロネーゼ（一五二八―八八年。イタリアの画家）のような人たちが、彼らの後に現われ出た取り柄あるものを貶《おとし》めようという見えすいた意図をもって星の高さにまで誉め上げられるのを耳にするとき、……私は自問するのです、彼らの取り柄とすくなくとも同等な取り柄は……、敵対的な雰囲気と郷土のなかに顕現して勝利を収めたのであるからして、無限により多く取り柄があるのではないか、と」。――ボードレールは自分のテーゼを目立つように、いわばバロック風な照明を当てて、文脈のなかにはめ込むことを好んだ。テーゼ相互間の関連を――それがある場合だが――覆い隠すことは、彼の理論的な国是のひとつだった〔一七三ページ参照〕。そうした陰の部分は、書簡を参照することでほとんどつねに解明できる。いま挙げた一八五九年の箇所は、そうした手続きなしでも、それより十年以上前に書かれた特に奇妙な文章

との疑問の余地なき関連を、はっきり認識させてくれる。以下の一連の考察は、この関連を再構成するものである。

人間の自然な生産的飛躍《エラン》に対して、近代がつきつける抵抗は、人間の力とは比較にならぬほど大きい。人間が打ちしおれて死に逃避するのは当然である。近代をしるしづけるものは自殺――己れに敵対する志操をまったく認めない英雄的《ヘローイシュ》な意志を確認する自殺、ということにならざるをえない。この自殺は断念ではなく、英雄的《ヘローイシュ》な情熱（Passion〔受難〕）である。それは、もろもろの情熱《ライデンシャフト》の領域における、近代の征服そのものである。[23] かくして、すなわち近代〔現代〕の生の特殊な情熱*1（passion particulière de la vie moderne）として自殺は、近代の理論に捧げられた古典的な箇所に登場する。古代の主人公《ヘルト》の自死は例外的なものである。「オイテー山上のヘーラクレース（ギリシア神話に登場する英雄）、ウティカのカトー（前九五―前四六年。小カトーとも呼ばれる。古代ローマの政治家、文人）、クレオパトラ（前六九―前三〇年。古代エジプトの女王）、……彼らを除くなら、いかなる自殺を諸君は昔の表現のなかに見いだすであろうか？」〔「一八四六年のサロン」一八「現代生活の英雄性について」〕。ボードレールが近代の表現のなかに自殺を見出しているというわけではない。先の文章につづくルソー（一七一二―一七七八年。フランスの思想家）とバルザックへの言及は不十分なものである。*2 だが、そうした表現の原料を、近代は用意している。そしてそれを使いこなす巨匠を待っている。この原料が堆積している地層、それらはまさに、どれも近代の基盤をなすことが明らかな地層である。近代の理論のための最初の覚書〔「一八四五年のサロン」〕が生まれたのは一八四五年である。同じ時期に、自殺の観念が労働者大衆のうちに広まった。「ひとりのイギリス人労働者が、パン代をもう稼げないと絶望して自殺する様子を描いた一枚の石版画を、人びとは奪いあうように求める。それどころか、ある労働者はウージェーヌ・シューの住居に行って、そこで首を吊る。こんな書置きを手にして――『……私たちに味方し私たちを愛してくれる人と同じ屋根の下で死ねば、より楽に死ねるかもしれない、と思ったのです』」（シャルル・ブノワ「一八四八年の人間」II、一九一四年）。印刷工アドルフ・ボワイエ（未詳）は一八四一年に『労働者の状況および労働組織によるその改善について』という小冊子を刊行した。これは、同職組合のしきたりにとらわれた古い遍歴職人団体を、労働組合に加入させようとした穏健な論述だった。効果はなかった。著者は自殺し、そして公開書簡において、苦労した仲間たちに、自分のあとに続くよう要求した。自殺がボードレールのような人の眼に、反動の時代において都市の病める住民たち《ミュルティテュド・マラディヴ》〔二七二ページの引用文参照〕に唯一残された英雄的な行為、と映った可能性はきわめて大きい。ボードレールはレーテル（一八一六―五九年。ドイツの画家）の描く〈死〉を大いに賛嘆していたが、[*3] 彼はこの〈死〉〔死神〕を、画架のまえに立ち、自殺者たちのさまざまな死に方をキャンバスに写しだす、しなやかな腕をもった素描画家として見ていたのかもしれない。この絵の色彩についていえば、そのパレットを提供したのは、流行《モード》だった。

*1 「一八四六年のサロン」の第一八章「現代生活の英雄性について」に以下の一文がある。「おのおの

の美の特殊な要素は情熱から来るのであり、われわれはわれわれの特殊な情熱を持っているからして、われわれの美を持っている」。これに続くのが、以下に引用される「オイテー山上の……」という箇所である。

＊2　ボードレールはルソー（その死は自殺であったという伝説が彼の死後広まった）とラファエル・ド・ヴァランタン（バルザックの長篇小説「あら皮」の主人公）の自殺に触れている。

＊3　ボードレールは未完の論文「哲学的芸術」において、〈死の女神〉を描いたレーテルのデッサンによる木版画「もうひとつの死の舞踏、一八四八年における」を紹介し、レーテルにおける「ドイツ流の叙事的寓意《アレゴリー》の天才」を賞賛している。

七月王政〔一八三〇―四八年〕以降、男の服装は黒と灰色が主流になりはじめた。この革新をボードレールは「一八四五年のサロン」で扱った。この処女作の結語において、彼は以下のように論ずる。「今日の生活からその叙事的な側面をつかみ出し、色彩もしくはデッサンをもって、われわれがネクタイを締めワニス塗りの長靴を履いたままでいかに偉大であり詩的であるかを、われわれに見せ、理解させてくれることを能《よ》くするであろう人、[*1]その人こそは画家、真の画家であろう。――本当の探求家たちが、来年こそは、真に新たなものの到来を祝うというあの格別な喜びを、われわれに与えてほしいものだ」〔強調はボードレールによる〕。一年後にはこう述べられている。「現代の英雄のかぶっている皮すなわち燕尾服はといえば、……この燕尾服も、その美しさを、その固有の魅力をもっていはしないだろうか？　それは、われらの時代に必要な衣服ではないのか？　われらの時代は悩んでおり、痩せた黒い肩の上にまで、いつも変わらぬ喪の象徴を担っているのだから。黒い燕尾服やフロックコートは、普遍的な平等の表現という、その政治的な美しさをもつだけではない。公衆の精神状態の表現という、詩的な美しさをもつということに、とくと留意していただきたい。この精神状態を表現するのは、葬儀人夫の涯《はて》しもない行列——政治の葬儀人夫、恋する葬儀人夫、市民の葬儀人夫である。われわれはみな何らかの埋葬を執り行ないつつあるのだ。——悲嘆をあらわす揃《そろ》いの仕着せは、平等の証《あか》しである。……しかめつらをしているような生地の襞《ひだ》、死んだ肉のまわりをとりまく蛇たちのように寄る襞は、それなりの神秘的な優美さをもっていないだろうか？」〔「一八四六年のサロン」一八〕。こうした観念は、先に触れたソネットで、喪服を着た通りすがりの女が詩人に及ぼす深い魅惑に関与している。一八四六年の文章は次のように締めくくられる。「というのも、『イーリアス』〔古代ギリシアの叙事詩〕の英雄たちも御身らの足もとにようやく及ぶに過ぎないからだ、おおヴォートラン、おおラスティニャック、おおビロトー[*2]、——そして御身、おおフォンタナレス[*3]、御身の苦悩を、われわれ皆が身にまとう引きつったような喪のフロックコートに包んで公衆に語ることは敢《あえ》てしなかった人よ。——そして御身、おおオノレ[*4]・ド・バルザック、御身が御身の胎内から引き出した人物たちことごとくのなかでも最も特異、最もロマンティックで、最も詩的な人物である御身よ！」

＊1　「真に」はボードレールの原文にはない。本書三〇二ページも参照。また「パリ——十九世紀の首

都」第Ⅴ章（『ベンヤミン・コレクション1』三四九ページ）をも参照。

＊2　ヴォートランとラスティニャックはバルザックの長篇小説『ゴリオ爺さん』などに登場する人物。ビロトーは同じくバルザックの長篇小説『セザール・ビロトーの隆盛と凋落の物語』の主人公。

＊3　十六世紀を舞台とするバルザックの戯曲『キノラの術策』の主人公で、ガリレイの弟子。時代と戦うこの人物にバルザックが現代の衣服を着せなかったことを、ボードレールは遠まわしに非難している。この事情をベンヤミンはよく理解していなかったらしく、以下の部分のベンヤミンによる訳はやや不適切なものになっているので、原文に即して修正した。

＊4　ボードレールの原文にはこのあとに「最も英雄的、」とあるが、この部分をベンヤミンは訳に当ってなぜか落としてしまっている。

十五年後、南ドイツの民主主義者フリードリヒ・テーオドーア・フィッシャー（一八〇七―一八八七年。ドイツの美学者、著作家）は、紳士モードの批評のなかで、ボードレールと同様の認識に至る。ただしアクセントの置き方は異なっている。ボードレールにおいては色調として、近代の薄暗くなりゆく眺望のなかに入り込むものが、フィッシャーにおいては政治闘争における抜き身の論拠として手元にある。フィッシャーは、一八五〇年以来支配的な反動をにらみつつこう書く。「旗色を鮮明にするのは滑稽であると見なされ、ぴんとするのは子供っぽいとされる。これでは、服装も無色で、だらりとしていると同時に窮屈なものにならないはずがあろうか」（フリードリヒ・テーオドーア・フィッシャー『批評的巡回』新集第三冊、一八六一年〔「現在の流行についての分別ある考え」〕）。両極端は触れ合うのであって、フィッシャーの政治的な批評は、隠喩的な言葉を打ち出すときには、初期のボードレールのある空想的イメージと重なりあう。「あほう鳥」というソネット――これは若い詩人が心を入れかえるのを期待して送り出された大洋航海の旅から生まれた――のなかでボードレールは、この鳥たちのうちに自分の姿を見ている。甲板上で船員にさらしものにされて鳥たちが途方にくれるさまを、彼はこう描いている。

甲板の上に水夫らが横たえたかと思うと、
これら蒼穹《あおぞら》の王者たちは、ぎこちなく身を恥じながら
その白く大きな翼をみじめったらしく
櫂《オール》さながら両脇にだらりと引きずる。

この翼ある旅人の、なんと不様《ぶざま》なだらしなさ！

幅広の、ひじの先までたれさがる上着の袖についてフィッシャーは言う。「これはもはや腕ではなく、退化した翼の痕跡、ペンギンの翼の付け根、魚のひれであり、歩くときにこの不恰好な添え物が揺れ動くさまは、振り回す、ゆっくりと伸ばす、痒いところを掻く、水をかき分ける、といった愚かしい単純な動作のようだ」（フィッシャー、前掲書）。事柄

の同じ見方――同じイメージ。

ボードレールは近代の相貌をより明確に規定して以下のように述べるが、その際近代の額《ひたい》にカインのしるし〔犯罪者に現われる罪の目印。旧約聖書『創世記』四―15参照〕があることを否定していない。「ほんとうに現代的〔近代的〕な主題を手がけた芸術家たちの大部分は、公共のそして公式の主題、われらの戦勝だとかわれらの政治的な英雄性だとかでもって満足してきた。それすらも彼らは、渋々ながら、金を払ってくれる政府からの注文であるがゆえに、ものするわけなのである。しかしながら、私的な主題でもって、はるかにもっと英雄的なものがあるのだ。優雅な生活や、大都市の地下を動きまわる無数の浮動的な人間たち――犯罪者や囲われた娘たち――の劇〔光景〕、『裁判所時報』〔半官半民の日刊紙〕や『世界報知』〔政府官報〕はわれわれに証明してくれる、われわれはみずからの英雄性を識るためには目を開きさえすればよいのだと」〔「一八四六年のサロン」一八〕。

英雄《ヘーロス》のイメージのなかにここで入ってくるのがごろつき《アパシュ》*1である。ブヌールがボードレールの孤独に関して記している諸特徴は、もともとこのごろつきという人物像に属するものである――「〈私に触れるな〉《ノーリー・メー・タンゲレ》*2、個人が自分の差異のなかに閉じこもってしまうこと」〔ブヌール、前掲書〕。ごろつきは、もろもろの美徳および法律と手を切ることを誓う。ごろつきは社会契約《コントラ・ソシアル》〔ホッブズ、ロック、ルソーらの考え方で、近代市民社会の原理となった〕に決定的・最終的な破棄宣告を行なう。そのようにして、自分が市民から世界ひとつ分も隔たっていると思う。ごろつきは市民のうちに共犯者の特徴を認めない。すなわちユゴーがきわめて早い時期に『懲罰詩集』で描き、強力な影響を及ぼした特徴である。ただしボードレールの空想には、ユゴーよりはるかに長い生命が与えられることになった。この空想は、ごろつき気質のポエジーを創始する。八十年以上たっても解体していないひとつのジャンルを生み出したのだ。この鉱脈を切り開いた最初の人がボードレールだった。ポーの主人公《ヘルト》は犯罪者ではなく探偵である。他方バルザックの作品には、社会の大いなるアウトサイダーばかりが出てくる。ヴォートランは隆盛と墜落を経験する。彼の経歴はバルザックのあらゆる主人公と等しい。犯罪者の人生行路はほかの人生行路と同様である。フェラギュス〔同名の中篇小説の主人公で、秘密結社デヴォラン組の頭領〕もまた大志を抱き遠大な計画を立てる。彼はカルボナリ党〔十九世紀はじめイタリアに成立した自由主義的な秘密結社で、のちフランスにも作られた〕の同類なのだ。一生のあいだ、大都市的社会の周辺地域に依存しつづけるごろつきは、ボードレール以前の文学には場をもたなかった。『悪の華』のなかでこの主題が最も鋭く打ち出されている「殺人者の葡萄酒」は、ひとつのパリ風ジャンルの出発点となった。このジャンルの〈工房〉は「黒猫《シャ・ノワール》」〔一八八一年から九一年までモンマルトルにあった酒場で、文学者や芸術家の溜り場となった〕であった。この店の初期、英雄的《ヘローイシュ》な時代にそこにかかっていた銘は、「通りすがりの人よ、近代的であれ」というのだった。

＊1　大都会、特にパリのごろつきを指す。インディアンのアパッチ族が狂暴と見なされていたことから

できた、二十世紀初頭の流行語。

＊2　復活したイエスがマグダラのマリアに言った言葉。新約聖書『ヨハネによる福音書』二〇―17。

詩人たちは社会のごみを自分たちの歩く路上に見いだし、自分たちの英雄的《ヘローイシュ》な題材を、まさにこのごみに見いだす。それによって、彼らが描く高尚な人物タイプのなかに、下劣なタイプが、いわば複写されて入りこむように思われる。このタイプのすみずみにまで浸透しているのが、ボードレールがあのように終始とりくんだ屑屋の諸特徴である。「屑屋たちの葡萄酒」の一年前に、散文によるこの形象の描写が公表された。＊「ここに、首都の一日が生み出した廃物を拾い集める役目を負わされたひとりの男がいる。大都市が投げ出したものすべて、失ったものすべて、蔑《ないがし》ろにしたものすべて、壊したものすべて、彼はそのカタログを作り、それを蒐集する。彼は放蕩の古文書類を、屑物の雑然たる堆積を、閲覧調査する。選り分けて、賢明な選択を行なうのだ。守銭奴が財宝を拾い集めるように、彼が汚物を拾い集めると、それが〈工業〉という女神によって嚙み直されて、有用の、あるいは享楽の品物となるであろう」（「葡萄酒とハシッシュについて」第二章）。この記述は、ボードレールの心に適《かな》う詩人の振舞い方を示す、ただひとつの詳しい隠喩《メタファー》である。屑屋にせよ詩人にせよ――両者とも屑物にかかわる。両者とも、市民たちが眠りに耽っている時刻に、ひとりきりで生業《なりわい》に従事する。身振り《ゲストウス》すら両者ともに等しい。ナダール（一八二〇―一九一〇年。フランスの写真家）はボードレールの「ぎくしゃくした歩き方《パ・サカデ》」（フィルマン・マイヤール『知識人たちの街』〔一九〇五年〕からの引用〕について語っている。それは、韻の獲物を求めて都市をさ迷い歩く詩人の足取りだ。それはまた、偶然出くわす廃物を拾い集めるために、途上でいつでも足を止める屑屋の足取りにちがいない。この親近性をボードレールがひそかに発揮させようとしたことの証拠は数多くある。ともかくこの親近性はひとつの予言を隠しもっている。六十年後、屑屋に落ちぶれた詩人の弟分が、アポリネール（一八八〇―一九一八年。フランスの作家）の作品に登場する。〈虐殺された詩人〉クロニアマンタル〔長篇小説『虐殺された詩人』一九一六年、の主人公〕である。彼は、全世界で抒情詩人たちの一族を抹殺しようとする大虐殺《ポグローム》の、最初の犠牲者である。

＊　以下に引用される「葡萄酒とハシッシュについて」は一八五一年発表であるから、ここでの「屑屋たちの葡萄酒」は一八五一―五二年稿を指すことになるが、一八四ページの訳注＊に述べたように、「屑屋たちの葡萄酒」には一八四三年に書かれたと推定されている第一稿があり、引用されている箇所はこの第一稿から散文化されたものと思われる。ベンヤミンは原注（5）で第一稿に言及しているにもかかわらず、ここでその存在を失念しているのかもしれない。

ごろつき気質のポエジーのうえには、あいまいな光が射している。廃棄物が大都市の主人公《ヘルト》〔英雄〕たちをなすのか、それとも主人公〔英雄〕はむしろ、そうした素材から作品を造り上げる詩人ではないのか？[24]――近代の理論はこのどちらも認める。だが老いつつあったボードレールは後期の詩「あるイカロスの嘆き」〔一八六二年〕のなかで、自分は青春時代、ある種の人間たちのうちに英雄《ヘーロス》を捜し求めたが、そうした人間たちにはもはや共感できない、ということを仄《ほの》めかす。

淫売の情夫《いろ》たちは
幸せだ、元気溌剌《はつらつ》、鱈腹《たらふく》食って。
この私はといえば、腕が折れてしまった
雲を抱き締めたがために。

この詩の題名が示すように古代の主人公《ヘルト》*の代理人である詩人は、近代の主人公――その行為は『裁判所時報』に報告される――に道を譲らねばならなかった。(25) 実は、近代の英雄《ヘーロス》の概念のうちに、この断念がすでに組み込まれているのだ。近代の英雄は没落するようはじめから定められており、この必然性を表現するのに古代悲劇作家《トラギカー》が蘇る必要はない。だが、この必然性が正当な扱いを受けたとき、近代の刻限は尽きている。そのあかつきには近代に対する検証が行なわれるだろう。近代自体がいつか古代になりうるかが、近代が終わったあとに明らかになるだろう。

* イカロスはギリシア神話に登場する人物で、蠟《ろう》で翼をつけて空を飛ぶが、太陽に近づきすぎたため蠟がとけ、海に落ちて死ぬ。

この問いかけは、ボードレールの耳にたえず聞こえていた。不死性を求める昔からの欲求は、ボードレールにあっては、いつかは古代の作家のように読まれるようになりたい、という欲求となった。「すべての近代的〔現代的〕なものが、いつか古代的なものとなる価値をほんとうに得る」〔「現代生活の画家」四「現代性」〕こと——これはボードレールにとって、芸術家の使命一般の言い換えである。ギュスターヴ・カーンがボードレールについて、「抒情詩の題材《たね》の本性から提供される機会の拒絶」（カーン、前掲序文）ということを述べているのはまことに正しい。機会やきっかけにボードレールが冷淡だったのは、先の使命の意識ゆえである。ボードレールにとって、自身がたまたま生まれた時代において古代の英雄《ヘーロス》の〈使命〉、ヘーラクレースのような者の〈仕事〉に最も近いのは、彼自身にきわめて独自のものとして課せられていた使命、すなわち〈近代に形姿を与えること〉にほかならない。

近代が取り結ぶあらゆる関係のうちで、古代との関係は、最も際立ったものである。このことはボードレールにとって、ヴィクトール・ユゴーにおいて現われる。「宿命はユゴーを駆《か》って、……古き頌詩《オード》と古き悲劇とを、……われわれの知る彼の詩篇やドラマにまで変容せしめた」〔「ヴィクトール・ユゴー著『レ・ミゼラブル』書評」一八六二年〕。近代とはひとつの時代を指すが、同時にそれは、この時代のなかで働き、この時代を古代に同化させる力をも指す。ボードレールはユゴーにこの力があることを不承不承、限られた場合にのみ認めた。それに対しヴァーグナー（一八一三―八三年。ドイツの作曲家）はこの力の無際限な、偽りなき流出である、とボードレールには思えた。「その主題の選択とその劇的な方法とによってヴァーグナーは古代に接近するとしても、その表現の情熱的な精力《エネルギー》によって、彼は目下のところ現代〔近代〕の天性の、最も真実な代表者である」（「リヒァルト・ヴァーグナーと『タンホイザー』のパリ公演」第四章、一八六一年）。この文は、ボードレールの近代芸術理論を核心的な《イン・ヌーツエ》かたちで含んでいる。この理論によれば、古代の規範性は、構成の面に限られる。作品の実質と霊感は、近代《モデルニテ》〔現代〕が提供すべきものである。「古代芸術のなかに、純然たる技術《アール》、論理、一般的方法以外のものを研究する者にこそ、禍《わざわい》あれ！　そうした者は、古代に溺れこんで、……機会によって提供される……特権を放棄する」（「現代生活の画家」四）。そして、ギースについてのこのエッセイの最後の部分ではこう言われている。「彼はいたるところに、現在の生の一時的な、束の間《つかま》の美を、さきほど読者の許しを得て現代性〔近代性〕と名づけたものの特徴を、探した」（同前、一三「馬車」）。ボードレールの説は、要約されると以下のような観を呈する。「美というものは、……永遠、不変の要素と、相対的、偶成的な要素から成り立っており、後者は……時代、流行《モード》、道徳、情熱である。この第二の要素なしには……第一の要素は消化されえない」（同前、一「美、流行《モード》、幸福」）。これでは深いところまで達しているとは言えない。

　近代芸術の理論は、ボードレールの近代観のなかで、最も弱い点である。彼の近代観は、もろもろの近代的なモティーフを挙げている。近代芸術の理論は、古代芸術との対決を行なうべきだったろう。そうしたことをボードレールは一度も試みなかった。彼の作品のなかに、自然と素朴さの欠落として現われている断念を、彼の理論は捌《さば》ききっていない。この理論がポーに依存していること——それは言い回しにまで入り込んでいる——は、この理論の偏った性格のひとつの表われである。そのもうひとつの表われは、この理論が論争的な方向性をもっていることである。すなわちこの理論は、歴史尊重主義《ヒストリツィスムス》という灰色の背景、すなわちヴィルマン*1およびクーザン*2によって流行《はや》っていたアカデミックな訓詁注釈《アレクサンドリーナー》主義《トゥーム》からはっきり際立っている。この理論における美学的考察はどれひとつとして、近代を古代と浸透しあったかたちで描いていないが、『悪の華』のいくつかの詩は、そうしたことに成功している。

*1　一七九〇—一八七〇年。フランスの批評家。ソルボンヌ大学教授、文部大臣をつとめる。ボードレールは未発表のノート「ヴィルマン氏の精神と文体」において彼を徹底的にこきおろしている。

*2　一七九二—一八六七年。フランスの講壇哲学者、高等師範学校教授。ボードレールは「シェイクスピア生誕記念祭」で、彼を有名人の死を利用する種族の王と呼んでいる。

それらの先頭に立つのは「白鳥」である。これがアレゴリー的な詩であるのは故なきことではない。つねに動いているこの都市が凝固する。それはガラスのように脆《もろ》く、しかしまたガラスのように透明——その意味に関して——になる。「(都市の形態《かたち》の／すみやかに変わることは、ああ！　人の心も及ばぬほど」」。パリの姿は壊れやすい。すなわちパリは、壊れやすさを示すもろもろの比喩イメージに取り巻かれているのだ。それらのイメージには、被造物——黒人女および白鳥——と、歴史的なもの——「ヘクトールの寡婦にしてヘレノスの妻」アンドロマケー——とがある。双方に共通の特徴は、かつて在ったものへの悲しみと、来たるべきものに対する絶望である。近代がみずからを古代に、最終的かつ最も親密に結びあわせる点、それはこの虚弱さである。『悪の華』のなかでパリが出てくるとき、それはつねに虚弱さの斑《はん》（Mal〔あざ、傷跡〕）をもっている。「朝の薄明」は、目覚めた者がむせび泣きはじめるさまを、都市という素材に写し取ったものである。「太陽」はこの都市を、陽光を浴びた古い織物のようにすり切れた姿で示す。歳をとっても心配事につきまとわれているので、毎日あらためて諦めの気持ちを抱きつつ仕事道具に手をのばす老人は、都市のアレゴリーであり〔「朝の薄明」末尾参照〕、そして老婆たち——「小さな老婆たち」——は、この都市の住民のなかで唯一、精神化*された人びとである。これらの詩が今日まで数十年間、まったく非の打ち所のないものとして通ってきたのは、これらの詩にはある留保があって、それが武装になっていたからなのだ。すなわち、大都市にたいする留保である。この留保こそがあれらの詩を、以後のほとんどあらゆる大都市文学から区別する。ここで何が問題になっているかを理解するためには、ヴェラーレン（一八五五—一九一六年。ベルギーのフランス語詩人）の一節を見れば十分であろう。

諸悪も、もろもろの狂った時も、
都市が醱酵している悪徳の大樽も、とるに足らないのだ、
もしある日、霧とヴェールの奥から
彫塑された光でできた新たなキリストが立ち現われ、
人類を自分のほうへ持ち上げ
新しい星々の光で人類に洗礼を施してくれるならば。

〔「都市の魂」、『触手のように広がる都市』（詩集）一八九五年、所収〕

＊「セントラル・パーク」（『ベンヤミン・コレクション1』所収）三五九ページおよび三八四ページ参照。

ボードレールはそのような展望を知らない。大都市の虚弱さについてのボードレールの理解が、彼がパリに関して書いた詩の持続力の根源にあるのだ。詩「白鳥」もユゴーに捧げられている。ユゴーが、新たなる古代を現出させているとボードレールに思えた作品を書いた、少数の作家のひとりだったからかもしれない。ユゴーについてそうしたことが言えるとしての話だが、彼の霊感の源は、ボードレールのそれとは根本的に異なっている。ユゴーは凝固の能力＊とは無縁だった。この能力は、――生物学

の概念を使ってよければ――一種の死の擬態（Mimesis des Todes〔死の模倣〕）として、ボードレールの詩のなかに幾度となく示されている。それに対し、ユゴーについては地下的《ヒトーニシュ》〔冥府的〕な素質〔二五六ページ参照〕を語ることができる。以下のシャルル・ペギー〔一八七三―一九一四年。フランスの詩人、思想家〕の文章にはユゴーのこの素質が、そう名指されてはいないが、明確に姿を現わしている。古代に対するユゴーとボードレールの考え方の違いをどこに求めるべきかも、この文章からはっきりしてくる。「断言してもよいが、ユゴーは街道で乞食を見たときには、……その乞食をあるがままの姿で、現にあるがままの姿そのままで見た、……古代の街道にいるその乞食を、古代の乞食を、古代の嘆願者を見たのである。われわれの近代的な暖炉のひとつに貼られた大理石を、あるいはわれわれの近代的な暖炉のひとつに接着された煉瓦を見たときには、それをあるがままのものとして見た。すなわち竈《かまど》の石を、古代の竈の石を見たのである。家のドアと、ふつうは切石である敷居を見たときには、この切石のうえに、古代の線を認めた。聖なる敷居の線であって、聖なる敷居とはこの線そのものなのだ」〔『シャルル・ペギー全集 散文作品篇』第四巻、一九一六年〔「伯爵ヴィクトール＝マリー・ユゴー」〕〕。『レ・ミゼラブル』の以下の箇所への注としてこれ以上のものはない。「フォーブール・サン＝タントワーヌ〔パリの通り〕の酒場は、アヴェンティーノ〔ローマの丘のひとつ〕の居酒屋に似ていた。アヴェンティーノの店々は巫女《みこ》の洞窟の上方に建てられていて、聖なる霊感とつながりがある。これらの居酒屋のテーブルは、ほとんど三脚床几《しょうぎ》〔ギリシアのデルポイの巫女が坐って神託を述べた座席〕であって、エンニウス（前二三九―前一六九年。古代ローマの叙事詩人、劇作家）は、そこで飲まれた巫女の酒について語っている」〔第四部第一章〕。同じ見方から生まれたのが、〈パリの古代〉の最初のイメージが現われる作品、ユゴーの連作詩「凱旋門に寄す」である。この記念建造物の礼賛は、パリのカンパーニャ〔本来はローマ郊外の平原〕という幻想から出発する。すなわち「広大な平原《イマンス・カンパーニュ》」があって、そこには没落した都市のモニュメントが三つだけ残っている。サント・シャペル教会、ヴァンドーム広場の記念柱、凱旋門である。この連作がユゴーの作品のうちでもつ高い意義に対応するのは、古代を拠り所に作り上げられた十九世紀パリのイメージの成立に、この連作が果たした役割である。疑いもなくボードレールはこの連作を知っていた。それが書かれたのは一八三七年である。

＊　ボードレールの筆致に見られる「凝固した動揺」（二六八ページ）、および「つねに動いているこの都市が凝固する」（二八八ページ）を参照。

すでにその七年前、歴史家フリードリヒ・フォン・ラウマー（一七八一―一八七三年。ドイツの歴史家）は著書『一八三〇年のパリとフランスからの手紙』にこう記している「昨日私は、ノートル・ダムの塔のうえから、このもの凄い都市を見渡しました。誰が最初の建物を建てたのでしょうか。いつ最後の建物が崩れ、パリの地面がテーバイ〔古代ギリシアの都市〕やバビロン〔古代バビロニア王国の首都〕のそれのようになるのでしょうか」（『一八三〇年のパリとフランスか

らの手紙』第二部、一八三一年）。いつか「反響する橋のアーチに水が当たって砕けている
この岸が、つぶやきながら身を傾ける葦たちに、再び返されているであろう」とき、この
地面がどうなっているかを、ユゴーはこう描いた。

いや、すべては死んでいるだろう。この平地には何もない、
いまはまだここを満たしている人びとが消えたほかには。

（「凱旋門に寄す」Ⅷ）

ラウマーの百年あと、この都市のもうひとつの高い場所であるサクレ・クールの丘から、レオン・ドーデ（一八六七—一九四二年。フランスの右翼作家）がパリを一瞥する。彼の眼に映るのは、驚愕を呼び起こすほど縮約された、現在の瞬間に至るまでの〈近代〉の歴史である。「上からは、こうした宮殿やモニュメントや家やバラックの集まりが眺められ、そしてそれらはひとつの、あるいはいくつものカタストロフ——気象上の大災害、あるいは社会的な破局——にさらされる定めにあるように感じられる。……私はリヨンを見下ろすフルヴィエールの丘、マルセイユを見下ろすノートル・ダム・ド・ラ・ガルドの丘、パリを見下ろすサクレ・クールの丘で、何時間も過ごした。……これらの高みから最もはっきりと認識できるもの、それは脅しだ。人間の集まりは脅威を与える。……人間は仕事を必要とする。それは正しい。しかし人間はそのほかの欲求ももっている。……そのほかの欲求のうちには、自殺の欲求

があって、これは人間のなかに、そして人間を形成する社会のなかに潜んでいる。この欲求は自己保存の欲求よりも強い。だから、サクレ・クールの丘から、フルヴィエールの丘から、ノートル・ダム・ド・ラ・ガルドの丘から見下ろしていると、パリが、リヨンが、マルセイユがまだ存在しているのがいぶかしく思えてくる」（『生きられたパリ〔第一部〕右岸』一九三〇年）。ボードレールが自殺のうちに認めた近代的情熱《パスイオン・モデルヌ》〔二七五ページおよび二七七ページの訳注＊1参照〕は、今世紀〔二十世紀〕になると、こうした相貌を持つ。

　都市パリは、オスマンによって与えられた形態で、今世紀に入った。オスマンは都市像の大変革を、考えられるかぎり最もつつましい手段で実行していた。シャベル、つるはし、かなてこなどによってである。それまでにもこれらの控えめな手段は、なんという規模の破壊を引き起こしていたことか！　そしてそれ以後、大都市の成長とともに、大都市を地面に等しいものにしてしまう諸手段も、なんと成長したことか！　それらの手段は、来たるべきものについての、なんたるイメージを呼び起こすことか！――オスマンの作業がその頂点に達し、数々の街区がまるごと取り壊されていたころのこと、一八六二年のとある午後、マキシム・デュ・カン（一八二二―九四年。フランスの作家）はポン・ヌフ〔セーヌ河にかかる橋〕のうえにいた。眼鏡屋の店から遠くないところで、眼鏡ができあがるのを待っていたのだ。「自分の過ぎ去った人生について思いにふける人間が、あらゆるもののなかに自分自身のメランコリーが反映しているのを見る瞬間、そういう瞬間のひとつを、老年への敷居をまたぎかけていた著者デュ・カンは経験しました。眼鏡屋に行って彼は、視力がわずかに衰えていることを確信したのですが、このことは彼に、あらゆる人間的なものの避けがたい虚弱さという法則を……思い出させました。……オリエント各地を旅し、死者の塵でできた砂漠を歩き回った彼の心に、あのように多くの首都が……死んだのと同様、いま自分のまわりでざわめいているこの都市もまたいつか死なねばならないのだろう、という考えが突然わいてきました。ペリクレス（前四九五頃―前四二九年。古代ギリシアの政治家）の時代のアテナイ、ハミルカル・バルカス（前二七〇？―前二二九／二二八年。カルタゴの将軍。ハンニバルの父）の時代のカルタゴ、プトレマイオス朝時代のアレクサンドリア、皇帝たちの時代のローマについての正確な叙述が残されていたら、今日のわれわれの関心をどれほど激しく引くだろうか、という思いつきが浮かびました。……電光のような霊感は、並外れた題材を与えてくれることが時としてありますが、そうした霊感のおかげで彼はパリについて、古代の歴史記述者たちが彼らの都市について書かなかったような本を書く、という計画を立てました。……自分の円熟した老年の作品が、彼の精神の眼のまえに現われたのです」（ポール・ブールジェ「一八九五年六月十三日のアカデミーにおける演説　マキシム・デュ・カンの後継」、『アカデミー・フランセーズ記録選』第二巻、一九二一年）。ユゴーの「凱旋門に寄す」、そしてデュ・カンが彼の都市パリについて管理技術の面から記述した大著のなかには、ボードレールの近代の理念にとって決定的だったのと同じインスピレーションが認められる。

オスマンは一八五九年に仕事にとりかかった。法案によってすでに道はついていたし、この仕事の必要性は久しい以前から感じられていた。デュ・カンは先に触れた著作のなかで書いている。「一八四八年以後、パリは人の住める町ではなくなりつつあった。鉄道網の絶えざる拡大が……この都市の交通と人口増加を加速させた。人びとは狭く不潔で入り組んだ古い小路で窒息しそうになっていたが、ほかにどうしようもないのでいつまでもそこに詰め込まれていた」(『パリ――十九世紀後半におけるその諸器官、その諸機能、その生活』第六巻、一八八六年)。一八五〇年代の初め、都市像の大清掃がどうしても必要であるという考えがパリの住民に受け入れられはじめた。この清掃計画はその準備期において、実際の都市工事の眺めそのもの以上に、とは言わぬまでも、それと同じくらい強力に、すぐれた想像力を刺激しえたと推定してよいだろう。「詩人たちは、ものが目の前にあること自体よりも、イメージによって霊感を与えられる」(『随想録』〔一八三八年〕)とジュベール(一七五四―一八二四年。フランスのモラリスト)は言っている。芸術家たちにも同じことが当てはまる。もうじき自分の目の前からなくなるだろうと分かっているもの、それがイメージになる。当時のパリの街路は、おそらくそのようにしてイメージとなった。それはともかく、パリの大改造と地下的に関連していることが最も疑いえないと思われる作品は、この改造が始められる数年前に完成していた。メリヨン(一八二一―六八年。フランスの版画家)の腐蝕銅版画《エッチング》によるパリ風景集(「パリの腐蝕銅版画」一八五〇―五四年)である。ほかの誰にもましてこの作品に印象を受けたのはボードレールであった。ユゴーの夢想の底にあったような、カタストロフの考古学的な光景は、ボードレールにとって本当に心を動かすものではなかった。彼にとって、古代は一挙に、無傷のゼウスの頭部から出てくるアテナ〔ギリシア神話で知恵・学芸・戦争の女神〕のごとく、無傷の近代から出てくるべきものだった。メリヨンは、パリの舗石をひとつも犠牲にすることなく、この都市の古代的な相貌を現出させた。事柄のこうした見方こそ、ボードレールが近代《モデルニテ》〔現代〕という考えにおいてたえず執着していたものだった。彼はメリヨンを情熱的に賛美した。

この二人は選択親和的（wahlverwandt）[*1]であった。彼らは同じ年に生まれた。死んだのも数カ月しか違わなかった。両者とも孤独となり、重い精神の病をわずらった果ての死だった。メリヨンは痴呆症患者としてシャラントン精神病院で、ボードレールは失語症となって、ある私立診療所で。二人の名声はあとになって広まった。メリヨンの生前、彼を支持したのは、ほとんどボードレールただひとりだった。(26) ボードレールの散文作品のうちで、メリヨンについての短文[*2]に比肩するものは少ない。メリヨンを扱いながら、彼は近代に敬意を表している。ただし、近代のなかの古代的な顔に敬意を表しているのだ。というのも、メリヨンにおいても古代と近代は浸透しあっているのだから。すなわちメリヨンにおいても、このオーヴァーラップの形式、つまりアレゴリー[*3]が、見まがいようもなく登場してくるのだ。メリヨンの版画において、添え文字《ベシュリフトゥング》[*4]は重要である。そのテクストのなかに狂気が一枚かんでくるとき、狂気の闇はひたすら〈意　味《ベドイトゥング》〉*5を強調する。ポン・ヌフ風景のしたに付されたメリヨンの詩句は、〔アレゴリー的画像の意味の〕解　釈《アウスレーグング》として、その瑣事拘泥ぶりにもかかわらず、「耕す骸骨」〔『悪の華』所収〕ときわめて近いところに位置する。

ここに眠るのは、古きポン・ヌフ〔「新しい橋」〕に
正確に似せたもの。
最近の法令により、
すっかり新しく修復されたもの。
おお、博識の医者たちよ、
練達の外科医たちよ、
なぜ、石の橋にするのと同じことを
私たちにしないのか。　（ジェフロワ『シャルル・メリヨン』一九二六年、からの引用[27]）

*1　たんに verwandt といえば血縁関係にあること、また比喩的に親近性があることをいうが、「選択(Wahl)」がつけば、互いに相手を選んで結びつく性質があることをいう。ゲーテの小説の題名「親和力 (Die Wahlverwandtschaften)」も直訳すれば「選択親和力」となる。

*2　のちに部分的に引用される「画家たちと腐蝕銅版《エッチング》画家たち」（一八六二年）の一節を指す。なおこ

れと似た箇所が「一八五九年のサロン」第七章「風景画」にもある。

＊3　バロックのアレゴリーにおいては、さまざまな時間や時代が同一空間に表現される。

＊4　一般的には絵画などの題名ないし説明（二二一ページ参照）、署名や日付、あるいは中世絵画における銘帯（Spruchband）をいう。ベンヤミンはここでメリヨンの「パリの腐蝕銅版画」における一枚一枚の題名、およびところどころに挿入されている詩（メリヨン自身による）を指し、これらをバロック・アレゴリー画における（下部）説明文に比している。なおバロック・アレゴリー画はふつう、題名（Überschrift）、図像（Bild）、そしてこの（下部）説明文（Unterschrift）から成る。以上に関しては『ドイツ悲劇の根源』の「アレゴリー的奪霊」および「標題と金言」の節（『ベンヤミン・コレクション1』二二八―二三三ページおよび二五一―二五四ページ、または『ドイツ悲劇の根源 下』六二―六八ページおよび九〇―九五ページ）も参照。

＊5　『ドイツ悲劇の根源』の「アレゴリー的奪霊」および「悪魔《サタン》の恐怖と約束」の節参照。

ジェフロワ（一八五五―一九二六年。フランスの著述家）は、メリヨンの作品の核心を言い当てている。彼はメリヨンのボードレールとの親近性をも言い当てている。しかし何よりも、その後すぐにいたるところで〔オスマンの改造によって〕瓦礫の野原が見られることになった都市パリの、メリヨンによる描写の忠実さを言い当てているが、それはジェフロワが、これらの版画の独自性を次の点に求めているときである。「これらの版画は、生きているものをじかに模して作られたにもかかわらず、生き終えてしまったもの、もう死んでしまったか、もうすぐ死ぬであろうものという印象を与える」（同前）(28)。ボードレールのメリヨン論は、こうしたパリの古代の重要性を、ひそかに認識させる。「大きな首都のもつ自然な荘厳さがこれ以上の詩情《ポエジー》をもって表象されたものを、われわれは稀にしか見たことがない。積み重ねられた石の威容、指で空を指し示す鐘楼たち、天空へ向けて彼らの煙の連合軍を吐き出す工業のオベリスクたち、[29] 修復中の記念建造物《モニュメント》の驚くべき足場が、建築の堅固な本体のうえに、蜘《く》蛛《も》の巣状で逆説的な美しさをもったその透かし細工の建築をあてがうさま、怒りと怨恨をはらんで霧のかかった空、そこに含まれるドラマのすべてを思わせることによっていよいよ深みを増す遠近法の奥行きなど、文明の悲痛で栄光に輝く書割を構成する複雑な要素のどれひとつとして、そこには忘れられていない」（「画家たちと腐蝕銅版《エッチング》画家たち」）。出版業者ドラートル（一八二二―一九〇七年。画家、版画家、刷り師でもあった。メリヨンの画集を刊行した）は、メリヨンの連作にボードレールの文章を添えて刊行しようとしたが、これは挫折したことが惜しまれる計画といえよう。ボードレールの文章が書かれなかったのは、版画家のせいである。メリヨンには、ボードレールがやるべきこととして、自分が描いた建物や街路を調査して目録を作成することしか考えられなかったのだ。ボードレールが歩み寄ってこの仕事を引き受けていたとしたら、プルーストの「ボードレールの作品における古代都市の役割と、それらの都市が彼の作品のあちこちにまきちらす真紅の色」（プルースト、前掲論文）という言葉は、それが今日読まれるよりもさらに意味深いものになっていただろう。これらの都市のうち、ボードレールにとってまず第一に指を折るべきはローマであった。ルコント・ド・リール（一八一八―九四年。フランスの詩人）宛ての手紙のなかで彼は、この都市に対する「生来の偏愛」*を告白している。彼がこの偏愛を抱くに至ったのは、おそらくピラネージ（一七二〇―七八年。イタリアの銅版画家）の街景図を通じてであろう。ピラネージの作品では、修復されていない廃墟が、新しい市街といまだ一体になって現われているのである。

＊　この言葉は、ボードレールのルコント・ド・リール宛ての手紙（一通しか知られていない）ではなく、「わが同時代人の数人についての省察」IX「ルコント・ド・リール」（一八六一年）のなかにある。

『悪の華』の三十九番目の詩として登場するソネットは、このように始まる。

私がこれらの詩句をきみに与えるのは、もしも私の名が
仕合せにも遠い時代に流れ着き、
大いなる北風に恵まれた船をさながら、
ある宵、人間たちの脳漿《のうしょう》を夢想させるなら、
その時、きみへの記憶が、定かならぬ伝説にも似て、
真鍮琴《ツィンバロン》のように読者の耳を攻め立ててほしいからだ。

ボードレールは古代作家のように読まれることを望んでいる。この要求は、驚くほど早

く叶えられた。というのも、このソネットで言われている遥かな未来、「遠い時代《エポック・ロワンタン》」が到来したからである。ボードレールは彼の死後何百年かしてそれが来ると思っていたかもしれないが、何十年かでやって来たのだ。たしかにパリはまだ存続しているし、社会発展の大まかな傾向はまだ同じである。だが、これらの傾向が安定したものになればなるほど、それらについての経験においては、かつて〈真に新たなもの〉〔二七八ページの訳注＊1参照〕のしるしを帯びていた一切がますます虚弱になった。近代は自分自身に最も似なくなったのだ。そして、近代のなかに隠れているはずだった古代は実は、古びたものというイメージを提示することになる。「エルコラーノ〔ポンペイと同じく紀元七九年のヴェズヴィオ火山の噴火で埋まった町〕は灰のしたから再発見される。だが数年の時は、ある社会の風俗を、どんな火山灰よりも見事に埋もれさせてしまう」（バルベ＝ドールヴィイ『ダンディズムとG・ブリュメルについて』一八八七年）。

ボードレールにおける古代とは古代ローマである。ただ一カ所でだけ、古代ギリシアが彼の世界のなかにそびえ立つ。ギリシアは彼に、女性英雄《ヘロイーネ》＊1のイメージを提示する。このイメージは、近代に翻訳されるに値し、またそれが可能であるとボードレールには思えた。『悪の華』で最も大きく最も有名な詩のひとつ〔「地獄堕ちの女たち」〕に出てくる女性像は、デルフィーヌとイポリットというギリシア風の名をもっている。この詩はレスビアン的愛に捧げられている。レスビアンは、近代性《モデルニテ》の女性英雄《ヘロイーネ》である。レスビアンにおいて、ボードレールのエロス的主導イメージ——剛直さと男らしさを表わす女——は、ある歴史的な主導イメージに浸透された。すなわち、古代世界における偉大さという主導イメージにである。このことが、『悪の華』におけるレスビアンの女の位置を見紛《みまが》いようのないものにする。ボードレールが長いあいだこの詩集に『レスボスの女たち《レ・レスビエンヌ》』*2という題名を与えようと考えていた理由も、そこから説明される。ちなみに、芸術のためにレスビアンを発見したのは、ボードレールでは決してない。すでにバルザックが「金色の眼の娘」〔中篇小説、一八三四—三五年〕で、ゴーティエ（一八一一—七二年。フランスの作家。ボードレールの友人）が『モーパン嬢』〔長篇小説、一八三五年〕で、ドラトゥーシュ（ド・ラトゥーシュあるいはド・ラ・トゥーシュとも表記される。一七八五—一八五一年。フランスの作家）が『フラゴレッタ』〔長篇小説、一八二九年〕でレスビアンを扱っていた。ドラクロワ（一七九八—一八六三年。フランスの画家）の作品でもボードレールはレスビアンに出会った。ドラクロワの絵を批評した文章でボードレールは、いくらか遠まわしに、「現代の女性が、地獄的な方向で英雄的な姿をとって立ち現われるさま」〔「一八五五年の万国博覧会、美術」三「ユージェーヌ・ドラクロワ」一八五五年〕について語っている。

*1　ドイツ語の「ヘロイーネ」はふつう「女主人公」を意味し、「女性英雄」を表わす語は「ヘローイン」であるが、ベンヤミンは「ヘロイーネ」をむしろ「女性英雄」の意味に用い、以下に見られるように「女主人公」にはゲルマン系の単語「ヘルディン」（これも本来は「女性英雄」の意）をあてている。

*2　「レスビアン」の名は、古来レスボス（ギリシアの島）の女性が同性愛を好んだという伝説に由来

する。

このモティーフは、サン＝シモン主義[*1]に出自をもっている。サン＝シモン主義は、さまざまな礼拝の空想において、両性具有者の観念をしばしば用いた。そうした空想のひとつに、デュヴェリエ（一八〇三―六六年。フランスの作家。サン＝シモンの弟子）のいう「新しい都市[*2]」のなかに輝かしく聳《そび》え立つべき寺院がある。サン＝シモン主義の奥義を窮めたひとり[*3]は、それについて次のように述べている。「この寺院は、両性具有者を、ひとりの男とひとりの女とを、なしていなければならない。……これと同じ区分が、都市全体について、いや王国全体について、地球全体について、予定されなくてはならない。男性の半球と女性の半球とができることになろう」（アンリ＝ルネ・ダルマーニュ『サン＝シモン主義者たち 一八二七―一八三七年』一九三〇年、からの引用）。サン＝シモン主義のユートピアはその人間学的内容からすれば、実現しなかったこの建築よりも、クレール・デマール（一八〇一頃―三三年。フランスの著述家。熱狂的なサン＝シモン主義者。自殺を遂げた）の思考の道筋を見たほうが理解しやすい。アンファンタン（一七九六―一八六四年。フランスの技師、社会主義者。サン＝シモンの側近）の不遜な空想力の陰に隠れて、クレール・デマールは忘れられてしまった。彼女が遺した宣言のほうが、アンファンタンの母‐神話よりも、サン＝シモン主義の理論の核心に近い。その核心とはすなわち、世界を動かす力としての工業の実体化である。デマールの文章でも母が問題となっているが、しかし彼女の意見は、東方に母を求めてフランスを出発した人びとのそれとは本質的に異なる。この時代に女性の未来について書かれた多種多様な文章のなかでも、クレールのものはその力と情熱によって孤高を保っている。この文章は「私の未来の掟」という題で出版された。その最終節にはこうある。「母性はもうない！　血の掟はない。母性はもうない、と私は言っているのだ。女性がひとたび……彼女にその肉体の対価を払わなくなる〔ベンヤミンの訳では「払う」〕男たちから解放されるなら……、女性は自分自身の働きによってのみ生活していけるだろう。そのためには女性はひとつの仕事に身を捧げ、ひとつの役割を果たさねばならない。……したがって、新生児を産みの母の胸から社会的な母の腕へと、国家が雇う乳母の腕へと渡すことを、あなたたちは決心しなければならないのだ。そうすれば子どもはよりよく育てられるであろう。……そのときはじめて、そうなってようやく、男性と女性と子どもは、血の掟から、人類自身による人類の搾取の掟から、解放されるだろう」（『私の未来の掟』一八三四年）。

＊1　フランスの空想的社会主義者サン゠シモン（一七六〇―一八二五年）の社会改革思想。

＊2　デュヴェリエは「新しい都市」（『百と一の書』一八三二年、所収）と題する文章において、パリを世界の首都として再生させる構想を述べた。

＊3　ギュスターヴ・デシュタル（一八〇四―八六年）。『パサージュ論』K4a, 3参照。

ここには、ボードレールがみずからのうちに取り込んだ英雄的《ヘルディシュ》＊な女性のイメージが、ものかたちで打ち出されている。このイメージはレスビアンへと変化していったが、このことは作家たちによってはじめて行なわれたわけではなく、サン゠シモン主義のサークル自体のなかで生じた。ここで問題となってくるもろもろの証言に関して、この派自体の年代記作者たちが最良の保管者でなかったのは確かである。ともあれ、サン゠シモンの教説を信奉したある女性による、以下のような奇妙な告白が残っている。「私は、私の隣人である女性を、私の隣人である男性とまったく同じように愛しはじめた。……私は男性に体力と、男性に固有なたぐいの知性とを任せ、しかし女性の肉体的な美しさと、女性に固有なたぐいの精神的才能とを、男性と等価値のものとしたのである」（フィルマン・マイヤール『解放された女性の伝説』発行年記載なし〔一八八八年？〕、からの引用）。この告白のこだまのように響くのが、ボードレールのある批評的省察であるが、これは相当に意表をつく発言だっただろう。話題はフロベールの最初の女主人公《ヘルディン》である。「ボヴァリー夫人は、彼女の裡《うち》なるこの上なく精力的な、この上なく野心的な、そしてまたこの上なく夢想的なもののために、……男性でありつづけた。ゼウスの頭部から飛び出した武装せるパラス〔アテナ女神〕さながら、この奇異な両性具有者は、愛らしい女性の肉体に宿った男性的精神に固有の、誘惑的な力のすべてを持ち続けてきた」（「ギュスターヴ・フロベール著『ボヴァリー夫人』書評」一八五七年）。そしてさらに、作者自身についてこう言われている。「あらゆる知的な女性たちはこの作者に感謝の意を抱くであろう、雌《めす》というものをかくも高度の力強さにまで高めてくれたことに対し……、また、完全な人間というものを形成するあの二重性格、すなわち打算も夢想もできるという性格に参与させてくれたことに対して」（同前）。

ボードレールは、彼がつねに心がけていた奇襲戦法的なやり方で、フロベールが描いた小市民の妻を、女性英雄《ヘロイーネ》にまで持ち上げるのである。

* 「ヘルディシュ」は「ヘルト」(女性形「ヘルディン」)の形容詞形であるが、ここは「主人公的」ではなく「英雄的」の意と思われる。三〇三ページの訳注*1参照。

ボードレールの文学のなかには、重要でありかつ明白であるのに、これまで注意されてこなかった事実がいくつもある。そのひとつが、レスビアンを扱ったふたつの詩の対立的な思想傾向である。ふたつの詩は『漂着物』(『悪の華』初版で削除命令を受けた六篇(三〇九ページの訳注*参照)に、他の詩を加えて一八六六年に出版された詩集)では連続して出てくる(『悪の華』初版でも同様)。「レスボス」はレスビアン的愛への賛歌である。それに対し「地獄落ちの女たち デルフィーヌとイポリット」は、この情熱《パッスイオーン》の断罪である——何らかの同情のヴィブラートがかかっているにしても。

正と不正の掟が、われわれにどうせよというのだ?
多島海の誉れなる、崇高な心もつ処女たちよ、
御身らの宗教は、他の宗教に劣らず尊いもの、
そして愛は〈地獄〉をも〈天〉をも、笑いの種にするだろう!

と第一の詩では言われており、第二の詩ではこうである。

　――降《くだ》ってゆけ、降ってゆけ、憐れむべき犠牲《いけにえ》たちよ、
　永遠なる地獄への道を、降ってゆくがよい!

　この著しい不一致は次のように説明される。ボードレールはレスビアンの女を問題とは見なさなかった、つまり社会的問題とも個人的資質の問題とも見なさなかったし、同様に彼は――散文家として、と言ってよいだろう――そうした女性に対しいかなる立場もとらなかったのである。ボードレールは近代のイメージのなかにレスビアンの女のための場所をとってやったが、現実のなかにはそうした女性を再認しなかった。だから彼は無頓着にこう書くのである。「われわれは、博愛主義の女流作家だとか、……共和派の女流詩人だとか、フーリエ主義にもせよサン=シモン主義(30)にもせよ、未来を歌う女流詩人だとかを知った。……われわれの眼は、そうした四角張った醜さのすべて、……男性的精神のそうした……猿真似《パスティッシュ》のすべてに、ついぞ慣れ親しむことはできなかったのである」〔「わが同時代人の数人についての省察」Ⅲ「マルスリーヌ・デボルト=ヴァルモール」一八六一年〕。ボードレールは自分の詩作によって公にレスビアンの女のために肩入れしようと思いついたことがある、などと想定するのは見当違いであろう。ボードレールが『悪の華』裁判*のさいに弁護士に

対して弁護演説に関して行なっている提案を見れば、それは明らかである。ボードレールにとって、レスビアン的愛が市民から排斥されることは、この情熱《ライデンシャフト》の英雄的《ヘローイシュ》な性質と切り離しえないものなのだ。「降ってゆけ、降ってゆけ、憐れむべき犠牲たちよ」は、ボードレールがレスビアンの女に背後から浴びせる最後の言葉である。彼はレスビアンの女を没落するにまかせる。この女性は救いがたい。なぜなら彼女についてのボードレールの観念のなかの混乱は解消不可能だからである。

＊ 一八五七年、『悪の華』初版の発行後すぐ、著者と発行人は告発された。裁判において風俗壊乱のかどで有罪判決が下され、罰金刑が、そして「レスボス」「地獄堕ちの女たち」など六篇の詩の削除が言い渡された。

十九世紀は女性を、家政の外の生産過程においても仮借なく利用しはじめた。それはもっぱらプリミティヴな仕方でなされた。女性を工場に雇ったのである。それによって男性的な諸特徴が女性において次第に現われずにはいなかった。工場労働が生みだしたものであるから、なによりもまず歪曲作用をもつ特徴だったことは明らかである。生産のもっと高次の諸形式は、そして政治闘争そのものも、より高尚な形式の男性的な諸特徴を促進することができた。ヴェジュヴィエンヌ〔「ヴェズヴィオ山の女たち」の意で、一八四八年フランスで結成された女性政治団体〕の運動は、そうした意味で理解することができるかもしれない。この運動は二月革命に、女性から構成される一団体を提供した。その規約には次のように言われている。「私たちはヴェジュヴィエンヌと名乗る。この名によって、私たちの仲間である女性ひとりひとりのなかに、革命的な火山が活動していることを言明するためである」（『一八四八年の革命下のパリ』一九〇九年）。女性の挙措《ハビトウス》のこうした変化のうちにはっきり現われていた諸傾向は、ボードレールの想像力をかきたてることができた。妊娠に対する嫌悪という、ボードレールの深い特異体質がそこに一枚かんでいたとしても、驚くには当たらないであろう。[31] 女性の男性化は、この特異体質に訴えかけたのだ。ボードレールはつまりこのなりゆきを肯定した。しかし同時に、彼にとって重要だったのは、このなりゆきを経済の支配から解放することだった。かくして彼は、この発展方向に、純粋にセックス的なアクセントを与えるに至った。彼がジョルジュ・サンド（一八〇四—七六年。フランスの作家。ミュッセやショパンとの関係は有名であった）を許せなかった点は、ミュッセとの火遊びによって、レスビアンの女の諸特徴を冒瀆したことだったかもしれない。

レスビアンの女に対するボードレールの立場には、〈散文的〉な要素〔三〇八ページ参照〕の萎縮がはっきり現われているが、このことは他の作品においてもボードレールの特徴をなしている。それは注意深い観察者たちに奇異の念を抱かせた。一八九五年にジュール・ルメートルはこう書いている。「ここにあるのは、さまざまな技巧と、意図的な矛盾にみちた作品である。……現実の陰惨きわまる細部を、このうえなくどぎつく描写して得意がると同時に、事物が私たちに与える直接の印象から遠く離れる唯心論に耽るのである。

……ボードレールは女性を奴隷と、あるいは獣と見なすが、……それにもかかわらず聖母マリアに捧げるのと同じ……恭順の誓いを女性に捧げる。……彼は〈進歩〉を呪い、この世紀の工業を嫌悪する、……けれども彼は、この工業が私たちの今日の生活に与えた独特な趣《おもむき》を楽しむのだ。……思うに、特殊ボードレール的なものは、ふたつの対立する種類の感情反応を……こう言ってよければ、過去の反応と現在の反応を、つねに合一させることにある。意志の傑作である。……感情生活の領域における究極の新発明品である」（ルメートル、前掲書）。この態度を、意志の偉業として提示することが、ボードレールの念頭にあった。しかしながらこの態度の裏面は、確信と洞察と不動性との欠如である。ボードレールは、彼の感情のあらゆる動きにおいて、急激な、ショック的な交代にさらされていた。それだけに、もろもろの極端なもののなかに生きる、もうひとつのあり方が、いっそう魅力的に彼の脳裏に浮かんでいたのだ。このあり方は、彼の完璧な詩句の多くから発する呪文《インカンタツィオーン》〔呪縛、魅惑〕のなかで形成される。それらの詩句のいくつかでは、このあり方はみずから名乗り出ている。

見たまえ、あの運河の上に、
眠るあれらの船、
漂泊《さすらい》の思いを秘めて、眠る船。

きみの望みは、ささやかなりと
見逃さず、充たすため、
船たちは、世界の涯からやって来る。

〔「旅への誘《いざな》い」〕

揺するようなリズムが、この有名な詩節の特徴である。詩節の動きが、固定されて運河に浮かんでいる船たちを捉える。船たちの特権であるような、極端なもののあいだで揺すられること、それにボードレールは憧れていた。船のイメージが浮かび上がるのは、ボードレールの深い、秘匿された、パラドクス的な主導イメージが出現すべき場所においてである。つまりこの主導イメージとは、大いなるものに担われてあること、そのなかに庇護されてあることにほかならない。「静かな水の上に、目に見えぬほどかすかに揺れている……あれらの美しく大きな船、のんびりとして郷愁をいだくかに見えるあれらの頑丈な船は、無言のことばでわれわれに告げていはしないか、いつわれわれは幸福に向かって出発するのか？　と」〔「火箭」八〕。それらの船においては、暢気さ《ノンシヤランス》が、持てる力を極限まで投入する心構えと一体になっている。このことが船に、隠れた意味を付与する。人間にあってても偉大さと無造作とが出会うような、ある特別な状況布置《コンステラツイオーン》が存在する。ボードレールの生活を支配しているのは、そうした状況布置である。彼はこれを解読して〈近代〉と名づけたのだ。彼が沖合の停泊地にいる船たちの劇〔光景〕に見とれるとき〔「火箭」一五参照〕、それはこの船たちからひとつの比喩を読み取るためである。すなわち英雄《ヘーロス》は、あれらの帆船と同じように強く、明敏で、調和的で、立派な体つきをしている。ところが、外海は英雄にむなしく合図を送るしかない。というのも、英雄の生は凶星のもとにあるのだから。近代は彼の宿命であることが判明する。近代のなかに英雄は予定されていない。英雄というタイプを近代は活用することができない。近代は英雄を、安全な港のなかにいつまでも固定しておく。近代は英雄を、永遠の無為に委ねる。こうして英雄の最後の化身、ダンディが登場する。力強く平静であるがゆえに、あらゆる振舞いが完璧なダンディたちのひとりに出くわした者は、こんな独り言をつぶやく。「あそこを通り過ぎる男は金持ちなのかもしれない。だがあの男のうちには、仕事のないヘーラクレースがひそんでいるのに相違ない」〔「現代生活の画家」九「ダンディ」〕。この男は、自分の偉大さに運ばれて歩いているかのような印象を与える。それゆえ、ボードレールが特定の時刻に行なう自分の遊歩は自分の詩的創作力の傾注と同じ品位に包まれていると思ったことは、よく理解できる。ボードレールにとってダンディは、偉大な祖先たちの後裔として現われる。ダンディズムは彼にとって、「頽廃の諸時代における英雄性の最後の輝きだ」〔同前〕。シャトーブリアン（一七六八―一八四八年。フランスの作家）の作品にアメリカ゠インディアンのダンディたちへの言及を発見してボードレールは喜ぶ。あれらの種族のかつての全盛期の証言だというわけである。しかし本当は、ダンディを作り上げている諸特徴が完全に特定の歴史的なしるしを帯びていることとは見まがいようがない。ダンディは、世界交易をリードしたイギリス人たちの発明になるものである。ロンドンの取引所の人びとの手のなかには、地球全体をおおう交易網が握られていた。その網の目は、多様きわまりない、非常に頻繁に生じる、まったく予想もつかないような振動を感知した。商人はこれらの振動に対応しなければならなかったが、自分の対応を他人に見せつけるわけにはいかなかった。このことによって商人の内部に生まれた葛藤を、ダンディたちは自分の演出のなかに取り込んだ。彼らは、この葛藤の克服に必要なトレーニングを、工夫をこらして編み出した。彼らは、電光のようにすばやい反応を、緊張の解けた、いやそれどころか弛《たる》んだ挙動や表情と結合させた。顔面痙攣《チック》——これはいっとき上品と見なされていた——は、いわば問題の不器用な、低級な表現といえよう。このことに関して、次の文章は大変特徴的である。「エレガントな男の顔はつねに……どこか痙攣的な、ゆがんだものをもっていなければならない。そうしたしかめっ面を、生まれつきの悪魔主義のせいにしたければすることもできる」（『遊び人パリ』、〔タクシル・ドゥロール他〕『小さなパリたち』第一〇巻、一八五四年）。ロンドンのダンディの姿は、パリの大通り《ブルヴァール》の伊達男の頭のなかに、そのように思い描かれたのだった。この姿は、ボードレールの容貌に、そのように反映したのだった。ダンディズムへのボードレールの愛は、幸福なものではなかった。彼は、ひとに気に入られる才能がなかった。この才能こそは、ひとに気に入られないようにするというダンディの技術の、非常に大事な一要素なのである。

ボードレールは、もとから自分にあった奇異な点を、流儀《マニーア》にまで高めたことにより——ますます孤立してゆくにつれて、彼の無愛想さ〔二六八ページ参照〕は増していったので——きわめて深い孤独に陥ってしまった。

*1ボードレールはゴーティエのように自分の生きている時代を気に入っていなかったし、ルコント・ド・リールのように自分を欺いて時代を忘れることもできなかった。ラマルティーヌやユゴーのような人道的理想主義をもちあわせていなかったし、ヴェルレーヌ（一八四四―一八九六年。フランスの詩人）のように信仰に逃れることもできなかった。ボードレールはいかなる確信も所有していなかったので、みずからつねに新たな形姿を選び取った。遊歩者《フラヌール》、ごろつき《アパシュ》、ダンディ、そして屑屋は、ボードレールにとって、それだけの数の役《やく》であった。というのも、近代の英雄《ヘーロス》は主人公《ヘルト》ではなく、主人公を演じる者なのである。英雄的《ヘローイシュ》な近代は、一篇の近代悲劇《トラウアーシュピール》*2であることが明らかになるのであり、この劇のなかでならば、主人公の役を意のままに演じることができるのだ。このことをボードレール自身、まるで注記《ルマルク》のようにこっそりと、「七人の老人」の端っこで暗示している。

それはある朝、うらわびしい街路でのこと、
霧をかぶって日頃より丈高く延びた家々は、
水嵩《みずかさ》増した河の、両岸の堤の形を真似て、

また、役者の心に似通った書割をさながら、
黄いろく汚《きたな》らしい霧が空間を浸しつくしていた時、
私は、英雄《エロー》のように（comme un héros〔主人公でも演ずるように〕）神経を緊張させて、
もううんざりしている私の魂と議論を続けながら、
重い砂利馬車に揺り動かされる場末町をたどって行った。

＊1　以下四行、「……逃れることもできなかった」とほぼ同じ記述が、「セントラル・パーク」八（『ベンヤミン・コレクション1』三六八ページ）にある。

＊2　ふつうトラウアーシュピール（Trauerspiel、直訳すれば「悲しみの劇」）は、ギリシア語に由来するトラゲーディエ（Tragödie）と区別なく用いられるが、ベンヤミンは前者を近代悲劇（より狭義には十七世紀バロック悲劇）、後者を古代ギリシア悲劇を指すものとして用いる。『ドイツ悲劇の根源下』三九六ページ以下の「訳者解説」参照。

書割、役者、英雄《ヘーロス》〔主人公〕がこれらの詩節のなかに、誤解しようのない仕方で集合している。同時代人たちには、このような指摘は不要であった。クールベ（一八一九―七七年。フランスの画家）は、ボードレールを描いていたとき、彼が毎日違った風に見える、とこぼしている。そしてシャンフルーリ（一八二一―八九年。フランスの作家、批評家。ボードレールの友人。クールベら写実主義の画家を支持した）は、ボードレールには脱走したガレー船の囚人のように表情を偽装する才能があった、と伝えている（「青年時代の思い出とさ

まざまな肖像」一八七二年、参照)。ヴァレス(一八三二—八五年。フランスの作家)は、意地の悪い追悼文——かなりの慧眼を証しだてているが——のなかで、ボードレールを大根役者《カボタン》と呼んだ(『ラ・シチュアシオン』紙より、アンドレ・ビイー『闘いの作家たち』一九三一年、に収録)。

ボードレールが用いたいくつかの仮面の裏で、彼の内なる詩人は、匿名性《インコグニト》を保持した。彼は交際においてははなはだ挑発的な印象を与えることができたが、それだけいっそう作品においては用意周到なやり方をしたのである。匿名性は彼のポエジーの掟である。大都市では家屋群や門道や中庭に掩護《えんご》されて、目立たずに動き回ることが可能だが、ボードレールの詩の構造は、そうした大都市の地図に比せられよう。この地図のうえには、それぞれの言葉の配置が正確に記入されている。ちょうど、反乱の勃発前に、策謀を行なう者たちの配置が決められているように。ボードレールは言葉そのものと共謀する。彼は言葉の効果をあらゆる箇所で計算する。彼は読者に対して隙《すき》を見せることをつねに避けた——このことに忘れがたい印象を受けたのは、まさに最も慧眼な者たちであった。ジッド(一八六九—一九五一年。フランスの作家)はイメージと事柄のあいだの、よく計算された不一致について書いている(ジッド、前掲論文参照)。リヴィエール(一八八六—一九二五年。フランスの作家、批評家)が特筆大書したのは、主題から遠く離れた言葉によって始めるボードレールのやり方、その言葉を慎重に事柄に近づけてゆくことで、その言葉に静かに登場することを教えるやり方である(ジャック・リヴィエール『エチュード』(一九一一年)参照)。ルメートルは、情熱の爆発を阻むように作られている形式について語っている〔ルメートル、前掲書参照〕。そしてラフォルグが強調するのは、ボードレールの直喩《ちょくゆ》が、抒情的人格のいわば嘘を罰すること、平和攪乱者としてテクストのなかに入り込んでくることである。「夜はまるで仕切り壁のように濃く立ちこめて」〔『悪の華』所収「露台《バルコン》」〕。――ラフォルグは「例はほかにも豊富に見つかるであろう」〔ラフォルグ、前掲書〕と付け加えている。(32)

　単語を、高尚な文体に使うにふさわしいと考えられるものと、そうした使用から排除されるべきものに分ける態度は、昔から詩的制作の全領域に影響を及ぼしており、抒情詩におけるのと劣らず悲劇《トラゲーディエ》においても、そもそもの初めから実行されてきた。十九世紀の最初の数十年間、この慣習は文句なく通用していた。ルブラン（一七八五―一八七三年。フランスの作家。擬古典主義的な悲劇を書いた）の『シッド』〔『アンダルシアのル・シッド』一八二五年〕の上演のさい、「寝室《シャンブル》」という単語が、不満のつぶやきを生んだ。アルフレッド・ド・ヴィニーの訳による『オセロ』〔シェイクスピア作〕は、「ムショワール」〔「ハンカチ」の意。「はなをかむ」という意味の動詞「ムシェ」に由来〕という単語のせいで失敗した。悲劇《トラゲーディエ》*1のなかでこの言葉が口にされるのは耐えがたかったのである。ヴィクトール・ユゴーはすでに、文学において日常会話の言葉と高尚な文体の言葉との区別を撤廃し始めていた。サント＝ブーヴも同様のことをいち早く行なっていた。彼は『ジョセフ・ドロルムの生涯〔と詩と思想〕』〔ジョセフ・ドロルムとはサント＝ブーヴ自身のこと〕のなかで次のように明言している。「私は、……自分なりのやり方、控えめな、中流市民的なやり方で独創的であろうとした。……私的な生活のさまざまな事物を、私ははっきりその名で呼んだ。だがその際、〈閨房〉よりも〈あばら家〉のほうが私の気持ちに近しいのだった」（『ジョセフ・ドロルムの生涯と詩と思想』）。ボードレールは、ヴィクトール・ユゴーの言語上の過激急進主義をも、サント＝ブーヴの牧歌的な自由気ままをも超えていった。ボードレールのイメージは、直喩の対象となるものの卑近さゆえに独創的である。彼は陳腐な出来事が起こるのを期待して見張っている。それを詩的な出来事へと近づけるためである。「揉《も》んで丸める紙のように、心の臓を圧《おさ》えつける、／あの耐えがたい夜な夜なの、漠とした恐怖」（『悪の華』所収「功徳」）について彼は語っている。こうした言葉の振舞いは、ボードレールの内なるアルティスト〔職人的芸術家、技巧家――二六二ページ以下参照〕の特徴をよく示すものだが、それはアレゴリー詩人ボードレールにおいてはじめて真に重要となる。この振舞いゆえに、彼のアレゴリーは読者を惑わすが、このことが、彼のアレゴリーをありきたりのアレゴリーから区別する。〔第一〕帝政期〔一八〇四―一五年〕のパルナッソス[*2]をありきたりのアレゴリーだらけにした一番最後の作家はルメルシエ（七七一―一八四〇年。フランスの劇作家、小説家）であった。かくして擬古典主義文学はどん底に達していたのだった。ボードレールはそんなものに気を取られなかった。彼はアレゴリーをふんだんに取り上げるが、それらをある言語的環境に移しいれることによって、それらの性格を根本的に変えてしまうのだ。『悪の華』は、散文に出自をもつ言葉だけでなく、都市に出自をもつ言葉をも抒情詩に利用した、はじめての書物である。その際、詩的な古色のついていない、鋳造されたての輝きが眼にまぶしい単語も、決して避けられていない。ケンケ灯《カンケ》（「賭博」）、貨車《ヴァゴン》（「殺人者の葡萄酒」）、あるいは乗合馬車《オムニビュス》（「小さな老婆たち」）も出てくる。勘定書き《ビラン》（「憂鬱」（「千年生きたのよりも……」））、街灯《レヴェルベール》（「屑屋たちの葡萄酒」）、道路清掃車《ヴォワリー》（「白鳥」）にたじろぐということもない。『悪の華』の抒情的語彙《ヴォキャブラリー》はこうした性質のものであり、そのなかで突然そして何の準備もなく、アレゴリーが出現するのだ。もしもボードレールの言語精神をどこかで把捉することができるとすれば、この唐突な同時発生においてであろう。これを決定的に言い表わしてみせたのはクローデル（一八六八―一九五五年。フランスの詩人、劇作家）である。彼はあるときこう言った――ボードレールは、ラシーヌの書き方と、第二帝政期のジャーナリストの書き方を結合した（リヴィエール、前掲書参照）。ボードレールの語彙のどれひとつとして、はじめからアレゴリーになるように定められてはいない。ある語がアレゴリーという任務《シャルジェ》（軍人の階級）を授かるどうかは場合による。どんな事柄か、どの主題が探知され、包囲され、占領される順番に当たっているか、によるのである。奇襲戦法――ボードレールにおいてそれは詩作と呼ばれる――のために、彼はアレゴリーたちを自分の仲間に引き入れる。アレゴリーたちだけが、秘密を打ち明けられている。死《ラ・モール》（「死の舞踏」ほか随所）や思い出《ル・スーヴニール》（「白鳥」における「ひとりの年老いた〈思い出〉」）、後悔《ル・ルパンティール》（「時計」）や悪《ル・マル》（「救われ得ぬもの」）が姿を現わす箇所に、詩的戦略の中央指令所がある。この下士官《シャルジェ》たちは、陳腐きわまる語彙をも拒まないテクストの真っ只中にあって、大文字で始まっているので見分けがつくが、彼らの電光のような登場は、ボードレールの手がそこに働いていることを示す。彼の技法は、反乱扇動者《プッチスト》（一八〇ページ参照）のそれである。

*1　ルブランやシェイクスピアの作品は、ベンヤミンの用語法では近代悲劇《トラウアーシュピール》と呼ばれるべきであるが、ここでは近代悲劇と古代悲劇を区別しない世間一般の言葉遣いが再現されている。

*2　ギリシアの山地。ギリシア神話ではアポロとムーサ（ミューズ）の住む場所。そこから文壇ないし詩壇の比喩となった。

ボードレールの死の数年後ブランキは、記憶に値する名人芸をもって、その策謀家としての経歴の最後を飾った。それはヴィクトール・ノワールが殺害されたあとのことだった。*ブランキは自分の部隊の現状を見渡してみたいと思った。彼が顔見知りであったのは、ほとんど自分に直属する下級指揮官たちだけだった。彼の兵員たち全体が、どの程度彼を知っていたかはよく分からない。彼は副官グランジェ（一八四四―一九一四年。フランスの法律家。ブランキの腹心の部下）と話し合い、グランジェはブランキ主義者閲兵の手はずを整えた。ジェフロワの本には次のように描かれている。「ブランキは……武器をもって家を出、姉妹たちにさよならを言い、シャンゼリゼ（パリのメインストリート）の自分の持ち場についた。そこでは、グランジェとの取り決めに従い、部隊の分列行進が行なわれることになっていて、それらの部隊の秘密の将軍がブランキなのだった。ブランキは隊長たちの顔を知っていた。いまや彼ら一人一人に続き、同じ歩調、同じ隊形をなして、それぞれの隊員たちが彼のそばを通り過ぎるのが見られるはずであった。ことは予定通り進んだ。ブランキは閲兵を行なったが、この奇妙な劇〔光景〕がいったい何なのか少しでも分かった者はいなかった。群衆のなかで、自分と同じように眺めている人びとに混じって、この老人は木にもたれて、仲間たちが縦隊をなしてこちらへやって来るのを注意深く見ていた。群衆がつぶやきあうなかを、仲間たちは黙って近づいてきたが、このつぶやきには、たえず呼び声が入り混じった」（ジェフロワ『幽閉された男』）。――このようなことを可能にした力は、ボードレールの文学によって言葉のなかに保存されている。

＊　ヴィクトール・ノワール（一八四八―七〇年）は反帝政派のジャーナリスト。一八七〇年一月十日、ナポレオン一世の弟の末子でナポレオン三世の従兄弟に当たるピエール・ボナパルトに射殺された。この事件によってナポレオン一族に対する反感が強まり、革命的な気分が盛り上がった。

ボードレールは折に触れて、近代の英雄《ヘーロス》というイメージを策謀家のなかにも見ようとした。「もう悲劇はけっこう！」と彼は二月〔革命〕の日々、『公共福祉《サリュ・ピュブリック》』〔ボードレールが一八四八年二月に友人らと創刊した急進的共和派の新聞〕に書いた。「もう古代ローマ史はけっこうだ！　われわれは今日ブルートゥス＊よりも偉大ではないだろうか？」（クレペ、前掲書からの引用〔「劇場の再開」一八四八年〕）。ただし、ブルートゥスよりも偉大であるとは、あまり偉大ではないということだった。というのも、ナポレオン三世が支配権を握ったとき、彼がカエサル（前一〇〇―前四四年。古代ローマの軍人、政治家。ブルートゥスらに暗殺された）であることをボードレールは見抜けなかったのだから。その点でブランキはボードレールよりも上だった。だが両者の相違点よりも、両者に共通していた点のほうが、深いところに達している。共通点とはすなわち、反抗と焦燥、憤激の力と憎しみの力――そしてまた無力さであって、これも両者の持ち前のものだった。ボードレールはある有名な一行で、「行為が夢の同胞《はらから》ではないような世界から」（「聖ペトロの否認」）、心安んじて別れを告げている。彼の夢は、彼が思っていたほど見捨てられてはいなかった。ブランキの行為は、ボードレールの夢の同胞《はらから》だった。このふたつは絡みあっている。かつてナポレオン三世が六月蜂起者たちの希望を埋葬してしまった、その石のうえで絡みあっているふたつの手なのである。

＊ベンヤミンは古代ローマの政治家でカエサル暗殺の首謀者ブルートゥス（前八五―前四二年）と解しているようであるが、ボードレールはローマ共和制の祖とされる英雄ブルートゥス（前五〇〇年頃活躍）もしくはこれを描いた悲劇作品のことを言っているとも考えられる。

【原注】

（1）職業策謀家たちから距離をとろうとするプルードン（一八〇九―六五年。フランスの社会思想家。労働者の政治的能力を漸進的に育成すべきであると説き、革命家たちに反対された）は、折に触れて自分のことを「新しい人間」と呼んでいる。「新しい人間とは、バリケードではなく批判的対決こそ自分のなすべき仕事だと考える人間だ。毎晩、警視総監と同じテーブルにつき、世界中にいるド・ラ・オッドたちの誰にでも秘密を打ち明けることができるような人間だ」（ギュスターヴ・ジェフロワ『幽閉された男』一八九七年、からの引用）。
（2）オーピック将軍は彼の義父だった。
（3）ボードレールはこうしたディテールを評価することをわきまえていた。彼は書いている――「いったい何だって貧乏人どもは物乞いをするのに手袋をはめないのだろう？　そうすればひと財産できるだろうに」（「異教派」一八五二年）。ボードレールはこれをある匿名の人物の発言としているが、この口ぶりはいかにもボードレールのものである。
（4）この生活費予定表が社会の記録となっているのは、ある特定の家庭において調査されたからというよりも、きわめてひどい困窮をきれいに分類整理することで不快な印象を和らげようとする姿勢のゆえにである。全体主義国家が、己れの非人間的な点をひとつ残らず法律条項に盛り込もうとする野心によって――非人間的な点は「法律条項の遵守」ということになるわけである――開花させたものの萌芽は、資本主義のかなり初期の段階にすでにまどろんでいた、とこの予定表から推測してよかろう。ある屑屋のこうした生活費予定表の第四項である文化的欲求・娯楽・衛生のための費用は、以下のようになっている。「子どもの教育費――授業料は家族の雇用主によって支払われる――四八フラン。本代、一・四五フラン。義捐金《ぎえんきん》および貧者への喜捨（この階層の労働者はふつう喜捨をしない）。祭りや祝い事――家族全員がパリの市門税関《バリエール》の近辺でとる食事（年に八回の遠出）は、葡萄酒とパンとジャガイモ炒めで、八フラン。クリスマス、謝肉の火曜日、復活祭および精霊降臨祭における食事は、バターとチーズで調理したマカロニ、そして葡萄酒で、この支出は第一項に記載済み。男性の嚙みたばこ（労働者自身が集めた葉巻の吸殻）……五フランから三四フランに相当（これはベンヤミンの誤訳で、正しくは「一キロ五フランで三四フランに相当」）。女性の嗅ぎたばこ（買う）……一八・六六フラン。おもちゃ、その他の子どもへのプレゼント、一フラン。……親戚との文通――イタリアに住んでいる、この労働者の兄弟からの手紙は、平均して年一回。……注記。不幸な出来事に見舞われた際、家族にとって最も重要な方策は、私的な慈善に頼ることである。……年間の貯蓄（この労働者はいかなる将来の見通しももたない。彼にとって大事なのは何よりも、妻と小さな娘に、自分たちの境遇の許す限りで、あらゆる楽しみを与えてやることである。彼は貯蓄をせず、稼いだ金をすべてその日のうちに使ってしまう）」（フレデリック・ル・プレー『ヨーロッパの労働者』一八五五年）。このような調査の精神をうまく言い表わしているのが、ビュレ（一八一〇―四二年。フランスのジャーナリスト）の辛辣《しんらつ》な発言である――「人間を動物のように死なせることは、人道上、いやすでに礼儀作法上、禁じられているのだから、棺桶代を喜捨することを拒むわけにはいかない」（ウージェーヌ・ビュレ『イギリスとフランスにおける労働者階級の貧困について』第一巻、一八四〇年）。

（5）この詩の末尾部分の、さまざまな稿において、反抗がゆっくりと道を切り開いてゆくのを辿ってみると、実に興味深い。第一稿ではこうなっている――

かくのごとく葡萄酒は恩恵によって世を治め、
人間の咽喉《のど》を通じて、己《おの》が勲功《いさおし》を歌い上げる。
万物がその名を称える方の慈善の偉大さよ、
すでに甘《うま》き眠りをわれらに与えたもうた後、
〈太陽〉の息子、〈葡萄酒〉を付け加えようと欲せられた、
沈黙のうちに死んでゆく、これら不幸な者たちみなの
心を暖め直し、苦しみを鎮《しず》めるべく。

一八五二年にはこうなった――

沈黙のうちに死んでゆく、これら罪なき者たちみなの

心を落ちつかせ、苦しみを鎮めるべく、
神はすでに甘《うま》き眠りを彼らに与えたもうた後、
〈太陽〉の聖なる息子、葡萄酒を付け加えた。

一八五七年にはついに、意味の決定的な変化をともなって、このようになる——

沈黙のうちに死んでゆく、これら呪われた老人たちみなの
怨みをまぎらし、怠惰の心をやさしく揺するために
神は、悔恨に駆られて、眠りを作りたもうた。
〈人間〉は〈太陽〉の聖なる息子、〈葡萄酒〉を付け加えた！

〔ベンヤミンが最後に引用しているのは実は『悪の華』第二版（一八六一年）のヴァージョン。三行めは「アランソン新聞」稿（一九五七年）では「神はすでに甘《うま》き眠りを彼らに与えたもうた」、『悪の華』初版稿（一八五七年）では「神は、悔恨におそわれて、眠りを作りたもうた」。〕

この連が瀆神的な内容を持つことによってはじめて確かな形式を見出すさまを、はっきりと追うことができる。

(6) この題に続いて前置きがあるが、これはのちの版〔第二版以降〕では除かれた。前置きによれば、このチクルスの詩は「無知なるものや逆上したもののこねる理屈」を純文学的に模作したものだという。しかし本当は模作などではありえない。第二帝政の検察はそれを分かっていたし〔検察は詩「聖ペトロの否認」の削除を要求した〕、そして彼らの後継者にも分かることである。セリエール男爵（一八六六—一九五五年。フランスの文芸批評家、哲学者）は、「反逆」チクルスの最初の詩についての解釈のなかで、このことをはなはだ無造作に明かしている。その詩は「聖ペトロの否認」といい、次の詩句を含む——

きみ〔イエス〕は夢見ていたのか、あの日々を……

希望と勇気に胸をすっかりふくらませて、
あれらの卑しい商人《あきうど》たちを力のかぎり鞭打った日、
きみがついに主となった日を？　すると、悔恨は
槍よりも深く、きみの腹に突き入りはしなかったか？

皮肉っぽい解釈者はこの悔恨《ルモール》のうちに、「プロレタリア独裁を導入する、あれほどの好機を取り逃がしてしまった」という自責の念を見て取っている（エルネスト・セリエール『ボードレール』一九三一年）。

(7)「八時にエレガントなスーツに身を包み盛装して現われる少女が、九時に女工《グリゼット》（主にお針子で、灰《グ》色《リ》の服を着ることが多かったのでそう呼ばれた）として登場し十時には農婦の格好で出てくる女性と同一人物であることは、少々の慧眼さえあれば容易に分かる」（F＝F＝A・ベロー『パリの娼婦たちと取り締まりの警察』第一巻、一八三九年）。

(8)〈黒人奴隷〉を使うことは学芸欄に限られなかった。スクリーブ（一七九一－一八六一年。フランスの喜劇作家）は戯曲の対話を書くために、無名の協力者たちを大勢働かせていた。

(9)ラマルティーヌへの公開書簡において教皇権至上主義者ルイ・ヴイヨ（一八一三－八三年。フランスのジャーナリスト）は書いている。「あなたは本当にご存じないのですか、〈自由である〉とはむしろ黄金を軽蔑することにほかならないのを！　それなのにあなたは、黄金で買えるたぐいの自由を手に入れるために、野菜や葡萄酒を生産するのと同じ商業的なやり方で著書を生産するのです」（『選集』一九〇六年）。

(10)当時のパリ駐在ロシア大使キセーリョフの報告をもとにポクロフスキー（一八六八－一九三二年。ロシアの歴史家）は、事態の推移が、すでにマルクスが『フランスにおける階級闘争』で解釈したとおりであったことを論証している。一八四九年四月六日にラマルティーヌは、軍隊を首都に集めることを大使に確約していた。こ

の措置を、のちにブルジョワジーは、四月十六日に労働者のデモが起きたことをもって正当化しようとした。軍隊を集結させるためにはおおよそ十日が必要だろう、というラマルティーヌの言葉は、事実、かのデモに疑わしい光を投げかける（M・N・ポクロフスキー『歴史論集』一九二八年、参照）。

(11)『セラフィタ』〔長篇小説、一八三五年〕のなかでバルザックは、「地上のまったく異なる風景を、矢継ぎ早に想像力にたいして提示する知覚を得ることのできる、すばやい視力」〔クルツィウス『バルザック論』一九二三年、からの引用〕について語っている。

(12)「悪を説明するためには、つねにサドへと……立ち戻る必要がある」〔ボードレール「小説の題と草案」〕。

(13) 通りすがりの女への恋というモティーフは、初期のゲオルゲ（一八六八―一九三三年。ドイツの詩人。『悪の華』のドイツ語訳も行なっている）の詩のひとつにも取り上げられている。しかしそこには決定的なものが欠けている。群衆に運ばれて女が詩人のそばを漂い過ぎる、その流れである。したがって詩はおずおずとした悲歌になっている。語り手のまなざしは、彼みずからその女性に告白せざるを得ないように、「君のまなざしに浸ろうとするまえに、／憧れのために濡れて、さらに遠くへ引かれて」（シュテファン・ゲオルゲ『讃歌・巡礼・アルガバル』第七版、一九二二年〔「ある出会いについて」〕）しまっている。ボードレールの書き方を見れば、彼が通りすがりの女の目に深く見入ったことに疑いの余地はない。

(14) 同じイメージが「夕べの薄明」〔『悪の華』所収〕のなかにある。空は広々としたアルコーヴ〔壁に設けた寝台を置くための窪み〕のように、ゆっくりと閉じてゆくのである。

(15) この一節に比較できる箇所が「雨の一日」のなかにある。この詩は別人の名で発表されたが、ボードレールの作と考えられる（ボードレール『見出された詩句』、ジュール・ムーケ編、一九二九年、参照）。この詩〔ムーケは第一連と第三連がボードレールの作と推定しているが、その第一連〕の最後の行と、ポーによるテルトゥリアーヌスへの言及との類似は、この詩が遅くとも一八四三年には――つまり彼がポーをまだ知らなかった時期に――書かれていたことを思えば、いっそう注目に値する。

どの人も、滑り易い歩道の上でわれわれを肘突き、
身勝手で乱暴に、通り過ぎざまわれわれに泥をはねかけ、
あるいは、もっと早く走ろうと、遠ざかりざまわれわれを突きのける。
いたる所に汚泥、洪水、空の暗さ。
暗黒なエゼキエルの夢に見たでもあろう暗黒な情景《タブロー》!

(16) マルクスが抱いていたアメリカのイメージは、ポーの叙述と同じ素材からできているように思える。マルクスは合衆国における「物質的生産の熱狂的に若々しい運動」を強調し、まさにこれのせいで、「古い亡霊の世界を片付ける時間も機会も」なかったのだとしている(『ルイ・ボナパルトのブリュメール十八日』)。ポーにおいては、実業家たちすらその相貌になにか魔的《デモーニシュ》なものがある。ボードレールは、夕闇の訪れとともに「不健康な魔物どもが、やくざな商人たちのように、重苦しく」大気のなかに目を覚ますさまを描写している。「夕べの薄明」のこの箇所は、ポーのテクストからも影響を受けているのかもしれない。

(17) この点に関して本ボードレール論第一部(結局書かれなかった――「訳者付記」参照)で集められた諸例証に、きわめて重要なものとして付け加わるのは、「憂鬱《スプリーン》」詩篇の第二である。ボードレール以前の詩人で、「私は、しおれた薔薇でいっぱいの、古い閨房」に比べられるような詩句を書いた人はほとんどいなかった。この詩は徹頭徹尾、ある物質への感情移入に立脚している。この物質は二重の意味で死んだ物質である。それは無機物であり、さらには循環過程から除外された物質なのである。

今からは、おお生命ある物質よ! お前はもはや、

漠たる恐怖に取り巻かれ、霧けむるサハラ砂漠の
奥にまどろむ、ただの花崗石《みかげいし》に過ぎぬだろう。
無頓着な浮き世の人には知られぬ老スフィンクス
地図の上に忘れられて、その狷介な気性ゆえ、
沈みゆく太陽の日射しにしか、歌おうとはしない。

この詩を締めくくるスフィンクスのイメージは、いまでもパサージュで見かけるような店《たな》ざらしの商品のもつ、陰鬱な美しさを有している。

(18) 詩群《チクルス》「小さな老婆たち」の第三の詩は、ユゴーの連作「亡霊《ファントーム》たち」(『東方詩集』一八二九年、所収)の三番目の詩から文字通りの借用を行なうことによって、対抗意識を強調している。かくして、ボードレールの最も完璧な詩のひとつと、ユゴーが書いた最も貧弱な詩のひとつとが対応しあう。

(19) この演説について、下層ボエームの典型的な代表者であったペラン(未詳)はその新聞『赤い弾丸――人権平和クラブ機関紙』に以下のように書いた。「市民ユゴーが議会にデビューした。予想通り、彼は熱弁家、ジェスチャー男、決まり文句の英雄であることをみずから証明した。最近彼が貼り出した、老獪で中傷的なポスターと同じ意図で彼は、有閑生活者たち、貧民、無為の奴ら、その日暮らしの連中《ラッツァローニ》、叛乱の近衛兵たち、傭兵隊長《コンドッティエーリ》たちについて語った。――要するに、ユゴーは、国立作業場《アトリエ・ナショノー》に対する攻撃で話をしめくくるために、隠喩《メタファー》を無理やり使ったのである」(匿名「雑報」、『赤い弾丸』〔ペラン編〕第一巻第一号、一八四八年六月二二日―二五日、所収)。――ウージェーヌ・スピュレル(一八三七―一九一六年。フランスのジャーナリスト、政治家)はその著『第二共和政の議会史』のなかでこう書いている。「ヴィクトール・ユゴーは反動派の票で選ばれていた」。「政治が何の役割も演じなかった二、三の機会を除いて、ユゴーはつねに右翼たちと投票行動を共にしていた」(『第二共和政の議会史　付・第二帝政小史』一八九一年)。

(20)「遊歩者を野次馬と混同してはならない。そこには無視できないニュアンスの差がある。……純粋の遊歩者は、みずからの個人性をいつも完全に所有している。それに対し、野次馬において個人性は消える。外界に吸収されてしまうのだ。……外界は野次馬を陶酔させ、自分を忘れさせる。野次馬は、眼前に提示される劇〔光景〕の影響のもとで、非人格的な存在と化す。野次馬はもはや人間ではない。公衆であり、群衆である」（ヴィクトール・フールネル『パリの街路で見られるもの』一八五八年）。

(21) ボードレールの青年時代の友人プラロン（一八二一—一九〇九年。フランスの作家）は、一八四五年前後の時期を回想して次のように書いている。「考えにふけったり書きものをしたりするために仕事机を使うことを私たちはあまりしませんでした。……私はといえば」、と彼はボードレールに触れたあとでこう続けている――「むしろボードレールが、道を行ったり来たりしながら、詩句を素早く捕えるのを目にしたものです。紙の束をまえにして座っていたのを見たことはありません」（アルフォンス・セシェ『〈悪の華〉の生活』一九二八年、からの引用〔ウージェーヌ・クレペ宛てのプラロンの手紙、一八八七年〕）。バンヴィル（一八二三—九一年。フランスの詩人）はピモダン館について同様の報告をしている。「私がはじめて行ったとき、そこには辞書類も、書斎も、書き物机もなかった。食器棚や食堂もなかったし、市民《ブルジョワ》の住まいの家具調度を思い出させるものは何一つなかった」（テオドール・ド・バンヴィル『わが回想』一八八二年）。

(22) 次の詩句を参照。「老いた略奪兵よ、お前には／恋愛はもう味がないし、議論とても同じことだ」〔「虚無を好む心」〕。――世に広まっている、多くは生彩を欠いたボードレール文献のうちには、不快感を催させるようなものが少数ながらあり、そのひとつがペーター・クラッセン（一九〇三年—。文学研究者）なる人物の著書である。堕落作用のあるゲオルゲ派〔詩人ゲオルゲを中心とした文学者・文学研究者のサークル〕用語で書かれたこの本は、いわば鉄兜をかぶったボードレールを描き出すのだが〔ベンヤミンは一九三一年にこの本について、「鉄兜をかぶったボードレール」と題する書評を書いている〕、この本の特徴をよく示すのは、ボードレールの生の中心に、教皇権至上主義的な復古を置いているところである。すなわち次のような瞬間をである――「再興された王権神授国家の精神において、聖体が、抜き身の剣に護られて、パリの街路を運ばれてゆく。これはボードレールの全生涯の本質的な、それゆえに決定的な、体験だったかもしれない」(『ボードレール』一九三一年)。ボードレールは当時六歳だった。

(23) のちに自殺を同様の視角から見たのがニーチェ(一八四四―一九〇〇年。ドイツの哲学者)である。「キリスト教はどんなに断罪されてもされすぎることはない。なぜならキリスト教は、……進行中であったやもしれぬ大きなニヒリズム運動、浄化力をもった運動の価値を、……無効にしてしまったからである。……いずれの場合も、ニヒリズムの行為である自殺を阻止することによって」(カール・レーヴィット『ニーチェの等しいものの永遠回帰の哲学』一九三五年、からの引用〔一八八八年春の断片、『権力への意志』アフォリズム二四七番〕)。

(24) ボードレールは長いこと、こうした生活環境《ミリユー》に取材した何篇かの小説を出そうという目論見《もくろみ》を抱いていた。遺稿にはその痕跡が、題名のかたちで見つかっている。「怪物の教え」「妾持ちの男」「破廉恥女」。

(25) 四分の三世紀のちになって、売春婦のヒモと文士との対立に、新たな生命が吹き込まれた。作家たちがドイツから追放されたとき、ドイツ語の著作物のなかに、ホルスト・ヴェッセル伝説が入り込んできたのである。〔ホルスト・ヴェッセル(一九〇七―三〇年)はナチ党の突撃隊員。もと売春婦であった女性と暮らしていたが、この女性の以前のヒモと称する男に襲われて死亡。この男が左翼だったため、ゲッベルス(当時ナチ党の地方指導者)はヴェッセルをナチ運動のために戦って死んだ「英雄」に祭り上げ、ナチの御用文学者はこの伝説を広めた。ヴェッセルの作った突撃隊の歌(「ホルスト・ヴェッセルの歌」)はナチ時代、第二の国歌とされた。一九三五年にブレヒトはホルスト・ヴェッセル伝説を風刺する作品、その名も「ホルスト・ヴェッセル伝説」を書いている。」

(26) 二十世紀になってメリヨンにはギュスターヴ・ジェフロワ（二九九ページ訳注参照）という伝記作者が現われた。この著者の傑作がブランキ伝（前掲『幽閉された男』）であるのは偶然ではない。

(27) メリヨンははじめ海軍士官だった。彼の最後の腐蝕銅版画は、〔パリの〕コンコルド広場の海軍省を描いている。雲のなかを、馬と車と海豚《いるか》からなる供回りの一団が、庁舎のほうへ突進してくる。船と海蛇も欠けてはいない。人間のかたちをしたいくつかの生き物が、群れのなかに見える。ジェフロワは、アレゴリーの形式にかかずらうことなく、自由に〈意味〉を見いだしている。「メリヨンのもろもろの夢は、要塞のように堅固なこの建物に突入した。そこでは、彼がまだ大きな航海をしていた青年時代に、彼の公務上の経歴データが記入されたのであった。そしていまや彼は、あれほどたくさんの苦しみを得たこの都市とこの建物に、別れを告げるのだ」（『シャルル・メリヨン』）。

(28) 〈痕跡〉を保存しようとする意志が、この芸術にきわめて決定的に関与している。メリヨンの腐蝕銅版画連作のタイトルページは、一個の破砕された石に、昔の植物の形が転写された痕跡があるさまを示している。

(29) ピエール・アンプ（一八七六―一九六二年。フランスの作家）の非難にみちた発言を参照。「芸術家は……バビロンの寺院の円柱は賞賛しても、工場の煙突は軽蔑するのだ」（「社会のイメージとしての文学」、『フランス百科事典』第一六巻「現代社会における芸術と文学I」一九三五年、所収）。

(30) これはクレール・デマールの「私の未来の掟」を暗示しているのかもしれない。

(31) 一八四四年の断片（「たくましい腕もつ気高い女《ひと》」と始まる未完とおぼしき詩）がここで十分な証拠になると思われる〔当の詩の後半部はこうである――「放蕩の巫女、わが快楽の姉妹よ、／きみがいつも、きみの聖なる胎内に、人間のいのちを宿し養うわざをさげすんできたのは、／美徳がはずかしめの鋤で、懐妊した婦人たちの／胸乳にうがつ、かの憂うべき痕跡を、さほどに恐れ、避けるが故だ」〕。——ボードレールが愛人を描いた有名なペン画におけるこの女性の歩き方は、妊婦のそれに驚くほど似ている。これは、ボードレールに上述のような特異体質がなかったという証拠にはならない。

(32) その豊富な例から——

われら、道すがら、人目をしのぶ快楽を偸《ぬす》んでは、
古いオレンジのように、力いっぱいしぼりぬく。〔「読者に」〕
勝ちほこるきみの乳房は、美しい飾り戸棚、〔「美しい船」〕
泡立つ吐血に中断されるむせび泣きにさながら、
雄鶏の歌声が遠くで、霧深い空気を引き裂いていた。〔「朝の薄明」〕
頭は、堆《うず》なす暗色のたてがみと
　貴重な飾りものをつけたまま
枕もとのテーブルの上、金鳳花《きんぽうげ》のように
　憩うている。〔「殉教の女」〕

【訳者付記】

ベンヤミンの後半生における主要な仕事となった『パリ・パサージュ論』のための抜書きとメモは際限もなく膨れあがっていったが、一九三七年になってベンヤミンはボードレールに関する部分だけを切り離してまとめる意図を抱く。一九三八年四月には全体の具体的な構想が立てられ、四月十六日付ホルクハイマー宛て書簡では、三部からなる論文の構想が述べられる。全体の分量は「複製技術時代の芸術作品」と

さほど違わないぐらいとされており、この時点ではホルクハイマーらの社会学研究所の『紀要』のひとつの号に掲載してもらうつもりだった。しかし、執筆し始めた論文は思いがけず長くなり、ベンヤミンはこれを「一冊のボードレール論」の一部分というかたちで発表することにした。一応完成した論文には「シャルル・ボードレール――高度資本主義時代の抒情詩人　第二部　ボードレールにおける第二帝政期のパリ」という標題が付された。論文に添えられた書簡（ホルクハイマー宛て、一九三八年九月二八日）に示されたボードレール論全体のプランは以下のとおりである。

第一部　アレゴリー詩人としてのボードレール（問題提起）

第二部　ボードレールにおける第二帝政期のパリ（アンチテーゼの役割。問題解決に必要なデータを提供）

第三部　詩的対象としての商品（ジュンテーゼの役割。問題解決）

こうして書き上げられた「第二帝政期のパリ」であったが、これを読んだホルクハイマー、そしてとくにアドルノは、詳細にして厳しい批判をベンヤミンに書き送った。アドルノらの批判は要するに、この論文は社会的経済的な事象と文学作品とを単純に結びつけすぎており、それらを媒介すべき「理論」が欠けているというものであった。これに対しベンヤミンは、この論文が「データを提供する」部分であり、理論は意図的にほかの部分にとっておかれているのだ、と反論した。何回かの書簡のやり取りののち、ベンヤミンは改稿を了承し、「第二帝政期のパリ」のうちの主に第二章をもとに、「ボードレールにおけるいくつかのモティーフについて」（『ベンヤミン・コレクション1』所収）を執筆した。この論文はアドルノらに絶賛され、『社会研究所紀要』（一九四〇年）に掲載された。第一部「アレゴリー詩人としてのボードレール」および第三部「詩的対象としての商品」は結局書かれぬままに終わった。「セントラル・パーク」（『ベンヤミン・コレクション1』所収）は大体においてこの第三部のためのメモである。

なお「ボードレールにおける第二帝政期のパリ」には、本翻訳の底本とした決定稿のほかに草稿が存在する。細かい表現上の違いはともかく、草稿には以下の二つの特徴がある。第一に、決定稿にはない方法論的序論（断片、標題なし）、および「趣味」と題された節が冒頭に付せられている。一九三八年六月に原稿を執筆しはじめたとき、ベンヤミンはこれをひとつのまとまったエッセイとして発表するつもりで、この意図のもとに序論および「趣味」の節も書いたようである。その後このエッセイに「一冊のボードレール論の第二部」という位置づけを与えたため、「第二部」にはそぐわない序論および「趣味」の節を決定稿で削除した、と推測されている。またこれらは内容的に見て、決定稿の冒頭部分で「欠けている」ふたつの節（一七二ページの訳注＊2参照）には対応しない。第二に、草稿は「I　ボエーム」「II　遊歩者」「III　近代」という区分けをとっておらず、序論をふくめて十六の部分からなり、序論以外は標題（もしくは見出し）がついている。これは本文理解の参考になると思われるので、以下に掲げておく（カッコ内は本書の対応ページ）。

〔方法論的序論〕（本書に対応部分なし）／**趣味**（本書に対応部分なし）／**策謀家**《コンスピラトゥール》（一七〇―一八二）／**屑屋**（一八二―一九七）／**文学市場**（一九七―二〇九）／**生理学**《フィズィオロジー》（二一〇―二一九）／**探偵物語**（二一九―二三二）／**群衆の人**（二三三―二四二）／**ヴェールとしての群衆**（二四二―二五〇）／**ユゴーとボードレールにおける群衆**（二五〇―二六一）／**英雄**《エロー》**の生理学**（二六二―二六三）／**気まぐれな撃剣**《ファンタスク・エスクリム》（二六三―二七二）／**英雄的**《ヘローイシュ》**な近代**（二七二―二八五）／**古代を継承する期待**（二八六―三〇二）／**女性英雄**《ヘロイーネ》（三〇二―三一〇）／**詩的戦略**（三一〇―三二三）

本論文におけるボードレールからの引用は、阿部良雄氏の訳業を使用または参照させていただいた。記して感謝する。それ以外のフランス語や英語の著作からの引用文（大部分はベンヤミンが自分でドイツ語に訳している）についても、原文からの邦訳を適宜参照した。

IV

フーゴ・フォン・ホーフマンスタール『塔　五幕の悲劇』〔〈初稿〉＊一九二五年〕
Hugo von Hofmannsthal, *Der Turm. Ein Trauerspiel in fünf Aufzügen.* (1925)〔一九二六年『文学世界』誌に発表〕

ホーフマンスタール（一八七四―一九二九年。オーストリアの詩人、劇作家、小説家）は、その新しい〔近代〕悲劇《トラウアーシュピール》『塔』でもって、バロックの人物群に立ち返る。この人物群の、最も秘密にみちた者たちのひとりとして、カルデロン（一六〇〇―八一年。スペイン・バロックを代表する劇作家）の王子ジギスムントが、新たな生のなかに歩み入る。卓越した意味での素材、すなわちスペインの»La vida es sueño«――『人生は夢』〔一六三六年〕――がこのドラマ（Drama〔劇、戯曲〕）の基《もと》になっているわけである。芸術家〔ホーフマンスタール〕は、しかし、ただ素材に従うことによってのみ、この素材のなかに入り込んで作用している。〈詩作する〉ということは、ある素材を己れ自身〔つまり、詩作それ自体〕と対決させることをいうのだとすれば、詩作することは、しばしば、一連のさまざまな段階を通り抜けてゆくことになる。大きな《グロース》〔偉大な〕主題はさまざまな形式を与えられて層をなしており、それらの形式は互いに食い込み合っているのである。そしてこのことは、ドラマにおいて最も厳密に妥当する。というのも、ドラマという形式は、〔同じ素材ないし主題を扱う諸形式の〕集合体に内在する創造的意志についての、非常に重要な一指標だからである。この指標の法則が意味するところとは、しかし、原形式と変形とのあいだの緊張のなかに、〔絶対的なものへの〕真正なる内的集中性《インテンジテート》〔激しさ〕、生産的な内的集中性が振れ広がる、ということにほかならない。この内的集中性は、一切のたんなる〈独創性〉に対立するものである。ドラマの実り豊かな素材の数は限定されており、限りがないのは、それらの素材に形式を得させるモティーフだけである。まったく新たに案出するというのは、まさにドラマ的なものにおいては、ディレッタントの熱情なのだ。ディレッタントは、まったく新たに案出するということのなかに〈独創性〉が保証されていると信じている。がしかし、独創性というものは、その概念からすれば、偉大なドラマの最も固有の生を規定しているさまざまな歴史的緊張の、その力の場の外にあるのだ。

＊　ホーフマンスタール自身が主宰する『ノイエ・ドイチェ・バイトレーゲ』誌に発表した稿（一九二四年成立）を、若干改稿しつつ少し縮めた単行本稿。

〔ホーフマンスタールの〕この新しい作品が己れ自身においても、カルデロンの原像との関係においても展開しているような歴史的緊張こそが、両者〔カルデロンの原像とホーフマンスタールの翻案〕の最高次の関心をなしている。知られるように、カルデロンのドラマの中心にあるのは、夢である。その舞台は、ホーフマンスタールにおいてもそうであるように、「歴史上の、というよりもむしろ伝説上の」〔『塔』初稿、舞台設定の説明書き〕王国ポーランドである。この国を、バジーリウス〔バシリオ〕が国王として支配している。今は亡き妻から彼は、ひとりの息子ジギスムント〔セヒスムンド〕を得た。占星術師たちは、この息子の天宮図が災厄にみちているのを見てとる。その息子は母に、産褥死をもたらした。父は、この息子は父の王位を奪うであろうと告げているかの託宣が、さらに実現することを恐れる。そのために息子はとある僻地へ送られ、幽閉される。幼少のジギスムントはある塔のなかで成長してゆく。彼は自分の番人以外の誰とも話してはならず、自由に歩き回ることも許されない。鎖が彼を牢獄に縛りつけているのである。専制君主としての父の猜疑心は、フエリペ〔四世〕（一六〇五―六五年。スペイン国王、在位一六二一―六五年）の宮廷の高官だったカルデロンにおいては、自然法および国法とはまったく無関係、というものではない。それどころかこの君主には、王子にテストを受ける機会を与えるだけの知恵がある。王子は〔薬酒で〕眠らされ、何も知らぬまま父の城に運ばれる。ここで彼は目覚め、王子として迎えられ、〔夢と現《うつつ》をめぐる〕さまざまの遊戯的な遣《や》り取りのうちに、みずからの真の本性を露呈させることになる。怒り、欲情、そねみ、高慢が、このキャリバン〔シェイクスピア『テンペスト』に登場する野蛮で奇形の奴隷〕的な王子の内部から迸《ほとばし》り出てくるのだ。残された術《すべ》はといえば、王子を〔再び〕遠ざけること、そして、改めて牢獄の闇のなかに沈められたその王子に、「これはすべて夢だったのだ」〔カルデロン『人生は夢』第三幕第一〇場〕と心に刻み込ませること、それ以外にない。何がどうなるかは、夢を見ていると思い込んでいる状態のこの二重に非現実的な層のなかで決定されるのである。あれこれと思い迷う王子は、その最後にこう心を定める。「だが、夢であれ　現《うつつ》であれ、／私は善き行ないを為さねばならない。／現ならば　現なるがゆえに。そして夢ならば、／時がわれらを目覚めさせるとき、／友を得んがために」*（同前、第三幕第四場）。そのとき父がみずからの意志で王子を玉座に呼び寄せ、賢者たちの託宣は全員の幸福というかたちで成就するのだが、しかし、デモーニシュな自然の脅威を無効にしたのは、キリスト教的な摂理だった。

＊この箇所をベンヤミンは『ドイツ悲劇の根源』の「遊戯と反省」の節でも引用している（『ドイツ悲劇の根源　上』一五七―一五八ページ参照）。

これが、詩人に新たな生を要求した素材である。歴史的な出来事の要点としての夢――これが、この素材を言い表わす魅力的でおやとも思わせる定式である。何がホーフマンスタールを、この定式の呼びかけに応じる気にならせえたのか？　ある素材の〈変形〉でしかないものによって、彼は、ひとつの形式をきわめて深く変化させ、動かすことに成功するのだ。カルデロンが書いたのはひとつの〈見せる劇《シャウシュピール》〉*1であって、この劇においては、遊戯的な要素、ロマン的（スペイン・バロック的、カトリック的、の意）―ロマン主義的（反省的、の意）な要素が、まったく驚くべきほどに展開される。このスペイン人は、自分の素材の最高度にバロック的な緊張全体を、内面的に輪郭づける。反省《レフレクシオーン》として、渦巻き装飾のかたちに、彼はその素材を巻き丸めるのである。カルデロンにおいては縒《よ》り合わされたものが、『塔』では、繰り広げられている。かたや父親の暴力の反自然性〔バロック的専制君主劇の要素〕、かたや王子の現存在の殉難〔バロック的殉教者劇の要素〕、これらが名で呼ばれている〔つまり、その本質をあらわにされている〕。それどころか、ある——演劇性という点においても——比類のない主要場面では、それらがみずから、己れ自身を名で呼ぶ。この新たな「夢の場面」の仕切り棚のなかでは、盲目的な被造物が暴れたあげく疲れ果てるというのではなく、苦悩する被造物が自分を苦しめる者を裁くのである。そして、父が国家理性上の理由から——反乱を鎮めるために——息子を自分が占めている地位に就かせようとするとき、ジギスムントはその父の顔を殴りつける。「私から父と母をくすねとった悪魔よ、おまえは何者なのか？　自己証明をしてみせるか？〔ホーフマンスタールの原文では「自己証明をしてみせろ！」〕」〔『塔』初稿、第三幕〕。これにより、あの夢の機能は、最も深いところにおいて変化している。カルデロンにおいて夢は、凹面鏡のように、測りがたい奥底で、超越的な第七天としての内面性を引き開けるのだが、それに対して、ホーフマンスタールにおいて夢は、ひとつのより真なる（wahrer〔より現《うつつ》の〕）世界なのであり、目覚めてある世界がすっかりこのより真なる世界へと移り込むのである。「我々はいかなる事物についても、そのあるがままを知りはしないし、我々が見る夢とは異なる性質のものだと言えるようなものなど、何ひとつありはしないのだ」〔同前、第四幕〕。「彼らは私に言った、『おまえは夢を見たのだ』と。そして何度も繰り返し、『おまえは夢を見たのだ！』と。そのことによって、まるで誰かが鉄の指を扉の蝶番《ちょうつがい》の下に差し込んでいるかのように、彼らは私の前の扉を持ち上げ、外してしまったのだ。すると私はとある壁の背後に入り込んでいて、そこから私には、おまえたちの話すことがすべて聞こえるのに、おまえたちは私に近づけず、私はおまえたちの手を恐れなくてよいのだ！」（同前、第四幕）。徹頭徹尾、刺し貫くような洞察の作用を受けたかのごとく、何もかもが、現実的なもののなかに集結しているのである。スペインの演劇伝統である冗漫な恋愛遊戯[*2]も、夢の生の超越的な道徳性も、同じように姿を消している。ホーフマンスタールの台本には、相当意味深いと言えるような女性役もない。主筋と並行して進む恋愛の脇筋の代わりになるのが、男性役による脇筋である。王子の身柄の責任を負い、その見張り役をつとめるユリアーンは、ジギスムントを愛しているが、それにもかかわらず同時に、自分自身の上昇志向ゆえの功名心のために、ジギスムントを利用し尽くそうとする。この男には、至高のものに与《あずか》るために、己れの意志をごくわずかでも他者に委ねるということ、己れをほんの一瞬なりとも献げるということ以外には、何ひとつ欠けてはいない。そして、そのような男がこれほどの肉体的真実性を具えて舞台に乗せられたことは、これまで一度もない。この男と対をなす人物たる医師は、医術を意のままにし、その奥義に精通した者、一種のパラケルスス（一四九三？—一五四一年。ドイツの医師、自然学者）的現われである。その彼に、もろもろの出来事の発端においてジギスムントが、言語能力をほとんど欠いた状態の愚鈍な被造物として、塔から出て歩み寄ってくるのだが、そのとき医師はこの愚鈍な被造物のうちに、自分と同質の、自分よりも上級の存在を認識する。

＊1　「遊戯的な要素をこれ見よがしに強調してみせる劇」の意。三四一ページの訳注で挙げた「遊戯と反省」の節の一五九ページ参照。なお、以下のカルデロンに関する叙述についても、同節を参照。

＊2　カルデロンの『人生は夢』にも、恋愛遊戯的脇筋が織り込まれている。

このドラマは、この詩人のドラマ的造形にとっても、近代の舞台芸術一般にとっても等しく、あらかじめ定められていると思われるひとつの領域において、さらに先へ決然として押し進んだものである。この領域を、〈〔ギリシア〕悲劇以前（vortragisch）〉的なものと名づけてよいだろう。ドラマは祭式から生じ来たったものであり、ドラマ的緊張の原型は言葉と所作とのあいだの緊張である。いいかげんな言い方で「ドラマ的」と呼ばれているものがドラマ的なのではない。すなわち、言葉それ自体の領域における緊張（論争の緊張）も、また、言語を欠いた格闘（闘争そのもの）の緊張も、ドラマ的なのではない。祭式の緊張だけが、つまり、行為と発話それ自体とのあいだを、対極的なもののなかを、あちらへこちらへと飛び移る緊張だけが、ドラマ的なのだ。このように理解された、ドラマ的なものの最も内部の圏にとっては、〔ギリシア〕悲劇的なものですら、すでに外部にある。ドラマ的なものは、肉体と言語とのあいだの――所作と言葉との――緊張を、純粋に言語的に担い抜くものなのであり、〔そこから、〕よりのちのもの、個別化されたものとしての、そしてそもそものドラマ的なものの変形としての論争が、現われてくるのだ。このドラマ的なものそれ自体は、ひとつの〈〔ギリシア〕悲劇以前〉的なものである。二十年以上前に、この詩人の『オイディプス』〔一九〇七年〕、『エレクトラ』〔一九〇四年〕、そして『アルケースティス』〔一八九八年〕が刊行されたとき、ギリシア悲劇とのひとつの対決が明るみに押し出てきたのだが、それは、オーピッツ〔一五九七―一六三九年。ドイツ・バロックの詩人、劇作家、詩学者〕の『トロイアの女たち』[*1]〔一六二五年〕というかたちをとってバロックのドラマ文学に先行した対決に似ていた。当時〔バロック時代〕、全ヨーロッパにおいて新しい形式が育ち、この形式は、ドイツでは〈Trauerspiel〔悲しみの劇、バロック悲劇、古代悲劇に対する近代悲劇〕〉[*2]として、最も純粋にではなくとも最もラディカルに形成されたのだった。『塔』が〈Trauerspiel〉と呼ばれているのは、謂《いわ》れのないことではない。そしてそのようにして、『塔』は、新しい「〔ギリシア〕悲劇文学《トラーギク》」というキマイラ〔ギリシア神話で、頭はライオン、胴は山羊、尾は蛇の怪物〕を断念するのだ。『塔』が王子ジギスムント〔という人物像〕において呼び出したものは、なかんずく、殉難者の痛めつけられた肉体、まさに言語によって――謂れなくはなく――拒まれている肉体である。それにより、詩人のこの最新のドラマは、ドイツ演劇の貴重な伝統を、それが擬古典主義によって中断された地点において、大胆にかつ確実な手つきで掘り起こしている。そして、もし〔劇場の〕文芸部員たちが〔何といっても彼らは、優れた上演材料をあり余るほど持っているわけではまったくないのだから〕さまざまな新しい脚本の素材に、よりもその力に、真に時宜に適ったものを見て取ろうと努めているのであったら、おそらくまさにこの作品こそが、今日すでにドイツの舞台で上演されていたことだろう。この作品のなかには、俳優と演出家に対する途方もない要求に、観客の心がきわめて深く揺さぶられるという事態をもって報いるであろう、いくつもの場面がある。祈りに没頭する、シェイクスピア（一五六四―一六一六年。イギリスの劇作家、詩人）のクローディアス（『ハムレット』の登場人物）にも似て、秋の夕べの美しさに我を忘れるときの、残虐な王。母のアルコーヴ（壁に入り込んだ空間や寝室）の前で恐れおののいて後ずさりし、それなのに自分が何の前にいるのか分かっていない、というときの王子。医師に決定疑問《エントシャイドゥングスフラーゲ》（イエスかノーかの答えを求める問い）を突き付けられるときの、王子の見張り役ユリアーン。

＊1　エウリピデスの同題の悲劇を翻案したセネカの作品の、さらなる翻案。ヴェルフェルにも同題の、エウリピデスからの翻案劇（一九一五年）がある。

＊2　運命的な力との葛藤が、ギリシア悲劇のような「逆説」（『ドイツ悲劇の根源 上』二三〇―二三一ページ参照）をもたず、つねに主人公の破滅（運命的な力の勝利）をもたらす、という結構をもつ劇。

古い（つまり、バロック時代の）悲劇《トラウアーシュピール》は、被造物とキリスト教徒とのあいだに、みずからの弧を描いた。その弧の頂点に、完全無欠な王子が立っている。カルデロンのキリスト教的オプティミズムがこの完全無欠な王子を見て取ったところに、新しい方の作者（ホーフマンスタール）の捉える真実には、没落が姿を現わすのである。ジギスムントは破滅する。塔のデモーニシュな暴力が彼を制圧するのだ。もろもろの夢＊が地上世界のなかから生じ来たり、それらの夢からは、キリスト教的な天国はとうに消え失せてしまっている。反乱のなかで、伝説的な「少年王」がこの王子の真の遺産を相続する、ちょうど、フォーテインブラスがハムレットの遺産を、王位に就くことによって相続するように。ドイツ悲劇《トラウアー》〔悲しみの劇《シュピール》〕の精神において、この詩人はこの素材からロマン主義的なものを剝ぎ取ったのであり、そこから、ドイツのドラマの厳格な諸特徴が我々の方を見ている。

＊　ここで言われる「夢」は、「ゲーテの『親和力』」（『ベンヤミン・コレクション1』所収）の結びの一文にある「希望」に相当するだろう。

フーゴ・フォン・ホーフマンスタールの『塔』〔第二稿、一九二七年〕
――ミュンヒェンとハンブルクにおける初演〔一九二八年〕を機に

Hugo von Hofmannsthals »Turm«– Anläßlich der Uraufführung in München und Hamburg〔一九二八年『文学世界』誌に発表〕

フーゴ・フォン・ホーフマンスタール（一八七四―一九二九年。オーストリアの詩人、劇作家、小説家）の『塔』が、数週間前から、ドイツの舞台で初演されている。その上演稿が、一九二五年に『ノイエ・ドイチェ・バイトレーゲ』誌に発表された元稿〔三三九ページの訳注＊参照〕と非常に本質的に異なっている、それどころか第四幕と第五幕がまったく新しい稿になっているということは、――少なくともここ〔ベンヤミンの本書評〕では――両稿を比較することの正当性を理由づけるものでは、まだないかもしれない。それは確かにその通りなのであって、本『文学世界』第二巻第十五号で初稿を論じたにもかかわらず、再びこのドラマを取り上げるのは、ひとつの稿からもうひとつの稿への進展が、この詩人の仕事のやり方への、また彼が扱っている素材の構造への、特別な洞察を開いてくれる、という理由に拠っている。詩人がその素材をカルデロン（一六〇〇―八一年。スペイン・バロックを代表する劇作家）の作品『人生は夢』〔一六三六年〕から取り出したことは、よく知られている。〔バロック〕時代のドラマ的意欲を力強く言い表わしたこの定式的な表題は、カルデロンにおいては、二様のことを意味している。〔まず第一に〕この表題は、〈人生は夢以上のものではなく、人生のもろもろの財産は籾殻《もみがら》のようなものだ〉ということを言っている。これが、この表題のもつ現世的英知である。しかし〔第二に〕この表題は、また、〈ひとつの無――つまり、この人生――が、我々の至福を決定するように、つまり神の前で〔罪の重さを〕量られ、そして裁かれるように、我々は夢を見ながらでさえ、つまり夢の仮象世界においてさえ、神から逃れることはない〉ということをも言っている。夢と目覚めてあること――この両者は、神の前では、生と死以上に区分されてはいない。キリスト教的基軸が、両者を貫いて、屈折することなく屹立しているのである。〈神学的範例としての夢〉という、表題が含意しているこの第二のモティーフを、新しい方の詩人〔つまり、ホーフマンスタール〕は、〔すでに『塔』初稿において〕みずからのモティーフとして採用するわけにはゆかなかった。そして、すっかり変化したその〈夢〉モティーフ理解から、ひとつの新しいドラマが、説得力のある論理的必然性をもって、変形として生まれ出てくるように思われたのだ。すなわち〈夢〉は、『塔』の初稿では、〔カルデロンの場合とはちがって〕ある地下的な根源の孕むあらゆるアクセントをもっている。とりわけこの『塔』初稿の最終幕は、王子ジギスムントを、〔地下的な〕陰鬱な諸暴力《グヴァルテン》を意のままにする支配者として提示している。しかも彼は、それにもかかわらず、まさにこの決戦において、その諸暴力に、最後には屈服せざるをえないのである。したがって、〔初稿については〕ある意味ではこう言いえた――〈王子は、みずからの内部から彼に反旗をひるがえした諸力《メヒテ》のために、破滅したのだ〉と。そこで、そのような成り行きは〔ギリシア〕悲劇的《ダス・トラーギシエ》なものの気味を帯びることになるのだが、それでも詩人はやはり、意図なしにではまさになく、この作品を「〔ギリシア〕悲劇《トラゲーディエ》」ではなく、「トラウアーシュピール〔悲しみの劇、古代ギリシア悲劇に対する近代悲劇〕」*と呼んだのだった。そして、このたびの新たな稿では、キリスト教的トラウアーシュピールの意味における殉教者（Dulder〔耐え忍ぶ人〕）像の純粋な諸特徴が、ますますはっきりと造形化を要求したということ、それにより、もともとの〔つまり、カルデロンにおける〕〈夢〉モティーフが後退し、ジギスムントを取り巻くアウラがより明るくなったということは、見紛いようがない。

＊　本書三一六ページの訳注＊2、および三四六ページの訳注＊2参照。

この未成年者の口にのぼると、どの音声も嘆きの音声となるほかない――なぜなら、嘆きこそ被造物の原-音声《ウアラウト》だからだ――ということのうちに、初稿の最も感動的な美しさのひとつがあった。しかし、それはまた、最も大胆な美しさのひとつでもあった。というのも、嘆きを韻文の縛りから解き放つということは、シュトゥルム・ウント・ドラングの散文以来決して試みられたことのない、前代未聞の企てであり、それがドラマ的なものの枠内で完全に成功しうるかということは、まったく保証されていないからである。もっとも、このたびの第二稿のよりもの静かな、より明確に輪郭づけられたジギスムントもまた、詩人たちによって繰り返し取り上げられてきた、あの造形系列の一環をなすものではある。つまり、言葉を欠いた耐え忍び《ドゥルデン》が、幼児期のまわりに霧のように原-母《ウアムッター》のように立ちこめているすべてのものに、密かに結びついている、その結びつきを、詩人たちは繰り返し造形してきた。この王子は、新たな形姿を与えられてはいても、カスパル・ハウザー（一八一二?—一八三三年。一八二八年にニュルンベルクに現われた野生の捨て子の少年で、さまざまな作家が作品に描いている）の類なのである。この新たに造形された主人公においても、言葉は、波立つ音声の海のなかからただ束の間浮かび上がり、地上世界を知らぬナイアス（泉・川の精）風のまなざしで、あたりを見回している。それは、今日、子供たちや幻覚者たちや狂人たちの言語において、我々をあれほど深くうろたえさせるまなざしと、同じまなざしなのである。言語の最も高次の、最も精巧な、しかしまた最も被制約性の強い形成物のなかにではなく、言語の原-音声のなかに、詩人は、言語の最も強大な諸力を呼び覚まし、詩人自身の戦いにほかならない言語の戦いのなかに、救護聖人としてこの諸力を組み入れたのだった。ただ、詩人が初稿のジギスムントに賦与した被造物的な言葉は、その終幕近くではいっそう陰鬱に、地下的なもの、脅かすものへと変じていた。それに対して、新稿において王子の明るい沈黙が朝霧の晴れるようにとぎれるところでは、本性上キリスト教的な魂《アニマ・ナートウーラーリテル・クリスティアーナ》のありのままの言葉が、雲雀《ひばり》の囀《さえず》りのように、我々の耳にまで届いてくる。〈夢〉モティーフの脱落とともに重要性を失った地下的なものは、消え去りつつわずかに余韻を響かせているだけである。そして、詩人がこの新稿に取りかかった際の、その厳格で冷静沈着な態度を最も特徴づけているのは、被造物的存在の内部の最も恐ろしい徴表たる、豚の切り開かれた腹でさえ——その豚が横桁に掛けられているのを、ジギスムントはかつて、自分の養父である農夫の家で目にしたことがあった——、いまではその意味を変えてしまった、ということである。「朝の陽光がその内部に射し込んでいた。その内部は暗かった。というのも、魂はすでに召されて、どこか別のところへ飛び去ってしまっていたのだから。それはすべて、喜ばしいしるしなのだ。しかしどうしてそうなのか、私はおまえたちに説明することができない」〔『塔』第二稿、第五幕の終幕近く〕。

　以前とはまったく違った風に強調されるかたちで、いまや〔つまり、新稿では〕出来事が政治的行動の周りに集まってくる。二つの場面を除いて、舞台は王の城塞である。この変更は、筋の構成が以前よりもはるかに引き締まったことによって正当化されるのみならず、蜂起の描写においてとくに成功していると認められる。すなわち新稿に描かれた蜂起は、観客にとってなにがしか宮廷内反乱の相貌をもつようになり、それによりこの出来事の、「雰囲気においては十七」〔『塔』初稿、時代設定の説明書き〕世紀に似通った成り行きに、以前よりもいっそうぴったりと適合しているのだ。この出来事が行き着くことになる陰謀《フェアシュウ》〔謀反《エールング》〕において、政治的要素と終末論的要素が浸透しあっている。〔両要素の〕このせめぎあいでもって、詩人は、あらゆる革命のもつある永遠的なもの、神の摂理的なものを捉えたのである。なにしろ、永遠なる政治的状況布置は、おそらく、十七世紀におけるほど永続的、意識的に近代の歴史のなかに刻印されたことは、かつてほとんどなかったのだ。しかし、暴力的な者たちや夢想的な者たちによって担われる権力は、初稿では彼らの夢想的な指導者である少年王（の存在）でもって、最終決定権を保持していたのに対し、第二稿では、傭兵役のオリヴィエーが最後に命令者として立っている。それはつまり、ジギスムント自身が少年王という人物像を、みずからの内に吸収したことを意味している。ジギスムントを欲望と無欲とに分裂させた内的葛藤は詩人によって調停されており、いまはじめて、ジギスムントが彼の師であり反乱の統率者であり彼の支配の道を切り開いた者でもある人物（ユリアーン）に言うべき言葉が、全き意味をおびて現われ出てくる。「あなたは私を林檎《りんご》のように藁のうえにおき、そして私は熟したのです。いま私には、自分のいるべき場所が分かります。しかしその場は、あなたが私に就かせようとしている所ではありません」（『塔』第二稿、第四幕）。陣営のなかで、軍隊と王侯たちの上に立つ支配者として、ジギスムントは死ぬのではなく、漂泊者として、「広大な開かれた土地」（同前、第五幕）に通じている街道わきで、彼は死ぬのである。「大地と塩のにおいがする。そこへ私は行くのだ」（同前）。

今際《いまわ》のきわに、彼の口から、「希望することもないほどの快さだ」（同前、終幕直前）という言葉がもれ出るのだが、それは、ハムレットの次の言葉以外の何を意味していようか。

「心の用意ができていること、それがすべてなのだ。死んだとて何を捨てることになるのか、人間にはどうせ分かっていないのだから、少しばかり早く捨てたとしても、それがどうしたというのか？」」（『ハムレット』第五幕第二場）。それゆえ、〈『塔』のこの二つの稿が満たしている詩的空間は、シェイクスピア以前のドラマの血なまぐさい運命的秩序を、『ハムレット』において根拠づけられているキリスト教的な悲しみの世界《トラウアー》（『ドイツ悲劇の根源』の「ハムレット」の節を参照）に変えているのと同じ諸力によって、支配されている〉と考えても、それは性急だということにはおそらくならない。偉大な詩人は、わずか数年のあいだに、実現されるには本来数十年を要するだろうような形式と素材の内的必然性を、正当に全うすることができるのである。

【訳者付記】

ホーフマンスタールは、『塔』初稿の単行本が出る数カ月前の一九二五年夏に、ベンヤミンの『ドイツ悲劇の根源』を手稿で読んでいる。そしてそのことが、『塔』改稿の一要因になったと思われる。

ホーフマンスタール没後一周年に因んで

Zur Wiederkehr von Hofmannsthals Todestag〔一九三〇年『文学世界』誌に発表〕

模造されえないということ、代用物で肩代わりされえないということは、高貴なるもの一般の本質に属しているわけではないとしても、ホーフマンスタール（一八七四―一九二九年。オーストリアの詩人、劇作家、小説家）がその初期から成熟期に至るまで、みずからの本質と諸作品をあれほど多様に転調させながら刻印したものには、まったく確実に、そしてきわめて高い程度において属している。この模倣しえぬものを理解したいという思いが、おそらく彼の友人たちばかりでなくさまざまな人びとの胸に、責め苛《さいな》みつつ湧き上がってきてから、ちょうど一年になる。つまり一年前、この男の死が突然、*生前の彼なら必ずや常に忌避したであろうことをなした――すなわち、さまざまな書き手たちのどうしてよいか分からないでいる状態を、露呈させたのだった。彼らは、ホーフマンスタールに対して「正当に振舞おう」〔出典未詳〕としたとき、彼の態度と彼の言語を真似てみるというやり方による以外には、それができないと思った。そしてその際、彼らは、彼の態度と彼の言語を毀損することになってしまった。しかしそれでは、ホーフマンスタールが与えてくれたものを、彼が語った言語とは別の言語で暗示することは、そもそも可能なのか？　暗示することは、必ずやできない。解き明かすことなら、確かにできる。だが、それを解き明かすためには、それを信じなければならなかったのだ。そして、ほかならぬこの点において欠けるものがあった。人びとは信じようとはしなかった。ときにはそれが、ひょっとすると、もっともな理由によるものでありえたやもしれぬとしても、しかしたいていの場合は、実に安直な理由からだった。つまり、そもそも理解しなかったのだ。読者たちはかたくなに、ホーフマンスタールの創作のなかの世間的なもの、娯楽的なもの〔オペラ台本や喜劇作品の一要素〕に寄りすがり、彼の「創造的な復古」〔R・ボルヒャルトの講演題目の言葉〕のプログラム〔文化の「保守的革命」の構想〕に寄与する、アンソロジー的な偉大な作品〔『ドイツの物語作者たち』一九一二年、『ドイツ読本』一九二二年〕や〔彼の創作活動にとって〕代表的な偉大な作品〔とりわけ、『イェーダーマン』一九一一年、『塔』一九二五年初稿、一九二七年第二稿〕が現われたときには、背を向けたのだったが、無力さをさらけ出したのは読者たちだけではなかった。まったく同じように、彼の最初期の仲間たち〔ゲオルゲ派の人びと——ホーフマンスタールは一八九〇年代前半に彼らと交流、その後訣別した〕も、彼を否認した。そして、シュテファン・ゲオルゲ（一八六八—一九三三年。ドイツの詩人。『芸術草紙』を主宰）の友人たちや弟子たちの誰かれが、この「離反者」〔出典未詳〕に対していかに冷酷かつ無理解でありえたかということは、しんがりになおもヴォルタース（一八七六—一九三〇年。ドイツの作家、文学史家、翻訳家。ゲオルゲ派の一員）が、その著『シュテファン・ゲオルゲと「芸術草紙」』（一九三〇年）において世に知らしめており、しかもその精神は、かつてホーフマンスタールが彼の最も秘教的な〔最初期の〕諸作品を公にした際の精神よりも、はるかに怪しげなものなのである。〔一年前に〕彼の墓の周りに漂った果てしない疎遠感に対して、亡き詩人のゲーニウス〔創造的精神、言語精神〕は、いま、この作品集『ロリス——若きホーフマンスタールの散文』（一九三〇年——編者マックス・メルの「あとがき」が付いている）において、歩み寄るというよりも、苦悩しつつ離れてゆくように思われる。彼のゲーニウスが、この作品集におけるほど傷つきやすい姿を、しかしまたこの作品集におけるほど不死身の姿を、明るみに晒したことは決してない。しかもこのゲーニウスは、同時代人たちの悪意に無防備に身を委ねながら、彼らの銃弾のひとつとして身に受けることがないのだ。これがロリスである——ただし、このゲーニウスが初めて世に現われた、その立ち現われの視点からではなく、このゲーニウスがいま再び帰ってきた、その再来の視点から見たときの。もし、ひとつの形姿が被ってきた不当によって美しくなることがありうるとすれば、ホーフマンスタールの形姿こそそれである。そしてまさにこの美しさの諸特徴が、正当にもこの巻の冒頭に置かれた作品、以前には印刷されたことのない『さまざまな段階』〔おそらく一八九三年——「エイジ・オヴ・イノセンス」と「十字路」から成っている〕のなかにすでに、やがて訪れてくる運命に先んじて形成されつつ現われている。この作品は一八九〇年代の初めの頃のものである。この作品において、体験されたものとの距離が体験することそれ自体のなかにいかに深く埋め込まれているか、それは驚くべきことだ。この一連の自己観察的な——とはいえ反省的、分析的なものに陥ることがまったくない——ほとんどすべてのエッセイにおいても、同様である。平凡なものと高貴なものが、これほど接近して共存できるのだ。つまり、ここでホーフマンスタールがアミエル（一八二一—一八八一年。フランス系スイス人の文学者、哲学者。『日記』で有名）を拠り所にして実にすげなく際立てている〔『意志の病人の日記』一八九一年、参照〕、断固としたところのなさ、態度というものの希薄さが、彼自身においては王侯的なもののしるしなのである。ときおり、ホーフマンスタールに対しゲオルゲの友人たちはおそらく、まさにこの、彼らの高圧的な態度ときわめて極端に異なっている王侯的なものこそを、最も悪くとったことだろう。ペイター（一八三九—九四年。イギリスの作家、批評家）やバリソン・シスターズ〔音楽喫茶に出演していた歌手グループ〕についてのいくつかの作品〔『ウォルター・ペイター』一八九四年、『イギリスの様式』一八九六年〕は、彼がこの最初期の頃、自分の最も好きな諸イメージをイギリス風の衣装にくるんで迎え入れたことを、暗示している。加えて、バリソン姉妹についての小品『イギリスの様式』以上に美しいもの、不朽のものを、彼は決して書いていない。——このロリスとは誰であったのかということを、本書の読者はたしかに感じ取るだろうが、しかし批評家はそれを、この巻についての考察からよりも、〔ホーフマンスタールの〕作品全体から把握するだろう。それゆえ、マックス・メル（一八八二—一九七一年。オーストリアの詩人、劇作家、小説家。ホーフマンスタールと交友。『ロリス』の編者）が本書の「あとがき」で、ロリス像をつかむために、ホーフマンスタールの後期作品の最も陰鬱な箇所のひとつを引用して、『影のない女』〔一九一九年——オペラ台本と長篇小説の、二種の稿がある〕の皇帝が洞窟のなかで出会う未来の子供たちのことを思い起こさせているのは、まったく正当なやり方なのである。この「あとがき」もまた、まだ、ロリスについて究極的なことを語ってはいないのだとすれば、なんらかの「まえがき」が——例えばここに書き記したわずかな言葉がそれに相当するのだが——、このロリスについての究極的なものの、その影《シャッテン》〔手掛かり〕を、みずからの道を辿るのにいかなる場所も必要とはしない影を、指し示してくれるかもしれない。

＊ホーフマンスタールは一九二九年七月十五日、二日前にピストル自殺した長男の葬式に出かけようとしたとき、卒中の発作に見舞われ、急死した。

【訳者付記】

本稿は、『ロリス——若きホーフマンスタールの散文』〔一九三〇年〕の書評として書かれている。なお、「ロリス」（もしくは「ロリス・メリコフ」）は、十七歳で世に出たホーフマンスタールの最初期のペンネームである。

フランツ・ヘッセル『密やかなるベルリン』(一九二七年)

Franz Hessel, *Heimliches Berlin. Roman.* 1927〔一九二七年『文学世界』誌に発表〕

[*1] この本では、ティーアガルテン区の高級住宅の小さな階段や柱廊式の玄関ホール、フリーズ、そしてアーキトレーヴの語ることが、そのまま真に受け止められている。「旧《アルター》」[*2]・西区《ヴェステン》〔『ベンヤミン・コレクション3』四七二ページの訳注*2参照〕は古典古代の西区となり、そこから吹き来たる西風を受けて、ヘスペリデスの林檎《りんご》を積んだ小舟をあやつる舟人たちは、ゆっくりとラントヴェーア運河を上ってゆき、やがてヘーラクレース橋のたもとに舟を接岸させるのだ。この区域は都市〔ベルリン〕の家並みの海から、まるで敷居《シュヴェレン》〔境界域〕や門がそこへの出入りの番をしているかのように、まったく取り違えようもなく際立っている。この区域の詩人〔ヘッセル〕は、あらゆる意味において——もっとも、彼の好まぬ実験心理学の言うような怪しげな意味において、というのなら話は別だが——境界域《シュヴェレン》〔敷居〕に通じた者《クンディガー》である。ただし、さまざまな状況を、時間を、瞬間を、そして言葉を、区別しくっきりと浮かび上がらせる、そのような敷居を、彼は誰よりも鋭く、靴底の下に感じ取

るのだ。

＊1　この一文は、やや変形されて、『一九〇〇年頃のベルリンの幼年時代』の「ティーアガルテン」にも出てくる（『ベンヤミン・コレクション3』四九七ページ参照）。「ティーアガルテン区」、「フリーズ」、「アーキトレーヴ」についても、そこに付した訳注を参照。

＊2　以下の一文も、右の＊1に挙げた「ティーアガルテン」末尾に、ほぼこのままの形で出てくる。そこに付した訳注を参照。

そしてまさに、彼は都市をもそのように感じ取るものだから、この都市についての描写的な記述や気分あふれる記述を彼のもとで見出せると、ひとは期待してはならない。このベルリンにおいて「密やか（heimlich〔親愛なる〕）」であるのは、風のような囁きでも、悩ましい愛の戯れでもなく、唯一次のこと——ある市区の、ある通りの、ある家の、それどころかある小部屋、すなわち細胞空間《ケラ》として、舞踊の型の所作基準を示すようにこの本のなかの出来事の尺度を表わす小部屋の、厳密で古典古代的な〈像‐存在（das Bild-Sein〔像であること〕）〉なのである。

建築の名に値するどの建築においても、その最良の要素は、たんなるまなざしに、ではなく、空間感覚にこそ益するものである。そのように、ラントヴェーア運河とティーアガルテン通りの間の、あの細い帯状の河岸区域もまた、穏やかに、そして付き添い導くようにして、言い換えればヘルメース〔道と通行人の保護神〕的に、そして教導的《ホデゲートリシュ》に、人間たちに作用している。対話をかわしながら、この人間たちはときおり、石造りの河岸に沿って歩いてゆく。そして作者〔ヘッセル〕は、『七つの対話』（一九二四年）の十四人の虚構の人物たちの意識内で、古代ローマ人風の心を格闘する気にならせ、古代ギリシア人風の舌を演説する気にならせたのと同様のことを、〔『密やかなるベルリン』の〕繊弱なこの世の子ら《キンダー・デア・ヴェルト》〔つまり、人間たち〕の意識内においても行なっている。彼らは現代風の衣装をまとった古代ギリシア人あるいは古代ローマ人ではなく、人文主義的な謝肉祭衣装をまとった同時代人ではさらになく、この本は、技法的にフォトモンタージュに近いのだ。つまり、〔この本に登場する〕主婦たち、芸術家たち、エレガントな上流婦人たち、大商人たち、学者たちには、プラトン（前四二七—前三四七年。古代ギリシアの哲学者）的またメナンドロス（前三四二／三四一—前二九一／二九〇年。古代ギリシアの喜劇詩人）的な仮装者*の影めいた輪郭が、強く重ね合わされているのだ。

＊　原語は Maskenträger で、「仮面をつけた人」の意。（この「仮面」には「ペルソナ」が含意されているのかもしれない。）なお、「プラトン的」および「メナンドロス的」は、次段落はじめの「哲学」および「古代ギリシアの劇」に繋がっている。

というのも、この密やかなる〔親愛なる〕ベルリンは、あるひとつのアレクサンドリア的歌唱劇の舞台なのである。この歌唱劇は古代ギリシアの劇から、場所の一致と時の一致を受け継いでいる。すなわち、二十四時間のうちに、〔同じひとつの場所で〕恋のもつれ話が紛糾し、そして解決する。この歌唱劇はまた〔古代ギリシアの〕哲学から、いまはもう廃《すた》れてしまった偉大なギリシア的問答道徳《フラーゲモラール》〔ソクラテス的対話のあり方を指している?〕を受け継いでいるのだが、詩人〔ヘッセル〕は以前にある詩劇において、この道徳を、エフェソスの中老婦人の物語という古典的構成で扱ったことがある〔『エフェソスの未亡人』一九二五年、参照〕。この歌唱劇は、さらに古代ギリシア人の言語から、音楽的なオーケストレーションを受け継いでいる。言葉と言葉を結びつけて合成語を作り出すドイツ語的‐ギリシア語的傾向に、この詩人ほど深い理解をもってかつ自由に応えるような作家は、今日ではほかにいない。彼の口にのぼると、さまざまな言葉が、他の言葉を抗しがたく引き付ける磁石になる。彼の散文は、隅々まで、そのような磁気をおびた鎖に貫かれているのである。彼の知るところでは、ある美しい女性は「北のブロンド (nordblond)」、ある出納係の女性は「お座り女神 (Sitzgöttin)」、ある理髪師未亡人は「ケーキのように美しく (kuchenschön)」、ある退屈陳腐な道徳ぶり屋は「ろくでなし (Tunichtbös)」[*1]、そして小びとは「威張らず屋 (Gerneklein)」[*2]、ということになる。

*1 Tunichtgut(「ろくでなし」)の gut(善い)を反対語の bös(邪悪な)に置き換えたもじり造語。
*2 これも、Gernegroß(〔特に子供の〕威張り屋)のもじり造語。

しかし、この長篇小説空間を往き来する幾組もの恋人たち、決して二人きりでいることはなく、いつも決まって友人たちに囲まれている恋人たちもまたまさに、別な風に、ひとつの見事に繋ぎ合わされた磁気鎖の構成要素にすぎない。そして、我々がいま「白鳥よ、くっつけろ」〔L・ベヒシュタインの作で、『グリム童話集』の「黄金のがちょう」を翻案したもの〕の話や鼠捕りの男の歌〔『グリム・ドイツ伝説集』の「ハーメルンの子供たち」参照〕を思い出そうと出すまいと――その鼠捕りの男にあたる人物が、この小説では、クレーメンス・ケストナー[*1]と呼ばれている――、いずれにせよ次のことは変わらないだろう。すなわち、彼ら若いベルリン子たちの一人ひとりは模範的ではまったくなくとも、彼ら一人ひとりの人生行路は羨むべきものではまったくなくとも、彼らの列は細い〔リュッツォ〕岸《ウーファー》[*2]通りを、読者を誘い寄せて引き歩き、「弧を描いている歩行者用の橋や、二股に分かれたマロニエの枝や、三本の枝垂柳《しだれやなぎ》のある河岸の風景」〔『密やかなるベルリン』第一三章〕のかたわらを通り過ぎてゆくのだ、「マルク〔マルク・ブランデンブルクのこと〕の小さな湖のいくつかが、ふとした瞬間によく帯びるような何か東アジア的なものを保持している、橋やマロニエの枝や枝垂柳のある河岸の風景のかたわらを」[*3]〔同前〕。

＊1 ベルリン大学の文献学員外教授で、古代精神の持ち主。
＊2 『ベンヤミン・コレクション3』四九六ページの訳注＊4参照。
＊3 ベンヤミンは原文の文法的構造を少し変えて引用している。原文通りに訳せば、「……保持している、河岸の風景のかたわらを」となる。

物語作者の才能、物語の舞台となるちっぽけな区域を、遠方と過去のあらゆるパースペクティヴでもって、あのように謎めいて拡大してみせる才能は、どこから来ているのだろうか？　シュテファン・ゲオルゲ（一八六八―一九三三年。ドイツの詩人）という現われに心を動かされずにいた者など、ほとんど誰ひとりとしていなかった詩人たちの世代にあって、ヘッセル（一八八〇―一九四一年。ドイツの詩人、作家。『ベンヤミン・コレンション3』四九八ページ訳注＊1参照）は、他の者たちにとっては諸教義〔ゲオルゲ的詩観、詩人観を指す〕を広めたり、教育のすでにぐらついている建設にかまけたりしているうちに過ぎ去った年月を、神話学の研究やホメロス（紀元前八世紀後半のギリシアの叙事詩人）や翻訳に益させたのだった。彼の本を読む術《すべ》を心得ている者は、それらの本すべてが、老いつつある大都市の壁と壁のあいだ、前世紀の廃墟と廃墟のあいだに、どんな風に古典古代を呼び出すか、その様《さま》を感じ取るのだ。だが、彼がそのようにして、広く張り渡された弧でもって、ギリシア、パリ、イタリアを通ってゆくその生と創作の圏域を描くとき、この円弧の中心は常に、ティーアガルテン〔『ベンヤミン・コレクション3』四九四ページ訳注＊1参照〕のそばの彼の小部屋にあった。その小部屋に、彼の友人たちは、〔彼が書く物語の〕主要人物に変えられてしまう危険性をたいていは知りながら、歩み入ったものだった。

遊歩者の回帰[*1]

Die Wiederkehr des Flaneurs〔一九二九年『文学世界』誌に発表〕

現存するすべての都市描写《シルデルンゲン》を、その著者たちの生誕地によって二つのグループに分けようとしたとき、きっと、その土地生まれの人が書いたものは非常に少数である、と判明することだろう。表面的なきっかけ、異国情緒的《エクソーティシュ》なものや絵のように《ピトレスク》美しいものは、ただ他所生まれの人びとにしか作用しない。その土地生まれの者としてある都市の像を手に入れるには、それとは別の、より深い動機を必要とするのだ。それは、遠くへ旅する者の動機ではなく、過去へ旅する者の動機である。その土地生まれの者による都市の本は、いつも、回想録《メモワール》との親縁性をもっていることだろう。その書き手は、謂われなくその地で幼年時代を過ごしたわけではないのだ。フランツ・ヘッセル（一八八〇―一九四一年。ドイツの詩人、作家）がその幼年時代をベルリンで過ごした〔ただし、生まれはシュテティーン〕というのも、そういうことなのである。そして、彼はいま身仕度をして出かけ、この都市を歩いてゆくのだが、〔都市〕記述者《デア・ベシュライベンデ》がその対象に就く際に実にしばしば見られる、あの興奮した印象主義を、彼は知らない。というのもヘッセルは、記述《ベシュライベン》するのではなく、物語る《エアツエーレン》[2]からである。いやそれ以上に、彼は一度耳にしたことを、再び物語るのだ。『ベルリン散策』（一九二九年）は、この都市が幼い頃から子供に物語ったことの、その谺《こだま》なのである。徹底して叙事的な本、ぶらぶら歩きをしながらの記憶の暗唱《アイン・メモリーレン》、追想《エアインネルング》が源泉《クヴェレ》〔資料〕ではなくムーサ〔ミューズの女神〕となった本。[3]このムーサが先に立って通りを歩いてゆく。するとどの通りも、このムーサが歩めば急坂になるのだ。このムーサは、母たちのもとへではないにしても、ある過去のなかへと案内して下ってゆく。著者自身の私的な過去であるばかりではないだけに、いっそう呪縛的なものでありうる、そのような過去のなかへと。彼[4]がアスファルト道を歩めば、その足音は驚くべき共鳴を呼び起こす。舗道を照らしているガス灯は、この二重の層をもつ地面に、二義性を帯びた光を投げかける。孤独な散策者の記憶術《ムネモテヒニシュ》的な補助具としての都市――それは、この散策者の幼年時代や青年時代以上のものを、その幼年時代や青年時代に固有の歴史《ゲシヒテ》〔出来事、物語〕以上のものを呼び覚ますのだ。

*1　本稿は、フランツ・ヘッセル『ベルリン散策』（一九二九年）の書評として書かれたものである。
*2　「物語る」ということについては、「物語作者」（『ベンヤミン・コレクション2』所収）を参照。
*3　以下三行、「……下ってゆく」までの文は、やや変形されて、『一九〇〇年頃のベルリンの幼年時代』の「ティーアガルテン」にも出てくる（『ベンヤミン・コレクション3』四九七ページ参照――また、「母たち」についても、同箇所に付した訳注を参照）。

＊4　以下三行、「……光を投げかける」までも、やや変形されて＊3に示した箇所に出てくる。

都市が開示してみせるのは、最終的に中絶されたものと我々は思っていた劇〔光景《シャウシュピール》〕、遊歩《フラヌリー》という予測のつかない劇＊1である。だとすると、いまその劇が、ここで、かつてそれが隆盛をきわめたことなど一度もないこのベルリンで、新たに蘇るというのだろうか？　加えて我々は、ベルリン子たちが以前とは別のものに変貌してきている、ということを知っておかねばならない。この首都に対する彼らの問題点の多い自負、設立者としての自《グリュンダーシュトル》負《ツ》＊2は、徐々に、故郷としてのベルリンへの愛着に席を譲りはじめているのだ。そして同時に、ヨーロッパにおいては、現実感覚が、つまり年代記、記録、細かな事実などに対する感覚が、鋭敏になってきている。このような状況のなかへ、いまひとりの男が、この変化をともに経験するのにまさに充分若く、しかもアポリネール（一八八〇―一九一八年。フランスの詩人、作家）やレオトー（一八七二―一九五六年。フランスの批評家、作家）といった遊歩の最後の古典派の人びとと、個人的に親密な間柄であったほどまさに充分に齢《よわい》を重ねている男が、歩み入るのである。遊歩者という類型を生み出したのは、ほかでもなくパリなのだ。それがローマでなかったのは、不可思議なことである。しかしローマでは、夢想でさえ、すでにあまりにも踏みならされた街路を辿ることになるのではなかろうか？　それに、この都市は神殿や囲われた広場や国民的聖所などでいっぱいなので、そうしたものに分割されることなくこの都市が、ひとつの舗石を踏む、ひとつの店の看板を目にする、ひとつの石段、ひとつの門道に足をやる、その度《たび》ごとに、歩行者《パサント》の夢のなかに入り込んでくることは、不可能なのではなかろうか？ もろもろの大いなる追憶《レミニスツェンツェン》や歴史的な戦慄――真の遊歩者にとって、それらは所詮くだらぬものであって、そんなものは、彼は喜んで旅行客に任せてしまう。そして、芸術家が住んだ小部屋や誰かれの生誕地、あるいは王侯の住居についてもっているすべての知識を、真の遊歩者は、そこいらの飼犬が一緒にかっさらってゆくようなもののために、つまり、たったひとつの門口《シュヴェレ》〔境界域〕を嗅ぎつける嗅覚や、たったひとつのタイルを探りあてる触感のために、犠牲にするのだ。またさらに、〔ローマが遊歩者という類型を生み出さなかったのは、〕少なからずローマっ子たちの性格に因《よ》るのかもしれない。というのも、パリを遊歩者の約束の地に、ホーフマンスタール〔一八七四―一九二九年。オーストリアの詩人、劇作家、小説家〕がかつて呼んだような「生だけから成る風景」〔出典未詳〕にしたのは、他所生まれの人びとではなく、彼らパリっ子たち自身だったからである。風景――パリは、遊歩者にとっては本当に風景となる。あるいは、より厳密に言うならば、遊歩者にとってこの都市は弁証法的な両極に分かれる。この都市は、風景としてみずからを遊歩者に開き、部屋として遊歩者を包み込むのである。[*3]

＊1　本書所収「ボードレールにおける第二帝政期のパリ」の第二章「遊歩者《フラヌール》」を参照。

＊2　ドイツ第二帝国設立期ないし泡沫会社乱立時代《グリュンダーヤーレ》（『ベンヤミン・コレクション3』二七〇ページの訳注＊1参照）の、ベルリンの人びとの心的態度を指す。

＊3　同様に、ベンヤミンはパリのパサージュについて、「家屋でもあり街路でもある」と述べている

（「パリ――十九世紀の首都」――『ベンヤミン・コレクション1』三四八ページ参照）。

「風景への君たちの愛のいくばくかを、この都市に分け与えてほしい」〔『ベルリン散策』の「ベルリン子たちへのあとがき」〕、とフランツ・ヘッセルはベルリン子たちに言う。彼らが自分たちの都市に風景を見ようとさえしてくれたら。ティーアガルテンを、つまり、ティーアガルテン区の高級住宅の荘厳なファサードを眺めやることができる、遊歩のこの聖なる林苑を、ジャズが演奏されているあいだは木々の葉がいつもより憂鬱げに地面へ沈むのが見られるツェルテ*(die Zelte〔テント〕)を、この本では〔実際に足を運ぶことなく〕入江や樹木の繁る島がただ想い描かれている――「冬になると、私たちはそこで腕を組んで優雅に滑って〔アイススケートのこと〕、氷に大きな8の字を描き、秋には、ボート小屋の脇の木の橋から、愛する女性《ひと》と小舟に乗り込み、彼女はその舵を操るのだった」〔『ベルリン散策』の「ティーアガルテン」〕――新しい湖《ノイアー・ゼー》〔『一九〇〇年頃のベルリンの幼年時代』の「二つの吹奏楽団」参照〕を、たとえ彼らがもってはいないとしても、これらのものがすべてなかったとしても、それでもやはり、この都市は風景に満ちていることだろう。高架鉄道アーチの上の空が、エンガディーン〔スイスのイン川の渓谷地帯の名〕連山の上の空のように青く広がっているのを、その轟音のなかから、砕け散る波のなかから立ち現われてくるような静寂が立ち現われるのを、そして、都心の小さな通りが、山の窪地のように、一日の時の移ろいを鮮やかに映し出すのを、彼らが感じ取りさえしてくれたら。もちろん、都市住民がその都市のなかに、その都市を縁まで満たしつつ真に在るということ――それなしには、ここでヘッセルが披瀝するような知識も存在しないのだ――は、容易なことではない。「我々ベルリンの住人は」、とヘッセルは言う、「我々のこの都市を、今以上にもっともっと――住みこなさねばならない」〔同前、「ベルリン子たちへのあとがき」〕。必ずや、彼は、このことを文字通りに理解してもらいたい、それも、個々の家に関してではなく、個々の通りに関して理解してもらいたいのだ。というのも通りとは、永遠に不安定で永遠に動かされ続ける〔都市大衆という〕存在の、つまり、家の外壁と外壁の間で、個的人間が〔自分の部屋の〕四つの壁に守られてするのと同じだけのものを体験し、経験し、認識し、そして思考する存在の、まさに住居にほかならないからである。大衆にとって――そして、遊歩者はこの大衆とともに生きているのだ――、商店のきらきら光るエナメル塗りの看板は、〔個的人間としてのブルジョワ的〕市民にとっての、サロンに掛けられた油絵と同じように、いやそれ以上に、壁飾りなのであり、防火壁は彼らの書き物机なのであり、新聞スタンドは彼らの図書館、郵便ポストは彼らのブロンズ像、ベンチは彼らの閨房、そしてカフェテラスは、彼らが自分の世帯を見下ろす張出し窓なのである。道路工夫たちが格子垣に上衣を引っ掛けておくところ、そこは彼らの玄関ホールであり、〔集合住宅の〕中庭の出口から屋外に導いてくれる門道は、都市〔という住居〕の数々の部屋への通路なのである。

＊ ティーアガルテン内〔北東部〕のシュプレー川沿いの一画にあった喫茶・遊興施設。現在も、ｍ

den Zelten" という名の通りがそこにある。

卓越した「ジャーナリズム入門」（ヘッセル『後夜祭』一九二九年、参照）においてすでに、〈住む〉とは何かということの探究が、地下的な《ウンターイルディシュ》〔密かな〕モティーフとして認められる。充分な根拠をもった確かな経験はどれも、その反対物をも包摂しているものだが、そのようにここでは、遊歩者の完成されたわざ《クンスト》が、住むことについての知識を包摂している。ところで、住むということの原像は、子宮《マートリックス》あるいは殻《ゲホイゼ》〔果芯、家〕である。それはつまり、そこに住まう者の姿形を精確に察知させるものである。そこでいま、人間や動物のみならず、霊たち、そしてとりわけイメージ（Bilder）もまた住まうものである、ということを思い起こしてみるならば、何が遊歩者の関心をひくのか、遊歩者が何を探し求めているのかが、手に取るようにありありと見えてくる。それは、すなわち、どこに住まうものであれ、イメージなのだ。遊歩者とは場所の守護神《ゲニウス・ロキー》に仕える神官にほかならない。神官の尊厳と探偵の嗅覚とをもつこの目立たない歩行者《パサント》――彼のもの静かな全知には、犯罪捜査学の大家たる、チェスタトン（一八七四―一九三六年。イギリスのジャーナリスト、詩人、作家、批評家）のブラウン神父に通ずるものがある。この側面から著者〔ヘッセル〕を知るには、つまり、門口〔境界域〕の下に家の守護神《ラレース》を嗅ぎつけたり、ひとつの古い住む文化の最後の遺産を称えたりする彼を知るには、「旧西区《アルター・ヴェステン*》」へと、彼に付いて行かねばならない。「最後の」と言ったのは、庇護されてあるということが最も重んじられていた、古い意味での住むことに、終わりの時がやって来ており、そのことが、この時代の変わり目の徴表となっているからである。ギーディオン（一八八八―一九六八年。プラハ生まれの建築史家。一九二八年、コルビュジエとともに、スイスにCIAM（近代建築国際会議、一九五九年まで存続）を設立）、メンデルゾーン（一八八七―一九五三年。ドイツの建築家。のちにアメリカへ亡命）、コルビュジエ（一八八七―一九六五年。スイス系フランス人の建築家）は人間の居所を、とりわけ、光と大気の考えうる限りでのすべての力や波の通過空間にする。こうして到来するものは、すべて、透明性というしるしを帯びる。つまり、さまざまな空間だけではなく、いま休業日システムを臨機性のあるものにするために日曜日を廃止しようとしているソ連の人びとの考えるところを信じるならば、週〔ひいては時間〕さえもが、透明性というしるしを帯びるのだ。しかしながら、ヘッセルが読者を案内してくれる「旧西区」の、その古典古代全体を発見するには、畏敬の念をこめて博物館的なものにじっと注がれるまなざしで事足りる、などと思ってはならない。新しいものがその到来をある男の内部において予告する、その男だけが、ヘッセルのように独創的に、ヘッセルのように先駆的に、このたったいま古くなったばかりのものをそれと見てとることができるのである。

＊『ベンヤミン・コレクション3』四七二ページの注＊2参照。『ベルリン散策』にも「旧西区」と題する章がある。

この本においてヘッセルは、女像柱《カリアティード》たちや男像柱《アトラント》たち、天使像《プッテ》たちやポモーナ〔ローマ神話の果物の女神〕像たちといった神々《プレーブス・デオールム》の僕を発見することによって、読者を歓待するのだが、それらの僕《しもべ》たちのうちでも彼の一番のお気に入りは、なんといってもやはりあの、かつては支配する者だったが、いまでは家〔あるいは食料戸棚〕の守護神《ペナーテース》に、目立たない境界域〔敷居、門口〕の神々《シュヴェレンゲッター》になった像たちである。この像たちは、埃をかぶったまま階段の踊り場に、名も知られず屋内通路の壁龕《へきがん》に宿りを与えられているが、以前は——木製のものであれ、あるいは隠喩的なものであれ——敷居《シュヴェレ》〔境界域〕というものを越えてゆくあらゆる歩みに付き添っていた、通過儀礼《リト・ド・パサージュ》を守る女神たちなのだ。彼女たちから彼は逃れられず、彼女たちを象《かたど》った像がもうとっくになくなっていても、あるいはもうとっくに見分けのつかないものになっていても、なお、彼女たちの作用《ヴァルテン》〔支配〕は彼に吹き寄せてくるのである。ベルリンにはごくわずかしか門がないが[*1]、しかしこの偉大な境界域の事情《シュヴェレンクン》に通じた者《ディヒ》[*2]は、都市を平地から、市区を他の市区から際立たせている、〔門よりも〕ずっとささやかな移行域を知っている。すなわち、建設現場、橋、市内環状線の高架アーチ、それに広場《スクウエア》を。そしてそれらすべてが、この本では敬われ、注意を払われている。むろん、小さな生の境界域的《シュヴェリヒ》な時間、あの聖なる十二分あるいは十二秒——それは、大宇宙的な十二夜[*3]に対応しているのだが、一見したところひどく卑俗に見えかねない——のことは、言うまでもない。この著者は知っているのだ、「フリードリヒシュタット〔旧ベルリン中央区《ミッテ》の最も繁華な区域〕のティーサロンのダンスパーティにも、催しが始まる前にきわめて啓発的な時間がある。それはつまり、薄暗がりのなか、まだケースに入ったままの楽器のそばで、バレエの踊り子が軽い食事をとりながら、クローク係の女性やボーイとお喋りをするひとときである」〔『ベルリン散索』の「フリードリヒシュタット」〕、ということを。

＊1　かつてベルリンは市壁をもち、いくつもの市門があった。それらの門の名は地名や駅名として残っている。東西分裂時の壁は別として、旧ベルリン市壁は一八六八年に最終的に撤去された。

＊2　この語をベンヤミンは、「フランツ・ヘッセル『密やかなるベルリン』」（本書三六〇ページ）でも、また「ティーアガルテン」（『ベンヤミン・コレクション3』四九九ページ参照）でも用いている。

＊3　キリスト生誕を祝う、クリスマスから公現日（一月六日――東方の三博士がお祝いに訪れた日）までの十二夜を指す。

都市について、ボードレール（一八二一―六七年。フランスの詩人、批評家）は、〈人間の心よりも変わり易い〉〔「白鳥」参照〕と、残酷な言葉を語ったことがある。ヘッセルのこの本には、都市住民のための慰めになる惜別表現が、いっぱい詰まっている。これは別れの真の書簡文範である。そして、ヘッセルがマクデブルク通りにあったムーサ〔の像〕たちにするのと同じように深く、自分の言葉でベルリンの心に迫ることができるのなら、別れの挨拶を述べようという気持にならない者が、誰かいるだろうか。「彼女たち〔ムーサたち〕はいつのまにか姿を消してしまっている。野面《のづら》石のように彼女たちはそこ〔マクデブルク通りのある家の前庭〕に佇んで、まだ手が残っている限りは、球形のものや棒状のものを〔その手に〕かわいらしく握っていた。彼女たちはその白い石の目で私たちの行く道を見守り、そして、この異教の娘たちが私たちをじっと見つめたということは、私たちの一部分となった」〔『ベルリン散策』

の「旧西区」」。「私たちを見つめるものだけを、私たちは見る。私たちにできることといえば、ただ――それのために私たちは何もできない、そのようなことばかりなのだ」〔出典未詳〕。ヘッセルがこれらの言葉で把握した以上に深く、遊歩者の哲学が把握されたことは、決してない。彼がひとたびパリを歩くと、そこには、午後冷んやりとした玄関ホールに座って縫物をしている、門衛のおかみさんたちがおり、彼は、自分の乳母に見つめられるように彼女たちに見つめられていると感じる。ベルリン子たちにはこの偉大な散策者《シュパツィーアゲンガー》がたちまちにして目に付く胡散《うさん》臭い人物になる、ということ以上に、この両都市――彼ののちの、そして成熟した故郷であるパリと、彼の幼少期の、そして厳格な故郷であるベルリン――の関係にとって特徴的なことはない。それゆえ、この本の第一章は「不審者」と題されているのだ。この章において私たちは、この都市〔ベルリンを指す〕のなかで遊歩の邪魔をする雰囲気的な障害を、また、この都市の物たちや人間たちから発せられる吟味するようなまなざしが、いかに厳しく夢想者に向けられているように思われるかを、推し量るのである。遊歩者が哲学的散策者から遠ざかり、社会の荒野のなかを落ちつきなくさすらう狼男《ヴェーアヴォルフ》――そのような男を、ポー（一八〇九―四九年。アメリカの詩人、小説家）は「群衆の人」〔本書二三三ページ以下、および『ベンヤミン・コレクション1』四四二ページ以下参照〕に、永久に定着してみせている――の諸特徴を具えるようになる、ということがいかにしてありえたのかが理解されるのは、パリにおいてではなく、ここベルリンにおいてである。

「不審者」については、ここまでにしておく。これに対して、第二章は「私は習い覚える《レルネン》」と題されている。これ〔「習い覚える」〕もまた、この著者の大好きな言葉なのである。文筆家たちは、ひとつの都市に近づいてゆくときのそのやり方を、たいていは「研究する《シュトウディーレン》」と呼ぶ。この二つの言葉のあいだには、大きな隔たりがある。研究することは誰でもできるが、習い覚えることができるのは、持続的なものを目指している者だけなのだ。ヘッセルにおいては、持続的なものへの絶対的な愛着、ニュアンスに対する貴族的な反感が、発言権をもっているのである。体験は一回限りのものとセンセーションを欲し、経験は常に同じであるものを欲する。何年か前の文章にはこう書かれていた、「パリ、それは無数の窓の前の格子の付いたバルコニーであり、無数の煙草屋の前の赤いブリキの葉巻であり、小さな酒場の亜鉛の皿であり、門衛の猫である」〔出典未詳〕。そんな風に、遊歩者は子供のように覚え込み《メモリーレン》、そんな風に、遊歩者は老人のように自分の知恵に固執する。いま、ベルリンに関しても、そのような記録簿、目覚めてある者のそのようなエジプト的な夢の本が、編まれたのである。そして、ともかくベルリン子が自分の都市のなかに、電光広告が送ってよこす約束とは別のさまざまな約束を捜すようになりさえすれば、この本はそのベルリン子にとって大切なものになってゆくことだろう。

カール・ヴォルフスケールの六十歳の誕生日に因んで——ある思い出

Karl Wolfskehl zum sechzigsten Geburtstag. Eine Erinnerung〔一九二九年『フランクフルト新聞』に発表〕

多くのものがひとつの詩をぐるりと取り巻いている。そのひとつの詩を作ること、それだけが秘密である、とは思わないでほしい。カール・ヴォルフスケール（一八六九―一九四八年。ドイツの詩人、翻訳家）は多くの詩を作った。それらの詩を作ったということ、それだけが彼の秘密である、とは思わないでほしい。ここで話したいのは、ある別の秘密なのだ。

そのためにはしかし、私は彼に、ある思い出を持ち出すことを許してもらわなければならない。それは、私の友人フランツ・ヘッセル（一八八〇―一九四一年。ドイツの作家、翻訳家、出版社の原稿審査係）の、通りに面していないあの裏側の部屋、天井が少しも傾斜していないのに、あらゆる詩人の部屋のなかでも最も屋根裏部屋的な部屋でのことだった。この部屋でヴォルフスケールは、ある晩のとても遅くに、幅の広いベッドの前の椅子に腰掛けていた。このベッドは、そのカバーのくすんだ緑色と薄緑色とによって、部屋に入ってくる者みなに、ひょっとすると〔ヴァイマルの〕ゲーテハウスに展示されている実験結果表〔おそらく、ゲーテの描いた「色相環」のことを指す〕以上によく、色彩の感覚的・倫理的作用〔ゲーテ『色彩論』一八一〇年、教示篇第六編参照〕を直観的に分からせてくれる。そして、私自身がそこに加わったときには、夜はさらにずっと更けていた。彼ら二人の会話が何についてのものだったのかは、忘れてしまった。そもそも真の会話というものはすべて、夢のなかでのように、恍惚の連続のうちにあって突然立ち止まり、いったいどうやってこの場所にたどり着いたのか想像もつかない、そういった恍惚の連続ではなかろうか？　ヴォルフスケールがその部屋の本棚のどこかにあった『ゲーテの世紀』〔ヴォルフスケールがゲオルゲと共同で編集したアンソロジー『ドイツの詩』全三巻、一九〇〇―〇二年、のうちの第三巻。第一巻『ゲーテ』、第二巻『ジャン・パウル』〕に手を伸ばし、そして朗読し始めたときが、そんな瞬間だった。私はこの本について、つまり、一九〇二年に『芸術草紙』〔一八九二年にゲオルゲによって創刊された文学雑誌。ヴォルフスケールは一八九四年からこの雑誌の編集に携わっていた〕の出版社から初版が出たこのアンソロジーについて、もっと語ってよいのなら――たとえ、偉大なる書物通にして書物愛好家であるヴォルフスケールに敬意を表するだけのためであれ――どんなに語りたいことか。それは本がまだ装いをもっていた時代で、この本の装いはもちろん、レヒター〔一八六五―一九三七年。ドイツの画家。ゲオルゲ派の本の装丁を手がけた〕の手になるものだった。青い透写の蔓草模様（ぎっしり詰まった、つねに同じ蔓草模様で、それで、この名がついている）がテクストを囲み、表題の上にはこの出版社のマークがついていた。まっすぐ上に向けられた手によって掲げられた瓶の口から、ラファエル前派風のいろいろな巻き毛や銘帯〔中世絵画で絵の内容を説明する言葉の帯〕が、さらさらと流れ出しているマークである。もっとも、言葉で言い表わしたところで何にもなりはしない。ヘッセルはこの版を、かつては所持していたのだろう。しかし、冷酷かつ大らかであるがゆえに物持ちの悪い彼の手が、きっと、この貴重な本に対してさえ容赦しなかったのだ。とうに、見栄えのしない版がこの初版本に取って代わっていた。そういうわけで、ヴォルフスケールが朗読したのは、その見栄えのしない版だった。

日光に疲れた葉々が眠たげに垂れている、
森ではすべてが沈黙し、ただ一匹の蜜蜂だけが
花ぎわに羽音をうならせている、もの憂げに熱中して。

〔レーナウ「森の歌」一八三四年〕

四十三行から成るこのトロヘーウス〔強弱格の韻律〕の詩行を、彼は朗読した。そして、その詩行をいま彼の口から初めて聞いたとき、私の内部で、そこに数年来あるいは数十年来棲まっている二、三の詩が寄り集まってきて、最も遅れてやって来たこの新参者〔レーナウの「森の歌」〕を、仲間として迎え入れたのだった。家に帰って私が最初にしたことは、彼が朗読したアンソロジーを探すことだった。ヴォルフスケールが私たちに朗読した詩の

みならず、この選集全体が、私に解き開かれていた。それは、あらゆる抒情詩は結局のところ、ただ口に出して読むかたちでのみ伝えられ形成されるものである、ということに気づく滅多にない機会のひとつだったのだ。私にとってこの機会に比肩しうるのは、ホーフマンスタール（一八七四－一九二九年。オーストリアの詩人、劇作家）の声が思いがけず『初期詩篇《フィーベル》』〔ゲオルゲの詩集、一九〇一年〕のある詩のうえにとまり、ゲオルゲ（一八六八－一九三三年。ドイツの詩人）の最初期の詩作品のさわやかさが遠くから最初で最後に私に吹きつけた、あの午後だけだった。今ここでは、ひとつの真にヘルメース〔後出の訳注＊1参照〕的な付き添うような声が、レーナウ（一八〇二－五〇年。ハンガリーで生まれ、オーストリアで活躍した詩人）の言葉の流れを溯り、ヘルダーリン（一七七〇－一八四三年。ドイツの詩人）、ジャン・パウル（一七六三－一八二五年。ドイツの作家）、バッハオーフェン（一八一五－八七年。スイスの法制史家、文化史家）、ニーチェ（一八四四－一九〇〇年。ドイツの詩人、哲学者）といった幾人かの巨頭の陰で、一九〇〇年頃にひっそりとドイツの詩が刷新された道なき高みへと、私を導いてくれたのだ。しかし、このヘルメース的な力——あの声がこのヘルメース的な力をこれほどまでに保持していたのは、おそらくただ、われわれがこのようにこの声の行く道を追うことによって、この声自身の秘密に逢着したいと願っていたからだろう。何年も前に、この秘密に首尾よく逢着したある者が、その詩人〔ヴォルフスケール〕にヘルモパン[*1]という神々に由来する名前をつけた。そして、真昼の驚愕を歌ったこのレーナウの詩をなにげなく口ずさんだその声のなかには、遅れてやって来たパン[*2]がいたのではなかったか？　古代の神話からとうに独立してしまった神々について、その運命がどういうものであるのかをカール・ヴォルフスケールが知っているということは、つい先頃本紙に掲載された彼の最近の省察——「生命を養う空気」、「新ストア学派」——が印象深く示している。そうでなくともヘルメースは、最も厳密な、そして神話的な意味においても、他のいかなる神とも違って、他の神々に同化し、彼らとともに新しい、ひょっとするとよりはかなく、よりふわふわと漂う形姿になることをみずからに課している神なのである。しかしその男〔ヴォルフスケール〕の形姿もやはり、その重さにもかかわらず、ふわふわと漂うような、はかない印象を与えるのだ。たとえそれが、ただたんに、彼をたえず動かし続けている落ち着きのなさゆえ、また、ゲルマン的太古の世界からユダヤ的太古の世界に至るまで、相続されたものや経験されたもののすべてに、自分の内部にその居場所を設《しつら》えるために、あちこちいろいろ嗅ぎ回ったり動き回ったりするがゆえのことだとしても。こうした彼の営みが、なんと多くのすばらしい略語を生み出していることか！　それらの略語はたいてい、彼の機知がなす驚くべき語法のもとでしか世間に知られていないが、しかしそれらの略語は〔彼の書いた〕字と同じくらい、彼の思想をよく特徴づけている。彼の字についてある女性筆跡鑑定家が、「そもそも読んでもらえるためには、まさに鍵が」必要だ、と言ったことがある。そしてこの字は、さまざまな像の比類ない隠れ家であるという点において、その書き手に似ている。彼の字は、世界史的な避難所なのだ。というのもそこには、その書き手を抜きにしても、私たちの時代にみずからの地歩を確保するであろう——そもそも本当に確保されるのか、そしてどのように確保されるのかは、誰にも分からないが——さまざまな像や知恵や言葉が住み、暮らしているからである。

＊1 森や家畜の神、牧人の守護神であるパンを、その父ヘルメース（神々の使者、牧人や家畜の神、青春・富の神、また、商人・盗人の、道・通行人・旅人の守護神）になぞらえて呼ぶときの名。

＊2 神出鬼没のパンは、その叫び声で人びとを驚愕（パニック）に陥れた。「森の歌」第七詩連でも、まどろんでいる「私」が夢のなかでパンの吹くフルートの音を聞いたように思い、目を覚ます。

もしかしたら、私がここで語ろうとした時間の、その忘れ難さとは、こういうことなのかもしれない——すなわち、一羽の鳥が、幾千もの仲間たちとともに巣くっている巨大な伝説の木のなかから舞い上がるのを見るように、彼のなかから詩が舞い上がるのを見る、ということ。

〔シュテファン・ゲオルゲについて*1〕

〈Über Stefan George〉〔一九二八年『文学世界』誌に発表〕

シュテファン・ゲオルゲ（一八六八―一九三三年。ドイツの詩人）について書こうと試みたりしたら、ただちに私の脳裡から遠ざかってしまうであろうことを、なにがしか私がここに書き留めうるのは、ひとえに、『文学世界』誌の要請が依頼状のような表現になっていた〔訳注＊1のダーシ内の部分参照〕からである。そのような試みがうまくゆくことなどありえないだろうと意識しつつ、私はそれだけいっそう厳密に、ゲオルゲがどのように私の生のなかに入り込んで作用したか、ということをありありと思い浮かべるべく努力しよう。まずはじめに言っておかねばならないのは次のこと、すなわち、ゲオルゲが私の生のなかに入り込んで作用したのは決して彼の人となり《ペルゾーン》においてではない、ということである。たしかに、私は彼の姿をこの目で見たし、それどころか彼の声をこの耳で聞きさえした。ハイデルベルクの城の大庭園のなかで、本を読みながら、ベンチに座って、彼がそばを通りかかってくれる瞬間を待ち受けている時間は、それが何時間であっても私には長すぎはしなかった。ある日、彼はゆっくりと近づいてきて、ひとりの比較的若い同伴者に話しかけた。またさらに、私は彼がときおり、城の中庭でベンチに座っているのを見かけたこともあった。だが、そうしたことはすべて、彼の作品によって私が決定的に震撼させられてからずっとのちのことだった。とはいえその震撼は、いかなる場合も、彼の詩を読んでいてというのではなく、いつも、ある特定の重大な瞬間に口に出して誦された彼の詩からのみ、生じたものだった。つまりそれらの詩が、当時〔ベンヤミンの学生時代を指す〕私が結びつけられていた友人たち〔とりわけフリッツ・ハインレ〕の口に、また一度か二度は私自身の口にのぼったときに。彼らと、今日もうその誰ひとり生きてはいない彼ら[*2]と、結びつけられていた——あの〔口にのぼった〕詩によってではなく、むしろ、いつの日か語らねばならないであろうある力によって。その力は、最後に私をこの〔ゲオルゲの〕作品から引き離したのと、同じ力だった。しかし、この力が最後に私をこの作品から引き離すということが起こりえたのは、ただひとえに、〔私と友人たちを結びつけていた〕この力のなかにかの作品が、そしてそれを創り出した者の現存在が、あまりにもありありと、両者〔ゲオルゲの作品と彼の現存在〕なしにはこの力もありえなかっただろうほどにありありと現前していたから、である。詩句において自己証明をなし、諍《いさか》いをしたり愛しあったりしながら詩句に拠り所を求めることが許されるのは、青春《ユーゲント》の特権であり、青春の名状しがたい幸福であるとすれば、私たちは、そうした経験をもったということを、ゲオルゲの三冊の本——その核心をなすのは『魂の年』

〔一八九七年〕である——[*3]に負うていた。一九一四年の春、禍《わざわい》を告知しながら『盟約の星』〔ゲオルゲの詩集〕が地平線上にのぼり、その数カ月後には戦争〔第一次世界大戦〕になっていた。戦場でまだ百人も倒れぬうちに、この戦争は私たちの真っ只中に餌食をみとめた。私の友〔フリッツ・ハインレを指す——訳注＊2参照〕が死んだのだ。戦闘で死んだのではなかった。倒れるということとは無縁なある名誉の野（Feld der Ehre〔戦場〕）に、彼は咲いたのだった。何カ月かが過ぎていったが、その月日のことを私はもう何も覚えてはいない。しかしその数カ月の間に、[*4]彼の遺していた詩が〔本書一七ページ訳注＊3参照〕、まだ私のなかで詩というものが規定的に作用しえたいくばくかの場を占めることになった。それらの詩は、〔以前にゲオルゲの詩を通して抱いていた、詩というもののイメージとは〕別のイメージを形成した。そして、その古いイメージをこの新しいイメージと比べてみようとすると、それらは、林立する古い柱像と若い保護林のようだった。そういった次第で、私の生へのゲオルゲの作用は、最も生き生きとした意味での詩〔というもの〕に結びついている。私の内部におけるゲオルゲの支配がどのようにして成り来たり、その支配がどのようにして崩壊したのか、それはすべて、詩というものの空間のなかで、そしてひとりの詩人〔ハインレ〕の友情のなかで起こっている。しかしこのことが何を意味しているのかと言えば、それはつまり、規範的教理《レーレ》というものは、私がどこでそれに出会ったにせよ、私にとっては不信と異議申し立てしか呼び起こさなかった、ということなのだ。『〔精神的運動のための〕年報』〔第二巻、一九一一年、グンドルフ／ヴォルタース編〕に掲載された、〔ローベルト・〕ベーリンガー（一八九四年―？　スイスの在野の学者、著述家。ゲオルゲの友人）の論考「詩の朗読について」が、私に比較的長いあいだ作用したということを、まだ辛うじて覚えている。ちなみに、『芸術草紙』*5〔ゲオルゲが主宰した高踏的な文芸誌、一八九二―一九一九年〕によって庇護された〔たとえばグンドルフ流の？〕あの祭司的文芸学に、私は、「小人の歌」〔『牧童と賛美の書・伝説と歌の書・架空庭園の書』一八九五年、の「伝説と歌の書」所収〕や「誘拐」〔『魂の年』所収〕を担っていた声の残響を、決して見出しはしなかった。それに対してこれらの詩は、ドイツ精神という地塊のあの割れ目に、すなわち、伝説によれば千年ごとにただ一度だけ開いて、山塊の内部の黄金を見させてくれるというあの割れ目に、準《なぞら》えうるものなのだ。――ところで、私はもちろん、〔ゲオルゲの〕ダンテ（一二六五―一三二一年）翻訳についても、さらにひと言付け加えねばならないだろう。がしかしここでも、私は再び同じことを、つまり、ゲオルゲのひとつの詩がどのように愛の形姿を帯びたのかということを、語るほかないだろう。ある晴れた日の午前、ミュンヒェンの〔ユーラ・コーンの〕*6アトリエで、私に〔ゲオルゲ訳、ダンテ『神曲』の〕「地獄篇」第五歌*7を読んでくれた声が、まさにこの歌となって、何年間も私の内部で作用を及ぼし続けたのだが、それ以前にも、ちょうど同じように、森のなかでのある決定的なひと時が――それは、すべてにおいて私の友〔フリッツ・ハインレ〕に従った女性《ひと》〔リーカ・ゼーリヒゾーン〕に私が会った、最後の何度かのうちの一度だった――、彼女がゲオルゲの詩「高まりゆく年のなかでお前に笑いかける」〔『魂の年』所収〕を指し示したその謎めいた仕種《しぐさ》によって、いつまでも忘れがたいものとなって私の心に残ったのだった。またちょうど同じように、〔ゲオルゲの詩〕「その美しい肖像はまだお前に彼のことを思い起こさせるだろうか」〔同前〕は、私の友〔フリッツ・ハインレ〕が——彼がこの詩を愛したことによって——この詩に彼自身の面影を与えてからというもの、私にも、本当に、〔彼のことを〕思い起こさせる。『生の絨緞』〔一九〇〇年〕の二つの詩が私の前に呼び出してくる顔は、〔いま挙げた友人たちとは〕非常に異なっている。生まれつき情熱的な、しかし幸運に見離された男〔ジーモン・グットマン〕の、彫りの深い面立ち。彼は、「私は両手のなかで赤味がかった壺を回す」〔「立像 その六」を指す〕や「下手人」の詩句を朗読したときほど、声と外見において彼自身であったことはなかった。とにもかくにも私は、これらの〔友人たちの記憶と結びついた、ゲオルゲの〕詩の圏域にあまりにも長く留《とど》まり過ぎたので、ある日ついに、その恐ろしさを思い知ることにもなったのだ。ジャン・パウル（一七六三—一八二五年。ドイツの作家）の著作からの抜粋集〔『ジャン・パウル——彼を崇敬する人たちのための時禱書《じとうしょ》』一九〇〇年——ゲオルゲ／ヴォルフスケール編『ドイツの文学』第一巻〕は、右に最後に触れた友人〔グットマン〕の部屋で見つけたとたん、そのまま、あるパーティに出かける私に随行し、さらに、私の人生がどんなにうまく行かないときも、ひとつの手引書《ウァーデ・メー・クム》になった。しかし、未だ生《な》らざる時の霊、逸されてしまった可能性の霊のように、最後になおいくつかの詩が、私がいつもただひとりだけで愛し、いつもただ私ひとりだけに心を開いてくれたいくつかの詩が、少し離れてある。それらは、つまり、孤独と逸失が必然的ではなかったならありえたやもしれぬものの、その徴表なのである。

＊1　本稿は、『文学世界』誌がゲオルゲ六十歳の誕生日に因んで企画した、「ドイツ人の精神生活におけるシュテファン・ゲオルゲの位置」と題されたアンケート――その中心的な問いは、「あなたの内的発展においてシュテファン・ゲオルゲはどのような役割を果たしましたか」というものだった――に対するベンヤミンの回答であり、もともと表題は付けられていない。

＊2　ベンヤミンの念頭にあるのは、とりわけ、一九一四年八月八日に同志グループの談話室で、戦争という事態に未来を絶望して自殺したフリッツ・ハインレとリーカ・ゼーリヒゾーンのことであろう。

＊3　あとの二冊は、おそらく、『牧童と賛美の書・伝説と歌の書・架空庭園の書』（一八九五年）と『生の絨緞』（一九〇〇年）であろう。

＊4　「数カ月の間に、」と「彼の遺していた詩が」のあいだに、当初は次の文が入っていた。「（数カ月の間に、）私は自分の最初の比較的大きな仕事、つまりヘルダーリンの二つの詩作品」――『ドイツ・ロマン主義……』の「参考資料I」所収）にまったく没頭し、これを彼に捧げたのだったが、（彼の遺していた詩が……）」。

＊5　以下の一文は、ほぼこのままのかたちで、後出の「シュテファン・ゲオルゲ回顧」にも出てくる（四〇二ページ参照）。

＊6　ベンヤミンの青年時代の親友のひとりアルフレート・コーンの妹で、彫刻家。「ゲーテの『親和力』」（『ベンヤミン・コレクション1』所収）は、このユーラに捧げられている。

＊7　異稿では、第一二歌。ベンヤミンは「ゲーテの『親和力』」の末尾近くで、これに言及している。

シュテファン・ゲオルゲ回顧——ある新しいゲオルゲ研究[*1]について

Rückblick auf Stefan George—Zu einer neuen Studie über den Dichter〔一九三三年『フランクフルト新聞』に発表〕

シュテファン・ゲオルゲ（一八六八―一九三三年。ドイツの詩人）は数年このかた沈黙している。その間に私たちは、彼の声に対する新しい耳を獲得した。彼の声を、我々は〔いま〕、予言者の声として聴き分ける。これは、ゲオルゲが歴史的な出来事[*2]を予見したというのではなく、ましてや、その諸連関を予見したというのではない。そうした予見は政治家をもたらしはしても、予言者をもたらしはしない。予言とは道徳的な世界における事象である。予言者が予見するのは、裁きなのだ。その裁きを、ゲオルゲは、「忙《せわ》しない人びとやぽかんと見とれている人びと」〔『新しい国』一九二八年、所収の「秘められたドイツ」〕の種族——この種族のもとに彼はその身を移し置かれてしまっていた——に対して予言したのである。世界の夜〔三九八ページの引用詩を参照〕が迫り、それが彼に日々を暗くしていたのだが、この世界の夜は一九一四年に始まった。そして、この夜の終わりを彼がまだ見きわめてはいないということを、彼は、その最新の詩集〔『新しい国』〕に収めた詩のひとつ、「第一次世界大戦のある若い指導者に」という意味深長な表題において語っている。この長《おさ》〔ゲオルゲのこと〕の深く刻まれた顔貌に、新たな光と影が棲みついたのだ。そして、彼の顔貌が永遠の表情を与えられる日に、この顔貌の歴史が〔その生全体を?〕照らし出すべく発するであろう閃光を、私たちはまだ知らない。

＊1　ヴィリー・コッホ『シュテファン・ゲオルゲ——世界像、自然像、人間像』一九三三年、を指す。

＊2　これは、とりわけ、ナチスの政権獲得（一九三三年一月三十日にヒトラーが首相に任命され、さらに三月五日の総選挙でナチスが議席の過半数を占める）を念頭においていよう。なお、本論考が『フランクフルト新聞』に掲載されたのはゲオルゲ満六十五歳の誕生日（七月十二日）で、その約五カ月後にゲオルゲは亡くなっている。

しかし、この詩人自身のうちに、予言者の敵手が宿っている。予言者の声が明瞭に聴き取れるようになればなるほど、他方の声——改革者の声——は、それだけいっそう力なく絶え入ることになるのだ。特有の厳格な規律と、暗鬱なものに対する生来の鋭敏な感覚が、ゲオルゲに破局を予知させたのだが、しかし指導者あるいは教師としての彼は、生とは疎遠な弱々しい規律あるいは振舞い方しか定めることができなかった。芸術が彼にとって大切だったのは、あの「第七の輪」〔一九〇七年刊のゲオルゲの詩集の表題〕として、つまり、それでもって今一度、すでにあらゆる継ぎ目において弛《ゆる》んでしまった秩序を固く繋ぎ合わせるべき「第七の輪」として、であった。この芸術が厳格で意味深いものであり、この輪が緊密で貴重なものであることは証明された。それは疑いを容れない。だが、彼がつかみ取ったものは、古い勢力が――高貴さにおいてずっと劣る手段を用いてであれ――切実に維持したいと願っていた秩序と同じ秩序だった。それゆえにゲオルゲは、その詩作を、――ヘルダーリン（一七七〇―一八四三年。ドイツの詩人）の用いる象徴とはちがって――偉大な伝統から滲み出た泉のように表面に現われてきたのでは決してない諸象徴の、その呪縛圏《バンクライス》から引き離すことに、成功しはしなかった。いやそれどころか、この作品〔『第七の輪』を指す〕の象徴表現はその最ももろい部分なのである。その象徴表現は、核心において、この「派《クライス》」〔ゲオルゲ派〕が巨匠の周りに集まった頃にフランスでバレス（一八六二―一九二三年。フランスの小説家、政治家）が、民族と教会に見出したさまざまの象徴的な観念やイメージの全種目に発した召集令と、異なるものではないのだ。その召集には防御の性格が、多くの場合必死の防御の性格がある。そのように、ゲオルゲの詩作のなかに埋められた密かなしるしの宝庫は、今日ではすでに、「様式」のきわめて貧弱な、小心翼々として保持されてきた財産めいて見えるのである。

年鑑『ヘスペロス〔宵の明星〕』〔ホーフマンスタール／シュレーダー／ボルヒャルト編〕に掲載された、『第七の輪』についての大きな論評〔「シュテファン・ゲオルゲの『第七の輪』」一九〇九年〕においてはじめて、ルードルフ・ボルヒャルト（一八七七―一九四五年。ドイツの作家）がゲオルゲの詩的能力《フェアメーゲン》〔財産〕を評価しようと試みた。そしてボルヒャルトは、少なからぬ数の無力で出来の悪い詩節にまなざしを向けたのだったが、これは、この詩集のもつ全連関において認められて然るべき以上の意味をこの問題〔ゲオルゲの詩的能力（財産）に対する評価〕に認めて、彼がそうしたわけではないのである。この論評が発表されてから過ぎ去った二十五年のあいだに、そうした欠落症状〔本来は、ある臓器が剔出された結果起こる症状をいう〕に対するまなざしは、一段と厳しくなってきている。しかし、ゲオルゲの詩のなかで「様式」といったものが、ときおり詩の内実を押しのけ凌駕してしまうほど露骨に顕著になってきているとすれば、それも、根本的には、〔ボルヒャルトの論評に窺えるのと〕同じことを意味しているのだ。彼の力量がうまく機能しなかった作品は、たいていの場合、この様式が勝利を収めている作品とぴったり一致する。その様式とはユーゲント様式[*1]、換言すれば、古い市民階級が宇宙的にあらゆる天空《スフェーレ》〔領域〕へ群がり出て、未来に陶酔しながら「ユーゲント〔青春、青年〕」を呪文として濫用することによって、己れの衰弱の予感を隠蔽《いんぺい》する様式、である。ここにおいて、さしあたってはただ方向を示すものとして、社会的現実からの、自然的、生物学的現実への退行《レグレシオーン》が、はじめて姿を現わすのだ。この退行は、それ以来ますます昂じつつ、危機の兆候として確認されるに至っている。生物学的偶像が、この「派《クライス》」の理念においては、宇宙的な偶像と結びつく。そこから、後にはさらに、神話的な完成者マクシミーン[*2]の像が成立するのである。当時、家具やファサードの覆いに用いられて虐げられていた装飾について、それらの装飾は、技術〔の領域〕にはじめて出現した諸形式を、工芸的なもの〔の領域〕のなかへ戻す《ツリュックビルデン》〔退行させる〕試みであった、と言われたことがある。

ユーゲント様式は、実際、ひとつの大きな、そして無意識的な、退《リユツクビルドウング》行の試みなのだ。ユーゲント様式の形式言語のなかに、間近に迫っているものを回避しようとする意志と、間近に迫っているものに驚き怯《おび》えるような予感が現われてくる。公的な生活の刷新については思いを至さぬまま、人間の生活を刷新しようと努めたあの「精神運動」もまた、社会的諸矛盾を、小さな秘密集会[*3]の生活に特徴的なあの出口のない悲劇的な痙攣や緊張へと退《リユツクビルドウング》行させる、という結果に終わったのだった。

＊1　「パリ——十九世紀の首都」第Ⅳ章（『ベンヤミン・コレクション1』三四三—三四四ページ）参照。
＊2　ゲオルゲが、ミュンヒェンで出会った美少年マクシミリアン・クローンベルガー（一八八八—一九〇四年）を偶像化、絶対化した詩的形象。〈マクシミーン〉詩群は『第七の輪』に収められている。
＊3　通常は宗教上のものを言うが、ここではゲオルゲ派の集会のことが念頭におかれている。

文学史的な扱いという枠をはるかに越え出るような歴史意識だけが、四十年前にこの「精神運動」に生命を与えた形姿と作品について、もろもろの結論に至りつくことができる。加えて、コッホ（一九〇三年—？　ドイツの文芸学者、エッセイスト、批評家）の著作がこの枠から断固たる態度で歩み出ているということも、疑いを容れない。それゆえにまたこの著作は、ゲオルゲをまさに文学史的に扱った論述のなかで実にしばしば出会うような、あのわびしい紋切り型〔の捉え方〕に、いかなる点においても恩義を被ってはいない。しかしながらこの新しい論文は、歴史的視点とはまったく無縁である。この論文はゲオルゲの作品に、予断をもって、とはつまり、この作品の存立基盤となっている諸内実の「永遠の」妥当性を確信しつつ、歩み寄っているのだ。だが、そのように振舞っているとはいえ、この論文は他方において、実に思慮深く、方法的にも実に誠実であるので、それがもたらしている成果はひとつの場を主張しており、いかなる点もこの成果をそこから排除するものではないだろう。

この論文の方法は、「詩作品の内実を理解したと信ずるがゆえにこそ、表現を理解していると申し立てる作品分析」〔コッホ『シュテファン・ゲオルゲ――世界像、自然像、人間像』〕というものである。そしてこの論文の成果は、ゲオルゲの世界像が展開されていったさまざまな――言うまでもなく緊密に絡み合っている――段階に基づいて、それぞれの詩作品の啓発的な時期区分を行なったことにある。〔ゲオルゲの〕ある程度以上深い自然経験すべてにおいて、カオスそのものが生起《ゲシエーエン》の根本的な力《クラフト》として詩人ゲオルゲの眼前に遍《あまね》くありありと立ち現われる、その恐ろしい遍在が、コッホの研究の基盤をなすものとなっている。

悪霊のように　形姿にはなりきらぬ諸力よ、
あらゆる微《かす》かな物音を　埃の舞う音さえ
残らず記録した　耳ざとい時間《とき》も、
おまえたちが地下で轟いているのを　聴き取りはしなかった。

〔『盟約の星』一九一四年、所収の無題詩〕

しかしこの詩人は、早くから、そうした諸力を聴き取っていた。どのように彼が、当初はキリスト教的な象徴表現の精神において、とはいえただ空しく、自分を圧迫する呪縛を打破しようと努め、次いでマクシミーンの出現でもって、その呪縛から解放され宥和が与えられたと感じているか――このことが、コッホの考察対象となっている。宗教の対象の比較的新しい神学的釈義の考え方にそって、著者〔コッホ〕は、ゲオルゲの自然経験を「他者」という概念のもとに提示する。この自然経験から本来は支配するものとして詩人に呼びかけた、陰鬱なもの、地下的なものを、いくつかの説得力のある典拠資料により示してみせることは、この著者にはたやすいことである。そのようにしてこの著者は、同時に、彼の学〔つまり文芸学〕の新たな状況に合致する諸問題に触れることにもなる。彼は、とくに新ロマン主義以来少なからぬ詩人のまなざしが、世界をその地下的な側面から解明しようとする方向に向けられてきた、ということを引き合いに出す。「この問題を詩的に扱ったものについては、基本的な研究がまだ欠如している。その原因は、文芸学がこれまでは主として――その努力が、個人的な、あるいは理念的な、またあるいは社会学的な価値〔偉大さ《グレーセ》、大きさ〕としての〈形姿〉をめざすにせよ、言語の使用としての〈芸術的なもの〉をめざすにせよ――形式に関わる美学的な学であった、という事実のうちに見てとることができる。しかしながら、文学の、そしてそれとともにまた文学を考察する学にとっての、本当の〈基盤〉は、つねに宗教的なもののなかに求めうるのであり、詩人の〔抱く／提示する／使用する〕理念、モティーフ、形姿、そして言語は、この宗教的なもののうちから結果としてはじめて生じてくるのだ」〔同前〕。言語的なものは宗教的なものの「結果」として立ち現われる、とするこのような定式的表現でもって（そして実際、言語的なものとはたしかに宗教的なものの媒質《メーディウム》であるのだから）、最も良心的な研究に対してさえ限界が——その限界は、研究の対象が大きく《グロース》〔偉大に〕なればなるほど、それだけいっそう厳しく局限するものであることが明らかになるにちがいない——定められているのだということを、コッホのこの予備的研究がいきなり中断されるその強引さは、思い起こさせる。しかしだからといって、この点は、彼がその研究過程で贏《か》ちえている非常に貴重な諸確認に言及することを妨げるものではありえない。

その際に問題となっているのは、表現の仕方はその都度いつも違ってはいるが、ゲオルゲの格闘、彼に固有の自然経験との格闘である。「自然をひとつのデモーニシュな存在《ヴェーゼン》〔本質〕として捉えるゲオルゲの自然像は」、とコッホは書いている、「彼の農民的な自然感情に根ざしている」〔同前〕。この言葉でもって、著者は、ゲオルゲの詩作品が成立した歴史的仕事場へのまなざしをこの著者に披《ひら》きえたやもしれぬ、そのような諸連関に触れているのである。農民の息子[*1]、彼にとって自然はひとつの圧倒的な力《マハト》であり、「この力に彼が打ち勝つことは決してなく、この力から彼はせいぜいのところいくつかの習癖を見て取るばかりであり、この力との戦いのうちに彼は生きるのであり、この力に対して彼はみずからを弁護し防護しなくてはならない」〔同前〕――この農民の息子にとって、彼が文士となり大都市の住人となったときにも、自然は、その一切の力、その一切の恐ろしさを保持しつつ、ありありと現前し続ける。もはや鋤《すき》のために拳《こぶし》を握ることのない手が、なおも、自然に対する怒りのうちに拳を握るのだ。この非宥和的な身ぶりのなかで、彼の根源〔をなすもの、つまり自然〕の諸力《クレフテ》と、彼が営むことになった、のちの、この根源から遠く離れた〔大都市での〕生の諸力とが、浸透しあっている。自然はいまや、彼には、「零落し――完全な〈神性喪失〉と境を接するところにまで達している」〔同前〕ように思われるのだ。「それゆえに、ここにあるのは〈世界の夜〉なのであり、そこでは、形姿を与える諸力は、辛うじて弱々しく聴き取れるほどにしか〔〈硬直し疲弊して〉〕知覚されない」*2〔同前〕。ゲオルゲの詩的な力の源泉地を、この著者が『第七の輪』の〔「聖堂騎士」の〕次の二つの有名な詩節のなかに探し求めているのは、まったく正しい。

そしてあの偉大な養い女〔つまり、自然〕が怒って　もはや
地下の泉のほとりに　混和させつつ身を屈めることはせず、
世界の夜のなかで　硬直し疲弊して足踏みしているとき、
いつも彼女と戦い　彼女に強《し》い　決して

彼女の掟のままには振舞わなかった者だけが
彼女の手を押さえつけ 彼女のお下げ髪をひっ摑むことができるのだ、
彼女が従順に再び 自分の仕事に励むように、
肉体を神化し 神を肉体化するように、と。[*3]

＊1 ゲオルゲは、ライン河畔のビンゲン近郊にある裕福な葡萄園主の息子だった。
＊2 〈 〉内については、次の引用詩句を参照。
＊3 この最終行を、ベンヤミンは「カール・クラウス」でも、批判的な意味をこめて引用している（『ベンヤミン・コレクション2』五三五ページ参照）。

しかし、能産的自然《ナートウーラ・ナートウーランス》のこのお下げ髪をひっ摑んでおかねばならない、そのやり方とは、人間の生活環境《フェアヘルトニッセ》〔政治的・社会的状況〕を秩序づけたり改めたりすることであり、それ以外の何ものでもない――とりわけ、マクシミーン崇拝などではない――ということ、これが、研究者の批判的能力をもってしてこそはじめて取り出しえたであろう洞察なのである。

というのも、批判のなかのみならずあらゆる認識のなかには、――ヘーゲル（一七七〇―一八三一年。ドイツの哲学者）がすでに教えているように――否定という塩が存在しているのだ。留保なき肯定から出てくるのは、行動することであって、思考することではない。実際また、つい先頃エードゥアルト・ラッハマン（一八九一―一九六六年。ドイツの文芸学者、作家）が『シュテファン・ゲオルゲの最初期の数冊――作品への接近』（一九三三年）という表題のもとに出版した、その「作品への接近」も、大した成果をあげることはできないのである。だが彼のこの書物は、コッホの貴重な予備研究とは、比ぶべくもない。この著者〔ラッハマン〕には、ゲオルゲに関する文献のなかにおいてさえ目立つほどに、〔対象に対する〕距離が、そして、この詩人の諸作品を完成されたものとして評価するのとは違った風に評価する能力が、いやそれどころか、そのような完成されたものとして評価しつつ作品に近づいてゆくのとは違った風に、作品に近づいてゆく能力が、いっさい欠けているのだ。かつてロータル・トロイゲ（一八七七―一九二〇年。『芸術草紙』の編集協力者）なる人物によって、この派〔ゲオルゲ派〕の祭壇の前で韻文で執り行なわれた空虚な諸儀式が、いまここで、この運動の最終局面において、いま一度、散文のかたちで浮かび上がってきているのである。肯定におけるこの無制限さが、しかし、思慮深い人びとにも制限を加えるものとなってしまう。マクシミーンという形姿をとってゲオルゲの後期作品の前の境界域を司る神性《シュヴェレンゴットハイト》をなしている詩的形象との対決は、コッホにおいてはもはや実現しない。それどころかこの著者は、「ゲオルゲの宗教の核心」としての「マクシミーン体験」に、次のような意見表明をもって応《こた》えるのだ。「心理学的な説明方法や精神史的な説明方法は、宗教意識の現象学と呼ぶべきものによって補完されねばならない。いやそれどころか、一切のものがこの宗教意識の現象学に基づいて根拠づけられねばならない。というのも、宗教的な責任感情こそが、マクシミーン神話を生む、心理学的にも歴史的にも説明できない動因だからである」〔コッホ、前掲書〕。

　そのような次第で、改めて、次のような実情が明るみに出る。それはすなわち、ゲオルゲの偉大な仕事《ヴェルク》〔作品〕は、その作用が満たしていた時間空間においてこの仕事〔作品〕にこそ授けられた真正なる批評家に出会うことなく、終焉してしまった、ということである。ゲオルゲの偉大な仕事〔作品〕は、弟子たちの一群《シュヴァルム》のなかにあってほとんどそれと《ウン》見分けがつかず《ケントリヒ》〔弟子たちの熱狂《シュヴァルム》のなかにあってほとんど正しく判読できず《ウンケントリヒ》〕、にもかかわらず弁護者もなく、歴史という裁きの席の前に歩み出る。もっとも、証人たちがいないわけではない。その証人たちとは、どのような種類の証人なのだろうか？　彼らは、あの数々の詩のなかに生きた青年たち《ユーゲント》のうちに存在する。師〔ゲオルゲ〕の名において大学の教壇に立つ準備をした青年たちのうちにではなく、また、師の教えのなかに、諸党派の権力闘争におけるみずからの立場の強化策を見出した青年たちのうちにでもない。そうした青年たちのうちにではなく、むしろ、〔正当な証言をなす青年たちの〕最良部分に属する者たちは、もう死んでいるがゆえに、というこの理由だけですでに、歴史という裁きの席の前で証人としてのみずからの務めを果たすことができる、そのような青年たち〔前掲「〔シュテファン・ゲオルゲについて〕」参照〕のうちにこそ、存在しているのだ。彼らの唇にのぼった詩句は、

『盟約の星』のものではなく、『第七の輪』のものであることも稀《まれ》だった。彼らは、『芸術*草紙』において庇護されたあの祭司的文芸学に、「小人の歌」〔『牧童と賛美の書・伝説と歌の書・架空庭園の書』一八九五年、の「伝説と歌の書」所収〕や「誘拐」〔『魂の年』一八九七年、所収〕を担っていた声の残響を、決して見出しはしなかった。彼らにとってゲオルゲの詩は、慰めの歌だった。ゲオルゲが今日もはやほとんど思いやることもない悲嘆における慰めの、ゲオルゲが今日もはやほとんど聴き取ることもない調べをもつ歌。

＊　以下の一文は、ほぼこのままのかたちで、前掲の「〔シュテファン・ゲオルゲについて〕」にある（三八七ページ参照）。

「ゲオルゲはただ耽美的なだけの生の態度《レーベンスハルトゥング》を、それを自分のため、そして自分の作品を真に理解する者たちのために英雄化《ヘロイジールング》〔讃美〕することによって、この世から取り除いたのだ」とコッホ〔のこの本〕にはあるのだが、この言葉は実に二義的である。というのも、ゲオルゲはこの世から、態度《ハルトゥング》とともに生《レーベン》をも取り除いてしまったからである。ユーゲント様式という大きな退行は、青春《ユーゲント》〔青年〕の像さえもがひとつのミイラへと収縮してしまうまでに立ち至るのだ。このミイラの面差しには、マクシミーンにおとらずエイレルト・レーヴボルク〔イプセン『ヘッダ・ガブラー』（一八九〇年）の登場人物〕の面差しも宿っている。この二人は美に包まれて死ぬ〔「ゲーテの『親和力』」――『ベンヤミン・コレクション1』一二五ページ参照〕。ゲオルゲの最も純粋で最も完璧ないくつかの詩によって避難所を与えられた世代は、あらかじめ死を定められていたのだった。長いあいだすでにこの世代の心中に立ちこめていたものを、戦争とともにこの世代の頭上にのみ引き寄せ集めたあの暗雲が、この世代には、また同様に、この世代の心をいっぱいに満たした詩句を生み出した詩人にも、あらゆる自然の暴力《ナトゥーアゲヴァルト》の権化のように思われたのだ。この世代にとって、ゲオルゲは、決して「もろもろの指示」の「告知者」などではなく、ひとりの楽士《シュピールマン》〔吟遊詩人〕、戸外で微笑みながら長いまどろみへと招く「以前の故郷の花々」〔『生の絨緞』の「前奏曲」二四番の無題詩〕を風が揺らすように、この世代の心を揺り動かした楽士だった。この世代にとって、ゲオルゲは偉大な詩人だった。そしてデカダンス（Decadence〔衰退（期）、退廃（期）〕）の完成者として、彼は偉大な詩人だった。彼の衝動はデカダンスの遊戯《シュピーレリシュ》的な身ごなしを排除し、死のために、デカダンスのなかに、この時代転換期に死が要求せずにはいなかった場所を、作り出してやったのだ。彼は、ボードレール（一八二一―六七年。フランスの詩人、批評家）とともに始まったひとつの精神運動の、その終わりに位置している。この確認は、かつては文学史的なものでしかなかったかもしれない。しかしそうこうするうちに、この確認はひとつの歴史的な確認になったのであり、みずからの権利を欲している。

紳士の道徳*

Kavaliersmoral〔一九二九年『文学世界』誌に発表〕

自分のなすことすべてにおいて、厳しく介入してくる真理の手からするりと抜け出すことが、長年の経験のおかげで安全にできるようになればなるほど、人間はそれだけいっそう、わざとがましい〈良心の問題〉や〈内面の葛藤〉や〈倫理的格率〔四五四ページの訳注参照〕〉と、繊細に関わりあうものだろう。これは自明のことであるのだが、しかしだからといって、こうしたひどく不快な事態《タートベシュタント》〔犯罪構成要件〕が大手を振っている場合にその事態をそれと指摘する、という課題を免除してくれるわけではない。そしてそのような事態が、最近またもや、ある論争においてはなはだ臆面もなく起きている。つまり、エーム・ヴェルク（一八八四―一九六六年。ドイツの作家）がカフカ（一八八三―一九二四年。オーストリア（プラハ）のユダヤ系作家）の遺稿に関して、それを編集・刊行したマックス・ブロート（一八八四―一九六八年。オーストリア（プラハ）／イスラエルの作家。カフカの親友）と始めた論争において。『訴訟〔審判〕』〔一九二五年刊〕および『城』〔一九二六年刊〕のあとがきのなかで、ブロートはこう伝えている。すなわち、カフカはこれらの作品を、ブロート自身の研究のために、そして、それらを決して印刷させないこと、それどころかあとで破棄することという条件をはっきりと付けて、彼〔ブロート〕に委ねてくれた、と。こう伝えてから、それに続けてブロートは、カフカの意志を無視するよう彼の心を動かしたさまざまな動機について述べている。さてそこで、友人として果たすべき義務が侵害されたことに対する、安易ながらきわめてもっともな非難を――その非難を、私たちはここで断固として斥《しりぞ》けねばならないのだが――、エーム・ヴェルク以前には誰にも許さなかったその要因は、むろん、ブロートがそこで述べている諸動機だけではなかった。というのも、とにもかくにもそこにこの、人の心を震撼させるカフカの作品があって、その大きな目を開き、誰か〔たとえば、ブロート〕がその目を覗き込み、そしてこの作品が世に現われた瞬間とともに、この作品はひとつの事態《タートベシュタント》〔行為結果としての実体〕、つまり、――ひとりの子供の誕生が〔その子供が生まれる原因となった〕最も不法な性交さえをも根本的に変化させてしまうのと同じく――状況を根本的に変化させてしまう、そのようなひとつの事態〔行為結果としての実体〕になったからである。それゆえの、この作品に対する敬意であり、畏怖の念なのだ。そしてこの敬意、この畏怖の念は、それが向けられた作品とともに、私たちにその作品を確かに持たせてくれた者の、その振舞いにも向けられたのであり、またいまも向けられている。ブロートに対するこのようにばかげた非難など、カフカの作品をともかくも身近に感じている誰によってもなされようがなかった（そしてカフカ〔という作家〕そのものが、今日、その作品による以外、いったいどのようにして私たちの身近にありえよう？）ということは、次のこととまったく同様に確かである。すなわち、ひとたびこの非難がなされてみると、この非難はきわめてお粗末な傲慢さというその正体を露呈するということ、および、この非難は〔カフカの〕当の作品そのものと対決させられる羽目に陥るということ、と。カフカの作品においては、人間の生に潜む最も不可解な願望《アンリーゲン》〔関心事〕が問題となっているのだが（その願望〔関心事〕を、ときおり神学者が引き受けることはあっても、詩人が、カフカがしたように引き受けることは、稀《まれ》だった）、カフカの作品の詩的偉大さは、まさに、この作品がそのような神学的な秘密をまったく己れ自身の内部に秘めており、それに対して外部に向かっては目立たない、簡素な、そして冷徹な姿で現われる、ということに由来している。カフカ〔という作家〕の現存在全体は、そして彼とマックス・ブロートの友情もまた、そのように冷徹なものだった。この友情は結社や秘密同盟のようなものではまったくなくて、詩人同士の衷心からの親密な友情、とはいえ徹頭徹尾、双方の創作とその公的な妥当性の光のうちにある、詩人同士の友情だったのだ。自分の作品を公《おおやけ》にすることに対するこの作家〔カフカ〕の怖《おそ》れは、その作品は未完成なものでしかないという確信から発しているのであって、その作品を密かなものにしておきたいという意図に発したものではない。彼がみずからの創作実践において、自分のこの確信に支配されたということは、〔カフカの〕この確信が他方の者――つまり彼の友人〔ブロート〕――には妥当しないということとまったく同じく、充分に理解できることである。この事態〔行為結果としての実体〕は、両者のうち疑いもなくカフカにとっては、明白なことだった。彼は、〈私〔カフカ〕は、私のなかでいまだ成らざるもののためにでさえ、すでに成りきたったもの〔つまり、作品〕を取り下げねばならない〉ということを知っていただけではなかった。彼は、また、〈この友人〔ブロート〕が、すでに成りきたったものを救ってくれるだろう、そして、私がその作品にみずから印刷許可を与えねばならない、さもなくばその作品をみずから破棄しなければならない、その良心の重荷から私を解放してくれるだろう〉ということも知っていたのだ。こう述べれば、いまやヴェルクの憤慨は止《とど》まるところを知らないことだろう。〈ブロートを援護するために、カフカに陰険な企みがあったなどと、ある心裡留保《レセルワーティオ・メンターリス》があったなどと思うとは！　この作品が出版されるようにという最も深い意図を、しかも同時に、この出版に対する詩人〔として〕の異議をも、カフカに負わせるとは！〉と。そうなのだとも、私たちがここで語っているのはまさにそういうことなのであり、そしてこう付け加える――そういう風に相成《あいな》ったということこそが、カフカに対する真正の誠実さだったのだ、と。つまり、ブロートが〔カフカの〕諸作品を出版し、しかも同時に、そうしないようにという詩人が言い遺した指示をも公にすることこそが。（この指示は、ブロートがカフカの意向の変わりやすさへの注意を促すことによって弱める必要などない、そういう指示なのである。）エーム・ヴェルクは、ここではもはや同調しないだろう。私たちは、彼がこの件への介入をもう疾《と》うに放棄しているものと期待する。彼の攻撃は、カフカに関わる一切の事柄に対して彼が不感症であることの証左である。この二重に沈黙している男〔カフカを指す〕に対しては、ヴェルク流の紳士の道徳は探求すべきものを何ひとつもっていないのだ。ヴェルクがなすべきことは、ただ、その威張り返っているところから降りてくること、それだけである。

＊　本稿について、ベンヤミンはのちにこう述べている。「何年か前にマックス・ブロートが、カフカの遺言にあたるいくつかの指示を無視したということで、エーム・ヴェルクによって非難されたとき、私は『文学世界』誌においてマックス・ブロートを擁護しました。そのことは、しかし、カフカ解釈という問題について私がマックス・ブロートとはまったく異なる立場に立つことを、妨げるものではありません」（一九三四年五月九日付、ローベルト・ヴェルチュ宛ての手紙）。

フランツ・カフカ『万里の長城の建設に際して』[*1]

Franz Kafka: Beim Bau der Chinesischen Mauer〔一九三一年、ラジオ放送での講演原稿〕

はじめにひとつの小さな物語をおくことにしよう。[*2] それは表題に挙げた作品集から取り出したもので、二つのことを示してくれるだろう。すなわち、この作家の偉大さと、その偉大さを証明することの困難さとを。カフカ（一八八三―一九二四年）は、中国のある伝説《ザーゲ》を再現する、という設定のもとに語っている。

「皇帝がおまえに、一個人であり、一介のみすぼらしい臣下であり、皇帝という太陽から最も遠く離れた片隅へと逃げ込んだちっぽけな影にすぎない、ほかならぬそのおまえに、臨終の床からひとつの知らせを送った、とそう言われている。その使者を皇帝はベッドのそばにひざまずかせ、伝えるべきその知らせを彼に囁いた。その知らせは皇帝にとって大変重要なものだったので、使者にそれを、さらに耳許で復誦させた。皇帝は頷いて、復誦されたことの正しさを確認した。そして、皇帝の最期を見守る大勢の人びとの前で――邪魔になる壁はすべて取り壊され、弧を描いて広く高く続く屋外階段には、この国の高官たちが輪になって立ち並んでいる——これらすべての人びとの前で、皇帝は使者を発《た》たせた。使者はただちに出立した。その使者は元気のよい、疲れを知らぬ男で、あるときは一方の、あるときは他方の腕を突き出して、彼は群衆を押し分けて進んで行く。立ちはだかる者があると、太陽の紋章を付けた胸を指し示す。彼は、実際また、誰にもできぬほど足早に前へ前へと進んで行く。しかしながら、実に夥《おびただ》しい数の大群衆なのだ。彼らの住む家々も果てることがない。もし広々とした野原が開けでもしたら、彼は飛ぶように走り、そうするとまもなくおまえは、彼の拳《こぶし》がおまえの家の戸を叩く、その光栄ある音を耳にすることだろう。しかしながらそういう風にはゆかず、彼はなんと空しく骨を折っていることか。いまだに彼は、相変わらず、最も奥深い宮殿の部屋から部屋へと押し進んでいるのだ。それらの部屋を彼が抜け切ってしまうことは、決してないだろう。そして仮に、それがうまくやれたとしても、何ほどのことにもならないだろう。今度は、数々の階段を下りるのに苦闘しなければなるまい。そして仮に、それがうまくやれたとしても、何ほどのことにもならないだろう。数々の中庭を踏破しなければなるまい。そして中庭のあとには、最初の宮殿を囲み込むようにして、第二の宮殿があるのだ。そしてふたたび数々の階段と中庭、そしてまたもやひとつの宮殿……。数千年のあいだそんな風にして、そして仮に、彼がついに一番外側の門からうまくとび出したとしても——しかしながら、決して、決してそんなことは起こりえないのだが——、やっと帝都が、沈澱物という沈澱物が堆《うずたか》く積もった、世界の中心が、彼の前に横たわっているということでしかない。ここを通り抜ける者など誰もいない、ましてや死者からの知らせを携えていては。――ところがおまえは、夕方になると、窓辺に座ってその知らせのことを夢想している」[*3]（「万里の長城の建設に際して」）。

＊1　カフカの遺稿から生前未発表の物語と散文小品を集めたもので、表題作品のほか、「サンチョ・パンサについての真実」、「市の紋章」、「雑種」、「巣穴」など、二十篇の短篇・小品を収めている。ブロート／シェプス編、一九三一年刊。

＊2　本稿はラジオ放送用の講演原稿であるが、紙幅の関係から、通常のエッセイの文体で訳す。

＊3　カフカは生前にこの部分だけを独立させて、「皇帝の使者」という表題のもとに、短篇集『田舎医者』（一九一九年）に収めている。

この物語の解釈はしないでおこう。というのも、〔「おまえ」と〕呼びかけられている者がとりわけカフカ自身であることは、私が指摘するまでもなく分かるのだから。さて、しかし、カフカとは誰だったのか？　この問いに答える道を塞ぐために、彼はありとあらゆることをやっている。彼の〔三つの〕長篇小説の中心にいるのが彼自身であることは、見紛いようもないのだが、しかし、そこで彼の身にふりかかる事柄は、それを体験する者を目立たなくするような性質のもの、体験される事柄が体験する者を平凡陳腐という心情のなかに隠すことによって、この体験する者を見えなくしてしまうような性質のものである。そして実際また、彼の本『城』の主人公を表示しているKという符丁も、まさに、ハンカチや帽子の縁の内側〔のイニシアルなどの記号〕に見出しうるのと同じ程度のことしか語ってはおらず、しかもだからといって、見えなくなった者を探り出すこともできはしないのだ。こうしたカフカについて、ひょっとすると、ひとつの伝説《レゲンデ》を作り出せるかもしれない。つまり、彼は、鏡というものが存在することをそもそも知らず、自分がどのように見えるのかについて、一生あれこれ思いあぐねた、と。

　しかし、冒頭に掲げた物語に立ち戻るなら、私は少なくとも、カフカをどんな風に解釈すべきでないのか、ということを示唆しておきたい。なぜなら、それが、これまで彼について言われていることに話を関連させる、残念ながらほとんど唯一の方法だからだ。人びとがしてきたように、カフカのさまざまな本になんらかの宗教哲学的な図式を押し込むことは、むろん、充分容易に思いつくことだった。さらにまた、彼の著作の功績多大な編集発行者マックス・ブロート（一八八四―一九六八年）がもったような、この詩人〔カフカ〕との親密な交際さえもが、そうした〔カフカの本に宗教哲学的な図式を押し込むという〕考えを呼び起こしたり裏づけたりするものになりえた、ということも大いにありうる。それでもやはりそうした考えは、カフカの世界をまったく奇妙な風に回避してしまうこと、――〔それどころか〕ほとんどこう言いたいのだが――カフカの世界をまったく奇妙な風に撥《は》ねつけてしまうことを意味しているのだ。〈カフカは、長篇小説『城』においては上方の力〔権力《マハト》〕と恩寵の領域を、『訴訟〔審判〕』においては下方の力〔権力〕、すなわち裁きを、そして最後の[*1]偉大な作品『アメリカ〔失踪者〕』においては地上的生を――これらはすべて、神学的な意味で理解されている――表現しようとした〉〔ヴィリー・ハース『時代の形姿たち』一九三〇年、からの間接変形引用〕[*2]という主張を明証的に論駁することは、たぶんできないだろう。ただ、このような方法は、この詩人をその形象世界の中心から解釈するという――必ずやはるかに困難な――方法よりも、ずっとわずかなことしか明らかにはしないのだ。一例を挙げよう。ヨーゼフ・Kに対する訴訟は、日常の真っ只中で、裏庭や待合室など、いつも違った、決して予期しえない場所で審理され、その場所へ被告人〔ヨーゼフ・K〕は、赴くというよりも、しばしば迷い込む。そういうわけで、ある日彼は屋根裏部屋にいる。高桟敷には人びとがあふれており、彼らは押し合いへし合いしながら、審理の成り行きを見守っている。彼らは長時間の公判に対して準備ができている。しかし、この高桟敷で長時間持ちこたえるのは楽ではない。天井が――カフカにおいては、天井はほとんどいつも低い――圧迫し、重くのしかかってくるのだ。それで彼らは、その天井に頭を突っぱるために、クッションを持ってきている〔『訴訟』第二章〕。――ところでこれは、私たちが中世の実に多くの教会で円柱上部のキャピタル〔柱身の支える力が上部の荷重と出会う部分〕として――つまり、しかめっ面に彫られた頂飾として――知っているものの、その精確な像なのである。もちろん、カフカがそれを模写しようとした、などという話をしているわけではない。しかしながら、彼の作品を〔物の像を〕映すガラス板ととるなら、そのような疾《と》うに過去のものとなってしまったキャピタルが、こうした描写の本来の無意識的な対象として立ち現われてくることも、充分にありえよう。そして解釈は、この対象の映像を逆方向に、つまり、映っているモデルとちょうど同じ距離だけ鏡から反対側に離れたところに、探し求めねばならないだろう。別の言葉でいえば、未来のなかに。

＊1　「最後の」というのは、ブロートによるカフカの三長篇の刊行が、『訴訟』（一九二五年）、『城』（一九二六年）、『アメリカ』（一九二七年）の順だったことによる。実際に書かれたのは、『アメリカ』（一九一二年）、『訴訟』（一九一四年）、『城』（一九二二年）の順である。

＊2　ここに間接変形引用された文は、「フランツ・カフカ」では直接引用されている（『ベンヤミン・コレクション2』一四〇ページ参照）。ハースのカフカ論については、後出の「神学的批評」を参照。

カフカの作品は予言的な作品である。[*1] それが関わり合っている生は、きわめて精確に描かれた奇妙な事柄に満ちみちているが、それらの奇妙な事柄は、読者にとっては変位《フェアシー》〔地滑り《ブンゲン》〕のわずかなしるし、兆し、徴候としか理解しえないものの、詩人〔カフカ〕はその変位があらゆる状況において起こりつつあるのを感じとりながら、新しい秩序には適合できないでいる。それで、彼に残されているのは、現存在のほとんど理解しがたい歪み、[*2] これらの掟《ゲゼッツ》〔律法、法則〕の到来をそっと漏らしている歪みに、驚きをもって――その驚きには、むろん、パニック的な恐怖が混じっている――応《こた》えることだけなのだ。カフカはこの歪みにすっかり満たされているので、彼が描写してゆくうちに――描写とは、しかしここでは、まさに探求にほかならない——歪まずにいないものは、何ひとつ考えられない。別様に言えば、彼が描写するものはすべて、それ自身とは異なる他の何かについての陳述をなすものなのである。カフカが彼のこの唯一の対象である現存在の歪みを凝視し続けることは、読者に頑《かたく》なさの印象を呼び起こすかもしれない。しかし根本において、この印象は、この作家自身のまなざしのうちにある慰めようのない真剣さや絶望とまったく同様に、カフカが純粋に詩的な散文と手を切ってしまっていることの、ひとつのしるしでしかない。おそらく、彼の散文は何かの証明となるものではない。どんな場合でも彼の散文は、証明力をもつ連関のなかにいつでも取り込まれうる、という性質をもっているのだ。ここで、ハガダー[*3]の形式を思い起こしていただきたい。ユダヤ人のもとで、ラビたちの著作物にある物語や逸話——それらは教理（ハラハーという）の説明や確認に用いられる——が、ハガダーと呼ばれる。タルムードのハガダーの部分と同じく、カフカのもろもろの本も、一種のハガダーをなす物語集なのであって、このハガダーは、絶えず中断しながらいつまでも詳細な描写を続け、しかもつねに、その途中で己れにハラハーの命令や定め[*4]——つまり、教理——が降りかかってくるかもしれない、という希望と不安のうちにある。

*1　この点については、ベンヤミンの日記の、一九三一年六月六日の記述を参照。そこには、「ブレヒトはカフカを予言者的な作家と思っている」とも書かれている。

*2　「歪み」については、「フランツ・カフカ」一五一、一五五ページをも参照。

＊3　「ハガダー」、およびすぐ後に出てくる「ハラハー」、「タルムード」、「ラビ」については、「フランツ・カフカ」一三〇、一三七ページ参照。

＊4　この箇所に関して、欄外に、「『市の紋章』参照」との書き込みがある。

それどころか、先へ先へと引き延ばしてゆくことが、[*1]あの一風変わった、しばしば実に目立つ詳細さの、本来の意味なのだ。この詳細さについて、マックス・ブロートは、それ〔カフカの描写の詳細さ〕はカフカの完璧さの本質に、カフカが正しい道を探し求めているということに根差すものだ、と言っている。「生の、真剣に受け取られたすべての事柄については」、とブロートは言う、「『城』のある娘〔オルガを指す〕が当局の謎めいた手紙〔バルナバスが城からもってくるもの〕について確言していることが、そのまま妥当する――『それらの手紙がきっかけとなって、いろいろ思案するわけですが、これには切りがありません』」〔『城』初版の「あとがき」〕。しかし、カフカにおいてこの際限のなさにほくそ笑んでいるのは、ほかでもなくやはり、終わりに対する不安なのである。それゆえカフカの詳細さは、例えば長篇小説においてエピソードがもつ意味とは、まったく別の意味をもっている。長篇小説は己れ自身で事足りている。カフカのもろもろの本は、決してそうではない。それらの本は、なんらかの道徳《モラール》〔教訓、寓意〕を、およそこの世に生み出すことなく懐胎している、そういった物語なのだ。[*2]そういうわけで、この詩人が学んだのは、――どうしてもこう言いたければだが――偉大な長篇小説作家たちからではなく、ずっと慎ましい作家たち、つまり物語作者たちからだった。カフカのお気に入りの作家たちのなかには、モラリストのヘーベル[*3]と、なかなか究めがたいスイス人ローベルト・ヴァルザー[*4]が含まれていた。——先ほど私たちは、慎重に考慮すべき、宗教哲学的な構造のことを話題にした。つまり、人びとはそれをカフカの作品に押し当てて、城山を恩寵の座としたのだった。さてそこで、カフカの作品（とりわけ長篇小説）が未完のままにとどまったこと——そのことが、それらの本の内部で恩寵が本来的に支配しているということなのだ。カフカにあっては掟それ自体がみずからを語り出すところはどこにもないということ、まさにこのことこそが、断片（未完成作品）の摂理、恩寵を湛《たた》えた摂理なのである。

*1　この点については、「フランツ・カフカ」一四三ページをも参照。

*2　ここに言われている意味での「モラール」とカフカの長篇小説との関係については、「フランツ・カフカ」一三〇ページを、また「物語」については「物語作者」（『ベンヤミン・コレクション2』所収）を参照。

*3　ヘーベルについては、本書所収の「〔ヨーハン・ペーター・ヘーベル〈Ⅲ〉〕」、「新たな賛美者からヘーベルを守る」、および「ヨーハン・ペーター・ヘーベル〈Ⅰ〉」（『ベンヤミン・コレクション2』所収）を参照。

*4　ヴァルザーについては、「ローベルト・ヴァルザー」（『ベンヤミン・コレクション2』所収）、および「フランツ・カフカ」一一九ページを参照。

このことの真実性に疑念を抱く者は、ブロートが、この詩人と交わした親密な会話に基づき、カフカが『城』をどう終わらせるつもりであったかについて報告していること〔『城』初版の「あとがき」参照〕によって、その真実性を裏付けてもらえるだろう。〔その報告によれば〕Kはあの村で、長いあいだ、安らぎのない、法の保護を受けない生活を続けたのち、衰弱して、ある種の戦いで衰弱して、死の床に横たわっている。そのときになってついに——城からの使者がついに現われ、決定的な知らせをもたらす、〈法律上この人間は、たしかに、村に住むことを要求する権利を有してはいないのだが、しかしいくつかの付帯事情を考慮して、ここに住み、働くことを許可する〉と。だがそのとき、この人間はもう死にかけているのだ。[*1]——この物語は冒頭で紹介した伝説《ザーゲ》と同じ秩序に属している、と感じ取れるだろう。因みに、[*2]マックス・ブロートは、この城山の麓の村として、カフカの念頭にはある特定の集落、エルツ山地のツューラウがあった、と伝えている。私としては、この村に、タルムードのある伝説《レゲンデ》に出てくる村が再認識されるように思う。それは、なぜユダヤ人は金曜日の夕に祝宴をととのえるのか、という問いへの答えとして、ラビが披露する伝説である。そこで彼はある王女の物語を語るのだが、彼女は流刑の身で、自国の人びとから遠く離れ、言語の分からない民族のもとでやつれて暮らしている。さて、この王女のもとへ、次のような知らせを含んだ一通の手紙が届く。彼女の婚約者は彼女のことを忘れてはおらず、すでに旅立ち、彼女のもとへ向かっている、というのだ。この婚約者とは、とラビは言う、メシアであり、王女とは魂である、これに対して、彼女が流刑にされた村とは身体なのだ、そしてこの魂は、自分の言語を解しない人びとに喜びを知らせうる他の手だてがないので、身体のために食事をととのえるのだ、と。

*1　このKが「土地測量師」とされていることの意味については、本書二七ページの訳注*1を参照。

*2　以下、次段落三行目の「生きている」までは、若干の変更を加えて、「フランツ・カフカ」（一三六—一三七ページ）に組み込まれている。また、ここでのブロートの言及、および「金曜日」についても、「フランツ・カフカ」の当該箇所の訳注を参照。

このタルムードの物語のアクセントを少しずらせば、私たちはカフカの世界の真っ只中にいる。Kが城山の村のなかで生活するのと同じように、今日の人間は自身の身体《ケルパー》のなかで生きている。つまり今日の人間は、この肉体《ライプ》をより高次の更なる諸秩序と結びつけているもろもろの掟《ゲゼッツ》〔律法、法則〕について何ひとつ知らない、余所者、追放されてある者なのだ。問題となっている事柄〔つまり、「現存在の歪み」〕のまさにこの側面について、大いに解明の鍵を与えうるのは、カフカが物語の中心に実にしばしば動物を据えている、ということである。しかも、読者[*1]はそうした動物譚を、ここに描かれているのが人間の話では全然ないことにそもそも気づかぬまま、かなり先まで読んでゆくことがある。そんなとき不意に、その動物の名——ネズミ〔たとえば「歌姫ヨゼフィーネ」〕やモグラ〔たとえば「巣穴」〕——にぶつかって、はじめて、あるショックとともに目醒め、人間の大陸からすでに遠く離れてしまっていることに、突然気づくのだ。因みに、それらの動物たち——彼らが考えることのなかに、カフカは自分の考えをくるみ込んでいる――の選択には関連性がある。この動物たちは、いつも、地中で生きているか、あるいは少なくとも、『変身』の甲虫《ケーファー》のように、床の割れ目や隙間に這い込んで生きている、そういった動物たちなのである。この作家には、そのように這い込んで身を隠している状態が、自分と同じ世代、自分と同じ環境に属する者たち、孤立し〔つまり、「高次の秩序」から離れ〕掟〔律法、法則〕を知らない者たちに、唯一ふさわしいものに思われるのだ。[*2]この掟を欠いた状態は、しかし、ひとつのすでに成り来たってしまっている状態である。カフカは、自分が語る世界をあらゆるやり方で、古い、朽ちた、時代遅れとなった、埃まみれのものとして特徴づけるのに、倦むことがない。訴訟審理が行なわれる部屋は、まったく同様に、流刑地での処置の仕方を定めている指令も、あるいは、Kを援助する女たちの性的慣習も、そういう特徴をもっている。だが、皆が皆放縦な性的無規律《プロミスクイテート》〔乱交〕に生きている女性形象たちにおいてのみならず、この世界の腐敗は明白である。上方の力《マハト》〔権力〕も、そのやることとなすことにおいて、まったく同じように破廉恥に、この腐敗を告げ示している。[*3]この上方の力〔権力〕は、下方の力〔権力〕とまったく同じように、実に残酷に、猫のように、その犠牲者たちをもてあそぶのだが、このことは非常に正確に認識されている。「両世界は、官房や事務室や待合室などをもつ、薄暗くて埃っぽい、息苦しくて通気の悪い迷宮であって、そこには、官房の小官吏、大官吏、大大官吏、まったく近寄りがたい官吏たちと、属吏、用務員、弁護士たちや、補助員、使い走りの少年たちなどから成る見渡しがたい階級組織があり、彼らは、外見上はまさに、滑稽で無意味なお役所風形式主義に対するパロディのような印象を与える」〔ハース『時代の形姿たち』〕。容易に見て取れるように、この上級の者たちも、あまりに甚だしく掟〔律法、法則〕を欠いているので、最下級の者たちと同じレヴェルに立ち現われる。そして、全序列の被造物たちが隔壁もなく互いに入り乱れてうごめいているが、不安というこの唯一の知覚において、彼らは密かに、まさに連帯しているのだ。反応ではなく感覚器官であるような、不安。この不安がつねにもっている鋭敏で誤ることのない感知能力は何に対してのものなのか、ということも、充分に確定できるだろう。が、その対象が認識できるようになる前に、この〔不安という〕感覚器官のもつ注目すべき二相性のことに、一考を要する。この不安は、——ここに述べることは、先に示した鏡の比喩〔四一三—四一四ページ参照〕を思い出させるかもしれない——太古のもの、人間の記憶の及ばぬものに対する不安であると同時に、そしてこれと同じ割合において、間近にあるもの、目前に差し迫っているものに対する不安でもあるのだ。それは、一言でいえば、未知の罪と贖罪に対する不安であって、しかもこの贖罪において作用しているのは、ただ、この贖罪こそが罪を知らしめる、という祝福だけである。

＊1　以下五行、「……突然気づくのだ」までは、若干の変更を加えて、「フランツ・カフカ」〔一二九ページ〕に組み込まれている。また、「動物たち」については、「フランツ・カフカ」一四九—一五〇ペー

ジをも参照。
＊2　ベンヤミンの手稿には、以下五行分の部分（「……特徴をもっている」まで）の欄外に、フェリクス・ベルトー『同時代のドイツ文学のパノラマ』（一九二八年）の記述に言及した書き込みがある。
＊3　女たちと役所の共通性については、「フランツ・カフカ」一一五―一一六ページをも参照。

というのも、カフカの世界の顕著な特徴であるきわめて精確に描かれた歪みは、何に由来するのかといえば、それはまさに、かつてあったもの〔つまり、罪存在〕が己れ自身を、見抜かず、告白せず、完全には脱却していない限り、大いなる新しいもの、解放をもたらすものは、ここ〔カフカの世界〕では贖いの形姿をとって現われる、ということに由来するからである。それゆえヴィリー・ハースが、ヨーゼフ・Kに対する訴訟を呼び起こす未知の罪を忘却[＊1]と解き明かしているのは、まったく正当なのだ。カフカの文学は、忘却のさまざまな状況布置《コンフィグラツィオーン》〔構成、星位〕に――どうかこれからは忘却に自分で気づきますように、という沈黙の願いに――すっかり満たされている。「家父の心配種《だね》」を、言葉を喋るあの奇妙な糸巻きオドラデク[＊2]のことを考えてみればよい。それが何であるのかは、誰も知らない。あるいは、『変身』の主人公であるあの糞黄金虫《ミストケーファー》のことを。それが何であったのか、私たちはあまりにもよく知りすぎている。つまり、人間だった。またあるいは、「雑種」を、半ば猫で半ば子羊の、ひょっとすると肉屋の包丁が一種の救済であるのかもしれない〔この部分は「雑種」からの間接引用〕、あの動物のことを。

わたしのお庭に　出かけていって
お花に水を　やろうとすると
そこにせむしの　小人がいてさ
とめどもなしに　くしゃみをし出す

と、ある計り知れぬほど意味深長な民謡〔「せむしの小人」[*3]〕にうたわれている。このせむしの小人もまた、そのような、忘却されたものたちのひとりである。この小人を、私たちはかつて知っていた。そしてその頃、この小人は平穏を保っていたのだが、しかしいまや、この小人が私たちの未来への道を遮るのだ。まったく並外れて特徴的なことに、カフカは、最も敬虔な〔宗教的な《レリギエース》〕人間の形姿、正しさのうちにある男〔つまり、義人[*4]〕の形姿を、なるほどみずから創り出しはしなかったが、しかしはっきりそれと識別した――誰において？それはすなわち、他の誰あろう、サンチョ・パンサにおいて、である。つまりサンチョ・パンサは、デーモン〔悪魔〕に首尾よく自分自身以外の対象を与えてやることによって、デーモンとの乱　交《プロミスクイテート》からわが身を救済し、その結果、何ひとつ忘却する必要のない安らかな生活を送ったのだった。

*1　「忘却」については、「フランツ・カフカ」一四七―一四八、一五七ページをも参照。

＊2　「オドラデク」については、「フランツ・カフカ」一五〇—一五一ページをも参照。
＊3　この民謡の他の数節を、ベンヤミンは、「フランツ・カフカ」（一五二—一五三ページ）および『一九〇〇年頃のベルリンの幼年時代』の「せむしの小人」（『ベンヤミン・コレクション3』五九五—五九七ページ）でも引用している。その箇所の訳注をも参照。
＊4　「義人」については、先に触れた「物語作者」二八九、三三四ページをも参照。

「サンチョ・パンサは」、——と短くてしかもすばらしい解釈は述べている——「〔約一行分略〕長い歳月をかけて、夕べや夜の時間にあまたの騎士小説や盗賊小説をあてがうことによって、のちに彼がドン・キホーテと名づけることになった自分の悪魔《トイフェル》を、わが身から逸《そ》らしてしまうことに成功した。それからというもの、この悪魔は拠り所を失って、このうえもなく気違いじみた所行の数々を演じたのだが、しかしこうした狂行は、まさにサンチョ・パンサがそうなるはずだったあらかじめ定められた対象というものを欠いていたので、誰の害にもならなかった。自由人サンチョ・パンサは平静に、おそらくは一種の責任感から、このドン・キホーテの旅のお供をし、ドン・キホーテの最期の時までその旅を、大いに、そして有効に楽しんだのだった」〔「サンチョ・パンサについての真実」〕。＊
＊　「フランツ・カフカ」には、この「サンチョ・パンサについての真実」が全文引用されている（一六三ページ）。

この詩人の包括的な〔三つの〕長篇小説が、彼の残したよく耕された畑であるなら、このたびの新しい物語集は――右の〔サンチョ・パンサについての〕解釈もそこから引かれている――、種を播く人の種袋である。そこに入っている種には自然の種の力があって、その種について私たちは、それがいつか数千年ののちに、墓穴から地表に取り出されて実を結ぶのだ、ということを知っている。

〔カフカについての手紙[*1]〕（一九三八年六月一二日付、ゲールハルト・ショーレム宛て）

〔二段落、計七行略〕

ブロート[*2]の本を特徴づけているのは、一方での著者が立てるテーゼと、他方での彼が取っている態度とのあいだに存在する、根本的な矛盾だ。その際、後者の態度の方が、前者のテーゼの信用度をいささか失わせているように見える。そうでなくてもこのテーゼに対して生じてくる疑念のことは、言うまでもなく、だ。そのテーゼとは、「カフカは聖性への途上にあった」（六五ページ）というものだ。伝記作者としての態度はといえば、これはこれで、まったくのお人好しときている。距離の欠如が、その最も顕著な特徴だ。

＊1　この手紙は、ベンヤミンがブロートの『フランツ・カフカ――ひとつの伝記』（一九三七年）をどう見ているのか、ショーレムが手紙で訊いてきたことに応えるために書かれたものである。前半部はショーレムの問いに対する直接の答えであり、後半部ではベンヤミンのカフカ理解が語られている。

＊2　以下、四三二ページ最終行までは、書評「マックス・ブロート『フランツ・カフカ――ひとつの伝

記』（一九三七年）」（生前未発表）とほぼ同文である（書評の方が若干短い）。

このような態度が対象についてのこのような見方に行きつきえたということ自体が、はじめから、この本から権威を奪ってしまっている。この態度がどういう風にこの見方に行きつきえたのかということは、例えば、「ぼくたちのフランツ」が写真によって読者の眼前に示される際の言い回し（一二七ページ）が説明してくれる。聖なるものとの親密さには、それなりに決まった宗教史的な刻印があって、それがすなわち、敬虔主義というやつだ。ブロートの伝記作者としての態度は、これみよがしの親密さ、という敬虔主義的態度なのだ。言い換えれば、およそ考えうる限りでの、最も敬虔の念を欠いた態度だ。

作品の取り捌き《エコノミー》という点でのこの不純さを手助けしているのは、著者がその（作家としての）職業上の活動のなかで身につけたのかもしれない、さまざまな慣習だ。いずれにせよ、ジャーナリズム的な因襲が彼のテーゼの定式的表現にまで入り込んでいて、その痕跡に気づかないでいることは、ほとんど不可能だ。「聖性というカテゴリーこそ、……カフカの人生と創作を考察しうる、唯一の正しいカテゴリーにほかならない」（六五ページ）。聖性とは生のために取っておかれてある一秩序なのであって、創作は決してこの秩序に属するものではない、ということをわざわざ言う必要があろうか？　そして、聖性という賓辞《ひんじ》は、伝統によって根拠づけられた宗教上の根本秩序の外では、たんに通俗文学的な美辞麗句でしかない、ということをわざわざ指摘する必要があろうか？

カフカの最初の伝記に要求されるべき、プラグマティックな厳密さ*に対する一切の感覚が、ブロートには欠けている。「豪華なホテルについては、私たちは何も知らなかったが、それでも屈託なく陽気だった」(一二八ページ)。妥当なものに対する感覚、境界づけるものや距離に対する感覚が際立って欠如しているために、文芸娯楽欄的な紋切り型が、対象によってひとつの然るべき態度へと義務づけられているテクストのなかへ、流れ込んできている。このことは、カフカの生についての一切の本源的な直観がブロートにはいかに拒まれたままであったかということの、理由である以上に、一証左なのだ。事柄それ自体を正当に扱うことができないこの無能力は、遺稿の破棄をカフカがブロートに負わせたあの有名な遺言での指示にブロートが言及する箇所(二四二ページ)で、とくに不快なものになる。カフカの実存についての根本原則的な見方を展開すべき場が、どこかにあるとすれば、まさにこの箇所においてだろう。(明らかにブロートは、偉大な作品だと分かっているのに、その作品のことで後世に対して責任を担う心構えがなかったのだ。)

＊ 現実の生における具体的な行為のなかで精神活動が果たす役割を見る、というあり方。

この問題は、カフカの死後、さまざまに論じられてきた〔前掲の「紳士の道徳」をも参照〕。ここで一度ペンの動きを止めるということは、当然のことだったのだ。むろん、そうしていたらこの問題は、この伝記作者にとって内省をもたらすものとなったことだろう。おそらくカフカは遺稿を、自分の最後の意志を実行しようとはしないであろう者に委ねるほかなかった。そして遺言者もその伝記作者も、事柄をこのように考えたからといって不利になることはないだろう。ただし、このように考えるには、カフカの生に浸透しているもろもろの緊張を考量する能力が要求される。

この能力がブロートには欠けているということを証明しているのが、カフカの作品あるいは書き方をブロートが解説しようとしている箇所だ。その解説はディレッタント的な試みにとどまっている。カフカの本質および書くことに内在する特異さは、必ずや、ブロートの言うところとは違って、「見かけだけ」のものではないし、また同様に、カフカの表現は「真実以外の何ものでもない」(六八ページ)といった認識では、カフカの表現は手に負えないのだ。カフカの作品に関するそのような付説が、カフカの世界観についてのブロートの解釈を、のっけから疑わしいものにしてしまうように見える。ブロートがカフカについて、カフカは〔その世界観において〕ほぼブーバー(一八七八―一九六五年。ユダヤの宗教哲学者)の系列にあった、と述べているが(二四一ページ)、これは、ひらひらと舞いながら捕虫網に影を投げかける蝶を、その網のなかに探し求めるのと同じことだ。『城』の「いわば実在論的‐ユダヤ的解釈」は、カフカにおける上方の世界に具わっている不快でぞっとするような特徴を、ほかならぬシオニストにとってはいかがわしいものであるにちがいない教化的な解釈のために、隠蔽してしまうのだ。

こうした安逸さは対象に実にふさわしくないものなのだが、厳密に読むわけではない読者の目から見てさえ、この安逸さが、折にふれて、己れみずからを告発している〔つまり、いかがわしさをみずから露呈させている〕。象徴とアレゴリーに関わる多層的な問題性――それがカフカ解釈にとっては重要な点である、とブロートは思っている――を、「不屈の錫《すず》の兵隊」〔アンデルセンのメールヒェン集、参照〕を実例に挙げて説明する、などということは、ブロートによってはじめてなされたことだ。つまり、この錫の兵隊は、「無限のなかへと姿を消してゆく……多くのものを表現している」のみならず、個的に詳述されるその運命、錫の兵隊としての運命によっても私たちに近しい（二三七ページ）、というのだ。このような象徴理論に照らすとダヴィデの星〔二つの正三角形を組み合わせた六角星形で、ユダヤ教の象徴〕はどのように見えるのか、知りたくもなろうというものだ。

自身のカフカ解釈の弱さを感じているものだから、ブロートは他の人びとの解釈に対して神経過敏になっている。シュルレアリストたちの、カフカに対するそれほど愚かしいわけではない関心や、ヴェルナー・クラフト（一八九六年―？ ドイツの作家）による、〔カフカの〕散文小品〔『十一人の息子』〕についての部分的にはすぐれた解釈〔クラフト『フランツ・カフカ――浸透と秘密』一九六八年、所収〕を、わずかな手振りで押しのけてしまうのは、快い印象を与えるものではない。そのうえさらに、彼が将来のカフカ文献をも無効にしてしまおうと懸命になっているのが、見てとれる。「そんな風に説明を重ねることはいくらでもできようが（実際またた、説明はさらになされるだろうが）、しかしそれは必然的に際限のないものになる」（六九ページ)。この括弧の部分に置かれている強調が耳を打つ。カフカの作品の理解には、「神学的構成」よりも、「彼の多くの、私的な、偶有的な欠点や苦悩」のほうが役立つ(二一三ページ)といったことは、聖性という概念のもとにカフカを描き出そうという決意を充分にもっている者の口からは、何がどうであれ、聞きたくはないものだ。これと同様の、ぽいと投げ棄てる身振りは、ブロートにとってカフカとの共存を邪魔するように思われるものすべてに向けられる——精神分析学にも、弁証法的神学にも。この身振りのおかげで、彼はカフカの書き方を、バルザック(一七九九—一八五〇年。フランスの作家)の「〔描写の〕でっち上げの精確さ」(六九ページ)と対決させることもできるのだ。(その際彼が心中に思っているのは、あの見えすいた大言壮語のことにほかならないが、あの大言壮語は、バルザックの作品およびその偉大さからまったく切り離せないものなのだ。)

これらのことはすべて、カフカの性向に由来するものではない。ブロートはあまりにもしばしば、カフカに特有であった自制心、平静さを捉えそこねている。穏やかな意見でもって味方にできないような人間は存在しない、とジョゼフ・ド・メストル(一七五三—一八二一年。フランスの哲学者、外交官)は言っている。ブロートの本はひとを引きつけるように作用しはしない。ブロートがカフカに敬意を表する、その仕方においても、カフカを論じる際の、その親密さにおいても、この本は度を越えている。この敬意と親密さは、おそらく、ブロートのカフカに対する友情が題材に用いられた長篇小説〔ブロート『愛の魔法の国』一九二八年、を指す〕を序曲としている。その長篇小説から数カ所を引用していることは、この伝記が犯した失敗のうち、その最も些細なものでは決してないのだ。両者とは無関係な人びとがこの長篇小説のなかに、故人〔カフカ〕に対する畏敬の念の毀損を見てとることがありえた、ということが、著者を——著者みずから告白しているように——不思議がらせている。「何事も誤解されてしまうものだが、これもそういうことなのだ……。人びとは思い出してはくれなかった、プラトン（前四二七—前三四七年。古代ギリシアの哲学者）が一生涯、自分の師であり友人であったソクラテス（前四七〇または四六九—前三九九年。ギリシアの哲学者）を、同じような、ただしはるかに包括的なやり方で——つまり、ソクラテスの死後に書いたほとんどすべての対話篇において彼をその主人公にすることによって——、生きてなおも活動している者、ともに生き、ともに思考している同行者と見なして、死の手から強引に奪い取り続けた、ということを」〔八二ページ〕。

ブロートの『カフカ』が、いつの日か、詩人についての偉大な、〔詩人の生についての理解を〕基礎づける伝記のうちに、つまり、シュヴァープ（一八二一—八三年。ドイツの詩人シュヴァープの息子、『ヘルダーリン全集』の編者）の『ヘルダーリン〔の生涯〕』〔『ヘルダーリン全集』第二巻、一八四六年、に収録の伝記を指す〕やベヒトルト（一八四八—一九七年。スイスの文学史家）の『〔ゴットフリート・〕ケラー〔の生涯〕』〔一八九四—九七年〕といった系列のなかに挙げられることになるかもしれない、という見込みはほとんどない。それだけいっそう、この伝記は、カフカの生におけるほんの些細な謎のうちに数えられたりしてはならないひとつの友情の証言として、記憶に値する。

以上述べたことから、親愛なるゲールハルト、なぜ僕にはブロートによる伝記が、それと取り組むなかで僕のカフカ像を——ただ論争的にしかやれないにしても——暗示するのに不適当だと思われるのか、分かってもらえよう。以下のメモで僕のそのカフカ像をうまくスケッチできるかどうか、当然、ここではまだ何とも言えない。いずれにせよ、以下のメモは君に、カフカ像についてのひとつの新しい見方、僕の以前の省察〔「フランツ・カフカ」を指す〕からは多少なりとも独立した見方を、示唆するものになるだろう。

カフカの作品は遠く離れた二つの焦点をもつ楕円であって、一方の焦点は神秘的な経験（それは、とりわけ、伝承《トラディツィオーン》〔伝統〕についての経験である）*によって、他方の焦点は現代の大都市住民《グロースシュタットメンシュ》の経験によって、規定されている。僕が現代の大都市住民の経験のことを語る場合、そこに僕はいろんなことを含めて考えている。一方で僕は、次のような現代の国家市民《シュターツビュルガー》〔国民、公民〕のことを言っている。つまり、現代の国家市民は自分がひとつの見通しきれない官僚機構の手に引き渡されていることを知っており、その官僚機構の働きは、諸執行機関自体にも——ましてやこれらの執行機関に扱われる国家市民には——あいまいなままの諸主務官庁によって、舵《かじ》とりされているのだ。（〔カフカの〕長篇小説、とりわけ『訴訟』のひとつの意味層がこの点に含まれていることは、よく知られている。）現代の大都市住民と言うとき、僕は他方で、同程度に、今日の物理学者たちの同時代人のことを考えている。エディングトン〔一八八二―一九四四年。イギリスの天体物理学者〕の『物理学の世界像〔と、その解釈の試み〕』〔ドイツ語訳、一九三一年〕の次の箇所を読むと、カフカ〔の言葉〕を聞くように思うだろう。「私はドアの敷居の上に立ち、まさに、ある部屋に歩み入ろうとしているところだ。これは面倒な企てである。まず第一に、私は、自分の身体の一平方センチメートル当たり一キログラムの力で圧迫している大気と、闘わねばならない。さらに、私は、秒速三十キロメートルの速度で太陽の周りを飛んでいる床板に着地することを、試みなければならない。一秒の何分の一かでも遅れようものなら、その床板はすでに、何マイルも遠ざかってしまっている。しかも、私がひとつの球形の惑星にへばりつき、頭を外部の宇宙空間の中へ突き出し、そして、私の身体のすべての毛穴や汗孔を天空の風《エーテルヴィント》が吹き抜け続けている、その間に、この曲芸は成し遂げられねばならないのだ。これに加えて、当の床板も堅固な実体ではない。その上に足を乗せるということは、蠅の大群の上に足を乗せることにほかならない。私は抜け落ちてしまわないだろうか？　いや、抜け落ちはしない。というのも、私が勇を鼓してそこに足を乗せると、蠅たちの一匹が私に突き当たって、上方に向かうショックを私に与えるからだ。また落下しかかると、私は他の蠅によって上方へほうり投げられ、そしてそのように続いてゆく。それゆえ私は、総括的結果として自分が持続的にほぼ同じ高さに留《とど》まり続けるだろう、と期待してよいのである。しかしながら、それにもかかわらず私が万一、不幸にして、床から抜け落ちたり、あるいは、天井にまでぶっ飛ぶほど激しく衝き上げられたりしたとしても、この事故は、自然法則を損なうものではまったくなくて、ただ、さまざまな偶然の、蓋然性のきわめて少ない重なり合いにすぎないだろう。……まことに、物理学者がドアの敷居を踏み越えることよりも、駱駝が針の穴を通り抜けることの方が、容易なのである。納屋の戸口や教会の扉を通って中へ入る場合、物理学者は、ひとりの普通の人間でしかないということで我慢して、科学的に異論の余地なき入場と結びついている一切の難点が解決されるまで待つかわりに、さっさと通り抜けてしまう方が、おそらくはより賢明であろう」。

＊　この（　）内の部分について、ショーレムはベンヤミンとの往復書簡集のなかで、次のような注を付けている。「この同一視は、ベンヤミンが『カバラ』という術語から取り出したもので、この術語は、字義通りには、『伝承《トラディツィオーン》〔伝統〕』を意味しており、そのことをベンヤミンは知っていた」。

カフカの〔書く〕身振りをこれと同程度にはっきりと示している箇所を、僕は、文学のなかにはひとつも知らない。こうした物理学上の難問について述べるほとんどすべての箇所に、カフカの散文作品のさまざまな文を難なく交えることができよう。そして、このことを少なからず裏づけるのが、「最も不可解な」文の多くがその際すんなり収まるだろう、ということだ。それゆえ、カフカの当該の〔つまり、物理学上の難問に対応するような〕経験は――いましがた僕が述べたように――彼の神秘的な経験に対して著しい緊張関係にある、と述べるなら、それは、真実の半分しか述べていないことになる。カフカにおいて本来的に、そして精確な意味で尋常でないのは、この最も新しい経験世界が、まさに神秘的伝承〔伝統〕を通して彼に告げ知らされた、ということなのだ。このことは、当然ながら、この伝承〔伝統〕の内部での破壊的な出来事（これについてはすぐあとで言及する）がなければありえなかった。事の要点はこういうことだ。すなわち、（フランツ・カフカという名の）一個人がこの現実と、つまり、理論的には例えば現代物理学のなかに、実践的には戦争の技術のなかに我々の現実として投影されているこの現実と、いやおうなく対決させられたのだとすれば、そのとき明らかに、ほかでもなくこの伝承〔伝統〕のもつもろもろの力に訴えざるをえなかったのだ。僕が言おうとしているのは、この現実は一個人にとってはもはやほとんど経験不可能である、そして、カフカの幾倍も晴れやかな、天使たちに満たされた世界は、この惑星の住人たちを大量に始末しようとしている彼の時代の、正確な補足物である、ということだ。私人カフカの経験に対応する経験が大衆によって獲得されるのは、おそらく、自分たちが始末されるとき、やっとそのときなのだろう。

カフカはひとつの補足的な世界に生きている。（この点で、彼はまさにクレー（一八七九―一九四〇年。スイス系のドイツの画家、版画家）と親縁関係にある。つまりクレーの作品は、絵画において、文学におけるカフカの作品とちょうど同じように、本質的に〔他の絵画から〕切り離されてある。）カフカは、自分を取り囲んでいるものに気づかないままに、この補足物に気づいた。もし、彼はこれからやって来るものに、今日存在しているものに気づかないままに気づいた、という風に言うなら、彼はそれでもやはり、本質的には、このこれからやって来るものに襲われた個人として、それに気づくのだ。彼の驚愕の身振りに役立つのが、破局《カタストローフ》が関知することはないであろうような、輝やかしい遊戯空間（Spielraum）〔自由な活動の空間〕[*]だ。しかし、彼の経験の根柢をなしていたのは、彼が己れを委ねた伝承《ユーバーリーフェルング》〔伝統〕だけだった。未来を見通す能力があったというわけでは、また予見的な天賦の才があったというわけでも、まったくない。カフカは伝承《トラディツィオーン》〔伝統〕に耳を傾けた。そして、極度に緊張して耳を傾ける者は、見るということをしないのだ。

＊「遊戯」および「遊戯空間」については、「複製技術時代の芸術作品」第VI章（『ベンヤミン・コレクション1』五九八―五九九ページ）およびそこに付された原注（4）（同前、六三一ページ）参照。

この耳を傾けるということが極度に緊張したものになるのは、なかんずく、きわめて不明瞭なことしか、この耳を傾けている者には聞こえてこないからだ。そこには、学びうるであろう教理も、保持しうるであろう知識もない。素早くさっと捉えねばならないものとは、そもそも耳に向けられてはいないものなのだ。このことには、カフカの作品をネガティヴな側面に即して特徴づける、ある事態《タートベシュタント》〔行為結果としての実体〕が含まれている。（彼の作品をネガティヴに特徴づける方が、おそらく、ポジティヴに特徴づけるよりも、おしなべてより見込みがあるだろう。）カフカの作品は、伝承《トラディツィオーン》〔伝統〕が病んでいることを具現しているのだ。人びとは折に触れて、知恵《ヴァイスハイト》〔英知〕とは真理の叙事的側面である[*1]、と定義しようとしてきた。この定義でもって、英知はひとつの伝承〔伝統〕財として特徴づけられている。つまり、知恵〔英知〕とはハガダー[*2]的堅固さをまとった真理なのだ。

＊1　「物語作者」第Ⅳ章からの変形自己引用（『ベンヤミン・コレクション2』二九一ページ参照）。

＊2　「ハガダー」、およびすぐあとに出てくる「ハラハー」については、四一六ページの訳注＊3を参照。

　真理のこの堅固さこそ、いまでは失われてしまっているものにほかならない。カフカは、この事実に直面した最初の人では、まったくなかった。すでに多くの人びとがこの事実を受け入れていた——真理に、あるいはそのつど真理と見なしたものに固執しながら、そして重い心で、またあるいは気楽に、真理の伝承可能性《トラディーアバールカイト》を断念しながら。カフカにおいて本来的に天才的なのは、彼がまったく新しいことを試みた、という点だ。つまり彼は、伝承可能性に、ハガダー的な根本要素に固執するために、真理を放棄した。カフカの文学作品は、本来、比喩だ。ところが、比喩以上のものにならざるをえなかったということが、彼の文学作品の不幸であり、美しさなのだ。彼の作品は、ハガダーがハラハーの足許にひれ伏すのとは違って、素直に教理の足許にひれ伏しはしない。彼の作品は、かしこまって平伏したかと思うと、不意に、教理に向かって重い前足を振り上げるのだ。

　だから、カフカにおいては、もはや知恵〔英知〕が語られることはない。そこに残っているのは知恵〔英知〕の壊変生成物だけなのだ。この壊変生成物は、二つある。そのひとつは、真実の事柄についての噂だ。（これは一種の神学的な口伝ての知らせ《フリュスターツアイトゥング》で、そこで話題となるのは、評判のよくないものや廃《すた》れたものの話だ。）同じ病的素因によるもうひとつの生成物とは愚かさであって、この愚かさは、知恵〔英知〕がもつ内実をなるほどすっかり浪費してしまっているが、しかしその代わりに、噂にはまったく欠けている親切さや平静さを保持している。愚かさは、カフカのお気に入りのものたち――ドン・キホーテから助手たちを経て動物たちに至るまで――の本質をなすものだ。（動物であるということは、彼にとってはおそらく、ただ、一種の羞恥心から人間の形姿と人間の知恵〔英知〕を断念している、ということを意味しているにすぎまい。それはちょうど、うっかり下級酒場に入ってしまった上品な紳士が、羞恥心から、自分のグラスを拭い清めることを断念するようなものだ。）カフカにとって、次のことだけは疑いもなく確かなことだった――まず第一に、ひとは誰かを助けるためには愚か者でなければならない、ということ、第二に、愚か者の助けだけが本当に助けである、ということ。確かでないのは、ただ、その助けがまだ人間の役に立つのか、という点だけだ。それは、ひょっとするとむしろ、思い通りには事が進んでゆかないこともあるだろう天使たち〔『ブロート『カフカ』の』第Ⅶ章二〇九ページの、なすべきことを手に入れた天使たちについての箇所を参照〕を助けるものなのかもしれない。そういうわけで、カフカが言っているように、無限に多くの希望があるのだが、ただ、我々にとってではない〔『フランツ・カフカ』一一七ページ参照〕。この命題には、本当に、カフカの希望が含まれている。これが彼の輝かしい晴れやかさの源なのだ。

＊　一九五四年版の『カフカ』では、第VI章の冒頭近く〔カフカがブロート宛てのある手紙のなかで引用した、キルケゴールの文章の一節を重引している箇所〕。

僕は君に、この危険なまでに遠近法的に縮められた〔カフカ〕像を伝えるわけだが、君は、『ユダヤ展望』誌に載った僕のカフカ論〔「フランツ・カフカ」を指す〕が別のさまざまな観点から展開している諸見解によって、ここに伝える像を明確にしてくれるだろうから、それだけ安心していられる。あのカフカ論で僕がいま一番気に入らないのは、あの論に内在している弁護的な根本特徴だ。カフカ像をその純粋さとその独自の美しさにおいて正当に扱うには、次の一点から決して目を離してはならない。それはつまり、カフカ像とは挫折した者の像である、ということだ。この挫折にはさまざまな事情が関係している。僕はこう言いたい——最終的に失敗することをまずもって確信したとき、それからの途上で彼にはすべてが、夢のなかでのようにうまく行ったのだ、と。カフカが自分の挫折を力説した際の、その熱心さほど、記憶に値するものはない。彼がブロートとのあいだに育んだ友情は、僕にとっては何にもまして、彼がみずからの日々の余白に描きたかったひとつの疑問符なのだ。

〔以下、二行略〕

神学的批評——ヴィリー・ハース『時代の形姿たち』(一九三〇年)

Theologische Kritik—Zu Willy Haas, »Gestalten der Zeit« (1930)〔一九三一年『ノイエ・ルントシャウ』誌に発表〕

人間の、真に証言力をもつ経験《エアファールング》は、その人間の生のなかに種子のように包まれていて目立たない。最高次の意味で実り豊かなものは、直接性という堅い殻のなかに包み込まれているのだ。真の生産性を誤った生産性から、しかしとりわけ偽りの生産性から、最も明確に区別してくれるのは、次の問いである——当該の者が時代とともにあるなかで〔一九一五年と二五年のあいだの十年間に〕、その口を閉ざしてしまうような何を、彼を口堅くし、知ってしまった者にすると同時に考え込ませてしまうような何を、彼にとって経験となった何を、つまり、それが存在することを彼がつねに証言し、しかもそれを彼がひとにこっそり教えることも、べらべら喋ることも決してない、そのような経験となった何を、体験《エアレーベン》したのか。本書で言及される「この時代の形姿たち」のうち、本書の著者はまさに二人の人物にこそ、そうした直接的な、証言をなすべく義務づけるような経験を負うており、この二人に対してこそ誠実さを守り続けている。そしてこの二人がいま守護聖人として、彼のこの本を、同時代人たちのなかを進んでゆく道々、導いている。すなわち、フランツ・カフカとフーゴ・フォン・ホーフマンスタールである。両者は、——誰しもそう認めるであろうが——危険の心臓部において、この本に合流するのである。カフカの方は、変性したユダヤ的精神性の陣営たるプラハにあって、ユダヤ人であることの名において、この変性したユダヤ的精神性から離反し、威嚇的な測りがたい背中をこの変性したユダヤ的精神性に向けた。ホーフマンスタールの方は、崩壊しつつあるハプスブルク君主国の中枢部〔つまり、ヴィーン〕にあって、この君主国の糧となってきた力を、いわば後史的な成熟のなかで、余すところなくさまざまな形式に変えてみせた。

右のように述べることによって、私たちは本書のテクストに〔二つの〕力点を置いたことになるのだが、この力点を著者自身がまずもって恣意的なものと見なしたとしても、まったく驚くにはあたるまい。この二人、ホーフマンスタールとカフカが、例えば互いに何を共有していたのか、という問いは、実際、こじつけの問いということになろう。しかし、この二人がハース（一八九一—一九七三年。プラハ生まれのドイツ〔ユダヤ系〕の批評家、エッセイスト。カフカ『ミレナへの手紙』の編者、『文学世界』誌の編集・発行者）のような文筆家にとってどういう意味をもっているのか、と問うなら、この問いはまったく別種のものになるだろう。ハースはこの二人を、それぞれ二つずつの、互いにまったく独立した論考〔「フーゴ・フォン・ホーフマンスタールの死」と「ホーフマンスタールの散文——ひとつの超心理学的試論」、および、「カフカ追憶」と「忘却されていないこと」〕で論じているが、文筆家がこれほど見事に、これほど己れの信条に影響されずに、そしてこれほど最内奥部において対象と調和しつつ論題に近づいてゆけるのは、ただ、自分にとって最も意義深い論題に近づく場合だけなのだ。その際、この二人、ホーフマンスタールとカフカが、彼の近しく知る人物であったということは、必ずや、決定的なことではない。ともかくも、本書で六ページ分の、カフカと交わした短い挨拶を書きとめたそのわずかな言葉が、カフカの形姿をどのように呼び出しているか、それはありきたりの見ものでは決してない。そしてこのこともまた、本書においてホーフマンスタールの創作のなかにカトリック的世界が、カフカの創作のなかにユダヤ的世界がどのように凝縮しているかを確認するための、まずはひとつの、さしあたっての観点にすぎない。ハースが一九二九年に、〔ホーフマンスタールの〕死の知らせに接して抱いた印象のもとに、ホーフマンスタールについて書いたもの——それは、ドイツ語圏の〔新聞・雑誌に載った〕全論評のなかで、この瞬間を正当に扱ったほとんど唯一のものだった〔本書所収の「ホーフマンスタール没後一周年に因んで」の冒頭部分を参照〕——は、その〔ホーフマンスタールの〕形姿を古いカトリック君主国の空間のなかに立てている。それも、いわば、すべての息子に死なれてしまった母なる国の一玄孫としての形姿、あまりにも遅く現われた文学上の一国家的天才としての形姿を。この国は、もはや、いかなる未来ももってはいなかった。それで、——このことは、ホーフマンスタールについての二つ目のエッセイが展開している——〔この国の〕時間のこれから先の部分は、いってみればくるくると巻いて丸められ、渦巻き模様《ヴォルーテ》〔本来は、イオニア式およびコリント式建築の柱頭装飾をいう〕として、かつてあったもののなかにすっぽりと収まり、未来の影の国《シャッテンライヒ》〔冥界〕に、そこではただ最も古いものだけが往き来する影の国になった。『影のない女』〔一九一九年――本書三五九ページ参照〕が開いてみせるあの、「未だ生まれざる子供たち」の国のなかに、ハースは、詩人〔ホーフマンスタール〕の友人だったマックス・メル（一八八二―一九七一年。オーストリアの詩人、劇作家、小説家）が先頃した〔同前、参照〕のと同じく、ホーフマンスタールのイメージ世界の雲に包まれたような核心部を見てとっている。ホーフマンスタールにおけるほど、イメージと仮象が緊密に、危険に浸透しあっている詩人はいない。それどころか、ホーフマンスタールのイメージ世界におけるまさにこの隠された二義性こそが、そのイメージ世界に、精神的な光輝を、理念的な意義深さを、みずからを他と分ける性格を成すところの過剰を与えているのだ。あるいは、ハースが言うように、「精神がこのように魔術的なやり方で詩的体験《エアレープニス》となったことは、これまで決してなかった」〔『時代の形姿たち』〕。

ところで驚くべきことに、読者がこのエッセイストの思考世界のなかに深く歩み入れば入るほど、それだけいっそう次のことが読者に明らかになってくる――つまり、彼がジッド（一八六九―一九五一年。フランスの作家）において両性具有の仮象を叙述するにせよ〔「道徳的市民――アンドレ・ジッド」〕、フランス（一八四四―一九二四年。フランスの作家）において永劫回帰の仮象を〔「懐疑的な市民――アナトール・フランス」〕、ヘルマン・バール（一八六三―一九三四年。オーストリアの作家、批評家）において和解した者の仮象を〔「改宗者――ヘルマン・バールとカトリック的思考」〕叙述するにせよ、まさにこの仮象が、多種多様な形姿をとりながらいつも新たに、どういう風に読者の関心を呼び起こすのか、ということが。実際はしかし、これらの論究においては、神学が、その最も好む対象のひとつである仮象の近傍に住みついているのだ。本書ではタルムードとキルケゴール（一八一三―五五年。デンマークの神学者、哲学者）が、トマス・アクィナス（一二二五頃―七四年。イタリアのスコラ哲学者、神学者）とパスカル（一六二三―六二年。フランスの哲学者、数学者、物理学者）が、イグナティウス・デ・ロヨラ（一四九一―一五五六年。スペインの宗教家。イエズス会を創立）とレオン・ブロア（一八四六―一九一七年。フランスのカトリック作家）が話題になってはいる。しかしながら、著者の最高次の注意深さが目覚めるのは、本来の神学者たちについて検討するときではなく、極度の危機に瀕しぼろぼろの変装姿に身をやつした神学的な諸内実に、避難所を与えている者たちの作品に関わるときなのだ。こうした変装姿のひとつが、仮象である。通俗文学《コルポルタージュ》は、いまひとつ別の変装姿である。それゆえに、ホーフマンスタールについての模範的な分析と並んで、おそらくはこれよりもさらに意義深い、カフカについての分析がおかれているのだ。ここでは、最高度の精力を費やして至る所で神学的な実態に合流してゆく、そういった解 釈《ドイトウング》のかたちで、この詩人〔カフカ〕についての来たるべき解釈《エクセゲーゼ》〔〈聖書〉釈義〕に、道が指し示されている。その際に、著者の考察はときおり、通俗文学の理論とでも呼ぶべきものに接触するのである。著者がカフカのもとで発見するのは、一種の逃走中の神学であり、その図式が、通俗文学の周辺部を探索するいくつかのエッセイの根柢をなしている。これに属するのが、「探偵小説における神学」であり、ルーデンドルフ（一八六五―一九三七年。ドイツの将軍、政治家）についてのすばらしい特性描写〔「罪びと――ルーデンドルフ」〕であり、ユダヤの機知についての解釈*である。

＊　おそらく「モーリッツ・ハイマン」を指している。

先に私たちは、このエッセイ集の最も完璧なものが向けられている二人の詩人に、本書の守護者的役割を、庇護するような関わりを認めてよいと考えた。このエッセイ集において著者が企てていることは、最も断固たる決意をもった者でさえここでは助け手を探し求めることが許されるほどに、困難で危険なことなのだ。というのも、何がなされようとしているのか？　それはすなわち、芸術作品に至る道を芸術という「領域」についての教理を破砕することによって切り開く、という試みなのである。神学的な考察方法は、芸術に対して密かにであれそれだけいっそう破壊的に抗《あらが》うなかで、みずからの十全たる意味を獲得する。〈諸作品に神学的な光を当てることが、それらの作品を政治的にまた当世風に、経済的にまた形而上学的に規定している、その諸規定の、本来的な解釈なのだ〉――これが、この考察の根本モティーフである。明らかに見てとれるように、これは、歴史的‐唯物論的な態度に、それ〔歴史的‐唯物論的な態度〕を反対極となすような過激さでもって対立する態度である。「他の誰かれなら、〔対立関係において〕ただ妥協によってのみ先へ進めるような場合にも、教会はなおも、深く真なる諸綜合《ジュンテーゼ》において思考し続けることができるのだ」〔『時代の形姿たち』〕、とハースは書く。しかし、定立《テーゼ》と反定立《アンチテーゼ》のこのカトリック的な絡み合わせが、一種の宙返り飛行《ルーピング・ザ・ループ・シュライフェ》の形式でなされる事例が存在する。ハースはこの宙返り飛行を、めまいを起こさせるような確実さでもってやってのけるのだ。ともかくも――この光景は不安を呼び起こしかねない――、〈落下することができるという技芸〉よりもより高次の確実さ、より優れた信頼はあるまい。「みずからの生全体を、エッセンスにおいて――これ以上精密には算定できないようなエッセンスにおいて――、この世界の何らかのちっぽけな細部に向けて投入できるということ、まさにこのことこそが、〈思考する〉ということなのだ」（同前）。本書の最終ページに見出されるこの深遠な定義が、墜落しつつある者の意識状態についての定義であるのは、ただの偶然にすぎないのか？　著者はさまざまな命がけの経験をしてきたのだろう。しかし彼は、息をのむような墜落ののちに大地に触れたときには、しっかりと足で立っている。

　著作物において、書き手の実体が本書におけるほど緊密に達人の態度と、より適切に言えば修練をつんだ文士の態度と結びついているような事例は、いつも数えるほどしかなかった。そうした事例が、これまでのところ左翼陣営側よりも右翼陣営側の方により多く見出される、ということは大いにありうる。それがどうであれ、文学上の日々の戦いにおいて左翼的傾向をもつ週刊誌（『文学世界』）の編集・発行者であるハースが、探究者としては、ヴォルテール（一六九四―一七七八年。フランスの啓蒙主義哲学者）、グツコウ（一八一一―七八年。ドイツの青年ドイツ派の作家、時事評論家）、あるいはラサール（一八二五―六四年。ドイツの社会民主主義者、政治家、時事評論家）の弟子であるよりも、ずっと、アダム・ミュラー（一七七九―一八二九年。ドイツの国家・社会理論家）、バーク（一七二九―九七年。イギリスの反フランス革命派の時事評論家、政治家、哲学者）、あるいはド・メストル（一七五三―一八二一年。フランスの哲学者、外交官。フランス革命に敵対）の弟子なのである。もっとも、根本において彼の系譜は、さらにははるかなる過去に達する。というのも、本書の諸エッセイが企てているような一般史《ウニヴェルザールヒストーリッシュ》〔世界史〕的構成を、形而上学的な精神態度全体の表現として、そして同時に、必ずしも著作物の綜合《ジュンテーティシュ》的な形式ではないにせよすぐれて達人的な、すぐれて調停的な形式として再発見するためには、私たちは十七世紀の文学と年代記にまで溯らねばならないからである。ハースみずから、彼自身のものであるこの〔一般史的構成という〕方法を、ホーフマンスタールを称える追悼文のなかで、完璧に記述している。この方法は、例えばある舞台背景絵画が書き割りでもってするように、一種の遠近法《ペルスペクティーヴェ》〔透視画法〕を作り上げる。この方法は、重ね合わされたいくつもの密な層から成る彫塑的立体《ダス・プラスティシェ》を、手に入れようとするのだ。「ところで、これはもちろん、身体性をもった彫塑術《プラスティク》をもたらすのでは決してなく、まさに遠近法的《ペルスペクティーヴィシュ》〔透視的〕な彫塑術をもたらすものなのである」〔ハース、同前〕。本書に描かれるハース自身の形姿たちの現象形式は、このことに対応している。それは時代の形姿たちなのである――確かに。だが、この形姿たちの生とは、月満ちるまで懐胎され《ウンアウスゲトラーゲン》ることのなかったさまざまな過去の叙事的な生なのであり、それらの過去のせめぎあうなかで、この著者に、彼の時代の真の像が立ち現われるのだ。

V

『三文オペラ』

L'Opéra de Quat'Sous (Die Dreigroschenoper)〔一九三七年に成立したと推定される――この年の九月に『三文オペラ』がパリで上演された〕

権力者たちが見せかけだけの道徳を広めると――と、社会主義者シャルル・フーリエ（一七七二―一八三七年。フランスの空想的社会主義者）は述べている――、抑圧されている者たちの側にたちまちひとつの「反《コントル》-道徳」が生じ、その力によって、彼らは手を組み、抑圧者たちに抵抗する。一七二八年に『乞食オペラ』を上演させたイギリスの詩人ジョン・ゲイ（一六八五―一七三二年）は、ロンドンの暗黒街で幅をきかせている反-道徳を格別によく知る者だった。その知識を披露することは、彼にとって容易なものにはならなかった。どの劇場も彼のこの作品にあえて手を出そうとはしなかったのだ。最後にひとりの金利生活者《プリヴァートマン》〔私人〕が資金を立て替えた。その資金は、ある納屋をこの作品の上演用に整えるには充分だった。興行は大当たりをとった。一七五〇年、このオペラはA・ハラム（未詳）によってフランス語に翻訳された。五十年後には、しかし、このオペラは大陸ではすでに忘れられてしまっており、ゲイについては、偉大な諷刺詩人ポープ（一六八八―一七四四年）の友人であったこと、巧みな田園詩の作者だったこと、温和な市民であったこと以上には、ほとんど何も知られていなかった。

一九二八年八月三十一日に、『三文オペラ』が、エルンスト・アウフリヒト（生没年未詳。ベルリンの劇場興行主）のベルリンの劇場〔シッフバウアーダム劇場（現在のベルリーナー・アンサンブル）〕から、世界を巡る旅路の第一歩を踏み出したときには、〔『乞食オペラ』の〕初演以来ちょうど二百年経っていた。ジョン・ゲイは不滅性に至る旅の途上で、ドイツの詩人ベルト・ブレヒト（一八九八—一九五六年）に出会ったのだった。ブレヒトは、似かよった資質から、このイギリス人の途方もない大胆さと仮借なさを摑んでいた。ブレヒトはさらに次のことも摑んでいた。すなわち、この二百年も悲惨が悪徳と結んだ同盟を弛《ゆる》ませられなかったということ、それどころかこの同盟は、悲惨を伴う社会秩序とまったく同じように堅固であるということを。それゆえ、ブレヒトの『三文オペラ』においては、乞食たちやならず者たちの反‐道徳が公的な道徳——イギリス人たちの言うところでは、信心ぶり《キャント》——とどれほど解きがたく交錯しているかということが、ゲイにおけるよりもおそらくなおいっそう明確になるのだ。

このことでもって、一風変わった《ピトレスク》環境によって現実離れしているように見える『三文オペラ』が、一挙に、ひとつの非常にアクチュアルな作品となった。いまではもう十年間続いている『三文オペラ』の成功を理解しようとするなら、このことを視野から失してはならない。『三文オペラ』はヨーロッパのほとんどすべての言語に翻訳されて、数多くの劇場のレパートリーのなかに入り込み、そしてアメリカ、ロシア、日本へと浸透していった。

東京では、一九三〇年に、同時に三つの異なる劇場で、とはつまり三つの異なる解釈で、『三文オペラ』を観ることができた。フランスで一九二八年にはじめてこの作品を上演したのは、ガストン・バティ（一八八五―一九五二年。フランスの劇場監督、劇作家）だった。世界中での上演の観客総数は四万人と言われている。

このことから明らかになるのは、ブレヒトが描き出すような十八世紀ロンドンの日常茶《フェ・ディ》飯《ヴェル》事は、私たちにも訳《わけ》の分かる出来事なのだ、ということである。『三文オペラ』のいろいろな合唱とソングは、そのための〔私たちにも訳が分かるための〕いくつかの非標準的な提言を具現するものである。それらのソングは、さらに、私たちに中心人物たちをより詳細に知らしめる、という機能を受け持っている。

ここにまずメッキー・メッサー〔盗賊団のボス〕がいる。彼は庇護者であって、彼の一党の者たちはこの庇護者のために働いている。彼の君主道徳は、俗物市民の感傷性（「〔ソーホーの上の〕お月様が見えるかい」〔第一幕第二場〕とも、〔売春婦の〕ひもの、感傷性のずっと少ない習慣（「女郎屋で」〔第二幕第五場の「ひものバラード」のリフレイン〕）とも、まったく同じようによく調和する。

メッキー・メッサーの友人、タイガー・ブラウン〔ロンドンの警視総監〕は、彼流にだが、同じく道徳家である。職務上の義務と友人としての誠実さとのあいだでの深刻な葛藤からの逃げ道を、彼は、収賄という形態で見出す。しかし、この取引が、彼にはうまくやれない。彼は、メッキー・メッサーが言うところでは、良心の呵責の権化のように駆けずり回り、元気になるのは、昔のことを懐かしむとき（「大砲の歌」〔第一幕第二場〕）だけだ。

メッキー・メッサーの義父ピーチャム〔乞食集団のボス〕は、ある意味で、このオペラの理屈屋である。彼は聖書を自分の愛読書《リヴル・シュヴェ》にしてきた——聖書の英知のためというよりも、聖書が語っている天罰のため、そして、聖書に基づいて裏付けることができる、人間の不完全さのために。ピーチャムはつねに帽子をかぶったままでいる。それは、屋根が自分の頭上に崩れ落ちる場合のことを、彼がいつも考慮に入れているからである。彼は、自分たちがありとあらゆる世界のなかでも最悪の世界に生きている、と確信している。そこから彼がいかなる結論を引き出してくるかを、彼は「最初のフィナーレ」〔第一幕の終幕部分〕で、観客に打ち明ける。女たち——ピーチャムの妻、そして娘のポリー——について言えば、ある幸福な気質が彼女たちを、それぞれの男たち〔ピーチャムとメッキー・メッサー〕が関わり合わずにはいないあれやこれやの倫理的な問題から守っている。

イギリスの画家たちのなかで格別な道徳家であるウィリアム・ホガース（一六九七—一七六四年）が、『乞食オペラ』の最初の挿絵画家だった。演劇は演劇に特有のやり方で、この作品に説明図を付ける。ブレヒトは、昔の絵草紙にお話の内容〔とくに教訓的な事柄〕を明確にするためにあるような箴言〔つまり、説明やメッセージ〕を、舞台装置に配備する〔垂れ幕や幻灯を用いて、文字で示す〕。

ブレヒトの詩への註釈

Kommentare zu Gedichten von Brecht〔一九三八／三九年に成立〕

〔序論〕註釈という形式について

周知のように、註釈というものは、慎重に考量して光と影を分ける評価とは、また別のものである。註釈は、それが対象とするテクストの古典性から、したがっていわばひとつの予断から、出発する。註釈をさらに評価から分かつのは、註釈はそのテクストの美および積極的《ポジティーフ》〔肯定的〕な内実だけに関わり合う、という点である。註釈は、古めかしい形式であると同時に、権威的な形式でもある。その註釈を、古めかしいところがいささかもないばかりか、今日権威を認められるものに反抗しもする文学のために要求しているのは、ある非常に弁証法的な事態なのである。

この事態は、弁証法の古くからの一格率〔主観的に妥当する実践原則ないし行為原理〕が目論《もくろ》む事態と一致する――すなわち、困難の克服を困難そのものの集積によってなすこと。ここで克服されるべき困難とは、そもそも今日抒情詩を読むことの困難さにほかならない。そこでそうしたテクストを、どこまでも、〈それが多くの吟味に耐えた、重い思考内実を孕んだテクスト、ひとことで言えば古典的なテクストである〉かのように見なして読む、というやり方でこの困難さを逸《そ》らすことができるとしたら、どうだろうか？ さらに、難事と正面から取り組みつつ、しかも、今日抒情詩を読むことの困難さに厳密に対応している特殊事情を心に銘記しつつ、つまり今日抒情詩を書くことの困難さを心に銘記しつつ、今日のある抒情詩集を基礎において、抒情詩をひとつの古典的なテクストのように読むということを試みたら、どうだろうか？

そのような試みへとひとを鼓舞しうるものが何かあるとすれば、それは、私たちは昨日のテクストや作品からまるで数百年の年月によって隔てられているかのように分け隔てられている、と思うほどに大規模な破壊が明日にも起こりうる、という認識であり、この認識からは、現在ではさらにまた捨て身の勇気も汲み出されるのである。（今日はまだあまりにもぴったりしすぎている註釈が、明日にはもう古典的な襞を作っているかもしれない。今日は註釈の的確さがほとんど不作法という印象を与えかねないほどなのに、明日には〔その註釈によって解消されたはずの〕秘密が再びそこに鎮座しているかもしれない。）

以下の註釈は、ひょっとするとさらに別の側面からも、関心を呼び覚ますことがあるかもしれない。ブレヒト（一八九八―一九五六年。ドイツの詩人、劇作家、小説家）の詩集のような作品を精確に読むことは、コミュニズムは偏った一面性という烙印を背負っていると思う人びとに、ひとつの驚きをもたらすことだろう。この驚きを、もちろん、自分で自分から奪ってしまってはならない。つまり、ブレヒトの抒情詩が『家庭用説教集』〔一九二七年〕から『スヴェンボル詩集』*〔一九三九年〕にまで至る、その〈発展〉のみを強調すると、この驚きをみずから奪ってしまうことになるのだ。『家庭用説教集』の反社会的な態度が、『スヴェンボル詩集』では、ひとつの社会的な態度に変わる。しかし、これは必ずしも回心ではない。当初は崇拝されたものがのちに焼却されてしまう、というわけではないのだ。むしろ、それらの詩集に共通しているものこそが指摘されねばならない。それらの詩集に見られるさまざまな態度のなかに、あるひとつの態度だけは、探しても無駄だろう。それはつまり、非政治的、非社会的な態度である。まさに純粋に抒情的な箇所のもつ政治的な諸内容をはっきり示すこと——それが、本註釈の関心事である。

* スヴェンボルは、ブレヒトが一九三三年末から三九年初めまで亡命していた、デンマークの町。

〔I〕『家庭用説教集』について

「家庭用説教集」という表題がイローニシュであるのは、自明のことである。この説教集の言葉は、シナイ山から響いてくるのでも、福音書から響いてくるのでもない。この説教集の霊感の源は、市民《ブルジョワ》社会である。この社会を観察する者〔つまり、ブレヒト〕がこの社会から引き出してくる教訓は、この社会自身が広めている教訓とは、およそ考えうる限り最も著しく異なっている。『家庭用説教集』は前者の教訓だけに関わるものである。無秩序《アナル》状態《ヒー》が時代の花形であるのなら――と、この詩人は考える――、つまり、無秩序状態のなかに市民《ブルジョワ》的生の法則が含まれているのなら、少なくともその無秩序状態がずばり名指しされるべきなのだ。そして、ブルジョワジーがみずからの実存をいじくり回す際に用いるさまざまな詩的形式は、この詩人にとって、ブルジョワジーによる支配の本質をありのままに言い表わすのに、上品すぎるということはない。信徒たちの宗教心を高めるための讃美歌、民衆をうまく丸めこむための民謡、死地に赴く兵士のお伴をする愛国的バラード、きわめて安直な心の慰めを褒めそやす恋の歌――これらすべてが、ここでは新しい内容を宿したものになる。つまり、責任感を欠いた反社会的人間が、いま挙げたような事柄〔神、民衆、故郷、そして花嫁〕について、ちょうど、責任感を欠いた反社会的な者たちを前にして人びとがそれらのもの〔神、民衆、故郷、花嫁〕について語るように、偽りの羞恥心も真正なる羞恥心もなく語ることによって。

「マハゴニーの歌」への註釈

第二番

マハゴニーに居続けた奴は
毎日五ドル　必要だった、
そしてスペシャルものに手を出すと
さらに余分に出てゆく始末。
けれどもあの頃　皆マハゴニーの
ポーカーサロンに居続けた、
奴らはどのみち負けるのだったが
それでも　いいことだってあったのさ。

1
海の上でも陸《おか》に上がっても
誰もかれも　身の皮を剝がれている、
だから誰もが座りこんで

そして自分の皮まで売っちまう、
皮はいつでもドルに化けるんだから。
〔以下は、冒頭八行(「マハゴニーに……いいことだってあったのさ。」)のリフレイン——略〕

2

海の上でも陸に上がっても
だから剝ぎたての皮の消費は莫大、
いつもお前らの肉はひりひりしているが
でも誰が　お前らの飲《の》み代《しろ》を払うんだ?
皮は安くて　ウィスキーは高いんだから。
〔以下は、冒頭八行(「マハゴニーに……いいことだってあったのさ。」)のリフレイン——略〕

3

海の上でも陸に上がっても
神のあまたの碾臼《ひきうす》が　ゆっくりと回っている、
だからあまたの人びとが座りこんで
そして自分のまであまたの皮を売っちまう、

だって奴らは裸身《なまみ》で（bar）生きるのは大好きで　現金《げんなま》で（bar）払うのは大嫌い。
自分の檻籠に居続ける奴は
毎日五ドルは必要ないさ、
そして　もし女房なしではなかったら
余分に出てゆくものもない。
けれどもいまじゃ　皆　神さまの
公正なサロンに座っている、
奴らはどのみち勝つのだけれど
いいことなんか何ひとつありゃしない。

第三番

あるどんよりとした朝
ウィスキーをやってる最中に
神がマハゴニーへやって来た、
神がマハゴニーへやって来た。
ウィスキーをやってる最中に

俺たちは神に気づいた、マハゴニーで。

1

お前らは　毎年　スポンジみたいに
私の上等の小麦をがぶ飲みしているんだな？
私が来るのを、誰も待ち受けちゃいなかったんだな、
いざ来てみると、すっかり空《から》じゃあないか？
マハゴニーの男たちは顔を見合わせた。
そうさ《ヤー》、とマハゴニーの男たちは言った。
〔以下は、冒頭六行（「あるどんよりと……マハゴニーで。」）のリフレイン――略〕

2

お前らは笑うのか　金曜の晩に？
メアリー・ウィーマンを　私はずっと遠くから見た、
棒鱈《ぼうだら》みたいに黙って塩湖に浮かんでるのを、
もう二度と乾くこともなく、おいお前ら。
マハゴニーの男たちは顔を見合わせた。

そうさ、とマハゴニーの男たちは言った。
〔以下は、冒頭六行（「あるどんよりと……マハゴニーで。」）のリフレイン――略〕

3

お前らはこの薬莢《やっきょう》を知ってるな？
お前らは私の善き使いを射つんだな？
お前らの灰色ののんだくれの髪が　天国に住んでいるのを
お前らと一緒に私も見ていろと言うんだな？
マハゴニーの男たちは顔を見合わせた。
そうさ、とマハゴニーの男たちは言った。
〔以下は、冒頭六行（「あるどんよりと……マハゴニーで。」）のリフレイン――略〕

4

皆そろって地獄へ行くんだな、
さあ　葉巻《ヴァージニア》を袋に突っ込め！
お前らなど　さっさと私の地獄に行ってしまえ、小僧っ子ども、
真っ暗闇の地獄のなかへ、お前らみたいな下司野郎など！

マハゴニーの男たちは顔を見合わせた。
そうさ、とマハゴニーの男たちは言った。
　あるどんよりとした朝
　ウィスキーをやってる最中に
　君はマハゴニーへやって来る、
　君はマハゴニーへやって来る。
　ウィスキーをやってる最中に
　君は始める、マハゴニーで！

5

誰も足を動かすんじゃねえぞ！
俺たちは皆　ストライキだ！　髪を摑んだって
俺たちを地獄に引っ張り込みはできねえよ、
だって俺たちゃあ　いつも地獄にいたんだからな。
マハゴニーの男たちは神を見据えた。
いや《ナイン》だね、とマハゴニーの男たちは言った。

「マハゴニーの男たち」は偏心的人間《エクスツェントリク》の一団を成している。偏心的人間であるのは、ただ男たちだけだ。今日の社会のなかで生活することによって、人間の自然的な神経反射がどの程度にまで鈍磨してしまっているかを、いかなる制約も受けずに例示しうるのは、生まれつき男性の生殖能力を具えている者たちにおいてのみ、である。偏心的人間とは、擦り切れてしまった平均的人間以外の何ものでもない。そういう人間の何人かを、ブレヒトは一団にまとめた。彼らの反応は、考えうる限り最も不全な反応であって、しかもそんな反応すらも、彼らはただ集団としてなすばかりなのである。彼らは、自分たちを〈ひとまと《コムパク》まりの大衆《テ・マッセ》*〉として感じていなければ、そもそも反応するということができないのだ。この点でも彼らは、平均的人間——別称、小市民《プチ・ブルジョワ》——の似姿なのである。「マハゴニーの男たち」は、自分たちの意見を述べる前に、顔を見合わせる。それに続く意見表明は、抵抗が最も少ない路線上にある。「マハゴニーの男たち」は、神が彼らに言うこと、神が彼らに尋ねること、あるいは神が彼らに要求することすべてに対して、「そうさ（ja）」と言うだけで満足する。ブレヒトの考えるところからすれば、神が受け入れてもらえる集団とは、おそらくそういう性質のものであるにちがいない。因みに、この神自体がみすぼら《レドゥ》しい《ツィールト》〔縮減された〕神である。「第三番」の歌のリフレインにある

「俺たちは神に気づいた」

という表現が、そのことを暗示しており、この歌の最終節が、そのことを裏付けている。

＊「ひとまとまりの大衆」については、「複製技術時代の芸術作品」の原注（12）（『ベンヤミン・コレクション1』六三六―六三七ページ）を参照。

〔マハゴニーの男たちが神に与える〕最初の同意は、

「私が来るのを、誰も待ち受けちゃいなかったんだな」

という確認に対してなされる。しかし明らかに、不意打ちの効果でさえマハゴニーの一団の鈍磨した反応を改善しはしない。そのあとのところでも同様に、神の使いを撃ち殺しても、天国行きを要求する自分たちの権利はそれで減りはしないということが、この一団には明白なことのように思われるのだ。第四節で、神は別の意見であることが判明する。

「お前らなど　さっさと私の地獄に行ってしまえ、小僧っ子ども」!

ここに、この詩の関節部が、演劇論的に言えば転回点が、ある。神はこの命令でもって、過ち《フォ・パ》を犯したのだ。この過ちの影響を見きわめるには、「マハゴニー」という土地柄をよりいっそう厳密に、眼前に思い浮かべなければならない。「マハゴニーの歌・第二番」の最終節において、その土地柄が定められている。しかも、詩人はこの場所規定の与えるイメージで、みずからの時代のことを語っているのである。

「けれどもいまじゃ　皆　神さまの

公正なサロンに座っている」。

「公正な」（billig〔安い、安っぽい、安易な、当然の、正当な〕）という形容詞には、かなり多くのことが含意されている。なぜ、このサロンは「公正」なのか？　このサロンは公正である、なぜなら、人びとはそこで気安《アウフ・ビリゲ・アルト》く神の客になっているのだから。このサロンは公正である、なぜなら、人びとはその中ではすべてのことに同意《ビリゲン》するのだから。このサロンは公正である、なぜなら、人びとがそこに入ってくるのは当然《ビリッヒ》であるのだから。「神さまの公正なサロン」とは、地獄のことなのだ。この表現には、精神病患者たちが抱くイメージの含蓄深さがある。庶民はひとたび気が狂うと、地獄を、ともすればそのように——ひとつの「公正なサロン」として——、つまり、天国のうちの彼にも到達可能な区画として、思い描きかねないのだ。（アーブラハム・ア・サンタ・クラーラ（本名ヨーハン・ウルリヒ・メーゲルレ、一六四四—一七〇九年。ドイツの説教者、文筆家）なら、「神さまの公正なサロン」といったことを口にするかもしれない。）しかし神は、自分の「公正なサロン」で、常連客たちと必要以上に気さくに付き合ってしまっている。彼らを地獄に送るという神の威《おど》しは、もはや、客を放り出そうとする酒場の主人の威し以上の価値をもたないのである。

「マハゴニーの男たち」はそのことを把握している。いくら彼らでも、彼らを地獄送りにするという威しに心を動かされるほど、馬鹿ではない。市民《ブルジョワ》社会の無秩序状態《アナルヒー》が、ひとつの地獄的な無秩序状態なのだ。そこに陥ってしまっている人間たちにとっては、この無秩序状態が与える以上に大きな恐怖心を彼らに吹き込むようなものは、とにかく存在しえないのである。

「……髪を摑んだって
俺たちを地獄に引っ張り込みはできねえよ、
だって俺たちゃあ　いつも地獄にいたんだからな」

と、「マハゴニーの歌・第三番」は言う。地獄とこの社会秩序との相違は、小市民《プチ・ブルジョワ》（偏心的人間《エクスツェントリク》）においては貧しい魂と悪魔との区別が流動的である、ということだけなのだ。

詩「誘惑に抗して」への註釈

誘惑に抗して

1

汝ら　誘惑されること勿《なか》れ！
再帰来など存在しないのだ。
昼が戸口に立っている、
すでに夜風が感じられる、
もはやいかなる朝もやって来はしない。

2

汝ら　欺かれること勿れ！
生とは　ごくわずかなもの。
この生を思いっきり楽しむのだ！
この生は汝らを満足させはすまい、
それを汝らが手放さねばならぬ時には！

3

汝ら　慰《なぐさ》み言《ごと》に虚しい希望を抱くこと勿れ！
時間があり余っているわけではないのだ！
腐るのは救済された者〔死者〕たちにまかせよ！
この生こそ　最も偉大なもの、
生はもうこれ以上用意されてはいない。

4

汝ら　誘惑されること勿れ！
苦役と消耗へなど！

何がまだ　汝らの不安を掻き立てうるというのか？
汝らはあらゆる動物たちと共に死ぬ、
そしてそのあとには　何もやって来はしないのだ。

この詩人は、住民の大部分がカトリックである都市〔アウクスブルク〕の郊外で育った。しかし、小市民《プチ・ブルジョワ》的住民に、すでに、この都市の市域内にあった大工場の労働者たちが、混じってきていた。詩「誘惑に抗して」の態度と語彙は、このことから説明がつく。人びとは聖職者によって、死後の第二の生において高くつくであろうさまざまな誘惑に乗らないように、と諭された。詩人は、この〔生きてある〕生において高くつくもろもろの誘惑に乗らないように、と人びとを諭す。彼の諭しは聖職者のそれに劣らず厳粛になされており、彼の確言は聖職者のそれと同じように反論を許さない。聖職者と同じく彼もまた、誘惑という概念を付注なしに、絶対的に用いており、この概念のもつ教化的な音調を引き継いでいる。この詩の厳かな調子のために、読者は、いくつかの解釈が可能で密かな美しさを秘めている個々の詩句を、それと気づかず読み流してしまいかねない。

「再帰来など存在しないのだ」。

第一の解釈——再帰来は存在する、という信仰へと誘惑されるな。第二の解釈——失敗するな、生は君たちにただ一度しか与えられていない。

「昼が戸口に立っている」。

第一の解釈――立ち去ろうとしている、辞去しようと。第二の解釈――最高潮の真っ只中にある（しかし、最高潮のうちにも、すでに夜風が感じられる）。

「もはやいかなる朝もやって来はしない」。

第一の解釈――明日という日はない。第二の解釈――朝ではなく、夜が最終決定権をもっている。

「生なんて取るに足りないもの、などと」。（*»Daß* Leben wenig ist«.）

キーペンホイアー社から出た私家版稿のこの表現は、のちの公刊版稿の「生とは　ごくわずかなもの」（*Das* Leben wenig ist）という表現から、二様に識別される。私家版稿の表現は、〈生は取るに足りないものだ〉という詐欺師のテーゼを指摘することによって、この節の第一行の「汝ら　欺かれること勿れ」という詩句の言わんとするところを厳密に明示している。ここに、第一の識別点がある。次に、「生とは　ごくわずかなもの」という詩句は、生のかつかつさを比類なく言い表わしており、そのようにして、この生をいささかなりとも値切らされるな、という要請を強調している。ここに、第二の識別点を見て取ることができる。

「生はもうこれ以上用意されてはいない」。(Es steht nicht mehr bereit.)

第一の解釈――「これ以上の生が用意されているわけではない」(Es steht nicht *mehr* bereit)。これは、「この生こそ最も偉大《グロース》なもの」という先行する詩句に、何も付け加えはしない。第二の解釈――「生はもうこれ以上用意されてはいない」(Es steht nicht mehr *bereit*)。(生という)この最も大きな《グロース》チャンスを、君たちはすでに半ば逃がしてしまっている。君たちの生は、もうこれ以上用意されているわけではない。君たちの生はすでに始まっていて、勝負のなかで動員されてしまっているのだ。

この詩は、生の短さに心が震撼させられるよう、手解《てほど》きをする。ドイツ語は「震撼(Erschütterung)」という語のなかに「乏しい(schütter)」という語を潜ませていることを、思い起こすとよい。何かが崩れると、割れ目や空隙が生じる。右の分析から明らかになるように、この詩の多くの箇所で、いくつかの語が集まって意味を形成する、そのあり方が、不安定でゆるい。そのことが、この詩の、人の心を震撼させる作用に助勢している。

詩「地獄の罪びとたちについて」への註釈

地獄の罪びとたちについて

1

地獄にいる罪びとたちは
熱くって大変なのさ、人が思うよりも。
でも　誰かが彼らを悼んで泣けば、
その涙が柔らかに　彼らの頭《こうべ》に降り注ぐ。

2

でも　一番ひどく焼かれる奴らには
それを悼んで泣いてくれる者もいない、
彼らは、誰かが泣いてくれるよう、
休みの日に頼んで歩かねばならない。

3

でも誰にも　彼らの立っているのが見えない、
彼らを　風は通り抜けてゆく、
彼らを　陽《ひ》の光は通り抜けてゆく、
そんな彼らを　もはや誰も見ることができない。

4

あそこにミュラーアイゼルト（ブレヒトのアウクスブルク時代からの友人、オットー・ミュラーのこと）がやって来る、
奴はアメリカで死んだ、
そのことを　奴の婚約者はまだ知らなかった、
だから　そこにお湿りはなかった。

5

カスパル・ネーアー（一八九七—一九六二年。アウクスブルク出身の舞台美術家、ブレヒトの協力者）がやって来る、
陽《ひ》が照れば　すぐに。
奴の死に、人びとはなぜか、
一滴の涙も流しはしなかった。

6

次いで　ゲオルゲ・プファンツェルト（ブレヒトのアウクスブルク時代からの友人。本名はゲオルク、愛称はオルゲ）がやって来る、
幸運に恵まれなかった男、
奴は思い込んでしまっていた、
俺は物の数ではないんだ、と。

7

そしてあそこには　いとしのマリー、
救貧院で腐乱して
一滴の涙も流してもらえない、
そんなこと　あの娘にゃ与《あずか》り知らぬことだったが。

8

そしてあそこの光のなかに　ベルト・ブレヒトが
立っている、犬の石《フンデシュタイン》のそばに、
奴はお湿りをもらえない、なぜなら、
奴は天国にいるにちがいない、と思われているから。

9

いま彼は地獄で焼かれている、
〈おお、泣いてくれ、君たち兄弟よ、僕のことを!〉
泣いてもらえないと彼は　日曜の午後くり返し立つ、
あそこの　例の犬の石のそばに。

この詩を読むと、『家庭用説教集』の詩人がどれほど遠くから来たかが、そして、彼がそれほど遠くから来ながら、どういう風に、最も手近にあるものを無造作に手に取るかが、とくによく認識できる。最も手近にあるものとは、バイエルンの民俗《フォークロア》〔民謡〕である。この詩は、地獄の業火に焼かれている友人たちを呼び出してくる。それはちょうど、道端の殉難者記念碑が、臨終の秘跡を受けずに死んでいった者たちを、側《そば》を通り過ぎる人びとの代願の祈りに委ねるのに似ている。この詩は、そういう風に限定された調子で始まるが、しかし本当は、非常に遠いところからやって来ている。この詩の系譜とは、中世文学の最も偉大な形式のひとつである、〈嘆き《クラーゲ》〔という文学形式〕〉の系譜なのだ。こう言えるだろう——この詩が古い嘆き〔という形式〕を引っぱり出すのは、〈もはや嘆きすら存在しない〉というこの最新の事態について、嘆き《クラーゲ》〔不平、訴え〕の声をあげるためなのである。

「あそこにミュラーアイゼルトがやって来る、
奴はアメリカで死んだ、
そのことを　奴の婚約者はまだ知らなかった、
だから　そこにお湿りはなかった」。

もっとも、この詩は、こうした涙の欠如をまともに嘆いているわけではない。このミュラーアイゼルトなる人物が死んでいるということさえ、その通りにはほとんど受け入れがたい。なぜなら本書のこの部分は、「手引き」によれば、彼に――彼の追憶に、ではなく――捧げられているからである。

　ここに建てられた殉難者記念碑は、地獄の業火に焼かれている友人たちの名を挙げ、その姿を写しとっている。この詩は、しかし同時に、側《そば》を通り過ぎる者としての彼らにも言葉を向けており（これら二つのことは、この詩のなかで結びつけることができる）、彼らは期待すべきいかなる代願の祈りももってはいない、ということを彼らに思い起こさせているのだ。そうしたことを詩人は彼らに、落ち着き払って描き出す。しかし彼のその落ち着きは、最後に彼を見捨てる。そこで彼は自分自身のあわれな魂、見捨てられた状態の見本である魂を話題にする。この魂は光のなかに立っており、それに加えてさらに、日曜の午後に、そしてある犬の石のそばに立っている。これが何なのかは、よく分からない。ひょっとすると、犬が小便をひっかける石なのかもしれない。このあわれな魂にとって、それは、囚人にとっての独房の湿っぽい片隅のように、付き合いの深いものなのだ。――詩人が登場したところで、芝居《シュピール》〔演技、遊戯〕というものは終わることになっている。しかも彼は、実にたっぷりと横柄さを示したあとで、涙を、もちろん横柄に、乞い求める。

詩「あわれなB・Bについて」への註釈

あわれなB・Bについて

1

俺、ベルトルト・ブレヒトは、黒い森からやって来た。
お袋が俺を都会《まち》に運び入れたのさ、
俺がお袋の腹ん中にいたとき。そして森の冷たさは
俺がくたばっちまう日まで　俺の内部に居座ってることだろう。

2

アスファルトの街《まち》が俺の住処《すみか》さ。そもそもの始めっから
あらゆる臨終の秘跡を受けてるんだよね、

新聞だろ、それにタバコだろ、それに火酒だろ。
とどのつまりが、疑い深くて、怠け者で、不満はなし。

3

街の奴らに俺は愛想がよくってさ。堅い帽子を
かぶってるんだ、奴らがやってるようにね。
俺は言う、まったく特別な臭いのする獣たちだ、
そしてまた言う、どおってこたあねえ、俺もそのひとりさ。

4

昼前の、俺の空《から》っぽのロッキングチェアーに
ときおりお座りいただく御婦人が何人かいて、
その御婦人方を俺は不躾《ぶしつけ》に観察し、そして言うのさ、
君たちにとって俺は当てにできない奴だよ。

5

晩方になると俺は野郎どもを呼び集め、

俺たちは互いに「ジェントルマン」と呼びかける。
奴らは俺のテーブルの上に足を投げ出し、そして言う、
俺たちにもいい時がくるさ。そして俺は訊かない、いつ、とは。

6

朝方、まだ薄暗い頃、樅の木がおしっこをし、
そしてお前ら害虫どもが、つまり鳥たちが、わめき始める。
その時刻、俺は街《まち》でグラスを空《から》にし、タバコの
吸いさしを投げ捨て、そして不安な眠りにつくのさ。

7

俺たち軽薄な種族は住みついてきた、
壊れっこないと言われた家に。
(それで俺たちは建てたのさ、マンハッタン島にのっぽビルを、
そして大西洋を楽しませる細いアンテナを。)

8

この街々《まちまち》のうちで残るのは、ここを通り抜けていったもの、つまり風！
家ってものは食らう奴をご機嫌にする、奴は家を食らい尽くす。
俺たちは知っている、自分が暫定要員であることを、
そして俺たちのあとにやって来るのは、取り立てて言うには足らぬものさ。

9

やって来るだろう地震の際に、俺はこの葉巻《ヴァージニア》の火を、
苦さのせいで消してしまわなければいいのだがな。
俺、ベルトルト・ブレヒトは、アスファルトの街《まち》に漂着したのさ、
黒い森から、お袋の腹ん中で、ずっと昔に。

「俺、ベルトルト・ブレヒトは、黒い森からやって来た。
お袋が俺を都会《まち》に運び入れたのさ、
俺がお袋の腹ん中にいたとき。そして森の冷たさは
俺がくたばっちまう日まで　俺の内部に居座ってることだろう」。
森のなかは冷たい。都会《シュテーテ》〔都市、街〕のなかで、それ以上に冷たいということは、ありえな

い。詩人にとっては、母胎のなかにいたときすでに、のちに住むこととなるアスファルトの街《まち》のなかと同じように、冷たかった。

「その時刻、俺は街《まち》でグラスを空《から》にし、タバコの吸いさしを投げ捨て、そして不安な眠りにつくのさ」。おそらくこの不安は、とりわけ、手足の力を抜いて安らぎを恵んでくれる眠りにこそ、向けられている。母胎が胎児に対して好意的である以上に、眠りは眠る者に対して好意的であるだろうか？ そんなことは、たぶんあるまい。目覚めることへの恐怖ほど、眠りを不安にするものはないのである。

「（それで俺たちは建てたのさ、マッハッタン島にのっぽビルを、そして大西洋を楽しませる細いアンテナを。）」

このアンテナが大西洋を「楽しませる」のは、きっと、音楽やニュース放送でもってではなく、短波や長波でもって、つまり、ラジオの物理学的な位相をなす分子〔の運動〕的事象でもって、である。この詩行においては、今日の人間たちによる技術的な手段の活用が、肩をすくめるような〔言葉の〕身振りでもって、あっさり片づけられてしまう。

「この街々《まちまち》のうちで残るのは、ここを通り抜けていったもの、つまり風！」
この街々のうち、この街々を通り抜けていった風が残るのだとすれば、それは、都市のことを何も知らなかった古《いにしえ》の風では、もはやない。アスファルトや街路に沿った家並みや沢山の窓をもつ都市は、破壊され崩れ落ちたあとは、風のなかに住まうのだろう。

「家ってものは食らう奴をご機嫌にする、奴は家を食らい尽くす」。
「食らう奴」は、ここでは、破壊する者を代表している。「食らう」とは、ただたんに身を養うことを意味するだけでなく、嚙みつき破壊してしまうことをも意味している。世界が、享受可能であるかという点よりも、破壊に値するかという点で吟味されるならば、世界は甚だしく単純化される。この、破壊に値するということが、すべての現存するものをひとつに結びつけている箍《たが》なのである。この調和〔つまり、ひとつに結び合わされていること〕を見ることが、詩人を大そうご機嫌にする。彼は鉄の顎《あご》をもつ「食らう奴」であって、世界という家を食らい尽くすのだ。

「俺たちは知っている、自分が暫定要員であることを、
そして俺たちのあとにやって来るのは、取り立てて言うには足らぬものさ」。
「暫定要員《フォーアロイフィゲ》」――ひょっとすると彼らは先駆者《フォーアロイファー》なのかもしれない。だが、彼らのあと

にやって来るのが取り立てて言うには足らぬものであるからには、彼らはどうして先駆者でありえよう。彼らが名も名声も欠いたまま歴史のなかに入り込んでゆくのだとしても、それは、ほとんど彼ら自身のせいではない。（十年後に、連作詩「のちの世代の人たちに」〔『スヴェンボル詩集』所収〕が、これと似通った考えを取り上げている。）

「俺、ベルトルト・ブレヒトは、アスファルトの街《まち》に（in）漂着したのさ、
黒い森から（aus）、お袋の腹ん中で（in）、ずっと昔に」。

場所規定の前置詞の反復――二行に三つ――は、並はずれて、困惑させるように作用するにちがいない。そのあとから足を引き摺って付いてゆくような、「ずっと昔に」という時間規定――この時間規定は現在時《イエッツトツアイト》*への接続を逸してしまっている、と言っていいだろう――は、曝されてある《プライスゲゲーベン》という印象を強めている。詩人は、母胎のなかにいるときすでに曝されていた《アウスゲゼッツト》かのように、語っているのだ。

＊「現在時」については、「歴史の概念について」の第一四テーゼ（『ベンヤミン・コレクション1』六五九ページ）を参照。

この詩を読んだ者は、風雨に曝された《フェアヴィッテルト》文字で「B・B」と書いてある門を通り抜けてゆくようにして、詩人のなかを通り抜けていったのである。詩人は、門が通行者を引き留め

ようとはしないように、読者を引き留めようとはしない。その門はおそらく、すでに何世紀も前に建てられたのだろう。それがまだ立っているのは、誰の前にも立ち塞がったことがないからだ。誰の前にも立ち塞がることのないB・Bとは、その添え名——「あわれなB・B」——には、誉れとなるものなのだろう。誰の前にも立ち塞がらず、問題にはならない者には、本質的なことはもはや起こりえない——道に立ち塞がって己れを問題となさしめようという決断を除いては。このあとに書かれた連作詩は、この決断を証《あか》し立てている。それらの詩の本題は、階級闘争である。自分自身を放棄することでもって行動を開始した者こそが、最もよく、己れの本題のための力になるのである。

〔II〕『都市住民のための読本』〔一九二六年頃成立、『試み II』一九三〇年、に収録〕について

〔『都市住民のための読本』の最初の詩への註釈〕

1 〔痕跡を消せ〕

お前の仲間たちとは　駅で別れろ、

朝 上衣のボタンをちゃんと掛けて 街《まち》に入れ、
寝座《ねぐら》を探せ、そしてお前の仲間がドアを叩いたら、
開くな、おおドアを開くな、
開かずに
痕跡を消せ!

ハンブルクの街かほかのどこかで お前の両親に出くわしたなら、
知らん顔して通り過ごせ、角を曲がれ、彼らに目をくれるな、
彼らにもらった帽子を目深に引きおろせ、
見せるな、おお お前の顔を見せるな、
見せずに
痕跡を消せ!

そこにある肉を食え! けちけちするな!
雨が降ってきたらどこの家でも入っちまえ、そして そこにある椅子に座れ、
だが 座りっ放しにはなるな! そして 帽子を忘れるな!
くれぐれも言っておくが

痕跡を消せ！

何を言うにしても、それを二度は言うな、
お前の考えを他の誰かが口にしたときは、その考えを否定しろ。
署名しなかった奴、写真を残さなかった奴、
そこに居なかった奴、何も言わなかった奴、
そういう奴がどうやって捕まるというのか！
痕跡を消せ！

死ぬつもりなら、墓碑が残らぬように気を配れ、
お前がどこに横たわっているか、墓碑が漏らすことのないように、
お前の名を　はっきりとした文字が告げ口することのないように、
お前の有罪性を　没年の数字が証《あか》し立てることのないように！
もう一度言っておくが
痕跡を消せ！

（そう、ぼくに告げられた。）

アルノルト・ツヴァイク（一八八七―一九六八年。ドイツのユダヤ系作家）があるときに言った、「これらの連作詩はここ数年のあいだにひとつの新しい意味を獲得した。そこに表現されているのは、亡命者が異国で経験するような都市なのだ」（出典未詳）と。その通りである。しかし、搾取されている階級のために戦う者は自国のなかで亡命者である、ということを忘れてはならない。慧眼《けいがん》を具えたコムニストにとって、ヴァイマル共和国における彼の政治的な活動の最後の五年間は、一種の潜在的亡命を意味していた。ブレヒトはあの五年間を、そういうものとして経験したのである。このことが、本連作詩が成立する最も手近なきっかけとなったのだろう。潜在的亡命は、本来の亡命の前段階の形式だった。そして潜在的亡命は、また、非合法活動の前段階の形式でもあった。

「痕跡を消せ！」

これは、非合法活動家に対する指示である。

「お前の考えを他の誰かが口にしたときは、その考えを否定しろ」。

これは、一九二八年の知識人に対しては奇妙な指示だが、非合法活動をしている知識人に対しては、実に真っ当な指示である。

「死ぬつもりなら、墓碑が残らぬように気を配れ、
お前がどこに横たわっているか、墓碑が漏らすことのないように」。

この指示だけは、時代遅れになってしまっているかもしれない。この配慮は、ヒトラー（一八八九―一九四五年）とその部下たちによって、非合法活動家から取り上げられてしまった。

都市はこの読本において、生存競争の、そして階級闘争の舞台として立ち現われる。一方〔都市が生存競争の舞台として立ち現われること〕が、この連作詩集を『家庭用説教集』と結びつける、無秩序的《アナルヒスティシュ》なパースペクティヴを生み出し、他方〔都市が階級闘争の舞台として立ち現われること〕が、後続の『三人の兵士たち』〔『試み VI』一九三二年、に収録〕を指し示す、革命的なパースペクティヴを生み出している。いずれの場合にも、都市が戦場である、ということは変わらない。戦略上の修練を積んだ戦闘観察者以上に、風景の魅力に対して無関心な観察者を、私たちは想像することができない。ブレヒト以上に、都市の魅力――海のように広がった家並みであれ、都市の交通の息をのむようなテンポであれ、都市の娯楽産業であれ――に対して冷淡に向き合う観察者を、私たちは想像することができない。都市の装飾に対するこの冷淡さが――それは、都市住民に特有な反応方式に対する非常な敏感さと結びついているのだが――ブレヒトのこの連作詩集を、先行するすべての大都市抒情

詩から区別するのだ。ウォルト・ホイットマン（一八一九―九二年。アメリカの詩人）は群衆に酔ったが、ブレヒトでは、群衆が話題になることはない。ボードレール（一八二一―六七年。フランスの詩人）はパリの虚弱さを見抜いた。しかし彼がパリジャンたちに見たのは、彼らがその虚弱さの傷痕を帯びた部分だけだった。ヴェラーレン（一八五五―一九一六年。ベルギーの詩人）は都市の神格化を手がけた。ゲオルク・ハイム（一八八七―一九一二年。ドイツの詩人）には、都市は、迫りくる破局の予兆にみちて立ち現われた。

都市住民から目をそらすこと、それが、すぐれた大都市抒情詩の特徴だった。デーメル（一八六三―一九二〇年。ドイツの詩人）の場合のように都市住民が視野に入ってきても、小市民《プチ・ブルジョワ》的な幻想という付加物が、詩の成功にとって命取りとなった。ブレヒトこそ、おそらく、都市の人間について語るべきものをもっている、最初の重要な詩人なのである。

『都市住民のための読本』の三番目の詩への註釈

3〔クロノスに〕*

俺たちは君の家から出てゆくつもりはない、
俺たちは竈《かまど》を取り壊すつもりはない、
俺たちは鍋を竈にかけるつもりだ。

家と竈と鍋はそのままでいいから、
君は消えてくれ、空《そら》の煙のように、
空の煙など誰も引き留めはしない。

もし君が俺たちに頼ろうとするなら、俺たちは去るだろう、
もし君の妻が泣くなら、俺たちは帽子を目深にかぶるだろう、
しかしもし彼らが君を連れにきたら、俺たちは君を指さすだろう、
そして言うだろう、これがそいつにちがいない、と。

俺たちは何がやって来るのかは知らず、もっとましなものを持ってるわけでもない、
けれども君なんかもうたくさんだ。
君がいなくなるまで、
窓をカーテンで覆っておこう、明日にならないように。

都市は変わったってかまわない、
けれども君は変わっちゃあいけない。
誰かれの墓石に　俺たちは慰めの言葉をたむけたい、

けれども君は　俺たちが殺したい、
君は　生きてはならない。
俺たちがどういう嘘を信じてしまうことになろうとも、
君が存在したなんてこと、あってよいはずがない。

（そう、俺たちは自分の父親たちと話すのだ。）

＊　初出稿（一九二六年）とズーアカムプ社の旧全集版（一九六七年刊）の稿には、この表題が付いている。「クロノス」は、ギリシア神話においてティターン神族の末弟で、ゼウスの父、そして時の神。

ドイツからのユダヤ人たちの追放は、（一九三八年の迫害〔とくに十一月九日深夜の「水晶の夜」〕に至るまで）この詩に描かれるような態度でなされた。ユダヤ人たちは、見つかったその場で撲殺されたのではなかった。ユダヤ人たちに対する振舞い方は、むしろ、次の一節に述べられるようなものだった——

「俺たちは竈《かまど》を取り壊すつもりはない、
俺たちは鍋を竈にかけるつもりだ。
家と竈と鍋はそのままでいいから、
君は消えてくれ、」

ブレヒトの詩は、今日の読者にとって啓発的なものになる。国民社会主義《ナツィオナールゾツィアリスムス》〔ナチズム〕が何のために反ユダヤ主義を必要とするのかを、彼の詩は、きわめて正確に教示してくれるのだ。国民社会主義〔ナチズム〕は反ユダヤ主義を、ひとつのパロディとして必要とする。支配者たちによって対ユダヤ人用に人為的《キュンストリヒ》に作り出される態度とは、まさに、抑圧された階級が支配者たちに対して抱くのなら自然的《ナチューアリヒ》〔当然〕であるだろう態度にほかならない。ユダヤ人は、――ヒトラーはそう望んでいる――大搾取者《アウスボイター》が取り扱われねばならなかったであろうように、取り扱われるべきだ、というのである。そして、ヒトラーが望んでいることは、ユダヤ人に対しては、〔パロディなので〕本当に厳粛《エルンスト》なものではない〔つまり、ひとつの態度として本質的妥当性をもたない〕がゆえに、つまり、ユダヤ人に対するこの取り扱いは真正なる革命的振舞いのカリカチュアであるがゆえに、まさにそれゆえに、この遊戯《シュピール》〔演技、劇〕にはサディズムが混ぜ込まれるのだ。このパロディは、サディズムなしではやってゆけない――〈搾取者《エクスプロプリアテール》〔強制収用者〕に対する強制収用《エクスプロプリイールング》〉という歴史的案件を嘲弄に曝すことを目的とする、このパロディは。

『都市住民のための読本』の九番目の詩への註釈

9 「さまざまな時の、さまざまな側からの、ある男への、四つの勧め」

ここを君の住まいと思ってくれていいんだ、
君の持ち物を置く場所はここだ、
家具は君の好きなように置き換えてくれ、
必要なものがあったら言ってほしい、
そこに鍵がある、
ここにいたまえ。

僕たち皆のためにはちゃんと一部屋あるさ、
そして君にはベッド付きの部屋、
君は農場で一緒に働けばいい、
君用の皿もある、
僕たちのところにいたまえ。

君が眠る場所はここ、
シーツやカバーはまだまあ洗いたてだ、

そこで寝たのはまだ男ひとりだけだから。
君が気難し屋なら、
君用の錫《すず》のスプーンをそこの桶ですすぐんだな、
そうすればすっかりきれいになったも同然さ、
遠慮なく僕たちのところにいたまえ。

これが私の部屋よ、
さっさとやってね、というか、泊りにもできるのよ、
ひと晩ね、その分は別にいただくけど。
気に入ってもらえるようにするわ、
そうそう、病気なんかもってないから。
ここだって、ほかの所と同じようにちゃんと世話してもらえるのよ。
だから、安心して泊っていっていいの。

『都市住民のための読本』は、先ほど示唆したように、非合法活動と亡命生活における物の見方についての授業をしてくれる。九番目のこの詩は、非合法活動家や亡命者たちが、戦うこともなく搾取を受けている者と共にせざるをえない、ひとつの社会的な過程を扱っ

ている。この詩は、大都市における貧困化とは何かを、実に簡潔に描く。この詩は、同時に、本連作詩集の最初の詩に、光を投げ返してもいる。

「さまざまな時の、さまざまな側からの、ある男への、四つの勧め」のそれぞれから、この男のその都度の経済状態が分かる。彼はどんどん貧乏になってきている。彼に宿を貸す側の者たちは、そのことをよく心得ている。彼らが彼に認める、痕跡を残す権利は、どんどん小さくなってゆく。最初は、彼自身の持ち物にもまだ注意が向けられている。二番目の場所では、一枚の彼用の皿のことが話題になっているだけで、それも、彼が携えてきたものではまずなかろう。宿泊客の労働力は、すでに宿を貸す者の手中にある（「君は農場で一緒に働けばいい」）。三番目の場所に現われたとき、この男は、まったくの失業状態にあるのだろう。彼の私的な活動範囲は、比喩的に、錫のスプーンを洗うということに表現される。第四の勧めは、見るからに貧しい客に対する、娼婦の勧めである。ここでは、泊り続けるということさえ、もはや問題にならない。せいぜい一晩の宿であり、語りかけられている男が残してもよい痕跡については、言わずもがなである。――最初の詩の「痕跡を消せ」という指示は、九番目の詩の読者にとっては、次の言葉を付け加えることによって完全なものになる。すなわち、「痕跡を消されてしまうよりは」。

四つの勧めすべてに特有である、好意的な無頓着さは、注目に値する。要求の苛酷さといえどもこうした好意のための余地を残しているわけだが、このことから認識されるのは、社会的な諸関係《フェアヘルトニッセ》〔状況、生活環境〕は人間に対して、外部から、人間には疎遠なものとして対立する、ということである。社会的な諸関係の下す裁断が人間にその隣人たちによって伝達される際の、その好意は、隣人たちが社会的な諸関係との連帯を感じてはいない、ということを示している。〔この詩のなかで〕語りかけられている男は、聞かされたことを甘受するようであるが、この男ばかりでなく、彼に語りかける者たちもまた、〔社会的な〕諸関係と折り合いをつけてきたのだ。彼らは〔社会的諸関係によって〕非人間性へと運命づけられているのだが、その非人間性も、彼らから心の親切さまでは奪うことができなかった。そのことは、希望を根拠づけるものでも、絶望を根拠づけるものでもありうる。詩人は、この点については、どちらだとも意見を述べていない。

〔III〕『習作集』〔一九三六―三九年頃成立、『試み XI』一九五一年、に収録〕について

ベアトリーチェに捧げるダンテの詩について

彼女の行く先々に彼が何度重い足を運ぼうとも
番《つが》ってはならなかった　その彼女が横たわる

埃だらけの霊廟の上では　やはり相も変わらず
彼女の名が　俺たちの大気を揺さぶっている。

それは彼が　彼女のことを思い出すよう　俺たちに命じたからだ、
彼の美しい讃辞に耳を貸すよりほかに
俺たちには本当に何も残されていない
ほどの詩句を　彼が書いたことによって。

ああ、なんという悪習を　彼は広めてしまったことか！
ただ目にしただけで実物検証してはいないものを
彼がかくも力強い言葉で褒《ほ》め讃えたとき。

この男がただ見ただけで歌ってしまって以来、
通りを横切る姿は見目《みめ》うるわしいながら　決してヌレは
しないものが　望ましいものとして通用し続けている。

クライストの劇『ホンブルクの公子』についてのソネット

おお、マルク〔マルク・ブランデンブルクのこと〕の砂地に人工的に作られた庭園よ！
おお、プロイセン風の青い夜に為される見霊よ！
おお、死の恐怖により跪《ひざまず》かされた英雄よ！
戦士の誇りと下僕の悟性の権化よ！

月桂樹の木の杖で折り砕かれた脊椎《リュックグラート》〔不屈の精神〕よ！
お前は勝利した、だが　誰がお前にそう命じたのでもなかった。
ああ、だからニーケー*がお前を抱擁することはない。お前を連れにくるのは
選帝侯の捕吏たち、にやにや笑いながら、絞首台へと。

そういうわけで　我々が目にする彼は、
反抗しながら死の恐怖により純化され浄化された、
勝利の葉冠の下で死の冷や汗に凍えている姿の彼。
彼の剣はまだ彼の傍にある、使いものにならなくなって。
彼は死んではいない、だが仰向けに横たわっている、

ブランデンブルクのすべての敵たちと、砂のなかに。

＊ ギリシア神話で、勝利の女神。

『習作集』なる表題は、たゆまぬ心身傾注の所産、ということよりも、尊厳をともなった閑暇《オーテイウム・クム・ディーグニターテ》〔キケロの言葉〕がもたらした実り、ということを表わしている。版画家の手が、休息中にもなお、版木の端で戯れながら形象を確保するのと同じように、ブレヒトの仕事の周縁部で、以前のさまざまな時代〔の作品〕に起因する像が、この『習作集』に確保されている。＊この詩人の身に起こっているのは、いまやっている仕事からふと目を上げつつ、現在を越えて過去を見やる、ということである。「というのも、私の目が遠くのものと戯れている間もずっと／おのずからそうなるごとくに私の手許で／ソネットの簡潔な花冠が次々と編まれてゆくのだから」、とメーリケ〔一八〇四―七五年。ドイツの詩人、小説家〕は述べている〔「森の縁で」〕。遠方に向けられた無頓着なまなざし――まさにこのまなざしのもたらしたものが、〔ソネットという〕最も厳格な形式のなかに収められたのだ。

＊ ダンテ、クライストのほか、シェイクスピア、カント、レンツ、シラー、ゲーテ、ニーチェ、ミケランジェロなどが扱われている。

後期の詩作品のうちでこの『習作集』は、『家庭用説教集』と、とりわけ近い親縁関係にある。『家庭用説教集』は、私たちが抱いている道徳に関してさまざまに異議を唱える。

『家庭用説教集』は、今日まで受け継がれてきた一連の戒律に対して、さまざまに留保するところがあるのだ。しかしながら、それらの留保を率直に言う気は、『家庭用説教集』にはまったくない。『家庭用説教集』はそうした留保を、道徳的な態度や身振りの変形というかたちで持ち出す。つまり、ある道徳的な態度や身振りのよく知られた形式が、もうこれ以上許してはおけないと思われる場合に、まさにその態度なり身振りなりを変形してみせるのだ。『習作集』は、一連の文学的な記録や文学作品に対して、『家庭用説教集』と同じように振舞う。そうした記録や作品に対して当を得ているような留保を、『習作集』は言葉に表現するのである。『習作集』は、しかし同時に、留保内容をソネットという形式に移し入れることによって、それらの留保の検証をも行なっている。それらの留保がこういう風な要約にも耐えることが、それらの留保の根拠の確かさを証明するのである。

留保は、この『習作集』において、深い敬意《レヴェレンツ》を伴って立ち現われる。〈文化〉という野蛮な一概念に符合する、留保なき〔つまり、無条件の〕敬意《フルディグング》〔信奉〕は、留保にみちた敬意〔信奉〕に席をゆずるのだ。

〔IV〕『スヴェンボル詩集』について

「ドイツの戦争初等読本」への註釈

5

労働者たちはパンを求めて叫んでいる。
商人たちは市場《しじょう》を求めて叫んでいる。
失業者はとうに飢えている。いま
就労者が飢える。
何もしないでいた両の手が再び動く、
榴弾を丸めるのだ。

13

夜だ。夫婦者らは
ベッドに入る。若い女たちは
父《てて》無し子を生むだろう。

15

上の者たちは言う、

これは栄誉に至る道なのだ、と。
下の者たちは言う、
これは墓穴に至る道なのだ、と。

18

隊列を組んで行進しはじめるとき、多くの者は知らない、
自分たちの敵が先頭を行進していることを。
彼らに命令を下す声こそ
彼らの敵の声なのだ。
敵のことを口にする奴こそが、
そいつ自身が　まさに敵なのだ。

この「戦争初等読本」は〈lapidar〔簡潔な、力強い〕〉な文体で書かれている。この語は、ラテン語の〈lapis〉つまり「石」を意味する語に由来し、碑文用に形成された文体を特徴づける言葉である。この文体の最も重要な特徴は、簡潔さであった。簡潔さが要請されたのは、ひとつには、言葉を石に刻む難儀さのゆえであり、さらには、あとに続く何世代もに向かって語る者は簡潔に述べるのがよい、という意識のゆえだった。

ラピダールな文体を要請する自然的、物質的条件は、これらの詩には存在しないわけだが、だとすると、ここでラピダールな文体は——当然、こう尋ねてよいだろう——何に応じるものなのか？　これらの詩の碑文的文体は、どのように根拠づけられるのか？　この問いへの答えを、それらの詩のひとつが暗示している。それはこういう詩である——

「壁にチョークで書きつけられていた、
　彼らが戦争を望んでいる、と。
　そう書きつけた者は
　すでに戦死した」。

この詩の第一行は、「戦争初等読本」のどの詩にも添えうるだろう。この詩集の碑文〔的文体による詩〕は、ローマ人たちのそれとは違って、石に刻むために作られているのではなく、非合法活動の闘士のそれのように、尖杭柵《パリザーデ》に書きつけるために作られているのだ。したがって、ある比類なき矛盾こそこの「戦争初等読本」の独特の持ち味《カラクター》〔性格〕なのだと見なしてよい。すなわち、その〔碑文という〕詩的形式からすれば、来たるべき世界《ヴェルトウン》の没落《ターガング》を耐え抜いて生き存《なが》らえるよう期待される、そのような言葉で、追われる者が大急ぎで書きなぐる板塀伝言（Aufschrift auf einem Bretterzaun〔板塀に刻まれた銘文〕）の身振りが記録されているのである。この矛盾のなかに、簡素な言葉で構成されたこれらの詩行の並外れて名人芸的な働きが見て取れる。ひとりのプロレタリアがチョークで壁に書きなぐり、〔その後〕雨とゲシュタポ〔ナチスの秘密国家警察〕のスパイに曝され続けているものに、詩人は、ホラティウス（前六五―前八年。古代ローマの詩人）の言う「青銅よりも永久《アエレ・ペレニウス》なる〔性質〕」〔『歌章』Ⅲ・30・1〕を授けるのだ。

詩「体を洗おうとしなかった子供について」への註釈

体を洗おうとしなかった子供について

むかしむかしひとりの子供がいた、
その子供は体を洗おうとはしなかった、
そして洗われてしまうと、すばやく
その子供は体に灰を塗りつけた。

皇帝が訪《たず》ねて来た
階段を七つも昇って、
母親はタオルを探した
汚《よご》れた子供をきれいにするために。

そのタオル一枚があいにくなかった、
皇帝は立ち去った
子供が皇帝を見る前に。
子供は何もおねだりできなかった。

詩人は、体を洗おうとしなかった子供に味方している。体を洗わないことによって子供が実際に損をするには、まったくばかげた偶然がいくつも重ならねばならないだろう——そう、詩人は考えている。皇帝がわざわざ階段を毎日七つも昇りはしない、というだけでは充分ではなくて、さらに、皇帝が自分の登場する舞台として、タオル一枚さえ見つけ出せない家庭を選んでいなければならないだろう。この詩のとぎれとぎれの言い回しは、いくつもの偶然のそうした重なりにはまさに夢のようなところがある、ということを示している。

この汚れた子供の同調者ないし擁護者を、おそらくもう一人思い出してもよいだろう。つまり、フーリエ（一七七二—一八三七年。フランスの空想的社会主義者）である。彼が構想したファランステール[*1]は、社会主義的なユートピアであるばかりではなくて、教育的なユートピアでもあった。フーリエはファランステールの子供たちを、プチット・バンド (petites bandes) とプチット・オルド[*2](petites hordes)という、二つの大きなグループに分ける。プチット・バンドは、園芸や、他の心楽しい仕事に関わる。プチット・オルドの方は、最も不潔な仕事に携わらねばならない。両グループのどちらに入るかは、子供の自由な選択に任されている。プチット・オルドに入ることに決めた子供たちは、最も尊敬された。ファランステールでなされる仕事はすべて、プチット・オルドがまず最初に手を付けるのでなければならなかった。動物虐待は、プチット・オルドのもつ裁判権の管轄下にあった。彼らは小型馬をもっていて、それに乗ってファランステールのなかを激しい勢いで疾走し、仕事のために集合するときには、トランペット、汽笛、教会の鐘、そしてティンパニーの音が入り混じった耳を聾する騒がしさが、その合図となった。フーリエは、プチット・オルドのメンバーたちのなかには四つの偉大な情熱が作動していると見ていた。不遜、無恥、不服従、そして――すべてのなかで最も重要なのは、この第四の情熱だったが――グ・ド・ラ・サルテ(goût de la saleté)、すなわち汚《よご》れる喜び。

*1　フーリエの構想した、生産・消費・生活の共同体で、三百から四百の家族で構成される。「パリ――十九世紀の首都」(『ベンヤミン・コレクション1』所収)三三一ページ参照。

*2　どちらも「子供団」の意であるが、「プチット・オルド」の方が規律性が少なく、野性的。

読者はあの汚れた子供のことを思い返して、自問する――〈あの子供が体に灰を塗りつけるのは、ひょっとして、ただ、社会がこの子供の汚れていたいという情熱に、いかなる有益で適切な活用方法も見出さないでいるから、だけなのではなかろうか？　ただ、ひとつの躓《つまず》きの石として、ひとつのおぼろげな警告として、社会の秩序に立ちはだかるため（それは、古い歌のなかで、よく整理されている家事を混乱させてしまう、あのせむしの小人〔本書四二三ページ参照〕に似ていなくもない）、だけなのではなかろうか？〉もしフーリエの考えが正しいならば、この子供が皇帝とは会えずじまいに終わったことで失ったものは、きっと多くはないだろう。清潔な子供たちにしか会おうとしない皇帝など、彼が訪ねてゆく偏狭固陋な臣民たち以上のものを意味しているわけではないのだ。

詩「プラムの木」への註釈

プラムの木

中庭に一本のプラムの木が生《は》えている、
たいそう小さくて、そこに木があるとは、誰もほとんど思わない。
周りに格子垣があるので、
誰もこの木を踏み倒したりはしない。

この小さな木は大きくなることができない、
いや、大きくなりたいことはなりたいのだけれど。
誰も口にしないが、
陽当たりが悪すぎるのだ。

それがプラムの木だとは、誰もほとんど思わない、
プラムがなったことはないのだから。
それでもこの木はプラムの木だ、
葉でそのことが分かるのだ。

こうした〔ブレヒトの〕抒情詩のもつ内的統一性の、そして同時にこの抒情詩のもつパースペクティヴの多様さの、一例証となりうるのが、風景が〔ブレヒトの〕さまざまな詩集に入り込んでくる、そのあり方である。『家庭用説教集』では、風景は、とりわけ、洗い清められたような純化された空という形姿をまとって存在しており、その空には、ときおりやわらかな雲が現われ、またその空の下には、硬いペン先でスケッチされた〔つまり、くっきりとした輪郭をもった〕植物が認められる。『歌、詩、合唱』〔一九三四年〕には、そうした風景の何ひとつとして、残ってはいない。この詩集のなかを吹きすさぶ「冬の吹雪」〔出典未

詳〕によって、風景は覆い隠されてしまっている。『スヴェンボル詩集』では、風景はときたま姿を現わす——色褪せ、そしておずおずと。「子供たちのブランコのため中庭に」〔「隠れ場」にある言葉〕打ち込まれた杭がすでに風景のうちに入れられるほど、色褪せて。『スヴェンボル詩集』の風景は、ブレヒトのある物語のなかでコイナー氏がとくに好んでいることを表明する風景に、似ている。コイナー氏は、彼の住む団地アパート*の中庭でなんとか生命を保っている木が好きだということを、友人たちは彼の口から聞き知る。友人たちは、一緒に森へ行こう、と彼を誘ったところ、コイナー氏がその誘いを断るのでびっくりする。木が好きだ、と君は言わなかったかね？　コイナー氏は答える、「私は、私の中庭にある木が好きだ、と言ったんだ」。この木はおそらく、『家庭用説教集』に出てくる「グリーン」という名の木と同一である、と言ってよいだろう。その木はそこで、詩人の朝の挨拶によって、敬意を表されていた。

＊「ベルト・ブレヒト」（『ベンヤミン・コレクション1』所収）を参照（とくに、五二四―五二九ページ）。

「並大抵のことではなかったでしょうね、これほど高く伸びるのは、
　家と家のあいだを
　これほど高く、グリーン、
今夜のように嵐があなたに突きかかってくるほどに？」〔「木グリーンへの朝の挨拶」〕

嵐に梢《こずえ》を差し出すこの木グリーンは、まだ、〈英雄的な風景〉に由来するものである。(詩人は、木に「あなた(Sie)」という敬称を与えることによって、この英雄的風景とのあいだに、ともかくも距離をおいてはいる。) 年月の経つうちに、この木に対するブレヒトの抒情詩上の関心は、この木がこの木のある中庭に面して住む人間たちに似ている、その類似点の方に向かった。すなわち、普通のものであるということ、やつれているということに。もはや何ひとつ英雄的なところのない木が、『スヴェンボル詩集』においては、プラムの木として立ち現われてくる。踏み倒されぬように、格子柵がこの木を守っていなければならない。この木がプラムの実をつけることはない。

「それがプラムの木だとは、誰もほとんど思わない、
　プラムがなったことはないのだから。
　それでもこの木はプラムの木だ、
　葉でそのことが分かるのだ」。

(この第一詩行の行内韻〔Den Pflaumenbaum glaubt man ihm kaum〕が、第三詩行の行末の語〔Pflaumenbaum〕を、押韻語には役立たなくしている。この行内韻は、この木が成長し始めるか始めないかのうちにもう死にかけている、ということを予告している。)

コイナー氏が好きだった木は、そのように見えるのだ。風景から、そして、風景がかつて抒情詩人に差し出してくれた一切のものから、今日抒情詩人に届いてくるのは、一枚の

葉だけである。加えて、今日一枚の葉以上の風景に手を伸ばさないためには、ひとはおそらく、偉大な抒情詩人でなければならないのだろう。

「老子の亡命途上での『道徳経』の成立についての伝説」への註釈

老子の亡命途上での『道徳経』の成立についての伝説

1

七十歳になり体にも衰えがきたとき、
師はやはり隠棲したい気持に迫られた。
というのも、国では善意がまたしても弱まり、
悪意がまたしても力を増していたからだ。
そこで師は靴の紐を締めることとなった。

2

そして師は必要なものを荷拵《にごしら》えした、
ごくわずかなものを。それでもあれこれとあった。

毎晩吹かす煙管《きせる》とか、
いつも読んでいる小さな本とか。
白いパンは目分量で。

3

谷の眺めをいま一度楽しみ、そして道を
山中に分け入ったとき、谷のことは忘れた。
牡牛は、背に老師を運びながら、
新鮮な草を咀嚼《そしやく》しつつ楽しんだ。
というのも、老師には牛の歩みが充分に速かったから。

4

だが四日目、岩山のなかで
税関吏が師の道を妨げた。

「課税される貴重品は？」――「何も」。

そして牛を引く少年が言った、「このひとは教えを説いて生活してきたんだ」。

この件もそれで説明がついた。

5

だが税関吏の男は、屈託《ハイター》のない調子で
なおも尋ねた、「どういう教えを悟ったというのか？」
少年は言った、「動いているしなやかな水は
時が経つとともに強大な岩にさえ打ち勝つ。
いいかい、堅固なものが負けるのだ」。

6

昼の最後の光を失うまいと
少年はいま牡牛を駆り立てた。
そして少年と牛と老師はすでに黒松のところを回って姿を消した、
そのとき突然、我らが税関吏のうちに興奮が兆し、
そして彼は叫んだ、「おーい、お前！　止まれー！

7

あの水というのはいったい何なのですか、老師よ？」

老師は牛を止まらせた、「そのことに関心があるのかな?」
男は言った、「私は一介の税関役人でしかありません、
しかし、誰が誰に勝つというのは、私にも興味があります。
知っているのなら、話してください!

8

どうか書き記してください! この少年に口述してください!
そういうことはやはり、持ち去るものではありません。
私の家《うち》には紙だって墨だってあるのですから、
それに晩飯だってあります、私はあそこに住んでいます。
ところで、それはひとつの言葉なのでしょうか?」

9

老師は肩越しに男を
見た。継ぎの当たった上衣。裸足《はだし》。
そして額に一本の皺。
ああ、勝者が老師に歩み寄ったのではなかったのだ。

そこで老師は呟いた、「お前も？」

10

礼を尽くした願いを断るには、
老師は見たところ年をとりすぎていた。
というのも、老師ははっきりした声で言った、「問いをもつ者は
答えを得るに値する」。少年は言った、「それにもう冷えてきています」。
「よし、ちょっと泊めてもらうことにしよう」。

11

そして老師は牡牛から降りた。
七日間、二人して書き続けた。
そして税関吏の男は食事を運んだ（そしてその間じゅうずっと
密輸業者たちのことを、ただ小声で罵《ののし》った。）
そして事は成った。

12

そしてある朝、税関吏の男に少年が手渡した、
八十一章から成る箴言を。
そしてなにがしかの旅の施しに礼を述べ、
少年と牛と老師はあの松のところを回り、岩道に入って行った。
言ってくれ 君たち、この老師以上の礼の尽くし方がありうるだろうか？

13

しかし我々が称えるのは、書物のうえに
その名の輝く賢者だけではない！
というのも賢者の知恵は、まず賢者からもぎ取られねばならないのだから。
だから税関吏の男にも感謝しよう、
あの男が賢者からその知恵を願い取ってくれたのだ、と。

この詩は、ブレヒトの表象世界において友情《フロイントリヒカイト》が果たす特別な役割を指摘する、そのきっかけとなりうるものである。ブレヒトは、友情に、ある高い地位を割り当てている。彼が物語る右の伝説を眼前にはっきり思い描くならば、一方の側に老子の知恵があり——

因みに、この詩のなかに老子という名は出てこない――、そしてこの知恵のために、老子はいままさに亡命しようとしている。他方に税関吏の男の知識欲があり、この知識欲は最後に、賢者からその知恵をまずもぎ取ったがゆえに、感謝される。しかし、そこに第三の要素がなかったなら、事は決してこううまく行かなかっただろう。この第三の要素が、つまり、友情なのである。『道徳経』の内容は友情である、と言うことが仮に不当なことだとしても、少なくとも、『道徳経』は――この伝説によるならば――それが後世に伝えられたことを友情に負うている、と主張してもかまわないだろう。この友情について、私たちは、この詩のなかでさまざまなことを聞き知るのだ。

まず第一に、友情は無思慮に働くものではない、ということ――

「老師は肩越しに男を
見た。継ぎの当たった上衣。裸足《はだし》」。

税関吏の願いがどんなに礼を尽くしたものであれ、老子はまず、願いをなす者にその資格があることを確認するのである。

第二に、友情の本質は、小さな親切を片手間になすところに、ではなく、きわめて大きな親切を、それがごく些細なことであるかのようになすところにある、ということ。老子はまず、問いを発し答えを求める資格が税関吏の男にあるか、それを確かめたあとで、この男を喜ばせるために旅を中断して、それに続く世界史的な何日間かを提供するわけだが、その際のモットーはこうである——

「よし、ちょっと泊めてもらうことにしよう」。

第三に友情について聞き知るのは、友情は人間と人間のあいだの距離を、なくすのではなく、生き生きとしたものにする、ということ。賢者は、実に大きな親切をこの税関吏の男のためになしたあとは、この男とともになすべきことはもはやほとんどない。そして、この男に八十一章から成る箴言を手渡すのも、賢者ではなくて、お伴の少年なのだ。「古代の人びとは」、と古《いにしえ》のある中国の哲学者が言っている、「歴史上最も血なまぐさい、最も暗鬱な時代に生きていながら、歴史上最も友情にあふれた、最も屈託《ハイター》のない人びとであった」。ブレヒトが語る伝説のなかの老子は、その行く所留《とど》まる所に、屈託のなさ《ハイターカイト》を広げるようである。背に乗せた老師の重さが、新鮮な草を楽しむ妨げとはならない、彼の牡牛は、屈託がない。老子の貧しさを、あくまで、「このひとは教えを説いて生活してきたんだ」という簡素な言葉で説明しようとする少年は、屈託がない。関所の遮断棒の前の税関吏は屈託のない気分になり、そしてこの屈託のなさが彼に、幸運にも、老子の探究の成果を問うてみるというインスピレーションを与えるのである。最後に、どうして賢者自身が屈託にまつわりつかれたりしようか。そして、いまのいままでなおも自分を楽しませていたその谷を、最初に道を曲がったところでもう忘れてしまう賢者であってみれば、未来についての心配も、それを感じたとたんにもう忘れてしまっているというのでなければ、彼の知恵はそもそも何の役に立つというのか。
『家庭用説教集』に、ブレヒトは、「この世界が示す友情について」というバラードを書いている。その友情の数は三つで、母がおむつを当ててくれるのと、父が手を差し出してくれるのと、人びとが墓に土をかけてくれるのと、である。そして、それで充分なのだ。というのも、この詩の最後に、こうあるのだから――

「ほとんど誰もがこの世界を愛していたのだ、
　両の手の土が彼にかけられるときには」。

この世界が友情を示すのは、現存の最も過酷な場面においてである。つまり、誕生のとき、生のなかへ第一歩を踏み出すとき、そして、生から歩み出る最後の一歩のとき。これが、人間性《フマニテート》の最低限のプログラムである。この最低限のプログラムが老子についての詩に再び出てきて、そこでは次の一文の形姿をまとっている――

「いいかい、堅固なものが負けるのだ」。

この一文が、いかなるメシア的な約束にもいささかも劣らないひとつの約束として、人間たちの耳を打つ――そういう時代に、この詩は書かれている。この詩は、しかし今日の読者にとっては、ひとつの約束のみならず、ひとつの教えをも含んでいる。

「……動いているしなやかな水は
　時が経つとともに強大な岩にさえ打ち勝つ」

という言葉が教えてくれるのは、物事の変わり易さや可変性を見失わぬことが、そして、水のように目立たず、冷徹で、尽きることもないものと気脈を通じていることが、良策であるということだ。その際、唯物論的弁証法論者は、抑圧された者たちのなすべきことに思いをいたすだろう。(このことは、支配者たちにとっては目立たない事柄であり、抑圧された者たちにとっては冷徹な事柄であり、そして、このことによってもたらされる結果に関して言えば、最も尽きることのない事柄である。)約束および理論と並んで、最後に第三番目のものとして、この詩から現われ出てくる道徳がある――〈堅固なものを打ち負かそうとする者は、友情を発揮するいかなる機会も逃がしてはならない〉。

VI

平和商品

Friedensware〔一九二六年『文学世界』誌に発表〕

「パリが我々の目的地だ！」〔ウンルー「騎兵の歌」一九一四年〕

ローマでは、チューリヒでは、パリでは——要するに、どこに向かうにせよひとたびドイツの地を離れると——、一九二〇年から一九二三年まで、ドイツ製の商品は、いつもなら外国では——いやドイツ本国でも——それと同じ商品に払わねばならない額の、その半値で、手に入れることができた。その頃に国境が再び開かれ始め、セールスマン《デア・ライゼンデ》〔旅行者〕が旅路についた。ドイツ人は在庫品の大売出しで生活しなければならず、そして、ドルの相場が高騰すればするほど、それだけいっそう輸出品の品目範囲が広がった。破局的状態《カタストローフェ》の最もひどいときには、精神的な文化財も、その品目範囲に含められた。〈永遠の平和〉というカント（一七二四―一八〇四。ドイツ啓蒙主義の哲学者）の理念が[*1]——それはすでにとうの昔に、精神的に無資産状態のドイツ国内では売りさばけなくなっていた——、かの精神的な輸出品目のなかで最重要の品だった。加工することはままならず、ここ十年来すでに棚ざらしだったこの理念は、無競争価格で提供でき、堅実な輸出の道を平《なら》すのに、まさに時宜にかなっていた。平和の真の質のことは考える必要がなかった。イマヌエル・カントの粗《あら》仕上げで自家製の、この思想の織物は、たしかに、酷使にも非常によく耐えるものであることが判明していたのだったが、しかし、広範な公衆の気に入りはしなかった。市民的民主主義の当世風の趣味を考慮することが、もっと色彩豊かな小旗を市場に出回らせることが、そしてそれに加えて、必要な限りのあらゆる熱狂的な身振りを――ジャーナリスト風に、また同時に店員のように、三倍も手早く無造作に――自在に操れるセールスマンを見つけることが、ここでは肝要だった。予備役少尉が以前はセールスマンとして特に歓迎された、ということはよく知られている。予備役少尉は、かなり上流の階層《クライス》に好んで迎えられた《アインゲフユールト》。このことは実際また、一九二二年*2に都市担当のセールスマン《シユタットライゼンダー》*3〔都市旅行者〕として、永遠の平和のために、パリの持ち場《プラッツ》〔広場〕に働きかけた《ベアルバイテン》〔を扱った、脚色した〕フォン・ウンルー*4氏についても、実によく言える。もっとも、――このことは、しばらくはフォン・ウンルー氏自身をまごつかせそうに見えたのだが――何年か前に彼がヴェルダンでフランス語圏《クライス》に紹介《アインフユールング》されたとき、それは、かなりのセンセーションと、かなりの騒ぎと、かなりの流血をともなって*5行なわれた《アプゲガンゲン》〔売れた〕。それはそれとして、彼が提出する報告――『ニーケーの翼ある旅の本』（一九二五年）――から分かるのは、彼がもはや重軍需品ではなく、平和商品を〔平和主義者ウンルーという〕見本を付けて提示したときにも、彼と顧客層との接触は確保された、ということである。彼の旅日記――つまりは、彼の顧客および結ばれた取引契約の一覧表――の公刊は、これから先の営業の進展に役立つ、とは、ただちに明確に保証されはしないだろう。というのも、この公刊は、商品がパリから送り返され始めたときすぐになされたのではなかったからである。

＊1　「暴力批判論」（『ドイツ悲劇の根源 下』の「参考資料II」所収）二四〇ページ参照。

＊2　この年、ウンルーはフランスのペンクラブの招きにより、平和主義者としてパリを訪れた。その旅のことを書いたのが、ここで批判対象となっている『ニーケーの翼』である。「ニーケー」は、ギリシア神話で「勝利」の女神。

＊3　ウンルーには『広場』（一九二〇年――悲劇『一族』〔一九一八年〕の第二部）と題する表現主義戯曲があり、これに引っかけている。

＊4　一八八五―一九七〇年。ドイツの劇作家。貴族の将軍の息子で、第一次世界大戦では槍騎兵の将校として参加し、ヴェルダンにも行った。しかし、その戦争体験から、熱烈な平和主義者になった。

＊5　ヴェルダンはフランス北東部の町で、第一次世界大戦時の激戦地。また、ウンルーは物語作品『献身行』（一九一九年）の仏訳により（仏訳表題は『ヴェルダン』）、フランスに紹介された。

いずれにせよ、フォン・ウンルー氏の平和主義をより詳細に吟味することは、きわめて啓発的なことである。平和についてのカントの学説のヨーロッパ的〔思考にとっての〕明証性は、倫理的な理念《イデー》〔としての「平和」ないし「平和的な正義」〕と法の理念〔としての「平和」、っまり「講和《パクス》」との——誤って信じられた——収斂に依拠していたが、両理念のこの収斂が十九世紀の精神のなかで解消し始めて以来、ドイツ的な「平和」はますますはっきりと、その基礎が置かれている場として、形而上学を指し示している。ドイツの「平和」イメージは、神秘主義にその源を発している。それに対して、人びとがとうに気づいているように、西ヨーロッパの諸民主主義の平和思想は、徹頭徹尾、世俗的な、政治的な、そして詰まるところ法的に代替可能な平和思想である。西ヨーロッパの諸民主主義にとっては、講和《パクス》が、国際法の理想《イデアール》なのだ。このことに実際的に対応するのが、仲裁裁判所および条約という道具《インストゥルメント》〔手段〕である。平和についての無制約的でしかも武装した法と、ある平和的な正義[*1]との、この大きな、倫理的な軋轢のことは、そして、これまで歴史の過程のなかでこのテーマをさまざまにアレンジしてきたもののことも何ひとつ、フォン・ウンルー氏の平和主義においては、この瞬間の〔つまり、現在の〕世界史的な実情のこととまったく同様に、問題にされない。むしろ、豪華なディナーこそが、彼の新しい平和主義が考慮する、唯一の国際的な出来事なのだ。彼の〔考える〕国際的なものは、皆で一緒に行なう消化という平和のなかで孵化し、正餐のメニューが、将来の諸民族間の平和の大憲章《マグナ・カルタ》なのである。そして、〔将校たちの〕宴会《リーベスマール》の際に大はしゃぎの仲間が高価な器を投げて粉々にしてしまうのと同じように、ケーニヒスベルクの哲学者〔カント〕の取っつきにくい術語〔「平和」〕が、筒長靴の歩調でもって悪魔のもとに追いやられ、あとに残るものはといえば、アルコールがまわり美しくとろんとなってうっとりしている目の、その内面性なのだ。ただシェイクスピア（一五六四―一六一六年。イギリスの劇作家、抒情詩人）だけが確保しえたような、涙をためたまなざしを恵み与えられたお喋り屋の像！――あらゆる平和告知者の偉大な散文は、戦争について語っている。みずからの平和愛を強調することは、戦争を惹き起こした者たちにとっては容易に思いつくことである。がしかし、平和を欲する者は、戦争について語るべきなのだ。彼は先頃の戦争〔第一次世界大戦〕について語るべきであり（ただしこれは、彼が、ほかならぬ先頃の戦争についてはひたすら沈黙していなければならなかったであろう、フリッツ・フォン・ウンルーという名の人物でないならば、の話である）、とりわけ、これからやって来る戦争について語るべきである。彼は、これからやって来る戦争を今にも惹き起こしそうな者について、その戦争のこれまで以上に強大な原因について、その戦争の最も恐ろしい手段について、語るべきである。だがこれらについて語ることは、ひょっとすると、フォン・ウンルー氏に開かれたさまざまな客間がまったく受け付けない、唯一の論議ではないだろうか？　たびたび話題にされる、すでにそこにある平和とは、よく見てみれば、戦争で指揮をとった、しかも、平和の祝祭でも音頭取りをやろうとする者たちが享受するところの――私たちの知る唯一「永遠の」――平和であることが、明らかになる。実際また、フォン・ウンルー氏の場合もそういうことになった。「内面での改心」が唯一受け入れうる反乱であるということに、そして、「パンのための革命」〔八四ページ〕やコミュニストたちの策謀は、晩餐会により浄化されて立ち上がりつつある、「聖体拝領者たち《コムニオニステン》」（一二三ページ）の共同体――その組織紋章がシャンパン・グラスであることは、疑いあるまい――に席を譲って退いていなければならないということに、然《しか》るべき時に（とはつまり、どっちつかずの時に、ということになるだろう）気づかなかったすべての者たちのことで、彼のカッサンドラ〔ギリシア神話で、トロヤの王プリアモスの娘、予言者〕気取りの、訳の分からぬ言葉が、悲憤の声を上げるのだ。そして、ヴェルサイユ宮殿の前で、共和国の祝祭詩人は、これ以上的確に自分の意見を述べることはできなかった――「王冠を戴いたこの黄金色の格子垣の間に立つと、私はこれを引き裂きたくなる、専制政治のこの黄楊《つげ》の木の施設全体を！[*2]」（八六ページ）。

こうしたことすべてのなかで、何かひとつ、宥和的な気分にさせるものがあるとすれば、それは、すでに一人前になった詩人が、彼の「ノイゲバウアー」や「プレッツ」[*1]の口にのぼった最も取るに足らぬ決まり文句にさえ、変わらぬ愛着の情を保ち続けている、その敬虔さである。彼はなんという空間に応答することか――それは、スイス人とは「〔ヴィルヘルム・〕テルの国の人」、郵便配達人の集配鞄《かばん》とは「苦悩と喜びの入っている運命の袋」

＊1　「正義」については、五二四ページ訳注＊1に挙げた「暴力批判論」二六二―二六三ページを参照。
＊2　ただし、『ニーケーの翼』でこの一文を口にしているのは、ウンルーではなく、彼の後援者であるフランス人「ジャック」である。

（一七ページ）、そしてオレンジとは「深紅色の太陽の果実」（九〇ページ）であった、そんな空間なのだ！　高校生は最後の時間に〔学校の〕自分の机に「偉大なる男子たち」と彫ったりするが、私たちがここに見出すのは、寝過ごした詩人が相変わらず腕白時代の課題に熱中している姿である。まだ塹壕が残って伸びている地帯では、彼は、「アウフィディウス（古代ローマの一部族ウォルスキーの指導者）の陣営に入るときのコリオラーヌス〔古代ローマの伝説上の英雄、シェイクスピア『コリオレイナス』の主人公〕のように」（一七ページ）入城する自分自身の姿を見、次いでさらに、自分が世界史の流れのなかにいるのを夢想して、その自分をついには、「……ヴィンケルリート（十四世紀スイスの国民的英雄）として危険を冒して現在へと行軍する勇気を持っている」（六二ページ）唯一の者と認識するに至る。彼がそのように人知れず平和裡《ヴィンケルフリートリヒ》に夢想しているうちに、彼の内部に、「筆舌に尽くしがたい予感の花のように運命」（三八二ページ）が生じきたり、しかしそれと並んで、香りなく咲く単純なたわごとという雑草もまた生い茂る。「海の水に我々は点火しよう、魚たちまでもが熱狂を学ぶように」（三八七ページ）――そんな風に、彼は運命を、自分と同志たちのために定める。するとまたもや、彼の夢想のなかに呼び子が鋭くピーッと響き、子供じみた自慰的な像を解き放つ。「女たちが何か声に出して言う前に我々が足下に突き落とした、その女たち皆の叫び声のように、いまでもなおサイレンブイ〔自動的に鳴る霧笛浮標〕が鳴っている」（三三〇ページ）。モルヒネ常用者は、薬物によって生命力を体内に注入するために、食事なり読書や会話なりをしばし中断しなければならないが、フォン・ウンルー氏のドイツ語は、このモルヒネ常用者の振舞いを思い起こさせる。そんな風に彼の文章は突然中断され、そして複雑複合文はどれも、腐りかけた事物世界のにおいに今一度触れないうちは、先へ進む力を見出せないのである。「『〔……、〕ニーチェ！』[*2]召使いが山盛りの苺アイスを差し出す」（二〇四ページ）。「『それでもってあなたがおっしゃりたいのは』、とメルヒオル〔ジャックの友人のスイス人〕は、グラン・マルニエ〔酒の名？〕を歯の奥に一気に流し込む〔、『……、ということですか？』〕」（三九四ページ）。だがこの本では、他のどの本にもないほど美食家への配慮が行き届き、言葉と料理が読者もテーブルももうこれ以上受け容れられないというほどに供されるので、精選された音《おん》までもが、ときおりどうしても、いかがわしい《ファウル》〔腐った〕文体の臭み《オーグー》〔つんとくる風味〕まじりにしか味わわれないことになってしまう。〔文学言語の〕精通者にとって、ヘルダーリン（一七七〇―一八四三年。ドイツの詩人）風の《おお（O）》（「君が愛しているということと、……そして君の目がそんなにも輝いているということ、そのことが、私にはひとつの合図、おお、ひとつのしるしなのだ」三七九ページ）は、そうした腐敗の段階においては、この言語のどろどろ煮の風味づけに、それだけいっそう役立っている。

*1　「ノイゲバウアー」および「プレッツ」は、ウンルーの旧友ないし旧知の人物の名、もしくは、ウンルーの旧作の登場人物の名ではないかと思われる。

*2　この「ニーチェ！」は、ノアーユ夫人（あるサロンの主人）が、ドイツ旅行中のニーチェの妹のも

とでの体験を語っている、その途中の文末にある言葉で、「召使いが……」以下はウンルーの地の文。

この絶望的な文体の生成過程については、これだけにしておこう。この本については、しかし、言うべきことがもう少しある。つまりここには、著者がこの旅の途上で手に入れたあらゆる武張《ぶば》った親密さの残り滓《かす》が、へばりついている。友情を、詩人の栄誉を、女性の名誉を、まさに剝ぎ取るような場が開かれ、至るところに、いま切断したばかりの傷口さながら、厭《いと》わしい名（姓に対する個人名）が突出して目につくのだ。ここに、ひどい処罰を受けた、かわいそうな「ジャック」がいる。このような客の後援者としての彼の罪が何であったにせよ、彼はいま果てしないばか話の相手役としてここにいて、罪の償いはそれでもうつけたことになる。また、「アジェ（Agé）」（未詳）が、ヴァレリー（一八七一―一九四六年。フランスの詩人、批評家）が、ドリュ・ラ・ロシュル（一八九三―一九四五年。フランスの作家、詩人、評論家）がいる。彼らは皆、田舎芝居で「話し上手な人《コゼール》」を表わす退屈なポーズを取らされている。さらに、本を開けてすぐの三枚目のページ上には、（タクシーの）運転手のように合図で呼び寄せられた、ドイツの「シユテファン」（一三ページ（ゲオルゲを暗示））がいる。そして「ノアーユ夫人」が、その「太股《ふともも》」からウンルーが「ゆっくりと絹のクッションから身を起こしながら」（二一五ページ）離れようとする*ノアーユ夫人がいる。――このうす汚ない親密さは、仕事の話が片づいたあとで客と首尾よき商談成立を祝う酒場以外の、いったい何にぴったりだと言えようか？商用旅行にはしご酒がなれなれしく接続するのである。客は、自分を招いてくれた者たちを街中引きずって歩き、そして、自分がついに〈この芸術家連中（ウンルーが本書で描写している限りでのフランス人たちのこと）のもとでは何事も実にくつろいだ調子で進んでゆく〉ことの証人になりつつあると思ったとき、市民（ウンルー）が、酒場の円卓に集《つど》った一同の吐く煙霧の前で、いま口と耳を大きく開く。著者（ウンルー）は心の音声《イン・ヘルツエンスラウテン》でゲップをし、そして俗物（ウンルー）は、みずからの熾天使《してんし》のように気高い平和主義の誠実《エールリヒカイト》さのうちに、嬉しげにかつ驚きつつ、かつての学友たちの鳴り響くような過剰なまでの誠実《ビーアエールリヒカイト》さを再認識する。宵の明星からは、くり返し、涙にぬれたまなざしが、星形勲章へとすべるように降ってくる。というのも、戦争において授けられた第一級鉄十字勲章（三三九ページ）は、この胸にとっては、平和時にその勲章の下で脈打っている第一級の心の鼓動に当たるものだったのだから。次いで、さまざまな誓いや告白が語られるなかで、徐々に、下品な言葉の時間が始まる。淫らな話が、これ以上よく貫き通るようには、いかなる耳にも囁かれたことはなく、これ以上に取り澄ました文体で表現されたこともない（二二五、二二八、三〇三ページ）。だが彼は、どの話からも必ず、教化的な側面を引き出してみせる。そして最後に、ヨーロッパの人びととの出会いのすべてが、この無定見な評論家（ウンルー）の目には、「夜の女たち」（三八〇ページ）という背景に対してくっきりと際立ち、彼女たちの粗描でもって、この旅のパノラマは閉じられる。さまざまな宮殿や娼家のなかを歩き回り、柱に掛けた鏡の前であれ水溜りの前であれ同じようにくつろぎながら（自分の姿を映して、それに見蕩《みと》れることができる所なら、どこでも——実際、自分のエナメル靴をはいた彼の像は、この著者の内部に一連の深い思いを呼び覚ますのだ）、彼はこの旅を、ある夢のなかの話以上に簡明的確に総括することはできない。つまり、その夢について、彼は私たちにこう語るのである。〈フランスの守護神とドイツの守護神——ロダン（一八四〇—一九一七年。フランスの彫刻家）とレームブルック（一八八一—一九一九年。ドイツの彫刻家）——が、彼、平和の到来を告げる使者を、抗しがたく自分たちの方へ引き寄せる——二人の娼婦のもとへ〉と。商用旅行はビールのはしご飲みとなって終結し、諸国民の意思疎通は不調に終わる。というのも、著者のナルチス的な(spiegelgeil〔鏡に自分の姿を映したくてたまらない〕)虚栄心は、この本の愚鈍さよりも遠くにまで及び、ひとつの作品の排泄した汚物《ウンラート》が、作家の虚栄心よりも高く積み上がってゆくからである。そしてこの作品において、〈虚栄心のなす業《ヴェルケ》〔作品〕は汚物《シュムッツ》である〉という神学的認識の真実性が、まったく新たに証明されるのだ。この汚物がここで両国〔フランスとドイツ〕のうえに広くふり撒《ま》かれたものだから、どんな偉大で誠実な名であっても、この汚物の悪臭がたっぷりと浸み込んでいないものはもはやない。

＊　ただし、これは、ノアーユ夫人のすぐそばに座らされたウンルーが、自分の靴下に穴があいているのを見つけて、それを隠そうとしたときの動きを描写した場面の一部である。

〔フランスの〕ペン－クラブが、フリッツ・フォン・ウンルーのために晩餐会を催した。平和の天使の翼についているいくらかの血——それは、ヨーロッパではもはや誰を惑わすものでもない。だがその食事は、ただ平和の到来を告げる使者にのみ向けられたものだったのだろうか？　それは、おそらく、誰よりも作家フリッツ・フォン・ウンルーに向けられたものだったのだ。祝宴のテーブルには、なにしろ「騎兵の歌」〔一九一四年〕の詩人が座っていたのだから。

騎兵の歌

リュッツォ*よりこのかた　誇り高く　騎兵の
勇気をもって駆け抜けてきた　槍騎兵たちよ、
ドイツの栄光が傷つけられている、
立て！　戦いに赴くのだ。

馬を引き出せ、剣を手に取るのだ、
世界が我々槍騎兵を必要としている、
我々は溌剌として敵国に突入し、
フランスの旗を我々の手に収めるのだ。

おお　この存在《ダーザイン》よ、すばらしく甘美なる財宝よ、
いま我々は学ぶのだ、お前を愛することを。
祖国のため、そしてドイツの血のために
お前は死に譲り渡されてあるのだから。

いま　連隊旗を高く掲げ　前進せよ、
口にすべきことは多くはない——
聖なる義務、それを我々はなすだろう、
パリが我々の目的地だ。

だが　この誓約は厳粛になされねばならぬ、
たとえ神が炎群《ほむら》を吹き立てるのであろうとも——
我々リュッツォの子孫は神の計画に入っており
この世界をたたき壊すのだ。

＊　一七八二—一八三四年。プロイセン軍の将校で、対ナポレオン解放戦争の際に義勇軍を創設した。

この詩においてはじめて、新しい平和主義、内面化された平和主義が、その真っ黒な翼

を動かすのである。そのようにして、平和の黒鴉《からす》（Friedenskrähe〔「平和の鳩」をもじったイロニー〕）の最初の叫びが、戦場を渡っていったのだった。この平和の黒鴉がやって来て、その嘴《くちばし》に、黒鴉はクライスト賞[*1]のシュロの葉〔勝利の象徴〕をくわえていた。前々から――『ベルリン正午新聞（B. Z. am Mittag）』一九一四年八月十六日号[*2]――、パリは目的地だった。その目的地は到達された。

＊1　クライストの名に因んだ、若い作家を奨励するための文学賞（一九一二―三二年）で、ウンルーは一九一四年に受賞。

＊2　これは、ウンルーの詩「騎兵の歌」が発表された場所と時を示しているようにも見えるが、「騎兵の歌」の初出は、『ベルリン日報（Berliner Tageblatt）』一九一四年八月九日号である。なお、『ベルリン正午新聞』はドイツではじめての街頭売り大衆新聞。また、「一九一四年八月」は第一次世界大戦の最初期に当たる。

第三の自由――ヘルマン・ケステンの長篇小説『放埒な人間』（一九二九年）について

Die dritte Freiheit—Zu Hermann Kestens Roman »Ein ausschweifender Mensch« (1929)〔一九二九年『フランクフルト新聞』に掲載〕

「何のために自由であるか？」〔『ツァラトゥストラ』第一部「創造者の道について」〕とニーチェ（一八四四―一九〇〇年。ドイツの哲学者）は問い、それでもって自由の弁証法の扉を引き開けた。彼は、「何から自由であるか？」という無秩序的《アナルヒスティシュ》〔無政府主義的〕な定立《テージス》を粉砕したつもりだった。がしかし彼は、ただ、反定立《アンチテージス》を与えただけだったのだ。そして、自由の第三の、綜合《ジュンテージス》的な命題形姿《フィグーア》がはじめて、この相克を解消するのであり、またそれにより、第一の命題形姿〔「何から自由であるか？」〕にその権利を取り戻すのである。

「自由とは、ひとつの市民的先入見である」〔出典未詳〕、とレーニン（一八七〇―一九二四年。ロシア革命の指導者）は書いているが、そのときに彼が考えているのは、この第三の自由ではなく、もっぱら第一の、単純な、非弁証法的な、無秩序的な自由のことである。ケステン（一九〇〇―九六年。ドイツのユダヤ系作家）は〔レーニンの〕この命題を〔『放埒な人間』*の〕モットーに採用している。こじつけでそうなっているわけではない。そのことは認めねばならない。すなわち、ヨーゼフ・バールル――

それが、この「放埒な人間」の名である――は刑務所に入れられる羽目に陥っている。そしていま、彼は全力をあげて、この市民的先入見にしがみつくのだ。その彼の姿を、著者は、不同意のまなざしで傍らから眺め続ける。

* ケステンの処女小説『ヨーゼフは自由を求める』（一九二七年）の続篇にあたる。

これが、ケステンが我々の前に組み立ててみせる、きわめてイローニシュに入り組んだ出来事の、その概略である。つまりここには、まず第一に、刺激的かつ曖昧な多義性にすっぽりと包まれた自由があり、第二に、神の御心のままにまったく哀れな主人公がおり、最後に、生産的なまでにまったく厚顔無恥な作者がいる。この作者は、ここでは、実にロマン主義的なあり方で*本書のスタッフの一員なのであって、ある時は、まるで出来事全体が自分には何の関係もないかのようにそらとぼけ、またある時は、彼の主人公が至るところで評判を落としても、それは自分のせいではないかのように不器用さを装うのだ。

* これは、おそらく、ロマン主義的イロニーのことを言っている。

本書は、実際のところ思い切りのいい作品であって、然《しか》るべきときには容赦なく振舞い、なるほどと思われることをなるほどと思われる言葉で、我々に語ってきかせる。「彼〔ヨーゼフ・バール〕は自由だった。彼には金《かね》があった」〔『放埒な男』一七三ページ〕。これは真情に訴える言語、内的な自由についてのあらゆる古くさいお喋りよりもずっと議論を促す言語である。ところでしかし、そのように自由をもたらす金《かね》は、ケステンにおいてはどういう風に見えるのか？　たとえば、四十七マルク七十四プフェニヒ――これは、主人公が弁護士に助言の代金として支払う額である――の場合は、こうだ。「五マルク紙幣が三枚、鉄兜姿の皇帝ヴィルヘルム二世〔一八五九―一九四一年。在位一八八八―一九一八年〕の肖像が刻印された二十マルク貨幣がひとつ――バールはそれをしげしげと見た――、銀貨で十二マルク、すなわち、ドイツのさまざまな君主たちの像で装飾されたターラー貨〔三マルク銀貨〕が四つ、十プフェニヒのニッケル貨が七つ、それに、一プフェニヒ銅貨が四つだった」〔同前、一一〇ページ〕。見てすぐにそれと分かるように、新即物主義〔表現主義への反動としてドイツに起こった芸術運動、一九二五年頃―三〇年代初頭〕のまなざしは、この世のどん詰まり地点を、並々ならぬ強調を込めて捉えるのだ。偉大な諷刺文学《ザティーレ》の驚嘆すべき手法である接視《ナーブリック》〔物事を接近して見ること〕が、この作品においてのみならず、またこの作家においてばかりでなく、近年来、目をむいて物を見るような質を帯びてきているのである。

　この事態を詳述し、その原因にまで遡って具体的に示そうとするなら、それは、ドイツの新たな諷刺文学全体のイデオロギー的立場を特徴づけることになるだろう。それは同時に、このジャンルが急に興隆してきたことの説明ともなるだろう。このジャンルは、ポルガル〔一八七三―一九五五年。オーストリアの作家、批評家、ジャーナリスト〕、ケストナー〔一八九九―一九七四年。ドイツの詩人、作家〕、〔ヴァルター・〕メーリング〔一八九六―一九八一年。ドイツの詩人、作家〕、ペーター・パンター〔トゥホルスキーの筆名のひとつ。一八九〇―一九三五年。ドイツのジャーナリスト、作家〕、ケステンといった、根柢も価値も互いに異なる精神でもって、知識人階級にきわめて特有なひとつの態度を具現しており、そして、比類なきカール・クラウス（一八七四—一九三六年。オーストリアの詩人、批評家）と対決させてみれば、このジャンルのどういう点が特徴的であるのかが、明らかになる。このジャンルが知識人の絶望的な状況の告白となったその瞬間に、正当性をもちえなくなったもの、それがまさに、知識人の自己イロニーにほかならない。その終わりを告げる次の定式的表現は、トゥホルスキーによるものである。曰く、〈ドイツの知識人は、いつも、自分自身の少し左側に立っている〉（出典未詳）。

ケステンが彼の主人公に対してもっている関係は、右の（トゥホルスキーの）命題を説明する最適の具体例である。この関係はそれ以上先へ進まない。この関係はまったく動いてゆかないのである。そしてそのことに対して、作者は、このヨーゼフ物語の第一巻（『ヨーゼフは自由を求める』）では、ひとつの卓越した形式的表現を見つけ出していた。そこでは、出来事の全体が、主人公にとってはただ一日だけのものだった。この続篇では、主人公はある程度長い時間的な広がりを通過してゆく。彼は多くのことを体験する。役所や裁判所の者たちとのあれこれ、若い女性たちとのあれこれ、とりわけ「自由というお化け人形」とのあれこれ。彼に欠けているもの――それは前篇でも欠けていたが、この続篇ではずっと欠けている――は、作者の祝福である。作者が彼をどう呼ぶか、そのさまざまな呼び名を見ただけで、作者が彼をいかに徹底して軽《アン・バガテル》く扱っているかが、彼にも分かろうというものだ。ある箇所で迅速な理解力をもった男と呼ぶかと思えば、別の箇所では半若者《アイン・ハルバー・ユンゲ》と呼び、彼がつましい朝食をとるときにはただ簡素にバール氏と呼び、彼が愛想よくしようとするときには青年《デア・ユングリング》ヨーゼフと呼ぶ。

　ケステンについて、人びとはこう言うにちがいない——すなわち、言い回しのうえでのこの軽く扱う態度が、彼に、あらゆる種類の気分に対する抵抗力を与えているのだ、と。本書はすばらしく風通しがよい《ヴェンティリールト》〔熟慮されている〕のである。読者は、新鮮な外気と昼の明るさを十全に確保したまま階段を昇り降りできる、粗造りの建築物のなかにいるような具合なのだ。しかし作者はといえば、本書では稀《まれ》ならず、主人公には自由の喜びを損なわせようとしながら、まさにその自由を、自分自身には容認しているように見える。この作者のイロニーのなかには、無責任さの気味がある。

「どの文も名人芸、どのページも模範的、どの章も喜びをもたらすもの、全体としてもまずまず」〔出典未詳〕。そう、エルンスト・ローヴォルト（一八八七—一九六〇年。ドイツの出版社主）が数年前に、彼の最初の出版社の、残念ながら今では消息不明になっているある本、フィリップ・ケラー（一八九一—一九七三年。ドイツの医師、作家）の『複雑な気持ち』〔一九一三年〕について、言っている。表題においてばかりではなく、ケラーのこの本はケステンの本との親縁性をもっているのだが、この親縁性はさらに敷衍されえようし、またこの親縁性は、水準と態度においてその真実性が証明されえよう。このことはここでの本題とは何の関係もない。がしかし、次のことは大いに関係がある。つまりケラーの本には、この自由批判全体の真の根源を、まだはっきりと感じ取ることができるのだ。それはすなわち、フロベール（一八二一―八〇年。フランスの小説家）である。すでにフロベールが、この自由の錯覚性を見抜いていた。『感情教育』〔フロベールの長篇小説、一八六九年〕以来、多くのことが変化してしまっている。その忘れがたいページの数々に注がれた涙は、気化して笑気《ラッハガース》になってしまった。しかし、自由についてのこの最新の〔ケラー／ケステン型の〕批判もまだ、〔フロベールの〕教育小説の図式に、この小説の個人的－無秩序的《アナルヒシュ》〔無政府状態的〕な実験に、結びつけられたままである。何から自由であるか？――必ずやためらいなく、〈すべてのものから！〉。するとそこに、キマイラ〔ギリシア神話で、頭はライオン、尾はヘビ、胴はヤギの怪物〕が右側に立っている。何のために自由であるか？――必ずやもう一度、〈すべてのもののために！〉。するとそこに、キマイラが左側に立っている。第三の自由がはじめて、思弁的倫理学の国を破砕するのだ。そしてこの第三の自由は次の問いに従う――誰とともに自由であるか？

我々はこの問いを、続篇の結末部で――作者が保証するところでは――決然たる反逆者として刑務所をあとにする、ケステンの主人公に問おう。彼は、〈すべての者とともに！〉という答えを見出すだろうか？ 彼は、階級闘争がその自由を実現するのだということを、認識するだろうか？ ドイツの長篇小説においては稀な、〔第三の自由に値する〕男へと成長する人物たちの一人に、このヨーゼフはなりゆくだろうか？

〈実用抒情詩〉[1]だって？　しかしこんな風にではなく！

»Gebrauchslyrik? Aber nicht so!«〔一九二九年『フランクフルト新聞』に発表〕

モンマルトルから我々のところへやって来たときのシャンソンは、ボヘミアンが背中を暖めた火であり、いつでも一本の薪に燃え移って、それを放火用の松明《たいまつ》として宮殿に投げこむ準備ができていた。ところが、貧しい者は何もかも売りに出さなければならないものだから、富める者が彼の避難所に押し入ってきて、この富める者を焼き尽くすべく燃えていた火にあたってくつろぐことにも、貧しい者は我慢しなければならなかった。これがカバレット[2]の根源である。アリスティード・ブリュアン（一八五一―一九二五年。フランスのシャンソン歌手）の弟子たちにとって、このジャンルの社会的な二義性に関わりあうことは、難しいことではなくなっていた。それに加えてすぐさま、性的な二義性が登場する。しかし卑猥な言葉でさえもなお、愛に対する性の反乱、蜂起であった。そしてヴェーデキント（一八六四―一九一八年。ドイツの劇作家、詩人）においては、そうした反乱や蜂起が激しく繰り広げられている。この様相は、ヴェーデキント以降最良の、そして彼よりも教育的なシャンソニエ〔主に自作の諷刺的な歌や独白を演ずる寄席芸人〉であるブレヒト（一八九八―一九五六年。ドイツの劇作家、詩人）において、いよいよもって強烈になっている。ブレヒトがヴェーデキントよりも教育的なのは、ブレヒトにおいての方が、二つの秤皿――すなわち飢えと性――が、貧困という天秤の棹を中心にして、より公平に動いているからである。ブレヒトをもってシャンソン[＊3]はカバレット小屋から解放され、デカダンスが歴史的なものになり始めた。ブレヒトが描くごろつき《フーリガン》は、いつの日かより良質でより豊かな素材とともに無階級の人間の像が注ぎ込まれるべき、〔鋳型のような〕空ろな形式なのだ。これによってこのジャンルは、輪郭のはっきりとしたアクチュアルな使命を見出したのである。ここで仲間に入れてもらうには、ならず者の隠語や低地ドイツ語方言、泥棒仲間の隠語や俗語をぺらぺら喋るのでは、もはや充分ではない。そして、本当のことを言えば、それで充分だったことはこれまでも決してなかったのだ。「祖国を失った者たち」や「根無し草たち」のサークルのなかに、郷土芸術のようなものが存在するとすれば、煙ですすけた狭い居酒屋の片隅から生まれるシャンソンがそれなのである。そのような歌がいくらかでも役に立つところに、かつて、さまざまな男たちが集まっていた。〔ヴァルター・〕メーリング（一八九六―一九八一年。ドイツの詩人、作家）は多彩な資質を持っていたいなら持つがよかろう、そして言語に、ラブレー（一四八三頃―一五五三年頃。フランスの人文学者、作家）風の飾り巻き毛や、物語詩《バラード》風の前髪や、あるいはビーアバウム（一八六五―一九一〇年。ドイツの作家）風の額に垂らした巻き毛を、編んで作ってやるがよかろう――彼は、鉋《かんな》のかかっていないざらざらのテーブルには一度も座ったことがない。無分別なもの、不機嫌なもの、無愛想なもの、軽蔑すべきもの、郷愁、また、いかがわしいものの運命愛《アーモール・ファーティ》といったものを、彼は知らないのだ。彼には『異端者文選』〔一九二一年〕や『聖譚』〔未詳〕といった作品があるにもかかわらず、である。彼のシャンソンは詩作のエスペラント語であって、彼のシャンソンにおいては効果《エフェクト》〔俗受け〕が最終決定権をもっており、しかもこの効果は決してニュアンスのなかに存するのではない。ブレヒトのような男は、最もずっしりとしたものを持ち上げることができるのだが、それを彼がどんなにやさしく下に置く《ニーダーレーゲン》〔書きとめる〕かを見て、我々はつねに喜びを得るだろう。メーリングは鍛え方がまったく不充分で、大したものを持ち上げることができない。ところがそれに引き換え、〔彼を〕コツコツたたいてみると、このように空ろな音をたてる――

そしてアケロン〔冥土の川〕の流れのようにメトロの車両は轟き、
黙示録のように乗客は旅をする。

〔メーリング『詩・歌・シャンソン』一九二九年、所収「冥府のなか」〕

＊1　「実用抒情詩」という語は、ブレヒトやケストナーなどにおいても用いられるが、ベンヤミンが評価するのはブレヒトだけである。「左翼メランコリー」(本書六〇一ページ以下、所収) 参照。

＊2　詩の朗読やシャンソンの演奏などによって、諷刺に富んだ文芸作品が披露される寄席。一八八一年、パリのモンマルトルの丘に、ボヘミアンたちが集う場として設立されたカフェ「シャ・ノワール」がそ

の始まり。

＊3　ブレヒトにおいては、通例、「シャンソン」よりも「ソング」という語が用いられる。

デカダンスの諸伝統は、まさにこのドイツにおいてはあまりにも重い代償で購《あがな》われている。そしてこの諸伝統は、〔本来は〕非常に純粋なものなので――ここではハルデコップフ（一八七六―一九五四年。ドイツの詩人、エッセイスト、翻訳家）の名を挙げるだけで充分である――、大都市の娯楽産業から生まれてきたというみずからの素性をはっきりと露呈させている右の〔メーリングのシャンソンのような〕アカデミックな模造品など、とても甘受することができないのだ。こうしたものは変化を引き起こす力をもってはいない。それらが〔社会的な〕編成替えの引き金となることはないだろう。というのも、こうしたものは、悪巧みからではなく、ブルジョワ公衆のマゾヒズムからインスピレーションを得ているからである。

【訳者付記】　本稿はヴァルター・メーリングの『詩・歌・シャンソン』（一九二九年）についての書評として書かれている。

ひとりのアウトサイダーが注意を引き付ける
――S・クラカウアー『サラリーマン』（一九三〇年）について

Ein Aussenseiter macht sich bemerkbar—Zu S. Kracauer, »Die Angestellten« (1930)〔一九三〇年『ゲゼルシャフト』誌に発表〕

文学において、不満を抱いている者《デア・ミスフェアグニュークテ》という類型は非常に古い、おそらく文学そのものと同じくらい古い。ホメロス（紀元前八世紀後半のギリシアの叙事詩人）の手になる口の悪いテルシーテース〔『イーリアス』参照〕、シェイクスピア（一五六四―一六一六年。イギリスの劇作家、抒情詩人）の王侯劇に登場する第一の、第二の、第三の陰謀家、唯一の偉大な〔第一次〕世界大戦劇〔カール・クラウス『人類最後の日々』一九二二年、を指す〕に登場する不平家――彼らは、このひとつの形姿をさまざまに具現化したものである。しかし、このジャンルの文学的名声が、このジャンルの生きた範例たち〔不満を抱いている実在の者たち〕を勇気づけることは、なかったように見える。彼らは、匿名のまま人を寄せつけずに生きてゆくのを常としており、もしもこの種族のひとりがいつか人びとの注意を引き付け、天下の公道で〈俺はもう〔お前らとは〕一緒にはやらない〉と宣言するならば、観相学者にとってはそれだけですでに、ひとつの事件なのだ。もっとも、我々がここで論じる人物〔S・クラカウアー〕は、そのようにすっかり正体を明かして、注意を引き付けているわけではない。姓の前の寡黙《ラコーニシュ》〔簡潔〕なS〔「ジークフリート」の頭文字〕は、あまりにも性急に彼という人物を理解した気にならぬようにと、我々に警告している。もっと違った風にして、読者はこの寡黙〔簡潔〕さ《ラコニスムス》に、その内部において出会うのだ。そこにあるのは、すなわち、イロニーの精神からの人間性《フマニテート》の誕生である。Sが労働裁判所のさまざまな部屋にまなざしを遣《や》る。すると、〔部屋の電灯の〕冷酷な光がここで彼自身に露わにして見せる《エントヒュレン》のは、「もともと惨めな人間たちではなく、人間を惨めにする状況」〔『サラリーマン』「修理工場」の章〕なのである。とにかく、この男が〈もう一緒にはやらない〉ということは確かだ。つまり、同時代の人びとが催しているカーニバルのために仮面《ジッ》をつけて仮装する《ヒ・マスキーレン》のを、彼が拒む——彼は社会学者の博士帽さえ家《うち》に置いてきている——ということ、そして、彼が荒っぽく大衆をかき分けて押し進みながら、あちこちで、特に生意気な奴の仮面を引っ剝がして《マスケン・リュフテン》まわるということは。

彼が、自分の試みがルポルタージュと呼ばれることを激しく拒否するとしても、それは容易に理解できる。まず第一に、ルポルタージュの名づけ親である最近のベルリンの急進主義と新即物主義*は、彼にはどちらも同じ程度に嫌なものなのである。第二に、ひとの仮面を引っ剝がしてまわる攪乱者なら、肖像屋《ポルトレティスト》呼ばわりされて嬉しがることなどありえない。仮面を剝ぐ《エントラルヴェン》ことは、この著者にとっては熱情なのだ。そして、彼がサラリーマンの生活〔のありよう〕のなかへ弁証法的に入り込んでゆくのは、正統派のマルクス主義者としてではなく、ましてや実践的な煽動者としてではさらになく、〈弁証法的に入り込んでゆく〉ことが仮面を剝《エントラルヴェン》ぐことにほかならないからである。マルクス（一八一八—八三年。ドイツの社会哲学者、経済学者）は、社会的存在が意識を規定する、と言っているが、しかし同時に、無階級社会においてはじめて意識はかの〔社会的〕存在に適《かな》ったものになる、とも言っている。そこから帰結されるのは次のこと、すなわち、〈階級国家における社会的存在は、さまざまな階級の意識が社会的存在に適ったかたちにおいてではなく、ただきわめて多様に媒介された、非本来的な、ずれたかたちにおいてしか社会的存在に対応しえていない、その程度に応じて非人間的である〉ということだ。そして、下層階級のそのような誤った意識は上層階級の利害関係に、上層階級のそのような誤った意識は上層階級の経済的な立場の諸矛盾に、根差しているのだから、ある正しい意識をもたらすこと——しかもまず、一切をこの正しい意識に期待しなければならない下層下級のなかにもたらすこと——が、マルクス主義の第一の課題である。この意味において、そして根源的にはこの意味においてのみ、本書の著者はマルクス主義的に考えている。もちろん、サラリーマンのイデオロギーが所与の経済的現実——それはプロレタリアートの経済的現実にほぼ等しい——を、ブルジョワジーに由来する追憶像や願望像のオーバーラップによって隠蔽してしまう類《たぐい》まれなものであるだけに、それだけいっそう深く、まさに彼の企図は彼を、マルクス主義の全構造のなかへと導いてゆくのだ。今日、サラリーマン以上に、その思考と感覚が自分たちの日常の具体的現実から疎外されてしまっているような階級は、存在しない。このことは、しかし別様に言えば、今日の秩序の非人間的な側面への順応は、賃金労働者においてよりもサラリーマンにおいての方がずっと進行している、ということを意味している。サラリーマンの方が、生産過程への関係がより間接的であるのに反比例して、人間相互の関係の、まさにこの生産関係に相応する諸形式に、はるかに直接的に組み込まれているのである。そして、人間関係の物化《フェアディングリッフング》が起こるその本来の媒質《メーディウム》——因みに、それは、そこでこの物化が克服されうるだろう唯一の媒質でもあるのだが——は組織であるから、著者は必然的に、労働組合組織に対する批判をなすことになる。

＊「急進主義」、「新即物主義」、また「行動主義」に対するベンヤミンの批判については、本書所収の「〈実用抒情詩〉だって？　しかしこんな風にではなく！」、「左翼メランコリー」、「行動主義の誤謬」を、さらには「生産者としての作家」（『ベンヤミン・コレクション5』に収録予定）を参照。

この批判は、党政策的あるいは賃金政治的なものではない。この批判は、また、ひとつの箇所では裏付けられず、すべての箇所から読み取られねばならない。クラカウアー（一八八九—一九六六年。ドイツの社会学者、批評家、エッセイスト）が問題とするのは、労働組合がサラリーマンの利益のために何をしているか、ということではない。彼は問う、労働組合はサラリーマンをどう修練しているのか？　サラリーマンを拘束している諸イデオロギーの呪縛からサラリーマンを解放するために、労働組合は何をしているのか？　さて、これらの問いに答える際に、彼の首尾一貫したアウトサイダー精神は、彼にとって大いに役立つ。さまざまな権威が彼を黙らせるために振りかざしうるであろう一切のもののどれひとつにも、彼は束縛されていないのだ。共同体の理念？――彼はその仮面を剝ぎ《エントラルヴェン》、それがある経済的日和見主義の変種であることを発《あば》く。サラリーマンのより高い教養程度？――彼はそれを錯覚的幻想と呼び、己れの教養に対する思い上がった自負がサラリーマンを、その諸権利の擁護においていかに無力にしているか、ということを証明してみせる。文化財？――それを固定化することは、彼にとっては、「機械化の欠陥は、薬のように流し込まれる精神的諸内容《インハルテ》の助けでもって取り除くことができる」〔同前、「同僚諸兄諸姉！」の章〕とする意見に助勢することを意味している。このイデオロギー的構造物全体が、「物化の諸作用に目を向けようとしてはいるものの、それ自体、いまだにこの物化の一表現なのだ。それは*、あの諸内容《ゲハルテ》は商品のように家にまで配達できる完成品である、という考え方によって支えられている」〔同前〕。こうした文章のうちに現われているのは、ひとつの問題に対する立場だけではない。むしろこの本全体が、ひとつの日常丸ごととの対決、所業で覆われたここ、生きられたいまとの対決となっている。〔この「日常」、この「ここ」、この「いま」たる〕現実が、旗幟《きし》を鮮明にし名を名乗らねばならないほどに、激しく責め立てられているのである。

＊　この「それ」は、ベンヤミンの文脈では「このイデオロギー的構造物全体」を指し、クラカウアーの

原文では二行前の「意見」を指す。

その名とはベルリン――この都市は、著者にとってはすぐれて《パレクセランス》サラリーマン都市、著者が〔本書によって〕この首都の生理学にひとつの重要な寄与をなしたと充分に自覚しているほどに、サラリーマン都市なのだ。「ベルリンは、今日では、まぎれもないサラリーマン文化の都市である。すなわち、サラリーマンによってサラリーマンのために作られる文化の、たいていのサラリーマンが文化と見なすような文化の都市である。ウィークエンド〔の余暇〕が大流行となりうるほど、素性や土地との結びつきが押し退けられてしまっているベルリンにおいてのみ、サラリーマンの現実は把握されうるのだ」〔同前、「知られていない領域」の章〕。ウィークエンド〔の余暇〕のうちには、スポーツも入る。サラリーマンたちのあいだでのスポーツ熱に対する批判〔のあり方〕は、著者が、〔このスポーツ熱に〕好意的な人びとに対して、その文化理想をイローニシュに論ずることの埋め合わせに、それだけいっそう心をこめて自然への信仰告白をするつもりなど、まったくないことを示すものである。まさにここでこの文筆家は、支配階級によって育成されるような本能不全に対して、損なわれていない社会的本能の守り手として立ち向かうのだ。彼は自分の強みを自覚している。その強みは、ブルジョワジーのイデオロギーを、――すっかり残らずに、ではないが――それがさらに小市《プチ・ブルジョワ》民精神と結びついている一切のもののなかに見て取る、という点にある。「スポーツの普及は」、とクラカウアーは述べる、「さまざまなコンプレクスを解消するものではなく、むしろ、何よりもひとつの大規模な抑圧現象である。スポーツの普及は、社会的諸関係の変革を促進するものではなく、むしろ、全体としては脱政治化の一主要手段なのである」〔同前、「宿なしたちのための避難所」の章〕。そして他の箇所では、さらに断固たる調子で、こう述べられる。「人びとは、今日の経済体制に対して、言うところの自然権なるものを突きつけながら、それでいて、資本主義的欲望のなかにも具現されている自然こそまさに、今日の経済体制の最も強力な盟友のひとりにほかならないということ、それに加えて、この自然を何が何でも讃美するのは、経済生活の計画的な組織化と相容れないということを、はっきりと認識してはいない」〔同前、「同僚諸兄諸姉！」の章〕。従来の社会学なら「退化《エントアルトウンゲン》」という言い方をするだろう、まさにそこのところで、著者が、「自然」を持ち出してきてこれを告発するのは、右のような自然に対する敵意に符合している。それに対して、厚かましさそのもの、老練さそのものたるある種のタバコ製品セールスマン〔同前、「小さな植物標本室」の章を参照〕は、彼にとっては自然なのである。そのようにあくまで経済のことを考え、いまだに今日のような抽象的な形式をまとっている生産諸関係および交換諸関係の、野蛮な性格とまでは言わないにせよ、根元的な性格を発《あば》いてゆけば、あれこれ取り沙汰されることの多い機械化という事態も、牧師気取りの社会《ゾツィアールパス》学者《トーレン》*たちが見てとるのとは大いに異なるアクセントを獲得することは、ほとんど指摘する必要もない。そのような〔あくまで経済のことを考える〕観察者にとっては、未熟練労働者の機械化された、魂抜きの操作の方が、実に有機的生命感にあふれた「道徳的なピンク色」（同前、「選別」の章）――ある人事部長の名言によれば、よきサラリーマンの顔の色はそうあるべきだという――などよりも、いかに期待するに足ることか。「道徳的なピンク色」――これがつまり、サラリーマン存在の現実がみずから鮮明にした旗幟というわけである。

＊ Pastor は、語源的には「牛／羊飼い」の意で、転じて「魂の牧人」つまり「牧師」を意味するようになった。Sozialpastor は、直訳するならば、「社会〔学の領域における〕牧師」となり、ここでは、〈経済のことを考えるべきところに、自然を讃美しつつもち出し、それを人間の魂とポジティヴに関係づけようとする社会観察者〉を指している。

この人事部長の名言は、サラリーマンたちの特殊用語《ジャルゴン》が著者の言語といかなる程度に通じ合っているか、このアウトサイダー（著者）と彼が狙いをつけた集団（サラリーマンたち）の言語とのあいだにはいかなる了解があるか、ということをよく示している。我々はまったくひとりでに、「血《ブルート》のオレンジ＊1」（同前、「上品に気楽に」の章を参照）や「自転車乗り」（同前、「経営のなかの経営」の章を参照――上にはペコペコし、下には踏みつけにする人、の意）、「おべんちゃらラッパ」（同前、「小休止」の章を参照――御用記事ばかり載せるある企業新聞の仇名）や「プリンセス」（同前、「隣人同士で」の章を参照――女店員より高級人種と思われている女子事務員、に対する尊称）が何であるかを知ることになる。そして、我々がこうした言葉遣いをよく会得すればするほどいっそうよく分かるのは、認識と人間性が、組合書記や大学教授たちの横柄な語彙を避けるために、どういう風に仇名や隠喩のなかに逃げ込み、それをうまく操ってきているか、ということである。それとも、賃金労働を革新し、賃金労働に魂を浸透させ、賃金労働を深化するための、それらすべての〔書記や教授たちの〕論文において問題なのは、語彙よりも言語そのものの倒錯の方、すなわち、最も切実な語で最も見すぼらしい現実を、最も高貴な語で最も卑劣な現実を、最も平和的な語で最も敵意ある現実を覆い隠してしまう、そういった倒錯の方だろうか？　それがどうであれ、クラカウアーの分析、とりわけ学者たちのテーラー主義[*2]的な所見の分析のなかには、最も生き生きとした諷刺の——対象の厖大さに見合うだけの叙事的な活動空間を要求して、とうの昔に政治的な諷刺雑誌から撤退してしまった諷刺の——〔新たな〕端緒がある。それにしても、対象のこの厖大さは絶望的なほどである。しかも諷刺は、諷刺によって捉えられた階層〔ここでは、サラリーマン層〕の意識から徹底的に排除《フェアドレングト》〔抑圧〕されていればいるほど、イメージの産出においてはー—抑圧《フエアドレングング》の法則にしたがって——それだけいっそう創造的であることが明らかになる。耐えがたいほど緊張した経済状況が〔サラリーマンたちの内部に〕偽りの意識を生み出す成り行きを、ノイローゼ患者や精神病者を耐えがたいほど緊張した私的な心的葛藤から偽りの意識へと押しやる成り行きに比することは、大いにもっともなことである。少なくとも上部構造についてのマルクス主義の理論が、偽りの意識の発生についての——緊急に必要な——理論によって補完されていない限り、〈ある経済状況の諸矛盾からどのようにして、その経済状況に不相応な意識が発生するのか?〉という問いには、抑圧の図式にしたがって答える以外に、ほとんど手立てはないだろう。この偽りの意識が生み出すものは、雲や葉や影から主要図柄がやっとなんとか窺える判じ絵に似ている。そして、きらびやかさや若さ、教養や人格といったものの幻像《ファンタスマゴリーエン》のなかに判じ絵風に埋もれて現象している、あの〈サラリーマンの偽りの意識の〉主要図柄を突き止めるために、著者は、サラリーマン向けの新聞の広告のなかにまで降りてくる。すなわち、百科事典やベッドの、クレープゴムの靴底や書痙者用ペン軸や高級ピアノの、若返り薬や白い歯〈を保つための歯磨粉、それとも義歯?〉の広告のなかにまで〈同前、「宿なしたちのための避難所」の章を参照〉。しかしながらこうした高級品は、空想的存在であることには満足せず、業務の日常のなかにそれなりに、〈娯楽場の〉気晴らし《ツエアシュトロイウング》が提供するきらびやかさのうちにある惨めさ〈同前、参照〉とまったく同様に、判じ絵風に地歩を占めている。そういった次第でクラカウアーは、結局は無報酬の超過勤務という結果になる新家父長制的なオフィス経営に、はるか昔のメロディを奏でる自動オルガンの範型を見てとり〈同前、「同等で気楽に」の章〉、あるいは、速記タイピストの鮮やかな指さばきに、ピアノ練習曲の小市民的《プチ・ブルジョワ》なわびしさを見てとる〈同前、「小休止」の章〉。この世界の本当の象徴的中心は「娯楽営舎《プレジーアカゼルネン》」〈サラリーマン大衆向けの大娯楽場のこと〉であって、これはサラリーマン[*3]の、化石化した、というよりも化粧漆喰《しっくい》化した憧れの夢《ヴンシュトラウム》なのである。この「宿なしたちのための避難所」の調査研究において、著者の、

〔サラリーマンの〕夢の主要図柄に迫る言語は、きわめて抜け目なく巧妙に振舞う。彼の言語が、〔サラリーマンの憧れの夢である〕情趣豊かな芸術家酒場や居心地のよい城館や落ちついた喫茶店に、しなやかに密着してゆき、それら〔の夢〕を——そこから同じ数だけの腫れ物や潰瘍を取り出しつつ——理性の光に当てる、その手際は、目をみはらせるものである。神童にして恐るべき子供《アンファン・テリブル》〔秘事をもらして人を困らせる子〕として、著者はここで、夢の学校の内部からお喋りをして秘密をもらすのだ。しかも彼は、あまりにも事情がよく分かっているので、この施設〔〈サラリーマンの抱く夢〉という学校〕を、例えば支配階級の利益のための愚鈍化の道具とのみ見なして、その責任をもっぱら支配階級だけに負わせようとは、しない。企業経営者たちに対する彼の批判は非常に断固としたものなのだが、彼にとって彼らは、階級として見れば、経済のカオスのなかでの本当の動力にして責任能力のある頭脳と認められうるには、精神的低級者の性格を、彼らに隷属している階級〔つまり、サラリーマン層〕と、あまりにも共有しすぎているのである。

＊1　「皮が黄色で、中味が赤い」、つまり、〈立身出世のために本音を会社用の御用思想で被い、それが本音であるかのように振舞う〉サラリーマンのこと。
＊2　アメリカの技師テーラー（一八五六—一九一五年）が提唱した、工場の科学的、合理的な経営管理法であるテーラー・システム。
＊3　これは精神的な意味での「宿なしたち」のことを言っている。

今日理解されているような政治的作用――つまり、煽動的な作用――を、本書は断念しているにちがいなかろうが、それは、企業経営者を右のように評価しているから、というだけではない。このことを意識――自覚、とは言わないまでも――すれば、それによって、ルポルタージュや新即物主義に関連する一切のものに対して著者が抱いている反感に、光があたることになる。この左翼急進派〔新即物主義のこと〕は、どういう風に振舞おうとも、知識人のプロレタリア化でさえプロレタリアを生み出すことはほとんどないという事実を、決して解消することができないのである。なぜか？　それは、ブルジョワ階級が知識人に、その幼時から、教養というかたちでひとつの生産手段を持たせてやっていたからであり、その生産手段が、教養特権に基づいて、知識人をブルジョワ階級と、そしておそらくはそれ以上に、ブルジョワ階級を知識人と、連帯させているからである。この連帯は、前景においては不明確なものになることも、それどころか崩壊することもありうるが、しかし、この連帯はほとんど常に、知識人を真のプロレタリアの不断の警戒態勢から、その前線的生活から厳密に締め出すほどには、充分強力なものであり続けている。クラカウアーはこうした認識を真剣に取り扱った。それゆえに彼のこの著作は、最新流派〔新即物主義〕の急進的な流行《はやり》の著作物とは対照的に、知識人階級の政治化の途上におけるひとつの境界石なのである。彼らの著作物には理論と認識のもたらす驚愕があり、その驚愕が知識階級を俗《スノ》物《ッブ》たちのセンセーション好みに委ねてしまうのに対して、クラカウアーの本書には構成的な理論的修練があり、この修練は、俗物も労働者も相手とするものではないが、しかしその代わりに、現実的なもの、証明可能なものを促進することができる。すなわち、みずからの階級の政治化を。この間接的な作用が、ブルジョワ階級出身の革命的な書き手が今日目論《もくろ》むことのできる、唯一の作用である。直接的な有効性は、ただ実践のなかからしか生じえないのだ。しかしこの書き手は、〔俗物たちのあいだで〕名声を得た同僚たち〔急進的な新即物主義者たちのこと〕に対して、思考においてレーニン（一八七〇―一九二四年。ロシアの革命家）を拠り所にすることだろう。レーニンの諸著作は、政治的実践のもつ文学的な価値、すなわち直接的な作用が、今日そういうものと自称している事実収集やルポルタージュの粗野ながらくたとはいかに無縁であるかを、最もよく証明している。

そういうわけで、当然にもこの著者は、結局ひとりの個人としてそこにいる。ひとりの不平を抱いている者なのであって、指導者ではない。創立者ではなくて、興をそぐ人なのである。そして、ひとりきりで仕事に励む彼の姿を想像してみるなら、朝早くまだ暗いうちに屑を拾い集めている男の姿が見えてくる。その男は棒で、スピーチのぼろ屑や言語の断片を突き刺して拾いあげ、それらを、ぶつぶつ文句を言いながら反抗的な面持ちで、そしていささかきこしめしているような身振りで、手押し車のなかに投げ込む。ときおりは、「人間性」とか「内面性」とか「沈潜」とかいった色褪せた切れはしのあれやこれやを、嘲弄的に、朝風のなかにひらひらさせてもいる。早朝の屑屋――革命の日の早朝の。

S・クラカウアー『サラリーマン——最新のドイツから』（一九三〇年）

S. Kracauer, *Die Angestellten. Aus dem Neuesten Deutschland.* 1930〔一九三〇年『文学世界』誌に発表〕

研究論文に「……の社会学」——なんらかのグループの、また、あれやこれやの現象の〔社会学〕——という表題を付けることがよく行なわれていた時代のことは、まだ多くの人びとの記憶のなかに残っているだろう。その頃であれば、本書は「サラリーマンの社会学」と呼ばれていたことだろう。というよりもむしろ、まったく書かれなかったかもしれない。というのも、こうした表題の流行が何を表わしていたのかといえば、それは本来ただ、当時人びとが、政治的な対象を政治的に解明することをいかに恐れたか、ということだけだったのだ。その代わりに人びとは、政治的な対象をアカデミックな美辞麗句の織物にくるみ、この対象の角《かど》や縁にぶつかっても、誰も痛い思いをすることはないようにした。これは、クラカウアー（一八八九—一九六六年。ドイツの社会学者、批評家、エッセイスト）の目指すところではない。そうした事態を回避するために、彼はしかし、この古いやり方〔社会学〕を見放したのではなく、その代わりに〔社会学のなかで〕ある新しいやり方を選択した。とりわけ、ルポルタージュが、とはつまり、左翼的な決まり文句をしきりに隠れ蓑として弄しながら、政治的な事実的構成要件を避けて通るこの当世風の戦術が、彼には、社会学の婉曲的な言い回しの囁きとまったく同じように、嫌なものなのである。「現実とは」、と彼は述べる、「ひとつの構成体である。その現実が甦《よみがえ》るためには、たしかに、生活が観察されねばならない。がしかしその現実は、ルポルタージュの多かれ少なかれ偶然的な観察結果のなかには、決して含まれていない。現実は、むしろ、もっぱらモザイクのなかに、すなわち、個々の観察からこの観察内実の認識に基づいて合成されるモザイクのなかに、潜んでいるのだ」〔『サラリーマン』の「知られていない領域」の章〕。したがって、社会学的知識と観察材料は、この〔クラカウアーの〕研究方法のたんなる前提条件でしかなく、この研究方法こそが、それがもたらした成果の独創性および説得力のゆえに、厳密な考察に値するのだ。

本書においては一個人が独自に調査を進めてゆくのだということを、すでにその言語がそっと教えている。この言語は反抗的に、そして突きかかるように、みずからの定点《フィ》〔観察の基準《クスプンクト》視点〕を探し求めるのだが、その際の一徹さたるや、アーブラハム・ア・サンタ・クラーラ（一六四四―一七〇九年。ドイツの説教者、諷刺的な文筆家）のような人物でさえ、その懺悔説教〔贖罪を勧める説教〕を洒落《しゃれ》から洒落へと導いてゆくとき、この言語に羨みを抱きかねないほどである。ただ、『サラリーマン』ではイメージによる機知が言葉による機知の役割を引き受けている。そして、アーブラハム・ア・サンタ・クラーラの洒落が偶然的なものではまったくない

——というのもその洒落は、むしろ、バロック時代の〔アレゴリー的な〕言語の生に結びついているのだから——ように、イメージによる機知も決して偶然的なものではない。つまり、クラカウアーにおいてイメージによる機知は、あのシュルレアリスム的なフェード・オーバーを目指しているのだ。シュルレアリスム的なフェード・オーバーとは、フロイト（一八五六―一九三九年。オーストリアの精神医学者）が教えているところとはちがって、夢を特徴づけるだけのものではないし、クレー（一八七九―一九四〇年。ドイツ（スイス系）の画家、版画家）やマックス・エルンスト（一八九一―一九七六年。ドイツ／フランスの画家、版画家、彫刻家）から知られるところとはちがって、感性的世界を特徴づけるだけのものでもなく、まさに社会的現実をも特徴づけるものなのである。「ルーナパークでは」*、とクラカウアーにはある、「夕方にときおり、ベンガルライトで照らし出された噴水が、観覧に供される。次々と形のかわる光の束が、赤く、黄色く、緑色に、闇を走る。その壮麗な光景が消え去ってしまうと、それが数本の細い管でできた貧弱な軟骨組織から発していたのだと分かる。この噴水は多くのサラリーマンの人生に似ている。彼らの人生はみすぼらしさから気晴し《ツエアシユトロイウング》に逃れ、ベンガルライトに照らされ、そして、己れの元《もと》の素性を忘れて、夜の虚空に溶け去るのだ」〔同前、「宿なしたちのための避難所」の章〕。これは、当然、ひとつの隠喩以上のものである。というのも、このベンガルライトはサラリーマンたち自身のためにこそ光っているのだから。そしてそのことによって、こうしたフェード・オーバーからいかなる政治的な明晰さがほとばしり出るか、が明らかになる。

* ベルリンのクアフュルステンダムの西端近くにあった遊園地。

これらの技芸《わざ》は、いったいどこから、この政治的な夢解釈者の脳裡に浮かんでくるのだろうか？　文学的な影響のことは、このたびは度外視することにする。著者が、とりわけ言語的に、『ギンスター』〔クラカウアーが匿名で出した長篇小説（このことは、ベンヤミンも承知）、一九二八年〕の著者に何を負うているかは、そっとしておいてよいだろう。彼の夢解釈者としての実践がきわめて固有な経験の厳密な研究から生じたものだ、ということだけは確かである。（このことは、白魔術〔善魔を呼び出す魔術〕がさまざまな経験の厳密かつ冷徹な考察と協力しあうのと、ちょうど同じことである。それに対して黒魔術〔悪魔を呼び出す魔術〕は、決して神秘と密儀の圏域を越えて出はしない。）ところで、ここで基盤をなしている経験は、まさしく知識人のそれにほかならない。知識人とは小市民《プチ・ブルジョワ》精神の生来の敵なのであって、それは、知識人が絶えず己れ自身の内なる小市民精神を克服しなければならないからだ。ここで彼は自分の強みを自覚している。その強みは、ブルジョワジーのイデオロギーを、——すっかり残らずに、ではないが——それがさらに小市民精神と結びついている一切のもののなかに見て取る、という点にある。[*1]　しかし『サラリーマン』では、ある新しい、いっそう均一化された、いっそう硬直した、いっそう反復訓練を受けた小市民階級〔つまり、サラリーマン層〕が登場してくるのだ。この新しい小市民階級は、タイプにおいても、独特さにおいても、偏屈ながら宥和的な人間像においても、かつての小市民階級よりもずっとはるかに乏しく、その代わりに、幻想と心的抑圧をずっとはるかに多く抱えている。著者は、それらもろもろの幻想や心的抑圧を相手にするのである。ただし、ドン・キホーテが風車に立ち向かうごとくに「人生の嘘」に立ち向かう、グレーゲルス・ヴェルレ〔イプセン『野がも』の主要登場人物〕のようなやり方で、ではない。著者の関心は個人に向けられているのではなく、むしろ、ある均質的な大衆の心身の状態と、この状態が反映して現われている状況に、向けられている。彼の見るところでは、この状況の総和を覆い包んでいるのが、ベルリンという名なのである。「ベルリンは、今日では、まぎれもないサラリーマン文化の都市である。すなわち、サラリーマンによってサラリーマンのために作られる文化の、たいていのサラリーマンが文化と見なすような文化の都市である」[*2]〔同前、「知られていない領域」の章〕。ヨーゼフ・ロート（一八九四―一九三九年。オーストリアの作家）が少し前に本誌において主張したこと、すなわち「作家の使命とは、神々しく変容させることではなく、仮面を剝ぐ《エントラルヴェン》ことである」〔「『新即物主義』はもうおしまい！」一九三〇年一月〕という主張が正しいとすれば、『サラリーマン』の著者は、きわめて作家的にベルリンに迫ったことになる。このことは、この重要な本で、最も些細なことではない。行為を伴ったこの首都への愛の最初の痕跡〔ヘッセルのベルリン関係の著作を指す――本書所収「フランツ・ヘッセル『密やかなるベルリン』」、「遊歩者の回帰」参照〕が姿を現わす、その瞬間に、この首都の欠陥がはじめて追及されるのである。つい先日ヘーゲマン（一八八一―一九三六年。ドイツの建築家。本書五九〇ページ参照）が、その不朽の著作『石のベルリン』〔一九三〇年〕において、賃貸アパートがどのように土地所有〔の問題〕から生じきたったかという、賃貸アパートの政治的な建設史を明らかにしたのだったが〔本書所収「現代のジャコバン党員」参照〕、今度はクラカウアーが、ベルリンのオフィスや娯楽場を、上層部の企業家たちにまで及んでいるサラリーマン気質の、その押型として叙述することによって、ヘーゲマンに続くのだ。同時に彼〔クラカウアー〕は、『フランクフルト新聞』のベルリン特派員の職務も帯びている。[3] この都市にとって、そのさまざまな壁の内部にこのような敵をもつことは、よいことである。期待しよう、この都市がいつか、彼を沈黙させる術《すべ》を心得てくれることを。どのようにして沈黙させるべきなのか？　それはつまり、この都市がその最良の目的のために、彼を利用することによって、である。[4]

＊1　この一文は、「ひとりのアウトサイダーが注意を引き付ける」の一節〔本書五五一ページ〕と同じである。

＊2　この箇所は、「ひとりのアウトサイダーが注意を引き付ける」でも引用されている〔本書五五一ページ〕。

＊3　クラカウアーは『フランクフルト新聞』の学芸部記者で、当時はベルリン支局にいた。

＊4　ベンヤミンの期待とは裏腹に、クラカウアーはこののち、ナチスの政権奪取とともに亡命を余儀なくされる。

ドイツ・ファシズムの理論

——エルンスト・ユンガー編の論集『戦争と戦士』〔一九三〇年〕について

Theorien des deutschen Faschismus. Zu der Sammelschrift »Krieg und Krieger«. Herausgegeben von Ernst Jünger〔一九三〇年『ゲゼルシャフト』誌に発表〕

アルフォンス・ドーデ（一八四〇—九七年。フランスの作家）の息子レオン・ドーデ（一八六七—一九四二年。フランスの作家、評論家、政治家）は、自身も著名な作家であり、フランス王党主義政党のリーダーであるが、彼は一度、みずから主宰する新聞『アクシオン・フランセーズ』紙〔一八九九—一九四四年〕に、自動車展示会についてのレポート記事を書いたことがある。この記事は——もしかすると言葉は違っていたかもしれないが——「自動車、それは戦争だ」という等式で締め括られていた。この驚くべき理念結合の根柢にあったのは技術的補助手段、速度、エネルギー源等の増強を図るべしとする思考で、これらのものは、我々の私的生活においては余すところなく完全に適切利用されはしないが、それでもやはり、正当化されることを強く求めている、というのである。これら技術的補助手段や速度やエネルギー源等は、調和的な共演《ツザメンシュピール》〔共同遊戯〕を放棄することによって正当化される。それはつまり、戦争においてである。すなわち戦争は、それがもたらすもろもろの破壊によって、社会の現実が技術をみずからの器官となすほどには熟していなかったということ、技術が社会的な根元的諸力を克服できるほど充分に強力ではなかったということを、立証するものなのだ。戦争の経済的原因のもつ意味を少しも減ずることなく、こう主張することが許される――帝国主義的戦争は、それがまさに最も過酷なものであり最も重大な結果を招くものである点で、一方で技術が巨大な手段をもつということと、他方で技術の道徳的解明がほとんどなされていないということとのあいだの、激しい齟齬によっても、〔その本質を〕決定されているのだ、と。事実ブルジョワ社会は、その経済的本性からすれば、あらゆる技術的なものをいわゆる精神的なものからできる限り遮断し、技術的な思考を社会秩序に関する共同決定権からできる限り断固として締め出すよりほかないのだ。同時に、今後の戦争はいずれも、技術という奴隷の反乱でもある。戦争に関わるすべての問題が、こうした状況やこれと類似した状況によってその今日的な特徴を与えられているということ、それらの問題は帝国主義的戦争の問題だということは、今ここにある論集の著者たちに思い起こさせるまでもないように思われる。それは、彼らが〔第一次〕世界大戦の兵士であり、たとえ他の点では反論を招かずにはいないにせよ、世界大戦の経験から出発しているということは疑いえないだけに、なおさらそうである。それゆえ、一ページ目ではやくも、「どの世紀に、どのような理念のために、そしてどのような武器で戦われるのかといったことは、副次的な役割しか担っていない」

〔エルンスト・ユンガー「総動員」〕という主張を見つけて、ひどく驚かされるのだ。そして最もひとを驚かすのは、エルンスト・ユンガー（一八九五―一九九八年。ドイツの作家）がこの主張でもって、平和主義のすべての原理のなかでも最も議論の余地のある、最も抽象的な原理を借用していることである。なるほど彼と彼の友人たちにおいては、その背後に、教条的な紋切型というよりもむしろ、根深い、そして――男性的な思考のあらゆる尺度に照らして――まったくもって邪悪な神秘主義が潜んではいる。がしかし、彼の戦争神秘主義と、平和主義のステロタイプ的平和理想、この二つはどっちもどっちなのだ。それどころか、最も重い結核症状にあるこの平和主義でさえ、目下のところ、癲癇性の泡を吹いているその兄弟〔戦争神秘主義〕よりも、ある一点において優っている。すなわち、現実的なものになにがしかの拠り所をもっている、とりわけ次の戦争に関するいくつかの概念をもっている、という点において。

〔本論集の〕著者たちは、好んで、そして力を込めて「最初の世界戦争〔第一次世界大戦〕」について語る。しかし、彼らが未来の戦争の概念を確定する際に、この概念にいかなる具体的イメージも結びつけることがない、その無感覚さは、彼らの経験が、いかに第一次世界大戦のリアリティを――そのことを言うのに彼らはよく、このうえなく奇異な漸層法[*1]を用いて、「世界性をもった現実的なもの」〔フリードリヒ・ゲオルク・ユンガー「戦争と戦士」〕という言い方をするのだが――獲得しそこなっているかを示すものである。彼ら国防軍の先覚者たちは読者に、制服こそが彼らにとっては全身全霊をあげて待望されたひとつの最高目標である、と思わせかねないのだが、この目標に比して、制服が後に幅をきかせるようになる際のその状況の方は、非常に影が薄くなってしまう。ここで首唱されている戦争イデオロギーはヨーロッパの軍備水準に照らしてみると今ではもういかに時代遅れであるか、ということをはっきり認識すれば、こうした態度はより分かりやすくなる。著者たちの幾人かは物量戦を現存在の至高の啓示と見なしているのだが、その物量戦が英雄主義のみすぼらしい諸エムブレム——それらは世界戦争ののちもあちこちで生き残ってきた——をお払い箱にするものなのだということは、著者たちは〔この論集の〕どこにおいても言っていない。この本の寄稿者たちの毒ガス戦への関心は目立って低いのだが、毒ガス戦は将来の戦争にひとつの相貌《ゲジヒト》を与えることを約束している。すなわち、軍人的カテゴリーとは最終的に手を切って、その席をスポーツ的カテゴリーに譲り渡し、さまざまな行動から一切の軍事的なものを取り去って、それらの行動をすべて記録《レコード》という照尺《ゲジヒト》に合わせる、そういった相貌を。[*2]というのも、毒ガス戦の最も熾烈《しれつ》な戦術的特性は、まったくのきわめてラディカルな攻撃戦である、ということにあるからだ。空からの毒ガス攻撃に対しては、周知のごとく、充分な防衛策がない。個人単位の防護措置であるガスマスクでさえ、マスタード・ガスやルイサイト〔両者とも糜爛《びらん》性の毒ガス〕に対しては役に立たない。[*3]ときおり、プロペラのブーンという唸りを遠隔感知する鋭敏なレシーバーの発明といった、「安心させてくれるもの」の話を耳にすることもある。すると数カ月後には、音をたてない航空機が発明されてしまうのだ。毒ガス戦は殲滅《せんめつ》記録《レコード》に依拠し、不条理にまで昂じた一発勝負《ハザルディーレン》と結びついているのだろう。毒ガス戦が国際法の規範内において——つまり、まず宣戦布告がなされ、然《しか》るのちに——開始されるかどうかは、疑わしい。毒ガス戦の終結は、そうした〔国際法上の〕制約をもはや考慮に入れる必要すらないことだろう。周知[*4]のように毒ガス戦は民間人と兵士の区別を解消するのだが、この区別とともに、国際法の最も重要な基盤も崩壊する。帝国主義戦争のもたらす秩序崩壊が、戦争を終結不可能なものにしてしまいそうであるということ、および、どんな風にそうなってゆくのかということは、すでに先の戦争〔第一次世界大戦〕によって示されている。

*1 修辞法の一つで、本来は、語句を重ねて次第に文意を強めてゆき、最後に最大の効果を導く技法をいう。
*2 以下四行、「……役に立たない」までは、「未来の武器」(一九二五年)からの変形自己引用。
*3 以下四行、「……発明されてしまうのだ」までも、「未来の武器」からの変形自己引用。
*4 以下の一文も、「未来の武器」からの変形自己引用。

一九三〇年に出版された「戦争と戦士」を扱う一冊の書物がこうしたことをすべて素通りしているのは、ひとつの珍事以上のこと、ひとつの症候なのである。それは、ひとつの祭式的な崇拝へと、つまり戦争の神格化へと流れ込む、少年じみたばか騒ぎの症候であり、ここでこの神格化の告知者として登場するのが、なかんずく、フォン・シュラム（一八九八―一九八四年。ドイツの作家）と〔アルブレヒト・エーリヒ・〕ギュンター（一八九三―一九四二年。ドイツの評論家、翻訳家）である。この新しい戦争理論の面貌には、粗暴なデカダンスを出自にもつというみずからの素性がありありと現われているのだが、この理論は、芸術のための芸術《ラール・プール・ラール》の諸テーゼを、傍若無人に戦争へと転用したものにほかならない。しかしこの教説には、そのもともとの基盤においてすでに、凡庸な大家たちの口にのぼると嘲弄の対象になるという傾向があるのだとすれば、この新しい位相におけるこの教説の見地は、ひとを恥じ入らせるものである。いったい誰が、マルヌの戦い〔一九一四年。第一次世界大戦でのドイツとフランスの最初の会戦〕の戦士、あるいは、ヴェルダン〔第一次世界大戦でのドイツとフランスの会戦地〕を前にして宿営していた者たちのうちのひとりを、次のような文章の読者として想像するだろうか。「我々は非常に不純な原理に則ってこの戦争を行なった」〔フォン・シュラム「戦争の創造的批判」〕。「本物の戦いは、つまり兵士と兵士、部隊と部隊が戦うことは、ますます稀になっていった」〔同前〕。「自明のことながら、前線の将校たちは戦争をしばしばまさに様式なきものにした」〔同前〕。「というのも、大衆を、劣等な血を、実務的で市民的な志操を、要するに俗人を、とりわけ将校団や下仕官団に編入したことによって、職業軍人階級における永遠に貴族的な諸原質が、ますます根絶されてしまったからだ」〔同前〕。これ以上に見当はずれな音調を響かせたり、これ以上に未熟な考えを書きつけたり、これ以上に気のきかない言葉を発したりすることはできない。しかし、著者たちがまさにこの点で完全に失敗するほかなかったということ、このことにこそ、彼らがかつてあったものを把握せぬままアクチュアルなものを手に入れようとする、その高貴ならざる、まったくもってジャーナリズム的な性急さ――彼らが、永遠なるものや原初なるものについてどんなに言を弄しようと、それに反して、ここにあるのはそのような性急さなのだ――の罪がある。戦争の祭式的な諸要素、たしかにそういったものは存在した。神政政治に基づく共同体はそういった諸要素を知っていた。そして、それらの沈淪《ちんりん》してしまった諸要素を戦争の尻尾を摑んで再び引っぱり上げようとするのは、非常にばかげたことだろうし、またそれだけにいっそう、観念奔走をきたしているこれらの戦士〔本論集の著者〕たちにとっては、彼らが歩み損ねた方向をユダヤ人哲学者エーリヒ・ウンガー（一八八七―一九五〇年。ドイツ出身。ベンヤミンは彼を、発刊に至らなかった自分の雑誌『新しい天使』の共同執筆者に考えていた）がどれだけ遠くまで進んだか、そして、ウンガーがユダヤ人の歴史の具体的なデータに基づいて――たしかに部分的には問題があるとはいえ――確認した事柄が、本書において呼び出されたさまざまの血なまぐさい幻影をどれほど無に帰せしめているか〔E・ウンガー『ひとつなるユダヤ民族の無国家的形成について』一九二二年、参照〕を知るのは、非常に気まずいことだろう。しかし、何かを明らかにしたり、事物を本当に名で呼ぶには、本書の著者たちの力は及ばない。戦争は「悟性が行なうあの経済学をすり抜ける。戦争の理性のなかには、何か非人間的なもの、度を越えたもの、巨人的なものが、何か火山の活動や荒々しい爆発を思い起こさせるようなものがある……、生のとてつもない大波が、痛みを覚えるほど深い、逃れることのできない、統一的な力によって引き起こされて、今日ではすでに神話的になりつつある戦場へと連れてゆかれ、現在把握しうるものの領域をはるかに越える課題のために活用されるのだ」〔F・G・ユンガー、前出論文〕。抱きしめるのが下手な求婚者は、こんな風に饒舌である。事実、本書の著者たちは思想を抱きしめるのが下手なのだ。彼らには、幾度も繰り返し思想を取り持ってやらねばならないのだが、それを我々はこれから行なう。

その思想とは、戦争は――先の戦争も、そしてこれと同じく実にしばしば言及される「永遠なる」戦争も――ドイツ国民の最高次の表現である、というものである。永遠なる戦争の背後には祭式的な戦争の思想が、先の戦争の背後には技術的な戦争の思想が隠れているということ、および、著者たちがいかにこれら二つの戦争の相互関係を整理できていないかということは、〔これまで述べたことによって〕明白になっているだろう。しかし、この先の戦争に関しては、さらにもうひとつ特別な事情がある。この戦争は物量戦であるばかりか、負けた戦争でもあるのだ。それと同時に、もちろんまったく特別な意味で、ドイツの戦争である。他の諸民族も、自分たちはみずからの最内奥にあるものに基づいて戦争をした、と主張することはできよう。しかし、最内奥にあるものに基づいて戦争に負けた、とは主張できないだろう。さてそこで、一九一九年以来ドイツを激しく揺さぶっている議論、あの敗戦をめぐる議論の、現在での最終局面における特別な点は、まさに敗戦こそがドイツ性のために必要とされる、ということである。最終局面、と言ってよいのは、敗戦を克服しようとするこれらの試みが、ひとつの明確な分類的構造を示しているからだ。これらの試みは、ヒステリックに全人間的なものにまで高められた罪の告白によって、敗北を内的な勝利へと倒錯的に転換する企てから始まった。没落しつつある西洋に餞別としてさまざまな声明書を持たせてやったこの政治は、表現主義的アヴァンギャルドによるドイツの「革命」の忠実な反映だった。その次にやって来たのは、負けた戦争を忘れようとする試みだった。市民階級《ブルジョワジー》は喘ぎながら一方の耳を塞ぐように寝そべって横になった。そのとき、長篇小説以上に柔らかな枕があっただろうか？　体験してきた年月の恐怖は、どんなナイトキャップでも容易にその型の痕跡を残すことができる羽毛の詰め物になった。そしていま、我々がここで問題とすべき最後の企てをそれ以前の企てから際立たせているのは、この戦争そのものよりも敗戦のほうを深刻に捉えるという傾向である。――ひとつの戦争に勝つ《ゲヴィネン》、あるいは負ける《フェアリーレン》*というのは、どういうことなのだろうか？　このどちらの語においても、二重の意味がなんと特徴的なことか。第一の明瞭な意味は、たしかに結果を意味しているのだが、しかし、この二つの語のなかに独特の空隙――共鳴板――を作り出す第二の意味は、戦争全体を指しており、我々にとっての戦争の結果が我々にとっての戦争の実体をどのように変えるかを、言い表わしている。第二の意味が言っているのは、勝利者は戦争を保持し続け、打ち負かされた者にとっては戦争は失われる、ということである。すなわちこの第二の意味は、勝利者は戦争を自分のものに繰り入れて、自分の所有物となし、打ち負かされた者は戦争をもはや所有せず、戦争なしで生きてゆかなければならない、ということを言っている。ここに言う戦争とは、戦争そのものおよび戦争一般だけでなく、戦争のさまざまに移り変わる局面の最も些細な様相をも、戦争における駆け引きの最も微妙な策をも、もろもろの戦争行動の最も突飛なものをも、すべて含めての戦争である。ひとつの戦争に勝《ゲヴィネン》つあるいは負ける《フエアリーレン》ということ、それは、言語〔が指し示すところ〕に従った場合、我々の現存在の構造にきわめて深く介入してくるので、それによって、我々は、生きているあいだじゅう、記念碑や絵画や発掘品の所有分を増やしたり減らしたりしてきたのだ。そして、我々は世界史上最も大きな戦争のひとつ、すなわち、そのなかで民族の全物質的実体と全精神的実体とが結びつけられていたひとつの戦争に負けた《フエアローレン》〔(戦争を)失った〕のだから、この敗戦《フエアルスト》〔喪失〕は何を意味するかが推し量られよう。

＊ドイツ語の gewinnen という語には「勝つ」という意味と「得る」という意味が、verlieren という語には「負ける」という意味と「失う」という意味がある。

たしかに、〔エルンスト・〕ユンガー周辺の人びとに対して、彼らはこの意味を推し量らなかった、と非難することはできない。がしかし、彼らはこの途方もないものにどのように立ち向かったのだろうか？　彼らは戦うことをやめなかったのである。彼らは、現実の敵がもはやいないところで、なおも戦争という祭式を執り行なってきた。彼らは、学校の生徒が宿題で計算間違いをした箇所にインクのしみがつくのを切望するように、西洋の没落の到来を切望するブルジョワジーの欲求の言いなりになって、行く先々で没落を伝播させ、没落を説き勧めてきたのだ。失われたものを——必死に手放すまいとするのではなく——ほんの一瞬なりとも〔思考対象として〕ありありと思い描こうとする能力が、彼らには具わっていなかった。彼らユンガー周辺の人びとは、つねに誰にも先んじて、つねに最も鋭く、自覚的思慮と対立していた。負かされた者がもつ大きなチャンス、すなわち、闘争を別の領域に移し換えるというロシアがものにしたチャンスを、彼らがなおざりにしているうちに、その瞬間は逸され、ヨーロッパでは諸民族は再び通商条約のパートナーになりさがってしまったのだ。「戦争は管理される、もはや遂行されるのではなく」〔アルブレヒト・エーリヒ・ギュンター「知識人層と戦争」。強調はギュンターによる〕と、本書の著者のひとりが不満げに報告している。この事態はドイツの戦後によって修正されねばならない、というのだ。この戦後は、それに先行した戦争に対する抗議であると同時に、それと同じ程度に、文民《ツィヴィール》〔平服〕——人びとは先の戦争にそのしるしがついているのを目にとめたのだ——に対する抗議でもあった。〔彼によれば、〕とりわけ、厭《いと》わしい合理的要素は戦争から取り去られるべきだ、ということになる。そしてたしかに、この兵士〔本論集の著者〕たちは、フェンリル〔北欧神話に登場する、狼の姿をした最も危険なデーモン〕の喉から立ち昇ってきた、毒気を浴びはした。がしかし彼らが浴びたその毒気は黄十字〔糜爛性毒ガスの総称〕榴弾による毒ガスとの比較を受け入れることができなかった。兵舎における軍務や、賃貸アパートで貧困にさらされている家族を背景にして、この原ゲルマン的な運命魔術《シックザールスツアウバー》は、腐敗性の微光を発した。そして当時も、この微光を唯物論的に分析せずとも、あのフローレンス・クリスティアン・ラング（一八六四―一九二四年。ドイツの牧師、プロイセン官吏）――彼の人生行路は、これら絶望した者〔本論集の著者〕たちの一団全体よりも、ずっとドイツ性を打ち出している――がそうであったような、自由で知的で真に弁証法的な精神に宿る堕落していない感情が、後々まで残る文章でもって彼らの前に立ちはだかることができたのだ。「人間の徳は無駄である、という運命信仰の魔力《デモーニー》――世界を焼く神々の劫火のなかで光の勢力の勝利を焼き落とす反抗の、暗い夜、……生を尊重せず、理念のために投げやってしまうこの戦死信仰の、うわべだけの意志の荘厳さ、――すでに何千年も我々のうえに覆いかぶさり、星々の代わりに稲光だけを（そのあとでは夜がそれだけいっそう暗くなり我々の息を詰まらせる、麻痺させ混乱させる稲光だけを）道の告知者としてさし向ける、この雲を孕んだ夜、ドイツ観念論哲学のなかで、雲の後には星空があるのだ、という考えでもって己れの恐怖心を軽減している、世界生命ではなく世界死というこのぞっとする世界観――ドイツ精神のこうした根本的方向性は、まったく無意志的であり、言っている通りのことを考えてはおらず、もぐり隠れること、臆病、知ろうとしないこと、生きようとはしないこと、しかしまた死のうともしないこと、にほかならない……。というのも、生に対するドイツ的な中途半端な立場とは、こういうものだからだ。すなわち、〈そうだとも、生を捨て去ることはできる、どんな負担もかからないのなら。つまり、陶酔の瞬間にならそして、残された者たちの面倒が見てもらえ、この命短き犠牲者たるわが身が永遠なる後光に包まれることになるのなら〉」〔ラング『ドイツの建築現場の仮小屋』一九二四年〕。だがさらに、これと同じ脈絡のなかで次のように言われているとしたら、どうだろうか。「ベルリンで革命を鎮圧するには、死を覚悟した将校が二百人いれば――どの地方でもそれ相応の数の将校がいれば――足りただろうが、しかしそういう将校はひとりもいなかった。本当は、きっと多くの将校が〔事態を〕救いたかったことだろう。ところがまあ――こちらの方が現実なのだが――誰ひとりとして、行動を起こして、指揮官の役を買って出るなり単独で打って出るなりするほどの気概をもった者はいなかった。将校たちはむしろ、街頭で肩章を引きちぎられる方がましだったのだ」〔同前〕。このように書かれているとなると、この〔ラングの〕言語は、ユンガー周辺の人びとにとっては、おそらく近しく響くことだろう。これを書いた人物は、ここに集結した者〔本論集の著者〕たちのもっている態度と伝統を、自身に最も固有な経験から知っている、ということだけは確かである。そしておそらく、彼は、唯物論に対する彼らの敵意が物量戦の言語を作り出すまでのあいだは、その敵意を彼らと共有していたのだろう。

戦争の初めに国家と政府の立場から観念論が供給されたのだったが、軍が徴発に依存する期間が長くなればなるほど、その依存の度合いも増していった。軍の英雄主義はますます陰鬱で致命的で鋼灰色を帯びたものになり、栄光と理想がまだ手招きしている圏域はますます遠ざかって霧のようにぼやけ、自分自身を世界大戦の兵力というよりも戦後の執行者と感じていた者たちの態度は、ますます頑なになっていった。「態度」——これは、彼らのあらゆる言説において、二言目には登場する言葉である。軍人的な態度がひとつの態度であることを、誰が否定しようか。しかし言語は、たんに書き手の態度にとっての試金石であると思われがちだが、決してそれだけにはとどまらず、あらゆる態度にとっての試金石なのである。本論集で徒党を組んでいる者たちにあっては、言語はその試練に耐えきれない。〔エルンスト・〕ユンガーが、十七世紀のディレッタント貴族たちの口真似をして、「ドイツ語はひとつの原言語である」と言ったところで、それがどういうつもりでそう言われているのかが、それに付加された文によって暴露されてしまう——「ひとつの原言語として、ドイツ語が、文明に、礼節の世界に、克服しがたい不信感を吹き込むのだ」〔エルンスト・ユンガー、前出論文〕。しかし彼の同国人たち〔ドイツ人〕に対して、戦争が、ひとりの「強力な検査官」〔F・G・ユンガー、前出論文〕として、つまり、時代の「脈をとり」、「吟味ずみの結論」を「空洞化すること」を彼らに禁じ、「光り輝く虚飾の裏の」「廃墟」〔以上、同前〕に向けるまなざしを鋭くせよ、と彼らに要求する検査官として、示威的に提示されるのであってみれば、文明や礼節の世界に吹き込まれるこの不信感が、どうして彼ら同国人の抱く不信感に比肩するほど深いものになりえようか。だが、彼らがキュクロプス〔ギリシア神話に登場する一つ目の巨人〕のように巨大だと思っているこれらの思想建造物において、そうした過失よりもさらに恥ずかしいのが、どんな論説の飾りにもなるであろうような、言葉を繋いでゆくときのその流麗調であり、これよりもさらにやりきれないのが、〔思想の〕中身の凡庸さである。「戦死者たちは」、と我々は語りかけられる、「戦死することによって、ひとつの不完全な現実からひとつの完全な現実へ、時代的現象としてのドイツから永遠なるドイツへと、参入したのだ」〔エルンスト・ユンガー、前出論文〕。たしかに時代的現象としてのドイツは知っての通りではあるのだが、しかし永遠なるドイツの方も、もしそのイメージを得るために我々はかくも口達者な者たちの証言に頼らざるをえないとなれば、芳しい状況にあるとは言えないだろう。「不死性の確固たる感情」〔F・G・ユンガー、前出論文〕や、「先の戦争におけるもろもろのうとましい事柄を恐るべきものへと高めた」〔フォン・シュラム、前出論文〕という確信や、「内部に向かってたぎる血」の象徴性〔ヒールシャー「偉大なる変身」〕といったものを、彼らはなんと安易に手に入れていることか。彼らはたかだか、自分たちがここで祝っている戦争を戦ったにすぎない。我々はしかし、戦争について語り、しかも戦争以外には何も知らない者を、認めはすまい。我々は、我々風にラディカルに、こう問おう。お前たちはどこからやって来たのだ？　そしてお前たちは平和について何を知っているのか？　お前たちは、戦場において前哨に出くわしたように、かつて、ひとりの子供や一本の木や一匹の動物において平和に出会ったことがあるか？　そしてその答えは——彼らの答えを待つまでもなく、否！　である。だからといって、お前たちに戦争を祝う能力がないというのではない。それどころか、今やっている以上に情熱的に祝うことだってできるだろう。けれども、お前たちが今やっているように戦争を祝う能力は、お前たちにはないだろう。フォーティンブラス〔シェイクスピア『ハムレット』の登場人物〕だったら、戦争を擁護する証言をどのようにしただろうか？　これは、シェイクスピア（一五六四—一六一六年。イギリスの劇作家、抒情詩人）の技法から推し量ることができる。彼はロミオを最初から恋に落ちた状態で、つまりロザリンデに恋している状態で描くことによってこそ、ジュリエットに対するロミオの愛を、その情熱が炎と燃えて輝くものとして露わにするのだが、それと同じように、フォーティンブラス*は平和礼賛を、それもうっとりとさせるような、心をとろけさせるほどに甘美な平和礼賛を始めたことだろう。そしてその甘美さゆえに、さらに彼がこの平和礼賛の最後に戦争支持の声を上げる際には、誰もが、身震いしつつこう告白せずにはいられないことだろう。〈平和の幸福にすっかり満たされているこの人に、その全身全霊をこめて戦争に忠誠を誓わせているのは、いったいどんな、強力で名状しがたい力なのだろうか？〉と。——ここでは、この力については何も言わないでおく。略奪の専門家たちが発言する番だ。彼らの視野は炎をあげて燃えているが、しかし非常に狭隘である。

＊ノルウェー国王の甥フォーティンブラスは、利益のためではなく名誉のために、わずかばかりの土地をめぐって、ポーランドに戦いを挑む。

彼らはその視野の炎のなかに何を見るのだろうか？ 彼らは――この点では、我々はF・G・ユンガー（一八九八―一九七七年。ドイツの作家。エルンストの弟）を信頼してよい――ある変化を見ているのだ。「魂の決断という戦列が戦争を横切って貫通している。戦闘の変化には戦士たちの変化が対応している。一九一四年八月の兵士たちの曲線的で屈託のない熱狂した顔を、一九一八年の物量戦戦士たちの、死ぬほど疲労困憊し痩せこけた、厳しく緊張した顔と比べると、戦士たちのこの変化が見えてくる。どんどんきつく引き絞られついに張り裂ける、この戦闘〔つまり、物量戦〕の弓の背後に、忘れがたく、彼らの顔が立ち現われる。受難の道の留に次ぐ留＊や会戦に次ぐ会戦――そのどれもが、極度の緊張のもとに続行される絶滅作業の、象形文字的な記号なのだ――のたびごとに、激しい精神的震撼によって形成され、突き動かされてきた顔が。過酷に、冷徹に、血なまぐさく、そして休みなく繰り広げられる物量戦によって作り上げられたあの兵士類型が、ここに立ち現われる。この兵士類型を特徴づけているのは、生まれながらの戦士に特有な筋金入りの不屈さであり、より孤独な責任感を、魂の荒涼さを湛《たた》えた表情である。ますます深い層において続けられたこの格闘のなかで、この兵士類型の格の高さが証明された。この兵士類型が歩んだ道は狭く危険なものだったが、それは未来へと続いてゆく道だった」〔F・G・ユンガー、前出論文〕。きっちりした表現や、真正な強調や、確かな根拠づけに、この論集のどこで出会うにせよ、ここで的確に表現されている現実こそが、エルンスト・ユンガーが総動員された現実と呼び、エルンスト・フォン・ザーロモン（一九〇二―七二年。ドイツの作家。論文「決死隊」が本論集に収録されている）が戦線の風景として把握した現実にほかならない。ここで分かるように、最近「退屈しのぎの英雄主義」というキーワードでもってこの新しいナショナリズムを始末してしまおうとしたあるリベラルなジャーナリストの見積もりは、いささか安易にすぎたのだ。〔物量戦によって作り上げられた〕あの兵士類型こそが現実であり、世界大戦の生き残りの証人なのである。そして戦後に擁護されてきたのは、本当は、前線の風景、すなわちこの兵士類型の故郷だったのだ。この風景が、〔そこに〕とどまるよう強いる。

＊　受難の道とは、キリストがゴルゴタの丘に十字架を運ぶまでの道行きのことで、留は、その道行きの途上でキリストが立ち止まった十四の場所を指す。

次のことが、並たいていではない苦々しさをこめて述べられねばならない。つまり、総動員された風景に直面して、ドイツ人の自然感情は予期せぬ飛躍を遂げたのだ、と。あんなにも感性的にこの風景に生息する平和の守護神たちはそこから疎開させられ、塹壕の縁ごしに目が届く限り、周りのものすべてが、ドイツ観念論地帯そのものになってしまった。榴弾痕はどれもひとつの問題であり、鉄条網はどれもひとつの二律背反であり、棘はどれもひとつの定義であり、爆発はどれもひとつの措定であり、そしてこの地帯の上の天空は、昼は鉄かぶとの宇宙的な内側で、夜は人びとを統《す》べる人倫法則だった。技術は、砲火の帯と塹壕でもって、ドイツ観念論の顔の英雄的な相貌をなぞろうとした。技術は思い違いをしたのだ。というのも、技術が英雄的な相貌だと思ったものは、ヒポクラテス（前四六〇頃−前三七五年頃。古代ギリシアの医師）の相貌、すなわち死相だったからだ。そうして技術は、みずからの邪悪さに深く浸透されて、自然の黙示録的な顔貌を刻印し、自然を沈黙に至らしめたのだが、それでもやはり、自然に言語を与えたかもしれない力ではあったのだ。新しいナショナリズムは形而上学的な抽象性にくるんで戦争信奉を表明するのだが、この、形而上学的に抽象された戦争とは、観念論的に理解された自然の秘密を、人間的な状況の整備という迂回を経て利用し、また明らかにしようとするのではなく、技術において神秘的かつ直接的に解き明かそうとする試みにほかならない。「運命」と「英雄」が、ゴグとマゴグ*のように、この人びと〔本論集の著者たち〕の頭のなかに立っており、人の子ばかりでなく思想の子までもが、その犠牲になっている。人間の共同生活の改善に関して考え出される冷徹なもの、申し分のないもの、素朴なものはすべて、四十二センチ口径の臼砲のげっぷでもってこれに応えるこれら口達者なでくの坊たち〔本論集の著者たち〕の、使い古された喉のなかに呑みこまれる。英雄的精神が物量戦によって硬直させられると、それはときおり、著者たちにとっていささか辛いものとなる。とはいえ、著者たち全員にとって辛いというわけでは決してなくて、本書で「戦争の形式」〔フォン・シュラム、前出論文〕についての幻滅や、この高潔なる人びとが「明らかにうんざりして」〔同前〕いた「無意味に機械的な物量戦争」〔同前〕についての幻滅を公言している、お涙ちょうだい風の付論ほど、評判を落とすものはない。しかし、幾人かが事態を直視しようとしているところでは、彼らにとっていかに英雄的なものという概念がひそかに変化してしまっているかが、そして、彼らが賛美する不屈さ、寡黙さ、容赦のなさといった徳が、本当は、いかに兵士の徳というよりも試練を経た階級闘争者の徳であるかが、最も明白になる。まずは世界大戦中に義勇兵という仮面の陰で、次いで戦後に傭兵という仮面の陰で育ってきたのは、実は、信頼できるファシズムの階級戦士なるものであり、本書の著者たちが理解する国家〔という概念〕のもとに理解しているものとは、この身分に依拠した支配者階級のことなのだ。この支配者階級は、誰に対しても、ましてや自分自身に対してはまったく弁明義務を負わず、そそり立つ高みに君臨し、すぐにも自分の商品の唯一の消費者になってしまいそうな生産者に見られる、スフィンクス風の相貌をしている。ファシストたちの国家は、このスフィンクスの顔をして、新しい経済的な自然の秘密として古い自然の秘密の傍に並んで立っているのだが、この古い方の自然の秘密は、ファシストたちの技術においては、解明されることはまったくなく、みずからの最も脅迫的な相貌を見せつけている。もろもろの力が形成する平行四辺形、すなわち、ここでは両者――自然と国家――が形成している平行四辺形において、その対角線が戦争なのだ。

＊　キリスト教の神の国に敵対する民。悪魔は彼らを聖なる者たちと戦わせるが、その際彼らは、天から下りてくる火に焼き尽くされる（『ヨハネの黙示録』二〇－7）。

この本の諸論文のうちで最も良い、最も考え抜かれた論文（ゲアハルト・ギュンター「国家による戦争の制御」を指す）にとって、「国家による戦争の制御」という問題が生じてくるのは、もっともなことである。というのも国家は、この神秘的な戦争理論においては、もともと最も重要な役割を演じているのだから。制御するという役割は、一瞬たりとも、平和主義的な意味で理解されることはないだろう。ここでは、はるかに多くのことが国家に要求されている。すなわち国家は、さまざまな戦局のなかで己れのために動員しなければならない魔術的な諸力に、すでに構造と態度において適応し、かつ、この魔術的な諸力に対して威厳のあるところを示さなければならない。さもなければ国家は、戦争を、みずからの目的にとって有益なものとなすことに成功しないだろう、というのだ。戦争に直面した際に国家権力が機能不全に陥ったことが、本論集に集結した者たちにとって、彼ら独自の思考の出発点となっている。戦争末期には修道会風の同志関係とも国家権力の正規代理人ともつかない状態にあった諸部隊は、たちまち統合されて独立した無国家的な傭兵部隊となった。そして、国家が自分たちの財産の保証人であることを怪しみ始めていたインフレーション期の財界の長たちには、そのような部隊が供給される態勢にあることのありがたみが分かっていた。それらの傭兵部隊は、私的な地位や国防軍の仲介を通して、注文すればいつでも、米や蕪《かぶ》のように目に見えるかたちで届けてもらうことができた。ここにある論集にしても、イデオロギー的に分節された募集パンフレット、新しい類型の傭兵あるいは——より適切に言えば——傭兵隊長を募るパンフレットに似ている。本書の著者たちのひとりが率直にこう明言している。「三十年戦争の勇敢な兵士は、自分を……肉体と生命もろとも売ったのだが、それでさえ、ただ志操と才能だけを売るよりは、まだしも高潔である」〔ザーロモン、前出論文〕。もっとも、この著者はこれに続けて、「ドイツの戦後の傭兵はみずからを売るのではなく、ただで贈り与えてしまった」と言っているのであるが、このことは、傭兵部隊の比較的高い俸給についての同じ著者の発言に照らして、理解されねばならない。俸給が、手仕事の技術的な必須重要項目と同様の厳しさで、これらの新しい戦士たちの長たる、支配者階級の戦争技術者層を印《しるし》づけた。つまり、これら戦争技術者たちは、モーニングコートに身を包んだ指導的社員たちと対をなすものなのである。実際、彼ら戦争技術者たちの指導者《フューラー》的な身振りは真剣に受け取られるべきであり、彼らの脅しは笑い事ではないのだ。平和時には無数のオフィス長たちに配分されている絶対的権力、市民から光と空気と生命を奪い取る絶対的権力の、すべてが、毒ガス爆弾を積んだたった一機の航空機の操縦士《フューラー》のうちで一体化している。一介の爆弾投下者が、高空の孤独のなかで神と二人きりで、彼の重病の老主人たる国家の代理権を握っているのであり、彼が署名するところにはもはや草は生えない——これこそが、本書の著者たちの念頭に浮かんでいる

「帝国的」指導者なのである。

ドイツは、本書で立ち向かってくる隊列のメドゥーサ的な組織を粉砕してしまわないうちは、未来を期待することはできない。粉砕してしまう――ひょっとすると、弛めてしまう、と言ったほうがよいかもしれない。ただしそれは、善意にあふれた言葉によって、あるいは愛によって〔弛める〕、などということではない。そうしたもの〔善意にあふれた言葉や愛〕はここでは当を得ていない。それはまた、論証に、説得したがりの議論に道を開くものであってもいけない。そうしたやり方ではなく、言語と理性が今なお与えてくれるすべての光を、あの「原体験」に、つまり、聴覚を失ったその暗闇から世界死を唱えるこの神秘主義が、無数の貧相な、〔観念論的〕概念という小さい足をうごめかせて這い出してくるあの「原体験」に、向けねばならないのだ。この光のなかで露わになる戦争は、この新しいドイツ人たちが祈りを捧げる「永遠なる」戦争でもなければ、平和主義者たちが夢中になって口にする「最後の」戦争でもない。この光のなかで露わになる戦争とは、本当は、恐ろしい、最後の、ワンチャンスにほかならない。すなわち、諸民族がその相互の関係を、それぞれが己れの技術によって自然に対して〔自然との関係において〕所有しているものに沿いつつ整えることができないでいるのだが、諸民族のこの無能力を矯正する、恐ろしい、最後の、ワンチャンスにほかならない。この矯正が失敗に終われば、たしかに、何百万もの人体が毒ガスと鉄製武器によってばらばらにされ、食いちぎられることだろう――そうなるのは避けられまい——が、しかし、クラーゲス（一八七二—一九五六年。ドイツの哲学者、性格学者、筆跡学者）の本を背嚢に入れて持ち歩いている、冥府のおぞましい諸力の常客たちでさえ、自然がみずからの子供たち——つまり、技術を没落の物神《フェーティシュ》〔呪物〕としてではなく幸福への鍵として所有している、〔冥府の諸力の常客たちよりも〕物見高くはなく、より冷徹な子供たち——に約束するものを、その十分の一すら経験しはしないだろう。自然の子供たちは、自分たちのこの冷徹さのしるしを示してみせるだろう——彼らが、次の戦争をひとつの魔術的な転回点として認知することを拒み、むしろ、次の戦争のなかに日常の像を発見し、そしてまさにその発見でもって、この暗いルーネ文字的〔つまり、神秘主義的〕魔法に唯一太刀打ちできるマルクス主義的策略《トリック》を実行してゆくなかで、次の戦争を内戦へと変貌させるであろう、その瞬間に。

現代のジャコバン党員
――ヴェルナー・ヘーゲマン『石のベルリン――世界最大の賃貸アパート都市の歴史』（一九三〇年）について

Ein Jakobiner von heute—Zu Werner Hegemanns »Das steinerne Berlin. Geschichte der größten Mietskasernenstadt der Welt« (1930)〔一九三〇年『フランクフルト新聞』に発表〕

二百年来ベルリンは、他の大都市もそうであるように、ひとつの地方としてのみずからの歴史を記録し、またみずからの伝承を跡づける、厖大な専門文献をもっている。それはしかし、〈郷土ベルリン《ベロリネンジエン》〉文献の範囲内にとどまる著作物であって、そこではこの都市が、己れを理解しようとするよりも、自分の姿を映して眺めようとしている。この都市の住民たちの名だたる批判欲ですら、郷土という見かけの前で感激して立ち止まってしまって、個々のあれこれを諷刺の標的にし、記念碑などを茶化したりしはするものの、賃貸アパート《ミーツカゼルネ》に批判の目を向けることはなかった。*ところで、自分の都市へのベルリン子たちの愛がより自由になり、地方色に染まった感傷性をなくしてゆくにつれて、この都市に対する批判も強まりはじめる。この世界都市に関する著作は、公的な、それどころかヨーロッパ的な性格を帯びようとしているのだ。長年にわたりひっそりと編集の仕事を続けながら、この発展を支援してきたのは、『月刊ヴァスムート　建築術と都市計画』〔「ヴァスムート」は出版社主の名〕の編集責任者ヴェルナー・ヘーゲマン（一八八一―一九三六年。都市計画を専門とした、ドイツの建築家。アメリカでも活動）の功績である。このたび、不朽のベルリン建設史を書いて際立つことになったヘーゲマンは、みずからの莫大な専門的知識を、包括性をいっそう増しながら外に向かって拡大してゆく、というよりもむしろ、凝縮度をいっそう高めながら内側から破砕してしまった、そういうごくわずかの決定的な頭脳のひとりなのだ。今日の彼の姿に明らかなように、彼は、きわめて優れた公民的教養を具えた人物であり、自分が取り組むどんな要件においても、文化的機能と政治的機能とを、緊密に相互に作用しあう関係のなかで体験する人物であり、アメリカの諸都市での公共施設の建設計画においても、歴代のプロイセン王に関する歴史的研究においても、同じ精確さと想像力をもって事に当たる人物である。

＊　ただし、約九十年前にすでに、老朽化した賃貸アパートに住む人びとの貧しい生活のありさまを克明に記述した、H・グルンホルツァー「フォークトラントにおけるあるスイス人の見聞」（ベッティーナ・フォン・アルニム『国王に献ぐ書』一八四三年、に収録）がある。

もっとも、ある厳密な合理主義の勢力圏内で前々から彼の仕事に霊感を与え続けているのは、ひとつの特異な想像力なのだ。それは、すなわち、反乱的想像力である。「想像力の最高次の目的は」、とチェスタトン（一八七四―一九三六年。イギリスの作家）は言う、「過去を振り返って見る現実化ということにある。想像力が吹き鳴らすラッパは、復活を告げるラッパのように、死者たちを墓穴から呼び起こす。想像力はギリシア人の目でデルフィを見、十字軍従軍者の目でエルサレムを見るのだ」〔出典未詳〕。疑わしいとはいえ興味深いこの定義が、歴史家ヘーゲマンにいかによく該当するか、それは驚くべきことである。実際、彼は物事をそのつどの同時代人の目で、しかも根本的に不満を抱いている《ミスフェアグニュークト》同時代人の目で見る。その不満は理解可能である。というのも、彼は諸資料を比類のないほど詳しく調べあげており、彼の知識はあらゆる細部においてまったく盤石《ばんじゃく》なので、それで彼は、かつて——いつか——長《おさ》であった者たちの無数の弱点、無数の不完全さの、その根本にまで迫ってゆくのだ。彼は、永遠にアクチュアルな歴史を、言い換えればスキャンダルの歴史（Skandal-Geschichte）を、書く。ただし、この言葉〔「スキャンダル」〕がその最も豊かな意味において、つまり、ラテン語 scandalum に従って〈つまずきの石《エルガーニス》〔公憤の種〕〉と理解されるよう、彼は要求して然るべきである。そう捉えると、この啓蒙主義者の役割は反転して、神学的なものに関わってくる。そして思わず知らず、道徳劇《モラル・プレイ》のなかに彼の姿を探してみたりするのだが、そこに彼の姿はない。そういうわけで、もうひとつ別の立場が彼を待ち受けているらしい。それはすなわち、最後の審判における不平申立人《クヴェルラント》の役割である。

　そこで彼はいまや、最後の審判の場に都市ベルリンを告訴する。我々虐げられた納税者は、実際、次から次へと醜態をさらしてよろめいている当局者に管理されたこの都市を、ありとあらゆる法廷に訴える権利を有しているのだ。しかしそれにもかかわらず、最後の審判の場でどこまでこの都市に罪を帰《き》せたいのかについては、我々はさらによく考えてみるだろう。この都市を、ヘーゲマンは「世界最大の賃貸アパート都市」と呼ぶ。この名が何を意味しているかを覚《さと》って、ぞっとせずにすむ者がいるだろうか？ そして、免責証人〔被告に有利な証言をする証人〕たちが次々と登場してくるのを見て、怒りと嘔吐にとらえられずにすむ者がいるだろうか？ 例えば、このトライチュケ（一八三四―九六年。ドイツの反社会主義、反ユダヤ主義の歴史家）。彼はこの都市のために、次のような忘れがたい口上を捻《ひね》り出している――「狭い小部屋に住んでいたって、誰も、神の声が聞き取れないほど惨めなわけではない」（『社会主義とその後援者たち』一八七四年――『石のベルリン』第二章からの重引）。また例えば、このホープレヒト（一八二四―一九〇三年。プロイセンの政治家。ベルリン市長もつとめた）。彼は一八六八年にすでに、まったくまどろんでしまっているようなクルツ＝マーラー（一八六七―一九五〇年。ドイツの女流流行作家）風のポエジーを、賃貸アパートから取り出した。つまり、彼はこう書いているのだ――「賃貸アパートでは、半地下室住居に住む子供たちが学費免除学校に行くのに、ギュムナージウムに行く顧問官や商業経営者の子弟と同じ玄関ホールを通る。屋根裏部屋に住む靴屋のヴィルヘルムや、裏の家屋に住む寝たきりのシュルツ婆さん……が、二階でもよく知られた人物となる。こちらで病人を元気づけるための一皿のスープが寄せられるかと思えば、そちらでは一枚の衣類が届けられ、またあちらでは、無料授業やその類《たぐい》のなにかを受けられるようになるための有効な手助けがなされる。そして、これらすべては、たとえ地位はどんなに違っていようとも同類である居住者たちの、気のおけない間柄がもたらした結果だと分かるのであり、しかも、与える側の人に対してもその人を高貴にするような影響を及ぼす、そういう手助けなのである」〔『公衆衛生について』一八六八年――『石のベルリン』第二四章からの重引〕。こういった免責証人たちが全員そろって登場してくる審理に、誰しもが、息をのんで聞き耳をたてたくなるのではなかろうか？ 先頭に立つのは、ホーエンツォレルン家の歴代の王たち。彼らは、兵舎の居住様態《カゼルネンヴェーゼン》を一般市民にまで押し広げ、背丈のばか高い建物を建てさせることによってベルリンの土地成金を作り出してしまった。次いで、警察のすごく利口な高級官吏たち。彼らは、市の道路用地収用費を節減するために、ある建築法規を新たに定めることによって土地所有者たちに、その手に残った地所の無制限活用を許すことを、最初に考え出した。その法規によれば、標準的な賃貸アパートにある三つの中庭のどれもが、五平米強の広ささえあればよかった。そして最後には、あの成金百姓《ミリオーネンバウアー》＊1たち。投機的に高騰した彼らの地所は、前世紀の八〇年代までに、一本の鉄のベルト〔鉄道の環状線のこと〕で、この都市の周りを囲むことになった。完璧に再現されたかたちで調書に添えられている有罪認定証拠《コルポラ・デーリクティー》の、根柢から揺さぶるような力から、誰が逃れえようか？ つまり、「広告柱のための背景枠と化した病院の列柱廊《シュピッテルコロナーデン》＊2」〔出典箇所未詳〕や、シェーンハウゼン並木通り六十二b番地の建物や――その立派で明るい感じの正面《ファサード》が、見る者の目に、背後に並んでいる三つの中庭のひどく荒涼としたさまを、そっと教えている――、シンケル（一七八一―一八四一年。ドイツの建築家、画家）の高貴な設計に見られるグローサー・シュテルン〔大きな星、の意〕広場〔ティーアガルテン中央部の広場〕と、ヴィルヘルム二世（一八五九―一九四一年。在位一八八八―一九一八年）治下の時代の獣じみた施工になるグローサー・シュテルン広場の対比、といった証拠の。著者は、先著の『フリードリヒ大王〔あるいは王の犠牲〕』〔一九二六年〕、『ナポレオン〔あるいは〈英雄への屈服〉〕』〔一九二七年〕、『〔救われた〕キリスト〔あるいは人身御供からのイフィゲーニエの逃亡〕』〔一九二八年〕での対話形式から離れた本書において、最高次の対話的な、いやそれどころか法廷的な緊張にまで到達している。本書の、壮大に構想されながら決して冗長にはならない叙述が読者から贏《か》ち得る関心〔のあり方〕こそ、公的な、いやそれどころか政治的な事柄における読者の修養〔の度合い〕を測る、ひとつの尺度なのである。

＊1　ドイツ帝国成立（一八七一年）後の時代に、投機熱にあおられてベルリン郊外の農地に地上げ屋が押しかけた。「成金百姓」は、そのときに農地を売って突然百万長者になった農民のこと。

＊2　ベルリン中央区《ミッテ》のシュピッテルマルクト広場にあった列柱廊〔第二次世界大戦により破壊された〕で、一八八一年に取り壊された病院《シュピッテル》のこの部分だけが保存されていた。

ヘーゲマンはこの不朽の著作を、フーゴ・プロイス（一八六〇―一九二五年。ドイツの法学者、政治家）の思い出に捧げている。ヴェーアムート（一八五五―一九二七年。ドイツの政治家。一九二〇年前後のベルリン市長）の言葉によるなら、「新しい大都市の建設のためのベルリンの思想に形式を与えた」〔『石のベルリン』緒言からの重引〕のが、プロイスだった。同じことが、周知のように、新しい国の建設のための思想についても言える。すなわち、プロイスはヴァイマル共和国憲法の起草者のひとりなのである。ヘーゲマンもまた民主主義思想の持ち主である、という推論は、大胆すぎるものではない。彼の熱狂的な否定主義の背後に左翼急進的な諸傾向があると推測する者は、大きな思い違いをしていることになろう。この事実は――この事実自体についてどう考えるにせよ――疑いを容れない。そしてこの事実は、根本においては、ヘーゲマンというきわめて興味深い、それどころか他との比較の不可能な現象を解明するための鍵なのである。たしかに、ひとつの民主主義的熱狂がかつて存在した――一七九二年のジャコバン主義〔フランス革命における過激急進派〕がそれである。とはいえ今日では、民主主義的信条が、あらゆる意味において落ちついた穏健な者の信条と見なされているのは、謂《いわ》れのないことではない。民主主義の精神とは、我々の〔時代の〕支配的秩序の精神なのだ。非情さと残酷さは支配のために役立ちうるが、熱狂は決してそうではない。ヘーゲマンはこのアナクロニズムを、熱狂的民主主義者を、今日のジャコバン党員を、具現している。ロベスピエール（一七五八―九四年。ジャコバン派の指導者）の永遠に醒めている不信、腐敗に対する彼の揺るぎなき嗅覚、彼の世間離れした純粋さ――こうしたものすべてが、ヘーゲマンのうちに蘇ったのである。彼のこの作品が方法という点から見て占めている場は、このことに符合している。彼のこの作品は、啓蒙主義の精神における政治的なもの、とはつまり、徹頭徹尾批判的なものである。がしかし、いかなる意味においても、仮面を剝ぐ性格《エントラルヴェエント》のものではない。ヘーゲマンが何を発見しようとも——そして彼のこの作品は、さまざまな発見に満ちている——、それらは偶然事なのだ。それらは、まっすぐなもの、理性的なものの規範から逸脱した、腹立たしい、不快な、人を憤激させるような事柄ではあるのだが、しかし決して、歴史的な瞬間*の個別特殊な、具体的な、隠れた状況布置《コンステラツィオーネン》がもたらした結果ではない。彼の叙述は、実用主義的《プラグマーティシュ》な歴史記述に対する、比類のない立派な訂正、概要においてはたしかに反論の余地のない訂正ではあるのだが、しかし決して、歴史的唯物論が追求するようなその根本的変革ではない——すなわち、〔叙述対象とする〕時代の生産諸関係のなかに、権力者の振舞いをも大衆の振舞いをも彼らの自覚なしに規定する具体的で変わりやすい諸力を探り出す、その際に、歴史的唯物論が追求するような根本的変革ではない。著者は、支配者たちの怠惰と腐敗にどこで出会おうとも、その怠惰と腐敗に気づく。がしかし、この最も揺るぎなき批判精神にしてもなお、実用主義的なもののうちに留《とど》まっているのだ。歴史の内部《ダス・インネレ》は、弁証法的なまなざしのために残されている。この仕事が未解決的な側面、それどころかつむじ曲がり的な側面をもっているのは、このことに起因している。それとも、我々の時代の完璧な民主主義者は、つむじ曲がりであるほかない定めなのだろうか？

＊　この「歴史的な瞬間」が、「歴史の概念について」では「現在時」（第一四テーゼ）と言われている（『ベンヤミン・コレクション1』六五九ページ参照）。

へーゲマンのこの本がひとつの模範的な作品であることは疑いを容れない。しかし、ある疑問を抱くことなしにこの本を擱《お》くことは難しいだろう。すなわち、彼のこの本の運命をその対象の運命に依存しないものたらしめる、いやそれどころかこの対象のひとつの運命たらしめるあの究極の完璧さから、この本を切り離しているわずかな距離を、この本が乗り越えられなかった、その原因はどこにあるのか？　都市ベルリンに対するこの最後の審判の審理において、さらに望まれることが何か残っているとしたら、それは通風《ヴェンティ》装置《ラツィオーン》である。本来の意味においても、比喩的な意味においても。審理室は風が通らず《ヴェンティリールト》、また〔審理での〕質問も、全面的に熟慮検討された《ヴェンティリールト》ものではない。たしかに、我々はこの賃貸アパートのなかで生きている。審理されるのは我々のことである《ノストラ・レース・アギトゥル》。がしかし、ここで問題になっているのは、現在ある事柄《ダス・ヴァス・イスト》ではなくて、かつてあった事柄《ダス・ヴァス・ヴァール》である。そしてそれなら、審理の過熱したアクチュアリティのなかを、きっとときおり、かつてあったもの《ダス・ゲヴェーゼネ》の冷んやりとした風が、和らげつつ吹き渡ることだろう。最後の審判においてさえ、すべてはもう遠い昔のことだということは、ひとつの酌量減刑の事由を与えるにちがいあるまい。というのも、時の経過自体が、今日が明日に推移するというのではなく、今日が昨日に転化するというかたちでの、ひとつの道徳的な執行であるからだ。クロノス〔ギリシア神話で、ゼウスの父、時の神〕は手にレポレロ式の画帖*を握っていて、その画帖のなかでは、日々が、一日また一日とかつてあったもののなかへぱたっと倒れ落ちるのだが、その際に、みずからの隠れていた裏面を、すなわち無意識裡に生きられたものを露わにする《エントヒュレン》〔被いをとる〕のである。歴史家はこの裏面と関わり合わねばならない。そしてこの裏面には、「なにがどうであれ、／やはり実に美しかった」〔『ファウスト』第二部第五幕「深夜」の場の（一一三〇一―三行）〕というゲーテ（一七四九―一八三二年）の言葉が当てはまる。この裏面は宥和する力をもっているのだ。

＊ 蛇腹型の折りたたみ式の冊子になったもの。レポレロは、モーツァルトのオペラ『ドン・ジョヴァンニ』の主人公の従者で、主人の情事相手を記録した折りたたみ式のアルバムをもっていた。〔同様のイメージが『ベルリンの幼年時代』の旧定本稿の「せむしの小人」にも出てくる――『ベンヤミン・コレクション3』五九六ページ参照。〕

何十万もの人びとが数世紀にわたってベルリンのこの〔賃貸アパートの〕小さな部屋部屋で営んできた生は、たしかに、不健康で品位のないものだった。賃貸アパートの悪魔的な本質は、いまも昔もたしかに、結婚生活や家庭生活のなかに、女たちや子供たちの苦悩のなかに、共同体の偏狭さやその日常の醜悪さのなかに現われている。がしかし、土地、風景、気候、そしてとりわけ人間たちが――ホーエンツォレルン家の王侯たちや警察の長たちだけでなく――この都市を創り出し、彼らなりに賃貸アパートの像のなかにみずからの像の刻印を残してきたということも、まったく同じようにたしかなことなのだ。こうした団地の無計画な粗雑さにしても――この粗雑さとは、たしかに、血戦を交えねばならないのだが――、やはりそれなりの美しさを、西《ヴェステン》区出身の遊歩する俗物市民《スノッブ》にとってのみならず、ベルリン子、ツィレ（一八五八―一九二九年。ドイツの線描画家。ベルリンの庶民たちの姿をユーモラスかつイローニシュに描いた）が描くようなベルリン子自身にとっての美しさをもっている。それは、そうしたベルリン子の言語や風俗とのきわめて密接な親縁性をもった美しさなのである。ヘーゲマンがもしも歴史の精神《ゲーニウス》に導かれ、その手によって、恩寵に恵まれた現存《ダーザイン》――観相学的《フユジオグノーミシュ》な現存――に通ずる入口を指し示してもらっていたとすれば、彼はむろんジャコバン党員になってはいないことだろう。彫りの深い顔立ちをしたこの啓蒙主義者は、歴史的な相貌《フユジオグノミー》というものに対するいかなるセンスも持ってはいない。彼の系譜の根は、十八世紀の後半頃に北ドイツの地に住んでいた、きわめて頑固な、きわめて独自性をもった、しかしまたきわめて虚《うつ》ろな目をした者たち〔ドイツの最初の啓蒙主義者たちを指す？〕にある。賃貸アパートは、たとえ住居としてはいかにぞっとするものであれ、やはりさまざまな街区を創り出したのであり、それらの街区の窓には、ただ苦悩や犯罪ばかりでなく、朝日と夕日もまた、他のどこにも見られぬような悲しい大きさで映ったのだということ、そして、階段吹き抜けやアスファルトから、都市住人の幼年時代は、農家の少年が家畜小屋や畑から吸収したのと同じように、失われえぬさまざまな実体を昔から吸収してきたの*だということ、こうしたことを彼は知らない。歴史的な叙述は、しかしこうしたことをすべて包摂しなければならない。それは、真理のためにというのでないとすれば、作用のために、である。我々の殲滅《せんめつ》しようとするものが我々の前に立ってよいのは、抽象的に否定的なものとしてではなく、敵対するものの例としてなのだ。そのようにしてそれは、ただ数瞬間だけ、憎しみの閃光に照らし出されて立ち現われることができる。自分が殲滅しようとするものを、人は知っていなければならないだけでなく、それを人は、なすべきことをやり抜くためには、感じ取っていなければならない。あるいは弁証法的唯物論が言うように、〈定立《テーゼ》と反定立《アンティテーゼ》を示すのはよい、がしかし、食い込むことができるのは、その一方が他方に転化する地点、否定的なものの内なる肯定的なものと肯定的なものの内なる否定的なものとが符合する地点、を認識する者だけなのだ〉。啓蒙主義者〔としてのヘーゲマン〕は対立関係において考える。彼に弁証法を期待するのは、おそらく不当なことだろう。それに対して、事・物《ディンゲ》のかんばせに射し込んでゆくあのまなざし、すなわち、どんなに深く歪められていてもなおそこに美しさを見てとるあのまなざしを、歴史家〔としてのヘーゲマン〕に期待することは、不当なことだろうか？　否定する歴史認識とはひとつの反意味〔「円い四角」のような不可能な概念をいう〕である。その〔「反意味」的に〕不可能なものの中心部において、このような豊かさと堅牢さを具えた作品を著わしえたということ以上に、著者の能力と情熱と天分を証明しているものはない。このこと以上に反論の余地なく著者の質の高さを裏づけているものはない。

＊　そのように「吸収」したものを、ベンヤミンは数年後に、『一九〇〇年頃のベルリンの幼年時代』（『ベンヤミン・コレクション3』所収）というかたちで言語化する。

左翼メランコリー――エーリヒ・ケストナーの新しい詩集について

Linke Melancholie—Zu Erich Kästners neuem Gedichtbuch〔一九三一年『ゲゼルシャフト』誌に発表〕

ケストナー（一八九九―一九七四年。ドイツの作家、詩人）の詩は今日すでに、三冊の立派な装丁の本になっている。[*] しかし、これらの詩節の性格を追究しようとするなら、それらが最初に発表されたときのかたちを拠り所にした方がよい。それらの詩句は、本のなかでは窮屈そうにひしめいていて、少し息苦しさを感じさせるが、新聞のなかでは、水を得た魚のように躍動している。この水が必ずしも最もきれいな水ではなく、さまざまなごみもそこに浮かんでいれば、作者にとってはますます好都合である。そのおかげで、彼の詩的な小魚たちはよく肥えることができたのだから。

＊『腰の上の心臓』（一九二八年）、『鏡のなかの騒音』（一九二九年）、およびこの書評で取り上げられている詩集『ひとりの男が情報を提供する』（一九三〇年）の三冊を指す。

これらの詩の人気は、ある階層の興隆に関連している。それは、つまり、経済的な権力地位を隠し立てすることなく占取し、みずからの経済的相貌のこの露わさ、仮面のなさを、他のいかなる階層とも違って少々鼻にかけていた階層である。ただし、成功のみに目を向け、成功以外の何ものも是認しなかったこの階層が、いまや最も強力な地位を獲得した、というわけでは決してない。そうなるには、この階層の理想は喘息の気が強すぎて息が続かなかったのだ。その理想は、微賤の身から成り上がってきた、子供のない〔つまり、歴史的継続性をもたない〕仲介人たちの理想だった。彼らは、大金融資本家たちが一族のために何十年も先を見越して手筈を整えておくのとは違って、ただ自分自身のためにしか備えをせず、しかも、それが一シーズン以上にわたる備えであることはほとんどない。こうした仲介人たちを目《ま》の当たりにしていない者があろうか、角縁眼鏡の奥の赤ん坊のような夢見心地の彼らの眼を、幅広の白っぽい頰を、間延びした声を、そして身振りと物の考え方に潜む宿命論を。この詩人〔ケストナー〕が何か言うべきことをもっているのは、本来、ただこの階層の人びとに対してだけなのだ。そしてひたすらこの階層の人びとにのみ、彼は媚びを売るのだ――彼らが起きてからベッドに入るまで、彼らに鏡を突きつける〔つまり、自身の非を悟らせる〕というよりは、鏡をもってその後に付き随《したが》うことによって。彼の詩節と詩節のあいだの間隔は彼らの脂肪太りしたベーコン首のしわであり、彼の韻は彼らの分厚いソーセージ唇、彼の中間休止〔詩の一行のなかでの、リズムの中断および意味上の句切れ〕は彼らの肉のえくぼ、彼の落ちは彼らの眼の瞳孔である。〔彼の詩の〕素材圏と作用範囲はこの階層に終始限定されている。そしてケストナーは、みずからのイロニーでもって工場経営者たちを撃つことができないのとまったく同様に、みずからの反乱者風のアクセントでもって所有を剝奪された者たちの心を捉えることもできない。それはつまりこの抒情詩が、見かけに反して何よりも、仲介人、ジャーナリスト、人事課長といった中間層の階級的利益を守るものだからである。ところが、その際にこの抒情詩がプチ・ブルジョワジーに対して表明する嫌悪はといえば、プチ・ブル的な、あまりにも親密な調子さえ帯びているのだ。これとは逆に、大ブルジョワジーに対しては、この抒情詩は見る見るパンチ力を失ってゆき、終いには深い溜息のうちに、パトロンへの憧れを洩らしてしまうのだ。「あぁ、大金持ちの賢人が一ダースもいてくれたなら」〔「百万長者たちへのスピーチ」、『ひとりの男が情報を提供する』所収。ベンヤミンの引用は原文と一語異なる〕。ケストナーがある「讃歌」〔「銀行家への讃歌」、『鏡のなかの騒音』所収〕において銀行家たちと決着をつけるときに、いかがわしげに家族的であるのも、彼があるプロレタリアート婦人の夜々の思いを、「ある母が決算をする」〔『ひとりの男が情報を提供する』所収〕という表題のもとに表現するときに、いかがわしげに経済的であるのも、なんら不思議なことではない。結局のところ、自分の家《うち》と年金が、相変わらず、裕福な階級がむずかる詩人を引き回す手引き紐なのである。

この詩人は不満足、いやそれどころか、憂鬱でさえある。彼の憂鬱は、しかし、馴れて型にはまった仕事から来るものだ。というのも、馴れて型にはまっているということは、みずからの特異体質を犠牲にし、吐き気を催すという天賦の才を放棄してしまったことを意味するからだ。そしてこのことが、憂鬱にするのである。これは、ケストナーのケースにハイネ（一七九七―一八五六年。ドイツの詩人、批評家）のケースとのいくつかの類似点を与えている事情にほかならない。ケストナーは自分の詩にさまざまな註釈を付し、ラッカーを塗った子供用のボールでしかないそれらの詩をあちこち凹《へこ》ませてラグビーボールのように見せようとしているが、この註釈は馴れて型にはまったものである。そして、私的意見というこねられた練り粉をパン生地のように膨らませるイロニーほど、馴れて型にはまったものはないのだ。彼の無遠慮さが、彼がもっているイデオロギー的な力とも、政治的な力ともまったく釣り合いがとれていないのは、ただ残念と言うほかない。とりわけ、この左翼急進派知識人層の挑発の根柢にある、敵に対するグロテスクな過小評価において、この知識人層の地歩がいかに絶望的なものであるかが露呈している。この知識人層は労働運動とほとんど関わりをもたない。それどころか、ブルジョワジーの解体現象としてのこの左翼急進派知識人層は、〔ドイツ第二〕帝国が予備役少尉〔という階層的制度〕のかたちにおいて賛美した封建的擬態と対をなすものなのだ。ケストナー、メーリング[*1]（一八九六―一九八一年。ドイツの作家）、トゥホルスキー（一八九〇―一九三五年。ドイツの作家）といった類《たぐい》の左翼急進派ジャーナリストたちは、崩壊したブルジョワ階級のプロレタリアート的擬態なのである。彼らの機能は、政治的に見れば政党ではなく徒党を、文学的に見れば流派ではなく流行を、経済的に見れば生産者ではなく仲介人を、産み出すことである。しかもこの左翼知識人層は、行動主義から表現主義を経て新即物主義に至るまで[*2]、ここ十五年間絶えず、あらゆる精神的景気動向の仲介人であり続けてきた。彼らの政治的意味は、しかし、ブルジョワ階級に現われた限りでの革命の反映を、消費の手に引き渡せるような気晴らしや娯楽の対象へと転化することで尽きてしまった。

＊1 ベンヤミンには、「〈実用抒情詩〉だって? しかしこんな風にではなく!」(一九二九年)と題する、書評のかたちをとったメーリング批判がある(本書所収)。

＊2 「行動主義」については、「行動主義の誤謬」(本書所収)参照。「表現主義」は、抽象絵画への道を切り拓いた造形芸術に端を発する二十世紀初頭(おもに一九一〇年代)の芸術運動で、表現主義文学の関心は、同時代の人間世界に起こりつつある本質的変化を、社会的・政治的側面から把握することにあった。これに対し、表現主義における社会的・政治的関心は観念的であり空疎な作品しか生み出さなかったとして、具体的な事象や事物に迫る冷静かつ正確な表現を目指す「新即物主義」の運動が起こったが(二〇年代)、新即物主義は表現主義ほどの思想的原動力をもたなかった。

このように、行動主義は革命的弁証法に、健全な良識という、どの階級に属すのか定かではない顔をつける術《すべ》を心得ていた。行動主義は、いわば、この知識人デパートにおける白物〔シーツ、下着など〕特売週間であった。表現主義は、革命的な身振り――振り上げた腕や握りこぶし――の張りぼてを陳列した。この宣伝キャンペーンの後、さらに、ケストナーの詩の出自である新即物主義が在庫品調査に取りかかった。みずからのさまざまな感情の在庫調べに来る「精神のエリート」は、いったい何を見出すのか? さまざまな感情そのものを見出すとでもいうのだろうか? そんなものはとっくに捨て値で売りとばされてしまっている。残ったものはといえば空っぽの場所――そこにはかつて、埃にまみれたビロード貼りの心のなかに、自然と愛、熱狂と人間性といった感情が収まっていた。今人びとは、その空ろな形式をぼんやりと〔精神不在の状態で〕《ガイステスアプヴェーゼント》愛撫している。分別顔のイロニーは、実際の事態そのものよりも、この――言うところの――型《シャブローネ》〔しかし、実は空ろな形式〕のほうにこそずっと値打ちがあると思っており、みずからの貧困を贅沢なまでに浪費したうえ、大口を開けている空虚をお祭りに仕立て上げるのだ。というのも、ブルジョワが自分の物質的財産の痕跡を大いに自慢するのと同じように、かつての精神的財産の痕跡を大いに自慢することが、この即物主義における新しさなのだから。居心地のよくない状況にある人が、あれやこれやをこれほど居心地よく設《しつら》えたことは、これまで決してなかった。

要するにこの左翼急進主義とは、まさに、およそいかなる政治的行動ももはやそぐわないような態度なのである。左翼急進主義は、あれやこれやの〔政治的〕見解に対して左翼的なのではなく、まったくもって、ありうべきもの一般に対して左翼的なのだ。というのも、左翼急進主義にとってはそもそも初めから、拒絶症的な静止状態のなかで自分自身を享受すること以外、何も眼中にないのだから。政治的な闘争を、決断への強制から娯楽の対象に、生産手段から消費財に変えること――これが、この〔新即物主義〕文学の最新のあたり狂言である。大きな才能の持ち主であるケストナーは、この文学のあらゆる手段を、巧妙に使いこなす。ここで断然優勢であるのは、すでに多くの詩の表題にはっきりと現われているような、ひとつの態度である。「卵つき悲歌」〔『腰の上の心臓』所収〕、「クリスマスの歌、化学的に消毒済み」〔同前〕、「家族風呂での自殺」〔『ひとりの男が情報を提供する』所収〕、「ある様式化された黒人の運命」〔同前〕等々といった表題がある。こうした関節脱臼が起こるのは、なぜなのか？　それは、批評と認識が〔この詩人の〕すぐ目前まで迫っているからである。ところが〔ここでは〕、批評と認識は興を殺ぐものとされ、断じて発言を許されないのだ。そういうわけで、この詩人は批評と認識に猿ぐつわをはめねばならず、そこで批評と認識の絶望的な痙攣が、蛇人間〔身体を自由に曲げてみせる曲芸師〕の曲芸のように、とはつまり、みずからの趣味に自信のない一般大衆を面白がらせるように、作用する。モルゲンシュテルン（一八七一―一九一四年。ドイツの詩人）においては、ナンセンス《ブレートジン》〔愚鈍〕は神智学*への逃走の裏返しでしかなかった。しかし、ケストナーのニヒリズムは、あくびのために閉じることができない大口と同じく、その背後に何も隠してはいない。

＊　学問的知識によらず、神秘的直観によって自然の奥底に浸透し神の啓示に触れようとする、古代からある立場。「神智協会」（一八七五年設立）の活動により、とくに十九世紀末から第一次世界大戦後のヨーロッパにおいて流行した。モルゲンシュテルンに直接影響を与えているR・シュタイナーは、これを理論的、実践的に発展させた「人智学」の創始者である。

詩人たちは早くから、苦しまぎれの愚かさ《シュトゥピディテート》という、絶望のこの特異な変種と関わり合いをもち始めた。というのも、ここ数十年来の真に政治的な詩は、たいてい、先触れのように、実際の事態に先立っていたのだ。ゲオルク・ハイム（一八八七―一九一二年。ドイツの詩人）の詩が、当時は想像もできなかった大衆の状態――それは一九一四年八月〔第一次世界大戦の勃発時〕に露わになる――を、自殺者、囚人、病人、船乗り、あるいは狂人といったそれまで一度も吟味されたことのない集合体の、奇異の念を起こさせる描写において先取りしたのは、一九一二年および一三年のことだった。彼の詩句のなかで、大地は、赤いノアの洪水に覆われる準備をしていた。そして、金マルク[*1]のアララト山[*2]の山頂だけが、大食らいや腰巾着やつまみ食い野郎たちによってすっかり埋め尽くされて、洪水のなかから聳え立つようになるよりもずっと以前に、戦争〔第一次世界大戦〕の開始早々戦死してしまうアルフレート・リヒテンシュタイン（一八八九―一九一四年。ドイツの詩人、作家）は、あのわびしげなむくんだ人物たち――それらの人物に当てはめる型を見つけたのがケストナーである――を、〔我々の〕視野のなかへ引き入れていた。ところで、この初期の、表現主義以前の捉え方におけるブルジョワを、のちの、表現主義以後の捉え方におけるブルジョワから分かつものは、前者に見られる奇矯《エクスツェントリツィテート》さ[*3]である。リヒテンシュタインは彼の詩のひとつを、無駄に道化役者《クラウン》に捧げたわけではない。彼が描くブルジョワたちの体内には、まだ絶望の道化たおどけ《クラウナリー》が残っている。彼のブルジョワたちはまだ、この道化た奇矯《エクスツェントリク》さを、みずからの内から大都市の娯楽として外へ追い出してはいない。彼らはまだ完全には満ち足りておらず、完全に仲介人になってはいないので、すでに売れ行き不振の危機が兆しているある商品との陰鬱な連帯を感じてはいないのだ。それから平和がやって来た——すなわち、我々が失業として知ることになる、あの人間という商品の売れ行きの停滞である。そして、リヒテンシュタインの詩が宣伝しているような自殺とは、この人間という商品のダンピング、捨て値で売ること、にほかならない。これらすべてについて、ケストナーの詩節はもはや何も知らない。彼の詩節の拍子は、惨めな金持ちたちが悲嘆の調べを吹奏するときの楽譜を、まったくそのままに後追いしている。彼の詩節は、自分の金を残らず胃袋に傾注することができない満ち足りた者の悲しみに語りかけているのだ。苦しまぎれの愚かさ——それが、メランコリーの二千年にわたる変態の、その最新の姿なのである。

*1　第一次世界大戦前までドイツで使用されていた、法定含有金量による貨幣価値の基準。
*2　トルコの死火山で、ノアの箱舟の到着地との伝説がある。
*3　「世界」（『黄昏』一九一三年、所収）と題する彼の詩には、「道化役者に捧げる」という献辞が付されている。

ケストナーの詩は、高額所得者たちのためのもの、累々とした屍体を踏み越えてゆく（über Leichen gehen〔目的のためには手段を選ばない〕）道を進む、あの悲しげで鈍重な人形たちのためのものである。装甲の堅固さ、移動の緩慢さ、活動の盲目さを潜ませている彼の詩は、戦車と南京虫《ヴァンツェ》〔たかり〕が人間のなかで重ねてきた密会の姿なのだ。これらの詩には、市場取引が終了した後の金融街のカフェと同様、これらの人形たちが群がっている。これも、この詩の機能が、こうしたタイプの人びとを己れ自身と宥和させ、職業生活と私生活の間に同一性を打ち立ててやることであってみれば、なんら不思議なことではない。この同一性は、彼らには「人間性」の名のもとに理解されているが、実のところは、本来的に獣的なものにほかならない。なぜなら、あらゆる真の人間性は、今日の状況下では、〔職業生活と私生活という〕あの二つの極の間の緊張からのみ、生じうるのだから。この緊張のなかで、自覚と行為が形成されるのであり、この緊張を作り出すことが、あらゆる政治的抒情詩の課題なのだ。そして今日この課題は、ブレヒト（一八九八—一九五六年。ドイツの劇作家、詩人）の詩において、最も厳密に果たされている。ケストナーにあっては、この課題は、思い上がりと宿命論に席を譲るほかない。その宿命論は、生産過程から最も離れたところにいる者たちの宿命論であり、好景気を求める彼らの陰鬱な努力は、自分の胃腸の消化という究めがたい僥倖にすっかり身を委ねている男の態度になぞらえることができる。これらの詩句のなかで鳴っている音は、たしかに、変革によるものというよりも、ずっと、胃腸のなかのガスによるものである。昔から、便秘と憂愁は提携してきた。だが、社会の身体のなかで体液の動きが停滞して以来、重苦しさが至る所で我々に押し寄せてくる。ケストナーの詩はこの空気を良くしてはくれない。

物語作者としてのオスカル・マリーア・グラーフ

Oskar Maria Graf als Erzähler〔一九三一年『フランクフルト新聞』に発表〕

二年前にオスカル・マリーア・グラーフ（一八九四―一九六七年。ドイツの作家）は、すばらしい暦物語《カレンダーゲシヒテン》*1（『暦-物語』全二巻、一九二九年）を出版した。第一巻には『田舎の話《ゲシヒテン》』、第二巻には『都会からの話』という表題がつけられた。そしてこの分類の仕方について、この二巻は作者自身の成長にまつわる相克を、すなわち「ミュンヒェンという都会で詩人になった、シュタルンベルク湖畔〔ミュンヒェン近郊〕出身の農民の息子」を記録しているものだ、と説明されたことがあるが、これはこれで正しい。さてしかし、いずれの生活圏においても彼はもはや、しっかりと成り立っている社会に出会ってはいないのだ。そういうわけで、これらの〈暦物語〉は、どんな読者でもそこからひとつの道徳《モラール》〔教訓〕を取り出すことができる、といった道徳〔教訓〕の容器であるというよりも、むしろ乞い願いつつ差し出された手、通りすがりに恥ずかしそうに「意味《ジン》」を、乞食に恵む小銭のようにその手にこっそりと握らせてやりたくなる、そんな手なのである。これらの話《ゲシヒテン》〔物語、歴史、出来事〕は急所をもたず、ありふれた内実を嘘偽りのない正確な観察によって埋め合わせたもので、古くからの暦物語を新しい流派が「叙事的」と呼ぶ方向へ向けようとする、慎ましやかな試みだった。というのも、この〔「叙事的」という〕概念は、最初は〔ブレヒトにより〕演劇において例示されたのだが、とはいえ散文にとってもやはり、重要な意味《ジン》をもっているからである。それで、この概念は内省的なものに対して教訓的なものを、長篇小説家に対して物語作者《エアッエーラー》を引き立たせるものだ、と言えるのである。[*2]口で伝えうるもの、これこそが物　語《エアッエールング》の財産なのだが、これはつまり、長篇小説《ロマーン》を成り立たせているのとはまったく異なる性質のものである。長篇小説は、口伝えによる伝承から成り来たったのではなく、また、この伝承のなかへと流れこんでゆくものでもない。この点で長篇小説は、散文の他のすべての形式——メールヒェン、伝説《ザーゲ》、諺《ことわざ》、滑稽譚《シュヴァンク》、冗談話《ヴィッツ》——に対して、鋭く際立っている。[*3]自分の最大の関心事についてさえもはや他の範例となるように語ることができず、誰かから助言をもらうこともなければいかなる助言を与えることもできない個人の、その孤独こそが、歴史的に見れば、長篇小説の産屋《うぶや》なのだ。聞いたことをさらに先へと伝え、体験されたもののなかに話の精神を、物語りうるもの《ダス・エアツエールバーレ》を呼び覚ます能力、客観的であり同時に関心をそそりもするというこの単純素朴な才能、それは、内的人間の純粋な開示性《エアシュロッセンハイト》〔開かれてあること〕に結びついている。ひとつの大きな気流が、あらゆる物語を、最も簡素な物語までをも、吹き抜けているのである。最も小さな話でさえ、それを披露するのにいかに多大な自由が必要であるかを、我々はめったに想像しない。どのような偏見であれ、それに囚われてあることは、物語作者から、――人びとがそう思いたがるところとは違って――なんらかの話題を奪い取るばかりでなく、彼の能弁さの一部を奪い取るものなのだ。それゆえ、長篇小説がみずからの権利を汲み出しているこの〈私的なもの〉を清算することこそ、新しい意味での叙事的なものの生存条件にほかならない。ところで、上品な自己充足、すなわち、長篇小説が境を接しているあの沈黙の内での私的なものの昇華ということが（それに対して、物語ること《ダス・エアツェーレン》は順々にあちこちめぐり歩くのだ）、我々のところでは〔つまり、ドイツ文学においては〕教養小説のひとつの特権であるのだが、そうなると、長篇小説が我々の新しい叙事詩人〔グラーフ〕を挑発するのは、当然というよりほかない。つまり、教養小説がひとつの人格の構築を目指すのに対して、叙事詩人はむしろ、人格を解体する側に立つだろう。教養小説においては、主人公はみずからのさまざまな体験をもち、それらが彼の人格を形成する。こちら、叙事的な空間においては、被験者がさまざまな経験をなし、それらが彼の人格を減少させる。駅長ボルヴィーザー（オスカル・マリーア・グラーフ『ボルヴィーザー ある夫の長篇小説』一九三一年）が、この後者に当てはまる。我々は、まだ性欲の衰えを知らぬ男盛りの彼をまず知り初《そ》めるのだが、彼はみずからの意に副《そ》わない結婚生活をせいぜい豪奢《ごうしゃ》に飾り立てる。ヴェーデキント（一八六四―一九一八年。ドイツの劇作家）であれば、そうした抑制のきかない性のもつデモーニシュなものを描き出したことだろう。ボルヴィーザーに関しては、それとはまた別の成り行きとなる。欲動は彼を、深淵に向かって突き落とすのではなく、地下室へ通ずる粗末な階段を一歩一歩下りるよう導くだけなのだ。するとその地下室には、道徳が、まるでジャガイモのように冷蔵されて、彼の行く手に横たわっているのである。『暦物語』は必ずしも、いつもこの道徳に迫っていたわけではなかった。自然は――自然とはこういうものだろう――ちょうど手元にある素材でやりくりすることに慣れており、このことを自然は、切羽詰まった状況になれば、人間という素材においてさえも証明するのだ。頑固な俗物であり、強情な小市民であるボルヴィーザー、彼ですら、活用できないわけではない。そんな彼でもまだ、解体したり、枯渇させたり、退縮させたりしさえすれば、彼が所属すべきオーバーバイエルンという所帯のなかの、実に格好の一員となるのだ。彼は世界に対して死滅してゆく、それもとりわけ女性に対して。しかし、彼の人間的な相貌が縮んでゆけばゆくほど、それだけいっそう彼には被造物的な相貌が、信頼の念を起こさせつつ現われ出てくる。そして最後には、かつての鉄道職員はほとんど名もない渡し守になっており、この渡し守はその地域のはずれなしの天気予言者であるのだが、だからといって彼は、人びとのことを気にかけたり、ましてや人びとに自分のことを気にかけさせたりすることはない。「あの小さなクサーファー〔ボルヴィーザーの姓〕が小屋の前の小さなベンチに腰掛けて、しなびた毛皮の縁なし帽を繕っていると、農民たちは『寒くなるぞ』と言う。するとほどなくして、寒くなりそうな模様になる。――彼が仕事じまいをした後で小舟に覆いを被せていると、農民たちは『長雨がくるぞ』と言う。すると翌日の早朝には、際限なく続く灰色の雨が、付近一帯に降っているのだ」(『ボルヴィーザー』)。これは長篇小説ではなく、この世を引き払った男、そしてもはや誰の邪魔にもならないという技を学んだ男の話《ゲシヒテ》(物語)である。ひょっとすると、これはメールヒェンでさえあるかもしれない――すなわち、〈さかりのついた雄牛からお天気小人《こびと》(Wettermännchen〔晴雨計に付いている人形〕)への変身〉。

＊1　暦に載せられた、多くは教訓を含んだ物語小品を「暦物語」あるいは「暦話」といい、ヘーベルの『ラインの家の友の小さな宝箱』(一八一一年)がよく知られている。晩年のブレヒトにも『暦物語』(一九四九年)がある。

＊2　以下六行、「……際立っている」までは、「長篇小説の危機」(『ベンヤミン・コレクション2』三三七ページ)からの変形自己引用であり、「物語作者」(同前、二九二ページ)にも変形自己引用されている。

＊3　以下の一文も、「長篇小説の危機」(同前、三三六ページ)からの変形自己引用であり、「物語作者」(同前、二九二ページ)および「ドイツの失業者たちの年代記」(本書六三五ページ)にも変形自己引用されている。

行動主義の誤謬——クルト・ヒラーのエッセイ集『明るみのなかへの跳躍[1]』

Der Irrtum des Aktivismus.—Zu Kurt Hillers Essaybuch »Der Sprung ins Helle«〔一九三二年『フランクフルト新聞』に発表〕

かなり以前からヒラー（一八八五—一九七二年。ドイツのジャーナリスト、作家。行動主義、すなわち知識人の政治的行動を重んずる主義の創始者のひとり）は、ジャーナリズム界において、一連のきわめて努力しがいのある事柄に尽力している。すなわち、今後の戦争の防止、性に関わる新たな刑法、死刑の廃止、左派統一戦線の形成、といった事柄である。彼の著作活動の全般的な意図が、その著者に、共感を要求する権利を与えている。本題からの種々の脱線や、往々にして恣意的である形式のことで騒ぎ立てるのは、不当であろう。さてしかし、この著者の比較的最近の仕事を呈示している、このたび出版されたエッセイ集は、根本的には、たったひとつの、しかも誤ったテーゼのさまざまなヴァリエーションを示しているにすぎない。この誤ったテーゼを唱えているのは決してこの著者ひとりだけではないので——たとえ彼が、同じ思い違いをしている他の多くの人びとよりも、その勇気と誠実さにおいて優っているとしても——、このテーゼについて若干のことが述べられて然るべきである。

このテーゼは、精神労働者の支配権、言い換えれば「ロゴクラティー〔精神の支配〕[*1]」を規定するものである。このスローガン〔つまり、「ロゴクラティー」〕のためにヒラーは実に熱狂的に戦っているのだが、このスローガンが初めて強い調子で唱えられたのは、我々の思い違いでなければ、一九一八年の終わり頃、それも「精神労働者評議会[*2]」においてだった。それ以来、彼はこのスローガンに忠実であり続けている。彼がそのために、今日の党活動においては一アウトサイダーとしての位置しか占められないのは、自明である。そして彼は、このことの確認でもって、本書の序言を始めている。彼が「自分が最も近いのはこの政党だと分かっているその政党、すなわち共産党こそを、最も容赦なく論難しなければならない」〔ヒラー『明るみのなかへの跳躍』〕というのも、同じく自明のことである。ヒラーがそのように書き留めている事態は、周知のごとく、今日の知識人の多くに特徴的なものである。さらに、この事態が二つの側面をもっているということも否認されてはならない。ひとつの側面とは、共産党が他のあらゆる政党と同様に知識人に対して示す冷淡な態度のことであり、これは、ヒラーにおいて激しい論駁の対象となっている。この側面を今は措いておく。しかしもうひとつの側面、つまり、ここで要求されている種類の指導《フューールング》〔支配〕、すなわち行動主義の信条表明については、仔細に吟味されねばならない。もっとも、精神労働者の支配権《ヘルシャフト》に対して異議を唱えようというのではない。我々には、そうした問題に対する意見という果てしない海を航行する気はない。我々はむしろ、足下に確かな大地を保持し確証する方を選ぶ。ヒラー・サークルのなかで「支配」の一イメージが考え出されたのだが、このイメージは、零落したブルジョワ階級でさえどのようにその全盛期のある種の理想から離れられないのかということを暴露するものでない限り、いかなる政治的意味ももたない。このことは、本書に収められた夥しい論争において出くわす論駁相手を一覧すれば一番よく分かる。そこに見出されるのは、クドゥンホーフェ（一八九四—一九七二年。オーストリアの政治家、ジャーナリスト）、F・W・フェルスター（一八六九—一九六六年。ドイツの教育学者、ジャーナリスト）、シャウヴェッカー（一八九〇—一九六四年。ドイツの作家）、フォン・シェーナイヒ（一八六六—一九五四年。ドイツの軍人、ジャーナリスト）といった、著者と同類の指導者たち、すなわち、——たとえ他の誰かが彼らの側に立っているにせよ——容易に打ち負かし論駁しうる人物たちだ。しかも、彼らを打ち負かし論駁した者は、そうしたからといって、少しもみずからの目標に近づくわけではない。要するにこれらの人物たちは、議会《パルラメント》〔議論〕の廊下すら使用することもままならない、場外政治家《クロアールポリティカー》なのだ。しかしこの著者が、本書以外の場で敵たち——社会民主主義、教皇制度、軍国主義——に出くわすときにも、彼はその敵たちを、彼ら敵が大衆を動かしている歴史的な〔戦いの〕場においてではなく、さまざまな「目標設定」だけが対立しあっている論争術的なユートピアのなかに探し出している。その際にはもちろん、万事がこれらの目標設定の周りに整然と並べ集められる。ただし、これは蒐集の秩序であって戦いの秩序ではない。[*3] ヒラーは、党指導者たちに対して拒絶を表明する場合に、少なからぬ点で彼らに譲歩してしまう。つまり、党指導者たちは彼よりも「重要な事柄についてより深く事情に通じ……、より民衆的に語り……、より勇敢に敵と戦っている」〔同前〕のだろう、と言うのだ。彼には、しかし、確かだと思われることがひとつある。それは、彼ら党指導者たちは、自分よりも「より不充分にしか思考しない」〔同前〕ということである。これは大いにありうる。だが、それが何の役に立つというのか。なぜなら、政治において決定的なのは私的な思考などではなく、かつてブレヒト（一八九八—一九五六年。ドイツの劇作家、詩人）が述べたように、他者の頭のなかで思考する術《クンスト》〔出典不詳〕だからだ。あるいはトロツキー（一八七九—一九四〇年。ロシアの革命家）の言葉を用いて言えば、「啓蒙された平和主義者たちは合理主義的な論拠によって戦争を廃絶しようとするが、そんなことをしても彼らはただ滑稽な印象を与えるだけである。しかし、武装した大衆が理性による戦争反対の論拠を持ち出すなら、それは戦争の終焉を意味する」〔『ロシア革命史』第一巻一九、一九三〇—三二年〕。ヒラーには、弁証法的唯物論に関する問題を孕んだ議論があるほか、革命評議会《ソヴィエト》への明白な連帯表明も欠けてはいない。それゆえ、十月革命〔一九一八年の、ロシアにおける社会主義革命〕の最重要エピソードのひとつ、すなわち、きわめて多くの知識人による新政権拒否《サボタージュ》が、彼が思い描く未来像にいかなる不協和音もさしはさまなかったということは、とりわけ目立つのだ。

*1　この換言は、ベンヤミン「生産者としての作家」〔一九三四年〕に拠る。なお、ヒラーには『ロゴクラティー』〔一九二二年〕と題された著作がある。

＊2　ヒラー主導による「精神労働者評議会」の綱領が発表された一九一八年十一月のドイツは、労兵評議会（レーテ）を中心とする革命が各地に広がり、ヴィルヘルム二世が退位した時期にあたる。
＊3　以下九行、「……思考する術だからだ」までは、「生産者としての作家」に自己引用されている。

要するに、リヒテンベルク（一七四二―九九年。ドイツの物理学者、アフォリズムの名手）が言っているように、もし犬やスズメバチやモンスズメバチに人間の理性が賦与されているとしたら、彼らはひょっとして世界を手中に収めることができるかもしれない、と思ってみたってかまわないのだ。精神労働者たちにはそうした理性が賦与されているにもかかわらず、彼らは世界を手中に収めることができない。彼らはただ、権力が、人間というこの特別種――それは、精神から見放された、公共体《ゲマインヴェーゼン》〔社会、国家〕の身体に残る傷痕以外の何ものでもない――を、できるだけ速やかに消滅させようとしている者たちの手中に帰する方向に向かって働くことしかできないのだ。別の言葉で言えば、重要なのは、社会にあの無留保の思慮深さを与えること、そしてそれとともに、社会に――その無数の機能のすべてにおいて――あの意味を、つまり、病的な鬱血――精神労働者の存在はこの鬱血の症状にほかならない――を流動化《リクヴィディーレン》〔清算〕してくれる意味を与えることなのである。この点に関する事情は、「創造的なもの」あるいは「生産的なもの」に関する事情と違わない。創造的なものあるいは生産的なものは、本来、人間間における人間にふさわしい関係の表現以外の何ものでもなく、共同体《ゲマインシャフト》の生のなかで死に絶えてしまっている程度において物象化され、私人〔の存在〕

にエムブレムとして現われてきたのだ。この私人たちそのもの、つまり、私人たちから成る——ヒラーは精神労働者を「ある職業部門に属する者」ではなく、「ある性格学上の類型の代表者」〔ヒラー、前掲書〕と定義されるものと見なしたがっているのだが、すでにこの定義からして——無定形な群衆を、政治的に、たとえば精神労働者の議会において、先頭に立たせようとすることは、まったくのドンキホーテ的愚行である。そうした愚行は、今日はまだ愛すべきものであるかもしれないが、明日にはもう有害なものでありうるだろう。

【原注】

（1）クルト・ヒラー『明るみのなかへの跳躍　戦争、聖職者および資本主義に反対する演説、公開書簡、対談、エッセイ、テーゼ、パンフレット』一九三二年。

ドイツの失業者たちの年代記

――アンナ・ゼーガースの長篇小説『救出』〔一九三七年〕について

Eine Chronik der deutschen Arbeitslosen—Zu Anna Seghers Roman »Die Rettung« 〔一九三八年『新世界劇場』誌に発表〕

プロレタリアの現存在と生活条件について報告しようとする作家たちの試みには、一日にしては克服されえないさまざまな偏見が邪魔してきた。最後まで残った偏見のひとつは、プロレタリアを、教養があるというよりは〔より上流の人間として〕差異化された上層部所属者に対置される、「民衆出身の単純素朴な男」と見る、というものだった。被抑圧者に自然の子供を見てとるのは、十八世紀においては、台頭しつつあった市民《ブルジヨワ》階級にとって思いつきやすいことだった。市民《ブルジヨワ》階級が勝利を収めたのち、この階級が被抑圧者に対置した――その間に、この階級自身は、被抑圧者の立場をプロレタリアートに明け渡していた――のは、もはや封建的な退廃ではなく、自分たちが〔上流階級へと〕等級分けされてあるということ、すなわち、微妙に差異化された市民《ブルジヨワ》的個性だった。この市民《ブルジヨワ》的個性を展示した形式が、市民《ブルジヨワ》的長篇小説である。市民《ブルジヨワ》的長篇小説の対象は個的人間の見積もり不可能な「運命」であり、この運命に対してはいかなる解き明かし《アウフクレールング》〔啓蒙〕も不充分なことが証明される結構になっていた。

先の世紀転換期頃に、幾人かの長篇小説家がこの市民《ブルジョワ》的特権を侵害した。なかでもハムスン（一八五九—一九五二年。ノルウェーの作家）が彼の本のなかで「単純素朴な人間」を一掃したこと、および、彼の成功が部分的に、彼の描く田舎出の庶民たちの非常に複雑な性質に拠っていることは、否定できない。その後、さまざまな社会事象が、今問題にしている偏見に揺さぶりをかけた。戦争が勃発し、そして終戦後の時期に金利ノイローゼ*というひとつの分野が精神医学に生まれたのだが、この分野において、「民衆出身の男」には好ましい以上の権利が認められた。それから二、三年が経ち、大量失業の波が押し寄せた。新しい悲惨さとともに、それに見舞われた者たちの挙動のなかに、新たな平衡障害、新たな妄想表象、そして新たな異常性が際立つようになった。彼らは政治の主体から、デマゴーグたちの——往々にして病理学的な——客体になった。「民衆《フォルク》出身の単純素朴な男」は、「民族同胞《フォルクスゲノッセ》」〔ナチス政権下で用いられた言葉〕という呼称の登場によって、みずからの復活を体験したのだが——この復活は、ノイローゼ患者や栄養失調者や不運な者といった材料をこねて作られたものだった。

＊　本来は、〈みずからが蒙った身体的苦痛に対して過剰に反応し、実際の苦痛にふさわしい以上の補償を求めるノイローゼ症状〉を指す医学用語（Rentenneurose）で、ここでは一九二三年のインフレ騒ぎ

を暗示しており、したがってこの語は、レンテンマルク（Rentenmark）をめぐるノイローゼ的状況をも意味する掛詞になっている。

実際、国民社会主義《ナチズム》はみずからの成長の条件を、プロレタリアートが失業と同時にさらされた、階級意識の動揺のなかに見出した。アンナ・ゼーガース（一九〇〇―八三年。ドイツの作家。第二次世界大戦後は旧東ドイツで活動）の新刊書は、この経緯を扱っている。舞台はオーバーシュレージエンのある鉱山の村で、その鉱山が休坑したのちにそこで繰り広げられることが物語られている。うわべだけを見れば、そこで起こることは〔物語として〕あまり充分だとは言えない。というのも、ここでも支配的なのは不正であり、憤慨はまれだからだ。「この耐え難い世界すべてを叩きのめしてやりたいと思っている、最もアカがかった、最も乱暴な者たちでさえ、『今度はまたぞろスウェーデンカブの番だな』とか、『ラジオがいかれちまった』などと、あからさまに言うのだった。しかしそんな言葉は彼らにはふさわしくない、とベンチュは思った、そんな言葉は彼らが口にしても無意味なんだ、と」（九七ページ）。ベンチュはアンナ・ゼーガースの声を担っている。彼が、彼女の物語の中心人物である。読者は彼を、主なる神と教区の司祭に対する陰口を許さない、中年で分別のある鉱山労働者として知る。彼はもともと政治的な人間ではなく、ましてやラディカルな思考の持ち主ではさらさらない。読者は、彼がひとりで自分の道を歩むのを許してやらねばならない。今日、多くの人びとが自分の道をひとりで歩まねばならないのだ。市民《ブルジョワ》の実《じつ》のない繊細さも、「民族同胞」の偽りの純朴さも、ひとしくほとんど持ち合わせていないプロレタリアも、同様である。ところで、この道は長い。この道はベンチュを、階級闘争者たちの陣営に導いてゆく。非常に慎重に、この本は政治的実情に触れている。政治的実情は根の部分になぞらえることができる。作者がその根を優しい手つきで掘り起こすと、この根には私的な事情という腐植土が付着しているのだ——隣人関係の、恋愛関係の、家族関係の事情、といった腐植土が。

これらのプロレタリアたちは、収入がますます減ってゆくとともに、同時に、ますます乏しくなってゆく体験を薄く延ばすほかない。彼らは空虚な習慣に絡めとられる。彼らはやたらと念入りになってゆく。彼らは、自分たちの切りつめた心的な家計を、一プフェニヒに至るまですべて記帳するのだ。そのあとで彼らは、怪しげな理屈をこねたり、見掛けだけの享楽に現《うつつ》を抜かしたりして、たちまち心を昂《たかぶ》らせ、それで埋め合わせをしている。彼らは不安定に、気まぐれに、当てにならない者になる。他の人びとと同じように生きようとする彼らの試みは、彼らをかえって他の人びとからますます遠ざけてゆく。そして彼らのその有様《ありさま》は、彼らのフィントリンゲンと、すなわち彼らが住んでいる鉱山労働者の村と、同じようなことになる。「わずかばかりの豆あるいはダイオウを栽培するために、人びとはあらぬ場所でも土を掘りかえし始めたが、しかしまさにそのせいで、フィントリンゲンはますます、まともな村とは似ても似つかなくなっていった」(二〇〇ページ)。

労働がもたらすどんな祝福にも、労働があってはじめて、何もしないことの喜びが感じられるようになる、という祝福が付随している。カント（一七四二―一八〇四年。ドイツの哲学者）は、一日の仕事が終わったときの疲れを、諸感覚のきわめて高度な享楽と呼んだ。労働なき無為は苦痛である。失業者たちが味わうどんな不自由さにも、さらにこの苦痛が付け加わる。彼らは時間の経過という夢魔〔睡眠中の女を犯すとされる〕に屈服し、意に反してこの夢魔に孕ませられてしまう。彼らは子を生みはしないが、しかし妊娠した女のようにさまざまな〔並の常識の〕中心からはずれた欲求をもっている。それらの欲求のひとつひとつが、失業者たちについては、アンケート調査全体よりも啓発的なのだ。「彼の最後の客たちが行ってしまうと、ベンチュはいつも、自分も通りへ出たい、そしてこの台所のドアを内側からではなく外側から閉めたい、という願いを抱くのだった。しかしこの願いは、彼自身にとっても非常に奇妙で無意味なものに思われたので、彼はいつも、急いであくびをしたり、『やれやれ、やっとこさだな』などと言ったりした」（一一五ページ）。この物語作者〔ゼーガース〕が、いかに多くの故郷喪失者たちのために、この台所に身の置き場を設《しつら》えてやったかは、驚くばかりである。この台所は、「こわばって黄ばんだ」（四四ページ）空が広がっている「ビスマルク広場の、広大なあまり使われていない土地」（三二〇ページ）と対をなすものである。そこでも、この台所におけるのと同じく、人はほとんど宿なしなのだ。それでベンチュは、ベッドに入る決心がつけられずに、しばしば、まるでビスマルク広場のベンチに腰を下ろしているかのように、暗い台所に座っている。すると彼の脳裡を、戦争の勃発から十五年になる、という思いがよぎる。「十五年が経つのは早かった。彼は愕然とはしなかった。彼はいつもただ、そうしたことすべてが存在したということに驚くばかりだった。彼はいぶかしく思った。それでもやはり、あのお方は、彼〔ベンチュ〕が何者であるのかを知っておられるに違いなかった。あのお方はなぜ、彼をもっと違った風に扱ってくださらなかったのだろうか?」(二一五ページ)。

失業保険受給期間を満了した者たちの思いが今もって、彼らの鉱山のことをめぐっているあいだに、ある決定的な出来事が——彼らはそのことをよくは知らないままだったが——出来《しゆつたい》していた。外の世界では、多かれ少なかれ、一鉱山の経営などもはや問題ではないのだ。資本主義そのものの存続が問題なのである。経済学者たちは構造的失業についての学説を追究し始める。しかし、フィントリンゲンの人びとが習得しなければならない学説とは、〈再び鉱山に入れるようになるためには、君たちは国家を征服しなければならない〉というものなのだ。この真理が人びとの頭に入るまでには、無限の困難が克服されねばならない。この真理はやっとのことで、わずかな人びとの頭に浸透するにいたる。この真理を代表的に担うのが若い失業者ローレンツで、彼は殺害される前に、ベンチュが決して忘れないであろう光り輝く足跡を、灰色の村に残してゆく。

こうした少数の人びとが民衆の希望である。アンナ・ゼーガースはこの民衆について報告している。しかし、民衆が彼女の読者層を成すのではないのだ。今日では、民衆が彼女に語りかけることは、なおさら不可能である。ただ民衆のささやきだけが、彼女の耳にまで届くことができる。そのことの意識は、この物語作者から片ときも離れはしない。彼女は、然《しか》るべき聞き手を心ひそかに待ちうける人のように、そして、時間をかせぐためにときおり話を中断する人のように、間《ま》を置きながら物語る。「夜が更けるほどに、客は美しくなる」[*1]。この緊張感が本書を貫いている。この本は、本来誰に向けて書くのかということをあまり気にしないルポルタージュの即応性からは、遠くかけ離れている。この本は、根本的にはただ読者のことしか考えていない長篇小説からも、同じように遠くかけ離れている。この物語作者の声はまだ現役を退いていない[*2]。この本には、聞き手を待っている多くの物語がちりばめられている。

*1 ベンヤミンはこの言い回しを『一九〇〇年頃のベルリンの幼年時代』の「夜会」でも用いている（『ベンヤミン・コレクション3』六一二ページ参照）。

*2 この点については「物語作者」（とくにI—V章——『ベンヤミン・コレクション2』所収）参照。

長篇小説においては、挿話的な人物たちは主人公の媒質〔主人公を主人公たらしめる培養基〕のなかに現われるのだが、本書に登場する人物が実に多いのは、長篇小説のこの法則性によるものではない。〔本書には〕この媒質——すなわち「運命」——が見当たらないのである。ベンチュは運命をもっていない。つまり、もし仮に彼が運命をもっているとしても、その運命は、彼が物語の最後で未来の非合法活動家たちのなかに名をもたぬ者として姿を消したその瞬間に、無効にされていることになるだろう。〔本書で〕読者が知り合う者たちを、読者は、何よりも証人として心に銘記するだろう。彼らは、言葉の厳密な意味において、殉教者（Märtyrer）である。（märtyr はギリシア語で証人を意味する。）彼らについての報告は、ひとつの年代記にほかならない。アンナ・ゼーガースはドイツの失業者たちの年代記作者なのである。彼女の年代記の基盤をなすのはひとつの話の筋であるが、この筋が――もしこう言いたければ――本書の長篇小説的な趣《おもむき》を醸し出している。一九二九年十一月十九日、生き埋めになった五十三人のうち、まだ生命を保っている七人が坑道から救い出される。それが「救出」である。この救出が、彼ら七人から成る同盟的結びつきをもたらす。この物語作者は、ひとつの無言の問いをもって、彼らの後を追う――すなわち、〈立坑のなかに見捨てられた者たちが、地底で最後の水と最後のパンを分け合ったときの経験に、どんな経験が張り合えようか？〉〈彼らは、自然災害《ナトウーアカタストローフェ》において証明してみせた連帯を、社会の破局《カタストローフェ》においても証明することができるだろうか？〉この社会の破局のおぼろげな前兆が彼らのもとに押し迫ってきたとき、彼らはまだ退院していない。「ひょっとすると、彼らは向こうのL町と同じことをするかもしれない。もう割に合わない、休坑申請だ、とな」（三一ページ）。

休坑の申請がなされ、それに従って手続きが進められる。「二十六週間は十一マルク三十五プフェニヒの失業者支援金が受け取れ、その後は八マルク八十プフェニヒになります。少なくとも二十六週間は。これは都市によって異なります、恐慌のせいで。その期間を過ぎると生活保護に切り替わって、六マルク五十プフェニヒの支給になり、子供一人当たり月二マルクの特別手当が付きます。それも終わると、ほかにはもう何もありません」(九四ページ)。このことを読者はこの本から知り、〔物語のなかの〕当事者たちは、他所《よそ》からやって来た娘としてこの物語のなかを通り過ぎてゆくカタリーナの口から知る。彼女は、ひとつならぬ意味で、外から来た者である。そのため、静かな声の「耳慣れない響き」によってもたらされたこの情報は、はるか遠くから失業者たちに対して下される判決に似ているのだ。この判決はその後も、失業者たちが坑《あな》から救い出した生を規定する。

この生が陰鬱に推移しているそのさなかに、「救出」と呼ばれ、しかもほかならぬ救出された者たちの没落をともなう出来事の、その一周年の日がやって来る。「まだ一年にしかならないのか?」という言葉が口にのぼる。失業者たちにとってこの一年は、彼らが交替で働いていた年月よりも長いように思われるのだ。彼らはアルディンガーのところの酒場に座っている。「『ベンチュ、あんたは口がすっぱくなるほど俺たちに言ってきかせたよな。とにかく俺たちはこのねずみ穴から抜け出すんだ、ってな。あんたは、この外の世界が、いまこうなっちまっているようになるってことが分かっていたとしても、それでもやっぱりがんばったかい?』『あぁ』。ベンチュは、そんなことはこれまで一度も考えたことがなかったが、しかしそれでもやはり、彼には分かっていた。『あぁ、だと？』と、サドフスキーはびっくりして言った。隣のいくつかのテーブルでも、人びとがこちらにじっと聞き耳を立てていた。『いつだって、再び外に出たいと必ず思うものさ。ほかのみんなと一緒にいたいってな』。ベンチュは周りに座っていた人びとの頭上に腕を差し出すような身振りをした」（二一九―二二〇ページ）。先ほどの無言の問いとほとんど同じく、その問いにこういう風に与えられる答えも黙している。

年代記を近代的な意味での歴史叙述から分かつのは、年代記には時間的遠近法が欠けているということである。年代記の記述は、遠近法の発見以前の絵画形式にきわめて近いものとなる。細密画や初期の板画*に描かれた人物たちは、金地に浮かび出るようにして見る者を迎えるが、そのときこの人物たちの顔立ちは、画家が彼らを自然あるいは建物のなかに配置していた場合に劣らず、見る者に深い印象を与える。これらの人物は、精確さを失うことなく、神々しく変容《フェアクレールト》した空間と境を接している。そのように、中世の年代記作者にとって、彼が記述する人物たちは、彼らの営みを突然中断するやもしれぬ神々しく変容した時間と境を接している。神の国は破局《カタストローフェ》として彼らを急襲する。〔ゼーガースの年代記的物語において〕失業者たちを待ち受けているのは、彼らの年代記が「救出」であるからには、たしかにこの破局ではない。がしかし、この破局の対照物のようなもの、すなわちアンチキリストの登場こそが、〔この年代記における〕破局なのだ。アンチキリストは、周知のごとく、メシア的な祝福として約束されたものの猿真似をする。そのように、第三帝国は社会主義の猿真似をする。強制労働が合法的になったため、失業に終わりがくる。ゼーガースの本では、ほんの数ページしか「国民の決起」に触れていない。それらのページはナチスの地下壕の実態について、共産主義者だった恋人の消息を〔ナチの〕突撃隊の兵舎に出かけて尋ねるひとりの娘が知りうる以上のことを教えてくれるわけではないが、しかし、そのナチスの地下壕の恐怖が、それらのページにおけるほどまざまざと呼び出されたことは、かつてほとんどなかった。

* 壁画に対して、木材や金属や布の上に描かれた可動式の絵を指す。

この物語作者は、ドイツの革命が喫した敗北をあえて直視しようとした――これはひとつの男性的な能力であり、現在世間に広まっている以上に必要不可欠なものなのである。他の点でも、この態度は彼女の作品を特徴づけている。この態度には、悲惨さの描写において耳目を引こうとする意図は、まったくない。読者に対する敬意が、読者の共感にお手軽に訴えかけることを彼女に禁ずるのだが、読者に対するこの敬意を、彼女は、描写の際のモデルであった虐げられた人びとに対する敬意と結びつける。この控えめな態度のおかげで、ひとたび彼女が事物を名で呼ぶところでは、民衆の言語精神みずからが、彼女に手を貸すのである。そして、他所《よそ》の町の出のある失業者が、フィントリンゲンの職業安定所に流れ着き、「ここはカーリンゲンとまったく同じにおいがする」と確認して自分がどういう所にいるのかを知るとき――そのとき彼女は、たちまちにして階級社会そのものをしっかりと捉えている。彼女はまず何よりも、近代の郷土芸術《ハイマートクンスト》において通例となっている偽りのつましさとは何の関わりもないやり方で、言語をうまくやりくりする手立てを心得ているのだ。そのやりくりは、郷土芸術などよりも、むしろ――かつて「青騎士」[*]が拠り所とした――真正の民衆芸術《フォルクスクンスト》を、つまり、よく知られたものの位置をほんの少しずらすだけで、離れた場所にある小部屋を日常のなかに解き放つあの民衆芸術を、思い起こさせる。警察がベンチュ宅の部屋を捜索している際に、妻が彼と目くばせをかわす。「彼はほんの少し微笑んだ。まるで彼ら二人は、この瞬間のために何かを訓練するためにのみ、それまでの全年月を一緒に暮らしてきたかのようだった」（四九八―四九九ページ）。あるいは、「カタリーナは、猫がそうしないのと同じく、二を三にはしなかった」（二一八ページ）。

＊　一九一一年にミュンヒェンで結成された表現主義画家のグループ。

ここで話題にされているのは、奇異の念を起こさせるあの被造物、すなわち、ベンチュの家庭の客になっている彼の継娘のことである。しかし彼女は、しばらくのあいだ男のところに住むときのメルジーネ[*1]ほどにも、そこに居ついているわけではない。メルジーネは、泉の底に建てられている宮殿に帰りたがる。そのように、カタリーナもわが家へ心が引かれている。だが、人の子《メンシェンキント》〔神の子としての人間〕にはまだわが家というものがないのだ。この人の子は、立って窓ガラスを磨いている。「あの窓ガラスはいったいどこにあったのか。テーブルには食事の用意ができていて、ベッドもきちんと整えられている、それも、大急ぎで間に合わせにそうなっているのではなく、昔からずっと、そしてこれからも永遠にそうなっている、そんな部屋の隅々にまで、澄みきった、それでいてギラギラしていない光が射しこむようにするのに、いくらピカピカに磨いても磨きたりなかった、あの窓ガラスは——いったいいつになったら、カタリーナ！」（一一八ページ）。彼女は、意図的に引き起こされた流産で死ぬ。彼女はみずからの細い道を、黙したまま、人びとが思ってもみないうちに、歩き終えてしまったのだ。彼女はやって来た、彼女はみずからを助く術《すべ》を知らなかった、そして彼女は消えていった。だが彼女は、世知《せち》の此岸に立っているのと同じだけ世知の彼岸にも立っているのでなければ、現にそうであるところの彼女ではないだろうし、彼女の最も良いところを欠いていることだろう。この点で、彼女はカーターリースヒエン[*2]の姉妹なのだ。このメールヒェンは、カーターリースヒェンという人物によって、賢い人びとにとって世間知らずの生娘たちがいかなる約束（Verheißung〔神が人間に与えた約束〕）を具現するものであるのかを、実によく分からせてくれる。そうした娘たちの微笑みはこの世界と調和してはおらず、そして彼女たちは、自分自身とも調和していない。心というものがこの世界のなかで中心ではなく、たんにひとつの避難所にすぎないあいだは、彼女たちは、急いで自分自身をわが家とする必要がないのだ。

＊1　フランスの伝説で海の精とされる美しい少女。ドイツでも十五世紀の民衆本によって、人間の男と結婚する水の精の物語として流布した。

＊2　『グリム童話集』の「フリーダとカーターリースヒェン」に登場する、若い農夫の妻。夫が農作業で留守にしているあいだに、彼女がよかれと思って家ですることは、とんでもないことばかりで、夫は帰宅するたびに落胆させられる。

「わたしは何かを見つけ出さなくちゃ」、と第三者に向けられたベンチュの賢い回答をちょうど小耳にはさんだカタリーナは考える、「彼に助言を頼めるような何かを。彼女はじっと考えてみた。しかし彼女は何も思いつかなかった。彼女には、今にも失ってしまいそうな希望など、何もなかった。彼女は何ひとつ不自由していなかったし、それなのに何ひとつ持ってはいなかった。彼女には、助言が必要になるようなことをしようという心づもりも、まるでなかった。彼女は完全に途方にくれていた」(一二〇ページ)。これらの言葉は、この本の叙事的な形式に対するまなざしを開いてくれる。市民的《ブルジョワ》長篇小説には、通約不可能な人格としての主人公がいるが、途方にくれた状態にあるということは、この通約不可能な人格のしるしである。すでに言われているように、市民的《ブルジョワ》長篇小説においては、孤独のうちにある個人が問題となっているのであり、*この孤独のうちにある個人は、自分の最大の関心事についてさえ、もはや他の範例となるように語ることができず、誰かから助言をもらうこともなければ、いかなる助言を与えることもできない。もしこの本が、たとえ無意識のうちにであるにせよ、この秘密に触れているのだとすれば、この本は、ここ数年のほとんどすべての重要な長篇小説作品と同様に、長篇小説の形式そのものが改造中だということを示しているのである。

＊ 以下、この一文のは、「物語作者としてのオスカル・マリーア・グラーフ」（本書六一二ページ）、および「物語作者」（『ベンヤミン・コレクション2』二九二―二九三ページ）からの自己引用である。

作品の構造が、このことをさまざまに認識させてくれる。この作品には、エピソードと主筋の区分がない。この作品は、比較的古い叙事的形式、つまり年代記や読本に、非常に近づいているのである。この作品のなかには短い話がぎっしり詰まっており、それらがしばしば作品の山場をなしている。物語の成り行きのなかで救出記念日が最後にもう一度めぐってくる、一九三二年十一月十九日の話もそうである。この記念日を祝う者はもう誰もいない。すなわちこのことによって、その記念日が何を意味していたかが、はっきりと感じられるようになる。これらの失業者たちにとってその記念日は、かつて彼らの生に光をもたらしたものすべてを保証しているのだ。彼らはその記念日について、この日は彼らの復活祭なのだと、彼らの聖霊降臨祭なのだと、彼らのキリスト降誕祭〔クリスマス〕なのだと言うことだってできるだろう。それがいまでは、この日は忘れ去られてしまい、そしてすっかり暗黒化が始まっているのである。「この日を祝うためにいつもは守られていた時刻は、とっくに過ぎていた。まったく、俺は忘れられちまったんだな、とツァーブシュは思った。あるいは、みんなは邪魔されたくないんだな。なにしろ俺はぱっとせんからなぁ。『電灯を点けてちょうだい』と彼の妻が言った。『自分で点けろよ』とツァーブシュは言った。そうして、電灯は点けられないままだった」。とうとう彼は、これ以上暗闇のなかにいることに耐えられなくなる。彼はフィントリンゲン通りを下ってゆき、居酒屋のドアをぐいと開ける。「『ふつうのビールかい、それとも黒?』ツァーブシュは主人には答えず、うろたえて周囲を見回した。彼は最初、自分が間違ったドアを開けたのかと思った。だが、フィントリンゲン通りにはアルディンガーの店しかなかった。そしてアルディンガー自身もうろたえていた。ツァーブシュはそこにいるのがアルディンガーだと分かった。ただ彼の店だけがすっかり変わってしまっていて、見知った顔はひとつもなかった。そのとき笑い声がし始めた。……『さあ、こっちへ来いよ。まだ席はあるんだから。座れよ、同志』。彼らは皆ナチの若者たちで、地元の者のように脚を広げ肘を張って、椅子やベンチ——このコーナーベンチは、去年はなかった——にあふれていた」(四五〇—四五一ページ)。この瓦解《シュトゥルツ》〔転落、崩壊〕こそ、誰にも必要とされず、カレンダーにさえ生の日々を数えることを放棄されてしまうような人間、深淵に留《とど》まったままの見捨てられた人間に対して、さらに深い深淵を、すなわち、見捨てられた状態自体がみずからのために祝宴を催している輝くばかりのナチ地獄を、告知するものにほかならないのだが——この瓦解が、本書が物語る年月を、たった一瞬の驚愕のなかに凝縮する。

この人間たちはみずからを解放する（befreien）だろうか？　我々は、煉獄で贖罪している哀れな魂たちにとってと同様、彼らにとっては、もはやひとつの救済（Erlösung〔解放〕）しか存在しない、という感情を抱いている自分自身に気づく。この救済がどの方面からやって来るはずなのかを、作者は、その報告のなかで子供たちに出会う箇所で示唆している。どの読者も、彼女が語るプロレタリアの子供たちを、そうすぐには忘れないだろう。「当時そこには、フランツのような子供たちがしばしばいた。誰かが自分の子供を連れてきたり、子供たちが自分自身で近所から、あるいはまったく別のどこかからも、やって来たりしていた。彼らは、大人たちがビラを折っている机の縁のうえに少し頭を突き出したり、誰か大人の脚の間を走り回ったり、一通の手紙や一山の新聞を届けるために、あるいは、ちょうど必要になった誰かを連れてくるために、駆けずり回って息を弾ませていた。父親に引っぱられて来たり、……あるいは好奇心から、またあるいは人間を引き寄せるものに引き寄せられてやって来て、しかもおそらくもう、死ぬまで結びつけられているのだった」（四四〇―四四一ページ）。こうした子供たちにこそ、アンナ・ゼーガースは信頼をおいたのだ。おそらく、この子供らの親である失業者たちについての記憶は、いつの日か、彼らのことを記述した年代記作者についての記憶を含むものになるだろう。この年代記作者の目にはきっと、窓を磨くカタリーナが夢想する、あの窓ガラスの反照が宿っていることだろう――「テーブルには食事の用意ができていて、ベッドもきちんと整えられている、それも、大急ぎで間に合わせにそうなっているのではなく、昔からずっと、そしてこれからも永遠にそうなっている、そんな部屋の隅々にまで、澄みきった、それでいてギラギラしていない光が射しこむようにするのに、いくらピカピカに磨いても磨きたりなかった」あの窓ガラスの反照が。

ドルフ・シュテルンベルガー『パノラマあるいは十九世紀の光景』〔一九三八年〕

Dolf Sternberger, *Panorama oder Ansichten vom 19. Jahrhundert.* 1938〔一九三九年に成立〕

今日のドイツにおいて、一体化されはしないが一時的に一体的に保たれている、食い違いを含んだ態度〔つまり、後述の「反対感情並列的な状態」〕のひとつに、ビスマルク（一八一五―九八年。ドイツの政治家で、ドイツ第二帝国初代首相）時代〔一八七一―九八年〕の追想が呼び起こしている諸反応がある。小市民階級は、当時、見習い修業についたところだった。（その小市民階級の修練は、六十年後、国民社会主義〔ナチス〕によって続行され、かつ凌駕されることになった。）それに対して、権力の構成要素としての中流《ミットラー》市民階級は、当時はまだ、小市民階級に比して大きな場を占めていた。その中流市民階級が退いてしまったときにはじめて、独占資本〔つまり上流市民階級〕に、そしてそれとともに国家の更新に、道が開かれたのだった。国民社会主義は、それゆえ、かの〔ビスマルク〕時代に対して反対感情並列的《アムビヴァレント》な関係にある。〔一方で、〕国民社会主義はかの時代の旧態を一掃したことを誇っている。そして〔その際〕、国民社会主義が中程度《ミットラー》の権利保証のあの基準のことを、すなわち、当時はまだ臣民たち〔つまり、ドイツ第二帝国の中流市民階級〕に保証されていた基準のことを考えているのだとすれば、たしかに国民社会主義は旧態を一掃したと言える。他方でこの党派は、自分たちがヴィルヘルム二世（一八五九―一九四一年。在位一八八八―一九一八年）治下の時代〔五九四ページ参照〕の帝国主義に固執しているということを、そして、第二帝国の栄光が彼らの第三帝国のうちに反射しているということを、実によく承知している。彼らが小市民階級に対して行なっている調教は、こうした意識に基づいているのだ。そういうわけで、ここで有効なのは、まずひとつには上流階層に向けられるまなざし、他方では、批判的な留保である。（右に述べた反対感情並列的《アムビヴァレンツ》な状態は、新しい帝国〔ナチスの第三帝国〕の指導者たちが旧軍勢〔ビスマルク／ヴィルヘルム二世の第二帝国〕の指導者たちに対してとっている態度を、充分に説明するものである。）

この実情を、鏡に映した風に、とはつまりシンメトリックに転位させたかたちに、想像してみるならば、シュテルンベルガー（一九〇七年生まれ。ドイツの哲学者、政治学者、時事評論家、エッセイスト）のこの本の概要を思い浮かべたことになる。反対感情並列的《アムビヴァレント》なのは、彼の態度も同じである。がしかし、逆の意味においてそうなのだ。彼が批判のゾンデをこの時代〔十九世紀、とりわけビスマルク時代〕に当てる場合には、彼はまさに、今日の人びとをこの時代と連帯させている諸特徴こそを、念頭においている。そして、彼がこの時代に愛情をこめて身を委ね、読者にこの時代を心に留めるよう切に勧める風に見える場合には、彼は市民的道徳のある堅実で中程度の標準規範に、すなわち今日のドイツが一切関わりをもちたくない標準規範に、思いを至しているのである。別の言葉で言えば、シュテルンベルガーの内なる批判者はその洞察を、彼の内なる歴史家はその共感を、ただきわめて慎重な手つきをもってしか、明らかにするわけにはゆかないのだ。

これは希望のない仕事であるとは限らない。しかし、この著者にとってはそれ以上のことが問題だった。彼はひとつの裂け目のなかに飛び込もうとした（in eine Bresche springen〔危険を冒して守ろうとした〕）のだ。画一化されたアカデミックな研究者たちの著作は夥しい数にのぼるが、これまでは——将来の学問のことはさておき——アヴァンギャルドの活動分野だった諸領域での成果も多い。アヴァンギャルドは、その著作において、エッセイの形式を好んだ。シュテルンベルガーは〔アカデミックな研究領域において〕、この〔アヴァンギャルドがもたらした〕成果の形式と主題設定を堅持する、という驚くべきことを試みている。本書の表題が暗示しているように、彼は、みずからの研究領域の地図を作製しようとしたのではなく、超然としてこの領域をあまねく見て歩こうとしたのだ。章の配列*がそのことを証明している。エッセイ的な成果との関係をなんとしても堅持しようと努めて、著者のまなざしは多方面に及んでいる。彼が〔エッセイ的なスタイルを貫こうとして〕その対象に一定の方法をもって踏み込むことができなければできないほど、それだけいっそう彼はさまざまに大胆なテーマを選び、それだけいっそうそれらのテーマは求めるところの多いものに、そして包括的なものになった。

＊ 本書の章立ては、「アフォリズム風の前書」、「ひとつのパノラマ」（序論に相当）、「I 自然的‐人工的」、「II 陸と海について」、「III 風俗画《ジャンル》」、「IV 呪文の言葉〈発展〉」、「V 高尚なもの」、「VI 家の内部で」、「VII 夜の輝き」となっている。

人間の〈経験が刻み込まれる〉顔の与える印象は、自然的な常数〈的要因〉によって規定されるのみならず、歴史的な変数〈的要因〉によっても規定されるか――この問いは、〈歴史にかかわる〉研究の最前線にある問いのひとつであり、この問いからは、どんなわずかな答えも、骨を折って戦いとられねばならない。シュテルンベルガーは通りすがりにこの問題を携えてゆく。彼はこの問題に正確に目を向け、そして例えば、〈光は、ただ歴史的な状況布置《コンステラツィオーン》が許すようなあり方でのみ、経験のなかに入り込む〉とでも言うのであれば、私たちはこのテーゼの敷衍《ふえん》を緊張して待ち受けることだろう。シュテルンベルガーは、そう〈右の〈 〉の部分を指す〉は言いもするのだが（一五九ページ）、しかしそれは、ただ、ここでも受けをよくするためでしかない。然るべき問い立てには同格や副文や挿入文がちりばめられており、それらのなかで問い立ての内容が失われてしまう。そのうえこの内容は、右の〈本段落冒頭の〉問いが連携している関心について何を言う資格もない者によっては、説明されえないのである。その関心とは、人間の生活の自然的な諸条件は人間たちのもつ生産方式によって変わる、という認識に対する関心にほかならない。

＊ 〈 〉内は、後続文からも分かるように、シュテルンベルガーの本からの引用（ただし、省略を含む

――なお、ここでの「光」は、シュテルンベルガーにおいては、「自然」のいわば代名詞として用いられている）だが、本来的にはむしろ、ベンヤミンの『パサージュ論』の根幹をなすテーゼと言うべきものである。シュテルンベルガーは、ベンヤミン自身もしくはアドルノによって、『パサージュ論』の主題設定のことを知らされていた。それでベンヤミンは、アドルノ宛ての手紙（一九三八年四月一六日付）のなかで、シュテルンベルガーのこの本の根本的な考え方について、『パサージュ論』の「剽窃未遂」あるいは「うまくやった剽窃」といったイローニシュな言い方をしている。なお、シュテルンベルガーは『ドイツ悲劇の根源』のアレゴリー論の影響も多分に受けていると思われる。

多くのことが語られるが、充分正当に扱われているものは多くない。風俗画《ジャンル》、アレゴリー、ユーゲント様式といったモティーフが、拘束力をもつ連関のなかで展開された箇所に行き着くには、しばしば、先行事例を溯ってみるのがよいだろう。そういう次第でアドルノ（一九〇三―六九年。ドイツの哲学者、社会学者）は、キルケゴール（一八一三―五五年。デンマークの思想家）の著作のなかに、アレゴリー的な直観の一後期形式を指摘した〔アドルノ『キルケゴール』一九三三年、参照〕。ギーディオン（一八八八―一九六八年。プラハ生まれの建築史家。本書三七三ページ参照）は、前世紀が抱いていた欲求、すなわち、己れのなしえた構成的な成果を模倣という仮面の下に隠そうとする欲求を、歴史的に重要な風俗画のなかに認識した〔ギーディオン『フランスの建築』一九二八年、参照〕。サルバドル・ダリ（一九〇四―八九年。*スペインの画家）はユーゲント様式をシュルレアリスムの精神に即して解釈した。これらのテーマすべてを、シュテルンベルガーは追究している。しかし、彼においてこれらのテーマがモティーフとなっているのだとすれば、それは、テーマに対して恣意的に振舞う装飾の精神に即してのことである。

＊ これらのテーマのうち、「風俗画」について、シュテルンベルガーはこう述べている。「なんらかの特殊個別の芸術分野あるいは専門分野という意味においてではなく、直観の形式としての、人間に関わる諸関係の形式としての、生そのものの形式としての、風俗画」（第Ⅲ章冒頭近く）。

エッセイストは好んで、自分を芸術家と感じたがる。そういうわけでシュテルンベルガーは、理論の代わりに（時代への、また同じく、思考方法への）感情移入を代置する、という誘惑の手におちかねない。この憂慮すべき事態の徴候は、シュテルンベルガーの言語のうちに明白に見てとれる。〔一八〕六〇年代の家庭小説が読者に取り入ろうとして好んで装った、取りすましたような正直さが、ある種の雅語調の、気負ったドイツ語と提携するのである。この文体上の擬態が、はては、きわめて奇矯な語句造形につながってゆく。「なにしろ〔……は〕そもそも〔……〕であるのだから」が、この著者のお気に入りの構文のひとつである。「そんなに、そしてそれほどに」が、彼には移行句として通用する。「スイッチを入れる決心をする時が来る」とか、「その間に我々はさらに先を聞こう」とか、「〔……は〕著者のなすべきことではないだろう」とかの言いまわしが、読者を、きわめて高貴な〔館の〕ひと続きの部屋を案内して回るように、この本を案内して回る。彼の言語は退行性に染め抜かれているのだ。

政治的な関わりということを己れ自身に関連づけて考えはしない、隔離された圏域——

この圏域への退行がドイツに蔓延している。幼年時代の思い出とリルケ（一八七五—一九二六年。オーストリアの詩人）崇拝が、心霊術とロマン主義的医学が、知的モードとして、互いに交代し合っているのだ。シュテルンベルガーは、そのような退行のなかにあって、アヴァンギャルドの諸モティーフを堅持する。彼の本は、前方への逃避の、真の範例である。彼が敵との衝突を回避しようとしても、当然ながら、うまくゆかない。彼はとりわけ、泡沫会社乱立時代《グリュンダーヤーレ》〔『ベンヤミン・コレクション3』二七〇ページ参照〕についての批判的な判定をきわめて私的な利益のために憚《はばか》らざるをえない人びとのことを、考慮に入れねばならない。今日の野蛮さの萌芽は、かの時代のなかに、すでに胚胎している。舐《な》めたように綺麗なもの、きちんとしたものを貪《むさぼ》ろうとする猛獣性の喜びが、もともと、かの時代の〈美〉概念を規定しているのである。国民社会主義とともに、十九世紀後半の時代に明るい光が当たることになった。この時代に、小市民階級を党派化し、明確な政治的目標のために動員しようとする、最初の試みが成立した。その試みはシュテッカー（一八三五—一九〇九年。ドイツのプロテスタント神学者、反ユダヤ主義の政治家）によってなされた、しかも大地主層の利益のために。ヒトラー（一八八九—一九四五年）の全権はこれとは別のグループに由来している。それにもかかわらず、彼のイデオロギー的中核は、五十年前のシュテッカーの運動のイデオロギー的中核そのままだった。国内の植民地原住民——つまりユダヤ人——に対する戦いにおいて、調教された小市民たちはみずからをひとつの支配者カーストの構成員として認識し、みずからの帝王的本能を自覚することになる、というのだった。国民社会主義とともに、ひとつのプログラムが実施された。それは、泡沫会社乱立時代の諸理想を——世界を焼く劫火〔世界大戦のこと〕によって照らし出しつつ——ドイツの家庭という圏域に対して、とくに女性の活動範囲に対して、拘束力をもつものにするプログラムだった。一九三七年七月十八日に〔ナチス〕党首が〈退廃芸術〉*を攻撃して行なった演説において、ドイツの文化水準を最も追従的で最も卑屈な階層〔つまり、小市民階級〕に合わせるという方針が宣言され、かつ国事上の規定とされた。『フランクフルト新聞』〔一九三七年七月一九日号〕で、シュテルンベルガーはこの演説を、「我々の背後にある時代の公共的な芸術生活を規定していた諸志操および諸理論との……訣別」〔「芸術の聖堂——ヒトラーが〈ドイツ芸術の館〉を開く」〕と呼んだ。この「訣別は」、と彼は付け加えている、「まだ仕上げられてはいない」〔同前〕。それに加えて、彼はこの訣別について、それ〔この訣別〕は「鋭いイロニーという武器と哲学的論究というやり方でもってなされてきたのだ」〔同前〕と主張した。いまここで問題となっている、この訣別のさらに遠く隔たった歴史的背景の究明〔つまり、シュテルンベルガー『パノラマあるいは十九世紀の光景』〕について、同じように言うわけにはゆかない。

＊　二十世紀のモダン芸術の諸潮流を、ナチスが誹謗し攻撃した際の、その呼び名。

シュテルンベルガーのこの本は、遊びに夢中で理解しにくい。彼は本題からかけ離れた事柄を懸命に拾い集めてくるが、しかし、それを繫ぎ合わせる概念が彼には欠けているのだ。彼は定義へと押し進むことができない(1)。それだけいっそう彼は、自分のテクストが〔連関を欠くことによって〕分解した、そのばらばらの断片《ディシエクタ・メムブラ》を、読者に、意味作用《ベドイテント》をもつ比喩《ジンビルト》〔意味像〕として引き渡したがっている。[*1] 彼のその思惑を支えているのが、〈アレゴリー的なもの〉への――奇異の念を起こさせる――注視である。アレゴリーは、その足元に〈不完全なもの〉として横たわるさまざまなエムブレム〔寓意記号化した事物〕によって、取り巻かれている。この〔アレゴリーという〕術語は、いまでは、そういう風な取り巻きを背負った用い方で知られているわけでは決してないにもかかわらず、この術語をシュテルンベルガーは、そうした随伴事情抜きに用いている。彼がそもそもこの術語になんらかの明確な意味《ジン》を結びつけているのかどうか、それを疑わしくさせるような事柄を、彼はこの術語に背負わせるのだ。「蒸気機関のアレゴリー」〔『パノラマあるいは十九世紀の光景』第I章の最初の節の表題〕というキーワードのもとに、彼は、機関車を〈鷲のように速い〉ものとして、〈光速の馬〉として、〈レールの上を走る駿馬《しゅんめ》〉として誉め称える、いくつもの美辞麗句を集めてくる。それらの美辞麗句は、「技術の諸根本要素《エレメント》が、生ける自然の諸根本要素と組み合わされて、言語メタファーのかたちで、ひとつの新しい〈二面相的な形姿をもつ自立した存在性〉を獲得する、という意味での……アレゴリー的ポエジー」〔二六ページ〕をもたらす、と彼は言う。このこと〔前文の「技術の……獲得する」の部分を指す〕は、アレゴリーとは何の関わりももってはいない。その類《たぐい》のことが目指していた美的センス《ゲシュマック》〔趣味〕は、ある脅《おびや》かしから逃れたいという欲求に符合するものだった。その脅かしを、当時の人びとは、技術的な形式に特有な「硬直したもの」、「メカニックなもの」のうちに求めた。（この脅かしは、本当は、そういうのとは異なる種類のものだった。）技術に由来する不安感は一般的なものだった。そして人びとは、この不安感を前にして、好んで、ルートヴィヒ・クナウス（一八二九―一九一〇年。ドイツの風俗画家）が描く子供たちの群れや、グリュッツナー（一八四六―一九二五年。ドイツの風俗画家）が描く修道士たちや、ヴァルトミュラー（一八五九―九五年。ドイツの画家。フリードリヒ大王に因む故事の絵で知られる）が描くロココ風の人物たち、あるいはデーフレッガー（一八三五―一九二一年。オーストリアの風俗画家）が描く村人たちのもとへと、逃避したのだった。鉄道がアンサンブルのなかへ招き入れられた――ひと言でいえば、風俗画《ジャンルビルト》というアンサンブルのなかへ。絵画の一ジャンルとしての風俗画《ジャンル》は、技術の受容が失敗に終わったことを裏付けている。シュテルンベルガーは「風俗画」という概念を導入するのだが、しかし、彼のこの概念の構築はきわめて脆弱である。「風俗画においては」、と著者は言う、「見る者……の関心が何かにつけ一役買っている。（一瞬の）硬直した光景、つまり活人画[*2]が、補完するものを必要とするのとまったく同じように、関心を掻き立てられたこの見る者は、……[*3]呼び起こされた喜びや涙でもって、絵の不完全さによって呈示されている空隙を……埋めたくてたまらないのである」（六四ページ）。風俗画の根源は、先ほど述べたように、もっと分かりやすい。未来を偉大な計画にのっとって構想するということが、市民階級にはもはやできなくなってしまったとき、市民階級は年老いたファウストの口真似をして、「〔時よ〕留《とど》まれ、お前はこんなにも美しい！」〔ゲーテ『ファウスト』第II部第五幕「宮殿前の広大な庭園」の場、第一一五八二行〕と言ったのだった。市民階級は、自分の未来の像を厄介払いするために、風俗画のなかに瞬間を定着したのである。風俗画は、歴史とは一切関わりをもとうとしない一芸術だった。風俗画が目の前の一瞬にぽかんと見蕩《みと》れるさまは、千年王国の幻影に対する精確な補足物なのだ。実際また、泡沫会社乱立時代の美的諸理想とかの党〔つまり、ナチス〕の芸術上の遠大な諸目標とのあいだの連関は、この点に基づいているのである。(2)

＊1　以下、「アレゴリー」に関する部分を、ベンヤミンは、『ドイツ悲劇の根源』第二部のアレゴリー論を念頭において述べている。
＊2　シュテルンベルガーは風俗画を、人間たちがアレゴリーを演じる活人画のように捉えている。
＊3　引用文では、省略のために、構文が原文とは違ったものになっている。

国民社会主義の理論的独占は、シュテルンベルガーによって打ち破られてはいない。この独占が彼の思考の筋道をねじ曲げ、彼の諸志向を変造しているのだ。後者の点は、生体解剖をめぐる争い――それが起きたのは、〔一八〕七〇年代のことである――に対して彼が立場を明らかにするところで、露骨に明らかになる。この論争の口火を切ったパンフレットにおいては、生体解剖学者たちのなんらかの過《あやま》ちに対する憤激が、科学一般への頑強なルサンチマン〔無意識的な敵意〕のきっかけとなっている。生体解剖に反対する運動は小市民諸党派が産み落としたものだった。そしてのちには、この小市民諸党派のうちの予防接種反対論者たちが、カルメト（一八六三―一九三三年。フランスの細菌学者。一九二一年にＢＣＧを開発）に対する攻撃でもって、まず最初にきわめてはっきりと旗幟《きし》を鮮明にすることになる。この小市民諸党派が「運動」に援軍を供給した。この点にこそ、シュテルンベルガーの批判的攻撃の誘因が探られねばならないだろう。第三帝国において動物愛護法は、事実、強制収容所の設置とほとんど同じくらいにすばやく公布された。〈かの〔一八七〇年代の〕熱狂した人びとの集団のうちに、我々は、初期蛹化《ようか》段階にあるサドマゾヒズム的性格を目の当《ま》たりにする〉という見方を支えるものとして、多くのことが主張されうるだろう。そのこと〔前文の〈 〉の部分〕に目を向けながら、しかし、そうこうしている間にこの蛹から這い出てきた髑髏蝶について何も知ろうとはしないような考察は、まちがった道にいることを覚悟しなければならない。事実、シュテルンベルガーの場合がそれである。すなわち彼は、生体解剖反対論者たちを論難するのに、憐れみの情《ミットライト》〔同情〕それ自体を謗《そし》るというやり方しか、見出せないのだ。憐れみの情を謗ってみたところで、それを権力者たちがうるさく感じることは、――動物愛護はきっと、彼らが憐れみの情に与えおいた最後の避難所であるだろうだけに、なおさら――ないだろう。権力者たちは、本当は、憐れみの情にそんな避難所すら与えおきはしなかった。というのも、権力者たちにとって動物愛護は、むしろ、〈血と土〉*の密儀に基づくものだからである。人間のうちに動物的なものをかくも多く呼び覚ます国民社会主義には、自分が動物たちによって不気味なほどびっしりと取り囲まれているのが分かっている。国民社会主義の動物愛護は、ひとつの迷信的な恐怖に由来しているのだ。

＊ 種族とそれを培った土地との結合を強調する、ナチスの人種主義的政策の指導理念。

「啓示が感情とは異なるのと同じく、隣人愛は憐れみの情とは異なる」（八四ページ）とするような定義は胡散臭いものだと知るのに、なにもショーペンハウアー（一七八八―一八六〇年。ドイツの哲学者）と一緒になって、憐れみの情を人間性《フマニテート》の源泉と見る（『意志と表象としての世界』第四巻第六七節参照）必要はない。いずれにせよ、憐れみの情から湧き出る人間性に、「風俗画的人《ジャンル・フマニ》間性《テート》」（二二九ページ）として苦笑してみせる前に、真正なる人間性について語るのが望ましかろう。「涙の宗教」という名のもとにこうした事柄を扱う節（第Ⅲ章「風俗画」の最後から二つめの節）を、その哲学的内実を目指して吟味する者は、ほとんど何も得はしないだろう。その者は、〈憐れみの情とは「残酷な光景……を見る人の心に生じる……怒りの内的側面もしくは相関物」以外のなにものでもない〉（八七ページ）、といった主張で満足しなければならないだろう。（憐れみの情についての）この命題は怪しげである。それだけいっそう、〈無実を主張する者にとっては憐れみの情などまったくの泡沫《うたかた》でしかない〉という命題は明解である。

この本における、他と取り違えようのないもの、著者がひたすら没頭している事柄、それをひと言でいえば、こう言い表わせるだろう。すなわち、それは痕跡を消すという技芸《わざ》である、と。彼の思考が負っている素性の痕跡を。彼の大勢順応主義的《コンフォルミスティシュ》な諸命題に潜んでいる、密かな留保の痕跡を。そして最後に、この大勢順応主義そのものの痕跡を。すべての痕跡のなかで、むろん、この最後のものを取り除くのが一番難しい。二義性ということが、シュテルンベルガーの本領である。この二義性を、彼は、自分がなす探究の方法にまで高める。すなわち、「諸制約と諸行為、強制と自由、素材と精神、無垢と罪といったものは、変更不能のさまざまな証言を――たとえ、散らばった不完全なかたちで、であれ――我々の前に残している過去のなかで、それぞれ互いに分離されえない。むしろ、これらのものはすべて、つねに、互いの内へと没してしまっているのだ。そして、それぞれが互いの内へと没してしまっている、その塊は、記述することができる」（七ページ）。――シュテルンベルガーの思考所産〔つまり、ビスマルク時代についての考察内実〕は、〈彼は自分の思考所産を、押収しかつ押収された〉といった状態にある。その思考所産が、最終的には押収されたように見える――ちょうどひとが、押収された顔のことを話す場合のように――としても、何の不思議があろう。本書に語られた十九世紀のさまざまな光景《アンジヒテン》は、二十世紀の洞察《アインジヒテン》に曝されるのにお誂《あつら》え向きなのだ。

【原注】

（1）シュテルンベルガーは、自分の言うことが有益であると証明できそうなところで思考過程を中断せずにはいない、という悪しき状況にある。このことが、結局は、彼の思考能力を損なっている。それがどういう状態であるのかは、ときとして、個々の文から見て取ることができる。「どのみち過ぎ去ってしまっている事柄を笑うのは、あまりにも単純すぎ、それゆえ本来は機知《ヴィッツ》の浪費と見なすべきである。それに対して、機知というものはなんといっても、簡潔さにより輝きを増すのが常なのだ」（一五八ページ）。――最初の主文のなかに、明晰な思考の歩みに抵触するものが二つある。ひとつには、「どのみち」という言葉が当を得ていない。というのも、笑うことはその笑う対象の時間的位置を変えはしないからだ。第二に、「単純」という言葉が不適切である。というのも、むしろなんらかの難しい思考過程をたどって究明されるべきであろうような対象（たとえば、誤った推論）のことを笑うのは、たしかに、あまりにも単純すぎると言える。それに対して、取るに足らないことを哄笑の対象にするのは、決して「あまりにも単純すぎ」ることではありえないのだ。なぜなら、笑うということは、困難の克服が賞讃に値するものとなるような課題であるわけではないからである。――それに続く部分では、「機知の浪費」という言葉が辛うじてなんらかの意味《ジン》をさし出すとすれば、それは、「機知」が、十八世紀におけるように、悟性を意味《ベドイテン》するものとして理解されねばならない場合だけだろう。悟性の浪費という言い方は、たしかに可能であろう。（ただし、この浪費者の哄笑がその浪費の作用結果でありうるとは、想像できない。）しかしおそらく、〔シュテルンベルガーの右の文に〕この古風な語法はまったくない。察するに、シュテルンベルガーにおいてはむしろ、〈機知はかつかつの表現なのであって、表現資材〔つまり、言葉〕を節約する〉という表象が、〈「機知の浪費」の場合には、冗談を言う《ヴィッツェルン》どんなきっかけもない〉という表象とごたまぜになっているのだ。ともあれ、第一に、ひとが何かのことを笑う、その何かのすべてが機知であるわけではない。第二に、機知のかつかつさ、簡潔さを引き合いに出して、何かを笑い――それが機知に関する笑いであれ――のきっかけにはするなとは決して要求できない。最後に、機知は簡潔さにより輝き（Brillanz）を増すのが常である、というのはたしかに明白なことではあるが、しかし文法的にまちがっている。「輝かしい（brillant）」からの派生語を、ドイツ語は、Brillantine（頭髪用ポマード）しか知らない。

（2） シュテルンベルガーは、風俗画の凱旋行進のあとに付いて、ニーチェ（一八四四—一九〇〇年。ドイツの哲学者）の価値転換を唱える著作にまで赴こうとしている。ここで彼は「風俗画の回帰」について語り〔第III章「風俗画」の最後の節「価値転換」を参照〕、それによってひとつの構成的要素を捉えている。しかし彼は、この要素をこなし切れていない。「裏返しの風俗画」——ニーチェならこの「裏返しの風俗画」という考え方でもって、同時代人たちに対抗することだろう——の歴史的刻印を、彼は見逃しているのだ。この刻印はユーゲント様式のうちに存している。風俗画に棲まっている生命感に反抗して、ユーゲント様式は霊媒術的な草花曲線を据える。ユーゲント様式は、ついいましがたまで悪の深淵のなかに沈み込んでいたまなざしを、日常の無邪気さのうえに憩わせる。そして、思い上がった俗物根性に対して、ユーゲント様式は、永遠に空手のままであり続ける憧憬を対置する。

【訳者付記】

本稿をベンヤミンは、ホルクハイマー／アドルノが主宰するフランクフルト大学社会研究所の『紀要』に発表すべく送付したが、なぜか掲載されなかった。

〔シェーアバルトについて〕

〈Sur Scheerbart〉〔おそらく一九三〇年代後半の執筆〕

一九一四年八月のある朝、『時代の反響』に寄稿した彼の文章[*1]が読者の目にとまったときには、シェーアバルト（一八六三―一九一五年。ドイツの作家。ユーモアと社会批判的な要素をあわせもつ小説を書いた）はすでに二十冊にも及ぶ書物の著者だった。（『時代の反響』とは、ドイツの芸術家や作家が画筆やペンによってドイツ軍兵士の突撃を美しく飾ろうと、発刊を急いだ週刊誌のことである。）この記事は当時の時流に逆らったものではあったが、検閲を免れるために巧妙な表現を駆使していた。私の記憶に彼の名前が刻まれることになる、これが初めての出会いだった。「私はまず『世界大戦』という表現に異を唱えたい。私は、どんな天体も――それがいかに近いものであろうとも――、我々が巻き込まれているこの出来事に関与することはないだろうと確信している。深い平和が星々の宇宙の上を漂うことを止めることはないと、すべてが確信させてくれる」。

この箇所に対して検閲が示した注目以上のものを人びとがシェーアバルトの著作に対し

て示したとは到底言い難いが、それは至極当然だった。この詩人の作品に刻印を与えているのは、時代を支配する理念とはおよそ異質なものだったからだ。この理念——むしろ、イメージと言ったほうがよいだろうが——とは、技術と調和し、技術を人間的に用いる人類、という理念だった。このような技術と人間との関わりのなかに、シェーアバルトは、知るべき二つの本質的な条件を見てとることができると考えた。〈人間は、自分が自然の力を「開発」するように求められているという、低劣かつ粗雑な考えから出発する〉というのがその一つであり、第二は、〈人間は、これとは裏腹に、技術は人間を解き放ちながら、同時に人間を介して被造物のすべてを友愛の心で解き放つだろう、という信念を持ち続ける〉というものである。

『レザベンディオ』〔一九一三年。本書所収の「パウル・シェーアバルト『レザベンディオ』」参照〕と題された彼の最も重要な小説を見てみよう。物語はパラスと名づけられた小惑星の上で展開される。ここに住んでいる者たちには性の区別がない。パラス人の「新生児」たちは、胡桃《くるみ》の殻に閉じ込められて、この星の最奥部にまどろんでいる。初めて光を見た新生児の漏らす第一声が、彼らの名前を決定する——ビバ、ボンビンバ、ラブ、ゾファンティ、レザベンディオ、等々。パラスは小さい。星の北端と南端は、漏斗《ろうと》状の巨大な陥没部を成している。数十万人の住民たちが住まうのは、この陥没部の内側である。パラス人たちは彼らの星を美しく飾ることに専念している。結晶の形状をしたいわば「景観」などを星に与えることによって、彼らはその表面を変容させるのである。北側の漏斗（これは一本のトンネルによって南の漏斗に通じている）の上に塔を立てようと考えているレザベンディオが登場する。この建設計画には、もともと明確な目的があったわけではない。それが何の役に立ちそうなのかに人びとがようやく気がつくのは、ずっと後になってからのことである。（エッフェル塔も、現在のような役割を確保するためには、建設から三十年も待たなければならなかった。）レザベンディオの塔は、小惑星の片割れであるこの星を、光を放つ雲の姿でその頭上に漂っている小惑星の本体に結合させようとするものだった。だが、パラスのこの「原状回復」（restitutio in integrum）の成否は、レザベンディオが、彼の星そのものと溶け合って一つになるという運命を受け入れるか否かに懸かっている。かつてパラスの人びとは、自分の身を年少の者の肉体のなかに溶解させることによって苦痛を感じることなく死ぬことができる、ということを知っていた。だが、レザベンディオがみずからの死を通して初めて苦痛を体験することによって、パラス人たちもこれからは苦痛をわがものとして引き受けてゆくことになる。この塔は、パラス人たちの熱意によって日に日に高さを増してゆき、やがて星々の間の秩序を変容させるに至る。同時に、〔塔の〕設計者が彼の星に溶け込んでしまうことは、この星のリズムに変化をもたらす結果となる。パラスは新たな生に目覚め、兄弟の星々の方向にすっかり向きを変えてしまう。そして、兄弟の星々と一つになり、小惑星が形作る、いつの日にか太陽を取り巻くことになるはずの環の一輪となることだけを夢見ることになる。

　人間を差し置いて、天体に「創造」の正当性を主張させるというこの物語の構想は、シェーアバルトの優れた着想と言えよう。獣たちが「創造」を擁護するという趣向は、すでに馴染み深い。だが、一人の詩人が天体を「創造」の代弁者とすることは、この詩人の強靭な感情を証し立てている。さらにこのことは、この著者が感傷性の残滓からどこまで身を振りほどきえていたのかを示すものでもある。彼の文体がそのことを証明している。そこには、乳呑み児の頬を思わせるような瑞々《みずみず》しさがある。同時に、彼の文体は透明感に満ちている。それは、シェーアバルトがガラスによる建築をドイツで最初に評価した人物だったことを納得させるに足るものである。ただし、シェーアバルトの死後に、ガラス建築は危険思想に冒されたものとして彼の国から追放されてしまうことになるのだが。

　この作家が他の世界の奇妙な自然法則を詳細に物語る際の、控えめな驚嘆を交えた明澄さ、そこで企てられる宇宙規模の大事業、パラスの住民たちの間で交わされる高貴な無邪気さにあふれたやりとり——これらが、リヒテンベルク（一七四二―九九年。ドイツの物理学者、作家。鋭い批判的な知性による数多くのアフォリズムで知られる）やジャン・パウル（一七六三―一八二五年。ドイツの小説家。諷刺とフモールに満ちた長篇小説で多くの読者を獲得した）のような、地球も一つの天体であることを決して忘れないように見えるフモリスト[*2]の列にシェーアバルトをも加えている。「創造」の偉業を物語る際の彼は、時としてフーリエの双子の兄弟であるかのような相貌を帯びる。「調和的な人びと」（les Harmoniens）の世界についてフーリエが巡らす常軌を逸するまでの想像のなかには、現在の人類に対する諷刺と同時に、未来の人類に対する信頼が見て取れる。シェーアバルトにおいても事情は変わらない。このドイツのユートピアンがフランスのユートピアンの作品を知っていたとは考え難い。だが、「調和的な人びと」に水星が彼らの生まれながらの言葉を教えるというイメージは、パウル・シェーアバルトの心を必ずや魅了したことだろう。

＊1　『時代の反響』所収の「私的な輪のなかで」。以下の引用は、原文中の二カ所の内容を、ベンヤミンがかなり自由な変更を加えつつ結び付けたもの。なお、ベンヤミンはシェーアバルトのこの文章を「記事」と呼んでいるが、実際は架空の主人公に一人称で語らせる短い創作作品であり、「短篇小説」とするのが正しい。

＊2　一七七二―一八三七年。フランスの社会・経済思想家。鋭い社会批判と独特の宇宙・社会進化論に基づいて、ユートピア的な共同体による新社会の構築を夢想した。「空想的社会主義」を代表する一人とされる。以下の記述で、ベンヤミンは、フーリエの一八〇八年の論考『四つの運動と一般的な運命の理論』を念頭に置いているものと思われる。

解説

浅井健二郎

◆はじめに

ここに『ベンヤミン・コレクション4 批評の瞬間』を上梓する。『ベンヤミン・コレクション』はちょうど十年前に全三巻(『1 近代の意味』、『2 エッセイの思想』、『3 記憶への旅』〔一九九五―九七年〕)をもって一旦完結し、その後さらに、同じくちくま学芸文庫から単発で、『ドイツ悲劇の根源(上・下)』〔一九九九年〕および『ドイツ・ロマン主義における芸術批評の概念』〔二〇〇一年〕を、それぞれ関連諸論考をも併録するかたちで刊行することができた。すべてを合わせると三千ページを超え、これで、ベンヤミンの思想の骨格部分と全体像は一応摑めるようになっているはずである。

だが、自明のことながら、それで充分だというわけでは決してない。〈ある作家を真に理解するためにはその全作品を読まねばならない〉という命題は、思想家・批評家についても妥当するだろう。そして、ベンヤミンは真に理解するに値する思想家・批評家のひとり、それも最も異彩を放っているひとりである。

このたびのいわば第二期『ベンヤミン・コレクション』には、いくつかの例外を除いて比較的短い批評作品——そのうちの少なからぬ作品が「書評」という範疇に属している——や断片稿が収録される。その数は最終的に夥しいものになる。これによって各作品間での照らし合いが、先の三つの巻だけの場合に比べて格段に増幅されれよう。主要著作が小論考の密かな意味を照らし出し、その意味を思想全体のなかへ定位してゆくのは当然だが、しかしそればかりではない。逆方向の照らし出しが大いにありうるのだ。つまり、小論考のほんの一節が主要著作の思わぬ部分と響き合い、そこに新たな光を当てるということが。

ベンヤミンの思考は確固たる術語系に基づいているが、彼の批判的感性のそのつどの緊張方向により、あるいは時代状況により、また、批評対象により、あるいは論考の発表場所により、思考内実のスペクトル模様が微妙に変わる。同じひとつの思考が、詩作品のようにその内部に、さまざまに陰翳《いんえい》を変化させながら息づく細部を孕むのだ。その変化が、論考どうしの照らし合いのなかで、鮮やかな逆説を生み出すことがあり、しかしまた、一見矛盾と見えるものを露呈させ、私たちを惑わすこともある。

若きFr・シュレーゲルとノヴァーリスについて、ベンヤミンはこう述べている——「ある座標体系を……適切に選び出しさえすれば、彼らの思考は、実際に、この座標体系のなかに書き込むことができる」(『ドイツ・ロマン主義……』七六ページ)。この「彼ら」に代えて、私たちは「ベンヤミン」を置くことができる。彼の思考に真に適《かな》った座標体系の選び出しと、そこへの思考細部の書き込みが、繰り返し試みられねばならない。そのたびごとに、〈全体は細部に宿る〉ということの意味がより深く理解されるだろう。そしてこの試みが、いつも、私たち自身の思考コードの破壊と再構築を促す契機であらんことを。

今回も——さしあたり——三巻を予定している。本巻のあと、『5 思考のスペクトル』、『6 断片の力』と続く。それぞれが、いまはまだ夢でしかない『ベンヤミン全集』への一里塚である。

◆本書の表題および構成について

優れた批評作品はすべて、ある神秘的な瞬間を、みずからの言語運動の原点として秘めている——すなわち、〈批評対象の本質が、批判的感性により、批評の萌芽として直観される瞬間〉を。それが、本書に言う「批評の瞬間」である。ベンヤミンにとっての〈批評〉を最も簡潔に定義するならば、〈対象と言語的に関わる哲学的な方法〉ということになるが、批評の瞬間における直観の内容をこの方法に則って構成的に叙述したものが、彼の〈批評作品〉である。そして、それらの作品間に潜在する照らし合いを私たちの読みが発見するとき、それはすなわち、私たち内部への〈批評の瞬間〉の宿りにほかならない。「批評の瞬間」は、したがって、『ベンヤミン・コレクション』のどの巻の表題にもなりうるのだが——実際また、第一巻の「解説」冒頭から、私はもう「批評の瞬間」に言及している——、それをあえてこの第四巻の表題としたのは、次に述べる本書の編集指針第二項に拠るところが大きい。(「書評」という形式においては、批評の瞬間が、表現の比較的表層部に知覚されうるのではあるまいか。）

＊

本書の編集にあたっては、主に次の二点を指針とした。

一、先の三巻を編集した際に収録を断念した批評作品のうち、最も心残りとなった「ボードレールにおける第二帝政期のパリ」と「ブレヒトの詩への註釈」を軸として編むこと。

二、これら二つの軸の周りに、〈批評の一形式としての書評〉という命題をよく体現している批評作品を配置すること。

＊

本書は六つのセクションから成っているが、第Ⅰセクションは本書全体の序論に相当し、第Ⅱセクション以下のセクション配列は、ほぼ、批評対象グループに即して歴史的に古い順に並べた。これに対して各セクション内での配列は、複数の作品を収める場合、それらの成立年の順に並べることを原則とし、ただ同一作家に関する作品のみ――シェーアバルトに関するもの以外は――まとめて置いた。収録作品の数が多く、かつ、「解説」のための紙幅にあまり余裕がないので、以下、セクションごとに若干の説明を記す。（特記事項のある作品には、それぞれの末尾に「訳者付記」が添えられている。）

【第Ⅰセクション】

発刊間際になって挫折した雑誌『新しい天使』の予告文を、本書の〈序論〉として置く。青年期の思想形成を終えたベンヤミンの批判的思考が、〈批評〉という術語を核としてひとつの大きな言語的精神世界を構想する。そのいわば区分地図が、この「予告」である。「雑誌」というものの形式とそれを支える歴史意識、「批評」、「文学創作作品」、「翻訳」、「哲学的な取り扱い」と「生成しつつある宗教的諸秩序」の結合、そして「編集者」としての覚悟と矜持が、きわめて硬質な文体で、きわめて濃縮されて語られている。「アクチュアル」ないし「アクチュアリティ」という語から、ベンヤミンの、特殊な鋭角を宿したまなざしが覗いている。

【第IIセクション】

前半部の六篇は形而上学的志向性の強い初期ベンヤミンのもので、ごく短いが、どれも、のちの作品において重要な意味をもつことになる思考モティーフを、すでに多く提示している。(シェーアバルトについての稿は、是非、「経験と貧困」(『ベンヤミン・コレクション2』所収)と読み比べられたい。)

後半部に置いた七篇を含め、ここより後に配列した作品はすべて、教授資格申請論文『ドイツ悲劇の根源』の撤回後、ベンヤミンが文芸市場に身を転じたのちに書かれている。この七篇のなかで最も力が籠っているのはケラー論である。充分とはとても言えないわずかな紙幅で作家論を展開する場合の、これは模範例たりうるだろう。ケラーに向けるまなざしとヴィーラントに向けるまなざしの、温度差が面白い。ヴィーラントについて論ずることをベンヤミンがどう納得し、どう注意深く、評価しすぎないように振舞っているか。

なお、フォンターネ論とホフマン/パニッツァ論はラジオ放送用の稿であるが、ベンヤミンが当時の花形メディアであるラジオとどう関わったか、ということは、バウハウス系建築や機械的複製技術への彼の関心のあり方とならんで、ひとつの興味深いテーマである。

【第Ⅲセクション】

『パリ・パサージュ論』のための予備研究過程でどのようにボードレール論の構想が生まれ、その構想のなかで「ボードレールにおける第二帝政期のパリ」がどのような位置を占めていたかに関して、また、この稿と、それに対するホルクハイマー／アドルノの批判と、新稿「ボードレールにおけるいくつかのモティーフについて」(『ベンヤミン・コレクション1』所収)との関係については、本セクション末尾の「訳者付記」、ならびに『ベンヤミン・コレクション1』「解説」の当該部分を参照されたい。

ベンヤミンが抒情詩を扱った代表的論考は、「フリードリヒ・ヘルダーリンの二つの詩作品」(『ドイツ・ロマン主義……』の「参考資料Ⅰ」所収)、右の二つのボードレール論、そして「ブレヒトの詩への註釈」(本書所収)である。両ボードレール論における対象への切り込み方の違い、および論が伸びてゆく方向と地平の違いも注目されるが、それ以上に、ヘルダーリン詩、ボードレール詩、ブレヒト詩に対するベンヤミンの美学的-批評的態度の差異が注目される。この差異には、「アウラ」という術語を用いてこそ説明しうる部分と、それでは説明しえない部分がある。このことに関連して、本セクションを読む際には、「ボードレールにおけるいくつかのモティーフについて」、とくに第XI章のゲーテ詩とボードレール詩を比較する箇所(『ベンヤミン・コレクション1』四七二―四七三ページ)、および

「カール・グスタフ・ヨッホマン『詩の退歩』への序論」(『ベンヤミン・コレクション2』所収)を、合わせて読まれるようお勧めしたい。

【第Ⅳセクション】

このセクションには、ベンヤミンにとって言うなれば叔父世代の、ある意味で導き手でもあった、もしくはありえた詩人・作家たちに関する論考を集めた。

ホーフマンスタールが『塔』初稿を一年でも早く完成していたなら、その名を、ベンヤミンは『ドイツ悲劇の根源』で、ストリンドベリの名に並べて書き加えたにちがいない(同書上巻、二四一ページ参照)。この主著とここに収めた三つの稿の照らし合いに注目を。さらに、一九四〇年五月七日付、アドルノ宛ての手紙を参照されたし。

フランツ・ヘッセルという名は、ホーフマンスタール、ゲオルゲ、カフカのような大きな名ではまったくないが、ベンヤミンには、都市遊歩術の最後の生き字引を意味した。(「遊歩者」は「ボードレールにおける第二帝政期のパリ」第II章の表題でもある。)

青年期のベンヤミンは、息子を「シュテファン」と名づけるほどの、熱烈なゲオルゲ・ファンだった。それがなぜ反転したのか。「カール・クラウス」のゲオルゲ批判の箇所(『ベンヤミン・コレクション2』五三四―五三六ページ)も参照を。

カフカを、ベンヤミンは文字通り目を瞠って注視している。一義的解釈をあらかじめ巧妙に封じているカフカのテクストに、彼がどう迫ってゆくか。ショーレム宛ての手紙で展開されるカフカ論は、「フランツ・カフカ」(『ベンヤミン・コレクション2』所収)とはまた別の地平を拓《ひら》いている。（『万里の長城……』についての稿はラジオ放送用のもの。）

【第Ⅴセクション】

ベンヤミンの思考世界のなかに育まれた意味深い対立構図系に、私たちは〈カフカ対ブレヒト〉をも加えてよいだろう。（ただし、権力構造の問題と身振りというモティーフが、共通要素としてある）。ブレヒトの文学／演劇に、ベンヤミンは芸術の新しいあり方と新しい社会的可能性を見出した。〈非（反）‐アウラ的芸術〉という考え方が芽生え（この方向の対立構図は〈ゲーテ対ボードレール対ブレヒト〉となる）、その問題意識が複製芸術論に繋がってゆく（『ベンヤミン・コレクション1』の「解説」を参照）。

ベンヤミンが書き遺した十余篇のブレヒト論ないしブレヒト関連論考のなかで、分量的に最も大きな稿が——といっても、引用がかなりの場を占めているのだが——、「ブレヒトの詩への註釈」である（「生産者としての作家」は第五巻に収録の予定）。ブレヒトの詩は分かり易い。ベンヤミンの「註釈」も分かり易い。だが、「分かり易い」だけでは済まない何かが、ここにはある。その〈何か〉が私たちに、現実の諸矛盾に対する社会的人間存在としての態度決定を、非暴力的に迫ってくるのだ。

【第Ⅵセクション】

ここには、ベンヤミンとほぼ同世代の作家たち——シェーアバルトのみ例外——に関する論考を集めた。ベンヤミンが誰に肩入れし、誰に反感を抱いているかが、明確に読み取れる。肩入れにも反感にも、理由、根拠がある。それを私たちは追求してゆかねばならない。一九二〇年代半ば以降の約十五年間のドイツが、彼の目にどのような精神地図となって映っていたか、それがはっきり見えてくるだろう。
二つめのクラカウアー論の結び近くで、ヘッセルとクラカウアーとヘーゲマンが、ベルリン論にとって実に含蓄深い構図をなしつつ出会っている(五六三—五六四ページ参照)。ブレヒトに由来する「痕跡を消す」というモティーフ(四八五—四八九ページ参照)が、シュテルンベルガー論ではどう用いられているか(六五二—六五三ページ参照)。「現代のジャコバン党員」で「時の経過」について述べられること(五九七ページ参照)は、『ドイツ悲劇の根源』第二部第I章の「廃墟」の節で言われている「時間の経過が執行するあの批評的解体」(同書下巻、五九ページ)と、どう繋がるのか。

* * *

本書に収めた諸作品を訳すにあたっても、既訳のあるものについてはそれを参照させていただいた。紙幅の都合で、それらをここに一覧にして掲げることができないのだが、それぞれの訳者の方々にこの場を借りてお礼申し上げたい。

*

本書の翻訳分担は次の通りである。
岡本和子担当分——「[フォンターネの『マルク・ブランデンブルク紀行』]」、「E・T・A・ホフマンとオスカル・パニッツァ」、「クリストフ・マルティン・ヴィーラント」、「『初期ロマン派の危機の時代』」、「カール・ヴォルフスケールの六十歳の誕生日に因んで」、「〈実用抒情詩〉だって！　しかしこんな風にではなく！」、「ドイツ・ファシズムの理論」、「左翼メランコリー」、「物語作者としてのオスカル・マリーア・グラーフ」、「行動主義の誤謬」、「ドイツの失業者たちの年代記」。
土合文夫担当分——「パウル・シェーアバルト『レザベンディオ』」、「〔シェーアバルトについて〕」。
久保哲司担当分——「〔ヨーハン・ペーター・ヘーベル〈III〉〕」、「新たな賛美者からヘーベルを守る」、「ボードレールにおける第二帝政期のパリ」。
浅井健二郎担当分——右に記したもの以外、全部。

＊

『ベンヤミン・コレクション』がまた新たに船出する。第六巻までが揃ったとき、〈全集〉の実現可能性を視野に捉えられるかもしれない。ともあれ、一歩、一歩。

本書では、不可欠要員の久保君に加えて、旧友の土合君、そして新進の学友岡本さんに手伝ってもらった。楽しいチームになった。

筑摩書房編集部からは、言うまでもなく熊沢敏之氏の出番である。『ドイツ・ロマン主義……』以来六年ぶりのベンヤミンに大張り切りだった。今回も気持よく仕事ができましたね、心から感謝致します。


（二〇〇七・一・七）

《訳者紹介》

浅井健二郎（あさい・けんじろう）

1945年生まれ。東京大学大学院修士課程修了。現在、九州大学大学院人文科学研究院教授、東京大学名誉教授。専攻、ドイツ文学。著書に、『経験体の時間――カフカ・ベンヤミン・ベルリン』（高科書店）がある。

＊

土合文夫（どあい・ふみお）

1950年生まれ。東京大学大学院修士課程修了。現在、東京女子大学名誉教授。専攻、ドイツ文学。

久保哲司（くぼ・てつじ）

1957年生まれ。東京大学大学院修士課程修了。現在、一橋大学特任教授。専攻、ドイツ文学。

岡本和子（おかもと・かずこ）

1974年生まれ。東京大学大学院博士課程修了。現在、明治大学文学部教授。専攻、ドイツ文学。

ちくま学芸文庫

ベンヤミン・コレクション4 批評《ひひょう》の瞬間《しゅんかん》

二〇〇七年三月十日 第一刷発行
二〇二一年六月十五日 第二刷発行

著者 ヴァルター・ベンヤミン
編訳者 浅井健二郎（あさい・けんじろう）
訳者 土合文夫・久保哲司・岡本和子
発行者 喜入冬子
発行所 株式会社 筑摩書房
東京都台東区蔵前二―五―三 〒一一一―八七五五
電話番号 〇三―五六八七―二六〇一（代表）
装幀者 安野光雅
印刷所 三松堂印刷株式会社
製本所 三松堂印刷株式会社

Printed in Japan
ISBN978-4-480-09025-6 C0110